中国森林生态系统服务功能研究

张永利　杨锋伟　王　兵　郭　浩　等　著
鲁绍伟　魏文俊　胡　文　陈　列

科 学 出 版 社
北 京

内 容 简 介

本书是著者多年来森林生态系统服务功能研究成果以及国内外森林生态系统长期连续观测研究相关研究成果的集成。以当前全球生态领域内普遍关注的量化评估森林的多功能为核心，在制定的首部森林生态系统服务功能评估标准的基础上，全面评估了我国"九五"和"十五"期间森林生态系统 5 项 10 个指标的服务功能物质量，首次介绍和应用了评估生物多样性保护价值的 Shannon-Wiener 指数法，重点研究了 2008 年南方雨雪冰冻灾害的森林生态服务功能损失情况和森林碳汇测算技术以及江西省、河南省和辽宁省森林生态服务功能物质量和价值量动态变化等关键问题。利用 50 个森林生态站几十年来的实测数据，采用细化到龄级水平的分布式计算技术方案，根据 Shannon-Wiener 指数评估方法定量化生物多样性保护价值评估是本书的三大特色。

本书可作为生态学、林学、环境科学等相关专业的大专院校的研究生教材，亦可供从事生态系统服务功能、生态系统管理、生态建设规划、生态环境评价、自然资源保护的专业科研人员及行政部门管理人员参考，尤其是对从事林业研究的科技人员以及政府部门的决策人员富有裨益。

图书在版编目 (CIP) 数据

中国森林生态系统服务功能研究/张永利等著．—北京：科学出版社，2010

ISBN 978-7-03-027584-4

Ⅰ.①中… Ⅱ.①张… Ⅲ.①森林-生态系统-研究-中国 Ⅳ.①S718.55

中国版本图书馆 CIP 数据核字（2010）第 088215 号

责任编辑：莫结胜 席 慧 / 责任校对：宋玲玲
责任印制：钱玉芬 / 封面设计：耕者设计工作室

科 学 出 版 社 出版
北京东黄城根北街16号
邮政编码：100717
http://www.sciencep.com

北京天时彩色印刷有限公司 印刷

科学出版社发行 各地新华书店经销

*

2010 年 6 月第 一 版　　开本：889×1194　1/16
2010 年 6 月第一次印刷　　印张：16
印数：1—3 000　　字数：495 000

定价：98.00 元
（如有印装质量问题，我社负责调换）

编 写 组

组 长 张永利

副组长 杨锋伟 王 兵

成 员(按姓氏笔画排序)

丁访军 尹昌君 方江平 王 兵 王玉杰 王传宽
王得祥 刘兴良 刘建军 刘贤德 朱延林 朱学灵
邢兆凯 闫文德 阮宏华 余新晓 张毓涛 李少宁
李良厚 李俊清 李意德 杨振寅 杨锋伟 汪家社
陈步峰 周 梅 郑秋红 胡 文 胡海波 项文化
饶良懿 郭 浩 高 鹏 董秀凯 鲁绍伟 魏文俊

序　一

当前，气候变暖、土地沙化、水土流失、干旱缺水、物种减少等生态危机正日益严重地威胁着人类的生存与发展。随着地球生态系统受人类活动影响的不断加深，人们越来越关注陆地生态系统和全球变化的相互作用，也越来越需要了解有关地球生态系统的各种信息，以便为各国政府对生态保护、自然资源管理、可持续发展和应对全球气候变化等进行宏观决策提供科学依据。

林业是生态建设的主体，承担着建设森林生态系统、保护湿地生态系统、改善荒漠生态系统、维护生物多样性的重大使命。党中央、国务院高度重视林业工作，采取了一系列重大举措，推动林业发展，中国共产党第十七次全国代表大会进一步做出了建设生态文明的重大战略决策。林业作为十分重要的公益事业和无可替代的基础产业，内涵在不断丰富、功能在不断拓展、效用在不断扩大，其在经济社会发展全局中的地位越来越重要，作用越来越突出。温家宝总理强调，在贯彻可持续发展战略中，林业具有重要地位；在生态建设中，林业具有首要地位；在西部大开发中，林业具有基础地位；在应对气候变化中，林业具有特殊地位。回良玉副总理指出，实现科学发展，必须把发展林业作为重大举措；建设生态文明，必须把发展林业作为首要任务；应对气候变化，必须把发展林业作为战略选择；解决"三农"问题，必须把发展林业作为重要途径。加快林业发展，不仅是维护国家生态安全的迫切要求，也是人类可持续发展的必然选择。

森林是陆地生态系统的主体，是人类进化的摇篮。森林在生物界和非生物界的物质交换和能量流动中扮演着主要角色，对保持陆地生态系统的整体功能、维护地球生态平衡、促进经济与生态协调发展发挥着中枢和杠杆作用。以森林为主要经营对象的林业，就是通过这些复杂的过程来生产生态产品的。这些生态产品包括：吸收二氧化碳、制造氧气、涵养水源、保持水土、净化水质、防风固沙、调节气候、净化空气、减少噪声、吸附粉尘、保护生物多样性等。因此，对森林的服务功能进行科学、量化的评价，对生态产品价值进行核算，进而体现林业在经济社会可持续发展中的战略地位与作用，反映林业建设成就，服务宏观决策，就成为一项重要而又紧迫的任务。

近年来，国家林业局紧密结合国家及行业发展的需求，在我国主要地带性植被分布区建立了 45 个能够满足基本观测需要的长期观测站点，初步形成了中国森林生态系统定位研究网络（英文简称 CFERN）。这几年，国家林业局利用这个平台，先后开展了林业重点工程生态效益监测、森林与气候变化关系研究等重大观测研究工作，为系统开展森林生态系统服务功能评估提供了必要的前提条件，奠定了坚实的科学基础。林业科技工作者参考国际上有关指标体系，结合我国国情、林情，制定了《森林生态系统服务功能评估规范》（LY/T 1721—2008），为科学开展森林生态系统服务功能评估提供了依据和标准。从"十五"后期，国家林业局统一部署进行森林生态系统服务功能的相关研究和复杂的测算工作。在长期定位观测研究的基础上，编写组组织上百名专家，利用各森林生态站几十年来积累的上百亿个观测数据（包括人工观测和仪器采集的海量数据），综合运用生态学、森林植物学、气象学、水土保持学、经济学、统计学等理论方法，结合近两次全国森林资源清查的基础数据，定量地分析、评估了全国森林生态系统涵养水源、保育土壤、固碳释氧、积累营养物质、净化大气环境 5 种主要生态服务功能的物质量，组织编写了《中国森林生态系统服务功能研究》专著。

编写这一专著是一项深入、严谨的科学工作，也是检验多年来我国生态建设成果和影响的科学手段。这项工作的开展，对于系统评估森林生态系统服务功能是一次有益的尝试，不仅有助于更好地宣传林业的功能和作用，而且为推动森林生态效益补偿机制的建立，量化评估森林的多种功能提供了科学依据，具有重要意义。

当前，我国林业发展进入了一个十分关键的时期。胡锦涛主席向世界庄严承诺，为应对气候变化和促进人类可持续发展，到 2020 年，要使我国森林面积比 2005 年增加 4000 万 hm²，森林蓄积量比 2005 年增加 13 亿 m³。林业发展面临着前所未有的历史机遇。林业要实现又好又快发展，最有效、最根本的措施就是依靠科技、发展科技、应用科技。林业发展的支撑需要科技,林业的科学决策需要科技,林业建设成果的科学评价同样需要科技。希望广大林业科技工作者进一步增强使命感和紧迫感,继续努力进取,扎实工作,充分发挥科技第一生产力的作用,为发展现代林业、建设生态文明、推动科学发展做出更大贡献。

贾治邦

2009 年 2 月

序　二

　　生态系统作为自然界的基本单位，不仅为人类提供了各种生产和生活原料，同时还创造与维系着地球生命保障系统，形成人类生存所必需的环境条件。随着生态环境的日益恶化，生态系统功能及固有价值成为生态学领域的一个研究热点。2001 年 6 月 5 日，联合国在全世界范围内启动了千年生态系统评估（Millenium Ecosystem Assessment，MA），它是世界上第一个针对全球陆地和水生生态系统开展的多尺度、综合性评估项目，其宗旨是针对生态系统变化与人类福祉间的关系，通过整合现有的生态学和其他学科的数据、资料和知识，为决策者、学者和广大公众提供有关信息，改进生态系统管理水平，以保证社会经济的可持续发展。千年生态系统评估的实施，对于在全球范围内推动生态学发展和改善生态系统管理工作做出了极为重要的贡献，成为生态学发展历史中的重要里程碑之一。

　　中国生态系统服务功能研究经历了最初的朴素认识阶段、不同生态系统的研究阶段、生态系统全面研究阶段、生态系统服务功能价值与评估阶段。从 20 世纪 50 年代起，中国科学院及原林业部在全国部分典型森林区域相继建立了森林生态系统定位研究站，对不同生态系统服务功能开展了研究。由于森林生态站的建立、研究方法与技术的改进及受损生态系统恢复的要求，生态系统服务功能价值的研究自 20 世纪 90 年代中期在我国逐渐成为一个研究热点。通过研究，提高了公众对生态建设和环境保护的重视，为建立科学的生态效益补偿机制提供了理论基础。

　　该专著基于国家林业局森林生态系统定位研究网络所属台站长期观测研究基础数据和全国第五、第六次森林资源清查数据，对不同区域、不同林分类型生态系统结构、生态过程与服务功能的关系开展研究，对于掌握生态系统结构与功能、格局与过程的变化规律，提高我国生态学及其相关学科研究水平，开展生态系统优化管理与示范具有重要意义。但是人类对森林生态系统服务功能研究是一个长期过程，随着科学技术和经济发展而不断深化，该专著的出版为今后森林生态系统服务功能的深入研究打下了基础。

2009 年 2 月

序　三

森林生态系统具有多种服务功能，其功能的维持对生态安全、生物资源和生存环境的保护，实现社会经济可持续发展，起着举足轻重的作用。目前，中国森林资源仍存在着资源总量不足、分布不均、林龄结构以幼龄林、中龄林和人工林为主、森林健康等级不高等诸多问题，严重地制约了森林生态系统服务功能的发挥，降低了森林生态系统抵御各种自然灾害的能力，影响到国家生态建设进程，从而威胁到人类安全与健康，危及社会经济发展，并逐渐成为影响区域可持续发展的制约因素。为改善这种脆弱的生态环境，国家实施了六大林业生态工程，其目的就是要通过恢复森林植被，更好地发挥其维护国土安全的重要作用。然而，目前还缺乏对我国森林生态系统服务功能的全面、系统的研究，因而也就无法科学、有效地调节森林生态系统，使它发挥更大的生态效益，给我国生态建设和国土安全带来了更多的不确定性，其至隐患。

我国自 20 世纪 80 年代初开始对森林生态系统服务功能进行价值评估工作，对森林生态系统价值核算进行了初步探索，但要准确评价生态系统服务功能还有一些科学问题有待解决。经过几十年的发展，国家林业局建设的中国陆地生态系统定位研究站网络（简称生态站网，英文简称 CTERN），截至 2009 年年底已形成由 57 个生态站（森林生态站 45 个、湿地生态站 7 个、荒漠生态站 5 个）构成的生态系统长期观测研究体系框架，基本覆盖了我国主要典型生态区，开展林业生态工程综合效益监测与评价，动态、连续、准确地评价林业生态建设对区域生态环境变化及对经济社会发展的影响，为林业生态建设提供服务。

该研究依托国家林业局生态站网，通过选取适宜的评估指标构建评估指标体系，确定了评估方法，定量地分析、评估出两次全国各省森林生态系统涵养水源、保育土壤、固碳释氧、积累营养物质、净化大气环境 5 项主要服务功能的物质量。该研究从数据采集、分布式计算方法的应用及Shannon-Wiener 指数评估中国森林物种多样性保育价值，到在全国尺度上采用 NPP 实测数据测算森林固碳能力，特别是在碳汇能力计算当中考虑了灌木林固碳等方面，采用了森林生态系统定位研究的最新成果，充分体现了评估结果的准确性和可靠性。通过开展服务功能监测与评估研究，获得我国森林生态系统总体状况的动态数据，是了解林业"三大体系"建设成果的最有效途径。该专著对于完善森林生态环境动态评估、监测和预警体系，确定森林在生态环境建设中的主体地位和作用，为我国国际履约、全球生态建设、森林可持续利用和经济可持续发展提供科学数据和决策依据。

2009 年 2 月

前　言

　　森林是陆地生态系统的主体，是人类进化的摇篮。在人类社会发展过程中，人们对森林的认识也在发生变化。处于古代朴实的自然生产时代中的人类是懂得依赖森林取得自己必需的生存物质和安宁优美的生存环境的，因而也是朴素地热爱和保护森林的。当人类社会到了资本积累时期，森林才被当做单一生产木材的资源而被恣意掠夺，林业自此被认为仅仅是生产木材的行业。随着近100年来人类科学知识的发展，许多发达国家在经受过对森林资源的掠夺和破坏所带来的灾难后才重新认识到了林业的重要性，森林保持水土、涵养水源、固碳释氧、净化空气、美化环境的服务功能才逐渐被人们所认识。今天，随着全球气候变暖、全球环境恶化和全球生物多样性的急剧下降，人们通过科学研究对森林生态系统在全球地圈、生物圈平衡上的作用的认识正在深化，已意识到人类的生存兴亡与森林生态系统密切相关，开始懂得森林服务功能对于人类生存和生活、长远和根本的物质利益与环境利益具有不可替代的重要作用。

　　物质产品、文化产品和生态产品是支撑现代人类生存和发展的3类基本产品。改革开放以后，经过几十年的发展，我国物质产品短缺的时代已经结束，生态产品开始成为当前最短缺、最亟须大力发展的产品。作为提供生态产品的主体，森林在生物界和非生物界的物质交换和能量流动中扮演着主要角色，在保持陆地生态系统的整体功能、维护地球生态平衡、促进经济与生态协调发展中发挥着中枢和杠杆作用。以森林为主要经营对象的林业，就是通过这些复杂的过程来生产出生态产品的。这些生态产品包括：吸收二氧化碳、制造氧气、涵养水源、保持水土、净化水质、防风固沙、调节气候、清洁空气、减少噪声、吸附粉尘、保护生物多样性等。

　　当前，国家提出了科学发展观、构建和谐社会和全面建设小康社会等一系列重大发展战略，对林业发展提出了更高更多的要求，森林的地位和作用正在发生着重大的变化。森林是实现人类与自然和谐关系的纽带，关系国家的生态安全，人与自然之间、自然与自然之间的和谐发展，自然界内部的和谐发展是前提和关键。森林生态系统为人类提供了自然资源和生存环境两个方面的多种生态系统服务功能，是人类现代文明的基础。尤其我国是一个严重缺林的国家，森林的功能与作用更显重要与珍贵。对森林的服务功能进行科学、量化的评价，对生态产品进行量化，进而体现林业在建设和谐社会、促进全面建设小康社会中的地位与作用，反映林业建设成就，服务宏观决策，成为一项紧迫而又必需的任务。

　　国家林业局从"八五"开始，通过规划和建设森林生态系统定位研究网络和台站、组织开展多项科研攻关，对中国森林生态系统服务功能指标进行了长期定位观测，取得了大量数据。在此基础上，经过近两年的筹备，2007年年初由国家林业局科技司牵头正式启动了《中国森林生态系统服务功能研究》专著的编写工作。直接参与起草工作的、来自中国森林生态系统定位研究网络（CFERN）所属30多个野外森林生态站的专家学者，经过多次的集中工作和研究测算，对我国森林生态系统服务功能进行了全面的研究评估。

　　本专著建立在我国森林生态系统长期定位观测研究基础上，80%以上数据采用 CFERN 所属各野外森林生态站长期、连续观测研究基础数据。目前，长期生态定位观测是国际上通用的研究和揭示生态系统结构与功能变化规律的重要手段。我国 CFERN 起步于20世纪50年代末60年代初，是国家林业局科技司直接领导和管辖的大型生态学研究网络，至今它包含45个分布于不同气候带的森林生态站，覆盖了中国主要的地带性植被分布区。CFERN 森林生态站北起大兴安岭，南至海南岛，东起小兴安岭，西至新疆天山及青藏高原，涵盖了我国从寒温带到热带、湿润地区到极端干旱地区的最为完整和连续的植被和土壤地理地带系列，构成了由北向南以热量为主驱动力的南北样带（NSTEC）和由东向西以水分为主驱动力的东西样带（WETSC）两条十字形观测网，南北两端和东西两端主要站点的直线距离超过3700 km。长期以来各森林生态站从个体、种群、群落和系统4个水平上依据国家林业行业标准《森林生态系统定位观测指标体系》（LY/T 1606—2003）对我国主要森林生态系统结构和功能进行了全面的观测，深入研究并揭示了中国森林生态系统的组成、结构、功能以及与气候环境变化之间相互反馈的内在机制。

　　本专著利用了 CFERN 所属各森林生态站长期积累的上百亿个观测数据（包括人工观测和仪器采集的海量数据），水文要素数据 425.43 万个，土壤数据 1805.28 万个，气象数据 1800.10 万个，生物数据 1070.44 万个，碳通量观测数据 41.472 亿个，共计为 41.982 亿个，矢量栅格数据 120 GB。本报告所采用的数据包括：森林水文（树干液流量、林冠截留量、林下植被及土壤蒸发量、地表径流量等）数据 125.26 万个、森林土壤（氮、磷、钾、有机质含量，土壤侵蚀模数，土壤碳通量等）数据 504.28 万个、森林气象（林外降水量、林内降水量等）数据 543.39 万个、森林生物（多样性指数、生物量、林分净生产力等）以及植物生理生态、森林资源动态变化、养分循环、森林环境净化数据 436.73 万个。大量实测数据的采用，是以往森林生态系统评估工作中前所未有的。利用各森林生态站几十年来的研究成果进行中国森林生态系统服务功能的动态分析评估，是本著作的一大特点。评估中所采用的第五次（1994—1998 年）和第六次（1999—2003 年）全国森林资源清查数据细化到分省型和分林型两种模式。

　　本专著综合运用生态学、水土保持学、经济学等理论方法，对中国森林生态系统主要生态功能进行研究，选取适宜的评估指标构建评估指标体系，确定评估方法，定量地分析、评估了"九五"、"十五"两期全国森林生态系统涵养水源、保育土壤、固碳释氧、积累营养物质、净化大气环境 5 项主要生态服务功能的物质量，目的在于通过深入的思考和精确的计量，为社会提供一个有理有据的中国森林生态系统服务功能报告，推进现代化林业建设，推进科学技术进步。以便尽快将自然资源和环境因素纳入国民经济核算体系，实现绿色 GDP，促进生态效益补偿机制的建立，为我国林业可持续发展政策与生态环境建设发展及国家宏观决策提供量化科学依据。

　　本专著的编辑出版得到了森林生态系统定位研究网络（CFERN）所属台站依托单位、中国科学院等单位的大力协助，在此一并致谢。

　　由于森林生态系统服务功能研究为学科前沿，许多内容尚在研究发展阶段，难免有不妥之处，因此敬请各位专家和学者批评指正。

著　者

2009 年 2 月

目　录

第一章　生态系统服务研究进展

生态系统服务功能是近几十年才发展起来的生态学研究领域，其研究进展主要体现在概念发展和评估研究两个方面。

第一节　生态系统服务功能概念和内涵

一、生态系统服务功能概念

生态系统服务功能的概念发展历程如下。

1864 年，美国学者 George Marsh 在其著作《人与自然》中就曾对"资源无限"这个长期以来的认识错误提出了质疑与批评，他提出空气、水、土壤和各种动植物都是大自然赐予我们的宝贵财富。但是由于当时处于工业革命时期，他的研究没有得到重视。

1935 年 A. G. Tasley 提出了生态系统的概念。在随后的几十年中，生态系统理论得到了进一步的发展和完善，人们在研究生态系统结构与功能的同时，也开始重视生态系统与人类相互关系的研究。生态系统概念为生态系统服务功能概念的提出奠定了科学基础。

20 世纪 40 年代，Aldo Leopold 就认真思考了生态系统向人类提供服务的问题，提出了"健康的土壤是被人类使用但其功能没有降低的土壤"的观点。

1960 年《寂静的春天》的发表，给人类敲响了生态危机的警钟。学者们从不同学科角度对生态系统与人类的关系展开了大量的相关研究。

1972 年，著名生态学家 P. Ehrlich 在研究生态系统对土壤肥力与基因库维持的作用以及生物多样性的丧失对生态系统的影响时，首次使用了"生态系统服务"一词，随后生态系统服务成为一个科学术语被人们所引用。

1992 年，Gordon Irene 的《自然服务》一书论述了不同生态系统给人类生产生活带来的影响，成为第一本系统论述自然为人类服务的著作。

1997 年，Daily 等在生态系统服务研究的标志性著作 *Nature's Service：Societal Dependence on Natural Ecosystems* 中对生态系统服务定义，认为生态系统服务是指"自然生态系统及其物种所提供的能满足和维持人类生活所需要的条件和过程"。

1997 年，Cairns 将生态系统服务定义为：对人类生存和生活质量有贡献的生态系统产品和生态系统功能。该定义认为只有对人类是有贡献的功能才属于生态系统服务，生态系统服务体现的主体是产品和功能。该定义尽管与 Daily 表述有所不同，但基本实质是一致的。

2005 年出版的联合国千年生态系统评估编写组编写的《生态系统与人类福祉》（综合报告）认为："生态系统服务是指人类从生态系统中所获得的收益。这些收益包括生态系统在提供食物、水、木材以及纤维等方面的供给服务；在调节气候、洪水、疾病、废弃物以及水质等方面的调节服务；在提供消遣娱乐、美学享受以及精神收益等方面的文化服务；在土壤形成、光合作用以及养分循环等方面的支持服务。"

可见，生态系统服务的内容广泛而丰富，它一般是指生命支持功能（如净化、循环、再生等），而往往不包括生态系统直接功能和产品。但随着经济发展和研究的深入，多数人主张把生态系统提供的商品和服务统称为生态系统服务。因此，生态系统服务概念为"生态系统与生态过程所形成的人类赖以生存的自然环境条件与效用"已被多数人接受。而生态系统服务功能与生态系统服务有着本质区别，生态系统服务功能为生态系统与生俱来的各种能力，与人类存在与否或是否受益没有任何关系。

生态系统服务是人类在生态系统收益的程度。生态系统服务来源于生态系统服务功能，通过功能表现，基于功能产生。生态系统服务功能是生态系统服务的基础和表现形式。有了服务功能才能有了服务的可能。

二、生态系统服务功能的内涵

生态系统服务功能主要包括向社会经济系统输入有用物质和能量、接受和转化来自社会经济系统的废弃物，以及直接向人类社会成员提供服务。与传统经济学意义上的服务不同，生态系统服务功能只有一小部分能够进入市场被买卖，大多数生态系统服务功能是公共品或准公共品，无法进入市场。生态系统服务功能以长期服务流的形式出现，能够带来这些服务流的生态系统是自然资本。

目前，生态系统服务功能包括多种指标，可以概略地分为两大类：①生态系统产品。例如，为人类提供食物、原材料、药品等可以商品化的功能，表现为直接价值；②支撑与维持人类赖以生存的环境。例如，气候调节、物质循环、水文稳定、净化环境、生物多样性维持、防灾减灾和社会文化等难以商品化的功能，表现为间接价值。

生态系统服务功能是可以描述、测度和估价的，根据 R. Costanza 等的总结，从宏观生态学角度，生态系统服务功能主要包括太阳能的固定与转化、有机质的生产与生态系统产品、生物多样性及进化过程的维持、调节气候、稳定水文及防灾减灾、保持和改良土壤、传粉与种子的扩散、控制有害生物、净化环境、调节物质循环、文化娱乐源泉、生物多样性保护等方面内容。

第二节　生态系统服务功能研究进展

生态系统服务功能研究进展主要体现在服务功能分类、评估方法和评估结果 3 个方面。

一、生态系统服务功能分类和评估方法

生态系统服务功能的变化会对人类社会产生重大影响，为此人们越来越注重对其进行评估。虽然生态系统服务功能研究已有 20 多年的历史，但迄今为止，全世界还没有统一的生态系统服务功能评估指标体系，评估范围也没有明确的定义，各国使用的评估指标体系也不尽统一，造成其结果不具有可比性。

（一）生态系统服务功能的分类

生态系统服务功能具有多功能性，不同学者对生态系统服务功能分类有不同的认识，存在较大差异，至今尚未有统一、公认的评估指标体系。

1997 年，R. Costanza 等学者将全球生态系统服务划分为 17 类，包括：大气调节、气候调节、干扰调节、水调节、水供给、侵蚀控制和沉积物保持、土壤发育、营养循环、废物处理、授粉、生物控制、庇护所、食物生产、原材料、基因资源、娱乐、文化。

2001 年，美国学者道格拉斯（D. J. Krieger）博士认为美国森林生态系统服务功能可概括为 8 个方面：气候调节、水处理、食物生产、旅游、原材料生产、土壤保持、生物控制和文化服务功能。

千年生态系统评估（2005）则把生态系统服务功能划分为供给、调节、文化和支持 4 大类 20 多个指标。其中供给服务包括供给食物、木材、纤维、遗传资源、生物化学物质、天然药材和药物、淡水等指标；调节服务包括调节空气质量、调节气候、调节水源、控制水土流失、净化水源、废物处理、控制疾病、控制病虫害、授粉、控制自然灾害指标；文化服务包括精神和宗教价值、审美价值、休闲和生态旅游等指标；支持服务包括光合作用、养分循环、土壤形成、初级生产、水循环等指标。

（二）生态系统服务功能评估方法

目前对生态系统服务功能计量的方法主要有两种：一种是物质量评估，另一种是价值量评估。

1. 物质量评估

物质量评估主要是从物质量的角度对生态系统提供的各项服务功能进行定量评估，其特点是能够比较客观地反映生态系统的生态过程，进而反映生态系统的可持续性。运用物质量评估方法对区域生态系统服务功能进行评估，其评估结果比较直观，且仅与生态系统自身健康状况和提供服务功能的能

力有关，不会受市场价格不统一和波动的影响。物质量评估特别适合于同一生态系统不同时段提供服务功能能力的比较研究，以及不同生态系统所提供的同一项服务功能能力的比较研究，是区域生态系统健康评估和服务功能评估研究的重要手段。

生态系统服务功能机制是物质量评估的理论基础，其研究程度决定了物质量评估的可行性和结果的准确性。物质量评估采用的手段和方法主要包括长期定位观测研究、地理信息系统（GIS）、遥感（RS）、调查等，其中长期定位观测研究是主要的服务功能机制研究手段和数据参数获取手段，RS和调查则是次要的数据来源，GIS为物质量评估技术平台。物质量评估研究往往需要耗费大量的人力、物力和资金支持。

物质量评估能够比较客观地评估不同的生态系统所提供的同一项服务能力的大小，不会随生态系统所提供服务的稀缺性增加而改变，物质量评估是价值量评估的基础。但单纯利用物质量评估方法也有局限性，主要表现在其结果不直观，不能引起足够的关注，并且由于各单项服务功能量纲的不同而无法进行合计，无法评估某一生态系统的综合服务功能，得出的结果不能引起人们对区域生态系统服务功能足够的重视。

2. 价值量评估

价值量评估是指从货币价值量的角度对生态系统提供的服务功能进行定量评估。由于价值量评估结果都是货币值，因此既能将不同生态系统同一项生态系统服务功能进行比较，也能将某一生态系统的各单项服务功能综合起来。许多学者对价值评估方法进行了探索性研究，但是由于生态系统服务功能的特殊性和复杂性，其价值量评估至今还存在着许多问题需要进一步深入研究。

运用价值量评估方法的评估研究能为环境核算提供方法和理论依据，但是价值量评估方法也有其局限性，主要是由于价值量反映的绝大多数是人类对生态系统服务的支付意愿，评估结果往往存在着主观性与随机性。

3. 物质量与价值量评估方法的对比分析

采用物质量和价值量两种不同的评估方法对同一生态系统进行服务功能评估，会得出不同甚至相反的结论；对于不同的评估目的和不同的评估空间尺度，这两类方法有较大的区别。物质量评估能够比较客观地反映生态系统服务功能的机制，进而反映生态系统服务功能的可持续性，而价值量评估更多地反映生态系统服务功能的总体稀缺性，它们之间是互相促进和补充的关系。

判断物质量和价值量评估这两种方法的优劣，在某种程度上取决于对生态系统服务功能评估的目的。若评估的目的是分析生态系统服务功能的可持续性，物质量评估方法比价值量评估方法更合适或更有优势。这是因为生态系统服务功能可持续性从根本上取决于生态系统的生态过程，而生态系统的生态过程则取决于生态系统服务功能物质量的动态水平，所以物质量评估能够比较客观地反映生态系统的生态过程，进而反映生态系统服务功能的可持续性。而价值量评估更多的是反映生态系统服务功能的总体稀缺性，它在反映生态系统服务功能可持续性方面的作用相对比较弱。

如果对生态系统服务功能评估的目的是为某些工程项目立项的决策提供依据，价值量评估比物质量评估方法更有优势。因为工程项目立项过程在很大程度上是对各种成本和效益进行量化并加以综合比较和权衡的过程，价值量评估方法在这一方面要比物质量评估方法有明显的优势。

另外，判断物质量和价值量评估方法合适与否，在一定程度上取决于被评估生态系统的空间尺度。一般来说，价值量评估方法所得到的生态系统服务总体价值是为交换提供依据的，而物质量评估方法反映的主要是生态系统的结构与功能及生态过程。空间尺度比较小的生态系统可用于某种目的的交换，而空间尺度较大的区域生态系统或关键的生态系统对于任何目的都是不能进行交换的。所以，就空间尺度较大生态系统服务功能评估而言，物质量比价值量评估方法更有意义。当然，价值量评估方法可以从另一个侧面向人们展示生态系统服务功能的价值，以引起人们对生态系统服务功能的高度重视。

4. 生态系统服务功能价值量的主要评估方法

目前主要的评估方法可分为3类。第一类是直接市场法，包括费用支出法、市场价值法、边际机会成本法、恢复和保护费用法、影子工程法、人力资本法等；第二类是替代市场法，包括旅行费用法和享乐价格法等；第三类是模拟市场价值法，包括条件价值法等。

联合国环境规划署（UNEP，1991；欧阳志云等，1999a，1999b）把生态系统服务功能的价值评估方法分为两类。一类是替代市场法。它主要以"影子价格"来表达生态系统服务功能的经济价值，评估方法主要有：费用支出法、市场价值法、边际机会成本法、恢复和保护费用法等多种评估方法。另一类是假设市场法（又称模拟市场法）。它是以支付意愿来表达生态系统服务功能的经济价值，其评估方法是条件价值法。

常用的评估方法如表1-1所示。在诸多经济价值评估方法中，以条件价值法、费用支出法与市场价值法最为常用。但每种方法都有各自的优缺点，一种服务功能一般采用一种评估方法，但有的服务功能评估可能需要采用几种评估方法。其常见方法介绍如下。

（1）费用支出法

费用支出法是用生态系统服务功能的消费者所支出的费用来衡量生态系统服务功能价值的方法。这种方法常用于对旅游文化娱乐功能的估算，通过旅游者在旅游活动中交通、观赏、食宿、购物等方面的花费，对生态系统的游憩功能进行评估。由于受许多社会因素的影响，这种方法并不能真正反映旅游者对于旅游区的支付意愿，而且这种方法也只适用于游客较多的地区。

表 1-1 主要生态系统服务功能价值评估方法的比较

分类	评估方法	优点	缺点
直接市场法	费用支出法	生态环境价值可以得到较为粗略的量化	费用统计不够全面合理，不能真实反映实际游憩价值（如森林游憩地）
	市场价值法	评估比较客观，争议较少，可信度较高	数据必须足够、全面
	边际机会成本法	比较客观体现了资源系统的生态价值，可信度较高	资源必须具有稀缺性
	恢复和保护费用法	可通过生态恢复费用或保护费用量化生态环境的价值	评估结果为最低的生态环境价值
	影子工程法	可以将难以直接估算的生态价值用替代工程表示出来	替代工程非唯一性，替代工程时间、空间性差异较大
	人力资本法	可以对难以量化的生命价值进行量化	违背伦理道德，效益归属问题以及理论上尚存在缺陷
替代市场法	旅行费用法	可以核算生态系统游憩的使用价值，可以评价无市场价格的生态环境价值	不能核算生态系统的非使用价值，可信度低于直接市场法
	享乐价格法	通过侧面的比较分析可以求出生态环境的价值	主观性较强，受其他因素的影响较大，可信度低于直接市场法
模拟市场法	条件价值法	适用于缺乏实际市场和替代市场交换的商品的价值评估，能评估各种生态系统服务功能的经济价值，适宜于非实用价值占较大比重的独特景观和文物古迹价值的评价	实际评价结果常出现重大的偏差，调查结果的准确与否很大程度上依赖于调查方案的设计和被调查的对象等诸多因素，可信度低于替代市场法

资料来源：刘玉龙，2005。

（2）市场价值法

市场价值法是指对有市场价格的生态系统产品和功能进行估价的一种方法，通过市场来体现生态系统服务功能的价值。该法先定量地评估某生态服务功能的效果，再根据这种效果的市场价来评估其经济价值。根据正负生态效益可分为两类：一类是环境效益评价法：先计算出某种生态系统服务功能的定量值，如涵养水源量、CO_2固定量、农作物增产量；再运用生态服务功能的"影子价格"，如涵养水源的定价可根据水库工程的蓄水成本、固定CO_2价值根据工业固定CO_2的市场价格、农作物增产价值根据农产品价格，最后计算出其总的经济价值。另一类是环境损失评估法：它是与环境效益评估法类似的一种生态经济评估方法。例如，评估森林保土保肥的经济价值时，可用森林生态系统破坏后造成的土壤流失量、生产力下降的损失、土壤中营养元素（N、P、K等）的损失来估算。两种方法是一个问题的两个方面：一方面从获得的公益效果上考虑，另一方面从损失的公益效益上考虑，据具体情况可适当采取其一。例如，当生态破坏的公益损失比较明显和容易定量时，就可采用环境损失评估法。

市场价值法是在估算中最常使用的，也是最简单的方法。但是这种方法对于没有市场价格的产品或服务只能通过其他方法进行转化才能适用。另外，还要结合考虑一系列经济指标，因此使用时常常受资料限制。

（3）边际机会成本法

边际机会成本法由边际生产成本、边际使用成本和边际外部成本组成。机会成本是指在其他条件相同时，把一定的资源用于生产某种产品时所放弃的生产另一种产品的价值，或利用一定的资源获得某种收入时所放弃的另一种收入。边际机会成本法主要针对自然资源，在核算时既考虑使用者本人开发资源所付出的代价，又反映了资源开发对他人的影响以及后代人由于不能使用该种资源所需付出的代价，比较客观全面地体现了某种资源系统的生态价值。但这种方法只适用于具有稀缺性的生态类型，而且涉及的条件比较多，不易操作。

（4）恢复和保护费用法

恢复和保护费用法是根据保护和恢复某些生态功能所需费用而进行的生态功能的评估，即当某一生态系统遭到破坏后，恢复到原来状态所需费用，或者为确保某一生态系统不被破坏的费用。这种方法往往由于没有所需费用的先例而难以操作。如果资料齐全、费用清晰则该方法是服务功能评估效果较好的评估方法。

（5）条件价值法

条件价值法也称问卷调查法、意愿调查评估法、投标博弈法等，属于模拟市场技术评估方法，它以支付意愿（WTP）和净支付意愿（NWTP）表达环境商品的经济价值。

条件价值法是从消费者的角度出发，在一系列假设前提下，假设某种"公共商品"存在并有市场交换，通过调查、询问、问卷、投标等方式来获得消费者对该"公共商品"的WTP或NWTP，综合所有消费者的WTP和NWTP，即可得到环境商品的经济价值。例如，在估算中国森林生态系统生物多样性保护时，询问被调查者在特定的条件和情形下，若有机会获得这种产品或服务时，将如何为其定价，即调查被询问者对该产品或服务功能的支付意愿，最后将被调查者的支付意愿与其所处的社会经济条件和人口统计等方面的特性联系起来，进行可靠性检验，以确定其定价的合理性。可通过询问被调查者的支付意愿进行。

条件价值法已经演绎出若干种技术，其中一些常见于市场研究中，所有这些技术都试图弄清人们对待环境状况所赋予的货币值。在很多情形下，它是唯一可用的方法。根据获取数据的途径不同，条件价值法又可细分为：投标博弈法、比较博弈法、无费用选择法、优先评价法和专家调查法等（表1-2）。

1）投标博弈法。投标博弈法要求调查对象根据假设的情况，说出他对不同水平的环境物品或服务的支付意愿或接受赔偿意愿。投标博弈法被广泛应用于对公共物品的价值评估方面。

在实际应用过程中，投标博弈法又可分为单次投标博弈和收敛投标博弈。在单次投标博弈中，调查者首先要向被调查者解释要估价的环境物品或服务的特征及其变动的影响。

表1-2 条件价值法的分类

分　类	方　法
直接询问支付意愿	投标博弈法
	比较博弈法
询问选择的对象	无费用选择法
	优先评价法
征询专家意见	专家调查法

资料来源：马中，1999。

2）比较博弈法。比较博弈法又称权衡博弈法，它要求被调查者在不同的物品与相应数量的货币之间进行选择。在环境资源的价值评估中，通常给出一定数额的货币和一定水平的环境商品或服务的不同组合。该组合中的货币值，实际上代表了一定量的环境物品或服务的价格。给定被调查者一组环境物品或服务以及相应价格的初始值，然后询问被调查者愿意选择哪一项。被调查者要对二者进行取舍。根据被调查者的反应，不断提高（或降低）价格水平，直至被调查者认为选择二者中的一个为止。

3）无费用选择法。无费用选择法通过询问个人在不同的物品或服务功能之间的选择来估算环境物品或服务的价值。该法模拟市场上购买商品或服务功能的选择方式，给被调查者两个或多个方案，每一个方案都不用被调查者付钱，从这个意义上，对被调查者而言是无费用的。

（6）影子工程法

影子工程法又称替代工程法，是恢复费用法的一种特殊形式。影子工程法是指在生态系统遭受破坏后，人工建造一个替代工程以行使原来生态系统的服务功能，用建造新工程的费用来估计森林生态系统被破坏所造成经济损失的一种方法。由于生态系统给人类提供的产品或服务功能中许多属于没有市场交换和市场价格的"公共商品"，要对其进行价值评估首先要寻找这些产品和服务功能的替代市场和替代方式，再以市场上与其相同产品或服务的价格（影子价格）来估算其价值。例如，森林水分调节功能的价值可用其总水分调节量乘以修建单位蓄水量的水库的库容成本之积来估计。

（7）人力资本法

人力资本法又称工资损失法，人力资本法是通过市场价格和工资多少来确定个人对社会的潜在贡献，并以此来估算环境变化对人体健康影响的损失。环境恶化对人体健康造成的损失主要有三个方面：因污染致病、致残或早逝而减少本人和社会的收入；医疗费用的增加；精神和心理上的代价。也就是说，如果一个健康的人在正常的情况下，他参与了社会生产，创造了社会财富，在他对社会做出贡献的同时，他本人也获得一定的收入。但是，如果由于环境遭到破坏，他过早地丧失劳动能力或者死亡，那他对社会的贡献率为零，甚至是负贡献，从社会角度上看，这就是一种损失。这种损失，常以个人劳动价值作为等价估算。

人力资本法是在假定人们完全没有趋避行为的情况下，用暴露人口的健康损害风险反映环境价值损失的方法，尽管该方法存在难以反映受害者的疾病痛苦等精神损失的缺陷，但它直接利用了市场信息，具有客观性强、应用价值较大的优点。

（8）享乐价格法

享乐价格与很多因素有关，如房产本身数量与质量，距中心商业区、公路、公园和森林的远近，当地公共设施的水平，周围环境的特点等。享乐价格理论认为：如果人们是理性的，那么他们在选择时必须考虑上述因素，故房产周围的环境会对其价格产生影响，因周围环境的变化而引起的房产价格可以估算出来，以此作为房产周围环境的价格，称为享乐价格法。

二、生态系统服务功能研究主要评估结果

Costanza 等（1997）综合了国际上已经出版的用各种不同方法对生态系统服务价值的评估研究结果，在世界上最先开展了对全球生物圈生态系统服务价值的估算，他们估计全球生态系统的服务每年总价值为 16 万亿~54 万亿美元，平均为 33 万亿美元，该数字是目前全球 GDP 的 1.8 倍。其中，海洋生态系统服务的价值约占 63%（20.9 万亿美元），陆地生态系统服务的价值约占 37%。该研究成果发表不仅在国际上引起了广泛关注，而且掀起了对生态系统服务价值研究的热潮。另外，许多学者（Bolund and Hunhammar，1999；Björklund et al.，1999；Holmund and Hammer，1999）从不同的角度对生态系统的服务功能及其价值评估进行了研究。

有一些学者认为 Costanza 等对全球生态系统服务功能价值的评估结果难以令人信服，并持不同意见（Serafy，1998）。其中巴西 Pantanal 是位于南美洲地理中心的热带季节性湿地，面积为 13.8 万 km²，在 Costanza 等的研究中，该区域的年价值高达约 1 万美元·hm⁻²。2000 年，Seidl 等以同样的分类体系、用更详细和精确的数据对该区域湿地生态系统服务的价值重新进行估算，评估结果其年价值为 5839 美元·hm^{-2}，相当于 Costanza 等计算结果的一半。误差如此之大，也从某种程度上反映出目前生态服务价值评估研究的精确程度还很低。尽管如此，Costanza 为大区域的生态系统服务价值评估提供了可参考的方法。

Konarska 等（2002）选取基于分辨度为 $1\ km^2$ 的 NOAA-AVHRR 遥感影像 IGBP（国际地圈生物圈计划）土地利用数据集和基于分辨率为 30 m 的 Landsat TMR 遥感影像 NLCD（美国国家土地利用数据库）土地利用数据集，采用 Costanza 的参数对美国生态系统服务功能进行评估与分析。其结果为高分辨度的 NLCD 与低分辨率 IGBP 相比，生态系统评估价值增加了将近 2 倍，这说明了采用不同的评估手段对生态系统服务功能的评估结果会产生很大的影响。

Boumans 等（2002）在 STELLA 软件的基础上开发了全球生物圈复合模型（global unified meta-model of the biosphere，GUMBO），此模型能够模拟全球尺度的社会、经济和生物物理系统之间的复杂的、动态的内在联系，利用该模型能够模拟不同假定发展模式（技术发展、投资战略和其他因子）下未来发展的情景，以及对每种情景下生态系统服务功能的相对价值。Boumans 等利用此模型得到了 2000 年全球生态系统服务功能的价值约为世界生产总值（GWP）的 4.5 倍的评估结果。

在我国，生态系统服务的研究工作起步较晚，以李金昌和孔繁文为代表，对生态系统评估进行了开创性研究。

1996 年由胡涛等组织的中国环境经济学研讨班发表了两册论文集，内容包括环境污染损失计量、环境效益评估自然资源定价、生物多样性生态价值等。

李金昌（1999）在吸收、汇集前人经验的基础上出版了《生态价值论》一书，该书以环境价值特别是生态价值的量化为主，对环境的整体价值、环境的有形实体价值、环境的无形价值和各种生态功能的价值，都分别进行了论述并提供了可操作性强的计量方法，最后以我国森林生态系统为研究对象进行了价值评估。

欧阳志云等（1999a）对生态系统服务功能及其生态经济价值评估理论与方法做了分析；欧阳志云等（1999b）对中国陆地生态系统服务功能进行了研究，得出我国陆地生态系统服务功能的经济价值每年为 148 万亿元人民币。

赵景柱等（2000）对生态系统服务功能的物质量评估和价值量评估两类评估方法进行了比较，分析了这两类评估方法的优点和缺点，提出了采用物质量和价值量两种不同的方法对同一个生态系统进行服务功能评估，往往会得出不同甚至相反的结论。对于不同的评估目的和不同的评估空间尺度，这两类评估方法的作用是有较大区别的，同时这两类评估方法在一定意义上又是互相促进和互为补充的关系。

陈仲新和张新时（2000）按照自然状况分类，把中国划分为 10 类陆地生态系统和 2 类海洋生态系统，并参照 Costanza 等的分类方法、经济参数与研究方法，对中国生态系统的功能与效益也进行了价值评估。

谢高地等（2001a）参照 Costanza 等提出的方法，在对草地生态系统服务功能价格根据其生物量修正的基础上，逐项估计了各类草地生态系统的各项生态系统服务功能价值，得出全国草地生态系统每年的服务功能价值为 1497.9 亿美元。

赵景柱等（2003）选定采用 Costanza 等关于生态系统类型的分类系统，同时采用各生态系统类型服务功能的单位价值，定量评估了 13 个国家海岸带、热带林、温带北方林、草原牧场、潮汐带红树林、沼泽泛滥平原、湖河、农田等生态系统给人类提供的各项服务功能的价值。其结果为加拿大各类生态系统服务功能的价值最高，为 43 503.07 亿美元·a^{-1}，美国、巴西分居第二、第三位，中国居第六位。中国生态系统服务功能的价值为 7927.12 亿美元·a^{-1}，其中海岸带生态系统的服务功能价值为 1418.20 亿美元·a^{-1}，陆地生态系统服务功能的价值为 6508.92 亿美元·a^{-1}。

肖玉等（2003）运用中国生态系统服务功能价值当量因子表和莽措湖流域单位面积农田生态系统在 1990 年和 2000 年提供的食物生产服务功能的经济价值以及 1990 年和 2000 年土地利用情况，对该区生态系统服务功能经济价值进行了评估。得出 1990 年和 2000 年莽措湖流域生态系统服务功能经济价值分别为 3.10×10^9 元和 3.05×10^9 元，2000 年比 1990 年减少 4.71×10^7 元，同时分析了 1990 年和 2000 年生态系统服务功能经济价值变化的原因并对结果进行了讨论。

毕晓丽和葛剑平（2004）以国际地圈生物圈（IGBP）所提供的 1 km² 分辨率土地覆盖分类数据和 Costanza 提出的生态系统服务功能价值，对中国陆地及各省市的生态系统服务功能价值进行了评估，结果表明：中国陆地生态系统服务功能价值为40 690亿元，与陈仲新所研究结果相比较总体趋势一致。其估算结果显示中国现阶段社会经济的进步与生态环境的可持续发展之间存在严重的脱节，大部分省（自治区、直辖市）的经济发展已超过本地区的生态承载能力，正面临严峻的挑战价值，给我国敲响了保护自然生态环境的警钟。

何浩等（2005）利用图像空间分辨率为 1 km² 的 SPOT-VGT 的 NDVI 数据，结合生态学方法计算了中国陆地生态系统 2000 年的生态服务功能价值。结果表明：中国陆地生态系统 2000 年所产生的生态服务功能价值为 9.17×10^{12} 元，总体空间分布由东向西递减、由中部向东北和南部递增，与植被的地带性分布梯度基本一致。从生态系统服务功能来看，气体调节价值的贡献率最大，占总价值的 45.16%；其次是水土保持价值（28.83%）和涵养水源价值（14.44%）；有机物质生产和营养物质循环的价值最小，其贡献率为 11.57%。

除此以外，国内外学者在不同区域的生态服务功能价值评估方面也做了众多研究，从不同程度上促进了生态系统服务功能的研究。

三、存在问题和未来研究重点

总体而言，生态系统服务功能研究已获得较大进展。但由于其理论还不成熟，其评估范围没有明确、生态系统功能与服务的复杂性（在时空上存在动态异质性等）、人们对价值的多重认识以及市场失效及价格空缺、实证的困难与自然资本总价值的无限性制约了生态系统服务价值研究的发展，使得一些功能与服务之间不能一一对应，不能人为区分和定量描述，这为准确计算带来无法克服的困难。目前，还没有一个被人们普遍接受的生态系统服务功能评估指标体系与方法，已有的评估方法大多是基于个人偿付意愿而进行计量的。

今后需要研究的重点内容有如下两个方面。首先应尽快开展对不同类型陆地生态系统各种服务价值的深入研究，特别是服务功能机制的探讨研究。像农田生态系统、荒漠生态系统的各项服务价值至今研究资料很少，一些生态系统的部分功能和服务价值也缺少相关研究成果。其次根据生态系统服务空间异质性研究，确定不同尺度（全球、国家、区域）各种生态系统服务的分类及经济价值评估指标等工作，利用现代科学技术手段获得更准确的、更合理的方法，将误差控制在合理的水平。

第三节　森林生态系统服务功能评估研究进展

森林是地球上复杂、多物种、多功能与多效益的生态系统，是陆地生态系统的主体，对维护生态平衡起着决定性的作用，因此森林生态系统服务功能评估具有特殊性。森林生态系统服务功能集生态效益、经济效益、社会效益于一身，肩负着改善环境和促进发展的双重使命，在实现经济、社会可持续发展中具有不可替代的作用。

目前，水土流失、土地荒漠化、湿地退化、生物多样性减少等问题依然严重，林业在维护国土生态安全中的重要作用尚未充分发挥出来。客观、动态、科学地评估森林生态系统服务功能对于加深人们的环境意识，促进加强林业建设在国民经济中的主导地位，提高森林经营管理水平，加快将环境纳入国民经济核算体系及正确处理社会经济发展与生态环境保护之间的关系具有重要的现实意义，因此国内外都非常重视森林生态系统服务功能评估研究工作。

一、国外

1978 年，日本林野厅利用数量化理论多变量解析方法对全国 7 种类型的森林生态效益进行了经济价值的评估，其价值为 910 亿美元，相当于 1972 年日本全国的经济预算。

Magrath 和 Arens（1989）研究认为，爪哇在 1987 年因砍伐森林而导致水库、灌溉系统和港口淤积所造成的损失达 5800 万美元。

Groot（1994）研究报道巴拿马每年每公顷森林的综合生态系统服务价值为 500 美元（包括使用价值和非使用价值）。Adger 等研究指出墨西哥森林综合生态系统服务功能的价值为每年每公顷 80 美元。

Costanza 等（1997）研究认为森林生态系统所提供的服务功能价值就占到了目前全球 GNP 的 26.1%。

喀麦隆对热带雨林的效益计量约为 60 亿美元（不包括未来效益和物种存在效益），其中，热带雨林的保护水域和土壤等的效益就占 68%。

2001 年，美国学者道格拉斯博士认为美国森林生态系统服务功能可概括为 8 个方面：气候调节、水处理、食物生产、旅游、原材料生产、土壤保持、生物控制和文化等服务功能，并提供了其价值的货币化估算结果（姜海燕，2003）。

二、国内

我国自 20 世纪 80 年代开始森林生态系统服务功能及其价值评估研究工作，其大多数研究是借鉴国外的一些方法。1982 年，张嘉宾等利用影子工程法、替代费用法估算云南怒江、福贡等县森林每年保护土壤和涵养水源的价值分别为 2310 元·hm^{-2} 和 2130 元·hm^{-2}。1983 年，中国林学会开展了森林综合效益的研究。1984 年吉林环境保护所等单位仿照日本的方法计算了长白山森林 7 项生态价值中的 4 项，其结果（92 亿元）是当年所产 450 万 m^3 木材价值（6.67 亿元）的 13.8 倍。侯元兆等（1995）第一次全面地对中国森林资源涵养水源、防风固沙、净化空气价值进行了评估，拉开了我国生态系统服务功能评估的帷幕。所有这些都为生态系统服务功能价值研究提供了理论与实践基础。

从研究范围上看，国内研究又可划分为全国尺度、中小尺度和单项功能方面的研究。

1. 全国尺度

蒋延玲和周广胜（1999）根据全国第三次森林资源清查资料及 Costanza 等的方法估算了我国 38 种主要林分类型生态系统服务的总价值为 717.401 亿元·a^{-1}。

赵同谦（2004）根据我国自然地理和生态系统类型及空间分布特点，将我国陆地生态系统划分为森林、草地、湿地、荒漠、农田 5 个大的生态系统类型，分别进行服务功能机制分析、构建评估指标体系、物质量评估、价值量评估。评估结果表明：我国森林生态系统所提供的涵养水源、固碳、土壤保持、净化环境、养分循环、旅游、释放氧气、生物多样性维持功能价值为 1.1735 万亿元。

何浩等（2005）研究认为我国森林所提供的平均单位面积价值最高，为 18 789 元·hm^{-2}，占全国总生态服务价值的 40.80%；其次是灌丛和耕地提供的生态服务功能价值，分别占总生态服务价值的 10.79% 和 24.23%。

鲁绍伟（2006）采用物质量结合价值量的研究方法，利用全国第四次（1989—1993 年）、第五次（1994—1998 年）、第六次（1999—2003 年）资源清查资料、我国森林生态系统观测资料、净生产力动态变化、价格变量参数等对我国森林生态系统服务功能进行了评估。其结果 1993 年、1998 年、2003 年我国森林生态系统 7 类生态系统服务功能的总生态经济价值分别为 21 411.80 亿元、36 433.26 亿元、41 237.23 亿元，分别占当年 GDP 的 98.81%、91.73% 和 71.82%，三期间接经济价值是直接经济价值的 28 倍以上。森林生态系统为人类提供的间接经济价值远远大于直接产品价值。2003 年森林生态系统各项服务功能所提供价值量排序为：涵养水源＞固碳＞净化大气环境＞土壤保持＞林木、林副产品等＞养分循环＞维持生物多样性。同时根据系统动力学原理，运用 Vensim-PLE 软件，通过我国森林"十一五"和中长期发展规划对我国森林生态系统服务功能进行动态分析与仿真预测分析了 3 种林业投资方案，并对 3 种方案中国森林生态服务功能物质量及其价值量变化趋势进行了仿真预测，结果表明不同方案下中国森林各生态服务功能物质量和价值量都有增加趋势。

2008 年 4 月，王兵等起草的国内外首部国家林业行业标准《森林生态系统服务功能评估规范》（LY/T 1721—2008）由国家林业局发布实施，标志着森林生态系统服务功能评估已步入一个新的阶段。

2. 中小尺度

薛达元（1997）采用费用支出法、旅行费用法及条件价值法对长白山自然保护区生物多样性旅游价值进行了评估，从生态系统服务价值评估角度来看，该研究采用了较精细的方法对森林生态系统的娱乐文化价值进行了探索性的研究。

王兵等（1998）对金沙江流域防护林体系生态经济效益进行了评估。

周冰冰等（2000）对北京市森林资源价值进行了评估。结果表明，林地价值、木材和果品产出价值、生态环境及社会效益价值4部分的现值分别为20.8亿元、159.16亿元、2119.88亿元、13.53亿元，总计为2313.37亿元。其中环境资源价值占总价值的91.63%。价值依大小排序为：涵养水源、净化大气环境、生物多样性、固碳释氧、防护林、景观游憩和保育土壤。

吴钢等（2001）采用物质量和价值量相结合的评估方法，对长白山北坡森林生态系统生态旅游、林副产品、木材、涵养水源、水土保持、净化空气、营养元素循环等服务价值及其总体服务功能进行了评估及其动态分析。结果表明，1999年长白山生态服务价值达3.38亿元，涵养水源服务价值为森林生态系统最重要的服务功能，占66%。并提出了长白山北坡木材生产是森林生态系统服务功能的主体部分，充分发展长白山森林生态系统生态功能才是长白山森林可持续发展的最佳途径。

郭中伟和甘雅玲（2002）在大量实地观测的基础上，对神农架地区兴山县的森林生态系统服务功能进行了系统评估。

黄平等（2002）利用1999年广东省森林资源档案数据及其1998年遥感数据，对广东省森林生态系统的林副产品及其木材产品的价值和生态旅游、涵养水源、水土保持、净化空气、营养物质循环等5个方面服务功能总价值进行了评估。结果表明，1999年广东省森林生态系统总体服务功能价值为374亿元（以1999年人民币为基准），其中经济林价值为5.93亿元，只占总值的1.59%。在12种林分类型中，面积最大价值也最大的松林总值为101.05亿元，单位面积价值最高的是红树林，为每年提供8.27万元·hm^{-2}。

关文彬等（2002）选择亚热带自然垂直生态系统最典型、保存最完好的贡嘎山地区，应用市场价值、影子价格、机会成本等方法，评估了贡嘎山地区涵养水源、保护土壤、固定CO_2、净化空气等森林生态系统服务功能的生态经济价值。结果表明，贡嘎山地区涵养水源价值为71.0175亿元，保持土壤减少侵蚀价值为2.1657亿元，固定CO_2减轻温室效应价值为4.2614亿元，净化空气价值为107.0332亿元，4项合计的价值平均每年为184.4778亿元。

余新晓等（2002）对北京山地森林生态服务功能及其经济价值进行了初步研究。

饶良懿和朱金兆（2003）采用机会成本法、市场价格替代法等手段对典型亚热带常绿阔叶林生态系统——重庆四面山地区的涵养水源、保持土壤、净化空气、固定CO_2、休闲游憩等生态系统功能价值进行估算。评估结果为：该地区森林生态系统服务功能的总价值为4.74亿元，其中森林生态系统的涵养水源价值为1.035亿元、保持土壤价值为0.2797亿元、固定CO_2价值为0.8379亿元、净化空气价值为0.6870亿元、休闲游憩价值为1.9004亿元。

马定国等（2003）根据1998年江西省国土资源遥感调查资料对江西省森林生态系统服务功能价值进行了评估，着重对森林生态系统主导服务功能净化大气环境价值、固定CO_2和释放O_2功能价值、涵养水源功能价值、土壤保持功能价值4项进行了货币化评估。结果表明，江西省森林生态系统服务功能总价值平均每年为1177.52亿元，其中涵养水源价值为585.66亿元，净化大气环境功能价值为458.14亿元，保持土壤减少侵蚀的价值为121.95亿元，固定CO_2和释放O_2功能价值为11.77亿元，所占比例分别为49.73%、38.91%、10.36%、1.00%。

范海兰等（2004）参照Costaza提出的测算方法，在根据森林单位面积蓄积量进行修正的基础上，评估了1978—1998年福建省森林生态系统服务功能价值变化。结果表明，1978—1998年福建省森林生态系统服务功能价值逐渐上升，平均每年提供89.29亿美元的生态服务功能价值。其中营养循环价值在各年度中所占比例最高，平均占41.00%，且正在逐年上升。

潘勇军等（2005）根据森林生态系统服务功能的内涵和森林生态系统特征，采用物质量和价值量相结合的评估方法，定量评估了武陵源自然保护区森林生态系统服务功能经济价值。结果表明：在武陵源自然保护区森林生态系统服务功能价值平均每年达 19.75 亿元，其中涵养水源的间接经济价值为 1.058 亿元，固定 CO_2 的间接经济价值为 5968 万元，释放 O_2 的间接经济价值为 2200 万元，土壤肥力保持的间接经济价值为 3440 万元，净化服务的间接经济价值为 152 万元，旅游服务价值为 17.52 万元（2002 年）。

陆贵巧（2006）在对大连市森林不同树种的降温增湿效应、吸收 SO_2 效应、固碳释氧效应和滞尘效应的试验与观测基础之上，利用神经网络方法建立评估模型对大连市森林的生态效益进行了评估，最后通过仿真模型，预测出大连市各林分类型不同效益变化趋势。结果表明：大连各林分类型的涵养水源效益、水土保持效益、吸收 HF 效益、吸收 SO_2 效益、滞尘效益都表现出增大的趋势；林木增长效益、固碳效益、释氧效益表现出减小趋势。

3. 单项功能

一些学者还进行了单一功能的价值评估研究。例如，陈建成和胡明形（2004）对森林游憩价值核算的几种方法进行了评述并提出了部分改进意见；姜文来（2003）对森林涵养水源的价值核算理论与方法进行了研究，重点介绍了森林蓄水和调节径流量的价值核算方法，并给出了一个涵养水源功能价值核算的模糊数学模型；刘璨（2003）对森林固碳释氧功能的价值核算研究进展进行了评述，并以山东临沂费县彷河林场为例进行了案例研究；黄艺（2002）对森林净化大气有毒气体的效益估算方法进行了研究，提出了一个净化空气评估的指标体系，并以尖峰岭地区为例进行了森林净化 SO_2 价值估算的案例研究；陈勇等（2002）提出了一个森林社会效益价值评估的指标体系，并以尖峰岭地区及其周边地区森林为例进行了社会效益价值估算的案例研究。姜东涛（2005）对森林固碳释氧功能与效益计算进行了深入探讨；杨吉华和柳凯生（1993）针对山丘地区森林保持水土效益的研究；鲁绍伟等（2005）对中国森林生态系统保护土壤的功能进行了价值评估研究；鲁春霞等（2001）对河流生态系统的休闲娱乐功能及其价值进行了评估研究。

从以上国内外文献可以看出，由于研究者所涉及的领域不同，评估指标体系也不尽相同。但总体而言，差别较小，因此可把森林生态系统服务功能价值（不包括直接价值）评估指标归纳为 8 个方面，即森林水文服务（水量和水质）、土壤固定和控制侵蚀、大气质量改善、气候调节和碳固定、生物多样性保护、娱乐和旅游、非木材生产、文化领域价值。以上这些研究为我国森林生态系统服务功能评估指标体系建立奠定了基础。

三、研究展望

1. 存在的主要问题

森林生态系统服务功能的价值正越来越受到人们的关注，许多学者进行了积极的探索与研究，但由于森林生态系统功能与服务的复杂性、人们对价值的多重认识等制约，要比较准确地开展评估，用于指导我国生态环境建设，尚存在一些有待解决的问题。

目前，我国森林生态系统服务功能的研究正处于发展阶段，存在的主要问题有以下几点。

（1）缺乏对森林生态系统服务功能机制性研究

目前人们对森林生态系统的复杂结构、功能和过程以及生态过程与经济过程之间的关系等还缺乏准确的定量认识，服务功能经济价值的准确评估有赖于对森林生态系统服务功能机制做进一步深入研究。

（2）指标体系及评估方法有待完善

在森林生态系统服务功能价值评估理论与方法方面，目前虽然已颁布实施了国家林业行业标准《森林生态系统服务功能评估规范》（LY/T 1721—2008），且已在许多省应用，但指标体系及评估方法尚需进一步完善，然后上升到国家标准和国际标准，得到国际同行认可，为各国管理和决策部门应用。

（3）缺乏对森林生态系统服务功能空间分布和动态变化的研究

目前的评估多是静态，在动态方面还很少。由于森林生态效益对森林资源的依赖性，森林资源的空间分布也决定着森林生态效益的空间分布和动态变化。目前我国学者所进行的评估大多从土地利用变化方面着手，未能真正反映森林生态系统服务功能的动态变化。

（4）缺乏多学科有机结合

森林生态系统服务功能价值评估是一个多学科的综合研究领域，涉及生态学、经济学等多种学科，特别是森林生态系统过程及其相关公共参数是评估的基础，经济学理论与方法的引入和应用是评估的主要手段。因此，这些学科的有机结合和集成创新是解决问题的关键。

2. 发展趋势

（1）森林生态系统服务功能基础理论研究

关于森林生态系统服务功能的可计算性、计算方法等理论问题仍存在着持续的争论。这些问题主要包括：目前建立在市场基础上的价值评估方法能否用来表征生态系统服务对人类贡献的重要性，能否正确反映森林生态系统服务逐渐增加或者衰减甚至消失对人类社会的价值贡献的变动；如何处理基于供给和需求的价格与价值之间的关系；价值的可分解性和可加性；负效应问题；功能与效能等，这些森林生态系统服务功能研究的基础理论问题尚有待进一步研究和明确。

（2）森林生态系统服务功能形成机制研究

自然及人类活动影响下森林生态系统服务功能机制研究是功能评估的基础。其研究的基础是森林生态系统长期连续观测研究，以野外实验观测为主要手段，通过实验结果与系统模拟相结合，分析森林生态系统的结构、生态过程及其规律，使森林生态系统服务功能评估指标得以量化。尽管目前森林生态系统服务功能机制研究工作已经取得了显著的成果，但无论从广度和深度、空间尺度和时间尺度都还存在着较大的差距，尚有许多的基础工作需要完成。

森林生态系统服务功能机制研究的重点内容主要包括：水文调节功能机制、土壤保持机制、营养物质循环与保存机制、生物多样性维持机制、污染物净化功能机制、区域小气候调节机制研究、大气化学平衡机制研究以及初级生产力的分布特征等。探索人类活动对森林生态系统服务功能的影响机制，比较分析不同干扰方式与干扰程度影响下，森林生态系统结构与生态过程的变化趋势。

（3）评估方法研究

评估方法是森林生态系统服务功能评估研究工作的核心内容之一，由于服务功能价值评估的复杂性，使得评估方法的研究更具迫切性、难度更大，需要解决的关键问题很多，如不同尺度下的空间数据耦合和应用方法、价值评估方法及其不确定性、重复计算和遗漏计算等。所以如何提高评估结果的合理性和可信度，依然亟待解决。

（4）多学科有机结合和集成创新

森林生态系统服务价值的研究依赖于森林生态学的基础研究，应着眼于对地球生命保障系统具有特殊意义的森林生态系统的生态过程，加强自然研究与经济学、社会学等学科的交融。森林生态系统服务价值的实现与补偿不仅依赖于价值估算的技术发展，而且也有待于现有市场价格体系和人们价值观的改革。

（5）新技术手段在服务功能价值评估中的应用

目前国外已开始采用 GUMBO、SWAT、UFORE 以及 CITY Green 等相关软件，并在地理信息系统支持下对森林服务功能进行了监测与评估，其精度与便捷性都得到了提高，然而目前国内森林生态系统服务功能评估研究的技术支持手段还较为落后，如采用 NLCD，精度较差，而且不能很好地分析、管理和应用评估所需的数据信息，更难以做到动态管理和评估。为此，在今后的研究过程中生态系统服务功能评估的手段有待进一步提高。

（6）评估结果在实践中的应用

尽管目前很多学者提出评估指标体系并对各项服务功能进行了计算。但是，很多未能对各地区出现价值差异的成因做出解释及未将评估结果与生产实际结合指导森林经营，今后应加强在此方面的研究。

另外，亟须开展林业政策对森林服务功能的潜在影响，人为干扰对森林服务功能的影响，潜在价值和现实表现价值等方面研究工作。

森林生态系统服务功能是广泛的，我们不可能对每种功能都一一计量，而且各项指标核算的方法各不相同，目前我国虽然已颁布实施了林业行业标准《森林生态系统服务功能评估规范》，但得到国内外同行认可尚需时日，因此迫切需要建立一个国内外统一的、成熟的森林生态系统服务功能指标体系。但是随着研究的进一步深入和计量测试手段的不断改进和提高，以及人们对森林生态服务功能认识的不断加深和重视，其经济价值评估也一定会更加准确和完善。

主要参考文献

白顺江，谷建才，毛富玲 . 2006. 雾灵山森林生物多样性及生态服务功能价值仿真研究 . 北京：中国农业出版社

毕晓丽，葛剑平 . 2004. 基于 IGBP 土地覆盖类型的中国陆地生态系统服务功能价值评估 . 山地学报，22（1）：48～53

蔡晓明 . 2002. 生态系统生态学 . 北京：科学出版社

陈步峰，林明献，周光益等 . 2000. 尖峰岭热带山地雨林生态系统的水文生态效益 . 生态学报，20（3）：423～429

陈建成，胡明形 . 2004. 可持续发展下的森林资源统计核算 . 北京：中国林业出版社

陈勇，李智勇 . 2002. 森林资源社会效益核算的指标体系及案例研究 . 见：侯元兆 . 森林环境价值核算 . 北京：中国科学技术出版社 . 142～150

陈仲新，张新时 . 2000. 中国生态系统效益的价值 . 科学通报，45（1）：17～22

范海兰，洪伟，吴承福 . 2004. 福建省森林生态系统服务价值的变化 . 福建农林大学学报（自然科学版），33（3）：347～351

傅伯杰，刘世梁，马克明 . 2001. 生态系统综合评价的内容与方法 . 生态学报，21（11）：1885～1892

关文彬，王自力，陈建成等 . 2002. 贡嘎山地区森林生态系统服务功能价值评估 . 北京林业大学学报，24（4）：80～84

郭中伟，甘雅玲 . 2002. 基于功能与空间格局的区域生态系统保育策略 . 生物多样性，10（4）：399～408

郭中伟，甘雅玲 . 2003. 关于生态系统服务功能的几个科学问题 . 生物多样性，11（1）：63～69

国家林业局 . 1999. 中国林业统计年鉴（1998）. 北京：中国林业出版社

国家林业局 . 2004. 中国林业统计年鉴（2003）. 北京：中国林业出版社

国家林业局森林资源司 . 2000. 全国森林资源统计（1994～1998）. 北京：国家林业局森林资源司

国家林业局森林资源司 . 2005. 全国森林资源统计（1999～2003）. 北京：国家林业局森林资源司

何浩，潘耀忠，朱文泉等 . 2005. 中国陆地生态系统服务价值测量 . 应用生态学报，16（6）：1122～1127

和爱军，高桥勇一 . 2001. 略谈中日林业发展的道路与合作潜能 . 中南林业调查规划，20（3）：55，56

侯元兆，张佩昌，王琦等 . 1995. 中国森林资源核算研究 . 北京：中国林业出版社

侯元兆 . 2002. 森林环境价值核算 . 北京：中国科学技术出版社

胡明形 . 2002. 森林游憩价值的核算 . 见：侯元兆 . 森林环境价值核算 . 北京：中国科学技术出版社

桓曼曼 . 2001. 生态系统服务功能及其价值综述 . 生态经济，（12）：41～43

黄平，侯长谋，张弛等 . 2002. 广东省森林生态系统服务功能 . 生态科学，21（2）：160～163

黄艺 . 2002. 森林净化大气中有毒气体的效益估算方法初探 . 见：侯元兆 . 森林环境价值核算 . 北京：中国科学技术出版社 . 111～117

姜东涛 . 2005. 森林制氧固碳功能与效益计算的探讨 . 华东森林经理，19（2）：19～21

姜海燕，王秋兵 . 2003. 森林生态系统服务功能价值估算的研究内容及方法 . 辽宁林业科技，5：27～30

姜文来 . 2003. 森林涵养水源的价值核算研究 . 水土保持学报，17（2）：34～36，40

蒋洪强，徐玖平 . 2004. 环境成本核算研究的进展 . 生态环境，13（3）：429～433

蒋延玲，周广胜 . 1999. 中国主要森林生态系统公益的评价 . 植物生态学报，23（5）：426～432

蒋有绪 . 1992. 中国林业发展目标战略研究——2000 年中国森林发展与环境效益预测 . 北京：中国科学技术出版社 . 33

蒋有绪 . 1996. 中国森林生态系统结构与功能规律研究 . 北京：中国林业出版社

靳芳，鲁绍伟，余新晓等 . 2005a. 中国森林生态系统服务功能及其价值评价 . 应用生态学报，16（8）：1531～1536

靳芳，张振明，余新晓等 . 2005b. 甘肃祁连山森林生态系统服务功能及其价值 . 中国水土保持科学，3（1）：53～57

李金昌，孔繁文 . 1991. 资源统计与可持续发展 . 北京：中国环境出版社

李金昌 . 1999. 生态价值论 . 重庆：重庆大学出版社

李少宁，王兵，郭浩等 . 2007. 大岗山森林生态系统服务功能及其价值评估 . 中国水土保持科学，5（6）：58～64

李少宁，王兵，赵广东等 . 2004. 森林生态系统服务功能研究进展——理论与方法 . 世界林业研究，17（4）：14～18

李文华，欧阳志云，赵景柱 . 2002. 生态系统服务功能研究 . 北京：气象出版社

李意德，陈步峰，周光益等 . 2003. 海南岛热带天然林生态环境服务功能价值核算及生态公益林补偿探讨 . 林业科学研究，16（2）：146～152

林业部科技司 . 1994. 中国森林生态系统定位研究 . 哈尔滨：东北林业大学出版社

刘璨 . 2003. 森林固碳与释氧的经济核算 . 南京林业大学学报（自然科学版），27（5）：25～29

刘世荣，温远光，王兵等 . 1996. 中国森林生态系统水文生态功能规律 . 北京：中国林业出版社

刘延春 . 2005. 生态·效益林业理论及其在吉林省的应用研究 . 哈尔滨：东北林业大学博士学位论文

刘玉龙，马俊杰，金学林等 . 2005. 生态系统服务功能价值评估方法综述 . 中国人口·资源与环境，15（1）：88～92

鲁春霞，谢高地，成升魁．2001．河流生态系统的休闲娱乐功能及其价值评估．资源科学，23（5）：77～81

鲁绍伟，靳芳，余新晓等．2005．中国森林生态系统保护土壤的价值评价．中国水土保持科学，3（3）：16～21

鲁绍伟．2006．中国森林生态系统服务功能的动态分析与仿真预测．北京：北京林业大学博士学位论文

陆贵巧．2006．基于空间特征大连城市森林生态效益研究及动态计量评价．北京：北京林业大学博士学位论文．106～109

马定国，舒晓波，刘影等．2003．江西省森林生态系统服务功能价值评估．江西科学，21（3）：211～216

马中．1999．环境与资源经济学概论．北京：高等教育出版社

欧阳志云，王如松，赵景柱．1999a．生态系统服务功能及其生态经济价值评价．应用生态学报，10（5）：635～640

欧阳志云，王效科，苗鸿．1999b．中国陆地生态系统服务功能及其生态经济价值的初步研究．生态学报，19（5）：607～613

潘勇军，康文星，田大伦．2005．武陵源森林生态系统服务功能及其效益评估．湖南林业科技，32（1）：29～32

饶良懿，朱金兆．2003．重庆四面山森林生态系统服务功能价值的初步评估．水土保持学报，17（5）：5，6，44

王兵，李少宁，郭浩．2007．江西省森林生态系统服务功能及其价值评估研究．江西科学，25（5）：553～559

王兵，鲁绍伟．2009．中国经济林生态系统服务价值评估，应用生态学报，20（2）：417～425

王兵，马向前，郭浩等．2009a．中国杉木林的生态系统服务价值评估．林业科学，45（4）：124～130

王兵，魏江生，胡文．2009b．贵州省黔东南州森林生态系统服务功能评估．贵州大学学报（自然科学版），26（5）：42～47

王兵，肖文发．1998．金沙江流域防护林体系生态经济效益评价．世界林业研究（专集），29～36

王兵，杨锋伟，郭浩等．2008．森林生态系统服务功能评估规范（LY/T 1721—2008）．北京：中国标准出版社

吴钢，肖寒，赵景柱等．2001．长白山森林生态系统服务功能．中国科学（C辑），31（5）：471～480

肖寒，欧阳志云，赵景柱等．2000．森林生态系统服务功能及其生态经济价值评价初探——以海南岛尖峰岭热带林为例．应用生态学报，11（4）：481～484

肖玉，谢高地，安凯．2003．莽措湖流域生态系统服务功能经济价值变化研究．应用生态学报，14（5）：676～680

谢高地，鲁春霞，成升魁．2001a．全球生态系统服务价值评估研究进展．资源科学，23（6）：5～9

谢高地，张钅里锂，鲁春霞等．2001b．中国自然草地生态系统服务价值．自然资源学报，16（1）：47～53

薛达元．1997．生物多样性的经济价值评估——长白山自然保护区案例研究．北京：中国环境科学出版社．52～80

杨吉华，柳凯生．1993．山丘地区森林保持水土效益的研究．水土保持学报，7（3）：47～52，66

余新晓，秦永胜，陈丽华等．2002．北京山地森林生态服务功能及其经济价值初步研究．生态学报，22（5）：783～786

张敬增，王照平．2006．河南林业生态效益评价．郑州：黄河水利出版社

张颖．2001．中国森林生物多样性价值核算研究．林业经济，（3）：37～44

赵景柱，肖寒，吴钢．2000．生态系统服务的质量与价值量评价方法比较．应用生态学报，11（2）：290～292

赵景柱，徐亚骏，肖寒等．2003．基于可持续发展综合国力的生态系统服务评价研究——13个国家生态系统服务价值的测算．系统工程理论与实践，（1）：121～127

赵同谦．2004．中国陆地生态系统服务功能及其价值评估研究．北京：中国科学院研究生院博士学位论文

中国森林生态服务功能评估项目组．2010．中国森林生态服务功能评估．北京：中国林业出版社

中国生物多样性国情研究报告编写组．1998．中国生物多样性国情研究报告．北京：中国环境科学出版社

周冰冰，李忠魁，张颖等．2000．北京市森林资源价值．北京：中国林业出版社

Bernataky A. 1978. Free Ecology and Preservation. Amsterdam，Oxford，New York：Elsevier Scientific Publishing Company

Björklund J，Limburg K E，Rydberg T. 1999. Impact of production intensity on the ability of the agricultural land scape to generate ecosystem services：an example from Sweden. Ecological Economics，29：269～291

Bolund P，Hunhammar S. 1999. Ecosystem services in urban areas. Ecological Economics，29：293～301

Boumans R，Costanza R，Farley J et al. 2002. Modeling the dynamics of the integrated earth system and the value of global ecosystem services using the GUMBO model. Ecological Economics，41（3）：529～560

Callicott J B. 1995. The value of ecosystem health. Environmental Value，4：345～361

Carson J. 1997. Protecting the delivery of ecosystem service. Ecosystem Health，3（3）：185～194

Carson R. 1962. Silent Spring. Boston：Houghton Mifflin. 1～9

Costanza R，d'Arge R，de Groot R et al. 1997. The value of the world's ecosystem services and natural capital. Nature，387：253～260

Costanza R. 1992. Toward an operational definition of health. In：Costanza R，Norton B，Haskell B. Ecosystem Health-New Goals for Environmental Management. Washington，D C：Island Press

Costanza R. 1995. Ecological and economic system health and social decision making. In：Rapport D J，Calow P，Gauder C. Evaluating and Monitoring the Health of Large-scale Ecosystems. New York：Springer-Verlag

Costanza R. 1997. The value of the world's ecosystem services and natural capital. Nature，387：253～260

Costanza R. 2000. Social goals and the valuation of ecosystem services. Ecosystems，3：4～10

Daily G C. 1997. Nature's Services：Societal Dependence on Natural Ecosystems. Washington，D C：Island Press

Dixon R K，Brown S，Houghton R A et al. 1994. Carbon pool and flux of global forest ecosystems. Science，263：185

Ehrlich P R，Ehrlich A H. 1972. Population，Resource Environment：Issues in Human Ecology. San Francisco：W. H. Freeman

Gordon Irene M. 1992. Nature Function. New York: Springer-Verlag

Harold A M, Paul R E. 1997. Ecosystem services: a fragmentary history. *In*: Daily G. Natures Services: Societal Dependence on Natural Ecosystems. Washington, D C: Island Press

Holmund C M, Hammer M. 1999. Ecosystem services generated by fish populations. Ecological Economics, 29: 253~268

Kerr S R, Dickie L M. 1984. Measuring the health of aquatic ecosystem. *In*: Levin S A et al. Ecotoxicology: Problems and Approaches. New York: Springer-Verlag

Konarska K M, Sutton P C, Castellon M. 2002. Evaluating scale dependence of ecosystem service valuation: a comparison of NOAA-AVHRR and Landsat TM datasets. Ecological Economics, 41: 491~507

Kramer P J. 1981. Carbon dioxide concentration, photosynthesis, and dry matter production. Bioscience, 31: 29~33

Millennium Ecosystem Assessment. 2005. Ecosystems and Human Well-being: Synthesis. Washington, D C: Island Press

Pimental D, Wilson C, McCullum C et al. 1997. Economic and environmental benefits of biodiversity. BioScience, 387: 253~260

Rapport D J. 1992. Defining the practice of clinical ecology. *In*: Costanza R, Norton B, Haskell B. Ecosystem Health — New Goals for Environmental Management. Washington, D C: Island Press

Serafy S. 1998. Pricing the invaluable of the world's ecosystem services and natural capital. Ecological Economics, 25: 25~27

Turner R K, Jeroen C J M van den Bergh, Soderqvist T et al. 2000. Ecological-economic analysis of wetlands: scientific integration for management and policy. Ecological Economics, 35 (1): 7~23

UNEP. 1991. Guidelines for the preparations of country studies on costs, benefits and unmet needs of biological diversity conservation within the framework of the planned convention on biological diversity, Niobe, United National Environmental Program

Wang Bing, Cui Xianghui, Li Shaoning et al. 2003. Study on optimized pattern of forest ecosystem management in Dagangshan. Chinese Forestry Science and Technology, 2 (4): 27~37

第二章　中国森林生态系统服务功能评估研究

第一节　研究背景和目的

　　森林是实现人类与自然和谐关系的纽带，关系国家的生态安全，人与自然之间、自然与自然之间的和谐发展，自然界内部的和谐发展是前提和关键。森林生态系统为人类提供了自然资源和生存环境两个方面的多种生态系统服务功能，是人类现代文明的基础。尤其中国是一个严重缺林的国家，森林的功能与作用更显重要与珍贵。对森林的服务功能进行科学、量化的评价，对生态产品价值进行量化，进而体现林业在和谐社会建设、促进全面建设小康社会中的地位与作用，反映林业建设成就，服务宏观决策，是一项紧迫而又必须完成的任务。

　　目前，中国水土流失、土地荒漠化、湿地退化、生物多样性减少等问题依然较为严重。客观、动态、科学地评估森林生态系统服务功能对于加深人们的环境意识，巩固林业建设在国民经济中的主导地位，提高森林经营管理水平，加快将环境纳入国民经济核算体系及正确处理社会经济发展与生态环境保护之间的关系具有重要的现实意义。

　　本研究在全国各森林生态系统定位站长期、连续的大量观测数据以及对不同区域、不同植被类型生态系统结构、生态过程与服务功能的关系深入研究的基础上，有效地克服了以往评估的局限性及不足，为生态系统服务功能及其价值评估奠定了可靠的生态学基础，从而使评估结果更具有科学性、准确性；该评估在确定森林在生态环境建设中的主体地位和作用，完善森林生态环境动态评估、监测和预警体系，促进我国和全球的生态环境建设、森林可持续利用和林业经济的可持续发展等方面具有重要价值；评估结果能够提供当前我国森林生态系统真实状况，是制定"三大体系"构建目标的基础资料。通过服务功能观测与评估，可以获得我国森林生态系统服务功能总体状况的动态数据，是了解"三大体系"构建效果的最有效途径；该研究结果能够促进中国森林生态系统定位研究网络（CFERN）标准化、规范化建设，为自然资源和环境因素纳入国民经济核算体系而最终为实现绿色GDP提供基础。

　　中国政府高度重视生态建设和生态系统服务功能价值评估，在强化区域生态评估、生态规划、生态管理和生态工程研究等方面做出了巨大努力。把生态建设提高到了前所未有的高度，公众的生态环境保护意识逐渐提高，生态环境质量得到了全面改善，森林覆盖率有了较大提高（18.2%）。本研究将从涵养水源、保育土壤、固碳释氧、积累营养物质、净化大气环境功能5个方面公布"九五"、"十五"中国森林生态系统服务功能物质量，这是一项符合我国实际和反映多年来生态建设成果的工作，也是检验多年来我国生态建设成绩的最好方法。此研究专著的出版不仅可以提高林业工作在整个社会中的影响力，而且还能大幅度提升公众保护生态环境的意识，还将得到国内乃至国际社会的高度关注，产生深远的影响。

第二节　森林生态系统服务功能评估方法研究

　　森林生态系统服务功能评估方法包括评估指标体系和计量方法两部分。

　　一、中国森林生态系统服务功能评估指标体系构建研究

　　森林生态系统服务功能评估指标是进行评估的基础和工具，指标体系提供了描述、监测和评估森林生态系统服务功能物质量与价值量的基本框架，因此评估指标体系的构建是森林生态系统服务功能评估工作的首要环节。

（一）评估指标选取原则

1. 代表性原则

森林生态系统服务功能的组成因子众多，各因子之间相互作用、构成一个复杂的综合体。但指标体系不可能包括所有因子，只能从中选择最具有代表性、最能反映服务功能本质特征的指标。

2. 全面性原则

森林生态系统服务功能是一个自然-社会-生态因素组成的复合系统，因此选取指标要尽可能地反映服务功能各个方面的特征。

3. 简明性原则

评估指标选取以能说明问题为目的，要选择针对性强的指标，指标繁多反而容易顾此失彼，重点不突出，掩盖了实质。因此，评估指标应尽可能控制在适度范围内，评估方法尽可能简单。

4. 可操作性原则

评估指标的定量化数据要易于获得和更新，指标选择可以有一定的超前性，但应尽可能选择现有仪器设备可以观测到的指标。虽然有些指标对森林生态系统服务功能有极佳的表征作用，但数据缺失或不全，就无法进行计算和纳入评估指标体系。因此，选择指标必须实用可行，可操作性强。

5. 适应性原则

评估指标选择应尽可能涵盖全国的普遍问题，易于推广应用。从空间尺度上讲，选择的指标应具有广泛的空间适用性，对不同省、市、县等不同区域而言，都能运用所选择的指标对其区域的森林生态系统服务功能做出客观性的评估。

（二）评估指标体系筛选的思路和方法

科学、合理的评估指标体系的建立直接关系到评估结果是否正确，因此筛选评估指标一定要慎重。目前，国内外虽然提出了众多森林生态系统服务功能评估的指标体系，但仍存在一些问题：一方面人们为追求评估指标体系的完备性，不断提出新指标，使评估指标体系数目不断扩大；另一方面，由于缺乏科学有效的指标筛选方法，大都是靠评估者的经验选择指标，故存在很大的主观性。鉴于以上情况，本研究采用了如下步骤开展评估指标体系的构建工作。

1. 指标筛选的思路

筛选评估指标时，遵循以上原则，即代表性、全面性、简明性、可操作性、适应性、稳定性和客观性，综合考虑多项原则对指标进行筛选。在指标筛选时一方面参考国内外已有的指标体系，选取目前多数研究者认可的指标；另一方面根据中国森林的结构、功能以及区域特殊性增加反映其本质内涵的指标。

2. 指标体系的筛选方法

目前，筛选指标的方法主要有理论分析法、频度分析法和专家咨询法等。本研究采取这3种方法的综合，一是采用理论分析法分析森林生态系统提供服务功能的机制过程，对目前存在的评估方法进行优缺点分析；二是采用频度分析法统计指标出现频度，选取那些目前相关领域专家公认的、评估方法成熟、使用频度较高、针对性强的指标；三是召开专家咨询会，征询有关专家意见，对指标进行调整，最后修改形成中国森林生态系统服务功能评估指标体系框架。

（三）中国森林生态系统服务功能评估指标体系研究

综合分析国内外森林生态系统服务功能评估指标体系，根据中国森林生态系统特点，经过多次论证，本研究确定中国森林生态系统服务功能评估指标主要包括涵养水源、保育土壤、固碳释氧、积累营养物质、净化大气环境、森林防护、生物多样性保护、森林游憩8个方面，之后开展了评估指标的筛选工作。

1. 森林生态系统服务功能及其评估指标研究

（1）涵养水源功能

森林涵养水源功能主要是指由于森林生态系统特有的水文生态效应，而使森林具有的蓄水、调节径流、缓洪补枯和净化水质等功能。主要表现在截留降水、缓和地表径流、抑制土壤蒸发、涵蓄土壤水分、改善水质、补充地下水、调节河川流量等方面。

A. 森林拦蓄降水

1）林冠层对降水的截留。森林是拦蓄降水的天然大水库，具有强大的蓄水作用。森林的复杂立体结构能对降水层截持，不但使降水发生再分配，而且减弱了降水对地面侵蚀的动能；林冠的枝叶可以拦截和保留降落在树冠上的一些雨水，林冠截留量大小取决于降雨量和降雨强度，并与林分类型、林分组成、林龄、郁闭度等有关。据研究，我国主要森林生态系统年林冠截留量平均值变动为 134～626 mm，林冠截留率平均值变动为 11.4%～34.4%，平均为 21.64%。

2）林下灌草和枯落物的截留作用。森林内的灌木与草本植物层对于分散、减弱林内的降雨动能，减缓降水对林地面的直接冲击有重要的作用，是森林截流降水的重要组成部分。

森林地面的枯枝落叶层处于松软状态，具有很大的孔隙度和持水力，能吸收和渗透降水，所以林地枯落物具有很强的水分截留能力。枯落物的截持能力和水分蓄持能力取决于枯落物的现存量及其最大持水能力。枯落物的最大持水能力通常与树种、枯落物厚度、干燥程度、分解程度及枯落物组成成分等有密切关系。一个良好的枯枝落叶层能吸持 10 mm 以上的降水，其下渗力在 100 mm·h^{-1} 以上。通常森林枯枝落叶层吸水的能力是自身重量的 40%～400%，森林枯枝落叶层转化成的腐殖质吸水能力是自身重量的 2～4 倍，枯枝落叶层最大持水量多数能达到 10～20 mm。枯落物的存在不仅能直接截留降水，减少输入林地的雨量，更重要的是它能减少水土流失。枯枝落叶层的持水量和渗透率越大，产生的地表径流就越少，水土保持作用越好。有关研究说明，林地只要有 1 cm 以上厚度的枯枝落叶层，就能使地表径流减少到相当于裸地的 1/10 以下。

森林通过林冠及枯枝落叶全年拦蓄的水量非常可观（可达 15%～35%），但从一次降雨过程来看，其截留水量并不大，约为几毫米至数十毫米，只能减少一部分径流量。而林冠和枯枝落叶通过对降水的再分配和削弱降雨功能，直接影响流域的水循环过程。

3）林下土壤涵养水源作用。林地土壤多孔疏松，物理性质好，空隙度高，具有较强的透水性。林地土壤的水分蓄持能力与土壤厚度和土壤孔隙度状况密切相关。其中，土壤非毛管空隙度是土壤重力水移动的主要通道，与土壤蓄水能力密切相关，不同林地蓄水能力差异较大。根据我国森林土壤 0～60 cm 土层的蓄水量观测结果，非毛管孔隙度变动值为 36.42～142.17 mm，平均为 89.57 mm，变动系数为 31.06%；最大蓄水量相应为 286.32～486.6 mm、382.22 mm 和 17.19%。热带、亚热带地区的阔叶林林地土壤蓄水能力最大，其中非毛管孔隙蓄水量均在 100 mm 以上。在大雨、暴雨时，土壤的水文性能以滞留储存水分方式体现，这种特性延长了水分渗透到下层的时间，起到了调蓄径流的作用。

土壤渗透性能是林分涵养水源功能的重要指标之一。良好的土壤渗透性能有利于地表径流转变为土内径流，削弱了地表径流，从而减少了地表的水土流失。由于森林的枯枝落叶层的良好作用（避免雨滴直接击打、增加有机质等），林木根系对土壤结构的改良（穿插切割、细根死亡、根系分泌物）等，林地表层和深层土壤的孔隙度，特别是非毛管孔隙度均较高，因此林地土壤有较高的入渗能力。在自然条件下，林地土壤的透水性取决于林分类型、林分组成、林分的年龄等。一般未受干扰的天然林土壤具有最高的水分渗透性，老龄林较幼龄林的土壤渗透率高，未放牧的林地比放牧地高，有林地比无林地农田、牧地、草地的土壤渗透率高。

根据大岗山国家级森林生态站研究表明，杉木林幼龄林、中龄林、成熟林和过熟林土壤渗透速度稳渗值分别为 1.68 mm·min^{-1}、1.25 mm·min^{-1}、2.28 mm·min^{-1} 和 2.50 mm·min^{-1}。一代杉木林表层土壤初渗值分别是二代和三代的 1.10 倍和 1.47 倍。

从以上分析可见，森林以其林冠层、林下灌草层、枯枝落叶层、林地土壤层等通过拦截、吸收、蓄积了降水，并通过"整存零取"的作用，减少地表径流，以水分暂时储存的方式防止水土流失。储存水分的一部分以土内径流的形式或通过渗透以地下水的方式补充给河川，"雨多能吞，雨少能吐"，具有良好的水源涵养作用。

B. 森林调节径流、削洪减灾

森林调节径流、削减洪峰的作用表现在两个方面。一方面当降雨透过林冠后，直接进入枯枝落叶层。枯枝落叶层吸收水分并达到饱和后产生积水，一部分渗入土壤，另一部分沿土壤表面在重力作用下产生流动，形成地表径流。然而这种地表径流不同于裸露地面上的水流，它受到了枯枝落叶的阻拦，不仅减少其量，而且降低了汇流速度。另一方面，由于森林土壤具有很强的透水性和持水性，会对地表径流进行第二次分配。

研究表明，小流域森林覆盖率每增加2%时，约可以削减洪峰1%，当流域森林覆盖率达到最大值100%，森林削减洪峰极限值为40%～50%。森林可以削减洪峰流量，推迟洪峰到来时间，增加枯水期流量，推迟枯水期到来时间，减少枯洪比，增加水资源的有效利用效率。

美国、日本、苏联及我国的许多研究都得出了洪峰模数与森林覆盖率呈非线性负相关的结论。苏联学者分析了175个流域的资料，得出在森林覆盖率为100%条件下，森林可减少洪峰模数最大值为0.4；据罗马尼亚的资料，当森林覆盖率100%时，洪峰值削减50%。

一般认为，较之无林地，有林地可削减洪水流量70%～95%。森林的综合削洪能力为70～270 mm，即一场50 mm以上的暴雨，森林可轻而易举地使其不发生洪水，从而减少了洪水危害。

C. 补给河水

森林可将涵养的水转变为地下水，防止河流断流。森林通过土壤和生物组织吸收大量降雨来减少多雨季节时的水流量，同时又提供持久的溪水来降低旱季时的缺水现象。森林内地表径流量小，大部分降水渗入地下，储存在土壤或岩石中，化为涓涓细流，使水流均匀进入河流或水库，以丰补歉，在枯水期仍能维持一定量的水注入河川，使河川水流量在一年内均匀分配，能增加枯水季节流量，缩短枯水期长度，缩小洪枯比，稳定江河一年中的长水位，保持了江河流量。同时，保障了水力发电、居民生活和灌溉用水，从而避免了洪水季节大量降水的无效流失，使更多的降水得到有效的利用，在一定程度能缓解水资源的短缺，减少旱季缺水造成的损失。

D. 净化水质

大气降水经过森林的过滤和吸附后，水质得到净化，更适合人或其他生物使用，所以净化水质是森林涵养水源的一个重要指标。

根据对杉木林生态系统净化水质功能研究结果表明，含有二氯丁烷、苯等有机污染物及汞、镉、铅、铬等重金属元素的大气降水经过杉木林林冠层、地被物和土壤层的截留作用后，这些污染物质不仅种类减少，而且浓度也大大降低。

携带着各种物质的大气降水进入森林生态系统后，遇到的第一个作用面为起伏不平的林冠层。在此作用面，一方面降水中的物质因树叶的截留作用而减少；另一方面，附着在枝叶表面的大气污染物可能部分被树木吸收，也可能由于对植物本身分泌物的淋溶作用，使某些物质的量又有所增加。对某一个具体物质而言，其量是增是减，不仅与该物质的性质有关，还与林冠层的结构、树木的生理特性及降雨时的气象条件等有关。所以林冠层对降水净化的能力是各不相同的。

降水到达林地时，一部分被地被物层和土壤截留而吸收或存储，另一部分渗入到土壤深层，成为地下水，以地下径流形式输出森林生态系统。当净降水量超过林地土壤的渗透能力时，则还有一部分降水流经地被物与土壤界面后，以地表径流形式输出森林生态系统。携带着各种物质的雨水，流经地被物和土壤层时，也与经过林冠层相似，同样发生着两种相反的结果，即淋溶和截留过滤。地被物和土壤的净化功能主要源于：活地被物和枯枝落叶层的截留；微生物对化合物的分解；对离子的摄取；土壤颗粒的物理吸附作用；土壤对金属元素的化学吸附及沉淀。而土壤层作用的大小，是与土壤结构、温湿条件及地被物种类紧密相关。因此，与林地与空旷地相比，林地土壤具有良好的团粒结构、利于微生物生长的温湿条件和完整的地被物层，使得森林林地比空旷地具有更强的净化功能。

刘煊章等（1995）通过对杉木林大气降水和穿透水中污染物质和营养物质的重量比较分析表明，穿透水中有机化合物和铅的重量，总体趋势都小于大气降水中的重量，各物质被净化的程度均大于56%，有的可达100%，充分表明林冠层对这些污染物质的截留作用非常明显。林冠层对大气降水中的氮、磷、钾、钙、镁、铁、锌、锰、铜的作用，正好与对大气降水中污染物质的作用相反。除铜元素外，其余元素在穿透水中的含量均大于大气降水中的含量，尤以锌元素明显，它在穿透水中的重量增加了281.4%。这是由于上述元素参与了植物的新陈代谢过程，在植物叶面或叶表面细胞内相对活跃，容易被降水淋溶而致。由集水区杉木林生态系统输出的水中，有机污染物的浓度均远远低于生活饮用水质标准。除铁外，其他营养元素亦同样低于饮用水的最高浓度。由此可见，森林生态系统对水质具有较高的净化作用，其中地下径流的水质要好于地表径流水质。

综上所述，在综合考虑了各方面因素的基础上，在森林生态系统服务功能指标体系中涵养水源方面选择了调节水量和净化水质两个指标进行物质量计量。

（2）保育土壤功能

森林保育土壤功能主要是指森林中活地被物和凋落物层的存在，使得降水被层层截留，消除了水滴对表土的冲击和地表径流的侵蚀作用，网状分布的林木根系固持土壤，减少或避免了土壤的崩塌泻溜，从而减少土壤侵蚀和土壤肥力损失，改善了土壤结构等方面的功能。

森林保育土壤功能主要表现为减少土壤侵蚀、保持土壤肥力、防沙治沙、防灾减灾（如山崩、滑坡、泥石流）、改良土壤等方面。

A. 固土作用

森林具有较强的水土保持能力，大量国内外的研究成果已经证实森林在防止土壤侵蚀、减少径流泥沙方面具有显著作用。

森林在林地下形成强壮且成网络的根系，与土壤牢固地盘结在一起，从而起到有效的固土作用，同时林冠层、枯枝落叶层对大气降水进行截留，减小了进入林地的雨量和雨强，从而直接影响土壤侵蚀的主要动力原因和地表径流的形成及其数量，尤其是林地内的枯枝落叶层，它不仅能吸收、涵养大量的水分，而且增加了地表层的粗糙度，影响地表径流的流动，延缓径流的流出时间。

林分类型对森林水土保持功能有很大影响。杨吉华（1993）对山东省山丘地区9种主要人工林的水土保持功能对比分析；周国逸等（1999）对广东省小良水保站的混交林、桉树人工林与裸地地表侵蚀对比研究，结果都表明混交林比纯林水土保持效果好。

研究表明，森林植被覆盖度与水土流失面积之间存在着明显的反比关系，森林植被覆盖度越大，则水土流失面积占土地面积比例越小。大致可分为3个数量级，森林植被覆盖度在30％以下，水土流失面积大于30％；森林植被覆盖度为30％～50％，水土流失面积为10％～30％；森林植被覆盖度在55％以上时，水土流失面积小于10％。可见，森林植被覆盖度越大，则水土保持作用越显著。

B. 改良土壤和保肥作用

林木的根系可以改善土壤结构、孔隙度和通透性等物理性状，有助于土壤形成团粒结构。在养分循环过程中，枯枝落叶层不仅减小了降水的冲刷和径流，而且还是森林生态系统归还的主要途径，可以增加土壤的有机质、营养元素（氮、磷、钾等）和土壤碳库的积累，提高土壤肥力。另外能够促使土壤孔隙度和入渗率增加，森林使土壤的结构变得更加疏松，因而能够吸收、渗透更多的水分，使更多的地表径流下渗转为地下径流。

可见，固土和保肥是森林生态系统保育土壤的主要功能，所以本研究在保育土壤功能中选取了固土和保肥两个指标进行计量评估。

（3）固碳释氧功能

森林是地球生物圈的支柱，植物通过光合作用吸收空气中的 CO_2，利用太阳能生成碳水化合物，同时释放出氧气。由光合作用方程式可知，植物利用 28.3 kJ 的太阳能，吸收 264 g CO_2 和 108 g H_2O，产生 180 g 葡萄糖和 192 g O_2，其中 180 g 葡萄糖转化成 162 g 多糖（纤维素或淀粉）。其呼吸作用正与光合作用相反。其化学反应方程式为

$$CO_2(264\ g) + H_2O(108\ g) \longrightarrow 葡萄糖(180\ g) + O_2(192\ g)$$

$$\downarrow$$

$$多糖(162g)$$

由上述方程式可知，林木生长每产生 162 g 干物质，需吸收（固定）264 g CO_2，并释放 192 g O_2。则林木每形成 1 t 干物质，需吸收（固定）1.63 t CO_2，释放 1.19 t O_2。

A. 固碳

工业革命以来，大气中 CO_2 浓度的不断增长，导致大气温室效应增强，全球气候变暖，因此控

制大气中 CO_2 的浓度已刻不容缓。1997 年联合国气候变化框架公约京都会议以后，已确认 CO_2 排放是温室效应的主要原因之一，CO_2 的排放和污染成为国际社会的热点问题之一。

森林固定并减少大气中的 CO_2 和提高并增加大气中的 O_2，这对维持地球大气中 CO_2 和 O_2 的动态平衡、减少温室效应以及提供人类生存的基础来说，有着巨大和不可替代的作用。森林生态系统是地球陆地生态系统的主体，是陆地碳的主要储存库。目前，虽然全球森林面积仅占地球陆地面积的约 26%，但是其有机碳储量占整个陆地植被碳储量的 76%～98%，而且森林每年的碳固定量约占整个陆地生物碳固定量的 2/3，因此森林对现在及未来的气候变化、碳平衡都具有重要影响。

观测研究表明，光合作用下所固定的碳被重新分配到森林生态系统的 4 个碳库：植被碳库、土壤碳库、枯落物碳库和动物碳库。在以往的森林生态系统固碳研究中，大多忽略了森林土壤固碳一项，而整个森林生态系统的碳大部分是固定在土壤中，土壤固碳占有重要地位，因此本研究把森林土壤固碳能力作为重要指标之一。

B. 释氧

氧气是人类赖以生存和不可替代的物质，细胞代谢、生物呼吸、燃料燃烧等都需要氧气，其主要来源就是森林生态系统。

森林是陆地上干物质生产量最大的生态系统，它有着巨大的释氧能力。研究表明每公顷森林（阔叶林）每天可吸收 1000 kg 的 CO_2，释放 730 kg 的氧气，也就是说每公顷森林可供 1000 人呼吸氧气之用。这一功能对于人类社会、整个生物界以及全球大气平衡，都具有极为重要的意义。

综上所述，本研究在固碳释氧方面选取森林固碳（包括植被和土壤）和森林释氧两个指标进行计量评估。

（4）积累营养物质功能

森林植被在其生长过程中不断地从周围环境中吸收氮、磷、钾等营养物质，并储存在体内各器官，这些营养元素一部分通过生物地球化学循环以枯枝落叶形式归还土壤，一部分以树干淋洗和地表径流等形式流入江河湖泊，另一部分以林产品形式输出生态系统，再以不同形式释放到周围环境中。

植物营养元素含量反映了植物在一定生态环境下从土壤、大气和降水等途径吸取和储存矿质养分的能力，它一方面说明了植物的特性，另一方面反映了植物的生态环境，特别是气候和土壤条件。森林植物营养元素含量的区域分异十分复杂，因为植物营养元素含量决定于植物自身特性和生长的生态环境。

根据大量的研究结果（侯学煜，1982），植物体中含量最高、对植物生长最重要的元素是氮、磷、钾、钙、镁、铁。大多数植物叶片中氮含量为 1.00%～3.00%，磷含量为 0.05%～0.20%，钾含量为 0.50%～2.00%，钙含量为 0.50%～2.00%，镁含量为 0.20%～0.60%，铁含量为 0.005%～0.100%。这一方面说明不同的植物对养分吸收能力不同，另一方面也反映出植物对不同元素具有不同的选择吸收能力。同一植物的不同器官营养元素含量也相差甚大，大多数营养元素在生长旺盛器官中含量都比较高，如植物的叶片、茎、根的幼嫩部分。特别是植物叶片中元素含量往往最具有代表性，最能反映出植物养分特征。

考虑到我国实际情况，本研究仅选取林木营养物质（氮、磷、钾）积累 1 项指标进行森林生态系统服务功能计量评估。

（5）净化大气环境功能

净化大气环境功能是指森林生态系统通过吸收、过滤、阻隔、分解等过程将大气中的有毒物质（如 SO_2、氟化物、氮氧化物、粉尘、重金属等）降解和净化，降低噪声，并提供负离子、萜烯类物质（如芬多精）等的功能。

A. 提供负离子

空气是由多种气体组成的气体混合物，在正常情况下，气体分子及原子内的正负电荷相等，呈现中性。但在宇宙射线、太阳光线、森林、瀑布以及各种能量作用下，气体分子中某些原子的外层电子会离开轨道。由于空气中"捕获"自由电子能力较强的 CO_2 和 O_2 在空气中所占的比例较大，因此空气电离产生的自由电子大部分被 CO_2 和 O_2 分子"捕获"，形成负离子。

负离子是一种无色、无味的物质，在不同的环境下存在的"寿命"也不同。在洁净空气中，负离子的寿命从几分钟到 20 min，而在灰尘多的环境中仅有几秒钟。被吸入人体后的负离子能调节神经中枢的兴奋状态，改善肺的换气功能，改善血液循环，促进新陈代谢、增强免疫系统能力、使人精神振奋、提高工作效率等。它还对高血压、气喘、流感、失眠、关节炎等许多疾病有一定的治疗作用，所以人称负离子为"空气中的维生素"。

在有森林和各种绿地的地方，空气负离子浓度会大大提高。这是因为森林多生长在山区，山地岩石中含放射性物质较多；森林的树冠、枝叶的尖端放电以及光合作用过程的光电效应均会促使空气电解，产生大量的空气负离子。研究证明：针叶树种林分高于阔叶树种林分，针叶树种林分的负离子平均为 1507 个·cm^{-3}，阔叶树林分为 1161 个·cm^{-3}，针叶树种林分之所以高于阔叶树种林分，是由于树叶呈针状具有"尖端放电"的功能，产生电荷，使空气发生电离，增加空气中的负离子浓度。

B. 吸收污染物

树叶树枝表面粗糙不平、多绒毛、能分泌黏性油脂和汁液等，能吸附、黏着一部分粉尘，降低大气中的含尘量。研究表明，大气中的 SO_2、Cl_2、HF、氮氧化物等有毒有害气体，能够直接或间接地对人体健康及其生存的环境产生影响。森林则通过吸收、过滤、阻隔、分解等生理生化过程将人类向环境排放的部分有害物质降解和净化，从而起到净化大气环境的作用。

a. 吸收 SO_2

SO_2 是有害气体中数量最大，分布最广，危害最大的气体，树木对其有一定的吸收能力。首先，硫是树木所需要的营养元素之一，所以树木中都含有一定量的硫，在正常条件下树体中的硫含量为干重的 0.1%～0.3%。当空气中被 SO_2 污染时，树木体内的硫含量可为正常含量的 5～10 倍。SO_2 被叶片吸收后便形成亚硫酸盐，然后再氧化成硫酸盐。只要大气中 SO_2 不超过一定的限度（即吸收 SO_2 的速度不超过亚硫酸盐转化成硫酸盐的速度）植物就不会被伤害，可以不断吸收 SO_2。且随着树木叶片的衰老凋落，树木吸收的 SO_2 也一同落到地上，树木年年长叶年年落叶，所以它可以不断地净化大气，是大气的天然"净化器"。

b. 吸收氟化物

氟及其化合物是一种毒性较大的污染物，它比 SO_2 的毒性要大 10～100 倍，森林对大气中的氟化物净化能力较强。自然界中的绿色植物组织中都含有一定的氟化物，植物的含氟的质量分数一般为 1.0×10^{-5}～2.0×10^{-5}。空气中的氟化物主要被植物叶片所吸收，植物对低浓度的氟化氢具有很强的净化作用，大气中的氟化物通过树木气孔进入叶片组织，以可溶的形式保留下来，再通过扩散由维管束把氟化物从叶肉转移到其他细胞中，随水分的蒸腾转运到叶尖或叶缘积累起来，很少转入到其他组织器官。

植物吸收氟化氢的能力和忍受限度各不相同。在正常情况下，树木体中的氟含量为 0.5～25 mg·L^{-1}。但在氟污染地区，树木叶片含氟量可为正常叶片含氟量的几百倍至数千倍。研究表明：树木的吸氟能力与抗氟能力是一致的，抗性强的树种有黑松、白皮松、侧柏、冷杉、柑橘、油茶等。

c. 氮氧化物

NO 是燃烧的直接产物，它与空气混合后生成 NO_2，NO_2 可以与其他物质生成许多种污染物，树木对其有一定的吸收能力。

C. 降低噪声作用

随着经济发展，噪声污染正日益成为城市综合环境的一大公害。据了解，到达人耳朵的声音强度从听见微音到震耳发痛共分为 130 dB，超过 70 dB 就会对人体产生伤害。长期生活在高噪声环境下，不仅容易造成人精神委靡不振，疲倦不堪，严重的还会致人听力损伤、记忆力降低、引起头晕、失眠甚至休克。

树木的粗糙枝节和茂密的叶片具有散射和吸声作用，当声波穿过林带，各种树木的枝叶相互搭配成为无数弯曲小孔，树木叶片表面又有无数更小的小气孔，这些气孔能够吸收和减弱声波，从而起到消声防噪作用。

据调查，没有行道树的城市主干道，其上空噪声要比种植树木的城市街道高 5 倍以上。在城市中栽植以乔木为主，灌木为辅的树木林带，4 m 宽就可以减少噪声 5~7 dB。林带树木越高，宽度越大，降低市区噪声的效果也就越明显。营造城市森林，加大城市绿地建设，利用植物消声降噪作用，可以让我们的城市更安静、生活更舒适。

D. 滞尘作用

粉尘是重要的大气污染物之一，森林对其有很大的阻挡、过滤和吸附作用。森林树木形体高大，枝叶茂盛，具有降低风速的作用，使大颗粒的灰尘因风速减弱在重力作用下沉降于地面，树叶表面因为粗糙不平、多绒毛、有油脂和黏性物质，又能吸附、滞留、黏着一部分粉尘，从而使大气含尘量降低，提高了空气质量，有利于人类健康，因此滞尘功能是森林生态系统中重要的服务功能之一。

根据以上分析，本研究选取了提供负离子、吸收污染物（主要是吸收 SO_2、氟化物、氮氧化物）、降低噪声和滞尘 4 项指标来反映森林净化大气环境功能。

（6）森林防护功能

森林有多种防护作用，如水土保持、防风固沙、涵养水源、防灾减灾等。由于涵养水源、水土保持功能前面都有具体指标，这里仅指农田防护林和沿海防护林防风固沙、降低自然灾害危害功能。农田防护林主要有以下作用。

1）农田防护林带对旱灾的影响。农田防护林带可使防护范围内农作物的空气湿度增加 10%~20%，土壤蒸发减少 30%~40%，气温在夏季晴日白天 14：00 时一般可降 1~2℃，因而可减轻干旱对农作物的危害。

2）农田防护林带对风灾的影响。农田防护林带可降低风速 30%~40%，大面积林网还能使风速发生递减作用，从而可以防止风灾或减轻其侵害程度。

3）农田防护林带对雹灾的影响。农田防护林带可减少或免于冰雹对农作物的侵害。营造大面积防护林，能够改善不良环境，是从根本上防雹治雹的重要措施之一。

4）农田防护林带对冻害的影响。农田防护林带可使防护范围内农作物的日平均温度提高 0.30~0.50℃最高可达 1.50℃。因此，林带的增温和防风抵消了低温冷害或减轻了低温冷害的危害程度。

5）农田防护林带对土壤盐碱影响。防护林带具有防盐效果，林带的脱盐范围可达 150 m，但在 100 m 以外不甚明显，在 25~50 m 范围内效果比较显著，林带对土壤返盐有延缓作用，对春播作物的顺利发芽有着重要作用。

沿海防护林在防风、拒浪、护堤、固岸、抗御台风和海啸及天文大潮中作用巨大，被人们称为"海岸卫士"。尤其是红树林作为我国南方一些沿海地区沿海防护林的第一道屏障，对风浪具有强大的"削能"作用，同时对防治污染，过滤入海污染物，减少海域赤潮发生的作用也十分明显。据测定，覆盖度大于 40%、宽度 100 m 左右、高 2.5~4 m 的红树林带，其削浪系数可达 80% 以上。

综上所述，考虑到森林防护的特点，选用森林防护 1 项指标来反映其功能。

（7）生物多样性保护功能

森林对生物多样性保护功能是指森林生态系统为生物物种提供生存与繁衍的场所，从而对其起到保育作用的功能。生物多样性包括动物、植物、微生物及其所拥有的基因及生物的生存环境，是人类社会生存和可持续发展的基础。通常生物多样性分为 3 个部分，即生态系统多样性、物种多样性和遗传（基因）多样性。

维护人类健康的药物大部分来源于植物、动物、微生物。据世界卫生组织统计，发展中国家有 80% 的人口依靠传统的药物进行治疗；发达国家有 40% 的药物来源于自然生物资源。

森林生态系统不仅为各类生物提供繁衍生息的场所，而且还为生物进化及生物多样性的产生与形成提供了条件。多种多样的生物是地球经过 40 亿年生物进化所留下最宝贵的财富，它是维持生态平衡的基础，也是人类赖以生存和发展的物质基础。据研究表明，由全球生物多样性产生的经济效益每年约为 3 万亿美元，占全球生态系统提供的产品和服务总价值（约 33 万亿美元）的 9.1%。

在各类生态系统中，森林生态系统拥有的生物多样性很高。备受世人瞩目的热带雨林，虽然仅覆盖地球陆地表面的 7%，但其包含的生物种类却占全球已知物种的 50%~70%。另外还有大量的物种，尤其是昆虫还未被分类，大部分已知物种也还未进行充分的认识，其生物学、生态学、食用或药用以及其他潜在的有益特性从科学的角度仍然未知。在其他地理气候带中各类生态系统进行横向比较时，森林生态系统通常均处于一个重要的位置。因此，当今世界各国在研究生物多样性或生物多样性保护的对象选择或规划措施中，森林生态系统往往处于首要地位（周晓峰等，1999）。

据联合国粮食及农业组织报告，1980—1990 年全世界每年砍伐森林 162 万 hm²，世界上已有 1/2 的热带雨林被砍掉，所剩下的亦遭到严重破坏。按此速度发展下去，发展中国家的现有森林将有 2/5 消失，由此导致千千万万个物种将濒临灭绝的危险。自 1600 年以来，有记载的物种已有 724 个灭绝，2965 个物种濒临灭绝，3647 个物种处于濒危状态，另有 7240 个物种因种群骤减而成为稀有种。

森林锐减和物种消失是两个相互关联又十分重要的环境问题。由于森林减少，致使动植物物种生存的空间、生活栖息与繁衍的环境遭受破坏。据科学家预测，按照每年砍伐森林 1700 万 hm² 的速度，在今后 30 年内，物种极其丰富的热带雨林可能要毁在当代人手里，5%～10% 的热带雨林物种可能面临灭绝。自从 6500 万年前的大规模物种灭绝以来，现在的灭绝速度是空前的。对于需要几十万年甚至几百万年才能孕育出来的物种在短短的时间内遭到灭绝，损失难以估计。总之，生物多样性所提供的经济价值、生态效益和社会效益很高，但是过分利用就会导致自然生态环境的破坏，使之大量物种的生存受到严重威胁甚至陷入灭绝的境地。

综上所述，本研究选取物种保育 1 项指标反映森林生态系统保护生物多样性的功能。

（8）森林游憩功能

森林游憩功能是指森林生态系统为人类提供休闲和娱乐的场所，使人消除疲劳、身心愉悦，有益健康的功能。

如今，森林游憩已逐渐成为人们现代生活方式的一个重要组成部分，是人们回归自然的心理需求的主要表现方式。森林生态系统孕育了丰富的美学和生态文化价值。过去，森林在人们印象中仅仅只有生产木材和林副产品的功能。随着林业生产结构的调整，特别是人们环境意识的增强、生活方式的改变和生活质量的提高，已经认识到森林除了直接生产木材和林副产品外，还有更大、更多的其他功能，包括森林游憩功能。但这种认识不仅在国民意识中还显得较为浅显，就是政府部门和学术界对森林资源的游憩功能的认识也远远不够。2000 年 1 月颁布的《中华人民共和国森林法条例》中，也还只将森林资源划分为：森林、林木、林地、野生动植物和微生物。在森林经营和保护管理中，也只字未提森林的游憩作用。然而，人们对森林游憩的需求在日益增长，森林资源游憩功能的开发确实有着广阔的发展前景和巨大的发展潜力。因此，本研究选取森林游憩 1 项指标反映森林生态系统游憩功能。

（四）评估指标体系框架

通过以上分析研究，经过多次召开专家论证咨询，本研究提出了中国森林生态系统服务功能评估指标体系（图 2-1），主要包括 8 个方面 14 个指标，并形成中华人民共和国林业行业标准《森林生态系统服务功能评估规范》（LY/T 1721—2008）于 2008 年 5 月 1 日实施。考虑到净化大气环境中降低噪声及森林防护功能评估在全国尺度上数据不足、生物多样性保护和森林游憩没有物质量的实际情况，因此本研究全国尺度的物质量评估只包括 5 个方面 10 个指标，且仅限于森林生态系统的生态功能评估研究，不涉及林木资源经济价值及林副产品和林地自身价值的评估。

二、中国森林生态系统服务功能物质量计量方法研究

中国森林生态系统服务功能物质量计量方法严格按照中华人民共和国林业行业标准《森林生态系统服务功能评估规范》（LY/T 1721—2008）执行，其具体公式如下。

（一）森林涵养水源物质量

涵养水源功能物质量评估分为调节水量和净化水量两个主要指标进行计量研究。

1. 森林年调节水量

森林涵养水源核算方法较多，目前，根据目前国内外的研究方法和成果，主要有土壤蓄水估算法、水量平衡法、地下径流增长法、多因子回归法、采伐损失法、降水储存法等。

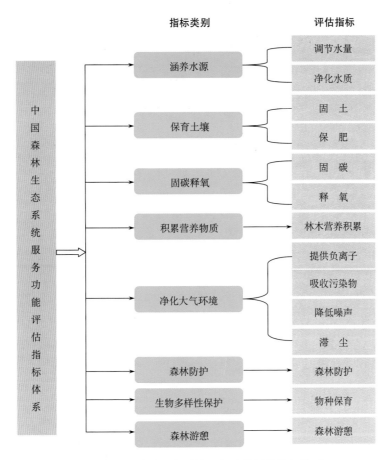

指标类别　　　　　　评估指标

图 2-1　中国森林生态系统服务功能评估指标体系

由于非毛管孔隙度蓄水量法反映的是土壤一次蓄水的最大潜力，而每一次降水不能保证非毛管孔隙都能全部蓄满，降雨强度大还可能造成超渗产流，一年蓄满几次不好确定，所以只计算一次不能反映森林土壤调节水量的真实情况。侯元兆等（1995）通过对中国土壤蓄水能力、森林的水源涵养量和森林区域径流量 3 种方法结果的对比得出，水量平衡法的计算结果能够较准确反映森林的现实年水源涵养量。因为水量平衡规律是森林林分一年或多年的降水分配情况，能较好地反映森林一年或多年内调节水量大小。

从水量平衡角度，森林调节水量的总量为降水量与森林蒸发散（蒸腾和蒸发）及其他消耗的差值，目前国内外相关研究大多采用此种方法。因此，本研究中森林每年涵养水源的总量采用森林区域的水量平衡法计算。计算公式为

$$G_{调} = 10A(P - E - C) \tag{2-1}$$

式中：$G_{调}$ 为林分调节水量，单位：$m^3 \cdot a^{-1}$；P 为降水量，单位：$mm \cdot a^{-1}$；E 为林分蒸散量，单位：$mm \cdot a^{-1}$；C 为快速径流量，单位：$mm \cdot a^{-1}$；A 为林分面积，单位：hm^2。

2. 年净化水量

由于森林在调节水量的同时也一定程度上净化了水质，所以森林生态系统每年净化水量就是调节的水量，因此本研究的计算公式为

$$G_{净} = 10A(P - E - C) \tag{2-2}$$

式中：$G_{净}$ 为林分净化水量，单位：$m^3 \cdot a^{-1}$；P 为降水量，单位：$mm \cdot a^{-1}$；E 为林分蒸散量，单位：$mm \cdot a^{-1}$；C 为快速径流量，单位：$mm \cdot a^{-1}$；A 为林分面积，单位：hm^2。

（二）保育土壤物质量

本研究主要从固土和保肥作用两个方面对森林保育土壤功能进行评估。

因为森林的固土功能是从地表土壤侵蚀程度表现出来的，所以可以通过无林地土壤侵蚀程度和有

林地土壤侵蚀程度之差来估算森林的保土量。该评估方法是目前国内外多数人使用、大家都认可的方法。例如，日本在1972年、1978年和1991年评估森林防止土壤泥沙侵蚀效能时，都采用了有林地与无林地之间侵蚀对比方法来计算。

1. 固土量

本研究采用减少土壤侵蚀程度来估算固土物质量，计算公式为

$$G_{固土} = A(X_2 - X_1) \tag{2-3}$$

式中：$G_{固土}$ 为林分年固土量，单位：$t \cdot a^{-1}$；X_1 为林地土壤侵蚀模数，单位：$t \cdot hm^{-2} \cdot a^{-1}$；$X_2$ 为无林地土壤侵蚀模数，单位：$t \cdot hm^{-2} \cdot a^{-1}$；$A$ 为林分面积，单位：hm^2。

2. 保肥量

与有林地相比，无林地每年随土壤侵蚀不仅会带走大量表土还有表土中的大量营养物质，如氮、磷、钾、有机质等营养物质，直接导致土壤肥力下降，因此保肥量即是直接计算有林地比无林地每年减少土壤侵蚀量中氮、磷、钾、有机质的数量。此评估方法已在国内外许多相关研究采用，是公认的计算方法。计算公式为

$$G_{氮} = AN(X_2 - X_1) \tag{2-4}$$

$$G_{磷} = AP(X_2 - X_1) \tag{2-5}$$

$$G_{钾} = AK(X_2 - X_1) \tag{2-6}$$

式中：X_1 为林地土壤侵蚀模数，单位：$t \cdot hm^{-2} \cdot a^{-1}$；$X_2$ 为无林地土壤侵蚀模数，单位：$t \cdot hm^{-2} \cdot a^{-1}$；$G_{氮}$ 为减少的氮流失量，单位：$t \cdot a^{-1}$；$G_{磷}$ 为减少的磷流失量，单位：$t \cdot a^{-1}$；$G_{钾}$ 为减少的钾流失量，单位：$t \cdot a^{-1}$；N 为土壤含氮量，单位：%；P 为土壤含磷量，单位：%；K 为土壤含钾量，单位：%；A 为林分面积，单位：hm^2。

（三）固碳释氧物质量

本研究通过森林的固碳（植被固碳和土壤固碳）功能和释氧功能两个指标计量固碳释氧物质量。目前，国内外关于森林植被固定 CO_2 量的计算方法主要有以下几种。

1. NPP 实测法

NPP 实测法利用森林生态站及有关科研单位的长期连续观测的净初级生产力（NPP）实测数据，再根据光合作用和呼吸作用方程式计算固碳量。

NPP 实测法是最原始、国际上公认、误差最小的碳汇估算方法。该方法没有其他碳汇测算方法中繁琐的中间推算环节，不需要任何参数转换，可直接测算出碳汇。过去由于全国森林生态站十分有限，净初级生产力数据缺乏，采用该方法没有条件，只能在小区域应用，在全国尺度上难以实施。目前全国已有50多个森林生态站及其1000多个辅助观测点在从事净初级生产力的长期连续观测研究工作，为该方法的应用奠定了基础。

2. BEF 模型法

BEF 模型法建立蓄积量与生物量的函数关系估算生物量，再根据光合作用和呼吸作用方程式计算固碳量。

由于各地区研究的层次、时间尺度、空间范围和精细程度不同，样地的设置、估测的方法等各异，该方法研究结果的可靠性和可比性较差。另外，以外业调查数据资料为基础建立的各种估算模型中，要求有足够多的样地数据作支撑和验证，但由于我国幅员辽阔、立地类型多样，样地数量往往达不到要求，而使估测精度较低，因而造成评估结果会有较大偏差。该方法是缺乏森林生态系统定位实测数据较少时不得已采用的评估方法。

3. NEE 通量观测法

NEE 通量观测法即涡度相关法，通过测量近地面层的湍流状况和被测气体的尝试变化来计算被测气体的通量，是最为直接的可连续测定的方法，是目前计算森林固碳最为准确的方法。

该方法的优点是在估算森林生态系统碳汇过程中不考虑其内部的变化，把观测的系统看作为一个黑箱，只观测系统碳汇的净产出，避免了许多不必要的环节。存在问题之一是要求观测点足够多，才能代表全国森林生态系统的总体状况。目前，我国森林生态系统采用该方法的森林生态站已近30多

个，但已有一年以上观测数据的不足 10 个。因此，目前以该方法获得的观测数据估算我国森林生态系统碳汇还有较大误差。

鉴于目前的研究水平和数据基础，本研究采用第一种方法计算森林固碳。首先确定森林每生产 1 t 干物质固定吸收 CO_2 的量，再根据不同林分类型年净初级生产力（NPP）计算出森林每年固定 CO_2 的总量。诸多相关评估研究也采用了该方法。因为年净初级生产力是植物通过一系列生理生化复杂反应作用后最终实实在在固定了的干物质。

在以前评估研究中，大多忽略了森林土壤固碳一项，而整个森林生态系统的碳大部分是固定在土壤中，土壤固碳占有重要地位，本研究根据森林土壤碳年增长量（即土壤固碳速率）来估算土壤碳年固定物质量。

森林制造 O_2 的物质量采用森林生态站长期观测的林分净初级生产力数据并根据植物光合作用方程式获得。

1）森林年固碳量。综上所述，森林生态系统中植被和土壤是两个重要碳库，为此分别计算。森林土壤碳年增长量即是土壤固碳速率。根据植物光合作用化学反应式，森林植被每积累 1 g 干物质，可以固定 1.63 g CO_2。通过以上分析，得到森林植被和土壤每年固碳量公式

$$G_{植被固碳} = 0.4445 AB_{年} \qquad (2-7)$$

式中：$G_{植被固碳}$ 为植被年固碳量，单位：$t \cdot a^{-1}$；$B_{年}$ 为林分净生产力，单位：$t \cdot hm^{-2} \cdot a^{-1}$；$A$ 为林分面积，单位：hm^2。0.4445 为 1.63 与 27.27%（CO_2 中的含碳量）的乘积。

$$G_{土壤固碳} = AF_{土壤} \qquad (2-8)$$

式中：$G_{土壤固碳}$ 为土壤年固碳量，单位：$t \cdot a^{-1}$；$F_{土壤}$ 为单位面积林分土壤年固碳量，单位：$t \cdot hm^{-2} \cdot a^{-1}$；$A$ 为林分面积，单位：hm^2。

由式（2-7）与式（2-8）得出森林的年总固碳量，再从其中减去由于森林采伐造成的生物量移出从而损失的碳量，即为森林的年净固碳量。

2）森林年释氧量。根据植物光合作用化学反应式，森林植被每积累 1 g 干物质，可以释放 1.19 g O_2。所以，本研究中森林每年释氧量采用如下计算公式：

$$G_{氧气} = 1.19 AB_{年} \qquad (2-9)$$

式中：$G_{氧气}$ 为林分年释氧量，单位：$t \cdot a^{-1}$；$B_{年}$ 为林分净生产力，单位：$t \cdot hm^{-2} \cdot a^{-1}$；$A$ 为林分面积，单位：hm^2。

（四）积累营养物质量

本研究的森林生态系统积累营养物质量主要通过计算每年树木吸收的营养物质（氮、磷、钾）来体现。森林年增加氮、磷、钾量采用如下计算公式：

$$G_{氮} = AN_{营养} B_{年} \qquad (2-10)$$
$$G_{磷} = AP_{营养} B_{年} \qquad (2-11)$$
$$G_{钾} = AK_{营养} B_{年} \qquad (2-12)$$

式中：$G_{氮}$ 为林分固氮量，单位：$t \cdot a^{-1}$；$G_{磷}$ 为林分固磷量，单位：$t \cdot a^{-1}$；$G_{钾}$ 为林分固钾量，单位：$t \cdot a^{-1}$；$N_{营养}$ 为林木含氮量，单位：%；$P_{营养}$ 为林木含磷量，单位：%；$K_{营养}$ 为林木含钾量，单位：%；$B_{年}$ 为林分净生产力，单位：$t \cdot hm^{-2} \cdot a^{-1}$；$A$ 为林分面积，单位：hm^2。

（五）净化大气环境物质量

本研究通过计量森林提供负离子、吸收污染物（吸收 SO_2、吸收氟化物、吸收氮氧化物）和滞尘 3 个指标估算森林生态系统净化大气环境物质量。

1. 提供负离子量

森林提供负离子量采用森林内负离子浓度或个数来体现，采用式（2-13）计算：

$$G_{负离子} = \frac{5.256 \times 10^{15} \times Q_{负离子} AH}{L} \qquad (2-13)$$

式中：$G_{负离子}$ 为林分年提供负离子个数，单位：$个 \cdot a^{-1}$；$Q_{负离子}$ 为林分负离子浓度，单位：$个 \cdot cm^{-3}$；A 为林分面积，单位：hm^2；H 为林分平均高；L 为负离子在空气中的存活时间。

2. 吸收污染物量

（1）吸收 SO_2 量

目前对森林降解 SO_2 效益的计量方法主要有：①面积-吸收能力法：根据单位面积森林吸收 SO_2 的平均值乘以森林的面积，计算出吸收 SO_2 的量。②阈值法：对吸收能力的推算以 SO_2 在林木体内达到阈值时的吸收量来计算。③叶干重法：树木吸收 SO_2 量等于叶片积累＋代谢转移＋表面吸附，通过实验测定某树种叶片在一定期间含硫量变化作为吸收量，再根据叶干重占植物的比例计算转移的流量和叶表面的蒙尘中的 SO_2 量。

其中面积-吸收能力法比较好解释和测度，目前许多相关研究也采用了该方法（靳芳，2005；鲁绍伟，2006；陆贵巧，2006）。所以，本研究也采用该方法来估算森林对 SO_2 的吸收能力，计算公式为

$$G_{二氧化硫} = Q_{二氧化硫} A \tag{2-14}$$

式中：$G_{二氧化硫}$ 为林分年吸收 SO_2 量，单位：$t \cdot a^{-1}$；$Q_{二氧化硫}$ 为单位面积林分吸收 SO_2 量，单位：$kg \cdot hm^{-2} \cdot a^{-1}$；$A$ 为林分面积，单位：hm^2。

国家环境保护部南京环境科学研究所编写组在《中国生物多样性国情研究报告》中，阔叶林对 SO_2 的吸收能力平均值为 $88.65 \ kg \cdot hm^{-2} \cdot a^{-1}$，杉类、松林对 SO_2 的吸收能力为 $117.60 \ kg \cdot hm^{-2} \cdot a^{-1}$，平均值为 $215.6 \ kg \cdot hm^{-2} \cdot a^{-1}$。

（2）吸收氟化物量

在对氟化物吸收计量时，同样采用面积-吸收能力法。计算公式为

$$G_{氟化物} = Q_{氟化物} A \tag{2-15}$$

式中：$G_{氟化物}$ 为林分年吸收氟化物量，单位：$t \cdot a^{-1}$；$Q_{氟化物}$ 为单位面积林分吸收氟化物量，单位：$kg \cdot hm^{-2} \cdot a^{-1}$；$A$ 为林分面积，单位：hm^2。

（3）森林年吸收氮氧化物量

在对氮氧化物吸收计量时，同样采用面积-吸收能力法。本研究中森林每年吸收氮氧化物的物质量计算公式为

$$G_{氮氧化物} = Q_{氮氧化物} A \tag{2-16}$$

式中：$G_{氮氧化物}$ 为林分年吸收氮氧化物量，单位：$t \cdot a^{-1}$；$Q_{氮氧化物}$ 为单位面积林分年吸收氮氧化物量，单位：$kg \cdot hm^{-2} \cdot a^{-1}$；$A$ 为林分面积，单位：hm^2。

国内对森林吸收氮氧化物的研究比较少见。据韩国科学技术处（1993）测定，每公顷森林的平均吸收量为 $6.0 \ kg$。

3. 森林年阻滞降尘（滞尘）量

据统计，森林叶面积的总和为森林占地面积的数十倍，因此森林具有强大的吸滞粉尘能力。根据我国对一般工业区的初步研究，绿化地区空气中的飘尘浓度较非绿化地区的少 10%～50%。

在对滞尘计量时，本研究采用面积-吸收能力法，计算公式为

$$G_{滞尘} = Q_{滞尘} A \tag{2-17}$$

式中：$G_{滞尘}$ 为林分年滞尘量，单位：$t \cdot a^{-1}$；$Q_{滞尘}$ 为单位面积林分年滞尘量，单位：$kg \cdot hm^{-2} \cdot a^{-1}$；$A$ 为林分面积，单位：hm^2。

第三节　数据来源及测算方法

一、森林生态系统长期连续定位观测数据

采用了 CFERN 为主的 50 个森林生态站及其 286 个辅助观测点按照中华人民共和国林业行业标准《森林生态系统定位观测指标体系》（LY/T 1606—2003）获得的长期连续观测研究基础观测数据。

二、全国森林资源连续清查数据

1）全国森林资源连续清查数据（1994—1998 年）；

2）全国森林资源连续清查数据（1999—2003 年）。

三、林分类型划分

根据《国家森林资源连续清查主要技术规定》（2004），将"九五"和"十五"期间全国林分类型按照优势树种划分为马尾松、落叶松、杉木、油松、杨树、经济林、竹林和灌木林等 41 种林分类型。其各省（自治区、直辖市）的优势树种见表 2-1。在本研究中，将经济林、竹林和灌木林按林分类型对待。

表 2-1　"九五"和"十五"期间中国森林生态系统优势树种表

省（自治区、直辖市）	时间	优势树种
北京	"九五"	柏木、落叶松、油松、栎类、桦木、硬阔类、椴树类、杨树、软阔类、杂木林、经济林和灌木
	"十五"	柏木、落叶松、油松、水、胡、黄（水曲柳＋胡桃楸＋黄檗）、桦木、硬阔类、椴树类、栎类、杨树、软阔类、经济林和灌木
天津	"九五"	柏木、油松、硬阔类、椴树类、栎类、杨树、软阔类、经济林和灌木
	"十五"	柏木、油松、硬阔类、椴树类、栎类、杨树、软阔类、经济林和灌木
河北	"九五"	云杉、落叶松、樟子松、桦木、柏木、油松、硬阔类、椴树类、栎类、杨树、软阔类、矮林、桐类、阔叶混、杂木林、经济林和灌木
	"十五"	云杉、落叶松、樟子松、桦木、柏木、油松、硬阔类、椴树类、栎类、杨树、软阔类、经济林、桐类、阔叶混、杂木和灌木
山西	"九五"	云杉、落叶松、桦木、柏木、油松、华山松、硬阔类、栎类、杨树、软阔类、经济林、竹林和灌木
	"十五"	云杉、落叶松、樟子松、桦木、柏木、油松、华山松、硬阔类、栎类、杨树、软阔类、经济林、竹林和灌木
内蒙古	"九五"	云杉、落叶松、樟子松、桦木、柏木、油松、硬阔类、栎类、椴树类、杨树、软阔类、经济林、杂木和灌木
	"十五"	云杉、落叶松、樟子松、桦木、柏木、油松、硬阔类、栎类、杨树、软阔类、经济林、杂木和灌木
辽宁	"九五"	红松、冷杉、柏木、油松、落叶松、樟子松、赤松、黑松、水、胡、黄、桦木、硬阔类、栎类、针叶混、杨树、软阔类、针阔混、阔叶混、经济林和灌木
	"十五"	红松、冷杉、云杉、柏木、油松、落叶松、樟子松、赤松、黑松、水、胡、黄、桦木、硬阔类、栎类、椴树类、针叶混、杨树、软阔类、针阔混、阔叶混、经济林和灌木
吉林	"九五"	红松、冷杉、云杉、落叶松、樟子松、水、胡、黄、桦木、硬阔类、栎类、椴树类、针叶混、杨树、杂木、针阔混、阔叶混、经济林和灌木
	"十五"	红松、冷杉、云杉、落叶松、樟子松、水、胡、黄、桦木、硬阔类、栎类、椴树类、针叶混、杨树、杂木、针阔混、阔叶混、经济林和灌木
黑龙江	"九五"	红松、冷杉、云杉、落叶松、樟子松、赤松、水、胡、黄、桦木、硬阔类、椴树类、栎类、杨树、软阔类、针叶混、针阔混、阔叶混、经济林、矮林和灌木
	"十五"	红松、冷杉、云杉、落叶松、樟子松、赤松、水、胡、黄、桦木、硬阔类、椴树类、栎类、杨树、软阔类、针叶混、针阔混、阔叶混、经济林和灌木
上海	"九五"	水杉、经济林、竹林和灌木
	"十五"	柏木、黑松、水杉、樟树、硬阔类、杨树、软阔类、经济林、竹林和灌木
江苏	"九五"	黑松、柏木、赤松、马尾松、杉木、水杉、栎类、硬阔类、杨树、桐类、软阔类、杂木、经济林、竹林和灌木
	"十五"	黑松、柏木、马尾松、杉木、水杉、栎类、硬阔类、杨树、桐类、软阔类、杂木、经济林、竹林和灌木
浙江	"九五"	柏木、黑松、华山松、马尾松、杉木、柳杉、栎类、硬阔类、檫木、桉树、软阔类、经济林、竹林和灌木
	"十五"	柏木、黑松、马尾松、高山松、杉木、柳杉、栎类、硬阔类、檫木、软阔类、经济林、竹林和灌木

省（自治区、直辖市）	时间	优势树种
安徽	"九五"	柏木、黑松、马尾松、杉木、水杉、栎类、硬阔类、檫木、杨树、桐类、软阔类、针叶混、针阔混、阔叶混、经济林、竹林和灌木
	"十五"	柏木、黑松、马尾松、杉木、水杉、栎类、硬阔类、檫木、杨树、桐类、软阔类、针叶混、针阔混、阔叶混、经济林、竹林和灌木
福建	"九五"	马尾松、杉木、楠木、栎类、硬阔类、桉树、木麻黄、软阔类、经济林、竹林和灌木
	"十五"	马尾松、杉木、楠木、栎类、硬阔类、桉树、木麻黄、软阔类、经济林、竹林和灌木
江西	"九五"	马尾松、杉木、樟树、楠木、栎类、硬阔类、檫木、软阔类、针叶混、阔叶混、经济林、竹林和灌木
	"十五"	马尾松、杉木、樟树、楠木、栎类、硬阔类、檫木、桐类、软阔类、针叶混、阔叶混、经济林、竹林和灌木
山东	"九五"	柏木、落叶松、赤松、黑松、油松、栎类、硬阔类、杨树、桐类、杂木、经济林和灌木
	"十五"	柏木、落叶松、赤松、黑松、油松、栎类、硬阔类、杨树、桐类、杂木、经济林和灌木
河南	"九五"	柏木、落叶松、油松、马尾松、杉木、栎类、硬阔类、杨树、桐类、针阔混、阔叶混、经济林、竹林和灌木
	"十五"	柏木、落叶松、油松、马尾松、杉木、栎类、硬阔类、杨树、桐类、阔叶混、经济林、竹林和灌木
湖北	"九五"	冷杉、铁杉、柏木、落叶松、黑松、油松、华山松、油杉、马尾松、杉木、柳杉、水杉、栎类、桦木、硬阔类、椴树类、杨树、软阔类、杂木、针叶混、针阔混、阔叶混、矮林、经济林、竹林和灌木
	"十五"	冷杉、铁杉、柏木、落叶松、黑松、油松、华山松、马尾松、杉木、柳杉、水杉、栎类、桦木、硬阔类、椴树类、杨树、软阔类、杂木、针叶混、针阔混、阔叶混、经济林、竹林和灌木
湖南	"九五"	铁杉、柏木、黑松、油松、华山松、马尾松、杉木、柳杉、水杉、樟树、楠木、栎类、桦木、硬阔类、椴树类、檫木、杨树、桐类、软阔类、杂木、经济林、竹林和灌木
	"十五"	铁杉、柏木、华山松、马尾松、杉木、柳杉、水杉、樟树、楠木、栎类、桦木、硬阔类、檫木、杨树、桐类、软阔类、杂木、针叶混、针阔混、阔叶混、经济林、竹林和灌木
广东	"九五"	柏木、马尾松、杉木、硬阔类、桉树、木麻黄、软阔类、针叶混、针阔混、阔叶混、经济林、竹林和灌木
	"十五"	柏木、马尾松、杉木、硬阔类、桉树、木麻黄、软阔类、针叶混、针阔混、阔叶混、经济林、竹林和灌木
广西	"九五"	马尾松、云南松、杉木、樟树、楠木、栎类、桦木、硬阔类、桉树、桐类、软阔类、杂木、矮林、经济林、竹林和灌木
	"十五"	马尾松、云南松、樟树、楠木、杉木、栎类、硬阔类、桉树、软阔类、杂木、阔叶混、经济林、竹林和灌木
海南	"九五"	马尾松、杉木、桉树、木麻黄、软阔类、阔叶混、经济林、竹林和灌木
	"十五"	马尾松、杉木、桉树、木麻黄、软阔类、硬阔类、阔叶混、经济林、竹林和灌木
重庆	"十五"	柏木、落叶松、油松、华山松、马尾松、云南松、杉木、柳杉、樟树、楠木、栎类、桦木、硬阔类、椴树类、杨树、桐类、软阔类、针阔混、阔叶混、经济林、竹林和灌木
四川	"九五"	冷杉、云杉、铁杉、柏木、落叶松、油松、华山松、油杉、马尾松、云南松、高山松、杉木、柳杉、水杉、樟树、楠木、栎类、桦木、硬阔类、椴树类、檫木、杨树、桐类、软阔类、经济林、竹林和灌木
	"十五"	冷杉、云杉、铁杉、柏木、落叶松、油松、华山松、油杉、马尾松、云南松、高山松、杉木、柳杉、水杉、樟树、楠木、栎类、桦木、硬阔类、椴树类、檫木、桉树、杨树、桐类、软阔类、经济林、竹林和灌木
贵州	"九五"	柏木、华山松、油杉、马尾松、云南松、杉木、柳杉、樟树、栎类、桦木、硬阔类、杨树、桐类、软阔类、杂木、针阔混、阔叶混、经济林、竹林和灌木
	"十五"	柏木、华山松、马尾松、云南松、杉木、樟树、栎类、桦木、硬阔类、杨树、桐类、软阔类、杂木、针叶混、针阔混、阔叶混、经济林、竹林和灌木

省（自治区、直辖市）	时间	优势树种
云南	"九五"	冷杉、云杉、铁杉、柏木、落叶松、华山松、油杉、云南松、思茅松、高山松、杉木、柳杉、樟树、栎类、桦木、硬阔类、桉树、杨树、软阔类、杂木、经济林、竹林和灌木
	"十五"	冷杉、云杉、铁杉、柏木、落叶松、华山松、油杉、云南松、思茅松、高山松、杉木、柳杉、樟树、栎类、桦木、硬阔类、桉树、杨树、软阔类、杂木、针叶混、针阔混、阔叶混、经济林、竹林和灌木
西藏	"九五"	冷杉、云杉、柏木、高山松、栎类、硬阔类、经济林和灌木
	"十五"	冷杉、云杉、铁杉、柏木、落叶松、华山松、高山松、云南松、栎类、桦木、硬阔类、杨树、软阔类、杂木、针叶混、针阔混、阔叶混、经济林、乔松和灌木
陕西	"九五"	冷杉、铁杉、柏木、落叶松、华山松、油松、马尾松、杉木、栎类、硬阔类、桦木、椴树类、杨树、软阔类、经济林、竹林和灌木
	"十五"	冷杉、铁杉、柏木、落叶松、华山松、油松、马尾松、杉木、栎类、硬阔类、桦木、椴树类、杨树、软阔类、经济林、竹林和灌木
甘肃	"九五"	冷杉、云杉、铁杉、柏木、落叶松、油松、华山松、栎类、桦木、硬阔类、椴树类、杨树、桐类、软阔类、针叶混、针阔混、阔叶混、经济林和灌木
	"十五"	冷杉、云杉、铁杉、柏木、落叶松、油松、华山松、栎类、桦木、硬阔类、椴树类、杨树、桐类、软阔类、针叶混、针阔混、阔叶混、经济林和灌木
青海	"九五"	冷杉、云杉、柏木、落叶松、油松、桦木、杨树、经济林和灌木
	"十五"	冷杉、云杉、柏木、落叶松、油松、栎类、桦木、杨树、软阔类、经济林和灌木
宁夏	"九五"	云杉、落叶松、油松、华山松、栎类、桦木、杨树、软阔类、硬阔类、椴树类、经济林和灌木
	"十五"	云杉、柏木、落叶松、油松、华山松、栎类、桦木、杨树、软阔类、硬阔类、椴树类、经济林和灌木
新疆	"九五"	红松、冷杉、云杉、落叶松、桦木、硬阔类、杨树、软阔类、经济林和灌木
	"十五"	红松、冷杉、云杉、柏木、落叶松、桦木、硬阔类、杨树、软阔类、经济林和灌木

四、分布式测算方法

分布式测算方法源于计算机科学，是研究如何把一项整体复杂的问题分割成相对独立运算的单元，然后把这些单元分配给多个计算机进行处理，最后把这些计算结果综合起来，统一合并得出结论的一种科学计算方法。中国森林生态系统服务功能的测算是一项非常庞大、复杂的系统工程，很适合划分成多个均质化的生态测算单元开展评估。因此，此次中国森林生态系统服务功能评估采用的分布式测算方法是目前最科学有效的方法（图 2-2）。

基于分布式评估中国森林生态系统服务功能的测算方法为：首先将全国（香港、澳门、台湾除外）按省级行政区划分为 31 个一级测算单元（省、自治区、直辖市），每个一级测算单元又按优势树种林分类型划分成杉木、杨树、马尾松等 41 个二级测算单元（以第五、第六次全国森林资源清查结果为依据，经济林、竹林、灌木林按林分类型对待），每个二级测算单元再按林龄组划分为幼龄林、中龄林、近熟林、成熟林、过熟林 5 个三级测算单元，再结合不同立地条件的对比观测，最终确定了 7020 个相对均质化的生态服务功能评估单元。

在全国森林分布格局内，按林分类型、林龄组、立地条件在全国森林生态站、辅助观测点以及补充观测点布设固定样地，按照《森林生态系统定位观测指标体系》（LY/T 1606—2003）和《森林生态系统服务功能评估规范》（LY/T 1721—2008）对全国 41 个优势树种林分类型（包括经济林、竹林和灌木林）的评估指标开展长期连续的野外实地数据观测，获取生态系统尺度的生态服务功能实测数据。

基于生态系统尺度的生态服务功能定位实测数据，运用遥感反演、过程机理模型等先进技术手段，进行由点到面的数据尺度转换，将点上实测数据转换至面上测算数据，得到各生态服务功能评估

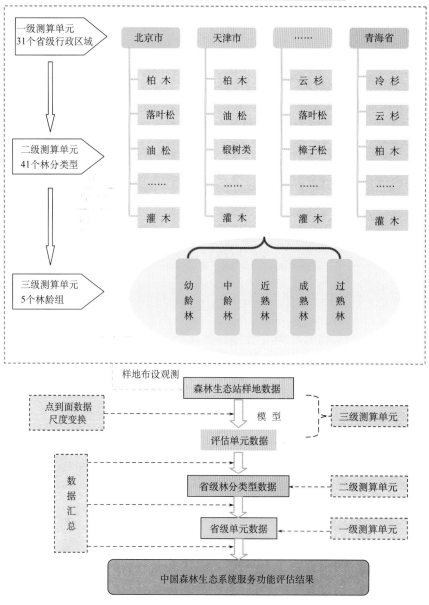

图 2-2　中国森林生态系统服务功能测算方法

单元的测算数据。①采用改造的过程机理模型 IBIS（集成生物圈模型），依据中国植被图或遥感信息，输入森林生态站各样点参数，推算各生态服务功能评估单元的涵养水源生态功能数据、保育土壤生态功能数据和固碳释氧生态功能数据。②采用基于遥感数据反演的统计模型，结合森林生态站长期定位观测的林木营养积累及净化大气环境数据和省级、全国Ⅰ、Ⅱ类森林资源连续清查数据（蓄积量、树种组成、年龄等），推算各生态服务功能评估单元的林木营养积累生态功能数据和净化大气环境生态功能数据。

各省（自治区、直辖市）内各生态服务功能评估单元的测算数据累加后为省级测算单元物质量，31 个省级测算单元物质量之和即为全国森林生态系统服务功能物质量。

第四节　中国森林生态系统服务功能物质量评估结果分析

采用分布式计算方法，把数据代入以上评估公式，得到了以下中国森林生态系统服务功能物质量评估结果。

一、中国森林生态系统服务功能总物质量

"九五"和"十五"期间各功能评估结果见表 2-2。"九五"期间,中国森林生态系统涵养水源量为 4039.71 亿 $m^3 \cdot a^{-1}$;固土 556 216.14 万 $t \cdot a^{-1}$,减少氮损失 1050.36 万 $t \cdot a^{-1}$,减少磷损失 517.28 万 $t \cdot a^{-1}$,减少钾损失 8939.37 万 $t \cdot a^{-1}$,减少有机质损失 18 611.83 万 $t \cdot a^{-1}$;固碳 26 387.37 万 $t \cdot a^{-1}$(折算成吸收 CO_2 96 753.69 万 $t \cdot a^{-1}$),释氧 90 411.43 万 $t \cdot a^{-1}$;林木积累氮 728.41 万 $t \cdot a^{-1}$,积累磷 126.00 万 $t \cdot a^{-1}$,积累钾 390.65 万 $t \cdot a^{-1}$;提供负离子 1.40×10^{27} 个 $\cdot a^{-1}$,吸收二氧化硫 2 496 593.47 万 $kg \cdot a^{-1}$,吸收氟化物 91 908.74 万 $kg \cdot a^{-1}$,吸收氮氧化物 122 305.16 万 $kg \cdot a^{-1}$,滞尘 42 815.28 亿 $kg \cdot a^{-1}$。

表 2-2 "九五"和"十五"期间中国森林生态系统服务功能物质量

功能类别	指标	"九五"期间	"十五"期间	增长/%
涵养水源	调节水量/(亿 $m^3 \cdot a^{-1}$)	4 039.71	4 457.75	10.35
保育土壤	固土/(万 $t \cdot a^{-1}$)	556 216.14	643 552.65	15.70
	N/(万 $t \cdot a^{-1}$)	1 050.36	1 197.19	13.98
	P/(万 $t \cdot a^{-1}$)	517.28	628.57	21.51
	K/(万 $t \cdot a^{-1}$)	8 939.37	10 403.05	16.37
	有机质/(万 $t \cdot a^{-1}$)	18 611.83	21 091.24	13.32
固碳释氧	固碳/(万 $t \cdot a^{-1}$)	26 387.37	31 929.74	21.00
	释氧/(万 $t \cdot a^{-1}$)	90 411.43	102 844.46	13.75
积累营养物质	N/(万 $t \cdot a^{-1}$)	728.41	819.65	12.53
	P/(万 $t \cdot a^{-1}$)	126.00	140.29	11.35
	K/(万 $t \cdot a^{-1}$)	390.65	447.02	14.43
净化大气环境	提供负离子/(10^{27}个 $\cdot a^{-1}$)	1.40	1.54	10.00
	吸收 SO_2/(万 $kg \cdot a^{-1}$)	2 496 593.47	2 800 718.18	12.18
	吸收 HF/(万 $kg \cdot a^{-1}$)	91 908.74	101 205.97	10.12
	吸收 NO_x/(万 $kg \cdot a^{-1}$)	122 305.16	138 241.61	13.03
	滞尘/(亿 $kg \cdot a^{-1}$)	42 815.28	47 236.67	10.33

"十五"期间,中国森林生态系统涵养水源量为 4457.75 亿 $m^3 \cdot a^{-1}$;固土 643 552.65 万 $t \cdot a^{-1}$,减少氮损失 1197.19 万 $t \cdot a^{-1}$,减少磷损失 628.57 万 $t \cdot a^{-1}$,减少钾损失 10 403.05 万 $t \cdot a^{-1}$,减少有机质损失 21 091.24 万 $t \cdot a^{-1}$;固碳 31 929.74 万 $t \cdot a^{-1}$(折算成吸收 CO_2 117 075.71 万 $t \cdot a^{-1}$),释氧 102 844.46 万 $t \cdot a^{-1}$;林木积累氮 819.65 万 $t \cdot a^{-1}$,积累磷 140.29 万 $t \cdot a^{-1}$,积累钾 447.02 万 $t \cdot a^{-1}$;提供负离子 1.54×10^{27} 个 $\cdot a^{-1}$,吸收二氧化硫 2 800 718.18 万 $kg \cdot a^{-1}$,吸收氟化物 101 205.97 万 $kg \cdot a^{-1}$,吸收氮氧化物 138 241.61 万 $kg \cdot a^{-1}$,滞尘 47 236.67 亿 $kg \cdot a^{-1}$。

"九五"与"十五"期间相比,中国森林生态系统服务功能各指标都有较大幅度增长。其中涵养水量增加了 10.35%,固土增加了 15.70%,固碳增加了 21.00%,释氧增加了 13.75%,提供负离子增加了 10.00%,吸收二氧化硫增加了 12.18%,吸收氟化物增加了 10.12%,吸收氮氧化物增加了 13.03%,滞尘增加了 10.33%,说明中国森林生态系统服务功能正在向好的方向转变。

二、中国森林生态系统服务功能物质量分布格局

1. 总物质量

"九五"期间各省森林生态系统服务功能总物质量的计算结果表明:各省(自治区、直辖市)涵养水源功能位于 0.38 亿～707.92 亿 $m^3 \cdot a^{-1}$,其中四川省最大,云南省次之,黑龙江省第三。固土功能位于 38.75 万～78 475.76 万 $t \cdot a^{-1}$,其中四川省最大,黑龙江省次之,云南省第三。保肥功能中减少

氮损失位于 0.059 万～182.83 万 t·a^{-1}，其中黑龙江省最大，四川省第二，福建省第三；减少磷损失位于 0.041 万～106.28 万 t·a^{-1}，其中黑龙江省最大，贵州省第二，云南省第三；减少钾损失位于 0.44 万～1164.55 万 t·a^{-1}，其中四川省最大，黑龙江省第二，内蒙古自治区第三；减少有机质损失位于 1.32 万～2881.50 万 t·a^{-1}，其中黑龙江省最大，四川省第二，内蒙古自治区第三。固碳功能位于 3.30 万～2789.20 万 t·a^{-1}，其中黑龙江省最大，四川省第二，云南省第三。释氧功能位于 10.36 万～11 819.77 万 t·a^{-1}，其中黑龙江省最大，四川省第二，云南省第三。从林木营养积累指标来看，积累氮位于 0.23 万～131.32 万 t·a^{-1}，其中黑龙江省最大，内蒙古自治区第二，江西省第三；积累磷位于 0.042 万～27.54 万 t·a^{-1}，其中云南省最大，内蒙古自治区第二，黑龙江省第三；积累钾位于 0.19 万～73.75 万 t·a^{-1}，其中内蒙古自治区最大，黑龙江省第二，江西省第三。提供负离子个数位于 1.11×10^{23}～1.76×10^{26} 个·a^{-1}，其中黑龙江省第一，四川省第二，内蒙古自治区第三。吸收二氧化硫功能位于 0.022 亿～34.23 亿 kg·a^{-1}，其中内蒙古自治区第一，四川省第二，云南省第三。吸收氟化物功能位于 4.06 万～18 249.31 万 kg·a^{-1}，其中内蒙古自治区第一，黑龙江省第二，广东省第三。吸收氮氧化物功能位于 7.65 万～14 364.62 万 kg·a^{-1}，其中黑龙江省第一，四川省第二，广西壮族自治区第三。滞尘功能位于 3.19 亿～5750.95 亿 kg·a^{-1}，其中内蒙古自治区第一，黑龙江省第二，四川省第三。上海市在以上 16 项中有 15 项位于最后一位，天津市的林木营养中积累磷量指标位于最后一位。

"十五"期间各省森林生态系统服务功能总物质量的计算结果表明：各省（自治区、直辖市）涵养水源功能位于 0.31 亿～641.07 亿 m^3·a^{-1}，其中四川省最大，云南省次之，黑龙江省第三。固土功能位于 34.43 万～78 316.12 万 t·a^{-1}，其中西藏自治区最大，四川省次之，云南省第三。保肥功能中减少氮损失位于 0.05 万～190.02 万 t·a^{-1}，其中黑龙江省最大，西藏自治区第二，四川省第三；减少磷损失位于 0.05 万～103.41 万 t·a^{-1}，其中黑龙江省最大，云南省第二，西藏自治区第三；减少钾损失位于 0.41 万～1292.15 万 t·a^{-1}，其中西藏自治区最大，内蒙古自治区第二，黑龙江省第三；减少有机质损失位于 1.13 万～2904.99 万 t·a^{-1}，其中黑龙江省最大，西藏自治区第二，四川省第三。固碳功能位于 3.63 万～3456.49 万 t·a^{-1}，其中黑龙江省最大，云南省第二，内蒙古自治区第三。释氧功能位于 9.68 万～12 146.64 万 t·a^{-1}，其中黑龙江省最大，云南省第二，广西壮族自治区第三。从林木营养积累指标来看，积累氮位于 0.21 万～139.18 万 t·a^{-1}，其中内蒙古自治区最大，黑龙江省第二，江西省第三；积累磷位于 0.042 万～27.92 万 t·a^{-1}，其中云南省最大，内蒙古自治区第二，黑龙江省第三；积累钾位于 0.19 万～86.88 万 t·a^{-1}，其中内蒙古自治区最大，黑龙江省第二，云南省第三。提供负离子个数位于 1.24×10^{23}～1.76×10^{26} 个·a^{-1}，其中黑龙江省第一，内蒙古自治区第二，四川省第三。吸收二氧化硫功能位于 0.020 亿～40.81 亿 kg·a^{-1}，其中内蒙古自治区第一，四川省第二，云南省第三。吸收氟化物功能位于 3.61 万～20 341.06 万 kg·a^{-1}，其中内蒙古自治区第一，黑龙江省第二，广西壮族自治区第三。吸收氮氧化物功能位于 7.77 万～14 772.59 万 kg·a^{-1}，其中黑龙江省第一，广西壮族自治区第二，内蒙古自治区第三。滞尘功能位于 2.84 亿～6311.94 亿 kg·a^{-1}，其中内蒙古自治区第一，黑龙江省第二，广西壮族自治区第三。上海市在以上 16 项中有 15 项位于最后一位，天津市的林木营养中积累磷量指标位于最后一位。

从以上结果与各省（自治区、直辖市）森林面积比较也可以看出，各省（自治区、直辖市）的森林生态系统服务功能总物质量与其森林面积密切相关，单位面积物质量是次要因素，如森林面积排在第一位的内蒙古自治区始终处于各指标物质量的前 5 位，而面积最小的上海市各指标物质量都排在倒数 3 名以内。

2. 单位面积物质量

"九五"和"十五"期间中国森林生态系统单位面积服务功能物质量在全国分布情况见图 2-3～图 2-20。

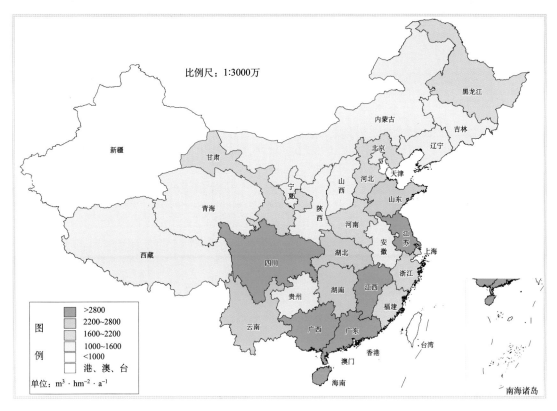

图 2-3 "九五"期间中国森林生态系统调节水量单位面积功能分布图

注:"九五"期间森林生态系统服务功能评估采用的是 1994—1998 年全国森林资源连续清查数据。清查时,重庆市未单
列,因此"九五"期间森林生态系统服务功能评估结果中重庆市也未单列。图 2-4 至图 2-11 情况与此相同

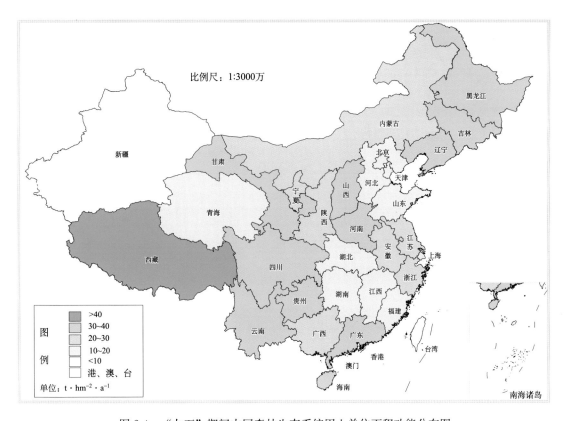

图 2-4 "九五"期间中国森林生态系统固土单位面积功能分布图

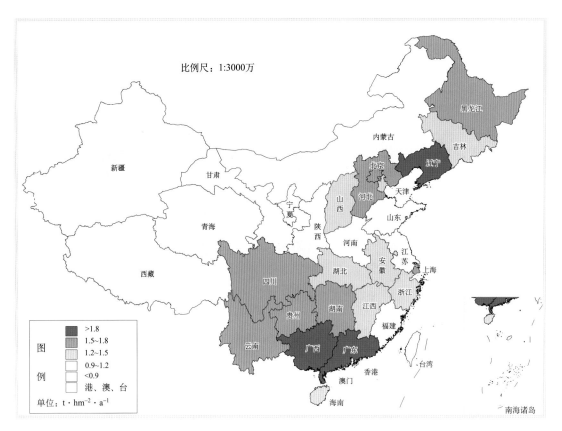

图 2-5　"九五"期间中国森林生态系统单位面积固碳量分布图

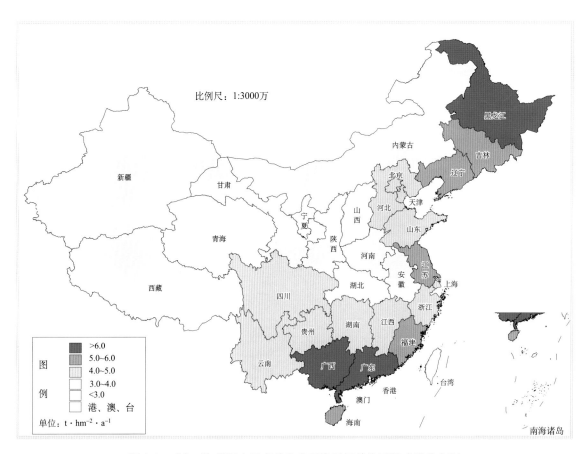

图 2-6　"九五"期间中国森林生态系统释氧单位面积功能分布图

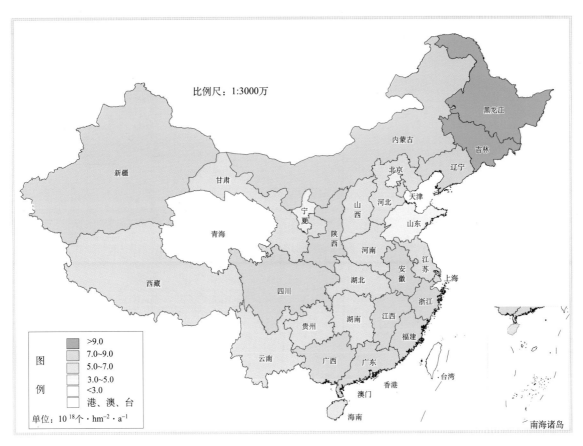

图 2-7 "九五"期间中国森林生态系统提供负离子单位面积功能分布图

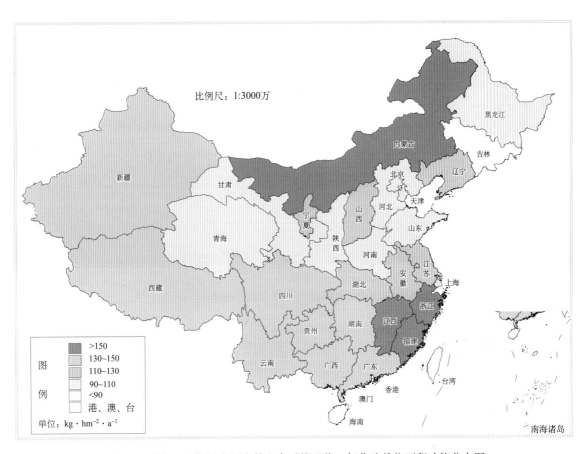

图 2-8 "九五"期间中国森林生态系统吸收二氧化硫单位面积功能分布图

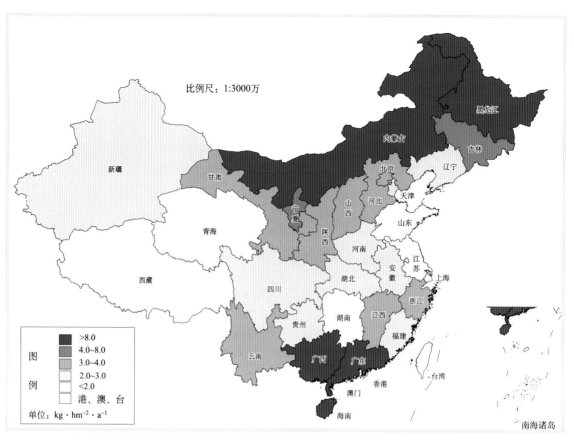

图 2-9 "九五"期间中国森林生态系统吸收氟化物单位面积功能分布图

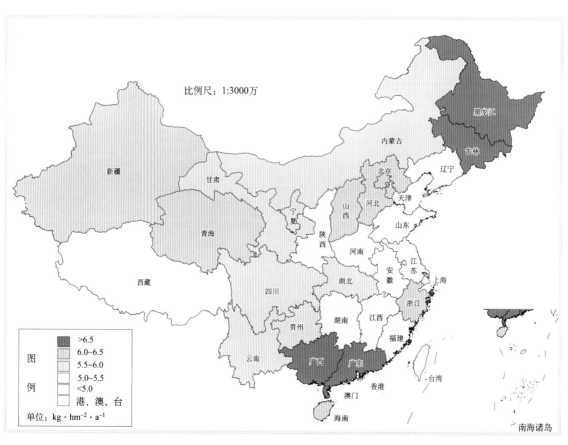

图 2-10 "九五"期间中国森林生态系统吸收氮氧化物单位面积功能分布图

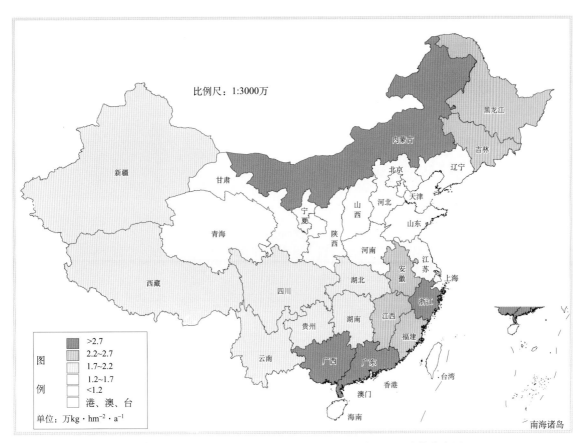

图 2-11   "九五"期间中国森林生态系统滞尘单位面积功能分布图

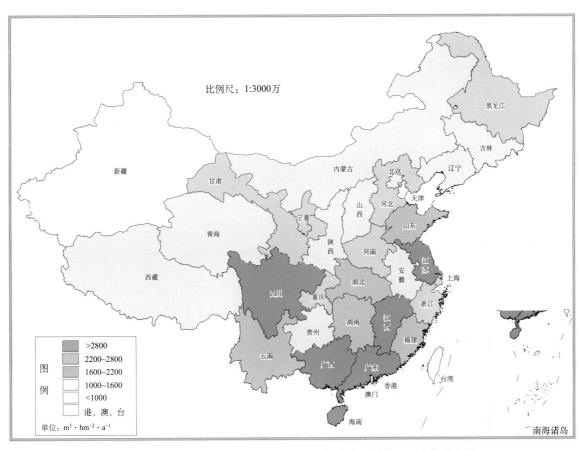

图 2-12   "十五"期间中国森林生态系统调节水量单位面积功能分布图

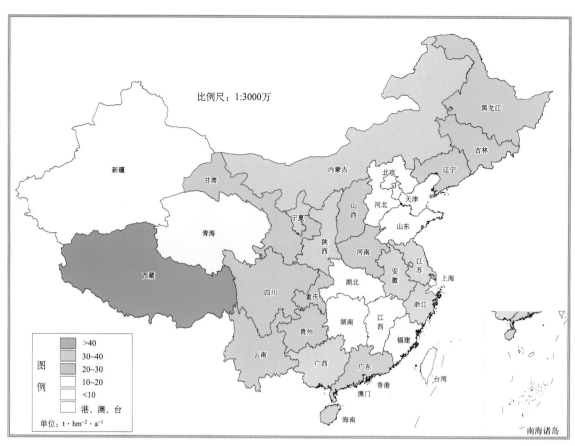

图 2-13　"十五"期间中国森林生态系统固土单位面积功能分布图

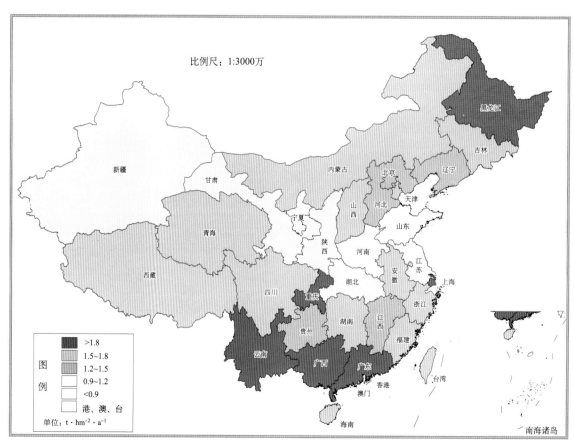

图 2-14　"十五"期间中国森林生态系统固碳单位面积功能分布图

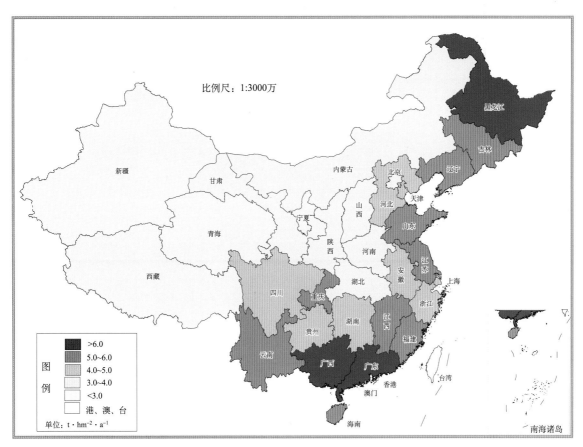

图 2-15 "十五"期间中国森林生态系统释氧单位面积功能分布图

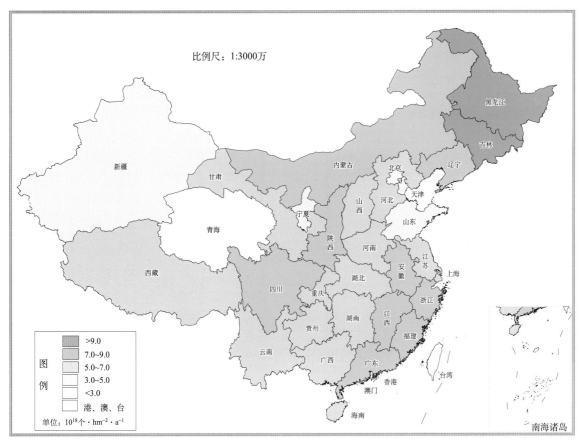

图 2-16 "十五"期间中国森林生态系统提供负离子单位面积功能分布图

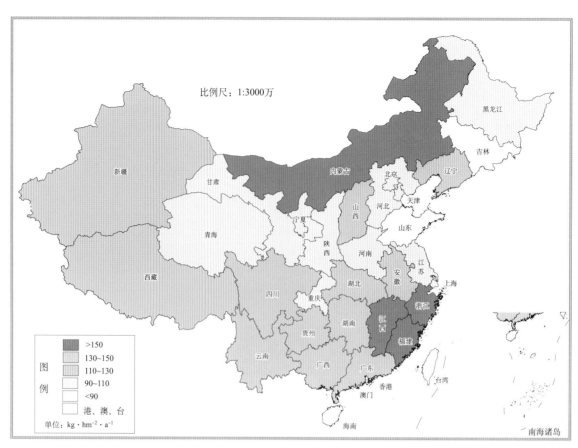

图 2-17　"十五"期间中国森林生态系统吸收二氧化硫单位面积功能分布图

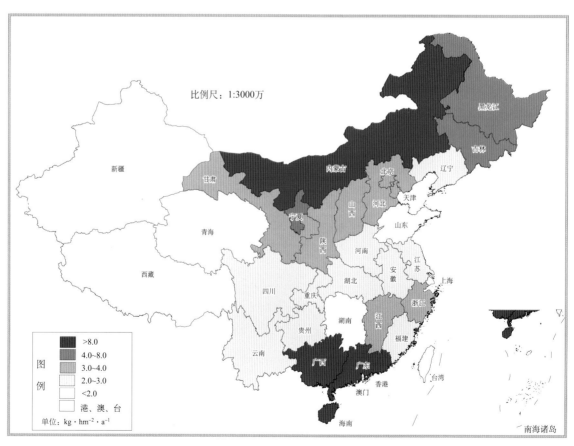

图 2-18　"十五"期间中国森林生态系统吸收氟化物单位面积功能分布图

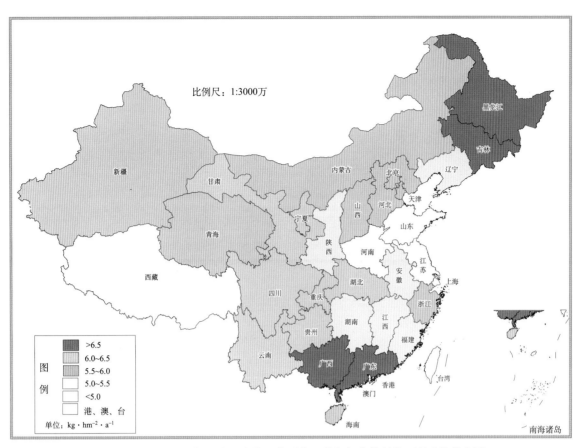

图 2-19 "十五"期间中国森林生态系统吸收氮氧化物单位面积功能分布图

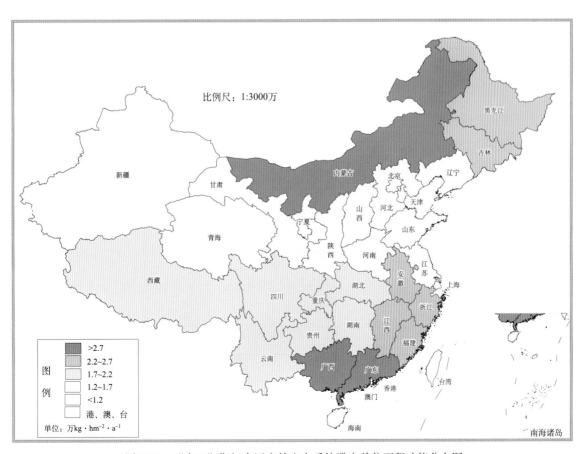

图 2-20 "十五"期间中国森林生态系统滞尘单位面积功能分布图

"九五"期间各省森林生态系统服务功能物质量计算结果如下（表2-3）。

表2-3　"九五"期间分省森林生态系统服务功能物质量评估表

省（自治区、直辖市）	涵养水源/（亿 m³·a⁻¹）	保育土壤/（万 t·a⁻¹）					固碳释氧/（万 t·a⁻¹）		
	（亿 $m^3 \cdot a^{-1}$）	固土	N	P	K	有机质	固碳	吸收 CO_2	释氧
北京	6.52	976.39	1.08	0.35	6.66	41.60	84.24	308.89	228.54
天津	0.84	160.49	0.16	0.06	1.09	6.16	13.38	49.05	46.28
河北	73.01	6 512.45	6.80	2.42	44.82	259.39	604.18	2 215.34	1 795.09
山西	33.08	10 677.24	29.91	4.18	197.80	484.87	384.21	1 408.76	945.08
内蒙古	201.71	48 100.15	75.14	36.57	944.10	1 597.78	2 386.89	8 751.91	6 853.92
辽宁	74.17	16 709.61	38.97	18.85	303.53	747.36	842.33	3 088.54	2 597.29
吉林	109.60	23 379.77	60.37	34.68	394.02	994.50	1 051.26	3 854.61	4 146.37
黑龙江	321.38	65 350.03	182.83	106.28	1 068.74	2 881.50	2 789.20	10 227.05	11 819.77
上海	0.38	38.75	0.06	0.04	0.44	1.32	3.30	12.10	10.36
江苏	14.08	1 223.38	1.67	1.20	14.30	36.03	48.11	176.39	268.77
浙江	116.42	16 181.08	36.99	15.73	637.82	445.70	845.64	3 100.68	2 424.29
安徽	56.21	10 081.74	21.68	7.98	303.28	267.28	355.33	1 302.86	1 360.75
福建	165.58	13 955.60	80.00	35.40	222.26	943.62	813.56	2 983.05	3 805.00
江西	269.96	13 798.17	15.20	12.13	177.30	373.97	1 377.21	5 049.79	4 466.43
山东	45.98	2 557.16	2.14	0.98	15.80	97.47	104.83	384.37	919.73
河南	49.49	9 521.27	19.73	4.99	19.75	313.42	20.74	76.04	936.21
湖北	150.83	9 849.03	49.96	6.25	138.14	222.81	603.99	2 214.63	2 373.10
湖南	251.80	15 901.83	23.56	9.85	218.64	424.23	1 390.26	5 097.61	3 934.51
广东	269.65	29 786.75	37.44	16.52	554.49	581.82	2 052.60	7 526.20	7 415.47
广西	261.82	26 204.78	40.70	12.54	380.21	856.94	2 010.05	7 370.20	6 270.40
海南	61.99	4 989.86	5.62	2.56	36.04	112.33	198.65	728.39	827.42
四川	707.92	78 475.76	96.41	40.30	1 164.55	2 060.76	2 751.58	10 089.14	8 643.42
贵州	57.91	13 722.99	24.12	43.85	75.33	582.17	665.37	2 439.70	2 084.51
云南	441.67	63 003.97	65.59	41.53	833.53	1 497.83	2 491.26	9 134.61	8 455.07
西藏	89.58	39 686.26	55.63	32.73	620.22	1 172.64	952.67	3 493.12	2 622.66
陕西	85.63	16 260.28	26.84	7.07	209.47	592.75	692.48	2 539.09	2 522.40
甘肃	69.41	12 718.27	38.26	12.49	262.22	855.70	362.96	1 330.85	1 345.44
青海	26.34	4 214.54	6.06	8.12	62.71	76.85	189.65	695.38	399.34
宁夏	4.89	934.85	2.91	0.91	18.71	67.15	26.79	98.24	81.29
新疆	21.87	1 243.73	4.54	0.73	13.39	15.88	274.66	1 007.10	812.53

省（自治区、直辖市）	积累营养物质/（万 t·a⁻¹）			净化大气环境				
	N	P	K	提供负离子/10^{25}个	吸收 SO_2/（万 kg·a⁻¹）	吸收 HF/（万 kg·a⁻¹）	吸收 NO_x/（万 kg·a⁻¹）	滞尘/（亿 kg·a⁻¹）
北京	3.15	0.12	2.00	0.24	5 960.22	194.90	337.68	72.44
天津	0.82	0.04	0.39	0.05	919.40	27.70	56.04	11.11
河北	24.89	0.96	16.32	2.13	34 883.97	1 127.36	2 256.96	499.17
山西	7.62	3.56	4.91	1.53	32 057.31	986.71	1 625.64	420.13
内蒙古	113.30	21.25	73.75	13.62	342 283.93	18 249.31	10 186.65	5 750.95
辽宁	29.27	1.19	3.66	3.38	52 586.61	1 312.90	2 388.87	675.89
吉林	47.25	1.29	3.13	7.01	41 918.95	5 229.02	8 561.69	1 766.21

省(自治区、直辖市)	积累营养物质/(万 t·a⁻¹)			净化大气环境				
	N	P	K	提供负离子/10^{25}个	吸收 SO_2/(万 kg·a⁻¹)	吸收 HF/(万 kg·a⁻¹)	吸收 NO_x/(万 kg·a⁻¹)	滞尘/(亿 kg·a⁻¹)
黑龙江	131.32	16.21	57.00	17.59	180 491.69	14 581.73	14 364.62	4 147.63
上海	0.23	0.06	0.19	0.01	217.44	4.06	7.65	3.19
江苏	6.11	1.47	5.70	0.28	5 509.54	82.95	205.40	77.54
浙江	41.12	3.22	26.69	4.58	96 141.45	1 774.68	3 337.44	1 511.30
安徽	29.85	2.13	19.89	2.69	41 183.18	778.72	1 878.51	784.75
福建	15.87	0.76	7.03	5.76	129 829.72	2 121.88	3 990.13	2 035.98
江西	52.84	12.46	30.16	7.52	144 534.46	2 777.68	4 872.00	2 140.50
山东	7.47	0.51	2.18	0.80	17 805.12	324.30	794.88	276.69
河南	2.22	0.25	2.02	1.69	26 808.79	695.66	1 249.68	362.35
湖北	8.66	0.75	5.73	4.47	72 716.01	1 807.38	3 672.63	1 241.29
湖南	11.84	2.38	7.04	6.31	140 592.08	1 678.88	4 989.90	2 097.10
广东	39.12	4.37	20.69	7.18	120 392.08	9 938.61	8 825.58	3 523.75
广西	27.74	3.84	17.71	6.59	127 156.36	8 332.87	10 306.90	3 146.71
海南	9.38	0.58	4.23	0.90	13 856.18	1 531.08	932.64	163.46
四川	27.48	10.76	20.39	16.18	294 049.35	5 885.37	12 319.23	4 115.41
贵州	5.96	2.69	4.50	3.00	61 764.09	1 104.06	2 482.50	904.06
云南	36.56	27.54	30.11	10.57	223 260.95	5 092.98	9 849.90	3 075.83
西藏	14.64	3.37	5.93	5.60	115 108.07	1 010.62	3 667.74	1 726.01
陕西	12.39	1.20	5.67	5.35	73 313.39	2 633.70	3 726.85	940.96
甘肃	8.50	0.79	3.47	2.39	38 120.02	1 517.44	2 305.38	534.97
青海	2.34	0.52	0.92	0.49	23 429.13	374.36	1 332.24	274.17
宁夏	0.48	0.05	0.26	0.13	3 704.24	168.19	179.16	41.41
新疆	9.99	1.68	8.97	1.87	35 999.74	563.62	1 600.68	494.33

单位面积森林涵养水源量位于 819.93～3988.08 m³·hm⁻²·a⁻¹，各省（自治区、直辖市）从大到小的顺序为：海南＞四川＞广东＞江苏＞江西＞广西＞湖南＞云南＞山东＞湖北＞福建＞浙江＞河北＞河南＞黑龙江＞甘肃＞上海＞辽宁＞安徽＞吉林＞宁夏＞贵州＞山西＞陕西＞青海＞内蒙古＞北京＞西藏＞天津＞新疆。

单位面积固土量位于 4.66～48.72 t·hm⁻²·a⁻¹，各省（自治区、直辖市）从大到小的顺序为：西藏＞山西＞云南＞四川＞黑龙江＞辽宁＞河南＞广东＞吉林＞海南＞甘肃＞贵州＞宁夏＞浙江＞安徽＞广西＞内蒙古＞江苏＞陕西＞青海＞福建＞上海＞北京＞河北＞天津＞湖南＞江西＞湖北＞山东＞新疆。

保肥指标中减少土壤中氮损失量位于 0.01～0.11 t·hm⁻²·a⁻¹，各省（自治区、直辖市）从大到小的顺序为：山西＞福建＞黑龙江＞甘肃＞宁夏＞吉林＞辽宁＞湖北＞河南＞西藏＞浙江＞安徽＞贵州＞四川＞广西＞内蒙古＞广东＞云南＞陕西＞海南＞江苏＞青海＞上海＞湖南＞北京＞河北＞新疆＞天津＞江西＞山东。

减少土壤中磷损失量位于 0.0027～0.10 t·hm⁻²·a⁻¹，各省（自治区、直辖市）从大到小的顺序为：贵州＞黑龙江＞吉林＞福建＞辽宁＞西藏＞青海＞甘肃＞宁夏＞浙江＞江苏＞云南＞安徽＞内蒙古＞四川＞上海＞河南＞广东＞海南＞山西＞广西＞江西＞湖南＞陕西＞湖北＞河北＞北京＞天津＞山东＞新疆。

减少土壤中钾损失量位于 0.05～1.15 t·hm⁻²·a⁻¹，各省（自治区、直辖市）从大到小的顺序为：浙江＞安徽＞西藏＞山西＞甘肃＞辽宁＞广东＞黑龙江＞宁夏＞吉林＞四川＞内蒙古＞云南＞广西＞江苏＞陕西＞福建＞青海＞海南＞湖南＞湖北＞上海＞江西＞贵州＞河北＞北京＞天津＞山东＞河南＞新疆。

减少土壤中有机质损失量位于 $0.06 \sim 2.16$ t·hm^{-2}·a^{-1}，各省（自治区、直辖市）从大到小的顺序为：甘肃＞宁夏＞山西＞黑龙江＞辽宁＞西藏＞吉林＞贵州＞福建＞河南＞四川＞广西＞内蒙古＞云南＞陕西＞浙江＞江苏＞安徽＞北京＞海南＞河北＞天津＞广东＞上海＞山东＞湖南＞江西＞青海＞湖北＞新疆。

单位面积固碳量位于 $0.08 \sim 2.27$ t·hm^{-2}·a^{-1}，各省（自治区、直辖市）从大到小的顺序为：广东＞广西＞辽宁＞河北＞黑龙江＞浙江＞上海＞江西＞北京＞贵州＞吉林＞云南＞湖南＞天津＞山西＞内蒙古＞四川＞海南＞西藏＞福建＞新疆＞江苏＞安徽＞陕西＞湖北＞甘肃＞青海＞宁夏＞山东＞河南。

单位面积释氧量位于 $1.80 \sim 8.21$ t·hm^{-2}·a^{-1}，各省（自治区、直辖市）从大到小的顺序为：广东＞广西＞黑龙江＞吉林＞江苏＞辽宁＞海南＞福建＞云南＞天津＞江西＞河北＞上海＞山东＞贵州＞浙江＞湖南＞四川＞北京＞内蒙古＞安徽＞湖北＞陕西＞河南＞山西＞甘肃＞西藏＞新疆＞宁夏＞青海。

林木营养积累指标中单位面积林木积累氮量位于 $0.0083 \sim 0.13$ t·hm^{-2}·a^{-1}，各省（自治区、直辖市）从大到小的顺序为：江苏＞上海＞天津＞安徽＞黑龙江＞浙江＞吉林＞河北＞内蒙古＞辽宁＞海南＞江西＞北京＞广东＞山东＞新疆＞广西＞山西＞云南＞甘肃＞福建＞西藏＞陕西＞宁夏＞贵州＞湖北＞四川＞湖南＞青海＞河南。

单位面积林木积累磷量位于 $0.0010 \sim 0.031$ t·hm^{-2}·hm^{-2}·a^{-1}，各省（自治区、直辖市）从大到小的顺序为：江苏＞上海＞云南＞江西＞山西＞内蒙古＞黑龙江＞新疆＞贵州＞安徽＞浙江＞四川＞广东＞天津＞西藏＞广西＞海南＞山东＞辽宁＞河北＞湖南＞青海＞北京＞甘肃＞吉林＞陕西＞宁夏＞湖北＞福建＞河南。

单位面积林木积累钾量位于 $0.0041 \sim 0.12$ t·hm^{-2}·a^{-1}，各省（自治区、直辖市）从大到小的顺序为：江苏＞上海＞安徽＞浙江＞河北＞内蒙古＞天津＞北京＞新疆＞江西＞黑龙江＞海南＞广东＞广西＞山西＞云南＞山东＞贵州＞四川＞福建＞湖北＞甘肃＞宁夏＞陕西＞辽宁＞河南＞湖南＞西藏＞吉林＞青海。

单位面积提供负离子个数位于 $2.19 \times 10^{18} \sim 9.92 \times 10^{18}$ 个·hm^{-2}·a^{-1}，各省（自治区、直辖市）从大到小的顺序为：黑龙江＞吉林＞江西＞浙江＞广东＞内蒙古＞四川＞福建＞安徽＞陕西＞辽宁＞广西＞新疆＞西藏＞湖北＞贵州＞湖南＞河南＞云南＞甘肃＞江苏＞海南＞河北＞山西＞上海＞天津＞北京＞山东＞宁夏＞青海。

单位面积吸收二氧化硫量位于 $59.06 \sim 196.71$ kg·hm^{-2}·a^{-1}，各省（自治区、直辖市）从大到小的顺序为：内蒙古＞浙江＞福建＞江西＞湖南＞西藏＞四川＞贵州＞广西＞新疆＞广东＞云南＞山西＞江苏＞安徽＞宁夏＞辽宁＞湖北＞北京＞青海＞陕西＞黑龙江＞河南＞上海＞天津＞甘肃＞河北＞山东＞海南＞吉林。

单位面积吸收氟化物量位于 $1.24 \sim 11.00$ kg·hm^{-2}·a^{-1}，各省（自治区、直辖市）从大到小的顺序为：广东＞内蒙古＞海南＞广西＞黑龙江＞吉林＞宁夏＞甘肃＞陕西＞山西＞北京＞浙江＞江西＞云南＞河北＞天津＞辽宁＞福建＞四川＞湖北＞河南＞贵州＞安徽＞新疆＞上海＞江苏＞湖南＞青海＞山东＞西藏。

单位面积吸收氮氧化物量位于 $3.51 \sim 12.06$ kg·hm^{-2}·a^{-1}，各省（自治区、直辖市）从大到小的顺序为：吉林＞广西＞广东＞黑龙江＞天津＞海南＞山西＞浙江＞青海＞北京＞新疆＞河北＞内蒙古＞四川＞云南＞甘肃＞湖北＞宁夏＞贵州＞江西＞安徽＞福建＞陕西＞湖南＞辽宁＞河南＞西藏＞江苏＞山东＞上海。

单位面积滞尘量位于 1.05 万 ~ 3.90 万 kg·hm^{-2}·a^{-1}，各省（自治区、直辖市）从大到小的顺序为：广东＞广西＞内蒙古＞浙江＞福建＞吉林＞江西＞黑龙江＞安徽＞湖南＞西藏＞贵州＞四川＞

湖北＞新疆＞云南＞江苏＞山西＞上海＞辽宁＞山东＞河南＞甘肃＞河北＞陕西＞宁夏＞北京＞青海＞天津＞海南。

  "十五"期间各省（自治区、直辖市）森林生态系统服务功能物质量计算结果如表2-4所示。

表2-4 "十五"期间分省森林生态系统服务功能物质量评估表

省（自治区、直辖市）	涵养水源/(亿 m³·a⁻¹)	保育土壤/(万 t·a⁻¹)					固碳释氧/(万 t·a⁻¹)		
		固土	N	P	K	有机质	固碳	吸收 CO_2	释氧
北京	7.32	1 098.39	1.21	0.40	7.48	46.90	91.99	337.30	253.02
天津	0.97	184.26	0.18	0.06	1.21	7.19	14.35	52.62	51.55
河北	71.49	6 383.17	7.10	2.42	45.28	258.47	610.79	2 239.55	1 807.19
山西	36.40	11 834.96	33.19	4.63	217.85	537.82	390.93	1 433.41	1 042.03
内蒙古	239.36	58 099.61	85.37	41.71	1 153.27	1 798.71	3 120.23	11 440.85	8 012.11
辽宁	77.69	17 442.54	40.67	19.82	318.01	779.22	824.19	3 022.01	2 685.89
吉林	115.49	24 825.76	64.15	36.58	417.99	1 053.78	1 016.48	3 727.09	4 279.95
黑龙江	345.93	66 601.48	190.02	103.21	1 098.35	2 904.99	3 456.49	12 673.80	12 146.64
上海	0.31	34.43	0.05	0.05	0.41	1.13	3.63	13.32	9.68
江苏	22.43	1 801.67	2.61	1.78	21.27	53.72	19.98	73.25	462.27
浙江	128.71	17 625.68	41.21	17.97	691.57	499.18	850.92	3 120.04	2 615.31
安徽	58.11	10 479.30	22.38	8.27	312.21	274.44	410.67	1 505.80	1 564.73
福建	178.11	14 670.81	86.72	37.54	237.15	924.12	984.55	3 610.02	4 039.47
江西	281.80	14 444.98	15.84	12.67	186.00	391.04	1 511.05	5 540.51	4 767.23
山东	49.68	2 801.83	2.59	1.07	18.87	110.51	182.06	667.56	1 080.11
河南	58.85	11 778.89	24.38	6.18	24.36	388.96	143.52	526.22	1 314.82
湖北	155.52	10 122.88	50.35	6.36	141.95	226.53	664.30	2 435.75	2 457.83
湖南	272.65	16 929.88	24.93	10.42	231.49	438.00	1 485.43	5 446.59	4 264.86
广东	268.86	29 826.96	39.19	16.59	553.55	584.60	2 041.29	7 484.75	7 395.57
广西	336.23	33 098.83	49.71	15.80	472.02	1 032.17	2 589.14	9 493.53	8 074.56
海南	65.52	5 493.75	5.85	3.56	38.23	115.08	230.29	844.39	911.73
重庆	42.23	10 408.18	16.63	9.43	183.20	507.39	511.33	1 874.86	1 345.84
四川	641.07	71 363.98	89.58	35.76	1 061.22	1 893.36	2 667.36	9 780.31	7 798.47
贵州	64.95	15 726.77	27.37	50.85	86.93	653.52	768.76	2 818.80	2 400.81
云南	486.54	70 963.93	79.74	82.02	948.59	1 795.03	3 432.53	12 585.94	10 610.57
西藏	197.23	78 316.12	107.19	66.48	1 292.15	2 032.81	2 092.70	7 673.23	5 509.39
陕西	94.88	17 894.53	29.60	8.12	224.73	649.82	696.80	2 554.94	2 743.75
甘肃	72.47	13 453.44	40.60	13.18	276.44	911.87	417.76	1 531.78	1 365.49
青海	41.53	6 597.42	9.40	13.03	97.24	116.64	297.00	1 089.01	607.24
宁夏	6.87	1 216.06	3.81	1.18	24.39	87.20	35.88	131.55	90.74
新疆	38.55	2 032.17	5.58	1.42	19.62	17.04	367.34	1 346.92	1 135.65

省（自治区、直辖市）	积累营养物质/(万 t·a⁻¹)			净化大气环境				
	N	P	K	提供负离子/10²⁵个	吸收 SO_2/(万 kg·a⁻¹)	吸收 HF/(万 kg·a⁻¹)	吸收 NO_x/(万 kg·a⁻¹)	滞尘/(亿 kg·a⁻¹)
北京	3.49	0.13	2.22	0.28	6 794.52	221.15	380.22	81.25
天津	0.86	0.04	0.44	0.05	1 071.07	32.08	64.26	12.79
河北	24.80	0.94	16.35	2.17	34 135.81	1 172.87	2 202.60	494.39
山西	8.38	3.91	5.45	1.69	35 505.33	1 097.98	1 804.62	464.90
内蒙古	139.18	24.90	86.88	15.47	408 065.36	20 341.06	12 387.09	6 311.94
辽宁	30.26	1.22	3.75	3.52	54 872.93	1 373.60	2 496.51	705.26
吉林	48.88	1.34	3.21	7.20	44 228.14	5 563.19	9 101.06	1 859.28
黑龙江	136.68	16.58	62.68	17.61	180 149.75	14 296.51	14 772.59	4 207.38
上海	0.21	0.06	0.19	0.01	198.90	3.61	7.77	2.84
江苏	10.65	2.94	10.36	0.47	7 745.62	208.90	366.10	106.72

省（自治区、直辖市）	积累营养物质/(万 t·a⁻¹)			净化大气环境				
	N	P	K	提供负离子/10²⁵个	吸收 SO₂/(万 kg·a⁻¹)	吸收 HF/(万 kg·a⁻¹)	吸收 NOₓ/(万 kg·a⁻¹)	滞尘/(亿 kg·a⁻¹)
浙江	44.63	3.53	28.33	4.95	107 562.17	1 878.44	3 629.70	1 612.25
安徽	33.31	2.43	23.21	2.84	42 184.96	784.99	1 952.85	822.47
福建	16.33	0.82	7.48	6.02	133 885.86	2 099.53	4 139.18	2 099.74
江西	55.52	12.73	31.96	8.08	151 115.85	2 899.93	5 106.36	2 236.91
山东	9.07	0.61	2.54	0.92	19 091.15	325.93	912.96	293.49
河南	3.01	0.33	2.85	2.09	32 062.54	944.29	1 583.55	424.44
湖北	8.89	0.77	6.02	4.63	75 954.10	1 889.36	3 801.27	1 271.64
湖南	12.63	2.54	7.85	6.78	151 102.77	1 932.95	5 462.58	2 232.39
广东	37.94	4.45	20.46	6.94	118 538.08	9 941.51	8 935.25	3 549.81
广西	35.06	4.85	22.00	7.82	153 091.61	10 216.23	12 754.16	3 827.21
海南	10.22	0.70	5.00	1.00	15 296.03	1 688.78	1 028.70	181.32
重庆	4.00	1.78	2.95	1.80	27 450.74	768.52	1 483.24	575.50
四川	25.00	9.65	18.59	14.72	264 940.61	5 388.55	11 167.89	3 700.62
贵州	7.09	3.08	5.21	3.45	71 226.21	1 243.13	2 838.90	1 041.21
云南	43.94	27.92	35.15	12.54	249 359.30	5 718.16	11 024.46	3 464.80
西藏	29.19	7.00	11.66	9.80	197 883.70	3 093.87	7 107.31	2 861.21
陕西	13.53	1.32	5.95	5.60	79 936.23	2 862.90	4 074.74	1 025.69
甘肃	8.74	0.82	3.49	2.44	39 964.59	1 596.98	2 417.40	557.86
青海	3.57	0.79	1.40	0.65	35 322.48	586.50	2 085.48	406.47
宁夏	0.60	0.06	0.25	0.15	4 645.00	222.65	239.04	54.08
新疆	13.99	2.05	13.13	2.29	57 336.78	811.78	2 913.78	750.80

单位面积森林涵养水源水量位于 793.73～3821.56 m³·hm⁻²·a⁻¹，各省（自治区、直辖市）从大到小的顺序为：海南＞四川＞广东＞江西＞广西＞江苏＞湖南＞云南＞山东＞湖北＞福建＞浙江＞河北＞黑龙江＞河南＞甘肃＞上海＞宁夏＞重庆＞辽宁＞安徽＞吉林＞贵州＞西藏＞陕西＞山西＞青海＞内蒙古＞北京＞天津＞新疆。

单位面积森林固土量位于 4.18～48.43 t·hm⁻²·a⁻¹，各省（自治区、直辖市）从大到小的顺序为：西藏＞重庆＞山西＞云南＞四川＞黑龙江＞辽宁＞河南＞甘肃＞广东＞吉林＞海南＞贵州＞广西＞浙江＞内蒙古＞宁夏＞安徽＞陕西＞江苏＞青海＞上海＞福建＞河北＞北京＞天津＞湖南＞江西＞湖北＞山东＞新疆。

保肥指标中单位面积减少氮损失量位于 0.011～0.11 t·hm⁻²·a⁻¹，各省（自治区、直辖市）从大到小的顺序为：山西＞福建＞甘肃＞黑龙江＞宁夏＞吉林＞辽宁＞河南＞浙江＞湖北＞西藏＞重庆＞安徽＞贵州＞四川＞广西＞广东＞云南＞内蒙古＞陕西＞海南＞江苏＞青海＞上海＞湖南＞河北＞北京＞天津＞江西＞山东＞新疆。

减少土壤中磷损失量位于 0.0029～0.10 t·hm⁻²·a⁻¹，各省（自治区、直辖市）从大到小的顺序为：贵州＞黑龙江＞吉林＞云南＞西藏＞辽宁＞上海＞福建＞青海＞重庆＞甘肃＞浙江＞宁夏＞安徽＞海南＞江苏＞内蒙古＞河南＞四川＞广东＞山西＞广西＞江西＞陕西＞湖南＞湖北＞河北＞北京＞天津＞山东＞新疆。

减少土壤中钾损失量位于 0.04～1.14 t·hm⁻²·a⁻¹，各省（自治区、直辖市）从大到小的顺序为：浙江＞安徽＞西藏＞山西＞甘肃＞重庆＞辽宁＞黑龙江＞广东＞宁夏＞内蒙古＞吉林＞四川＞云南＞广西＞青海＞福建＞陕西＞江苏＞海南＞上海＞湖南＞湖北＞江西＞贵州＞河北＞天津＞北京＞山东＞河南＞新疆。

减少土壤中有机质损失量位于 0.035～2.19 t·hm⁻²·a⁻¹，各省（自治区、直辖市）从大到小的顺序为：甘肃＞宁夏＞重庆＞山西＞辽宁＞黑龙江＞吉林＞贵州＞西藏＞河南＞福建＞四川＞云南＞浙江＞广西＞陕西＞内蒙古＞北京＞河北＞天津＞海南＞安徽＞广东＞江苏＞山东＞上海＞江西＞湖南＞青海＞湖北＞新疆。

固碳指标单位面积功能位于1.43～2.26 t·hm^{-2}·a^{-1}，各省（自治区、直辖市）从大到小的顺序为：广西＞黑龙江＞云南＞江西＞广东＞辽宁＞重庆＞河北＞山东＞北京＞吉林＞贵州＞浙江＞内蒙古＞四川＞西藏＞山西＞上海＞安徽＞海南＞天津＞湖北＞甘肃＞陕西＞河南＞福建＞宁夏＞青海＞江苏＞新疆＞湖南。

释氧指标单位面积功能位于1.75～8.16 t·hm^{-2}·a^{-1}，各省（自治区、直辖市）从大到小的顺序为：广东＞广西＞黑龙江＞云南＞江西＞山东＞江苏＞重庆＞吉林＞辽宁＞上海＞河南＞四川＞海南＞福建＞贵州＞河北＞安徽＞湖北＞天津＞湖南＞浙江＞北京＞内蒙古＞陕西＞山西＞西藏＞甘肃＞新疆＞宁夏＞青海。

林木营养积累指标单位面积积累氮量位于0.01～0.13 t·hm^{-2}·a^{-1}，各省（自治区、直辖市）从大到小的顺序为：江苏＞上海＞安徽＞浙江＞黑龙江＞江西＞天津＞河北＞吉林＞内蒙古＞辽宁＞北京＞山东＞海南＞广东＞广西＞云南＞山西＞新疆＞福建＞甘肃＞重庆＞陕西＞西藏＞湖北＞四川＞贵州＞湖南＞宁夏＞河南＞青海。

单位面积林木积累磷量位于0.001～0.04 t·hm^{-2}·a^{-1}，各省（自治区、直辖市）从大到小的顺序为：江苏＞上海＞云南＞山西＞内蒙古＞江西＞黑龙江＞重庆＞安徽＞浙江＞四川＞贵州＞广东＞广西＞西藏＞海南＞新疆＞山东＞湖南＞天津＞辽宁＞河北＞北京＞青海＞甘肃＞吉林＞陕西＞福建＞湖北＞宁夏＞河南。

单位面积林木积累钾量位于0.004～0.13 t·hm^{-2}·a^{-1}，各省（自治区、直辖市）从大到小的顺序为：江苏＞上海＞安徽＞浙江＞河北＞江西＞天津＞内蒙古＞黑龙江＞北京＞海南＞广西＞新疆＞广东＞山西＞云南＞山东＞湖北＞重庆＞四川＞河南＞贵州＞福建＞湖南＞辽宁＞陕西＞甘肃＞西藏＞宁夏＞吉林＞青海。

单位面积森林提供负离子量位于1.86×10^{18}～9.55×10^{18}个·hm^{-2}·a^{-1}，各省（自治区、直辖市）从大到小的顺序为：吉林＞黑龙江＞江西＞福建＞浙江＞安徽＞四川＞湖北＞湖南＞广东＞辽宁＞陕西＞贵州＞内蒙古＞云南＞河南＞广西＞重庆＞江苏＞河北＞上海＞西藏＞山西＞海南＞山东＞天津＞甘肃＞北京＞新疆＞宁夏＞青海。

单位面积吸收二氧化硫量位于58.69～177.80 kg·hm^{-2}·hm^{2}·a^{-1}，各省（自治区、直辖市）从大到小的顺序为：浙江＞内蒙古＞福建＞江西＞湖南＞贵州＞四川＞云南＞广西＞西藏＞广东＞山西＞湖北＞安徽＞辽宁＞新疆＞北京＞宁夏＞重庆＞陕西＞青海＞黑龙江＞天津＞上海＞河南＞甘肃＞河北＞海南＞山东＞江苏＞吉林。

单位面积吸收氟化物量位于1.67～10.97 kg·hm^{-2}·a^{-1}，各省（自治区、直辖市）从大到小的顺序为：广东＞海南＞广西＞内蒙古＞黑龙江＞吉林＞宁夏＞甘肃＞陕西＞山西＞北京＞河北＞天津＞江苏＞河南＞辽宁＞云南＞湖北＞重庆＞浙江＞四川＞贵州＞江西＞福建＞安徽＞湖南＞西藏＞青海＞上海＞山东＞新疆。

单位面积吸收氮氧化物量位于4.40～12.08 kg·hm^{-2}·a^{-1}，各省（自治区、直辖市）从大到小的顺序为：吉林＞广西＞广东＞黑龙江＞天津＞山西＞河北＞浙江＞青海＞北京＞新疆＞海南＞内蒙古＞甘肃＞四川＞宁夏＞云南＞湖北＞贵州＞重庆＞湖南＞江西＞陕西＞辽宁＞安徽＞福建＞河南＞江苏＞山东＞上海＞西藏。

滞尘指标单位面积功能位于1.06万～3.92万 kg·hm^{-2}·a^{-1}，各省（自治区、直辖市）从大到小的顺序为：广东＞广西＞内蒙古＞浙江＞安徽＞吉林＞福建＞黑龙江＞重庆＞江西＞湖南＞贵州＞四川＞湖北＞云南＞西藏＞山西＞辽宁＞新疆＞宁夏＞山东＞陕西＞河北＞上海＞北京＞甘肃＞河南＞江苏＞青海＞天津＞海南。

单位面积涵养水源量主要与林外降水量、蒸散量和快速径流量三个因素有关，与评估期间降水量变化情况基本一致。总体趋势为中南地区＞华东地区＞西南地区＞东北地区＞华北地区＞西北地区。

单位面积固土量受无林地土壤侵蚀模数和林地土壤侵蚀模数两个因子影响，主要与土壤类型有关，森林的作用则排在第二位。拥有抗蚀能力强土壤的省份都排在后面,反之则在前列。例如,江西省主要土壤类型为黄壤和黄红壤,质地黏重,不易侵蚀,排在倒数第五位。总体趋势:西南地区>东北地区>西北地区>华东地区>华北地区>中南地区。

单位面积保肥量与土壤中的氮、磷、钾含量,即土壤类型关系密切。土壤肥沃,肥力好的土壤类型,保肥能力强。总体趋势:东北地区>西南地区>西北地区>华东地区>中南地区>华北地区。

从单位面积固碳量上看,影响其大小的指标主要是林分净生产力和木材消耗量,树木生长速度快和木材消耗量低的中南地区固碳量也高。总体趋势:中南地区>东北地区>西南地区>华北地区>华东地区>西北地区。单位面积释氧量的变化趋势与固碳量一致。

单位面积林木营养积累量与树木中营养元素氮、磷、钾含量相关,但影响最大是净生产力。林木生长速度越快,积累营养物质越多。从净生产力上看,中南地区最大,所以积累营养物质也大。总体趋势:中南地区>华东地区>东北地区>华北地区>西南地区>西北地区。

单位面积森林提供负离子量与林分类型密切相关,冷杉林是提供负离子量最多的林分类型,为2995 个·cm⁻³;其次为竹林,为2951 个·cm⁻³;第三为樟子松,为2250 个·cm⁻³;第四为红松,为2240 个·cm⁻³;第五为云杉1800 个·cm⁻³。因此,这些林分类型面积大的省(自治区、直辖市)提供负离子量也大。总体趋势:东北地区>华东地区>中南地区>西南地区>华北地区。

从"九五"和"十五"两期之间比较来看,各省(自治区、直辖市)单位面积功能大小排序变化不大,具有较好的稳定性。两期各省(自治区、直辖市)排序与温度梯度变化及水分梯度变化规律基本一致,个别省份略有差异。

三、中国森林生态系统服务功能物质量与林分类型关系

由于缺乏各林分类型年采伐消耗量数据,因此本研究中各林分类型的固碳量为按照林业行业标准《森林生态系统服务功能评估规范》(LY/T 1721—2008)计算出的各林分类型的潜在固碳量,未减去由于森林采伐消耗造成的碳损失量。"九五"期间和"十五"期间的中国不同林分类型生态服务功能的总物质量和单位面积物质量计算结果如下(图2-21~图2-29)。

1. 总物质量

"九五"期间中国不同林分类型森林生态系统服务功能的总物质量及其排序结果如下。

不同林分类型的涵养水源量位于1.20 亿~862.93 亿 m³·a⁻¹,其中灌木林最大,经济林第二,栎类第三,檫木最小。不同林分类型的固土功能位于0.0092 亿~11.25 亿 t·a⁻¹之间,其中灌木林最大,栎类第二,经济林第三,檫木最小;不同林分类型的土壤减少氮损失量位于0.14 万~171.36 万 t·a⁻¹,其中灌木林最大,栎类第二,经济林第三,檫木最小;不同林分类型的土壤减少磷损失量位于0.056 万~75.85 万 t·a⁻¹,其中灌木林最大,杉木第二,栎类第三,檫木最小;不同林分类型的土壤减少钾损失量位于1.63 万~1783.09 万 t·a⁻¹,其中灌木林最大,栎类第二,马尾松第三,檫木最小;不同林分类型的土壤减少有机质损失量位于2.17 万~3122.88 万 t·a⁻¹,其中灌木林最大,栎类第二,经济林第三,檫木最小。不同林分类型的固碳量位于7.60 万~4825.38 万 t·a⁻¹,其中栎类最大,马尾松第二,杉木第三,檫木最小;不同林分类型的释氧量位于17.82 万~11 687.29 万 t·a⁻¹,其中栎类最大,杉木第二,马尾松第三,檫木最小。不同林分类型的林木营养积累氮量位于0.16 万~92.02 万 t·a⁻¹,其中栎类最大,桦木第二,灌木林第三,檫木最小;不同林分类型的林木营养积累磷量位于0.017 万~25.18 万 t·a⁻¹,其中栎类最大,落叶松第二,桦木第三,檫木最小;不同林分类型的林木营养积累钾量位于0.12 万~50.94 万 t·a⁻¹,其中栎类最大,桦木第二,落叶松第三,檫木最小。不同林分类型提供负离子量位于0.020×10²⁵~18.73×10²⁵个,其中栎类最大,马尾松第二,落叶松第三,矮林最小;吸收二氧化硫量位于0.039 亿~31.24 亿 kg·a⁻¹,其中灌木林最大,马尾松第二,杉木第三,檫木最小;不同林分类型吸收氟化物量位于5.02 万~13 967.93 万 kg·a⁻¹,其中灌木林最大,落叶松第二,桦木第三,水杉最小;不同林分类型吸收氮氧化物量位于22.74 万~20 392.66万 kg·a⁻¹,其中灌木林最大,栎类第二,马尾松第三,檫木最小;不同林分类型滞尘量位于5.34 亿~6272.32 亿 kg·a⁻¹,其中马尾松最大,灌木林第二,杉木第三,檫木最小。

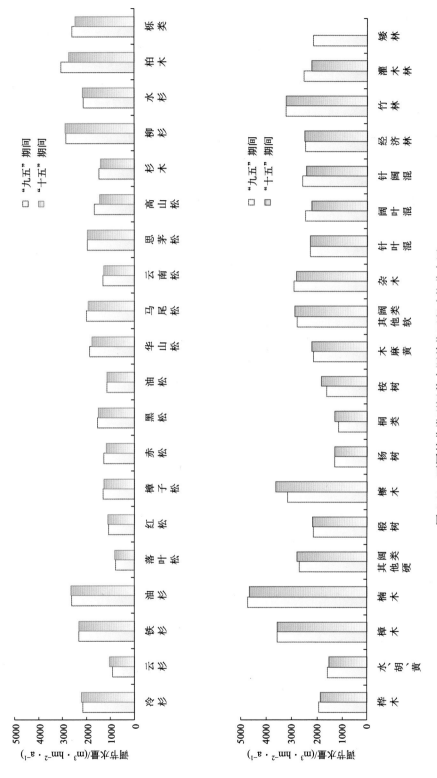

图 2-21 不同林分类型涵养水源单位面积功能分布图

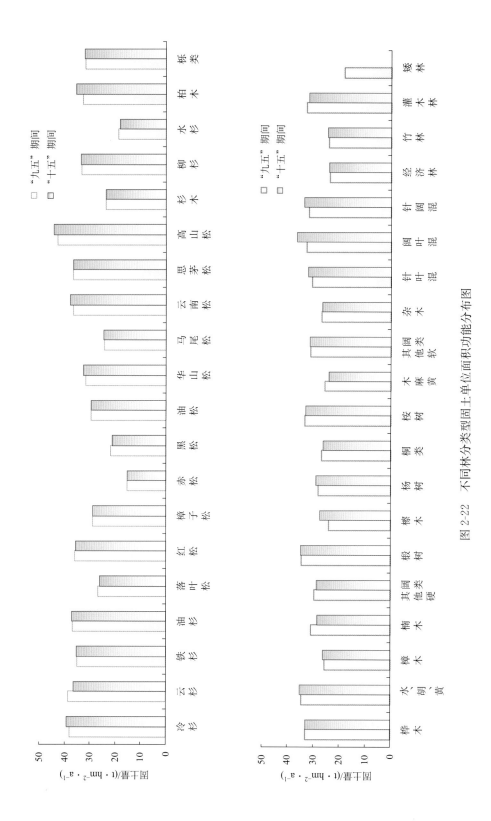

图 2-22 不同林分类型固土单位面积功能分布图

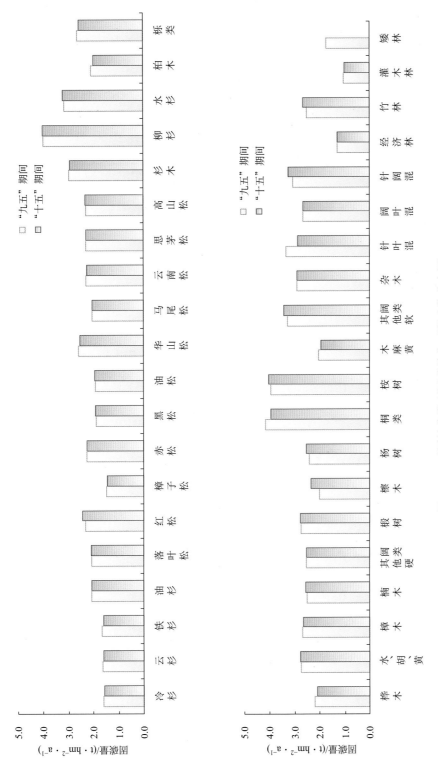

图 2-23 不同林分类型固碳单位面积功能分布图

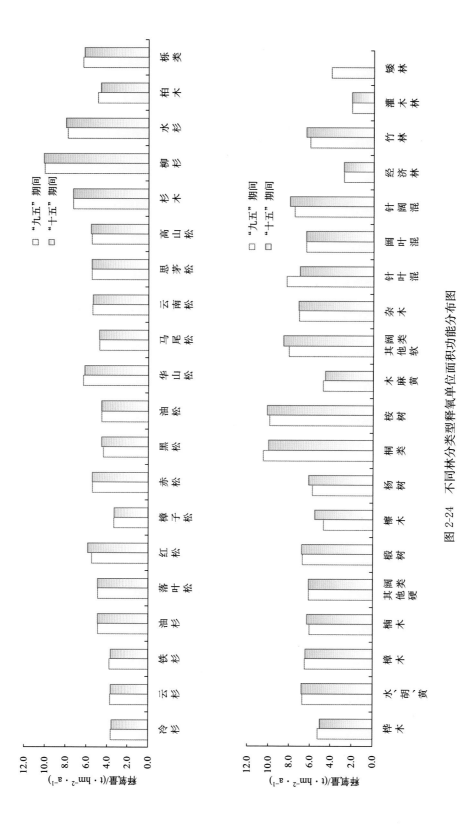

图 2-24 不同林分类型释氧单位面积功能分布图

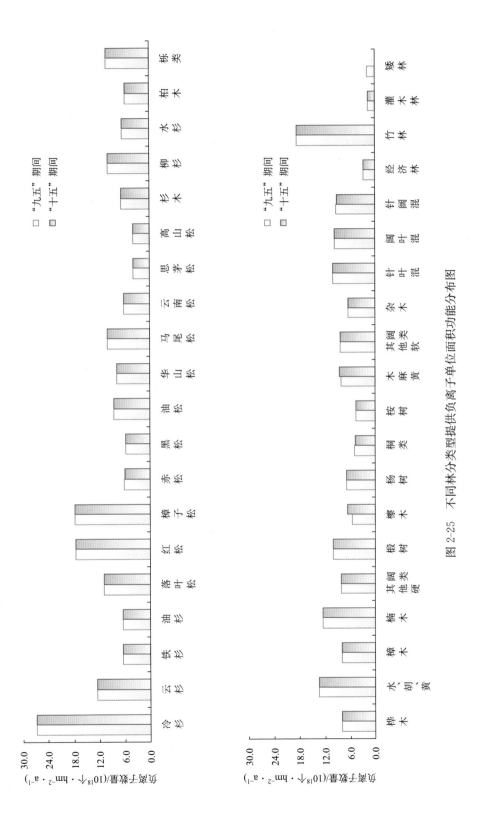

图 2-25　不同林分类型提供负离子单位面积功能分布图

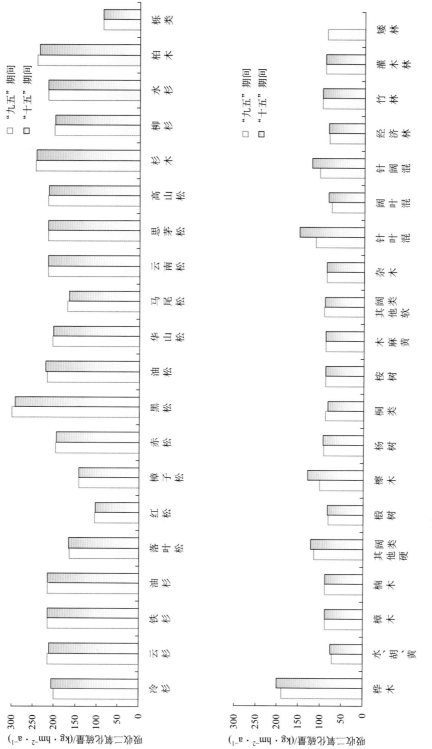

图 2-26　不同林分类型吸收二氧化硫单位面积功能分布图

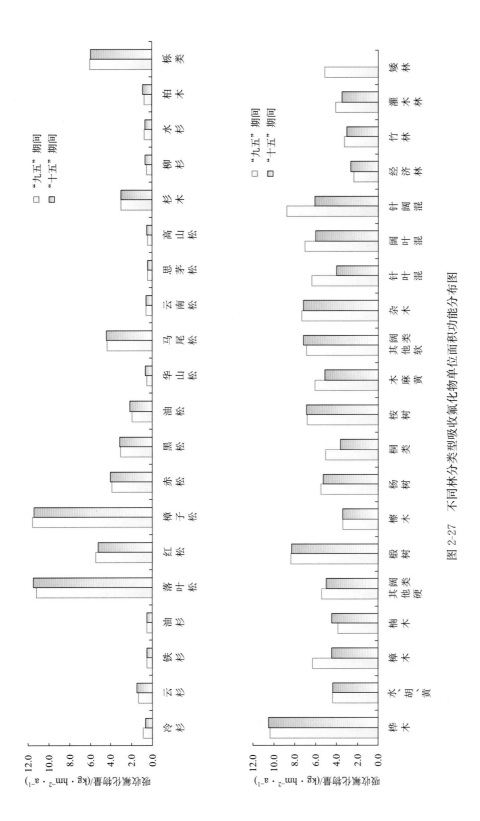

图 2-27 不同林分类型吸收氟化物单位面积功能分布图

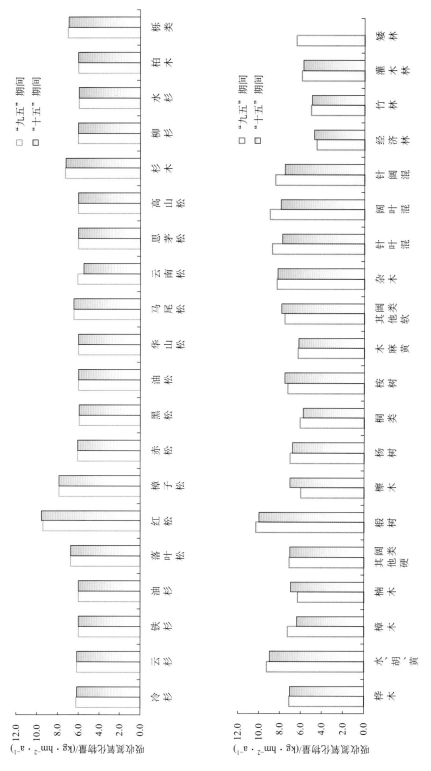

图 2-28 不同林分类型吸收氮氧化物单位面积功能分布图

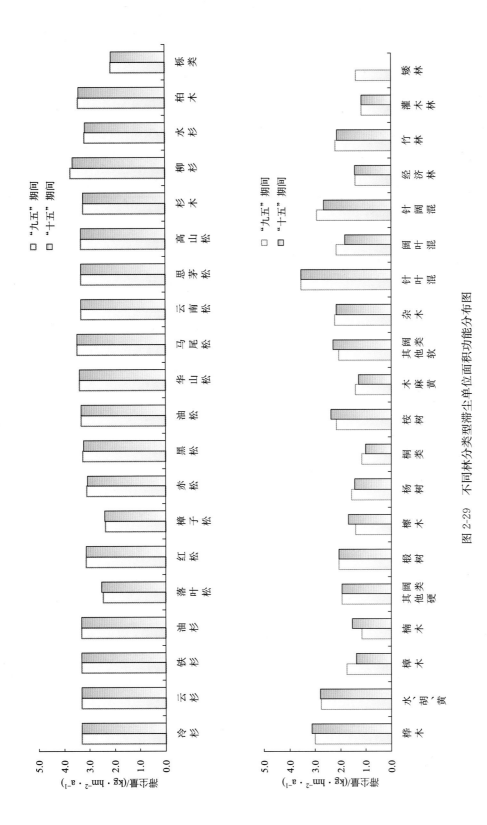

图 2-29 不同林分类型滞尘单位面积功能分布图

"十五"期间不同林分类型森林生态系统服务功能的总物质量及其排序结果如下。

不同林分类型的涵养水源量位于1.30亿~995.76亿 $m^3 \cdot a^{-1}$，其中灌木林最大，经济林第二，栎类第三，檫木最小。不同林分类型的固土功能位于0.0098亿~14.45亿 $t \cdot a^{-1}$，其中灌木林最大，栎类第二，经济林第三，檫木最小；不同林分类型的土壤减少氮损失量位于0.15万~212.73万 $t \cdot a^{-1}$，其中灌木林最大，栎类第二，经济林第三，檫木最小；不同林分类型的土壤减少磷损失量位于0.067万~103.82万 $t \cdot a^{-1}$，其中灌木林最大，阔叶混第二，杉木第三，檫木最小；不同林分类型的土壤减少钾损失量位于2.03万~2296.21万 $t \cdot a^{-1}$，其中灌木林最大，栎类第二，阔叶混第三，水杉最小；不同林分类型的土壤减少有机质损失量位于2.39万~3829.82万 $t \cdot a^{-1}$，其中灌木林最大，栎类第二，经济林第三，檫木最小。不同林分类型的固碳量位于8.42万~4669.38万 $t \cdot a^{-1}$，其中栎类最大，灌木林第二，杉木第三，檫木最小；不同林分类型的释氧量位于19.74万~11 286.92万 $t \cdot a^{-1}$，其中栎类最大，杉木第二，灌木林第三，檫木最小。不同林分类型的林木营养积累氮量位于0.2亿~89.38万 $t \cdot a^{-1}$，其中栎类最大，杉木第二，灌木林第三，檫木最小；不同林分类型的林木营养积累磷量位于0.02万~22.08万 $t \cdot a^{-1}$，其中栎类最大，落叶松第二，灌木林第三，檫木最小；不同林分类型的林木营养积累钾量位于0.12万~47.96万 $t \cdot a^{-1}$，其中栎类最大，灌木林第二，桦木第三，赤松最小。不同林分类型提供负离子量位于 0.024×10^{25}~18.46×10^{25}个，其中栎类最大，马尾松第二，阔叶混第三，檫木最小；吸收二氧化硫量位于0.046亿~41.10亿 $kg \cdot a^{-1}$，其中灌木林最大，杉木第二，马尾松第三，檫木最小；不同林分类型吸收氟化物量位于5.15万~15 903.40万 $kg \cdot a^{-1}$，其中灌木林最大，落叶松第二，桦木第三，水杉最小；不同林分类型吸收氮氧化物量位于25.38万~26 228.81万 $kg \cdot a^{-1}$，其中灌木林最大，栎类第二，马尾松第三，檫木最小；不同林分类型滞尘量位于6.03亿~6038.40亿 $kg \cdot a^{-1}$，其中马尾松最大，灌木林第二，杉木第三，檫木最小。

2. 单位面积物质量

"九五"期间中国不同林分类型森林生态系统服务功能单位面积物质量及其排序结果如下。

涵养水源指标位于795.79~4720.78 $m^3 \cdot hm^{-2} \cdot a^{-1}$，不同林分类型从大到小的顺序为：楠木>樟木>竹林>檫木>柏木>杂木>柳杉>其他软阔类>其他硬阔类>油杉>针阔混>栎类>灌木林>阔叶混>经济林>铁杉>针叶混>冷杉>椴树>木麻黄>矮林>水杉>马尾松>思茅松>桦木>华山松>高山松>桉树>水、胡、黄>黑松>杉木>樟子松>云南松>杨树>赤松>桐类>油松>红松>云杉>落叶松。

固土指标位于15.41~42.60 $t \cdot hm^{-2} \cdot a^{-1}$，不同林分类型从大到小的顺序为：高山松>云杉>冷杉>油杉>思茅松>云南松>红松>铁杉>水、胡、黄>椴树>柳杉>桉树>桦木>阔叶混>灌木林>柏木>针阔混>栎类>华山松>其他软阔类>楠木>针叶混>其他硬阔类>油松>樟子松>杨树>桐类>杂木>落叶松>木麻黄>樟木>马尾松>竹林>檫木>经济林>杉木>黑松>水杉>矮林>赤松。

森林减少土壤氮损失量位于0.020~0.12 $t \cdot hm^{-2} \cdot a^{-1}$，不同林分类型从大到小的顺序为：针阔混>椴树>水、胡、黄>云杉>落叶松>栎类>冷杉>阔叶混>红松>桐类>竹林>其他硬阔类>桦木>杨树>杉木>其他软阔类>油松>针叶混>灌木林>高山松>水杉>华山松>经济林>楠木>柏木>铁杉>杂木>桉树>檫木>樟木>柳杉>马尾松>赤松>黑松>矮林>云南松>木麻黄>思茅松>樟子松>油杉。

森林减少土壤磷损失量位于0.083~0.17 $t \cdot hm^{-2} \cdot a^{-1}$，不同林分类型从大到小的顺序为：红松>华山松>水、胡、黄>椴树>落叶松>杉木>黑松>阔叶混>油杉>云南松>桦木>针阔混>云杉>思茅松>针叶混>竹林>高山松>马尾松>栎类>杨树>其他软阔类>其他硬阔类>灌木林>经济林>冷杉>桐类>油松>楠木>木麻黄>桉树>杂木>檫木>樟子松>柏木>樟木>柳杉>水杉>铁杉>矮林>赤松。

森林减少土壤钾损失量位于0.15~0.76 $t \cdot hm^{-2} \cdot a^{-1}$，不同林分类型从大到小的顺序为：桐类>红松>高山松>桦木>椴树>油杉>黑松>冷杉>阔叶混>其他硬阔类>水、胡、黄>桉树>云杉>灌木林>针阔混>栎类>针叶混>檫木>杨树>柏木>其他软阔类>华山松>柳杉>铁杉>油松＞思茅松＞云南松＞马尾松＞杂木＞木麻黄＞杉木＞竹林＞落叶松＞楠木＞经济林＞樟木＞水杉＞樟子松＞赤松＞矮林。

　　森林减少有机质损失量位于0.28～1.85 t・hm^{-2}・a^{-1}，不同林分类型从大到小的顺序为：铁杉＞红松＞云杉＞落叶松＞杨树＞椴树＞华山松＞水、胡、黄＞冷杉＞油松＞其他硬阔类＞阔叶混＞栎类＞针阔混＞高山松＞桦木＞针叶混＞桐类＞其他软阔类＞樟子松＞灌木林＞杂木＞矮林＞樟木＞桉树＞经济林＞竹林＞柏木＞柳杉＞楠木＞马尾松＞云南松＞杉木＞油杉＞檫木＞赤松＞水杉＞木麻黄＞思茅松＞黑松。

　　固碳量位于1.03～4.18 t・hm^{-2}・a^{-1}，不同林分类型从大到小的顺序为：桐类＞柳杉＞桉树＞针叶混＞其他软阔类＞水杉＞针阔混＞杉木＞杂木＞椴树＞水、胡、黄＞樟木＞阔叶混＞栎类＞华山松＞其他硬阔类＞竹林＞楠木＞杨树＞红松＞高山松＞思茅松＞云南松＞赤松＞桦木＞油杉＞落叶松＞柏木＞马尾松＞木麻黄＞檫木＞油松＞黑松＞矮林＞铁杉＞云杉＞冷杉＞樟子松＞经济林＞灌木林。

　　释氧量位于2.11～10.52 t・hm^{-2}・a^{-1}，不同林分类型从大到小的顺序为：桐类＞柳杉＞桉树＞针叶混＞其他软阔类＞水杉＞针阔混＞杉木＞杂木＞椴树＞水、胡、黄＞樟木＞阔叶混＞栎类＞华山松＞其他硬阔类＞竹林＞楠木＞杨树＞红松＞高山松＞思茅松＞云南松＞赤松＞桦木＞油杉＞落叶松＞柏木＞马尾松＞木麻黄＞檫木＞油松＞黑松＞矮林＞铁杉＞云杉＞冷杉＞樟子松＞经济林＞灌木林。

　　林木营养积累氮量位于8.25～178.39 kg・hm^{-2}・a^{-1}，不同林分类型从大到小的顺序为：桐类＞水、胡、黄＞椴树＞阔叶混＞桦木＞其他软阔类＞其他硬阔类＞针阔混＞水杉＞柳杉＞杨树＞针叶混＞栎类＞落叶松＞杉木＞红松＞矮林＞樟木＞赤松＞檫木＞木麻黄＞杂木＞黑松＞桉树＞油松＞樟子松＞马尾松＞云杉＞竹林＞经济林＞楠木＞高山松＞冷杉＞灌木林＞华山松＞柏木＞铁杉＞思茅松＞油杉＞云南松。

　　林木营养积累磷量位于1.57～21.36 kg・hm^{-2}・a^{-1}，不同林分类型从大到小的顺序为：杂木＞水杉＞桐类＞樟木＞栎类＞落叶松＞柳杉＞桦木＞其他软阔类＞油松＞水、胡、黄＞其他硬阔类＞椴树＞云南松＞楠木＞思茅松＞竹林＞高山松＞柏木＞华山松＞杨树＞杉木＞油杉＞针阔混＞桉树＞阔叶混＞檫木＞云杉＞黑松＞经济林＞马尾松＞木麻黄＞针叶混＞冷杉＞铁杉＞赤松＞灌木林＞樟子松＞矮林＞红松。

　　林木营养积累钾量位于6.80～130.04 kg・hm^{-2}・a^{-1}，不同林分类型从大到小的顺序为：桐类＞椴树＞水杉＞桦木＞樟木＞其他软阔类＞樟子松＞杨树＞落叶松＞杂木＞针阔混＞檫木＞矮林＞黑松＞栎类＞其他硬阔类＞柳杉＞阔叶混＞水、胡、黄＞杉木＞竹林＞木麻黄＞楠木＞桉树＞马尾松＞经济林＞油松＞针叶混＞云杉＞柏木＞华山松＞铁杉＞思茅松＞高山松＞赤松＞油杉＞冷杉＞灌木林＞云南松＞红松。

　　提供负离子量位于1.68×10^{18}～2.68×10^{19}个・hm^{-2}・a^{-1}，不同林分类型从大到小的顺序为：冷杉＞竹林＞樟子松＞红松＞水、胡、黄＞云杉＞楠木＞落叶松＞马尾松＞栎类＞针阔混＞椴树类＞柳杉＞阔叶混＞针阔混＞油松＞其他软阔类＞其他硬阔类＞樟树＞桦木＞华山松＞木麻黄＞杂木＞杨树＞铁杉＞油杉＞杉木＞水杉＞云南松＞赤松＞柏木＞黑松＞檫木＞桐类＞桉树＞思茅松＞高山松＞经济林＞矮林＞灌木。

　　吸收二氧化硫指标位于72.59～299.69 kg・hm^{-2}・a^{-1}，不同林分类型从大到小的顺序为：黑松＞杉木＞柏木＞油松＞思茅松＞高山松＞水杉＞铁杉＞云杉＞油杉＞云南松＞华山松＞冷杉＞柳杉＞赤松＞桦木＞马尾松＞落叶松＞樟子松＞针叶混＞红松＞针阔混＞檫木＞竹林＞其他硬阔类＞杨树＞其他软阔类＞灌木＞桉树＞樟树＞楠木＞木麻黄＞桐类＞矮林＞杂木＞栎类＞经济林＞椴树类＞阔叶混＞水、胡、黄。

　　吸收氟化物指标位于0.50～11.52 kg・hm^{-2}・a^{-1}，不同林分类型从大到小的顺序为：樟子松＞落叶松＞桦木＞木麻黄＞针阔混＞椴树类＞杂木＞阔叶混＞其他软阔类＞桉树＞针叶混＞樟树＞栎类＞杨树＞红松＞其他硬阔类＞矮林＞桐类＞马尾松＞水、胡、黄＞灌木＞楠木＞赤松＞檫木＞竹林＞黑松＞杉木＞经济林＞油松＞云杉＞冷杉＞柏木＞水杉＞云南松＞华山松＞铁杉＞油杉＞思茅松＞高山松＞柳杉。

吸收氮氧化物指标位于 $4.52 \sim 10.31$ kg·hm^{-2}·a^{-1}，不同林分类型从大到小的顺序为：椴树＞红松＞水、胡、黄＞阔叶混＞针叶混＞针阔混＞杂木＞樟子松＞其他软阔类＞樟木＞杉木＞桉树＞其他硬阔类＞桦木＞杨树＞栎类＞落叶松＞马尾松＞矮林＞木麻黄＞楠木＞冷杉＞云杉＞桐类＞云南松＞赤松＞铁杉＞油松＞思茅松＞华山松＞高山松＞柳杉＞檫木＞油杉＞黑松＞柏木＞水杉＞灌木林＞竹林＞经济林。

滞尘指标位于 1.15 万$\sim$3.70 万 kg·hm^{-2}·a^{-1}，不同林分类型从大到小的顺序为：柳杉＞针叶混＞马尾松＞柏木＞华山松＞云南松＞油松＞油杉＞冷杉＞思茅松＞高山松＞云杉＞铁杉＞黑松＞杉木＞水杉＞红松＞赤松＞桦木＞针阔混＞水、胡、黄＞落叶松＞樟子松＞杂木＞竹林＞阔叶混＞桉树＞栎类＞椴树＞其他软阔类＞其他硬阔类＞樟木＞杨树＞经济林＞檫木＞木麻黄＞矮林＞桐类＞灌木林＞楠木。

"十五"期间中国不同林分类型生态服务功能单位面积物质量计算结果如下。

涵养水源指标位于 $809.33 \sim 4669.78$ m^3·hm^{-2}·a^{-1}，不同林分类型从大到小的顺序为：楠木＞樟树＞檫木＞竹林＞柳杉＞杂木＞其他软阔类＞其他硬阔类＞柏木＞油杉＞栎类＞经济林＞铁杉＞阔叶混＞针阔混＞冷杉＞椴树类＞木麻黄＞灌木＞针叶混＞马尾松＞思茅松＞桦木＞华山松＞杉木＞乔松＞水杉＞水、胡、黄＞桉树＞高山松＞黑松＞桐类＞樟子松＞云南松＞赤松＞杨树＞油松＞红松＞云杉＞落叶松。

固土指标位于 $15.20 \sim 44.12$ t·hm^{-2}·a^{-1}，不同林分类型从大到小的顺序为：高山松＞冷杉＞云南松＞油杉＞思茅松＞阔叶混＞云杉＞红松＞铁杉＞柏木＞水、胡、黄＞椴树＞针阔混＞柳杉＞桉树＞桦木＞华山松＞针叶混＞灌木林＞栎类＞其他软阔类＞油松＞杨树＞樟子松＞其他硬阔类＞楠木＞檫木＞杂木＞桐类＞樟木＞落叶松＞马尾松＞竹林＞经济林＞木麻黄＞杉木＞黑松＞水杉＞赤松。

森林减少土壤的氮损失量位于 $0.0194 \sim 0.1094$ t·hm^{-2}·a^{-1}，不同林分类型从大到小的顺序为：针阔混＞椴树＞水、胡、黄＞云杉＞阔叶混＞落叶松＞栎类＞冷杉＞红松＞竹林＞桦木＞针叶混＞杉木＞其他硬阔类＞杨树＞油松＞高山松＞楠木＞其他软阔类＞桐类＞灌木林＞经济林＞柏木＞华山松＞铁杉＞桉树＞水杉＞檫木＞杂木＞柳杉＞马尾松＞樟木＞赤松＞云南松＞黑松＞木麻黄＞思茅松＞樟子松＞油杉。

森林减少土壤的磷损失量位于 $0.0059 \sim 0.16$ t·hm^{-2}·a^{-1}，不同林分类型从大到小的顺序为：红松＞华山松＞针阔混＞水、胡、黄＞针叶混＞阔叶混＞椴树＞杉木＞落叶松＞黑松＞云南松＞桦木＞油杉＞思茅松＞高山松＞竹林＞云杉＞马尾松＞栎类＞灌木林＞杨树＞其他软阔类＞经济林＞其他硬阔类＞檫木＞油松＞柏木＞冷杉＞楠木＞桉树＞樟子松＞木麻黄＞杂木＞桐类＞樟木＞水杉＞铁杉＞赤松＞柳杉。

森林减少土壤的钾损失量位于 $0.15 \sim 0.81$ t·hm^{-2}·a^{-1}，不同林分类型从大到小的顺序为：高山松＞红松＞桦木＞冷杉＞阔叶混＞椴树＞油杉＞柏木＞檫木＞其他硬阔类＞黑松＞水、胡、黄＞栎类＞杨树＞灌木林＞桉树＞云杉＞针叶混＞云南松＞针阔混＞铁杉＞华山松＞柳杉＞其他软阔类＞油松＞木麻黄＞思茅松＞马尾松＞杉木＞杂木＞桐类＞竹林＞楠木＞落叶松＞经济林＞樟木＞水杉＞樟子松＞赤松。

森林减少有机质损失量位于 $0.30 \sim 1.86$ t·hm^{-2}·a^{-1}，不同林分类型从大到小的顺序为：铁杉＞红松＞云杉＞冷杉＞华山松＞落叶松＞椴树＞水、胡、黄＞阔叶混＞杨树＞针阔混＞高山松＞油松＞栎类＞其他硬阔类＞针叶混＞桦木＞桐类＞樟子松＞杂木＞其他软阔类＞桉树＞樟木＞灌木林＞经济林＞云南松＞柳杉＞楠木＞竹林＞马尾松＞柏木＞檫木＞杉木＞油杉＞赤松＞水杉＞木麻黄＞思茅松＞黑松。

固碳指标位于 $1.03 \sim 4.04$ t·hm^{-2}·a^{-1}，不同林分类型从大到小的顺序为：桉树＞柳杉＞桐类＞其他软阔类＞针阔混＞水杉＞杉木＞杂木＞针叶混＞椴树＞水、胡、黄＞竹林＞阔叶混＞樟木＞

楠木＞栎类＞华山松＞其他硬阔类＞杨树＞红松＞檫木＞高山松＞思茅松＞云南松＞赤松＞桦木＞落叶松＞油杉＞马尾松＞柏木＞木麻黄＞油松＞黑松＞云杉＞铁杉＞冷杉＞樟子松＞经济林＞灌木林。

释氧指标位于 $2.08\sim10.15$ t·hm^{-2}·a^{-1}，不同林分类型从大到小的顺序为：桉树＞柳杉＞桐类＞其他软阔类＞针阔混＞水杉＞杉木＞杂木＞针叶混＞椴树＞水、胡、黄＞竹林＞阔叶混＞樟木＞楠木＞栎类＞华山松＞其他硬阔类＞杨树＞红松＞高山松＞檫木＞思茅松＞云南松＞赤松＞桦木＞落叶松＞油杉＞马尾松＞柏木＞木麻黄＞油松＞黑松＞云杉＞铁杉＞冷杉＞樟子松＞经济林＞灌木林。

林木积累氮量位于 $9.37\sim101.23$ kg·hm^{-2}·a^{-1}，不同林分类型从大到小的顺序为：桐类＞水、胡、黄＞椴树＞桦木＞阔叶混＞其他软阔类＞水杉＞檫木＞杨树＞柳杉＞其他硬阔类＞红松＞落叶松＞针阔混＞栎类＞针叶混＞杉木＞杂木＞黑松＞赤松＞木麻黄＞桉树＞樟木＞油松＞竹林＞樟子松＞马尾松＞楠木＞云杉＞经济林＞高山松＞灌木林＞华山松＞冷杉＞柏木＞铁杉＞思茅松＞油杉＞云南松。

林木积累磷量位于 $1.69\sim20.21$ kg·hm^{-2}·a^{-1}，不同林分类型从大到小的顺序为：杂木＞水杉＞樟木＞落叶松＞桐类＞栎类＞柳杉＞桦木＞针叶混＞水、胡、黄＞油松＞椴树＞其他软阔类＞云南松＞杨树＞其他硬阔类＞阔叶混＞竹林＞思茅松＞高山松＞针阔混＞楠木＞华山松＞柏木＞檫木＞油杉＞杉木＞桉树＞云杉＞黑松＞马尾松＞经济林＞冷杉＞木麻黄＞铁杉＞灌木林＞赤松＞樟子松＞红松。

林木积累钾量位于 $7.23\sim66.72$ kg·hm^{-2}·a^{-1}，不同林分类型从大到小的顺序为：桐类＞椴树＞水杉＞杨树＞檫木＞桦木＞樟子松＞其他软阔类＞杂木＞樟木＞落叶松＞黑松＞针阔混＞竹林＞水、胡、黄＞阔叶混＞栎类＞柳杉＞其他硬阔类＞杉木＞楠木＞针叶混＞木麻黄＞桉树＞马尾松＞油松＞经济林＞云杉＞华山松＞柏木＞思茅松＞高山松＞铁杉＞灌木林＞油杉＞冷杉＞红松＞云南松＞赤松。

森林提供负离子量位于 $1.64\times10^{18}\sim2.68\times10^{19}$ 个·hm^{-2}·a^{-1}，不同林分类型从大到小的顺序为：冷杉＞竹林＞樟子松＞红松＞水、胡、黄＞云杉＞楠木＞落叶松＞针叶混＞栎类＞椴树＞马尾松＞柳杉＞阔叶混＞针阔混＞油松＞木麻黄＞其他软阔类＞其他硬阔类＞樟木＞桦木＞华山松＞杨树＞杉木＞檫木＞油杉＞铁杉＞杂木＞水杉＞云南松＞赤松＞柏木＞黑松＞桐类＞桉树＞高山松＞思茅松＞经济林＞灌木林。

吸收二氧化硫指标位于 $75.28\sim291.88$ kg·hm^{-2}·a^{-1}，不同林分类型从大到小的顺序为：黑松＞杉木＞柏木＞油松＞油杉＞水杉＞思茅松＞铁杉＞高山松＞云南松＞云杉＞冷杉＞华山松＞桦木＞柳杉＞赤松＞落叶松＞马尾松＞针叶混＞樟子松＞檫木＞其他硬阔类＞针阔混＞红松＞竹林＞杨树＞其他软阔类＞灌木林＞木麻黄＞桉树＞樟木＞楠木＞杂木＞栎类＞经济林＞阔叶混＞椴树＞桐类＞水、胡、黄。

吸收氟化物指标位于 $0.50\sim11.47$ kg·hm^{-2}·a^{-1}，不同林分类型从大到小的顺序为：落叶松＞樟子松＞桦木＞椴树＞其他软阔类＞杂木＞桉树＞针阔混＞阔叶混＞栎类＞杨树＞红松＞木麻黄＞其他硬阔类＞樟木＞马尾松＞楠木＞水、胡、黄＞赤松＞针叶混＞桐类＞灌木林＞檫木＞黑松＞竹林＞杉木＞经济林＞油松＞云杉＞柏木＞柳杉＞冷杉＞华山松＞水杉＞云南松＞高山松＞思茅松＞铁杉＞油杉。

吸收氮氧化物指标位于 $4.75\sim10.03$ kg·hm^{-2}·a^{-1}，不同林分类型从大到小的顺序为：椴树＞红松＞水、胡、黄＞杂木＞阔叶混＞其他软阔类＞樟子松＞针叶混＞针阔混＞桉树＞杉木＞檫木＞其他硬阔类＞桦木＞楠木＞栎类＞杨树＞落叶松＞马尾松＞樟木＞木麻黄＞云杉＞冷杉＞赤松＞油杉＞思茅松＞铁杉＞油松＞华山松＞高山松＞柳杉＞柏木＞黑松＞水杉＞灌木林＞桐类＞云南松＞竹林＞经济林。

滞尘指标位于 1.01 万 ~3.62 万 kg·hm^{-2}·a^{-1}，不同林分类型从大到小的顺序为：柳杉＞针叶混＞马尾松＞柏木＞华山松＞油松＞云南松＞思茅松＞油杉＞高山松＞冷杉＞云杉＞铁杉＞黑松＞杉木＞水杉＞红松＞桦木＞赤松＞水、胡、黄＞针阔混＞落叶松＞樟子松＞桉树＞其他软阔类＞杂木＞竹林＞栎类＞椴树＞其他硬阔类＞阔叶混＞檫木＞楠木＞杨树＞经济林＞樟木＞木麻黄＞灌木林＞

桐类。

从不同林分类型单位面积涵养水源量上看，影响其大小的主要因子是林分组成情况，总体趋势是：混交林＞纯林；阔叶树＞针叶树；南方树种＞北方树种。常绿树种＞落叶树种。樟树、檫木、楠木、栎类为常绿阔叶林主要树种，所以在我国所有的林分类型中，常绿阔叶林单位面积涵养水源量最大。

从林分类型单位面积固土量上看，常绿树种＞落叶树种，主要原因是常绿树种生长期长，枯枝落叶层量四季变化幅度不大，能够长期覆盖地面，具有良好的防止溅蚀和片蚀功能。但在针叶树和阔叶树、纯林和混交林方面并未表现出较大差别。

从不同林分类型单位面积减少土壤的氮、磷、钾损失量上看，北方树种＞南方树种；阔叶树＞针叶树；混交林＞纯林。原因在于南方土壤黏重，不易侵蚀；北方土壤较为松散，易侵蚀，北方森林比南方森林水土保持效果明显。

从各林分类型单位面积固碳量上看，生长速度快的树种，净生产力大，固碳量也高，如桐类、柳杉、桉树等，表明速生树种在吸收 CO_2 方面具有较大潜力，应引起足够重视。总体趋势为：速生树种＞普通树种；南方树种＞北方树种。在混交林还是纯林及针叶树还是阔叶树方面未表现较大差异。单位面积释氧量趋势与之一致。

从单位面积林木积累营养物质量上看，积累营养物质量与是否速生树种关系不大，而与是阔叶还是针叶有关，阔叶树在这方面表现出了明显优势。总体趋势为：阔叶树＞针叶树；混交林＞纯林；北方树种＞南方树种。

从单位面积森林提供负离子量上看，影响其大小的因子较为复杂，与树种和林分高度有关。总体趋势为：混交林＞纯林，与是否在南北方、针阔叶树种、速生与否关系不大。

从单位面积吸收污染物量上看，针叶树＞阔叶树，与是否速生、南北方、混交与否关系较小，说明吸收污染物与叶片大小没有直接关系，而与树种吸收和利用及转化污染物的特性关系密切。

主要参考文献

鲍文，包维楷，何丙辉等 . 2004. 森林生态系统对降水的分配与拦截效应 . 山地学报，22（4）：483～491

范世香，蒋德明，阿拉木萨等 . 2001. 论森林在水源涵养中的作用 . 辽宁林业科技，（5）：22～25

郭浩，王兵，马向前等 . 2008. 中国油松林生态服务功能评估 . 中国科学（C辑：生命科学），38（6）：565～572

郭中伟，甘雅玲 . 2002. 基于功能与空间格局的区域生态系统保育策略 . 生物多样性，10（4）：399～408

国家林业局 . 1999. 中国林业统计年鉴（1998）. 北京：中国林业出版社

国家林业局 . 2004. 中国林业统计年鉴（2003）. 北京：中国林业出版社

国家林业局森林资源司 . 2000. 全国森林资源统计（1994—1998）. 北京：国家林业局森林资源司 . 10～80

国家林业局森林资源司 . 2005. 全国森林资源统计（1999—2003）. 北京：国家林业局森林资源司 . 79～80

国家统计局 . 1999. 中国水利年鉴（1989—1998 年）. 北京：中国统计出版社

国家统计局 . 2004a. 中国农村统计年鉴（1989—2003 年）. 北京：中国统计出版社

国家统计局 . 2004b. 中国统计年鉴（1993，1998，2003 年）. 北京：中国统计出版社

韩国科学技术处 . 1993. 森林公益机能的计量化研究 . 首尔：韩国科学技术院

侯学煜 . 1982. 中国植被地理及优势植物化学成分 . 北京：科学出版社

侯元兆，张佩昌，王琦等 . 1995. 中国森林资源核算研究 . 北京：中国林业出版社

胡明形 . 2002. 森林游憩价值的核算 . 见：侯元兆 . 森林环境价值核算 . 北京：中国科学技术出版社

姜东涛 . 2005. 森林释氧固碳功能与效益计算的探讨 . 华东森林经理，19（2）：19～21

姜文来 . 2003. 森林涵养水源的价值核算研究 . 水土保持学报，17（2）：34～40

蒋洪强，徐玖平 . 2004. 环境成本核算研究的进展 . 生态环境，13（3）：429～433

蒋延玲，周广胜 . 1999. 中国主要森林生态系统公益的评价 . 植物生态学报，23（5）：426～432

李少宁，王兵，郭浩等 . 2007. 大岗山森林生态系统服务功能及其价值评估 . 中国水土保持科学，5（6）：58～64

刘璨 . 2003. 森林固碳与释氧的经济核算 . 南京林业大学学报（自然科学版），27（5）：25～29

刘信中，吴和平 . 2005. 江西官山自然保护区科学考察与研究 . 北京：中国林业出版社

刘信中，肖忠优，马建军 . 2002. 江西九连山自然保护区科学考察与森林生态系统研究 . 北京：中国林业出版社

刘煊章，田大伦，周志华 . 1995. 杉木林生态系统净化水质功能的研究 . 林业科学，31（2）：193～199

鲁春霞，谢高地，成升魁 . 2001. 河流生态系统的休闲娱乐功能及其价值评估 . 23（5）：78～81

鲁绍伟.2006.中国森林生态系统服务功能的动态分析与仿真预测.北京:北京林业大学博士学位论文

马定国,舒晓波,刘影等.2003.江西省森林生态系统服务功能价值评估.江西科学,21(3):211~216

欧阳志云,王效科,苗鸿.1999.中国陆地生态系统服务功能及其生态经济价值的初步研究.生态学报,19(5):607~613

邵海荣,贺庆棠,阎海平.2005.北京地区空气负离子浓度时空变化特征的研究.北京林业大学学报,27(3):35~39

石福孙.2003.帽儿山潜在沟系及土壤侵蚀的研究.哈尔滨:东北林业大学硕士学位论文.30~46

石强,舒惠芳,钟林生等.2004.森林游憩区空气负离子评价研究.林业科学,40(1):36~40

王兵,李少宁,郭浩.2007.江西省森林生态系统服务功能及其价值评估研究.江西科学,25(5):553~559

王兵,鲁绍伟.2009.中国经济林生态系统服务价值评估.应用生态学报,20(2):417~425

王兵,马向前,郭浩等.2009a.中国杉木林的生态系统服务价值评估.林业科学,45(4):124~130

王兵,王燕,郭浩.2009b.江西大岗山毛竹林碳储量及其分配特征.北京林业大学学报,31(6):39~42

王兵,魏江生,胡文.2009c.贵州省黔东南州森林生态系统服务功能评估.贵州大学学报(自然科学版),26(5):42~47

王兵,魏文俊,李少宁等.2008a.中国杉木林生态系统碳储量研究.中山大学学报(自然科学版),47(2):93~98

王兵,魏文俊,邢兆凯等.2008b.中国竹林生态系统的碳储量.生态环境,17(4):1680~1684

王兵,杨锋伟,郭浩等.2008c.森林生态系统服务功能评估规范(LY/T 1721-2008).北京:中国标准出版社

王兵,郑秋红,郭浩.2008d.基于Shannon-Wiener指数的中国森林物种多样性保育价值评估方法.林业科学研究,21(2):268~274

王兵,魏文俊.2007.江西省森林碳储量与碳密度研究.江西科学,25(6):681~687

王效科,冯宗炜.2000.中国森林生态系统中植物固定大气碳的潜力.生态学杂志,19(4):72~74

吴楚材,黄绳记.1995.桃源洞国家森林公园的空气负离子含量及评价.中南林学院学报,15(1):10~13

吴楚材,郑群明,钟林生.2001.森林游憩区空气负离子水平的研究.林业科学,37(5):75~81

吴钢,肖寒,赵景柱等.2001.长白山森林生态系统服务功能.中国科学(C),31(5):471~480

肖寒,欧阳志云,赵景柱等.2000.森林生态系统服务功能及其生态经济价值评价初探——以海南岛尖峰岭热带林为例.应用生态学报,11(4):481~484

杨吉华.1993.山丘地区森林保持水土效益的研究.水土保持学报,7(3):47~52

余新晓,张志强,陈丽华等.2004.森林生态水文.北京:中国林业出版社

赵同谦.2004.中国陆地生态系统服务功能及其价值评估研究.北京:中国科学院研究生院博士学位论文

中国林学会森林旅游和森林公园分会.1999.森林旅游发展战略及资源评价研究.北京:中国林业出版社

中国森林生态服务功能评估项目组.2010.中国森林生态服务功能评估.北京:中国林业出版社

中国生物多样性国情研究报告编写组.1998.中国生物多样性国情研究报告.北京:中国环境科学出版社

钟林生,吴楚材,肖笃宁.1998.森林旅游资源评价中的空气负离子研究.生态学杂志,17(6):56~60

周冰冰,李忠魁,侯元兆等.2000.北京市森林资源价值.北京:中国林业出版社

周国逸,余作岳,彭少麟.1999.小良试验站三种生态系统能量平衡的研究.热带亚热带植物学报,7(2):93,10

周晓峰等.1999.森林生态功能与经营途径.北京:中国林业出版社

Costanza R, d'Arge R, de Groot R et al. 1997. The value of the world's ecosystem services and natural capital. Nature, 387:253~260

Dixon R K, Brown S, Houghton R A et al. 1994. Carbon pool and flux of global forest ecosystems. Science, 263:185

Pimental D, Wilson C, McCullum C et al. 1997. Economic and environmental benefits of biodiversity. BioScience, 387:253~260

第三章 分省（自治区、直辖市）森林生态系统服务功能评估研究

由于缺乏香港特别行政区、澳门特别行政区、台湾省的森林资源清查数据，本研究只对 31 个省（自治区、直辖市）森林生态系统服务功能物质量进行了评估，各省（自治区、直辖市）主要评估结果如下。

第一节 北 京 市

1. 自然地理概况

北京市位于北纬 39°56′，东经 116°20′，坐落在华北大平原的北部边缘，西邻黄土高原，北接内蒙古高原，处于平原与山地、高原的交接地带，自古以来就有"左环沧海，右拥太行，北枕居庸，南襟河济，形胜甲于天下"之誉，是联系中原与西北、东北地区的枢纽城市。北京东面与天津毗连，其余均与河北省相邻，总面积 16 808 km²。

北京地势西北高，东南低，西部、北部和东部三面环山，山地约占北京市面积的 2/3，东南部是一片缓缓向渤海倾斜的平原。西部山地总称西山，属太行山脉。北部山地统称军都山，属燕山山脉。北京市区海拔 43.71 m，山峰一般为 1000～1500 m，最高峰灵山，高达 2303 m。

流经北京境内的主要河流有：永定河、潮白河、北运河、拒马河等，多由西北部山地发源，穿过崇山峻岭，向东南蜿蜒流往平原地区，最后分别汇入渤海。

北京的气候属于典型的暖温带半湿润大陆性季风气候，四季分明。春秋短促，冬夏较长。常年平均气温在 13℃左右，最热月（7 月）平均气温 26℃左右，最冷月（1 月）平均气温－2℃左右。年均降雨量 626 mm，雨量集中在夏季。无霜期 180～200 d。北京平均日照时间 2700 h，是一个太阳能资源（光能资源）较好的地区。

2. 森林资源状况

据第六次全国森林资源清查（1999—2003 年）统计，北京市森林覆盖率 21.26%，林地总面积 97.29 万 hm²。有林地面积 37.80 万 hm²，其中林分面积 23.44 万 hm²、经济林面积 14.36 万 hm²；疏林地 0.53 万 hm²，灌木林地 25.57 万 hm²，未成林地 0.78 万 hm²，苗圃地为 1.72 万 hm²；无林地面积 30.89 万 hm²，其中宜林荒山 29.74 万 hm²。

3. 森林生态系统服务功能评估结果

"九五"和"十五"期间北京市森林生态系统服务功能物质量见表 3-1。与"九五"期间相比，"十五"期间涵养水源量、固土量、减少土壤中 N 损失量、减少土壤中 P 损失量、减少土壤中 K 损失量、减少土壤中有机质损失量、固碳量、释放氧气量、林木积累 N 量、林木积累 P 量、林木积累 K 量、提供负离子数量、吸收二氧化硫量、吸收氟化物量、吸收氮氧化物量、滞尘量分别增加了 12.27%、12.50%、12.04%、14.29%、12.31%、12.74%、9.20%、10.71%、10.79%、8.33%、11.00%、15.35%、14.00%、13.47%、12.60% 和 12.16%。 "九五"到"十五"期间森林面积增长了 12.60%，因此影响森林生态系统服务功能实物量增长的主要因素是面积增长。

表 3-1 "九五"和"十五"期间北京市森林生态系统服务功能物质量

功能类别	指 标	"九五"期间	"十五"期间	增长率/%
涵养水源/(亿 $m^3 \cdot a^{-1}$)	调节水量	6.52	7.32	12.27
保育土壤/(万 $t \cdot a^{-1}$)	固土	976.39	1098.39	12.50
	N	1.08	1.21	12.04
	P	0.35	0.40	14.29
	K	6.66	7.48	12.31
	有机质	41.60	46.90	12.74
固碳释氧/(万 $t \cdot a^{-1}$)	固碳	84.24	91.99	9.20
	释氧	228.54	253.02	10.71
积累营养物质/(万 $t \cdot a^{-1}$)	N	3.15	3.49	10.79
	P	0.12	0.13	8.33
	K	2.00	2.22	11.00
净化大气环境	提供负离子/(10^{24}个 $\cdot a^{-1}$)	2.41	2.78	15.35
	吸收 SO_2/(万 $kg \cdot a^{-1}$)	5960.22	6794.52	14.00
	吸收 HF/(万 $kg \cdot a^{-1}$)	194.90	221.15	13.47
	吸收 NO_x/(万 $kg \cdot a^{-1}$)	337.68	380.22	12.60
	滞尘/(亿 $kg \cdot a^{-1}$)	72.44	81.25	12.16

第二节 天 津 市

1. 自然地理概况

天津市位于北纬 $38°34' \sim 40°15'$，东经 $116°43' \sim 118°04'$，处于国际时区的东八区。北起蓟县黄崖关，南至大港区翟庄子沧浪渠，南北长 189 km；东起汉沽区洒金坨以东陡河西干渠，西至静海县子牙河王进庄以西滩德干渠，东西宽 117 km。天津市域面积 11 760.26 km^2，疆域周长约1290.8 km，海岸线长 153 km，陆界长 1137.48 km。

天津位于中纬度欧亚大陆东岸，主要受季风环流的支配，是东亚季风盛行的地区，属大陆性气候。主要气候特征是，四季分明，春季多风，干旱少雨；夏季炎热，雨水集中；秋季气爽，冷暖适中；冬季寒冷，干燥少雪。天津年平均气温为 $11.4 \sim 12.9℃$，市区平均气温最高为 $12.9℃$。1月最冷，平均气温为 $-3 \sim -5℃$；7月最热，平均气温为 $26 \sim 27℃$。天津季风盛行，冬、春季风速最大，夏、秋季风速最小。年平均风速为 $2 \sim 4\ m \cdot s^{-1}$，多为西南风。天津平均无霜期为 $196 \sim 246$ d，最长无霜期为 267 d，最短无霜期为 171 d。在四季中，冬季最长，为 $156 \sim 167$ d；夏季次之，为 $87 \sim 103$ d；春季 $56 \sim 61$ d；秋季最短，仅为 $50 \sim 56$ d。天津年平均降水量为 $520 \sim 660$ mm，降水日数为 $63 \sim 70$ d。在地区分布上，山地多于平原，沿海多于内地。在季节分布上，6月、7月、8月3个月降水量占全年的 75% 左右。天津日照时间较长，年日照时数为 $2500 \sim 2900$ h。

2. 森林资源状况

据第六次全国森林资源清查（1999—2003 年）统计，天津市森林覆盖率8.14%，林地总面积 13.44 万 hm^2。有林地面积9.35 万 hm^2，其中林分面积4.57 万 hm^2、经济林面积4.78 万 hm^2；疏林地 0.12 万 hm^2，灌木林地 1.36 万 hm^2，未成林地 0.52 万 hm^2，苗圃地为 0.36 万 hm^2；无林地面积 1.73 万 hm^2，其中宜林荒山 0.57 万 hm^2。

3. 森林生态系统服务功能评估结果

"九五"和"十五"期间天津市森林生态系统服务功能物质量见表 3-2。与"九五"期间相比，"十五"期间涵养水源量、固土量、减少土壤中 N 损失量、减少土壤中 P 损失量、减少土壤中 K 损失量、减少土壤中有机质损失量、固碳量、释放氧气量、林木积累 N 量、林木积累 P 量、林木积累 K 量、提供负离子数量、吸收二氧化硫量、吸收氟化物量、吸收氮氧化物量、滞尘量分别增加了 15.48%、14.81%、12.50%、0.00%、11.01%、16.72%、7.25%、11.39%、4.88%、0.00%、12.82%、8.33%、16.50%、15.81%、14.67% 和 15.12%。"九五"到"十五"期间森林面积增长了 14.67%，因此影响森林生态系统服务功能实物量增长的主要因素是面积增长。林木积累 P 量减少主要是因为含 P 量大的其他硬阔类面积减少 2500 hm² 的缘故。

表 3-2 "九五"和"十五"期间天津市森林生态系统服务功能物质量

功能类别	指 标	"九五"期间	"十五"期间	增长率/%
涵养水源/(亿 m³·a⁻¹)	调节水量	0.84	0.97	15.48
保育土壤/(万 t·a⁻¹)	固土	160.49	184.26	14.81
	N	0.16	0.18	12.50
	P	0.06	0.06	0.00
	K	1.09	1.21	11.01
	有机质	6.16	7.19	16.72
固碳释氧/(万 t·a⁻¹)	固碳	13.38	14.35	7.25
	释氧	46.28	51.55	11.39
积累营养物质/(万 t·a⁻¹)	N	0.82	0.86	4.88
	P	0.04	0.04	0.00
	K	0.39	0.44	12.82
净化大气环境	提供负离子/(10²⁴ 个·a⁻¹)	0.48	0.52	8.33
	吸收 SO₂/(万 kg·a⁻¹)	919.40	1071.07	16.50
	吸收 HF/(万 kg·a⁻¹)	27.70	32.08	15.81
	吸收 NOₓ/(万 kg·a⁻¹)	56.04	64.26	14.67
	滞尘/(亿 kg·a⁻¹)	11.11	12.79	15.12

第三节 河 北 省

1. 自然地理概况

河北省环抱首都北京，地处东经 113°27′～119°50′，北纬 36°05′～42°40′。总面积 187 693 km²，省会石家庄市。北距北京 283 km，东与天津市毗连并紧傍渤海，东南部、南部衔山东、河南两省，西倚太行山与山西省为邻，西北部、北部与内蒙古自治区交界，东北部与辽宁接壤。

河北省地势西北高、东南低，由西北向东南倾斜。地貌复杂多样，高原、山地、丘陵、盆地、平原类型齐全，有坝上高原、燕山和太行山山地、河北平原三大地貌单元。坝上高原属蒙古高原一部分，地形南高北低，平均海拔 1200～1500 m，面积 15 954 km²，占河北省总面积的 8.5%；燕山和太行山山地，包括中山山地区、低山山地区、丘陵地区和山间盆地区 4 种地貌类型，海拔多在 2000 m 以下，高于 2000 m 的孤峰类有 10 余座，其中小五台山高达 2882 m，为河北省最高峰。山地面积 90 280 km²，占河北省总面积的 48.1%；河北平原区是华北大平原的一部分，按其成因可分为山前冲洪积平原、中部中湖积平原区和滨海平原区 3 种地貌类型，河北平原区面积 81 459 km²，占河北省总面积的 43.4%。

河北省地处中纬度欧亚大陆东岸，位于中国东部沿海，属于温带湿润半干旱大陆性季风气候，省内大部分地区四季分明，寒暑悬殊，雨量集中，干湿期明显，具有冬季寒冷干旱，雨雪稀少；春季冷暖多变，干旱多风；夏季炎热潮湿，雨量集中；秋季风和日丽，凉爽少雨的特点。省内总体气候条件较好，温度适宜，日照充沛，热量丰富，雨热同季，适合多种农作物生长和林果种植。

光能资源丰富，河北省年总辐射量为 4854～5981 MJ·m^{-2}，其分布趋势北高南低、东西高中间低。年平均气温由北向南逐渐升高，冀北高原年平均气温低于 4℃，以御道口最低，为－0.3℃；中南部地区年平均气温上升至 12℃以上。年平均降水量为 350～770 mm。年降水量时空分布极不均匀，总的趋势是东南部多于西北部。年均日照时数为 2400～3077 h，河北省范围均属日照条件较好地区。

2. 森林资源状况

据第六次全国森林资源清查（1999—2003 年）统计，河北省森林覆盖率 17.69%，林地总面积 624.55 万 hm^2。有林地面积 311.79 万 hm^2，其中林分面积 206.53 万 hm^2、经济林面积 105.26 万 hm^2；疏林地 10.28 万 hm^2，灌木林地 55.31 万 hm^2，未成林地 8.50 万 hm^2，苗圃地为 3.83 万 hm^2；无林地面积 234.84 万 hm^2，其中宜林荒山 221.85 万 hm^2。

3. 森林生态系统服务功能评估结果

"九五"和"十五"期间河北省森林生态系统服务功能物质量见表 3-3。与"九五"期间相比，"十五"期间涵养水源量、固土量、减少土壤中有机质损失量、林木积累 N 量、林木积累 P 量、吸收二氧化硫量、吸收氮氧化物量、滞尘量分别减少了 2.08%、1.99%、0.35%、0.36%、2.08%、2.14%、2.41%、0.96%。减少土壤中 N 损失量、减少土壤中 P 损失量、减少土壤中 K 损失量、固碳量、释放氧气量、林木积累 K 量、提供负离子数量和吸收氟化物量分别增加了 4.41%、0.00%、1.03%、1.09%、0.67%、0.18%、1.88%和 4.04%。"九五"到"十五"期间森林面积减少了 2.41%，因此影响森林生态系统服务功能实物量变化的主要因素是森林总面积和林分类型面积变化。

表 3-3　"九五"和"十五"期间河北省森林生态系统服务功能物质量

功能类别	指　标	"九五"期间	"十五"期间	增长率/%
涵养水源/(亿 m^3·a^{-1})	调节水量	73.01	71.49	－2.08
保育土壤/(万 t·a^{-1})	固土	6 512.45	6 383.17	－1.99
	N	6.80	7.10	4.41
	P	2.42	2.42	0.00
	K	44.82	45.28	1.03
	有机质	259.39	258.47	－0.35
固碳释氧/(万 t·a^{-1})	固碳	604.18	610.79	1.09
	释氧	1 795.09	1 807.19	0.67
积累营养物质/(万 t·a^{-1})	N	24.89	24.80	－0.36
	P	0.96	0.94	－2.08
	K	16.32	16.35	0.18
净化大气环境	提供负离子/(10^{25}个·a^{-1})	2.13	2.17	1.88
	吸收 SO$_2$/(万 kg·a^{-1})	34 883.97	34 135.81	－2.14
	吸收 HF/(万 kg·a^{-1})	1 127.36	1 172.87	4.04
	吸收 NO$_x$/(万 kg·a^{-1})	2 256.96	2 202.60	－2.41
	滞尘/(亿 kg·a^{-1})	499.17	494.39	－0.96

第四节　山　西　省

1. 自然地理概况

山西省位于北纬 34°36′～40°44′，东经 110°15′～114°32′，地处中国黄河中游，华北西部的黄土高原地带，东邻河北，西界陕西，南接河南，北连内蒙古自治区。因地处太行山之西，故名山西。春秋时代为晋国故地，因而简称"晋"。南北长 680 km 余，东西宽 380 km 余，总面积 15.63 万 km²。从地图上看，其轮廓呈由东北倾向西南的平行四边形。山西地形较为复杂，境内有山地、丘陵、高原、盆地、台地等多种地貌类型，整个地貌是被黄土广泛覆盖的山地型高原，大部分海拔为 1000～2000 m。

山西地形多样，高差悬殊，既有纬度地带性气候，又有明显的垂直变化。山西地处中纬度，距海不远，但因山脉屏障，夏季风影响不大，属于暖温带、温带大陆性气候。年平均气温为 −4～14℃。气温地区分布总趋向是自南向北、自平川向山地递减。山西无霜期南长北短，平川长山地短。山西省年平均降水量为 400～650 mm。

2. 森林资源状况

据第六次全国森林资源清查（1999—2003 年）统计，山西省森林覆盖率 13.29%，林地总面积 690.94 万 hm²。有林地面积 206.30 万 hm²，其中林分面积 160.49 万 hm²、经济林面积 45.66 万 hm²、竹林面积 0.15 万 hm²；疏林地 16.43 万 hm²，灌木林地 94.47 万 hm²，未成林地 4.10 万 hm²，苗圃地为 1.11 万 hm²；无林地面积 368.53 万 hm²，其中宜林荒山 363.32 万 hm²。

3. 森林生态系统服务功能评估结果

"九五"和"十五"期间山西省森林生态系统服务功能物质量见表3-4。与"九五"期间相比，"十五"期间涵养水源量、固土量、减少土壤中 N 损失量、减少土壤中 P 损失量、减少土壤中 K 损失量、减少土壤中有机质损失量、固碳量、释放氧气量、林木积累 N 量、林木积累 P 量、林木积累 K 量、提供负离子数量、吸收二氧化硫量、吸收氟化物量、吸收氮氧化物量、滞尘量分别增加了 10.04%、10.84%、10.97%、10.77%、10.14%、10.92%、1.75%、10.26%、9.97%、9.83%、11.00%、10.46%、10.76%、11.28%、11.01% 和 10.66%。"九五"到"十五"期间森林面积增长了 11.01%，因此影响森林生态系统服务功能实物量增长的主要因素是面积增长。

表 3-4　"九五"和"十五"期间山西省森林生态系统服务功能物质量

功能类别	指　标	"九五"期间	"十五"期间	增长率/%
涵养水源/(亿 m³·a⁻¹)	调节水量	33.08	36.40	10.04
保育土壤/(万 t·a⁻¹)	固土	10 677.24	11 834.96	10.84
	N	29.91	33.19	10.97
	P	4.18	4.63	10.77
	K	197.80	217.85	10.14
	有机质	484.87	537.82	10.92
固碳释氧/(万 t·a⁻¹)	固碳	384.21	390.93	1.75
	释氧	945.08	1 042.03	10.26
积累营养物质/(万 t·a⁻¹)	N	7.62	8.38	9.97
	P	3.56	3.91	9.83
	K	4.91	5.45	11.00
净化大气环境	提供负离子/(10²⁵个·a⁻¹)	1.53	1.69	10.46
	吸收 SO₂/(万 kg·a⁻¹)	32 057.31	35 505.33	10.76
	吸收 HF/(万 kg·a⁻¹)	986.71	1 097.98	11.28
	吸收 NOₓ/(万 kg·a⁻¹)	1 625.64	1 804.62	11.01
	滞尘/(亿 kg·a⁻¹)	420.13	464.90	10.66

第五节　内蒙古自治区

1. 自然地理概况

内蒙古自治区位于中国的北部边疆，由东北向西南斜伸，呈狭长形。经纬度西起东经 97°12′，东至东经 126°04′，横跨经度 28°52′，相隔 2400 km 余；南起北纬37°24′，北至北纬53°23′，纬度跨越 15°59′，直线距离 1700 km；内蒙古自治区总面积118.3 万 km²，占全国土地面积的12.3%，居全国第 3 位。东、南、西依次与黑龙江、吉林、辽宁、河北、山西、陕西、宁夏和甘肃 8 省（自治区）毗邻，跨越三北（东北、华北、西北），靠近京、津；北部同蒙古国和俄罗斯联邦接壤，国境线长 4221 km。

内蒙古自治区地域广袤，所处纬度较高，高原面积大，距离海洋较远，边沿有山脉阻隔，气候以温带大陆性季风气候为主。有降水量少而不匀，风大，寒暑变化剧烈的特点。大兴安岭北段地区属于寒温带大陆性季风气候，巴彦浩特—海勃湾—巴彦高勒以西地区属于温带大陆性气候。总的特点是春季气温骤升，多大风天气，夏季短促而炎热，降水集中，秋季气温剧降，霜冻往往早来，冬季漫长严寒，多寒潮天气。全年太阳辐射量从东北向西南递增，降水量由东北向西南递减。年平均气温为 0～8℃，气温年差平均为 34～36℃，日差平均为 12～16℃。年总降水量为 50～450 mm，东北降水多，向西部递减。东部的鄂伦春自治旗降水量达 486 mm，西部的阿拉善高原年降水量少于50 mm，额济纳旗为 37 mm。蒸发量大部分地区都高于 1200 mm，大兴安岭山地年蒸发量少于 1200 mm，巴彦淖尔高原地区达 3200 mm 以上。内蒙古日照充足，光能资源非常丰富，大部分地区年日照时数都大于2700 h，阿拉善高原的西部地区达 3400 h 以上。全年大风日数平均为 10～40 d，70% 发生在春季。其中锡林郭勒、乌兰察布高原达 50 d 以上；大兴安岭北部山地，一般在 10 d 以下。沙暴日数大部分地区为 5～20 d，阿拉善西部和鄂尔多斯高原地区达 20 d 以上，阿拉善盟额济纳旗的呼鲁赤古特大风日，年均 108 d。

2. 森林资源状况

据第六次全国森林资源清查（1999—2003 年）统计，内蒙古自治区森林覆盖率17.70%，林地总面积 4403.61 万 hm²。有林地面积 1616.14 万 hm²，其中林分面积 1608.23 万 hm²、经济林面积7.91 万 hm²；疏林地 66.53 万 hm²，灌木林地 452.33 万 hm²，未成林地 192.51 万 hm²，苗圃地为0.66 万 hm²；无林地面积 2075.44 万 hm²，其中宜林荒山 1017.29 万 hm²。

3. 森林生态系统服务功能评估结果

"九五"和"十五"期间内蒙古自治区森林生态系统服务功能物质量见表3-5。与"九五"期间相比，"十五"期间涵养水源量、固土量、减少土壤中 N 损失量、减少土壤中 P 损失量、减少土壤中K 损失量、减少土壤中有机质损失量、固碳量、释放氧气量、林木积累 N 量、林木积累 P 量、林木积累 K 量、提供负离子数量、吸收二氧化硫量、吸收氟化物量、吸收氮氧化物量、滞尘量分别增加了 18.67%、20.79%、13.61%、14.06%、22.16%、12.58%、30.72%、16.90%、22.84%、17.18%、17.80%、13.58%、19.22%、11.46%、21.60% 和 9.75%。"九五"到"十五"期间森林面积增加了 18.87%，因此影响森林生态系统服务功能实物量增长的主要因素是总面积变化和森林面积变化。

表 3-5   "九五"和"十五"期间内蒙古自治区森林生态系统服务功能物质量

功能类别	指　标	"九五"期间	"十五"期间	增长率/%
涵养水源/(亿 m³·a⁻¹)	调节水量	201.71	239.36	18.67
保育土壤/(万 t·a⁻¹)	固土	48 100.15	58 099.61	20.79
	N	75.14	85.37	13.61
	P	36.57	41.71	14.06
	K	944.10	1 153.27	22.16
	有机质	1 597.78	1 798.71	12.58
固碳释氧/(万 t·a⁻¹)	固碳	2 386.89	3 120.23	30.72
	释氧	6 853.92	8 012.11	16.90

功能类别	指标	"九五"期间	"十五"期间	增长率/%
积累营养物质/(万 t·a⁻¹)	N	113.30	139.18	22.84
	P	21.25	24.90	17.18
	K	73.75	86.88	17.80
净化大气环境	提供负离子/(10²⁵个·a⁻¹)	13.62	15.47	13.58
	吸收 SO₂/(万 kg·a⁻¹)	342 283.93	408 065.36	19.22
	吸收 HF/(万 kg·a⁻¹)	18 249.31	20 341.06	11.46
	吸收 NOₓ/(万 kg·a⁻¹)	10 186.65	12 387.09	21.60
	滞尘/(亿 kg·a⁻¹)	5 750.95	6 311.94	9.75

第六节　辽　宁　省

1. 自然地理概况

辽宁省位于中国东北地区的南部，是中国东北经济区和环渤海经济区的重要结合部。地理坐标处在东经 $118°53'\sim125°46'$，北纬 $38°43'\sim43°26'$，东西端直线距离最宽约550 km，南北端直线距离约550 km。陆地面积 14.59 万 km^2，占中国陆地面积1.5%。陆地面积中，山地面积 8.72 万 km^2，占59.8%；平地面积 4.87 万 km^2，占33.4%；水域面积 1 万 km^2，占6.8%。海域面积 15.02 万 km^2。其中渤海部分 7.83 万 km^2，北黄海7.19 万km^2。

辽宁省地处欧亚大陆东岸，属于温带大陆型季风气候区。境内雨热同季，日照丰富，积温较高，冬长夏暖，春秋季短，雨量不均，东湿西干。辽宁省阳光辐射年总量为 $100\sim200$ cal[①]·cm^{-2}，年日照时数 $2100\sim2600$ h。全年平均气温为 $7\sim11℃$，受季风气候影响，各地差较大，自西南向东北，自平原向山区递减。年平均无霜期 $130\sim200$ d，一般无霜期均在 150 d 以上。年降水量为 $600\sim1100$ mm。东部山地丘陵区年降水量在 1100 mm 以上；西部山地丘陵区与内蒙古高原相连，年降水量在 400 mm 左右，是辽宁省降水最少的地区；中部平原降水量比较适中，年平均在600 mm左右。

2. 森林资源状况

据第六次全国森林资源清查（1999—2003 年）统计，辽宁省森林覆盖率32.97%，林地总面积634.39 万 hm^2。有林地面积 464.10 万 hm^2，其中林分面积 322.57 万 hm^2、经济林面积 141.53 万 hm^2；疏林地 5.69 万 hm^2，灌木林地 22.75 万 hm^2，未成林地 17.37 万 hm^2，苗圃地为 0.63 万 hm^2；无林地面积 123.85 万 hm^2，其中宜林荒山 104.58 万 hm^2。

3. 森林生态系统服务功能评估结果

"九五"和"十五"期间辽宁省森林生态系统服务功能物质量见表3-6。与"九五"期间相比，"十五"期间涵养水源量、固土量、减少土壤中 N 损失量、减少土壤中 P 损失量、减少土壤中K 损失量、减少土壤中有机质损失量、释放氧气量、林木积累 N 量、林木积累 P 量、林木积累 K 量、提供负离子数量、吸收二氧化硫量、吸收氟化物量、吸收氮氧化物量、滞尘量分别增加了 4.75%、4.39%、4.36%、5.15%、4.77%、4.26%、3.41%、3.38%、2.52%、2.46%、4.14%、4.35%、4.62%、4.51%和4.35%；固碳量减少了 2.15%。"九五"到"十五"期间森林面积增加了 4.36%，因此影响森林生态系统服务功能实物量增长的主要因素是面积变化。

---

① 1 cal=4.1868 J。

表 3-6　"九五"和"十五"期间辽宁省森林生态系统服务功能物质量

功能类别	指　标	"九五"期间	"十五"期间	增长率/%
涵养水源/(亿 m³·a⁻¹)	调节水量	74.17	77.69	4.75
保育土壤/(万 t·a⁻¹)	固土	16 709.61	17 442.54	4.39
	N	38.97	40.67	4.36
	P	18.85	19.82	5.15
	K	303.53	318.01	4.77
	有机质	747.36	779.22	4.26
固碳释氧/(万 t·a⁻¹)	固碳	842.33	824.19	−2.15
	释氧	2 597.29	2 685.89	3.41
积累营养物质/(万 t·a⁻¹)	N	29.27	30.26	3.38
	P	1.19	1.22	2.52
	K	3.66	3.75	2.46
净化大气环境	提供负离子/(10^{25} 个·a⁻¹)	3.38	3.52	4.14
	吸收 SO_2/(万 kg·a⁻¹)	52 586.61	54 872.93	4.35
	吸收 HF/(万 kg·a⁻¹)	1 312.90	1 373.60	4.62
	吸收 NO_x/(万 kg·a⁻¹)	2 388.87	2 496.51	4.51
	滞尘/(亿 kg·a⁻¹)	675.89	705.26	4.35

第七节　吉　林　省

1. 自然地理概况

吉林省位于中国东北地区的中部，地处北温带，在东经 121°38′～131°19′、北纬 40°52′～46°18′。全境东西最长约 750 km，南北最宽约 600 km，总面积 18.74 万 km²，约占全国总面积的 2%，居全国第 14 位。吉林省处于日本、俄罗斯、朝鲜、韩国、蒙古国与中国东北部组成的东北亚的腹心地带，东部与俄罗斯接壤，东南部以图们江、鸭绿江为界，与朝鲜相望，边境线总长 1438.7 km。其中中俄边境线 232.7 km，中朝边境线 1206 km。南连辽宁省，西接内蒙古自治区，北邻黑龙江省。

吉林省处于北半球的中纬地带，欧亚大陆的东部，相当于中国温带的最北部，接近亚寒带。东部距黄海、日本海较近，气候湿润多雨；西部远离海洋而接近干燥的蒙古高原，气候干燥，吉林省形成了显著的温带大陆性季风气候特点，四季变化显著。冬季（1 月），是最冷月份，吉林省平均气温在 −11℃ 以下。春季（4 月），中西部平原区平均气温为 6～8℃，东部山地在 6℃ 以下。夏季（7 月），平原平均气温在 23℃ 以上，东部山地在 20℃ 以下，长白山天池一带为 8℃。秋季（9 月），西部平原降为 6～8℃，东部山地多在 6℃ 以下。吉林省气温年较差为 35～42℃，日较差一般为 10～14℃，夏季最小，春秋季最大，吉林省极端最高气温为 34～38℃，最高（1965 年）的白城市为 40.6℃。年极端最低气温，中部的长春为 −36.5℃，1970 年桦甸最低为 −45℃。全年无霜期一般为 110～160 d。吉林省多年平均日照时数为 2259～3016 h，夏季最多、冬季最少，西部较多、东部较少。吉林省各地年降水量一般为 400～1300 mm，东南部降水多，西部平原降水少。

2. 森林资源状况

据第六次全国森林资源清查（1999—2003 年）统计，吉林省森林覆盖率 38.13%，林地总面积 805.57 万 hm²。有林地面积 719.48 万 hm²，其中林分面积 711.56 万 hm²、经济林面积 7.92 万 hm²；疏林地 16.63 万 hm²，灌木林地 34.11 万 hm²，未成林地 14.81 万 hm²；无林地面积 20.54 万 hm²，其中宜林荒山 10.89 万 hm²。

3. 森林生态系统服务功能评估结果

"九五"和"十五"期间吉林省森林生态系统服务功能物质量见表 3-7。与"九五"期间相比，

"十五"期间涵养水源量、固土量、减少土壤中 N 损失量、减少土壤中 P 损失量、减少土壤中 K 损失量、减少土壤中有机质损失量、释放氧气量、林木积累 N 量、林木积累 P 量、林木积累 K 量、提供负离子数量、吸收二氧化硫量、吸收氟化物量、吸收氮氧化物量、滞尘量分别增加了 5.37%、6.18%、6.26%、5.48%、6.08%、5.96%、3.22%、3.45%、3.88%、2.56%、2.71%、5.51%、6.39%、6.30%和 5.27%；固碳量减少了 3.31%。"九五"到"十五"期间森林面积增加了 6.17%，因此影响森林生态系统服务功能实物量增长的主要因素是面积变化。

表 3-7   "九五"和"十五"期间吉林省森林生态系统服务功能物质量

功能类别	指标	"九五"期间	"十五"期间	增长率/%
涵养水源/(亿 m³·a⁻¹)	调节水量	109.60	115.49	5.37
保育土壤/(万 t·a⁻¹)	固土	23 379.77	24 825.76	6.18
	N	60.37	64.15	6.26
	P	34.68	36.58	5.48
	K	394.02	417.99	6.08
	有机质	994.50	1 053.78	5.96
固碳释氧/(万 t·a⁻¹)	固碳	1051.26	1 016.48	−3.31
	释氧	4 146.37	4 279.95	3.22
积累营养物质/(万 t·a⁻¹)	N	47.25	48.88	3.45
	P	1.29	1.34	3.88
	K	3.13	3.21	2.56
净化大气环境	提供负离子/(10²⁵个·a⁻¹)	7.01	7.20	2.71
	吸收 SO₂/(万 kg·a⁻¹)	41 918.95	44 228.14	5.51
	吸收 HF/(万 kg·a⁻¹)	5 229.02	5 563.19	6.39
	吸收 NOₓ/(万 kg·a⁻¹)	8 561.69	9 101.06	6.30
	滞尘/(亿 kg·a⁻¹)	1 766.21	1 859.28	5.27

第八节   黑 龙 江 省

1. 自然地理概况

黑龙江省位于中国东北边陲，地域辽阔，总面积 4546 万 km²，占全国总面积的 4.7%，仅次于新疆、西藏、内蒙古、青海、四川，居全国第六位。黑龙江省的东端在抚远以东、乌苏里江注入黑龙江的汇流处（东经 135°05′），西端至兴安岭北部的大林河源头以西（东经 121°11′），北起漠河以北的黑龙江主航道（北纬 53°33′），南至东宁县的南端（北纬 43°25′）。东西长 930 km，跨 14 个经度，时差约 54 min；南北相距约1120 km，跨 10 个纬度。黑龙江省北部和东部隔黑龙江、乌苏里江与俄罗斯相望，与俄罗斯的水、陆边界长达 3045 km。西部与内蒙古自治区相邻，南部与吉林省接壤。

黑龙江省属温带，寒温带大陆性季风气候。四季分明，夏季雨热同季，冬季漫长，黑龙江省年平均气温为−4～5℃，从东南向西北平均每高一个纬度，年平均气温约低 1℃，嫩江至伊春一线为 0℃等值线。黑龙江省≥10℃的积温为 2000～3000℃。黑龙江省无霜期为 100～160 d，大部分地区的初霜冻在 9 月下旬出现，终霜冻在 4 月下旬至 5 月上旬结束。黑龙江省年平均降水量多为 400～650 mm。中部山区最多，东部次之，西部和北部最少。5—9 月生长季降水量可占全年总量的 80%～90%。黑龙江省湿润系数为 0.7～1.3，西南部地区低于 0.7，属半干旱地区。

黑龙江省太阳辐射资源比较丰富。年太阳辐射总量为 46×10⁸～50×10⁸ J·m⁻²。其中，5—9 月的太阳辐射总量占全年的 54%～60%。黑龙江省日照时数在 2300～2800 h，其中生长季日照时数占总量的 44%～48%。

风能资源比较丰富。各地年平均风速为 2～4 m·s⁻¹。风力≥3 m·s⁻¹ 的时数在松嫩平原、松花江干流谷地和三江平原为 4000～5000 h,主要出现在 3—6 月和 10—11 月。

2. 森林资源状况

据第六次全国森林资源清查(1999—2003 年)统计,黑龙江省森林覆盖率 39.54%,林地总面积 2026.50 万 hm²。有林地面积 1797.50 万 hm²,其中林分面积 1792.18 万 hm²、经济林面积 5.32 万 hm²;疏林地 31.88 万 hm²,灌木林地 10.60 万 hm²,未成林地 7.01 万 hm²;无林地面积 179.51 万 hm²,其中宜林荒山 155.06 万 hm²。

3. 森林生态系统服务功能评估结果

"九五"和"十五"期间黑龙江省森林生态系统服务功能物质量见表 3-8。与"九五"期间相比,"十五"期间涵养水源量、固土量、减少土壤中 N 损失量、减少土壤中 P 损失量、减少土壤中 K 损失量、减少土壤中有机质损失量、固碳量、释放氧气量、林木积累 N 量、林木积累 K 量、提供负离子数量、吸收氮氧化物量、滞尘量分别增加了 7.64%、1.91%、3.93%、2.77%、0.82%、23.92%、2.77%、4.08%、2.28%、9.96%、0.11%、2.84% 和 1.44%;林木积累 P 量、吸收二氧化硫量、吸收氟化物量分别减少了 2.89%、0.19%、1.96%。"九五"到"十五"期间森林面积增加了 1.92%,因此影响森林生态系统服务功能实物量增长的主要因素是面积变化。土壤中 P 损失量、吸收二氧化硫量、吸收氟化物量 3 项减少则是由于各林分类型面积发生了较大变化。

表 3-8　"九五"和"十五"期间黑龙江省森林生态系统服务功能物质量

功能类别	指　标	"九五"期间	"十五"期间	增长率/%
涵养水源/(亿 m³·a⁻¹)	调节水量	321.38	345.93	7.64
保育土壤/(万 t·a⁻¹)	固土	65 350.03	66 601.48	1.91
	N	182.83	190.02	3.93
	P	106.28	103.21	−2.89
	K	1 068.74	1 098.35	2.77
	有机质	2 881.50	2 904.99	0.82
固碳释氧/(万 t·a⁻¹)	固碳	2 789.20	3 456.49	23.92
	释氧	11 819.77	12 146.64	2.77
积累营养物质/(万 t·a⁻¹)	N	131.32	136.68	4.08
	P	16.21	16.58	2.28
	K	57.00	62.68	9.96
净化大气环境	提供负离子/(10²⁵个·a⁻¹)	17.59	17.61	0.11
	吸收 SO₂/(万 kg·a⁻¹)	180 491.69	180 149.75	−0.19
	吸收 HF/(万 kg·a⁻¹)	14 581.73	14 296.51	−1.96
	吸收 NOₓ/(万 kg·a⁻¹)	14 364.62	14 772.59	2.84
	滞尘/(亿 kg·a⁻¹)	4 147.63	4 207.38	1.44

第九节　上　海　市

1. 自然地理概况

上海位于北纬 31°14′,东经 121°29′,地处太平洋西岸,亚洲大陆东沿,长江三角洲前缘,东濒东海,南临杭州湾,西接江苏、浙江两省,北界长江入海口,长江与东海在此连接。上海正当中国南北弧形海岸线中部,交通便利,腹地广阔,地理位置优越,是一个良好的江海港口。

上海属北亚热带季风性气候,四季分明,日照充分,雨量充沛。上海气候温和湿润,春秋较短,冬夏较长。2007 年平均气温 18.5℃,日照 1416.6 h,降水量 1208.8 mm。全年 60% 左右的雨量集中在5—9月的汛期。

2. 森林资源状况

据第六次全国森林资源清查（1999—2003 年）统计，上海市森林覆盖率 3.17%，林地总面积 2.25 万 hm^2。有林地面积 1.89 万 hm^2，其中林分面积 0.60 万 hm^2、经济林面积 1.02 万 hm^2；灌木林地 0.05 万 hm^2，苗圃地 0.31 万 hm^2。

3. 森林生态系统服务功能评估结果

"九五"和"十五"期间上海市森林生态系统服务功能物质量见表 3-9。与"九五"期间相比，"十五"期间减少土壤中 P 损失量、固碳量和吸收氮氧化物量分别增加了 25.00%、10.00% 和 1.57%；涵养水源量、固土量、减少土壤中 N 损失量、减少土壤中 K 损失量、减少土壤中有机质损失量、释放氧气量、林木积累 N 量、吸收二氧化硫量、吸收氟化物量、滞尘量分别减少了 18.42%、11.15%、16.67%、6.82%、14.39%、6.56%、8.70%、8.53%、11.08% 和 10.97%。林木积累 P 量、林木积累 K 量和提供负离子数量没有变化。"九五"到"十五"期间森林面积减少了 11.01%，因此影响森林生态系统服务功能实物量增长的主要因素是面积变化。

表 3-9 "九五"和"十五"期间上海市森林生态系统服务功能物质量

功能类别	指 标	"九五"期间	"十五"期间	增长率/%
涵养水源/(亿 $m^3 \cdot a^{-1}$)	调节水量	0.38	0.31	−18.42
保育土壤/(万 $t \cdot a^{-1}$)	固土	38.75	34.43	−11.15
	N	0.06	0.05	−16.67
	P	0.04	0.05	25.00
	K	0.44	0.41	−6.82
	有机质	1.32	1.13	−14.39
固碳释氧/(万 $t \cdot a^{-1}$)	固碳	3.30	3.63	10.00
	释氧	10.36	9.68	−6.56
积累营养物质/(万 $t \cdot a^{-1}$)	N	0.23	0.21	−8.70
	P	0.06	0.06	0.00
	K	0.19	0.19	0.00
净化大气环境	提供负离子/(10^{25}个 $\cdot a^{-1}$)	0.01	0.01	0.00
	吸收 SO_2/(万 $kg \cdot a^{-1}$)	217.44	198.90	−8.53
	吸收 HF/(万 $kg \cdot a^{-1}$)	4.06	3.61	−11.08
	吸收 NO_x/(万 $kg \cdot a^{-1}$)	7.65	7.77	1.57
	滞尘/(亿 $kg \cdot a^{-1}$)	3.19	2.84	−10.97

第十节 江 苏 省

1. 自然地理概况

江苏省位于中国大陆东部沿海中心，介于东经 $116°18' \sim 121°57'$，北纬 $30°46' \sim 35°07'$，地居长江、淮河下游，东濒黄海，西连安徽，北接山东，南与浙江和上海毗邻。江苏省土地面积 10.26 万 km^2，占全国土地总面积 1.06%，列 26 位。境内地势平坦，平原辽阔，无崇山峻岭，而多名山巨泽，河港交叉，水网密布，海陆相邻，湖泊众多。省境除北部边缘、西南边缘为丘陵山地，地势较高外，其余则自北而南为黄淮平原、江淮平原、滨海平原和长江三角洲所共同组成的坦荡大平原。全省平原面积 7.06 万 km^2，占总面积的 68.9%；水域面积 1.73 万 km^2，占 16.8%；丘陵山地面积 1.47 万 km^2，占 14.3%。位于连云港市郊的云台山玉女峰为江苏最高峰，海拔 625 m。江苏省平原面积之多，水域比例之大，低山丘陵岗地面积之少，在全国各省区中均居首位，故有"水乡江苏"之称。

江苏省年日照时数为 1816～2503 h，其分布趋势是自北向南减少，苏南太湖流域及西南丘陵地区的东部为江苏省低值区，年日照在 2000 h 以下，其他地区都在 2000 h 以上，江苏省年日照时数最多在赣榆县，最少在苏州市。江苏省年最多日照出现在连云港市，1959 年 2867.0 h；江苏省年最少日照出现在吴县（现吴中区）东山，1999 年 1437.6 h。

江苏省年平均气温为 13.5～16.0℃，分布的趋势是自南向北降低，南北间温差较东西间大。江苏省年平均气温最低在北部的赣榆，最高在南部的吴县东山。气温的季节分布是冬冷夏热，其中 1 月是全年最冷月，7 月是全年最热月。新中国成立以来（1951—1999 年）极端最低气温淮北在－20℃以下，江淮为－19～－15℃，苏南为－15～－10℃。江苏省极端最低气温为－23.4℃（宿迁市 1969 年 2 月 5 日）。极端最高气温在 39℃以上，其中，淮北及宁镇扬丘陵地区的极端最高气温在 40℃以上。江苏省极端最高气温为 41.0℃（泗洪县 1988 年 7 月 9 日）。

江苏省热量资源分布，南部盛于北部。冬季虽然较长，但小于等于 0℃ 的越冬期并不太长，淮北地区 50～60 d，江淮地区 35～45 d，苏南地区 20～30 d，越冬期内各地还有平均气温高于 0℃ 的日数。春季内陆升温早于沿海，而秋季沿海的降温却迟缓于内陆，所以热量的差异不大。入夏以后，随着气温升高，热量迅速增多，对农业生产十分有利。

江苏省年降水量 704～1250 mm，自南向北逐渐减少。江淮中部到洪泽湖以北地区降水量少于 1000 mm，以南在 1000 mm 以上。降水分布特征是南部多于北部，沿海多于内陆，丘陵山地多于平原，迎风坡多于背风坡地。降水量季节分配，主要受东亚季风进退的影响，夏季降水集中，冬季降水稀少，春、秋季降水居中。

灌溉总渠南 30 km 以北地区年降水量为 704～1000 mm，能满足旱作一年二熟的水分需要。灌溉总渠南 30 km 以南至长江之间年降水量为 1000～1069 mm，苏南 1000～1250 mm。大部分地区能满足种植水稻的需要，作物以稻麦两熟为主，苏南南部可为一年三熟。但是淮北夏季降水集中，降水强度比较大，是江苏省暴雨较多的地区。

江苏省全年和各季的风速分布都具有共同的规律，平坦地区气流畅通无阻，湖区、平原地区的风速较山地大，沿海较内陆大。江苏省（不含海岛，以下类同）年平均风速为 2.1～3.8 m·s⁻¹，沿海、长江口以及太湖以东地区的平均风速在 3.0 m·s⁻¹ 以上。江苏省平均风速最大在启东吕泗，最小在睢宁和沭阳。风速的季节分布是春季大秋季小。沿海和太湖地区全年风向频率以东南风最多，淮北地区多为东北风，其余地区以东风为主。按季节而论，春季各地以东南风为主，夏季更占优势，秋季多数地区以东北风为主，但不及冬季稳定。冬季沿海、沿江地区及太湖以东地区多西北风，其余地区则以东北风最盛。

江苏省风能资源按全年平均有效风能分 4 个区域。风能丰富区：江苏省沿海岛屿为夏春强压型，西连岛年平均有效风能功率密度为 292 W·m⁻²，年累积时数达 6574 h。风能较丰富区：江苏省沿海岸，为夏春强压型。燕尾港年平均有效风能功率密度为 148 W/m²，年累积时数为 6693 h。风能可利用区：此区域覆盖江苏大部分陆地。年平均有效风能功率密度为 50～80 W·m⁻²，3～20 m·s⁻¹ 风速的年累积时数为 4000～5000 h。风能贫乏区：江苏省淮河以北沭阳以西地区，为春夏中压型。年平均有效风能功率密度为 40～50 W·m⁻²，年累积时数为 2500～3800 h。

江苏省风能季节变化显著，冬春大，夏秋小。一般陆上春季风能比较大，海上冬季风能最多，沿海地区受热带气旋影响秋季风能多于夏季。各地冬春两季的风能占全年风能的 51％。四季的有效风能分布是：春秋两季的分布相类似，除沿海的大风能带外，洪泽湖、太湖、里下河、宁镇丘陵比内陆其他地区的风能要充裕些，且春季的风能（有效风能的功率密度 50～101 W·m⁻²）比秋季多 15～25 W·m⁻²。冬夏两季的风能的分布也相类似，冬季风能（有效风能的功率密度 40～123 W·m⁻²）比夏季多 10～50 W·m⁻²。

2. 森林资源状况

据第六次全国森林资源清查（1999—2003）统计，江苏省森林覆盖率 7.54％，林地总面积 99.88 万 hm²。有林地面积 77.41 万 hm²，其中林分面积 44.35 万 hm²、经济林面积 29.33 万 hm²、竹林面积 3.73 万 hm²；疏林地 0.60 万 hm²，灌木林地 1.80 万 hm²，未成林地 5.53 万 hm²，苗圃地为 1.80 万 hm²；无林地面积 12.74 万 hm²，其中宜林荒山 10.34 万 hm²。

3. 森林生态系统服务功能评估结果

"九五"和"十五"期间江苏省森林生态系统服务功能物质量见表 3-10。与"九五"期间相比，"十五"期间涵养水源量、固土量、减少土壤中 N 损失量、减少土壤中 P 损失量、减少土壤中 K 损失量、减少土壤中有机质损失量、释放氧气量、林木积累 N 量、林木积累 P 量、林木积累 K 量、提供负离子数量、吸收二氧化硫量、吸收氟化物量、吸收氮氧化物量、滞尘量分别增加了 59.30%、47.27%、56.29%、48.33%、48.74%、49.10%、71.99%、74.30%、100.00%、81.75%、67.86%、40.59%、151.84%、78.24% 和 37.63%；固碳量减少了 58.47%。"九五"到"十五"期间森林面积增加了 67.04%，因此影响森林生态系统服务功能实物量增长的主要因素是面积变化。

表 3-10 "九五"和"十五"期间江苏省森林生态系统服务功能物质量

功能类别	指 标	"九五"期间	"十五"期间	增长率/%
涵养水源/(亿 m³·a⁻¹)	调节水量	14.08	22.43	59.30
保育土壤/(万 t·a⁻¹)	固土	1223.38	1801.67	47.27
	N	1.67	2.61	56.29
	P	1.20	1.78	48.33
	K	14.30	21.27	48.74
	有机质	36.03	53.72	49.10
固碳释氧/(万 t·a⁻¹)	固碳	48.11	19.98	−58.47
	释氧	268.77	462.27	71.99
积累营养物质/(万 t·a⁻¹)	N	6.11	10.65	74.30
	P	1.47	2.94	100.00
	K	5.70	10.36	81.75
净化大气环境	提供负离子/(10²⁵个·a⁻¹)	0.28	0.47	67.86
	吸收 SO₂/(万 kg·a⁻¹)	5509.54	7745.62	40.59
	吸收 HF/(万 kg·a⁻¹)	82.95	208.90	151.84
	吸收 NOₓ/(万 kg·a⁻¹)	205.40	366.10	78.24
	滞尘/(亿 kg·a⁻¹)	77.54	106.72	37.63

第十一节 浙 江 省

1. 自然地理概况

浙江省地处中国东南沿海长江三角洲南翼，东临东海，南接福建，西与江西、安徽相连，北与上海、江苏接壤。境内最大的河流钱塘江，因江流曲折，称之江，又称浙江，省以江名，简称"浙"。省会杭州。浙江省东西和南北的直线距离均为 450 km 左右，陆域面积 10.18 万 km²，为全国的 1.06%，是中国面积最小的省份之一。浙江地形复杂，山地和丘陵占 70.4%，平原和盆地占 23.2%，河流和湖泊占 6.4%，耕地面积仅 208.17 万 hm²，故有"七山一水两分田"之说。地势由西南向东北倾斜，大致可分为浙北平原、浙西丘陵、浙东丘陵、中部金衢盆地、浙南山地、东南沿海平原及滨海岛屿 6 个地形区。省内有钱塘江、瓯江、灵江、苕溪、甬江、飞云江、鳌江、京杭运河（浙江段）8 条水系；有杭州西湖、绍兴东湖、嘉兴南湖、宁波东钱湖四大名湖及人工湖泊千岛湖。

浙江位于中国东部沿海，处于欧亚大陆与西北太平洋的过渡地带，该地带属典型的亚热带季风气候区。浙江大陆总面积 10.18 万 km²，境内地形起伏较大，浙江西南、西北部地区群山峻岭，中部、东南地区以丘陵和盆地为主，东北地区地势较低，以平原为主；浙江省大陆面积中，山地丘陵占 70.4%，平原占 23.2%，河流湖泊占 6.4%。浙江海岸线全长 2253.7 km，沿海共有 2161 个岛屿，浅海大陆架 22.27 万 km²。受东亚季风影响，浙江冬夏盛行风向有显著变化，降水有明显的季节变化。由于浙江位于中、低纬度的沿海过渡地带，加之地形起伏较大，同时受西风带和东风带天气系统的双重影响，各种气象灾害频繁发生，是我国受台风、暴雨、干旱、寒潮、大风、冰雹、冻害、龙卷风等灾害影响最严重地区之一。浙江气候总的特点是：季风显著，四季分明，年气温适中，光照较多，雨量丰沛，空气湿润，雨热季节变化同步，气候资源配置多样，气象灾害繁多。浙江年平均气温 15~18℃，极端最高气温 33~43℃，极端最低气温 −2.2~−17.4℃；江苏省年平均雨量为 980~2000 mm，年平均日照时数 1710~2100 h。

2. 森林资源状况

据第六次全国森林资源清查（1999—2003 年）统计，浙江省森林覆盖率 54.41%，林地总面积 654.79 万 hm²。有林地面积 553.92 万 hm²，其中林分面积 361.53 万 hm²、经济林面积 117.64 万 hm²、竹林面积 74.75 万 hm²；疏林地 9.35 万 hm²，灌木林地 51.03 万 hm²，未成林地 1.91 万 hm²，苗圃地 1.68 万 hm²；无林地面积 36.90 万 hm²，其中宜林荒山 27.07 万 hm²。

3. 森林生态系统服务功能评估结果

"九五"和"十五"期间浙江省森林生态系统服务功能物质量见表 3-11。与"九五"期间相比，"十五"期间涵养水源量、固土量、减少土壤中 N 损失量、减少土壤中 P 损失量、减少土壤中 K 损失量、减少土壤中有机质损失量、固碳量、释放氧气量、林木积累 N 量、林木积累 P 量、林木积累 K 量、提供负离子数量、吸收二氧化硫量、吸收氟化物量、吸收氮氧化物量、滞尘量分别增加了 10.56%、8.93%、11.41%、14.24%、8.43%、12.00%、0.62%、7.88%、8.54%、9.63%、6.14%、8.08%、11.88%、5.85%、8.76% 和 6.68%。"九五"到"十五"期间森林面积增加了 8.76%，因此影响森林生态系统服务功能实物量增长的主要因素是面积变化。

表 3-11 "九五"和"十五"期间浙江省森林生态系统服务功能物质量

功能类别	指 标	"九五"期间	"十五"期间	增长率/%
涵养水源/(亿 m³·a⁻¹)	调节水量	116.42	128.71	10.56
保育土壤/(万 t·a⁻¹)	固土	16 181.08	17 625.68	8.93
	N	36.99	41.21	11.41
	P	15.73	17.97	14.24
	K	637.82	691.57	8.43
	有机质	445.70	499.18	12.00
固碳释氧/(万 t·a⁻¹)	固碳	845.64	850.92	0.62
	释氧	2 424.29	2 615.31	7.88
积累营养物质/(万 t·a⁻¹)	N	41.12	44.63	8.54
	P	3.22	3.53	9.63
	K	26.69	28.33	6.14
净化大气环境	提供负离子/(10²⁵个·a⁻¹)	4.58	4.95	8.08
	吸收 SO₂/(万 kg·a⁻¹)	96 141.45	107 562.17	11.88
	吸收 HF/(万 kg·a⁻¹)	1 774.68	1 878.44	5.85
	吸收 NOₓ/(万 kg·a⁻¹)	3 337.44	3 629.70	8.76
	滞尘/(亿 kg·a⁻¹)	1 511.30	1 612.25	6.68

第十二节 安 徽 省

1. 自然地理概况

安徽省位于中国华东地区，是中国经济最具发展活力的长江三角洲的腹地，东邻江苏、浙江，北接山东，是承接沿海发达地区经济辐射和产业转移的前沿地带，西有湖北、河南，南有江西，是中国实施西部大开发、加快中西部发展战略的桥头堡，具有独特的承东启西、连南接北的区位优势。地势西南高、东北低，地形地貌南北迥异，复杂多样。长江、淮河横贯省境，分别流经安徽省，长达416 km和430 km，将安徽省划分为淮北平原、江淮丘陵和皖南山区三大自然区域。淮河以北，地势坦荡辽阔，为华北平原的一部分；江淮之间西耸崇山，东绵丘陵，山地岗丘逶迤曲折；长江两岸地势低平，河湖交错，平畴沃野，属于长江中下游平原；皖南山区层峦叠嶂，峰奇岭峻，以山地丘陵为主。境内主要山脉有大别山、黄山、九华山、天柱山，最高峰黄山莲花峰海拔1860 m。安徽省共有河流2000多条，湖泊110多个，著名的有长江、淮河、新安江和全国五大淡水湖之一的巢湖。

安徽地处暖温带过渡地区，以淮河为分界线，北部属暖温带半湿润季风气候，南部属亚热带湿润季风气候。主要特征是气候温和，日照充足，季风明显，四季分明。安徽省年平均气温14～16℃，南北相差2℃左右；年平均日照1800～2500 h，平均无霜期200～250 d，平均降水量800～1600 mm。

2. 森林资源状况

据第六次全国森林资源清查（1999—2003年）统计，安徽省森林覆盖率24.03%，林地总面积412.32万 hm²。有林地面积331.87万 hm²，其中林分面积245.50万 hm²、经济林面积59.39万 hm²、竹林面积26.98万 hm²；疏林地9.82万 hm²，灌木林地36.79万 hm²，未成林地5.44万 hm²，苗圃地0.59万 hm²；无林地面积27.81万 hm²，其中宜林荒山23.19万 hm²。

3. 森林生态系统服务功能评估结果

"九五"和"十五"期间安徽省森林生态系统服务功能物质量见表3-12。与"九五"期间相比，"十五"期间涵养水源量、固土量、减少土壤中N损失量、减少土壤中P损失量、减少土壤中K损失量、减少土壤中有机质损失量、固碳量、释放氧气量、林木积累N量、林木积累P量、林木积累K量、提供负离子数量、吸收二氧化硫量、吸收氟化物量、吸收氮氧化物量、滞尘量分别增加了3.38%、3.94%、3.23%、3.63%、2.94%、2.68%、15.57%、14.99%、11.59%、14.08%、16.69%、5.58%、2.43%、0.81%、2.86%和4.81%。"九五"到"十五"期间森林面积增加了3.94%，因此影响森林生态系统服务功能实物量增长的主要因素是面积变化。

表3-12 "九五"和"十五"期间安徽省森林生态系统服务功能物质量

功能类别	指标	"九五"期间	"十五"期间	增长率/%
涵养水源/(亿 m³·a⁻¹)	调节水量	56.21	58.11	3.38
保育土壤/(万 t·a⁻¹)	固土	10 081.74	10 479.30	3.94
	N	21.68	22.38	3.23
	P	7.98	8.27	3.63
	K	303.28	312.21	2.94
	有机质	267.28	274.44	2.68
固碳释氧/(万 t·a⁻¹)	固碳	355.33	410.67	15.57
	释氧	1 360.75	1 564.73	14.99
积累营养物质/(万 t·a⁻¹)	N	29.85	33.31	11.59
	P	2.13	2.43	14.08
	K	19.89	23.21	16.69
净化大气环境	提供负离子/(10²⁵个·a⁻¹)	2.69	2.84	5.58
	吸收SO₂/(万 kg·a⁻¹)	41 183.18	42 184.96	2.43
	吸收HF/(万 kg·a⁻¹)	778.72	784.99	0.81
	吸收NOₓ/(万 kg·a⁻¹)	1 898.51	1 952.85	2.86
	滞尘/(亿 kg·a⁻¹)	784.75	822.47	4.81

第十三节 福 建 省

1. 自然地理概况

福建位于中国东南沿海，隔台湾海峡与台湾省相望。陆地平面形状似一斜长方形，东西最大间距约 480 km，南北最大间距约 530 km。福建省大部分属中亚热带，闽东南属南亚热带。福建省土地总面积为 12.4 万 km²，海域面积达 13.6 万 km²。境内峰岭耸峙，丘陵连绵，河谷、盆地穿插其间，山地、丘陵占福建省总面积的 80％以上，素有"八山一水一分田"之称。地势总体上西北高东南低，横断面略呈马鞍形。因受新华夏构造的控制，在西部和中部形成北（北）东向斜贯福建省的闽西大山带和闽中大山带。两大山带之间为互不贯通的河谷、盆地，东部沿海为丘陵、台地和滨海平原。

东部沿海海拔一般在 500 m 以下。闽江口以北以花岗岩高丘陵为主，多直逼海岸。戴云山、博平岭东延余脉遍布花岗岩丘陵。福清至诏安沿海广泛分布红土台地。滨海平原多为河口冲积海积平原，这些平原面积不大，且为丘陵所分割，呈不连续状。闽东南沿海和海坛岛等岛屿风积地貌发育。

陆地海岸线长达 3000 km 余，以侵蚀海岸为主，堆积海岸为次，岸线十分曲折。潮间带滩涂面积约 20 万 hm²，底质以泥、泥沙或沙泥为主。港湾众多，自北向南有沙埕港、三都澳、罗源湾、湄州湾、厦门港和东山湾六大深水港湾。岛屿星罗棋布，共有岛屿 1500 多个，海坛岛现为福建省第一大岛，原有的厦门岛、东山岛等岛屿已筑有海堤与陆地相连而形成半岛。

全年气温异常偏高，降水量异常偏多，气象灾害严重，气候年景属较差。冬季出现暖冬，部分县（市）去秋今冬出现连旱；春雨季降水和暴雨过程频发，雨季开始和结束时间均偏早，6 月上旬中北部地区遭强降雨袭击，闽江主要支流和干流发生历史少见的洪水，暴雨洪涝灾害严重，建瓯城区受淹，致使高考延期；夏季气温正常，热带气旋活跃，灾情严重；秋季气温显著偏高，有夏秋旱。主要气象灾害是台风和暴雨洪涝。

年降水量 1523 mm（晋江）～2778 mm（宁德），闽北、闽南较多，闽中较少，大部分县（市）年降水量偏多 2～7 成，部分县（市）出现不同程度的暴雨洪涝灾害和地质灾害。福建省平均年降水量 2047.9 mm，偏多 436.2 mm，比上年偏多 231.5 mm，成为自 1961 年以来的第一位偏多年，属异常偏多。冬季（12 月至翌年 2 月）降水量 151.8 mm，偏少 41.8 mm，属正常略偏少；早春季（3—4 月）降水量 379.3 mm，偏多 15.9 mm，属正常；雨季（5—6 月）降水量 773.5 mm，偏多 281.1 mm，属显著偏多；夏季（7—9 月）降水量 565.6 mm，偏多 108.9 mm，属正常略偏多；秋季（10—11 月）降水量 134.2 mm，偏多 28.6 mm，属偏多。

年平均气温 15.7℃（寿宁）～22.4℃（漳州），大部分县（市）年平均气温偏高 0.5℃以上。福建省年平均气温 20.0℃，偏高 0.8℃，比上年偏高 0.4℃，是 1961 年以来的第四位偏高年。福建省极端最低气温为 -7.1℃，1 月 8 日出现在寿宁县；极端最高气温为 40.0℃，7 月 5 日出现在永泰县。冬季平均气温 11.6℃，偏高 0.8℃，属正常略偏高，为暖冬；早春季平均气温 16.7℃，偏高 0.5℃，属正常；雨季平均气温 24℃，接近常年，属正常；夏季平均气温 27.1℃，偏高 0.2℃，属正常；秋季气温 20.8℃，偏高 2.1℃，属异常偏高，但秋寒偏早。

2. 森林资源状况

据第六次全国森林资源清查（1999—2003 年）统计，福建省森林覆盖率 62.96％，林地总面积 908.07 万 hm²。有林地面积 764.94 万 hm²，其中林分面积 563.85 万 hm²、经济林面积 112.57 万 hm²、竹林面积 88.52 万 hm²；疏林地 20.21 万 hm²，灌木林地 26.70 万 hm²，未成林地 13.71 万 hm²；无林地面积 82.51 万 hm²，其中宜林荒山 66.63 万 hm²。

3. 森林生态系统服务功能评估结果

"九五"和"十五"期间福建省森林生态系统服务功能物质量见表 3-13。与"九五"期间相比，"十五"期间涵养水源量、固土量、减少土壤中 N 损失量、减少土壤中 P 损失量、减少土壤中 K 损失量、固碳量、释放氧气量、林木积累 N 量、林木积累 P 量、林木积累 K 量、提供负离子数量、吸收二氧化硫量、吸收氮氧化物量、滞尘量分别增加了 7.57％、5.12％、8.40％、6.05％、6.70％、

21.02%、6.16%、2.90%、7.89%、6.40%、4.51%、3.12%、3.74%和3.13%；减少土壤中有机质损失量和吸收氟化物量分别减少了2.07%和1.05%。"九五"到"十五"期间森林面积增加了4.37%，因此影响森林生态系统服务功能实物量增长的主要因素是面积变化。减少土壤中有机质损失量和吸收氟化物量减少则是由于林分类型面积发生较大变化，吸收能力差异导致。

表3-13　"九五"和"十五"期间福建省森林生态系统服务功能物质量

功能类别	指　标	"九五"期间	"十五"期间	增长率/%
涵养水源/(亿 m³·a⁻¹)	调节水量	165.58	178.11	7.57
保育土壤/(万 t·a⁻¹)	固土	13 955.60	14 670.81	5.12
	N	80.00	86.72	8.40
	P	35.40	37.54	6.05
	K	222.26	237.15	6.70
	有机质	943.62	924.12	−2.07
固碳释氧/(万 t·a⁻¹)	固碳	813.56	984.55	21.02
	释氧	3 805.00	4 039.47	6.16
积累营养物质/(万 t·a⁻¹)	N	15.87	16.33	2.90
	P	0.76	0.82	7.89
	K	7.03	7.48	6.40
净化大气环境	提供负离子/(10²⁵个·a⁻¹)	5.76	6.02	4.51
	吸收 SO₂/(万 kg·a⁻¹)	129 829.72	133 885.86	3.12
	吸收 HF/(万 kg·a⁻¹)	2 121.88	2 099.53	−1.05
	吸收 NOₓ/(万 kg·a⁻¹)	3 990.13	4 139.18	3.74
	滞尘/(亿 kg·a⁻¹)	2 035.98	2 099.74	3.13

第十四节　江　西　省

1. 自然地理概况

江西省地处中国东南偏中部长江中下游南岸，东邻浙江、福建，南连广东，西靠湖南，北毗湖北、安徽而共接长江。江西为长江三角洲、珠江三角洲和闽南三角地区的腹地，与上海、广州、厦门、南京、武汉、长沙、合肥等各重镇、港口的直线距离，大多为600~700 km。全省土地总面积16.69万 km²，占全国土地总面积的1.74%，居华东各省市之首。境内除北部较为平坦外，东西南部三面环绕有幕阜山脉、武夷山脉、怀玉山脉、九连山脉和九岭山脉，中部丘陵起伏，成为一个整体向鄱阳湖倾斜而往北开口的巨大盆地。全境有大小河流2400余条，赣江、抚河、信江、修河和饶河为江西五大河流。鄱阳湖为中国最大的淡水湖，同时也是世界上最大的候鸟栖息地。

江西处于北回归线附近，春季回暖较早，但天气易变，乍暖乍寒，雨量偏多，直至夏初；盛夏至中秋前晴热干燥；冬季阴冷但霜冻期短，尤其是近年，暖冬气候明显。由于江西地势狭长，南北气候差异较大，但总体来看是春秋季短而夏冬季长。江西省气候温暖，日照充足，雨量充沛，无霜期长，为亚热带湿润气候，十分有利于农作物生长。

江西省年平均气温18℃左右。赣东北、赣西北和长江沿岸年均气温略低，为16~17℃；滨湖、赣江中下游、抚河、袁水区域和赣西南山区为17~18℃；抚州、吉安地区南部和信江中游为18~19℃；赣南盆地气温最高，为19~20℃。全年江西省极端最高温度南北差异不大，甚或略呈北高南低现象，但几乎都接近或超过40℃，个别县区日最高气温曾经达到过44.9℃。极端最低气温则南北差异较大：九江大部分地区为−12~−14℃，个别县区还出现过日最低气温−18.9℃的极端最低值；赣南则在−5℃左右，江西省其他地区一般为−7~−12℃。

江西年均日照总辐射量为97~114.5 kcal·cm⁻²；都昌县最多，铜鼓县最少。年均日照时数为1473.3~2077.5 h；都昌县最多，崇义县最少。

江西多雨，年均降水量 1341～1940 mm，一般表现为南多北少、东多西少、山区多盆地少。武夷山、怀玉山和九岭山一带年均降水量多达 1800～2000 mm，长江沿岸到鄱阳湖以北以及吉泰盆地年均降水量则为 1350～1400 mm，其他地区多为 1500～1700 mm。全年降水季节差别很大。秋冬季一般晴朗少雨，1977 年大部分地区整个秋冬季以阴雨天气为主的现象较为少见。春季时暖时寒，阴雨连绵，一般在 4 月后江西省先后进入梅雨期。5 月、6 月为全年降水最多时期，平均月降水量达 200～350 mm 以上，最高可达 700 mm 以上。这一时期多大雨或暴雨，暴雨强度为日降水量 50～100 mm，最大甚至可达 300～500 mm 以上。7 月雨带北移，雨季结束，气温急剧上升，江西省进入晴热时期，伏旱秋旱相连，而从东南海域登陆的台风将给江西带来阵雨，缓解旱情，消减炎热。降水量除季节分配很不均匀外，年际变化也相当悬殊，最多年份可达最少年份一倍以上。

除庐山外，江西省年均风速为 1～3.8 m·s^{-1}，最小为德兴市，最大为星子县。年均大风日 0.5～28.5 d，最少为宜黄县，最多为星子县。鄱阳湖滨、赣江、抚河下游和高山顶及峡谷区风能资源较为丰富，年均风速为 3～5 m·s^{-1}。

江西省主要自然灾害有寒害、洪涝、干旱和冻害以及持续时间较为短暂的高温危害等。

2. 森林资源状况

据第六次全国森林资源清查（1999—2003 年）统计，江西省森林覆盖率 55.86%，林地总面积 1044.69 万 hm^2。有林地面积 930.75 万 hm^2，其中林分面积 727.83 万 hm^2、经济林面积 122.26 万 hm^2、竹林面积 80.66 万 hm^2；疏林地 19.20 万 hm^2，灌木林地 21.77 万 hm^2，未成林地 2.56 万 hm^2；无林地面积 70.41 万 hm^2，其中宜林荒山 58.25 万 hm^2。

3. 森林生态系统服务功能评估结果

"九五"和"十五"期间江西省森林生态系统服务功能物质量见表 3-14。与"九五"期间相比，"十五"期间涵养水源量、固土量、减少土壤中 N 损失量、减少土壤中 P 损失量、减少土壤中 K 损失量、减少土壤中有机质损失量、固碳量、释放氧气量、林木积累 N 量、林木积累 P 量、林木积累 K 量、提供负离子数量、吸收二氧化硫量、吸收氟化物量、吸收氮氧化物量、滞尘量分别增加了 4.39%、4.69%、4.21%、4.45%、4.91%、4.56%、9.72%、6.73%、5.07%、2.17%、5.97%、7.45%、4.55%、4.40%、4.81% 和 4.50%。"九五"到"十五"期间森林面积增加了 4.50%，因此影响森林生态系统服务功能实物量增长的主要因素是面积变化。

表 3-14　"九五"和"十五"期间江西省森林生态系统服务功能物质量

功能类别	指　标	"九五"期间	"十五"期间	增长率/%
涵养水源/(亿 m^3·a^{-1})	调节水量	269.96	281.80	4.39
保育土壤/(万 t·a^{-1})	固土	13 798.17	14 444.98	4.69
	N	15.20	15.84	4.21
	P	12.13	12.67	4.45
	K	177.30	186.00	4.91
	有机质	373.97	391.04	4.56
固碳释氧/(万 t·a^{-1})	固碳	1 377.21	1 511.05	9.72
	释氧	4 466.43	4 767.23	6.73
积累营养物质/(万 t·a^{-1})	N	52.84	55.52	5.07
	P	12.46	12.73	2.17
	K	30.16	31.96	5.97
净化大气环境	提供负离子/(10^{25}个·a^{-1})	7.52	8.08	7.45
	吸收 SO$_2$/(万 kg·a^{-1})	144 534.46	151 115.85	4.55
	吸收 HF/(万 kg·a^{-1})	2 777.68	2 899.93	4.40
	吸收 NO$_x$/(万 kg·a^{-1})	4 872.00	5 106.36	4.81
	滞尘/(亿 kg·a^{-1})	2 140.50	2 236.91	4.50

第十五节　山　东　省

1. 自然地理概况

山东省地处中国东部、黄河下游，省会城市济南市。位于北半球中纬度地带。陆地南北最长约420 km，东西最宽700 km余，面积15.7万km²。境域东临海洋，西接大陆。水平地形分为半岛和内陆两部分，东部的山东半岛突出于黄海、渤海之间，隔渤海海峡与辽东半岛遥遥相对，庙岛群岛（又称长山列岛）屹立在渤海海峡，是渤海与黄海的分界处，扼海峡咽喉，成为拱卫首都北京的重要海防门户。西部内陆部分自北而南依次与河北、河南、安徽、江苏4省接壤。山东的海岸线全长3024.4 km，大陆海岸线占全国海岸线的1/6，仅次于广东省，居全国第二位。沿海岸线有天然港湾20余处；有近陆岛屿296个，其中庙岛群岛由18个岛屿组成，面积52.5 km²，为山东沿海最大的岛屿群；沿海滩涂面积约3000 km²，15 m等深线以内水域面积1.3万km²余，近海海域17万km²余。

山东的气候属暖温带季风气候类型。降水集中，雨热同季，春秋短暂，冬夏较长。年平均气温11～14℃，山东省气温地区差异东西大于南北。年平均降水量一般为550～950 mm，由东南向西北递减。山东省光照资源充足，平均光照时数为2300～2890 h，热量条件可满足农作物一年两作的需要。由于降水量60%以上集中于夏季，故易形成涝灾，冬春又常发生旱灾，对农业生产影响最大。

2. 森林资源状况

据第六次全国森林资源清查（1999—2003年）统计，山东省森林覆盖率13.44%，林地总面积284.64万hm²。有林地面积204.64万hm²，其中林分面积83.04万hm²、经济林面积121.60万hm²；疏林地9.44万hm²，灌木林地8.32万hm²，未成林地12.16万hm²，苗圃地3.52万hm²；无林地面积46.56万hm²，其中宜林荒山42.56万hm²。

3. 森林生态系统服务功能评估结果

"九五"和"十五"期间山东省森林生态系统服务功能物质量见表3-15。与"九五"期间相比，"十五"期间涵养水源量、固土量、减少土壤中N损失量、减少土壤中P损失量、减少土壤中K损失量、减少土壤中有机质损失量、固碳量、释放氧气量、林木积累N量、林木积累P量、林木积累K量、提供负离子数量、吸收二氧化硫量、吸收氟化物量、吸收氮氧化物量、滞尘量分别增加了8.05%、9.57%、21.03%、9.18%、19.43%、13.38%、73.67%、17.44%、21.42%、19.61%、16.51%、15.00%、7.22%、0.50%、14.86%和6.07%。"九五"到"十五"期间森林面积增加了8.12%，因此影响森林生态系统服务功能实物量增长的主要因素是面积变化。

表3-15　"九五"和"十五"期间山东省森林生态系统服务功能物质量

功能类别	指　标	"九五"期间	"十五"期间	增长率/%
涵养水源/(亿 m³·a⁻¹)	调节水量	45.98	49.68	8.05
保育土壤/(万 t·a⁻¹)	固土	2 557.16	2 801.83	9.57
	N	2.14	2.59	21.03
	P	0.98	1.07	9.18
	K	15.80	18.87	19.43
	有机质	97.47	110.51	13.38
固碳释氧/(万 t·a⁻¹)	固碳	104.83	182.06	73.67
	释氧	919.73	1 080.11	17.44
积累营养物质/(万 t·a⁻¹)	N	7.47	9.07	21.42
	P	0.51	0.61	19.61
	K	2.18	2.54	16.51

功能类别	指　标	"九五"期间	"十五"期间	增长率/%
净化大气环境	提供负离子/(10^{25}个 · a^{-1})	0.80	0.92	15.00
	吸收 SO_2/(万 kg · a^{-1})	17 805.12	19 091.15	7.22
	吸收 HF/(万 kg · a^{-1})	324.30	325.93	0.50
	吸收 NO_x/(万 kg · a^{-1})	794.88	912.96	14.86
	滞尘/(亿 kg · a^{-1})	276.69	293.49	6.07

第十六节　河　南　省

1. 自然地理概况

河南位于中国中东部、黄河中下游，界于北纬 $31°23' \sim 36°22'$，东经 $110°21' \sim 116°39'$，东接安徽、山东，北界河北、山西，西接陕西，南临湖北，呈望北向南、承东启西之势。因古时为豫州，故简称豫。

河南位于中纬度地带，气候较温和。冬夏冷热变化和干湿状况受季风影响，南北地区间的气候具有过渡性特点。热量、水分、光照较充足，对河南省发展农、林、牧、副、渔业提供了有利条件。但局部地区灾害性天气较频繁。河南省绝大部分地区年均温为 $13 \sim 15℃$，$10℃$ 以上活动积温为 $4200 \sim 4900℃$，无霜期 $190 \sim 230$ d。可满足一般作物的两年三熟或一年两熟生长发育之需。伏牛山至淮河干流一线以南地区属北亚热带范围，以北属暖温带。西部山区因地势较高，气温相对较低，一般只能二年三熟或一年一熟。春末与晚秋季节大部分地区有霜冻。

河南省年降水量一般为 $600 \sim 1000$ mm。自东南向西北逐渐减少。4—10 月各地降水量均占全年的 $80\% \sim 90\%$。这一时期降水和热量丰沛，利于农业生产。但因河南省降水主要来源于东南季风，省境降水的年变幅和季节变幅大，因此发展灌溉是保证农业稳产高产的基本条件。河南省自然灾害主要有旱、涝、风、雹、低温、霜冻和干热风等，尤以干旱、雨涝和干热风的危害最大。

2. 森林资源状况

据第六次全国森林资源清查（1999—2003 年）统计，河南省森林覆盖率 16.19%，林地总面积 456.41 万 hm^2。有林地面积 270.30 万 hm^2，其中林分面积 197.72 万 hm^2、经济林面积 70.80 万 hm^2、竹林面积 1.78 万 hm^2；疏林地 9.03 万 hm^2，灌木林地 59.83 万 hm^2，未成林地 35.64 万 hm^2，苗圃地 3.07 万 hm^2；无林地面积 78.54 万 hm^2，其中宜林荒山 72.25 万 hm^2。

3. 森林分布特点

河南省地处黄河中、下游，华北大平原的南端，境内山地、丘陵面积约占 44.3%，平原面积约占 55.7%。河南省山地、丘陵主要分布于北部的太行山、西部的伏牛山以及南部的桐柏山和大别山等山区，山区是河南省森林资源的主要分布区，区域内森林资源以天然阔叶林为主，担负着保持水土、涵养水源、保护生态的重任，是河南省生态公益林的重要组成部分。河南省平原主要位于豫东黄淮海冲积平原和南阳盆地，平原地区森林资源以杨树、泡桐等四旁树为主，是河南省木材的主要产区。

4. 森林生态系统服务功能评估结果

"九五"和"十五"期间河南省森林生态系统服务功能物质量见表 3-16。与"九五"期间相比，"十五"期间涵养水源量、固土量、减少土壤中 N 损失量、减少土壤中 P 损失量、减少土壤中 K 损失量、减少土壤中有机质损失量、固碳量、释放氧气量、林木积累 N 量、林木积累 P 量、林木积累 K 量、提供负离子数量、吸收二氧化硫量、吸收氟化物量、吸收氮氧化物量、滞尘量分别增加了 18.91%、23.71%、23.57%、23.85%、23.34%、24.10%、592.00%、40.44%、35.59%、32.00%、41.09%、23.67%、19.60%、35.74%、26.72% 和 17.14%。"九五"到"十五"期间森林面积增加了 23.74%，因此影响森林生态系统服务功能实物量增长的主要因素是面积变化。

表 3-16　"九五"和"十五"期间河南省森林生态系统服务功能物质量

功能类别	指　标	"九五"期间	"十五"期间	增长率/%
涵养水源/(亿 m³·a⁻¹)	调节水量	49.49	58.85	18.91
保育土壤/(万 t·a⁻¹)	固土	9 521.27	11 778.89	23.71
	N	19.73	24.38	23.57
	P	4.99	6.18	23.85
	K	19.75	24.36	23.34
	有机质	313.42	388.96	24.10
固碳释氧/(万 t·a⁻¹)	固碳	20.74	143.52	592.00
	释氧	936.21	1 314.82	40.44
积累营养物质/(万 t·a⁻¹)	N	2.22	3.01	35.59
	P	0.25	0.33	32.00
	K	2.02	2.85	41.09
净化大气环境	提供负离子/(10²⁵个·a⁻¹)	1.69	2.09	23.67
	吸收 SO₂/(万 kg·a⁻¹)	26 808.79	32 062.54	19.60
	吸收 HF/(万 kg·a⁻¹)	695.66	944.29	35.74
	吸收 NOₓ/(万 kg·a⁻¹)	1 249.68	1 583.55	26.72
	滞尘/(亿 kg·a⁻¹)	362.35	424.44	17.14

第十七节　湖　北　省

1. 自然地理概况

湖北省位于中国的中部，因地处长江中游的洞庭湖以北，故称为湖北。湖北省设有 12 个省直辖市（武汉、宜昌、黄石、十堰、荆州、襄樊、鄂州、荆门、孝感、黄冈、咸宁、随州），3 个省直管市（仙桃、天门、潜江）、恩施自治州和神农架林区，还有市辖区（县级）35 个，市辖县（市）63 个，省会设在武汉市。湖北省正处于中国地势第二级阶梯向第三级阶梯过渡地带，地貌类型多样，山地、丘陵、岗地和平原兼备。山地约占湖北省总面积 55.5%，丘陵和岗地占 24.5%，平原湖区占 20%。地势高低相差悬殊，西部号称"华中屋脊"的神农架最高峰神农顶，海拔达 3105 m；东部平原的监利县谭家渊附近，地面高程为零。湖北省西、北、东三面被武陵山、巫山、大巴山、武当山、桐柏山、大别山、幕阜山等山地环绕，山前丘陵岗地广布，中南部为江汉平原，与湖南省洞庭湖平原连成一片。湖北省地势呈三面高起、中间低平、向南敞开、北有缺口的不完整盆地。

湖北省地理位置为北纬 29°05′～33°20′、东经 108°21′～116°07′，主要属北亚热带季风气候，具有从亚热带向暖温带过渡的特征。光照充足，热量丰富，无霜期长，降水丰沛，雨热同季，利于农业生产，有"湖广熟，天下足"的民谚。湖北省年均温 15～17℃，7 月均温为 27～29℃，江汉平原最高温在 40℃以上，有"火炉"之称，为中国酷热地区之一。湖北省平均日照 1150～2245 h，无霜期为 230～300 d。年均水量为 800～1600 mm，由于受地形影响，大神农架南部等地为湖北省多雨中心，江汉平原在梅雨期长的年份常发生洪涝灾害。

2. 森林资源状况

据第六次全国森林资源清查（1999—2003 年）统计，湖北省森林覆盖率 26.77%，林地总面积 766.00 万 hm²。有林地面积 497.23 万 hm²，其中林分面积 415.96 万 hm²、经济林面积 67.51 万 hm²、竹林面积 13.76 万 hm²；疏林地 21.75 万 hm²，灌木林地 176.95 万 hm²，未成林地 10.32 万 hm²，苗圃地 0.64 万 hm²；无林地面积 59.20 万 hm²，其中宜林荒山 49.28 万 hm²。

3. 森林生态系统服务功能评估结果

"九五"和"十五"期间湖北省森林生态系统服务功能物质量见表 3-17。与"九五"期间相比，

"十五"期间涵养水源量、固土量、减少土壤中N损失量、减少土壤中P损失量、减少土壤中K损失量、减少土壤中有机质损失量、固碳量、释放氧气量、林木积累N量、林木积累P量、林木积累K量、提供负离子数量、吸收二氧化硫量、吸收氟化物量、吸收氮氧化物量、滞尘量分别增加了3.11%、2.78%、0.78%、1.76%、2.76%、1.67%、9.99%、3.57%、2.66%、2.67%、5.06%、3.58%、4.45%、4.54%、3.50%和2.45%。"九五"到"十五"期间森林面积增加了3.08%，因此影响森林生态系统服务功能实物量增长的主要因素是不同林分类型面积发生了巨大变化。

表 3-17   "九五"和"十五"期间湖北省森林生态系统服务功能物质量

功能类别	指 标	"九五"期间	"十五"期间	增长率/%
涵养水源/(亿 m³·a⁻¹)	调节水量	150.83	155.52	3.11
保育土壤/(万 t·a⁻¹)	固土	9 849.03	10 122.88	2.78
	N	49.96	50.35	0.78
	P	6.25	6.36	1.76
	K	138.14	141.95	2.76
	有机质	222.81	226.53	1.67
固碳释氧/(万 t·a⁻¹)	固碳	603.99	664.30	9.99
	释氧	2 373.10	2 457.83	3.57
积累营养物质/(万 t·a⁻¹)	N	8.66	8.89	2.66
	P	0.75	0.77	2.67
	K	5.73	6.02	5.06
净化大气环境	提供负离子/(10²⁵个·a⁻¹)	4.47	4.63	3.58
	吸收 SO₂/(万 kg·a⁻¹)	72 716.01	75 954.10	4.45
	吸收 HF/(万 kg·a⁻¹)	1 807.38	1 889.36	4.54
	吸收 NOₓ/(万 kg·a⁻¹)	3 672.63	3 801.27	3.50
	滞尘/(亿 kg·a⁻¹)	1 241.29	1 271.64	2.45

第十八节 湖 南 省

1. 自然地理概况

湖南地处东经 $108°47'\sim114°15'$，北纬 $24°38'\sim30°08'$。东以幕阜、武功诸山系与江西交界；西以云贵高原东缘连贵州；西北以武陵山脉毗重庆；南枕南岭与广东、广西相邻；北以滨湖平原与湖北接壤。省界极端位置，东为桂东县清泉镇大黄莲坪，西至新晃侗族自治县茶坪乡韭菜塘，南为江华瑶族自治县河路口镇姑婆山，北达石门县壶瓶山。土地总面积 21.1875 万 km²，在全国各省区中居第十位。湖南境内东南西三面环山，东为幕阜、罗霄山脉，西为武陵、雪峰山脉，南有五岭山脉。中部地区丘陵与河谷盆地相间。境内湘、资、沅、澧四大水系。整个地势南高北低，顺势向中、北部倾斜，呈敞口马蹄形。

湖南省地处亚热带，位于东亚季风区，属亚热带季风湿润气候，具有气候温和，四季分明，雨水集中，光热资源丰富的特点。年均气温 17℃ 左右。由于受季风和地形的影响，气温分布的总趋势是湘南高于湘北，东部高于西部。湖南省年平均降水量为 1300~1600 mm，是全国降雨量较多的省份之一。降水强度大是湖南省降水的一个明显特征。大范围的强降水常使江河水位猛涨，大片农田被淹，是造成洪涝灾害的直接原因。湖南省最大月雨量超过 800 mm，最大日雨量超过 300 mm，6 h 最大雨量高到 200 mm 余，1 h 最大雨量达 150 mm，接近国内极值。

2. 森林资源状况

据第六次全国森林资源清查（1999—2003 年）统计，湖南省森林覆盖率40.63%，林地总面积

1171.42 万 hm²。有林地面积 860.15 万 hm²，其中林分面积 609.09 万 hm²、经济林面积 198.86 万 hm²、竹林面积 52.20 万 hm²；疏林地 27.54 万 hm²，灌木林地 175.81 万 hm²，未成林地 13.45 万 hm²，苗圃地 0.32 万 hm²。无林地面积 94.15 万 hm²，其中宜林荒山 72.37 万 hm²。

3. 森林生态系统服务功能评估结果

"九五"和"十五"期间湖南省森林生态系统服务功能物质量见表 3-18。与"九五"期间相比，"十五"期间涵养水源量、固土量、减少土壤中 N 损失量、减少土壤中 P 损失量、减少土壤中 K 损失量、减少土壤中有机质损失量、固碳量、释放氧气量、林木积累 N 量、林木积累 P 量、林木积累 K 量、提供负离子数量、吸收二氧化硫量、吸收氟化物量、吸收氮氧化物量、滞尘量分别增加了 8.28%、6.46%、5.81%、5.79%、5.88%、3.25%、6.85%、8.40%、6.67%、6.72%、11.51%、7.45%、7.48%、15.13%、9.47% 和 6.45%。"九五"到"十五"期间森林面积增加了 7.44%，因此影响森林生态系统服务功能实物量增长的主要因素是总面积变化和林分类型面积变化。

表 3-18 "九五"和"十五"期间湖南省森林生态系统服务功能物质量

功能类别	指 标	"九五"期间	"十五"期间	增长率/%
涵养水源/(亿 m³·a⁻¹)	调节水量	251.80	272.65	8.28
保育土壤/(万 t·a⁻¹)	固土	15 901.83	16 929.88	6.46
	N	23.56	24.93	5.81
	P	9.85	10.42	5.79
	K	218.64	231.49	5.88
	有机质	424.23	438.00	3.25
固碳释氧/(万 t·a⁻¹)	固碳	1 390.26	1 485.43	6.85
	释氧	3 934.51	4 264.86	8.40
积累营养物质/(万 t·a⁻¹)	N	11.84	12.63	6.67
	P	2.38	2.54	6.72
	K	7.04	7.85	11.51
净化大气环境	提供负离子/(10²⁵个·a⁻¹)	6.31	6.78	7.45
	吸收 SO₂/(万 kg·a⁻¹)	140 592.08	151 102.77	7.48
	吸收 HF/(万 kg·a⁻¹)	1 678.88	1 932.95	15.13
	吸收 NOₓ/(万 kg·a⁻¹)	4 989.90	5 462.58	9.47
	滞尘/(亿 kg·a⁻¹)	2 097.10	2 232.39	6.45

第十九节 广 东 省

1. 自然地理概况

广东省地处中国大陆最南部。东邻福建，北接江西、湖南，西连广西，南临南海，珠江三角洲东西两侧分别与香港、澳门特别行政区接壤，西南部雷州半岛隔琼州海峡与海南省相望。全境位于北纬 20°13′~25°31′和东经 109°39′~117°19′。东起南澳县南澎列岛的赤仔屿，西至雷州市纪家镇的良坡村，东西跨度约 800 km；北自乐昌县白石乡上坳村，南至徐闻县角尾乡灯楼角，跨度约 600 km。北回归线从南澳—从化—封开一线横贯广东。广东省陆地面积为 17.98 万 km²，约占全国陆地面积的 1.87%；其中岛屿面积 1592.7 km²，约占广东省陆地面积的 0.89%。广东省沿海共有面积 500 m² 以上的岛屿 759 个，数量仅次于浙江、福建两省，居全国第三位。另有明礁和干出礁 1631 个。广东省大陆岸线长 3368.1 km，居全国第一位。按照《联合国海洋公约》关于领海、大陆架及专属经济区归沿岸国家管辖的规定，广东省海域总面积 41.9 万 km²。

广东属于东亚季风区，从北向南分别为中亚热带、南亚热带和热带气候，是全国光、热和水资源最丰富的地区之一。从北向南，年平均日照时数由不足 1500 h 增加到 2300 h 以上，年太阳总辐射量为 4200～5400 MJ·m^{-2}，年平均气温为 19～24℃。广东省平均日照时数为 1745.8 h，年平均气温 22.3℃。1 月平均气温为 16～19℃，7 月平均气温为 28～29℃。

广东降水充沛，年平均降水量为 1300～2500 mm，广东省平均为 1777 mm。降雨的空间分布基本上也呈南高北低的趋势。受地形的影响，在有利于水汽抬升形成降水的山地迎风坡有恩平、海丰和清远 3 个多雨中心，年平均降水量均大于 2200 mm；在背风坡的罗定盆地、兴梅盆地和沿海的雷州半岛、潮汕平原少雨区，年平均降水量小于 1400 mm。降水的年内分配不均，4—9 月的汛期降水占全年的 80％以上；年际变化也较大，多雨年降水量为少雨年的 2 倍以上。洪涝和干旱灾害经常发生，台风的影响也较为频繁。春季的低温阴雨、秋季的寒露风和秋末至春初的寒潮和霜冻，也是广东多发的灾害性天气。

2. 森林资源状况

据第六次全国森林资源清查（1999—2003 年）统计，广东省森林覆盖率 46.49％，林地总面积 1048.14 万 hm²。有林地面积 826.52 万 hm²，其中林分面积 660.55 万 hm²，经济林面积 128.55 万 hm²，竹林面积 37.42 万 hm²；疏林地 18.71 万 hm²，灌木林地 80.11 万 hm²，未成林地 30.22 万 hm²，苗圃地 0.96 万 hm²；无林地面积 91.62 万 hm²，其中宜林荒山 56.12 万 hm²。

3. 森林生态系统服务功能评估结果

"九五"和"十五"期间广东省森林生态系统服务功能物质量见表 3-19。与"九五"期间相比，"十五"期间固土量、减少土壤中 N 损失量、减少土壤中 P 损失量、减少土壤中有机质损失量、林木积累 P 量、吸收氟化物量、吸收氮氧化物量、滞尘量分别增加了 0.13％、4.66％、0.42％、0.48％、1.83％、0.03％、1.24％和 0.74％；涵养水源量、减少土壤中 K 损失量、固碳量、释放氧气量、林木积累 N 量、林木积累 K 量、提供负离子数量、吸收二氧化硫量分别减少了 0.29％、0.17％、0.55％、0.27％、3.02％、1.11％、3.34％和 1.54％。"九五"到"十五"期间森林面积增加了 0.37％，因此影响森林生态系统服务功能实物量增长的主要因素是面积变化，指标实物量减少的原因都是林分类型面积变化较大所致。

表 3-19　"九五"和"十五"期间广东省森林生态系统服务功能物质量

功能类别	指　标	"九五"期间	"十五"期间	增长率/%
涵养水源/(亿 m³·a^{-1})	调节水量	269.65	268.86	−0.29
保育土壤/(万 t·a^{-1})	固土	29 786.75	29 826.96	0.13
	N	37.44	39.19	4.67
	P	16.52	16.59	0.42
	K	554.49	553.55	−0.17
	有机质	581.82	584.60	0.48
固碳释氧/(万 t·a^{-1})	固碳	2 052.60	2 041.29	−0.55
	释氧	7 415.47	7 395.57	−0.27
积累营养物质/(万 t·a^{-1})	N	39.12	37.94	−3.02
	P	4.37	4.45	1.83
	K	20.69	20.46	−1.11
净化大气环境	提供负离子/(10²⁵个·a^{-1})	7.18	6.94	−3.34
	吸收 SO₂/(万 kg·a^{-1})	120 392.08	118 538.04	−1.54
	吸收 HF/(万 kg·a^{-1})	9 938.61	9 941.51	0.03
	吸收 NO$_x$/(万 kg·a^{-1})	8 825.58	8 935.25	1.24
	滞尘/(亿 kg·a^{-1})	3 523.75	3 549.81	0.74

第二十节　广西壮族自治区

1. 自然地理概况

广西地处中国南疆，位于北纬 20°54′～26°23′，东经 104°29′～112°04′。南临北部湾，与海南省隔海相望，东连广东，东北接湖南，西北靠贵州，西邻云南，西南与越南毗邻，国境线跨 8 个县（市），国界线长 637 km。地势大体是西北高，东南低，由西北向东南倾斜。四周多山，中部和南部多平地。广西属沿海地区。北部湾海域面积约 12.93 万 km²，海岸线东起粤桂交界处的英罗港，西至中越边境的北仑河口，长 1595 km。

广西属亚热带湿润季风气候区域。热量丰富，雨量充沛，夏湿冬干。年平均气温为 17～22℃。7 月最热，月均气温 28℃以上；1 月最冷，月均气温 6～14℃。桂北山区、湘桂走廊年有霜雪，桂南边缘、沿海地带基本无霜。年日照时数为 1600～1800 h。年均降雨量为 1600～2700 mm。桂南防城、桂中金秀—昭平、桂东北的桂林和桂西北的融安为多雨中心，年降雨量均在 1900 mm 以上。桂西左、右江谷地和桂中盆地是主要旱区，年降雨量仅为 1100～1200 mm。雨量最多是防城区，年降雨量 2800 mm 左右，最少是田阳县，为 1070 mm 左右。

2. 森林资源状况

据第六次全国森林资源清查（1999—2003 年）统计，广西壮族自治区森林覆盖率 41.41%，林地总面积 1366.22 万 hm²。有林地面积 981.91 万 hm²，其中林分面积 747.48 万 hm²、经济林面积 203.69 万 hm²、竹林面积 30.74 万 hm²；疏林地 9.13 万 hm²，灌木林地 163.81 万 hm²，未成林地 15.38 万 hm²；无林地面积 195.99 万 hm²，其中宜林荒山 161.41 万 hm²。

3. 森林生态系统服务功能评估结果

"九五"和"十五"期间广西壮族自治区森林生态系统服务功能物质量见表 3-20。与"九五"期间相比，"十五"期间涵养水源量、固土量、减少土壤中 N 损失量、减少土壤中 P 损失量、减少土壤中 K 损失量、减少土壤中有机质损失量、固碳量、释放氧气量、林木积累 N 量、林木积累 P 量、林木积累 K 量、提供负离子数量、吸收二氧化硫量、吸收氟化物量、吸收氮氧化物量、滞尘量分别增加了 28.42%、26.31%、22.14%、26.00%、24.15%、20.45%、28.81%、28.77%、26.39%、26.30%、24.22%、18.66%、20.40%、22.60%、23.74%和 21.63%。"九五"到"十五"期间森林面积增加了 23.26%，因此影响森林生态系统服务功能实物量增长的主要因素是面积变化所致。

表 3-20　"九五"和"十五"期间广西壮族自治区森林生态系统服务功能物质量

功能类别	指标	"九五"期间	"十五"期间	增长率/%
涵养水源/(亿 m³·a⁻¹)	调节水量	261.82	336.23	28.42
保育土壤/(万 t·a⁻¹)	固土	26 204.78	33 098.83	26.31
	N	40.70	49.71	22.14
	P	12.54	15.80	26.00
	K	380.21	472.02	24.15
	有机质	856.94	1 032.17	20.45
固碳释氧/(万 t·a⁻¹)	固碳	2 010.05	2 589.14	28.81
	释氧	6 270.40	8 074.56	28.77
积累营养物质/(万 t·a⁻¹)	N	27.74	35.06	26.39
	P	3.84	4.85	26.30
	K	17.71	22.00	24.22
净化大气环境	提供负离子/(10²⁵个·a⁻¹)	6.59	7.82	18.66
	吸收 SO_2/(万 kg·a⁻¹)	127 156.36	153 091.61	20.40
	吸收 HF/(万 kg·a⁻¹)	8 332.87	10 216.23	22.60
	吸收 NO_x/(万 kg·a⁻¹)	10 306.90	12 754.16	23.74
	滞尘/(亿 kg·a⁻¹)	3 146.71	3 827.21	21.63

第二十一节 海 南 省

1. 自然地理概况

海南省位于中国最南端。北以琼州海峡与广东划界，西临北部湾与越南相对，东濒南海与台湾省相望，东南和南边在南海中与菲律宾、文莱和马来西亚为邻。海南省的行政区域包括海南岛、西沙群岛、中沙群岛、南沙群岛的岛礁及其海域，是中国面积最大的省。海南省陆地（主要包括海南岛和西沙、中沙、南沙群岛）总面积 3.54 万 km² （其中海南岛陆地面积 3.39 万 km²），海域面积约 200 万 km²。

海南岛地处热带北缘，属热带季风气候，素来有"天然大温室"的美称，这里长夏无冬，年平均气温 22~26℃，≥10℃ 的积温为 8200℃，最冷的 1 月、2 月温度仍达16~21℃，年光照为 1750~2650 h，光照率为 50%~60%，光温充足，光合潜力高。海南岛入春早，升温快，日温差大，全年无霜冻，冬季温暖，稻可三熟，菜满四季，是我国南繁育种的理想基地。

海南省雨量充沛，年平均降雨量为 1639 mm，有明显的多雨季和少雨季。每年的 5—10 月是多雨季，总降雨量达 1500 mm 左右，占全年总降雨量的 70%~90%，雨源主要有锋面雨、热雷雨和台风雨，每年 11 月至翌年 4 月为少雨季，仅占全年降雨量的 10%~30%，少雨季干旱常常发生。海南省有着丰富的水资源，南渡江、昌化江、万泉河为海南的三大河，集水面积均超过 3000 km²，流域面积达 1 万 km² 余。海南省水库面积 5.6 万 hm²，其中较大型的水库有松涛水库、大广坝水库、牛路岭水库、万宁水库、长茅水库、石碌水库等，其中松涛水库总库容 33.4 亿 m³，为海南省最大有水库，设计灌溉面积 14.5 万 hm²。

2. 森林资源状况

据第六次全国森林资源清查（1999—2003 年）统计，海南省森林覆盖率 48.87%，林地总面积 194.47 万 hm²。有林地面积 166.66 万 hm²，其中林分面积 89.20 万 hm²、经济林面积 75.66 万 hm²、竹林面积 1.80 万 hm²；疏林地 1.20 万 hm²，灌木林地 4.79 万 hm²，未成林地 2.52 万 hm²，苗圃地 0.36 万 hm²；无林地面积 18.94 万 hm²，其中宜林荒山 14.39 万 hm²。

3. 森林生态系统服务功能评估结果

"九五"和"十五"期间海南省森林生态系统服务功能物质量见表3-21。与"九五"期间相比，"十五"期间涵养水源量、固土量、减少土壤中 N 损失量、减少土壤中 P 损失量、减少土壤中 K 损失量、减少土壤中有机质损失量、固碳量、释放氧气量、林木积累 N 量、林木积累 P 量、林木积累 K 量、提供负离子数量、吸收二氧化硫量、吸收氟化物量、吸收氮氧化物量、滞尘量分别增加了 5.69%、10.10%、4.09%、39.06%、6.08%、2.45%、15.93%、10.19%、8.96%、20.69%、18.20%、11.11%、10.39%、10.30%、10.30%和10.93%。"九五"到"十五"期间森林面积增加了 10.30%，因此影响森林生态系统服务功能实物量增长的主要因素是面积变化。

表 3-21 "九五"和"十五"期间海南省森林生态系统服务功能物质量

功能类别	指 标	"九五"期间	"十五"期间	增长率/%
涵养水源/(亿 m³·a⁻¹)	调节水量	61.99	65.52	5.69
保育土壤/(万 t·a⁻¹)	固土	4 989.86	5 493.75	10.10
	N	5.62	5.85	4.09
	P	2.56	3.56	39.06
	K	36.04	38.23	6.08
	有机质	112.33	115.08	2.45
固碳释氧/(万 t·a⁻¹)	固碳	198.65	230.29	15.93
	释氧	827.42	911.73	10.19

功能类别	指 标	"九五"期间	"十五"期间	增长率/%
积累营养物质/(万 t·a^{-1})	N	9.38	10.22	8.96
	P	0.58	0.70	20.69
	K	4.23	5.00	18.20
净化大气环境	提供负离子/(10^{25}个·a^{-1})	0.90	1.00	11.11
	吸收 SO$_2$/(万 kg·a^{-1})	13 856.18	15 296.03	10.39
	吸收 HF/(万 kg·a^{-1})	1 531.08	1 688.78	10.30
	吸收 NO$_x$/(万 kg·a^{-1})	932.64	1 028.70	10.30
	滞尘/(亿 kg·a^{-1})	163.46	181.32	10.93

第二十二节　重　庆　市

1. 自然地理概况

重庆市地处长江上游，东邻湖北、湖南，南靠贵州，西连四川，北接陕西。地跨东经105°17′～110°11′，北纬28°10′～32°13′，东西长470 km，南北宽450 km，总面积82 403 km²。最高海拔2796.8 m，最低海拔73.1 m，地形地貌分山地、丘陵、台地、平坝，分别占总面积的75.8%、18.2%、3.6%、2.4%。长江干流自西向东，横贯全境，境内流程665 km。

重庆属中亚热带温润季风气候区，常年平均气温18.0℃左右。冬季最低气温平均在6～8℃；夏季较热，7月、8月日最高气温均在35℃以上，极端气温最高41.9℃。降雨量为1000～1450 mm，无霜期300 d以上。春夏之交夜雨尤甚，因此有"巴山夜雨"之说，有山水园林之风光。重庆多雾，素有"雾重庆"之称。重庆市水土流失面积4.35万 km²，占总面积的52.8%，年土壤侵蚀总量2.23亿 t，平均侵蚀模数4555 t·km^{-2}·a^{-1}。

2. 森林资源状况

据第六次全国森林资源清查（1999—2003年）统计，重庆市森林覆盖率22.25%，林地总面积366.84万 hm²。有林地面积183.18万 hm²，其中林分面积153.19万 hm²、经济林面积18.28万 hm²、竹林面积11.71万 hm²；疏林地15.72万 hm²，灌木林地80.52万 hm²，未成林地5.46万 hm²，苗圃地0.80万 hm²；无林地面积81.16万 hm²，其中宜林荒山79.56万 hm²。

3. 森林生态系统服务功能评估结果

"十五"期间重庆市森林生态系统涵养水源42.23亿 m³·a^{-1}，固土量10 408.18万t·a^{-1}，减少土壤中损失氮16.63万 t·a^{-1}，减少土壤中损失磷9.43万 t·a^{-1}，减少土壤中损失钾183.20万 t·a^{-1}，减少土壤中损失有机质507.39万 t·a^{-1}，固碳511.33万 t·a^{-1}（折算成吸收 CO$_2$ 量为1874.86万t·a^{-1}），释放氧气1345.84万 t·a^{-1}，林木积累氮4.00万 t·a^{-1}，林木积累磷1.78万 t·a^{-1}，林木积累钾2.95万 t·a^{-1}，提供负离子1.80×10^{25}个·a^{-1}，吸收二氧化硫27 450.74万 kg·a^{-1}，吸收氟化物768.52万 kg·a^{-1}，吸收氮氧化物1483.24万 kg·a^{-1}，滞尘575.50亿 kg·a^{-1}。

第二十三节　四　川　省

1. 自然地理概况

四川地处长江上游，是长江流域重要的生态屏障。面积48.5万 km²，占中国总面积的4.9%。人口8500万，占中国总人口的6.9%。现辖18个地级市和3个自治州，市、州下辖180个县。四川地形西高东低，可分为川西高原和四川盆地两大部分。川西高原是青藏高原的东延部分，平均海拔在4000 m以上，山地和高原约占全省面积的4/5；四川盆地以浅丘和平原为主，平原占2.97%，其余为丘陵。主要河流为长江及其支流岷江、沱江、嘉陵江、大渡河、雅砻江。

四川气候受地形影响，东西部差异明显，东部盆地主要属亚热带季风气候，温暖湿润，平均气温为16~17℃，全年降水量为800~1200 mm。西部属高原性大陆气候，干燥寒冷，年均气温为6~12℃，全年降水量不足600 mm。

2. 森林资源状况

据第六次全国森林资源清查（1999—2003年）统计，四川省森林覆盖率30.27%，林地总面积2266.02万hm²。有林地面积1234.24万hm²，其中林分面积1103.63万hm²、经济林面积93.23万hm²、竹林面积37.28万hm²、疏林地62.15万hm²、灌木林地692.38万hm²、未成林地29.14万hm²、苗圃地0.97万hm²。无林地面积247.141万hm²，其中宜林荒山234.03万hm²。

3. 森林生态系统服务功能评估结果

"九五"和"十五"期间四川省森林生态系统服务功能物质量见表3-22。与"九五"期间相比，"十五"期间涵养水源量、固土量、减少土壤中N损失量、减少土壤中P损失量、减少土壤中K损失量、减少土壤中有机质损失量、固碳量、释放氧气量、林木积累N量、林木积累P量、林木积累K量、提供负离子数量、吸收二氧化硫量、吸收氟化物量、吸收氮氧化物量、滞尘量分别下降了9.44%、9.06%、7.08%、11.27%、8.87%、8.12%、3.06%、9.78%、9.02%、10.32%、8.83%、9.02%、9.90%、8.44%、9.35%和10.08%。"九五"到"十五"期间森林面积减少了9.10%，因此影响森林生态系统服务功能实物量增长的主要因素是面积变化。

表3-22　"九五"和"十五"期间四川省森林生态系统服务功能物质量

功能类别	指标	"九五"期间	"十五"期间	增长率/%
涵养水源/(亿 m³·a⁻¹)	调节水量	707.92	641.07	−9.44
保育土壤/(万 t·a⁻¹)	固土	78 475.76	71 363.98	−9.06
	N	96.41	89.58	−7.08
	P	40.30	35.76	−11.27
	K	1 164.55	1 061.22	−8.87
	有机质	2 060.76	1 893.36	−8.12
固碳释氧/(万 t·a⁻¹)	固碳	2 751.58	2 667.36	−3.06
	释氧	8 643.42	7 798.47	−9.78
积累营养物质/(万 t·a⁻¹)	N	27.48	25.00	−9.02
	P	10.76	9.65	−10.32
	K	20.39	18.59	−8.83
净化大气环境	提供负离子/(10²⁵个·a⁻¹)	16.18	14.72	−9.02
	吸收 SO₂/(万 kg·a⁻¹)	294 049.35	264 940.61	−9.90
	吸收 HF/(万 kg·a⁻¹)	5 885.37	5 388.55	−8.44
	吸收 NOₓ/(万 kg·a⁻¹)	12 319.23	11 167.89	−9.35
	滞尘/(亿 kg·a⁻¹)	4 115.41	3 700.62	−10.08

第二十四节　贵　州　省

1. 自然地理概况

贵州省位于中国西南的东南部，介于东经103°36′~109°35′、北纬24°37′~29°13′，东毗湖南省、南邻广西壮族自治区、西连云南省、北接四川省和重庆市，是一个山川秀丽、气候宜人、民族众多、资源富集、发展潜力巨大的省份。贵州省东西长约595 km，南北相距约509 km，总面积为176 167 km²，占全国国土面积的1.8%。

气候温暖湿润，属亚热带湿润季风气候区。气温变化小，冬暖夏凉，气候宜人，贵州省大部分地区年平均气温为15℃左右；从贵州省看，通常最冷月（1月）平均气温多在3～6℃，比同纬度其他地区高，最热月（7月）平均气温一般是22～25℃，为典型夏凉地区。降水较多，雨季明显，阴天多，日照少，境内各地阴天日数一般超过150 d，常年相对湿度在70％以上。受大气环流及地形等影响，贵州气候呈多样性，"一山分四季，十里不同天"。另外，气候不稳定，灾害性天气种类较多，干旱、秋风、凝冻、冰雹等频度大，对农业生产有一定影响。

2. 森林资源状况

据第六次全国森林资源清查（1999—2003年）统计，贵州省森林覆盖率23.83％，林地总面积761.83万 hm²。有林地面积420.15万 hm²，其中林分面积344.25万 hm²、经济林面积66.29万 hm²、竹林面积9.61万 hm²；疏林地24.33万 hm²，灌木林地90.95万 hm²，未成林地9.61万 hm²，苗圃地0.32万 hm²；无林地面积216.47万 hm²，其中宜林荒山207.83万 hm²。

3. 森林生态系统服务功能评估结果

"九五"和"十五"期间贵州省森林生态系统服务功能物质量见表3-23。与"九五"期间相比，"十五"期间涵养水源量、固土量、减少土壤中 N 损失量、减少土壤中 P 损失量、减少土壤中 K 损失量、减少土壤中有机质损失量、固碳量、释放氧气量、林木积累 N 量、林木积累 P 量、林木积累 K 量、提供负离子数量、吸收二氧化硫量、吸收氟化物量、吸收氮氧化物量、滞尘量分别增加了12.16％、14.60％、13.47％、15.96％、15.40％、12.26％、15.54％、15.17％、18.96％、14.50％、15.78％、15.00％、15.32％、12.60％、14.36％和15.17％。"九五"到"十五"期间森林面积增加了14.49％，因此影响森林生态系统服务功能实物量增长的主要因素是面积变化。

表3-23　"九五"和"十五"期间贵州省森林生态系统服务功能物质量

功能类别	指标	"九五"期间	"十五"期间	增长率/％
涵养水源/(亿 m³·a⁻¹)	调节水量	57.91	64.95	12.16
保育土壤/(万 t·a⁻¹)	固土	13 722.99	15 726.77	14.60
	N	24.12	27.37	13.47
	P	43.85	50.85	15.96
	K	75.33	86.93	15.40
	有机质	582.17	653.52	12.26
固碳释氧/(万 t·a⁻¹)	固碳	665.37	768.76	15.54
	释氧	2 084.51	2 400.81	15.17
积累营养物质/(万 t·a⁻¹)	N	5.96	7.09	18.96
	P	2.69	3.08	14.50
	K	4.50	5.21	15.78
净化大气环境	提供负离子/(10²⁵个·a⁻¹)	3.00	3.45	15.00
	吸收 SO₂/(万 kg·a⁻¹)	61 764.09	71 226.21	15.32
	吸收 HF/(万 kg·a⁻¹)	1 104.06	1 243.13	12.60
	吸收 NOₓ/(万 kg·a⁻¹)	2 482.50	2 838.90	14.36
	滞尘/(亿 kg·a⁻¹)	904.06	1 041.21	15.17

第二十五节　云　南　省

1. 自然地理概况

云南省地处中国西南边陲，位于北纬21°8′～29°15′和东经97°31′～106°11′，北回归线横贯云南省南部。全境东西最大横距864.9 km，南北最大纵距900 km，总面积39.4万km²，占全国陆地总面积的4.1%，居全国第八位。云南省土地面积中，山地约占84%，高原、丘陵约占10%，盆地、河谷约占6%，平均海拔2000 m左右，最高海拔6740 m，最低海拔76.4 m。

云南气候兼具低纬气候、季风气候、山原气候的特点。其主要表现为以下几点。

其一，气候的区域差异和垂直变化十分明显。这一现象与云南的纬度和海拔这两个因素密切相关。从纬度看，其位置只相当于从雷州半岛到闽、赣、湘、黔一带的地理纬度，但由于地势北高南低，南北之间高差悬殊达6663.6 m，大大加剧了云南省范围内因纬度因素而造成的温差。这种高纬度与高海拔相结合、低纬度和低海拔相一致，即水平方向上的纬度增加与垂直方向上的海拔增高相吻合的状况。使得各地的年平均温度，除金沙江河谷和元江河谷外，大致由北向南递增，平均温度为5～24℃，南北气温相差达19℃左右。

由于受地形的影响和天气系统的不同，云南省气温纬向分布规律中常会出现特殊的情况，这种情况反映了气候的区域差异和垂直变化。出现了"北边炎热南边凉"的现象。特别是在垂直分布上，因境内多山，河床受侵蚀不断加深，形成山高谷深，由河谷到山顶，都存在着因高度上升而产生的气候类型差异，一般高原每上升100 m，温度即降低0.6℃左右。"一山分四季，十里不同天"，表明了"立体气候"的特点。

其二，年温差小，日温差大。由于地处低纬高原，空气干燥而比较稀薄，各地所得太阳光热的多少除随太阳高度角的变化而增减外，也受云雨的影响。夏季，最热天平均温度为19～22℃；冬季，最冷月平均温度为6～8℃。年温差一般为10～15℃，但阴雨天气温较低。一天的温度变化是早凉、午热，尤其是冬、春两季，日温差可达12～20℃。

其三，降水充沛，干湿分明，分布不均。云南省大部分地区年降水量在1100 mm，但由于冬夏两季受不同大气环流的控制和影响，降水量在季节上和地域上的分配是极不均匀的。降水量最多是6—8月3个月，约占全年降水量的60%。11月至次年4月的冬春季节为旱季，降水量只占全年的10%～20%，甚至更少。不仅如此，在小范围内，由于海拔高度的变化，降水的分布也不均匀。

云南无霜期长。南部边境全年无霜；偏南的文山、蒙自、思茅，以及临沧、德宏等地无霜期为300～330 d；中部昆明、玉溪、楚雄等地约250 d；较寒冷的昭通和迪庆达210～220 d。云南光照条件也好，每年为90～150 kcal·cm⁻²，仅次于西藏、青海、内蒙古等省（自治区）。

2. 森林资源状况

据第六次全国森林资源清查（1999—2003年）统计，云南省森林覆盖率40.77%，林地总面积2424.76万hm²。有林地面积1501.50万hm²，其中林分面积240.90万hm²、经济林面积136.28万hm²、竹林面积8.64万hm²；疏林地79.65万hm²，灌木林地408.37万hm²，未成林地12.95万hm²，苗圃地0.48万hm²；无林地面积421.81万hm²，其中宜林荒山406.93万hm²。

3. 森林生态系统服务功能评估结果

"九五"和"十五"期间云南省森林生态系统服务功能物质量见表3-24。与"九五"期间相比，"十五"期间涵养水源量、固土量、减少土壤中N损失量、减少土壤中P损失量、减少土壤中K损失量、减少土壤中有机质损失量、固碳量、释放氧气量、林木积累N量、林木积累P量、林木积累K量、提供负离子数量、吸收二氧化硫量、吸收氟化物量、吸收氮氧化物量、滞尘量分别增加了10.16%、12.63%、21.57%、97.50%、13.80%、19.84%、37.78%、25.49%、20.19%、1.38%、16.74%、18.64%、11.69%、12.28%、11.92%和12.65%。"九五"到"十五"期间森林面积增加了12.70%，但涵养水源功能大的栎类、桦木和硬阔类等林分类型面积有较大程度下降，导致了总涵养水源量的降低，因此影响森林生态系统服务功能实物量增长的主要因素是面积变化。

表 3-24　"九五"和"十五"期间云南省森林生态系统服务功能物质量

功能类别	指　标	"九五"期间	"十五"期间	增长率/%
涵养水源/(亿 m³·a⁻¹)	调节水量	441.67	486.54	10.16
保育土壤/(万 t·a⁻¹)	固土	63 003.97	70 963.93	12.63
	N	65.59	79.74	21.57
	P	41.53	82.02	97.50
	K	833.53	948.59	13.80
	有机质	1 497.83	1 795.03	19.84
固碳释氧/(万 t·a⁻¹)	固碳	2 491.26	3 432.53	37.78
	释氧	8 455.07	10 610.57	25.49
积累营养物质/(万 t·a⁻¹)	N	36.56	43.94	20.19
	P	27.54	27.92	1.38
	K	30.11	35.15	16.74
净化大气环境	提供负离子/(10²⁵个·a⁻¹)	10.57	12.54	18.64
	吸收 SO_2/(万 kg·a⁻¹)	223 260.95	249 359.30	11.69
	吸收 HF/(万 kg·a⁻¹)	5 092.98	5 718.16	12.28
	吸收 NO_x/(万 kg·a⁻¹)	9 849.90	11 024.46	11.92
	滞尘/(亿 kg·a⁻¹)	3 075.83	3 464.80	12.65

第二十六节　西藏自治区

1. 自然地理概况

西藏自治区位于青藏高原西南部，地处北纬 26°50′～36°53′，东经 78°25′～99°06′。北邻新疆，东连四川，东北紧靠青海，东南连接云南，南与缅甸、印度（锡金）、不丹、尼泊尔等国毗邻，西与克什米尔地区接壤，地势由西北向东南倾斜，地形复杂多样，陆地国界线 4000 km 余，南北最宽 900 km余，东西最长达 2000 km 余，是中国西南边陲的重要门户。西藏面积 120.223 万 km²，约占全国总面积的 1/8，在全国各省（自治区、直辖市）中仅次于新疆。

西藏平均海拔在 4000 m 以上，素有"世界屋脊"之称。境内海拔在 7000 m 以上的高峰有 50 多座，其中 8000 m 以上的有 11 座，被称为除南极、北极以外的"地球第三极"。西藏为喜马拉雅山脉、昆仑山脉和唐古拉山脉所环抱。地形地貌复杂多样，可分为四个地带：①藏北高原，位于昆仑山脉、唐古拉山脉和冈底斯—念青唐古拉山脉之间，长约 2400 km，宽约 700 km，占西藏总面积的 1/3，为一系列浑圆而平缓的山丘，其间夹着许多盆地，低处长年积水成湖，是西藏主要的牧业区。②藏南谷地，海拔平均在 3500 m 左右，在雅鲁藏布江及其支流流经的地方，有许多宽窄不一的河谷平地，谷宽 7～8 km，长 70～100 km，地形平坦，土质肥沃，是西藏主要的农业区。③藏东高山峡谷，即藏东南横断山脉、三江流域地区，为一系列由东西走向逐渐转为南北走向的高山深谷，北部海拔 5200 m左右，山顶平缓，南部海拔 4000 m 左右，山势较陡峻，山顶与谷底落差可达 2500 m，山顶终年积雪，山腰森林茂密，山麓有四季常青的田园，景色奇特。④喜马拉雅山地，分布在中国与印度（锡金）、尼泊尔、不丹等国接壤的地区，由几条大致东西走向的山脉构成，平均海拔 6000 m 左右，是世界上最高的山脉，山区内西部海拔较高，气候干燥寒冷，东部气候温和，雨量充沛，森林茂密。

西藏的气候独特而复杂多样，总体上具有西北严寒、东南温暖湿润的特点，呈现出由东南向西北的带状分布，即热带—亚热带—温带—亚寒带—寒带；湿润—半湿润—半干旱—干旱。由于地形复杂，还有多种多样的区域气候及明显的垂直气候带。西藏气候总的特点是：日照时间长，辐射强烈；气温较低，温差大；干湿分明，多夜雨；冬春干燥，多大风；气压低，氧气含量少。

西藏由于海拔高，空气稀薄，水汽、尘埃含量少，纬度又低，是我国太阳辐射总量最多的地区，日照时数也是全国的高值中心，并呈现出由藏东南向藏西北逐渐增多的特点。太阳辐射的年变程，以12月最小，5月或6月最大。西藏年均日照时数达1475.8～3554.7 h，西部地区则多在3000 h以上。西藏地区平均气温由东南向西北逐渐递减，西藏年均温度为−2.8～11.9℃，温差较大。最温暖的东南地区年均温度约10℃左右，雅鲁藏布江河谷地带年均温度为5～9℃，东部横断山脉地带，月均温度在10℃以上的时间有4个月左右，藏北高原大部分地方年均温度在0℃以下，喜马拉雅山脉及其北麓山地年均温度在3℃以下。

西藏年降水量为74.8～901.5 mm，地区分布极为不均，由东南向西北递减。总的分布趋势是东多西少，南多北少，迎风坡多于背风坡，东南湿润，西北干燥，雨季分明。雨量集中在6—9月，可占全年降水量的80%～90%。以气温和降水为主要依据，西藏自治区可划分为11个不同的气候区，即山地热带季风湿润气候区、山地亚热带季风湿润气候区、高原温带湿润气候区、高原温带季风半湿润气候区、高原温带季风半干旱气候区、高原温带季风干旱气候区、高原亚寒带季风湿润气候区、高原亚寒带季风半湿润气候区、高原亚寒带季风半干旱气候区、高原亚寒带季风干旱气候区、高原寒带季风干旱气候区。

2. 森林资源状况

据第六次全国森林资源清查（1999—2003年）统计，西藏自治区森林覆盖率11.31%，林地总面积1657.89万hm²。有林地面积845.14万hm²，其中林分面积844.50万hm²，经济林面积0.64万hm²；疏林地32.77万hm²，灌木林地764.62万hm²，未成林地0.64万hm²，苗圃地0.16万hm²；无林地面积14.56万hm²，其中宜林荒山13.08万hm²。

3. 森林生态系统服务功能评估结果

"九五"和"十五"期间西藏自治区森林生态系统服务功能物质量见表3-25。与"九五"期间相比，"十五"期间涵养水源量、固土量、减少土壤中N损失量、减少土壤中P损失量、减少土壤中K损失量、减少土壤中有机质损失量、固碳量、释放氧气量、林木积累N量、林木积累P量、林木积累K量、提供负离子数量、吸收二氧化硫量、吸收氟化物量、吸收氮氧化物量、滞尘量分别增加了120.17%、97.34%、92.68%、103.12%、108.34%、73.35%、119.67%、110.07%、99.39%、107.72%、96.63%、75.00%、71.91%、206.14%、93.78%和65.77%。"九五"到"十五"期间森林面积增加了98.51%，因此影响森林生态系统服务功能实物量增长的主要因素是面积变化。

表3-25　"九五"和"十五"期间西藏自治区森林生态系统服务功能物质量

功能类别	指　标	"九五"期间	"十五"期间	增长率/%
涵养水源/(亿 m³·a⁻¹)	调节水量	89.58	197.23	120.17
保育土壤/(万 t·a⁻¹)	固土	39 686.26	78 316.12	97.34
	N	55.63	107.19	92.68
	P	32.73	66.48	103.12
	K	620.22	1 292.15	108.34
	有机质	1 172.64	2 032.81	73.35
固碳释氧/(万 t·a⁻¹)	固碳	952.67	2 092.70	119.67
	释氧	2 622.66	5 509.39	110.07
积累营养物质/(万 t·a⁻¹)	N	14.64	29.19	99.39
	P	3.37	7.00	107.72
	K	5.93	11.66	96.63
净化大气环境	提供负离子/(10²⁵个·a⁻¹)	5.60	9.80	75.00
	吸收 SO₂/(万 kg·a⁻¹)	115 108.07	197 883.70	71.91
	吸收 HF/(万 kg·a⁻¹)	1 010.62	3 093.87	206.14
	吸收 NOₓ/(万 kg·a⁻¹)	3 667.74	7 107.31	93.78
	滞尘/(亿 kg·a⁻¹)	1 726.01	2 861.21	65.77

第二十七节 陕 西 省

1. 自然地理概况

陕西省位于中国内陆腹地，黄河中游，地处东经 $105°29'\sim111°15'$，北纬 $31°42'\sim39°35'$。东邻山西、河南，西连宁夏、甘肃，南抵四川、重庆、湖北，北接内蒙古，居于连接中国东、中部地区和西北、西南的重要位置。中国大地原点就在陕西省泾阳县永乐镇。

陕西省地域南北长、东西窄，南北长约 870 km，东西宽 $200\sim500$ km。

陕西省以秦岭为界南北河流分属长江水系和黄河水系。主要有渭河、泾河、洛河、无定河和汉江、丹江、嘉陵江等。秦岭是中国南北气候的分界线和重要的生态安全屏障，是陕南和关中重要的水源地，具有调节气候、保持水土、涵养水源、维护生物多样性等诸多功能。

陕西省土地面积为 2058.0 万 hm^2，占全国土地面积的 2.1%。

陕西省土地按地形分，其中山地面积 741.0 万 hm^2，占总面积的 36.0%；高原面积 926.0 万 hm^2，占总面积的 45.0%；平原面积 391.0 万 hm^2，占总面积的 19.0%。

境内气候差异很大，由北向南渐次过渡为温带、暖温带和北亚热带。年平均降水量 576.9 mm，年平均气温 13.0℃，无霜期218 d 左右。复杂多样的气候特点和地形地貌，孕育出万千物种和世间珍奇，堪称自然博物馆。

2. 森林资源状况

据第六次全国森林资源清查（1999—2003 年）统计，陕西省森林覆盖率32.55%，林地总面积1071.78 万 hm^2。有林地面积636.80 万 hm^2，其中林分面积508.55 万 hm^2、经济林面积124.09 万 hm^2、竹林面积4.16 万 hm^2；疏林地27.83 万 hm^2，灌木林地146.16 万 hm^2，未成林地10.56 万 hm^2，苗圃地0.32 万 hm^2；无林地面积250.11 万 hm^2，其中宜林荒山170.79 万 hm^2。

3. 森林生态系统服务功能评估结果

"九五"和"十五"期间陕西省森林生态系统服务功能物质量见表3-26。与"九五"期间相比，"十五"期间涵养水源量、固土量、减少土壤中 N 损失量、减少土壤中 P 损失量、减少土壤中 K 损失量、减少土壤中有机质损失量、固碳量、释放氧气量、林木积累 N 量、林木积累 P 量、林木积累 K 量、提供负离子数量、吸收二氧化硫量、吸收氟化物量、吸收氮氧化物量、滞尘量分别增加了10.80%、10.05%、10.28%、14.85%、7.29%、9.63%、0.62%、8.78%、9.20%、10.00%、4.94%、4.67%、9.03%、8.70%、9.33%和9.00%。"九五"到"十五"期间森林面积增加了10.12%，因此影响森林生态系统服务功能实物量增长的主要因素是面积变化。

表 3-26 "九五"和"十五"期间陕西省森林生态系统服务功能物质量

功能类别	指　标	"九五"期间	"十五"期间	增长率/%
涵养水源/(亿 $m^3 \cdot a^{-1}$)	调节水量	85.63	94.88	10.80
保育土壤/(万 $t \cdot a^{-1}$)	固土	16 260.28	17 894.53	10.05
	N	26.84	29.60	10.28
	P	7.07	8.12	14.85
	K	209.47	224.73	7.29
	有机质	592.75	649.82	9.63
固碳释氧/(万 $t \cdot a^{-1}$)	固碳	692.48	696.80	0.62
	释氧	2 522.40	2 743.75	8.78
积累营养物质/(万 $t \cdot a^{-1}$)	N	12.39	13.53	9.20
	P	1.20	1.32	10.00
	K	5.67	5.95	4.94

功能类别	指标	"九五"期间	"十五"期间	增长率/%
净化大气环境	提供负离子/(10^{25}个·a^{-1})	5.35	5.60	4.67
	吸收SO_2/(万kg·a^{-1})	73 313.39	79 936.23	9.03
	吸收HF/(万kg·a^{-1})	2 633.70	2 862.96	8.70
	吸收NO_x/(万kg·a^{-1})	3 726.85	4 074.74	9.33
	滞尘/(亿kg·a^{-1})	940.96	1 025.69	9.00

第二十八节 甘 肃 省

1. 自然地理概况

甘肃省位于中国地理中心,地处黄河上游,地域辽阔。介于北纬$32°11'\sim42°57'$、东经$92°13'\sim108°46'$。东接陕西,东北与宁夏毗邻,南邻四川,西连青海、新疆,北靠内蒙古,并与蒙古国接壤。甘肃地貌复杂多样,山地、高原、平川、河谷、沙漠、戈壁,类型齐全,交错分布,地势自西南向东北倾斜。地形呈狭长状,东西长1655 km,南北宽530 km。

甘肃深居西北内陆,海洋温湿气流不易到达,成雨机会少,大部分地区气候干燥,属大陆性很强的温带季风气候。冬季寒冷漫长,春夏界线不分明,夏季短促,气温高,秋季降温快。省内年平均气温为$0\sim16℃$,各地海拔不同,气温差别较大,日照充足,日温差大。甘肃省各地年降水量为$36.6\sim734.9$ mm,大致从东南向西北递减,乌鞘岭以西降水明显减少,陇南山区和祁连山东段降水偏多。受季风影响,降水多集中在6—8月,占全年降水量的$50\%\sim70\%$。甘肃省无霜期各地差异较大,陇南河谷地带一般在280 d左右,甘南高原最短,只有140 d。2006年年平均气温与往年相比普遍偏高$1.0\sim2.0℃$,省内大部分地区降水偏少,日照偏多。沙尘暴范围小、次数少,局地成灾。

2. 森林资源状况

据第六次全国森林资源清查(1999—2003年)统计,甘肃省森林覆盖率6.66%,林地总面积745.55万hm^2。有林地面积220.18万hm^2,其中林分面积192.14万hm^2、经济林面积28.04万hm^2;疏林地19.37万hm^2,灌木林地196.74万hm^2,未成林地12.55万hm^2,苗圃地0.48万hm^2;无林地面积296.23万hm^2,其中宜林荒山165.39万hm^2。

3. 森林生态系统服务功能评估结果

"九五"和"十五"期间甘肃省森林生态系统服务功能物质量见表3-27。与"九五"期间相比,"十五"期间涵养水源量、固土量、减少土壤中N损失量、减少土壤中P损失量、减少土壤中K损失量、减少土壤中有机质损失量、固碳量、释放氧气量、林木积累N量、林木积累P量、林木积累K量、提供负离子数量、吸收二氧化硫量、吸收氟化物量、吸收氮氧化物量、滞尘量分别增加了4.41%、5.78%、6.12%、5.52%、5.42%、6.56%、15.10%、1.49%、2.82%、3.80%、0.58%、2.09%、4.84%、5.24%、4.86%和4.28%。"九五"到"十五"期间森林面积增加了5.06%,因此影响森林生态系统服务功能实物量增长的主要因素是面积变化。

表3-27 "九五"和"十五"期间甘肃省森林生态系统服务功能物质量

功能类别	指标	"九五"期间	"十五"期间	增长率/%
涵养水源/(亿m^3·a^{-1})	调节水量	69.41	72.47	4.41
保育土壤/(万t·a^{-1})	固土	12 718.27	13 453.44	5.78
	N	38.26	40.60	6.12
	P	12.49	13.18	5.52
	K	262.22	276.44	5.42
	有机质	855.70	911.87	6.56

功能类别	指标	"九五"期间	"十五"期间	增长率/%
固碳释氧/(万 t・a^{-1})	固碳	362.96	417.76	15.10
	释氧	1 345.44	1 365.49	1.49
积累营养物质/(万 t・a^{-1})	N	8.50	8.74	2.82
	P	0.79	0.82	3.80
	K	3.47	3.49	0.58
净化大气环境	提供负离子/(10^{25}个・a^{-1})	2.39	2.44	2.09
	吸收 SO$_2$/(万 kg・a^{-1})	38 120.02	39 964.59	4.84
	吸收 HF/(万 kg・a^{-1})	1 517.44	1 596.98	5.24
	吸收 NO$_x$/(万 kg・a^{-1})	2 305.38	2 417.40	4.86
	滞尘/(亿 kg・a^{-1})	534.97	557.86	4.28

第二十九节　青　海　省

1. 自然地理概况

青海省位于青藏高原，地理位置东经 89°35′～103°04′，北纬 31°39′～39°19′，面积为 72 万 km^2。四周与甘肃、四川、西藏、新疆毗邻，是连接西藏、新疆与内地的纽带。省会西宁市。

青海山脉纵横，峰峦重叠，湖泊众多，峡谷、盆地遍布。祁连山、巴颜喀拉山、阿尼玛卿山、唐古拉山等山脉横亘境内，青海湖是中国最大的内陆咸水湖，柴达木盆地以"聚宝盆"著称于世。青海省地貌复杂多样，4/5 以上的地区为高原。东部多山，海拔较低，西部为高原和盆地。青海省平均海拔 3000 m 以上，其中海拔 3000 m 以下的地区约占青海省总面积的 26.3%；3000～5000 m 的地区占 67%；5000 m 以上的地区占 5%。境内的山脉，有东西向、南北向两组，构成了青海的地貌骨架。地形分为祁连山地、柴达木盆地、青南高原三区。青海气候属典型的高原大陆气候，干燥、少雨、多风、缺氧、寒冷，地区间差异大，垂直变化明显。年平均气温 −5.6～8.6℃，降水量 15～750 mm。青海地处中纬度地带，太阳辐射强度大，光照时间长，年总辐射量可达 690.8～753.6 kJ・cm^{-2}，直接辐射量占辐射量的 60% 以上，年绝对值超过 418.68 kJ・cm^{-2}，仅次于西藏，位居全国第二。

青海省深居高原内陆，地势高耸，相对高差大，气候属高原大陆性气候，干燥、少雨、多风、寒冷、缺氧、日温差大、冬长夏短、四季不分明，气候区分布差异大、垂直变化明显。青海省平均气温 0.4～7.4℃，1 月最冷气温 −5.0～10.3℃，7 月最高气温 10.8～19.0℃。黄河、湟水谷地无霜期为 3 个月，其他地区仅 1 个月，有的地区无绝对无霜期。随着生态建设和退耕退牧还草还林的大力推行，一些地区局部环境得到改善，降雨量逐年增加，在青海省 8 个地级市州中，有 3 个地区降水量超过 500 mm，属干旱半干旱型。青海省海拔高，空气稀薄、气压低、含氧量少，日照时间长，辐射量大。省内年总辐射量仅次于西藏高原，平均年辐射总量可达 140～177 kcal・cm^{-2}，日照时数为 2350～2900 h，日照百分率达 51%～85%，有利于农作物和牧草的生长。

2. 森林资源状况

据第六次全国森林资源清查（1999—2003 年）统计，青海省森林覆盖率 4.40%，林地总面积 556.28 万 hm^2。有林地面积 34.71 万 hm^2，其中林分面积 34.19 万 hm^2、经济林面积 0.52 万 hm^2；疏林地 6.79 万 hm^2，灌木林地 312.87 万 hm^2，未成林地 10.18 万 hm^2，苗圃地 0.24 万 hm^2；无林地面积 191.49 万 hm^2，其中宜林荒山 106.82 万 hm^2。

3. 森林生态系统服务功能评估结果

"九五"和"十五"期间青海省森林生态系统服务功能物质量见表 3-28。与"九五"期间相比，"十五"期间涵养水源量、固土量、减少土壤中 N 损失量、减少土壤中 P 损失量、减少土壤中 K 损失量、减少土壤中有机质损失量、固碳量、释放氧气量、林木积累 N 量、林木积累 P 量、林木积累 K 量、提供负离子数量、吸收二氧化硫量、吸收氟化物量、吸收氮氧化物量、滞尘量分别增加了 57.67%、 56.54%、 55.12%、 60.47%、 55.06%、 51.78%、 56.60%、 52.06%、 52.56%、 51.92%、52.17%、32.65%、50.76%、56.67%、56.54% 和 48.25%。"九五"到"十五"期间森林面积增加了 56.54%，因此影响森林生态系统服务功能实物量增长的主要因素是面积变化。

表 3-28　"九五"和"十五"期间青海省森林生态系统服务功能物质量

功能类别	指　标	"九五"期间	"十五"期间	增长率/%
涵养水源/(亿 m³ · a⁻¹)	调节水量	26.34	41.53	57.67
保育土壤/(万 t · a⁻¹)	固土	4 214.54	6 597.42	56.54
	N	6.06	9.40	55.12
	P	8.12	13.03	60.47
	K	62.71	97.24	55.06
	有机质	76.85	116.64	51.78
固碳释氧/(万 t · a⁻¹)	固碳	189.65	297.00	56.60
	释氧	399.34	607.24	52.06
积累营养物质/(万 t · a⁻¹)	N	2.34	3.57	52.56
	P	0.52	0.79	51.92
	K	0.92	1.40	52.17
净化大气环境	提供负离子/(10²⁵个 · a⁻¹)	0.49	0.65	32.65
	吸收 SO₂/(万 kg · a⁻¹)	23 429.13	35 322.48	50.76
	吸收 HF/(万 kg · a⁻¹)	374.36	586.50	56.67
	吸收 NOₓ/(万 kg · a⁻¹)	1 332.24	2 085.48	56.54
	滞尘/(亿 kg · a⁻¹)	274.17	406.47	48.25

第三十节　宁夏回族自治区

1. 自然地理概况

宁夏位于中国中部偏北，处在黄河中上游地区及沙漠与黄土高原的交接地带，与内蒙古、甘肃、陕西等省（自治区）为邻。宁夏疆域轮廓南北长、东西短。北起石嘴山市头道坎北 2 km 的黄河江心，南迄泾源县六盘山的中嘴梁，南北相距约 456 km；西起中卫县营盘水车站西南 10 km 的田涝坝，东到盐池县柳树梁北东 2 km 处，东西相距约 250 km。根据边界四端点的经纬度，宁夏疆域的地理坐标是：东经 104°17′～109°39′，北纬 35°14′～39°14′。

在中国自然区划中，宁夏跨东部季风区域和西北干旱区域，西南靠近青藏高寒区域，大致处在中国三大自然区域的交汇、过渡地带。

在中国国土开发整治的地域划分上，宁夏位于中部重点开发区的西缘或西部待开发区的东缘，是以山西为中心的能源重化工基地和黄河上游水能矿产开发区的组成部分，北部和中部系"三北"防护林建设工程的重点地段，南部属于黄土高原综合治理区和"三西"地区的范围。

宁夏深居西北内陆高原，属典型的大陆性半湿润半干旱气候，雨季多集中在 6—9 月，具有冬寒长，夏暑短，雨雪稀少，气候干燥，风大沙多，南寒北暖等特点。由于宁夏平均海拔在 1000 m 以上，所以夏季基本没有酷暑；1 月平均气温在零下 8℃以下，极端低温在零下 22℃以下。

宁夏气候的最显著特征是：气温日差大，日照时间长，太阳辐射强，大部分地区昼夜温差一般可达 12～15℃。

2. 森林资源状况

据第六次全国森林资源清查（1999—2003 年）统计，宁夏回族自治区森林覆盖率 6.08%，林地总面积 115.34 万 hm^2。有林地面积 14.65 万 hm^2，其中林分面积 9.21 万 hm^2、经济林面积 5.44 万 hm^2；疏林地 1.52 万 hm^2，灌木林地 27.91 万 hm^2，未成林地 2.00 万 hm^2，苗圃地 0.44 万 hm^2；无林地面积 68.82 万 hm^2，其中宜林荒山 23.30 万 hm^2。

3. 森林生态系统服务功能评估结果

"九五"和"十五"期间宁夏回族自治区森林生态系统服务功能物质量见表 3-29。与"九五"期间相比，"十五"期间涵养水源量、固土量、减少土壤中 N 损失量、减少土壤中 P 损失量、减少土壤中 K 损失量、减少土壤中有机质损失量、固碳量、释放氧气量、林木积累 N 量、林木积累 P 量、提供负离子数量、吸收二氧化硫量、吸收氟化物量、吸收氮氧化物量、滞尘量分别增加了 40.49%、30.08%、30.93%、29.67%、30.36%、29.86%、33.93%、11.63%、25.00%、20.00%、15.38%、25.40%、32.38%、33.42% 和 30.60%；林木积累 K 量减少了 3.85%。"九五"到"十五"期间森林面积增加了 32.59%，因此影响森林生态系统服务功能实物量增长的主要因素是面积变化，其次是林分类型面积发生了较大变化。

表 3-29　"九五"和"十五"期间宁夏回族自治区森林生态系统服务功能物质量

功能类别	指　标	"九五"期间	"十五"期间	增长率/%
涵养水源/(亿 $m^3 \cdot a^{-1}$)	调节水量	4.89	6.87	40.49
保育土壤/(万 $t \cdot a^{-1}$)	固土	934.85	1216.06	30.08
	N	2.91	3.81	30.93
	P	0.91	1.18	29.67
	K	18.71	24.39	30.36
	有机质	67.15	87.20	29.86
固碳释氧/(万 $t \cdot a^{-1}$)	固碳	26.79	35.88	33.93
	释氧	81.29	90.74	11.63
积累营养物质/(万 $t \cdot a^{-1}$)	N	0.48	0.60	25.00
	P	0.05	0.06	20.00
	K	0.26	0.25	-3.85
净化大气环境	提供负离子/(10^{25}个$\cdot a^{-1}$)	0.13	0.15	15.38
	吸收 SO_2/(万 $kg \cdot a^{-1}$)	3704.24	4645.00	25.40
	吸收 HF/(万 $kg \cdot a^{-1}$)	168.19	222.65	32.38
	吸收 NO_x/(万 $kg \cdot a^{-1}$)	179.16	239.04	33.42
	滞尘/(亿 $kg \cdot a^{-1}$)	41.41	54.08	30.60

第三十一节　新疆维吾尔自治区

1. 自然地理概况

新疆维吾尔自治区位于中国的西北部，它的东面和南面，与甘肃、青海、西藏相邻。新疆面积为 160 万 km^2，均占全国面积的 1/6，是中国面积最大的省（自治区），相当于 45 个台湾省，或相当于陕西、甘肃、宁夏、青海 4 省（自治区）面积的总和。新疆除东南部连接甘肃、青海、南部连接西藏之外，其余均与邻国交界；东北部与蒙古国毗邻，西北部同俄罗斯、哈萨克斯坦、吉尔吉斯斯坦、塔吉克斯坦接壤，西南部与阿富汗、巴基斯坦、印度接界。边境线长达 5400 km 余，占全国陆地边境总长度的 1/4，也是中国边境线最长的省（自治区）。新疆各族人民大多居住于水土丰沃的绿洲和山地草原。人口密度，平均每平方千米有 9.2 人，是中国地广人稀的省（自治区）之一。

在远离海洋和高山环抱的影响下，新疆气候具有典型的干旱气候特征。集中表现为降水稀少，相对湿度低，冬季漫长，春秋短，日照长，温差大。

新疆的平均降水量为 145 mm，为中国年平均降水量 630 mm 的 23%，不但低于全国平均值，同地球上相同纬度其他地方相比也是最少的。降水分布主要受大气环流和地形的影响。新疆盛行西北风，水分输送方向是从西向东，而地形上南疆西部受帕米尔高原的阻隔，北疆西部地势较低，所以降水量是从西向东减少。北疆平原区为150~200 mm，西部可达250~300 mm。南疆平原在70 mm以下，最少的托克逊只有7 mm。平原区的降水在北疆对农业有重要意义，夏季平原降水能供给作物水的一部分，如小麦从返青到成熟，降水能满足的需水量阿勒泰为27%、塔城为56%、伊犁为45%、乌鲁木齐为29%。冬季北疆降水量，占全年的25%~40%，积雪厚度达5~25 cm，既有利于小麦越冬，也为冬麦返青提供了水分。南疆平原降水稀少，对农业供水没有多大意义，作物出苗期间的微量降水，还可能引起土壤返碱。新疆的山区降水较多，年降水量为400 mm以上的大降水中心均集中在山区。天山被称为荒漠中的湿岛。北疆中山带以上年降水量为400~600 mm。伊犁谷地个别迎风坡可达1000 mm。天山南坡中山带以上年降水量为300~500 mm。昆仑山北坡年降水一般为200~300 mm，局部迎风坡可达500 mm。夏季山区降水直接形成径流，汇入河道，是农业灌溉的主要水源。新疆农田用水80%来自河流。冬季山区积雪，次年春季冰雪融化，成为春季河流主要的水源。

在热量方面，因阿尔泰山山势较低，北方的干冷气流可以到达北疆，而天山又阻挡了它的南侵，因此南北疆差别较大。天山以北为寒温带。北疆冬季漫长严寒，年平均气温为6~7℃。冷月（1月）为零下15~20℃。青河县城极值最低气温为零下49.7℃（1962年3月2日的纪录）。无霜冻期北疆平原一般为150 d左右。南疆年平均气温在10℃以上。1月平均气温多为零下8~10℃，无霜冻期为200~250 d。夏季南北疆温度差别不大，7月平均气温为22~26℃。4~9月平均气温，除北疆北部外，一般都高于同纬度其他地区。吐鲁番盆地地势低洼，周围高山环绕，6—8月平均气温均在30℃以上，极值最高气温为47.6℃，是中国夏季最炎热的地方，被称为"火州"。由于空气水分含量低，地面覆盖度小，容易受热和散热，气温差较大，年平均日较差11~15℃，最大日较差20℃以上，所以新疆有"早穿皮袄午穿纱"的谚语。白天温度高，作物同化作用加快，夜间温度低，作物呼吸作用缓慢，有利于营养物质积累，所以新疆瓜果比较甜。

2. 森林资源状况

据第六次全国森林资源清查（1999—2003年）统计，新疆维吾尔自治区森林覆盖率2.94%，林地总面积608.46万 hm²。有林地面积180.73万 hm²，其中林分面积156.16万 hm²、经济林面积24.57万 hm²、疏林地25.76万 hm²、灌木林地304.90万 hm²、未成林地1.92万 hm²、苗圃地1.32万 hm²。无林地面积93.83万 hm²，其中宜林荒山55.73万 hm²。

3. 森林生态系统服务功能评估结果

"九五"和"十五"期间新疆维吾尔自治区森林生态系统服务功能物质量见表3-30。与"九五"期间相比，"十五"期间涵养水源量、固土量、减少土壤中N损失量、减少土壤中P损失量、减少土壤中K损失量、减少土壤中有机质损失量、固碳量、释放氧气量、林木积累N量、林木积累P量、林木积累K量、提供负离子数量、吸收二氧化硫量、吸收氟化物量、吸收氮氧化物量、滞尘量分别上升了76.27%、63.39%、22.91%、94.52%、46.53%、7.30%、33.74%、39.77%、40.04%、22.02%、46.38%、22.46%、59.27%、44.03%、82.03%和51.88%。"九五"到"十五"期间森林面积增加了82.03%，因此影响森林生态系统服务功能实物量增长的主要因素是面积变化，其次是林分类型面积变化。

表 3-30 "九五"和"十五"期间新疆维吾尔自治区森林生态系统服务功能物质量

功能类别	指 标	"九五"期间	"十五"期间	增长率/%
涵养水源/(亿 m³·a⁻¹)	调节水量	21.87	38.55	76.27
保育土壤/(万 t·a⁻¹)	固土	1 243.73	2 032.17	63.39
	N	4.54	5.58	22.91
	P	0.73	1.42	94.52
	K	13.39	19.62	46.53
	有机质	15.88	17.04	7.30

功能类别	指　标	"九五"期间	"十五"期间	增长率/%
固碳释氧/(万 t·a^{-1})	固碳	274.66	367.34	33.74
	释氧	812.53	1 135.65	39.77
积累营养物质/(万 t·a^{-1})	N	9.99	13.99	40.04
	P	1.68	2.05	22.02
	K	8.97	13.13	46.38
净化大气环境	提供负离子/(10^{25}个·a^{-1})	1.87	2.29	22.46
	吸收 SO$_2$/(万 kg·a^{-1})	35 999.74	57 336.78	59.27
	吸收 HF/(万 kg·a^{-1})	563.62	811.78	44.03
	吸收 NO$_x$/(万 kg·a^{-1})	1 600.68	2 913.78	82.03
	滞尘/(亿 kg·a^{-1})	494.33	750.80	51.88

主要参考文献

安徽省人民政府办公厅.2009-04-06.走进安徽.http：//www.ah.gov.cn/zjah/maindisp.asp? kind=zrzy &secname=dlzy

北京市人民政府.2009-04-06.北京风貌.http：//www.beijing.gov.cn/rwbj/bjgm/bjfm/t648265.htm

重庆市人民政府办公厅.2009-04-06.重庆概况.http：//www.cq.gov.cn/cqgk/zrdl/

福建省人民政府办公厅.2009-04-06.八闽大地.http：//www.fujian.gov.cn/bmdd/

广东省人民政府办公厅.2009-10-05.省情概况.http：//www.gd.gov.cn/gdgk/

广西壮族自治区人民政府.2009-10-05.地理环境.http：//www.gxzf.gov.cn/gxzf_gxgk/gxgk_dlhj/

贵州省人民政府办公厅.2009-10-05.贵州概况.http：//www.gzgov.gov.cn/2005pages/gzgk/gzgk_xzqh.asp

国家林业局.1999.中国林业统计年鉴（1998）.北京：中国林业出版社

国家林业局.2004.中国林业统计年鉴（2003）.北京：中国林业出版社

国家林业局森林资源管理司.2000.全国森林资源统计（1994—1998）.北京：国家林业局森林资源管理司

国家林业局森林资源管理司.2005.全国森林资源统计（1999—2003）.北京：国家林业局森林资源管理司

海南省人民政府办公厅.2009-04-06.海南概览.http：//www.hainan.gov.cn/code/V3/zjhn.php

河北省政府办公厅.2009-04-06.概况概览.http：//www.hebei.gov.cn/gaikuang/index.htm

河南省人民政府办公厅.2009-04-06.河南概况.http：//www.henan.gov.cn/hngk/

黑龙江省人民政府.2009-04-06.走进黑龙江.http：//www.hlj.gov.cn/zjhlj/

湖北省人民政府办公厅.2009-04-06.湖北概况.http：//www.hubei.gov.cn/hbgk/index.shtml

湖南省人民政府.2009-04-06.网上湖南.http：//www.hunan.gov.cn/wshn/

吉林省人民政府.2009-04-06.地理气候.http：//www.jl.gov.cn/jlsq/dlqh/index.htm

江苏省人民政府.2009-04-06.走进江苏.http：//www.js.gov.cn/zoujinjiangsu/

江西省人民政府办公厅.2009-04-06.江西概况.http：//www.jiangxi.gov.cn/dtxx/jxgk/

辽宁省人民政府办公厅.2009-04-06.走进辽宁.http：//www.ln.gov.cn/zjln/

内蒙古自治区人民政府办公厅.2009-04-06.走进内蒙古.http：//www.nmg.gov.cn/intonmg/

宁夏回族自治区人民政府办公厅.2009-04-06.宁夏概览.http：//www.nx.gov.cn/structure/nxgl/g.htm

青海省人民政府办公厅.2009-04-06.青海概况.http：//www.qh.gov.cn/qhgk.html

山东省人民政府.2009-04-06.自然环境.http：//www.sd.gov.cn/col/col108/index.html

山西省人民政府.2009-04-06.走进山西.http：//www.shanxigov.cn/n16/n8319541/n8319597/index.html

陕西省政府办公厅.2009-04-06.省情概况.http：//www.sxsdq.cn/sqgk/

上海市人民政府.2009-04-06.上海概览.http：//www.shanghai.gov.cn/shanghai/node2314/node3766/node3773/index.html

四川省人民政府办公厅.2009-04-06.四川概况.http：//www.sc.gov.cn/scgkl/index.shtml

天津市人民政府办公厅.2009-04-06.自然地理.http：//www.tj.gov.cn/zjtj/zrdl/zrdl/

王兵，杨锋伟，郭浩等.2008.森林生态系统服务功能评估规范（LY/T 1721—2008）.北京：中国标准出版社

西藏自治区人民政府.2009-04-06.西藏自治区概况.http：//www.xizang.gov.cn/getCommonContent.do?

新疆维吾尔自治区人民政府办公厅.2009-04-06.新疆概况.http：//www.xinjiang.gov.cn/

云南省人民政府.2009-04-06.省情.http：//www.yn.gov.cn/yunnan，china/74593067851579392/index.html

浙江省人民政府办公厅.2009-04-06.浙江概况.http：//www.zj.gov.cn/gb/zjnew/node3/node6/index.html

中共甘肃省委员会和甘肃省人民政府.2009-04-06.甘肃概览.http：//www.gansu.gov.cn/GsgIItem.asp

第四章 南方雨雪冰冻灾害区森林受灾状况及生态服务功能损失评估研究

2008年1月12日至2月6日，受极端天气的影响，我国遭受了特大雨雪冰冻灾害。这次雨雪冰冻灾害是我国有气象记录以来灾害损失最惨重的一次，持续时间之长、影响范围之广、危害程度之深、受灾情况之重，实属历史罕见，给林业造成了巨大损失，涉及江苏、浙江、安徽、福建、江西、河南、湖北、湖南、广东、广西、海南、重庆、四川、贵州、云南、青海、陕西、甘肃、新疆19个省（自治区、直辖市）的1370个县、2140个国有林场、1158个国有苗圃、800多处自然保护区。在受灾的1370个县中，重度受灾的320个，中度受灾的502个，轻度受灾的548个。冻死冻伤国家重点保护野生动物3万只（头）。本次雨雪冰冻灾害是新中国成立以来森林资源遭受的最大自然灾害之一，其中90%以上的受灾面积分布在南方。

灾害发生后，国家林业局于2月立即组织有关专家和技术人员，对受雨雪冰冻灾害的森林资源损失进行了初步评估。在初步评估的基础上，3月组织有关专家，研究制定了《雨雪冰冻灾害森林资源损失调查评估实施方案》，部署组织有关各省、国家林业局直属院和有关科研院校近3万名专家和技术人员，启动了全面调查评估工作。外业调查评估工作自3月开始，历时3个多月，深入19省（自治区、直辖市）1370个县级单位的22.8万个调查地块，全面调查了森林资源受灾面积、林（竹、苗）木损失情况，客观评估灾害损失及其影响，调查面积达2193万亩[①]；5月指导有关各省完成省级调查评估成果，并开展了全国统计汇总工作；6月10日以来，根据雨雪冰冻灾害全面调查评估的统计结果，资源司组织对森林资源灾害损失情况进行了汇总分析，形成了《雨雪冰冻灾害森林资源损失评估报告》。

调查评估汇总结果表明，雨雪冰冻灾害受灾林地面积29 114.55万亩，其中受灾森林面积26 473.59万亩，受灾未成林造林地面积2565.97万亩，受灾苗圃地面积74.99万亩。损失森林面积3528.05万亩，损失森林蓄积3.40亿m^3，损失竹子38.02亿株，损失苗木33.74亿株，森林资源直接经济损失价值达621亿元。

受灾区域的森林生态系统结构和功能也遭到了极大破坏，但其影响程度究竟有多大尚不清楚，因此开展受损生态系统服务功能评估研究，客观评定雨雪冰冻灾害损失，对于准确掌握我国森林生态系统受损状况以采取合理的森林植被恢复措施，探讨气候变化情况下森林植被应对重大自然灾害预警机制等方面具有重要意义。

第一节 雨雪冰冻灾害及受损森林区域概况

2008年1月中下旬，受冷暖空气共同影响，我国出现4次明显的雨雪天气过程，河南、湖北、安徽、江苏、湖南和江西西北部、浙江北部出现大到暴雪；湖南、贵州、安徽南部和江西等地出现冻雨或冰冻天气。4次过程出现时段分别为：1月10—16日、18—22日、25—29日和31日至2月2日。4次天气过程导致降雨（雪）量主要集中在长江中下游、华南大部及云南西北部等地，这些区域的累积降水量达50～100 mm。与常年同期相比，长江以北大部分地区、江南南部、华南大部及云南西部、西藏东南部及西部等地降水偏多1～2倍，部分地区超过2倍。我国西北和中东部地区平均气温普遍较常年同期偏低1～4℃。其中湖南、湖北大部、江西西北部、安徽中南部、贵州中部等地冰冻日数达10～20 d。2007—2008年冬季长江中下游及贵州连续低温（日平均气温小于1℃）最长连续日数为18.7 d和最长连续冰冻日数为9.9 d，为历史最大值。拉尼娜事件所造成的大气环流异常是导

---

① 1亩≈666.7 m²。

致持续低温雨雪冰冻灾害的重要原因。

在 19 个受灾省（自治区、直辖市）中，绝大多数位于亚热带区域，区内气候属典型的季风亚热带气候，年平均气温 16～18℃，年降水量 900～2000 mm。地带性植被类型常绿阔叶林，是全球生物多样性最丰富的地区之一。树种组成以壳斗科、樟科、山茶科、山矾科为主。目前植被类型主要有常绿阔叶林、毛竹（*Phyllostachys edulis*）林、马尾松（*Pinus massoniana*）林、杉木（*Cunninghamia lanceolata*）林、国外松林等。

亚热带地区雨量充沛，温度较高，树木生长迅速，是我国主要的用材林基地，也是人工林面积较大、林木质量最好的地区。人工林中绝大多数是针叶树纯林，抗干扰能力差。特别是引进的国外松，如湿地松（*Pinus elliottii*），生长迅速，但材质较差，遭遇风折、雪压等灾害易造成巨大损失。

第二节　雨雪冰冻灾害森林生态系统受灾状况及服务功能损失调查方法

一、森林生态系统受灾状况调查

根据国家林业局《雨雪冰冻灾害森林资源损失调查评估实施方案》开展森林生态系统受灾状况调查，其具体调查方法如下。

1. 灾情调查

以县为单位，在受灾范围内抽取调查小班、区划受灾地块、设置标准地，调查受灾区域内马尾松、国外松、杉木、桉树（*Eucalyptus* spp.）、杨树（*Populus* spp.）等树种以及竹林、经济林、未成林造林地和苗圃地的受灾面积，林（竹、苗）木的受损类型、程度、损失量（蓄积、株数），以及不同权属、起源、林种和海拔、坡向、坡度的受灾情况。

2. 标准地设置和调查

按照调查地块面积确定设置标准地的数量，调查地块面积小于 50 亩的不少于 1 块、50 亩至 100 亩的不少于 2 块、大于 100 亩的不少于 3 块。综合调查地块内林木受损情况，选取代表调查地块受灾状况的地方设置标准地。标准地面积为 1 亩，形状为方形或长方形，未成林造林地和林带可采用样线或样带。记载标准地或样地（带）地理坐标。

林分：在标准地内进行每木检尺，调查记载优势树种（组）以及林木径阶、受损类型、林木质量等因子。对已清理的林木，根据伐根地径推算胸径，确定径阶，受损类型按冻死、林木质量按半商品用材树记载。

竹林：调查记载标准地内竹子的竹种和各受损类型的株数。

经济林：调查记载标准地内树种、果期、受损类型等因子，结合经济林林木受损类型和结果枝受损比例确定经济林减产比例。

未成林造林地：调查记载标准地内每株林（苗）木的树种、受损类型。

苗圃：参照地方有关苗木调查方法设置标准地进行调查，调查记载标准地内各类苗木的树种、苗龄、株数和各受损类型苗木比例。

3. 林木损失程度等级划分

林木损失程度等级根据林木损失株数或蓄积比例确定，竹林、经济林、未成林造林地、苗圃的损失程度等级根据损失株数比例确定。等级划分标准如下。

1) 损失比例≥90％时，损失程度等级为"全部损失"；

2) 60％≤损失比例＜90％时，损失程度等级为"重"；

3) 30％≤损失比例＜60％时，损失程度等级为"中"；

4) 10％≤损失比例＜30％时，损失程度等级为"轻"。

损失比例＝损失株数（蓄积）/总株数（蓄积）。

二、受损森林生态系统服务功能评估方法

采用中华人民共和国林业行业标准《森林生态系统服务功能评估规范》（LY/T 1721—2008）的评估方法，分别计算雨雪冰冻灾害受损森林生态系统损失的水源涵养、保育土壤、固碳释氧、净化大气环境和生物多样性保护5个主要服务功能的价值量。

受损森林生态系统服务功能损失的价值量评估采用分布式计算方法，按林分类型、省（自治区、直辖市）、损失程度分别计算，各省（自治区、直辖市）林分类型价值量合计为各省的森林生态系统服务功能损失的价值量，19个省（自治区、直辖市）之和为全国森林生态系统服务功能损失的价值量。损失程度不同的林分类型生态服务功能按以下方法计算：

冰雪灾害全部损失的按生态服务功能损失80%计算其价值。受灾程度为重、中、轻的林分类型，分别按生态服务功能损失60%、40%、20%计算其价值。未成林造林地、苗圃不计算生态服务功能价值。

第三节　雨雪冰冻灾害受灾状况分析

一、全国受灾情况

此次雨雪冰冻灾害共有19个省（自治区、直辖市）受灾，全国林业总受灾面积为1962.03万 hm²，占19个省（自治区、直辖市）有林地面积的18.38%。从受灾类型上看，林分受灾面积为1396.13万 hm²，占全国林业总受灾面积的71.16%；经济林受灾面积为160.95万 hm²，占8.20%；未成林受灾面积为156.80万 hm²，占7.99%；竹林受灾面积为242.58万 hm²，占12.36%；苗圃地受灾面积为5.57万 hm²，占0.28%。其中林分损失面积最大，相当于全国2006年人工造林总面积的90%。

从受灾程度（表4-1）上看，全部损失的占15.65%；重度损失的占21.94%；中度损失的占30.04%；轻度损失的占32.37%，轻度损失所占比例最大。

表4-1　雨雪冰冻灾害中国森林受灾程度统计表

项目	全部损失	重度	中度	轻度
面积/hm²	3 070 916	4 304 236	5 893 514	6 351 634
比例/%	15.65	21.94	30.04	32.37

从林分受灾龄级上看，幼龄林有428.59万 hm²受灾，占林分受灾面积的30.70%；中龄林有558.91万 hm²受灾，占40.03%；近成熟林、成熟林和过熟林有408.63万 hm²受灾，占29.27%。从中可以看出，中龄林受灾最重。

二、雨雪冰冻灾害分布格局

从19个省（自治区、直辖市）受灾面积（图4-1）上看，湖南省受灾面积最大，为11.98万 hm²，占全国林业总受灾面积的22.37%；江西省次之，占全国林业总受灾面积的20.61%；云南省位于第三位，占全国林业总受灾面积的8.44%，占云南省有林地面积1501.5万 hm²的11.03%；浙江排在第四位，占全国林业总受灾面积的7.88%；湖北排在第五位，占全国林业总受灾面积的7.79%；广西排在第六位，占全国林业总受灾面积的7.72%；贵州排在第七位，占全国林业总受灾面积的5.56%，占贵州省有林地面积420.15万 hm²的25.94%；安徽排在第八位，占全国林业总受灾面积的3.78%。江苏、海南、青海位于后三位，损失面积较小。

从受灾面积与有林地面积比例上看，湖南省最大，为有林地面积860.15万 hm²的51.02%；江西省次之，为有林地面积930.75万 hm²的43.44%；湖北省第三，为30.75%；浙江省第四，为27.90%；贵州省第五，为25.94%；安徽省第六，为22.89%；广西壮族自治区第七，为15.44%；甘肃省第八，为14.90%；重庆市第九，为14.67%；云南省第十，为11.03%。陕西、海南、青海位于后三位，比例均在2%以下。

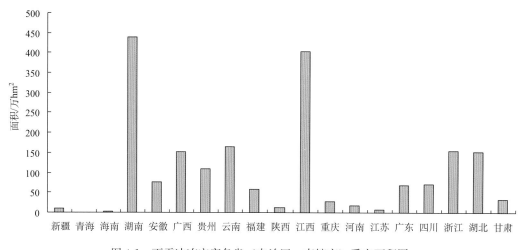

图 4-1　雨雪冰冻灾害各省（自治区、直辖市）受灾面积图

三、雨雪冰冻灾害与林分类型的关系

本次调查评估按乔木林（不含乔木经济林，下同）、竹林、经济林、未成林造林地、苗圃地等5种类型调查损失情况。各种类型受灾情况如下。

1. 乔木林

受灾面积达 20 218.44 万亩，损失面积 2900.61 万亩，损失蓄积 33 962.09 万 m³。乔木林是主要受灾地类，受灾重，影响深。受灾面积占林地受灾面积的 69.44%，其中 14.35% 的面积因灾变为无林地或疏林地，导致区域性森林覆盖率下降。林木受损形式主要是腰折、翻蔸、冻死。在腰折严重地段，只剩下光秃秃的树干，被当地群众戏称为"牙签"。

南方是我国速生丰产用材林的重要基地，本次灾害造成一些速生树种损失惨重。马尾松、杉木树种（组）受灾面积最大，损失蓄积最多。马尾松、杉木树种（组）受灾面积分别为 6032.26 万亩和 5447.96 万亩，分别占受灾乔木林面积 29.84% 和 26.95%，两树种受灾面积占受灾乔木林面积 56.79%。马尾松、杉木树种（组）损失蓄积分别为 9772.49 万 m³ 和 10 751.07 万 m³，分别占乔木林损失蓄积 28.77% 和 31.66%，两树种受灾面积占乔木林损失蓄积的 60.43%。

2. 竹林

受灾面积 3638.71 万亩，占受灾林地面积的 12.50%。受灾面积中损失面积 217.50 万亩，损失株数 380 184.58 万株。

竹林是森林资源的重要组成部分，集生态效益、经济效益和社会效益于一体，也是林农的重要经济来源。人们一直以来对竹林有着很深的情结，不仅把它作为生活的重要依托，也赋予了竹林丰厚的文化底蕴。大面积竹林受损，是资源、经济的损失，也是人们在森林文化需求上的一种损失。

3. 经济林

经济林是森林资源的重要组成部分，是增加农民收入的重要生产资料与依靠。这次雨雪冰冻灾害中，经济林也遭受了较大灾害。灾区经济林受灾面积 2616.44 万亩，占受灾林地面积的 8.99%。其中重度受灾 843.94 万亩，中度受灾 743.95 万亩，轻度受灾 1028.55 万亩。损失面积 409.94 万亩。

4. 未成林造林地

未成林造林地是我国重要的后备森林资源。目前，现存的未成林造林地大部分是我国实施天然林资源保护工程、退耕还林工程、长江等防护林体系建设工程、速生丰产林工程造林地，还有部分为集体林权制度改革后，农民自筹资金投资造的林。这次雨雪冰冻灾害中，未成林造林地苗木大量冻伤、冻死。据调查，受灾面积 2565.97 万亩，占受灾林地面积的 8.81%。其中重度受灾 984.22 万亩，中度受灾 922.01 万亩，轻度受灾 659.74 万亩。损失面积 1050.89 万亩。

5. 苗圃地

受灾面积 74.99 万亩，占受灾林地面积的 0.26%，损失苗木 337 396.21 万株。苗圃是保障优良种苗供应的基础，特别是在灾后重建中，急需大量苗木对受灾地块进行补植补造。加大苗圃地建设力度，是尽快恢复森林植被的重要基础。

6. 林分类型

此次调查只划分为 9 个林分类型，即马尾松林、杉木林、国外松林、桉树林、杨树林、针阔混交林、其他乔木林、竹林和经济林，各林分类型受灾面积占总受灾面积比例调查结果见表 4-2。从中可以看出，此次雨雪冰冻灾害马尾松林受灾面积最大，为 444.96 万 hm²，占全国林分受灾总面积的 31.87%，有 15 个省（自治区、直辖市）的马尾松林受灾；其他乔木林次之，为 275.05 万 hm²，占林分受灾总面积的 19.70%，共有 14 个省（自治区、直辖市）的其他乔木林受灾；杉木林第三，为 252.84 万 hm²，占林分受灾总面积的 18.11%，共有 14 个省（自治区、直辖市）的杉木林受灾；竹林第四，为 170.75 万 hm²，占林分受灾总面积的 12.23%，共有 15 个省（自治区、直辖市）的竹林受灾；经济林第五，为 113.23 万 hm²，占林分受灾总面积的 8.11%，共有 17 个省（自治区、直辖市）的经济林受灾；针阔混交林第六，为 81.12 万 hm²，占林分受灾总面积的 5.81%，共有 15 个省（自治区、直辖市）的针阔混交林受灾；国外松林第七，为 42.02 万 hm²，占林分受灾总面积的 3.01%，共有 10 个省（自治区、直辖市）的针阔混交林受灾；桉树林第八，为 11.45 万 hm²，占林分受灾总面积的 0.82%，共有 7 个省（自治区、直辖市）的桉树林受灾；杨树林第九，为 4.75 万 hm²，占林分受灾总面积的 0.34%，共有 11 个省（自治区、直辖市）的杨树林受灾。

表 4-2　各林分类型受灾面积占全国总受灾面积比例和排序表

林分类型	马尾松林	国外松林	杉木林	桉树林	杨树林	针阔混交林	其他乔木林	竹林	经济林
比例/%	31.87	3.01	18.11	0.82	0.34	5.81	19.7	12.23	8.11
排序	1	7	3	8	9	6	2	4	5

四、森林资源直接经济损失

直接经济损失指的是雨雪冰冻灾害对森林资源存量造成的经济损失，包括形成森林资源的各种投入。经测算，19 个省（自治区、直辖市）森林资源直接经济损失 621 亿元。其中：湖南、江西、四川、云南、广西、贵州和湖北 7 省（自治区）损失比较大，合计超过直接经济损失总量的 75%。

在直接经济损失中，乔木林 374.31 亿元，占 60.28%；经济林 1.63 亿元，占 0.26%；竹林 154.66 亿元，占 24.91%；未成林造林地 45.60 亿元，占 7.34%；苗圃地 44.80 亿元，占 7.21%。

在乔木林直接经济损失中，幼龄林 31.11 亿元，占 8.31%；中龄林 246.92 亿元，占 65.97%；近成过熟林 96.29 亿元，占 25.72%。

五、森林资源受灾特点

1. 山区比平原、丘陵受灾程度重，面积大

山区因地形等自然条件的影响，常常形成局部小气候，气温等气象因素往往低于平原地区，罕见的低温雨雪冰冻灾害更是加剧了这种现象，使得山区森林资源损失总体大于平原、丘陵地区。例如，湖南省山区森林资源的受灾面积为 3287.60 万亩，占湖南省受灾面积的 67.24%；丘陵 1577.77 万亩，占 32.27%；平原 23.97 万亩，占 0.49%。

2. 针叶树比阔叶树受灾严重，外来树种比乡土树种受灾严重

乔木林受灾面积中，针叶树占 60.76%、针阔混交林及阔叶树占 39.24%，针叶树受灾比较严重。部分外来树种因在本地栽种历史相对较短，没有经受过本土各种极端气候条件的锻炼，对极端天气的承受能力明显弱于乡土树种，从而遭受雨雪冰冻灾害影响也大于乡土树种。例如，广西博白、富川等县只有桉树受害，其余乡土树种无一受损。这种情况在其他受灾省亦有类似表现。

3. 中龄林比幼、近成熟林受灾严重，人工林比天然林受灾严重

在乔木林受灾面积中，中龄林占 39.98%、幼龄林占 30.51%、近成过熟林占 29.51%，中龄林

比幼、近成熟林受灾严重。相同树种、相似条件下，由于中龄林处于生命旺盛期，树冠大，拦截的雨雪多，加上木质化程度较成熟林低，抗灾能力差。幼龄林则由于冠幅小，积聚的冰雪数量较少。而成熟林径高比大、木质化程度高，抗灾害能力相对较好。例如，四川省古蔺县古蔺林场柳杉相邻两个中龄林和幼龄林小班，在相似的自然条件下，中龄林严重受损，而幼龄林则基本未受损。

在同等自然条件下，人工林比天然林受灾严重。与天然林相比，人工林生长速度快，木质化程度低，加之其密度大，径高比小，树干承受冰雪压力的能力差，容易出现腰折、断梢。例如，四川省宜宾市珙县全县 16 万亩受灾面积有 95％以上为人工林，其中人工柳杉林严重受灾面积就达到 7 万亩。

4. 经营措施不当影响受灾程度

经调查分析，不及时或超强度抚育、超强度采脂、不适地适树等不当的经营措施造成森林树种组成单一、龄组结构失衡，森林生态功能不稳定，以致抵抗灾害能力脆弱，加重了受灾程度。例如，四川省古蔺县水口镇的马尾松林因过度采脂，林木 70％以上从采脂口发生腰折，而正常林分的受损程度则明显较轻，林木发生腰折比例在 20％以下。

抚育间伐强度和抚育时间也与林木受损程度有一定关系。抚育强度过大的林分受灾程度明显较重。如古蔺县水口镇中坪村马尾松中龄林相邻两个小班，一个小班抚育间伐强度在 15％以下，林木受损轻微；另一小班抚育间伐强度在 30％左右，本次林木受损比例高达 60％以上。此外，抚育间伐距离雪灾发生的时间与林木受损程度也有密切关系，上年度刚刚开展抚育的林分因其尚未完成新的一轮粗生长，林木受损程度比未抚育间伐的林分还要重。抚育间伐距离雪灾发生的时间越长，受灾程度越轻。一般距雪灾发生时间 3 年以上的林分，其受损程度则明显轻于未抚育间伐的林分。因此，在抚育间伐中坚持"少量多次"的原则有利于提高森林抵御自然灾害的能力。

另外，不适地适树也是导致森林严重受灾的重要原因。例如，四川省泸州市引进麻风树实施大面积人工造林，造成南树过度北移，本次几乎全部冻死，遭受了毁灭性损失。

5. 乔木林以机械损伤为主，经济林以低温冻害为主

本次灾害中，雪压造成的大量机械损伤，使木材商品价值严重损毁。受灾乔木林以腰折影响蓄积为主，占损失蓄积的 65.65％；断梢影响蓄积次之，占损失蓄积的 25.72％；冻死影响蓄积最小，占损失蓄积的 6.37％。竹林以爆裂为主，占受灾株数的 71.15％；翻蔸次之，占受灾株数的 16.47％；冻死株数占受灾株数 12.48％。经济林以冻死为主，占受灾株数的 55.30％；折枝株数次之，占受灾株数 22.24％；翻蔸株数占受灾株数 17.65％；劈裂株数仅占受灾株数的 4.81％。未成林造林地以冻死为主，占受灾株数的 75.39％；冻伤株数次之，占受灾株数的 24.61％。苗圃地以冻死为主，占受灾株数的 59.62％；冻伤株数次之，占受灾株数的 40.38％。苗木幼小，根系较浅，木质化程度低，生命力弱，在极端低温条件下容易冻伤。

第四节　受损森林生态系统服务功能价值量评估

依据中华人民共和国林业行业标准《森林生态系统服务功能评估规范》（LY/T 1721—2008）中涵养水源、保育土壤、固碳释氧、净化大气环境和生物多样性保护 5 个主要服务功能的评估公式、19 个省（自治区、直辖市）受灾状况数据、国家权威部分发布的社会公共数据及森林生态系统定位研究网络（CFERN）所属台站在各有关省（自治区、直辖市）多年长期连续观测数据，得到如下受损森林生态系统服务功能价值量评估结果。

一、损失的森林生态系统服务功能总价值量

计算结果表明，雨雪冰冻灾害造成的全国 19 个省（自治区、直辖市）损失的生态服务功能价值量为 6365.60 亿元·a^{-1}，其中涵养水源、保育土壤、固碳释氧、净化大气环境和生物多样性保护五个主要服务功能的比例见图 4-2。可以看出，涵养水源功能损失的价值量最大，占损失总价值量的 34％；生物多样性保护功能次之，占 32％；固碳释氧功能位于第三位，占 20％；第四是保育土壤功能，占 8％；最后是净化大环境功能，仅占 6％。

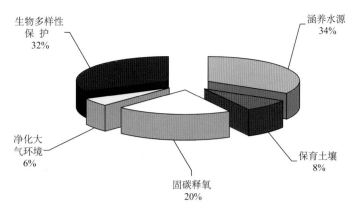

图 4-2　受损森林生态系统服务功能损失的价值量分布

这次雨雪冰冻灾害集中发生在我国森林生态系统良好、生物多样性最为丰富、生态区位最为重要的大江大河流域。因此，灾害对这些区域的生态效益影响较大，导致天然林保护、退耕还林等林业重点工程遭到严重破坏，也极大地削弱和减少了森林水土保持、水源涵养、固碳和生物多样性等生态功能。

1．涵养水源价值损失

森林具有削洪补枯、储蓄降水、净化水质等涵养水源功能。雨雪冰冻导致林木腰折、翻蔸、断梢、折枝后，大大削弱了森林对降水的阻拦作用，增加了洪水流量与洪峰流量，减少了产汇流时间，从而导致森林涵养水源功能下降，水源涵养功能价值造成较大损失。据测算，雨雪冰冻灾害导致森林涵养水源功能价值损失达 2143 亿元。

2．保育土壤价值损失

保育土壤是森林最重要的生态服务功能之一。雨雪冰冻灾害导致森林植被遭到破坏，特别是严重受损的林分经清理后，森林水土保持功能降低，地表土壤容易被水侵蚀，极易发生水土流失。同时，流失掉的泥沙会淤塞河道，使受灾当地防洪清淤的工程量增大，还会导致土壤肥力的流失。据测算，雨雪冰冻灾害导致 19 省（自治区、直辖市）森林保育土壤功能价值损失达 531 亿元。

3．固碳释氧与碳储量价值损失

森林资源具有固持二氧化碳、释放氧气功能。在全球温室效应加剧的情况下，森林固碳释氧功能对维持地球大气中的 CO_2 和 O_2 的动态平衡，减少温室效应，提供人类生存基础，有着巨大而不可替代的作用。本次雨雪冰冻灾害导致各省（自治区、直辖市）森林资源受损，一方面使得森林固碳释氧的功能降低或消失；另一方面，冰雪灾害导致 3.40 亿 m^3 森林蓄积损失，一定区域范围内的森林蓄积量下降，大量生物量丢失在森林中，有可能引发森林火灾，造成大面积碳汇转变为碳源，森林固碳能力降低，碳储量受到严重影响。经估算，本次雨雪冰冻灾害导致 19 省（自治区、直辖市）森林固碳释氧功能损失 1281 亿元，碳储量损失 2280 亿元。

4．净化大气环境价值损失

森林具有吸收污染物、滞尘的作用，能不同程度地拦截、吸收和富集污染物质。有的污染物质被吸收后，经过植物代谢作用还能逐步解毒。本次雨雪冰冻灾害导致森林大面积受灾，大量林木蓄积损失，相应其净化大气功能也受到不同程度减弱或损失。经估算，本次雨雪冰冻灾害导致 19 省（自治区、直辖市）森林净化大气环境价值损失 351 亿元。

5．生物多样性保护价值损失

生物多样性（biodiversity）是指一定范围内多种多样活的有机体（动物、植物、微生物）有规律地结合所构成稳定的生态综合体，是生物及其与环境形成的生态复合体以及与此相关的各种生态过程的总和。生物多样性具有直接使用价值、间接使用价值和潜在使用价值。

雨雪冰冻灾害导致林木主干折断，甚至连根拔起，上层林木树冠密度不同程度降低，下木也存在主干和枝条折断的现象，草本层也将大面积枯死，森林的垂直结构发生很大变化，生物量大为减少，野生动物栖息地质量下降或丧失，不但减少了提供直接原材料的价值，对原有森林所具有的生态功能以及潜在使用价值更是具有明显的影响，生物多样性价值损失较大。通过受灾前后 Shannon-Wiener 指数的变化，采用面积、指数加权平均，得到 19 省（自治区、直辖市）森林生态系统生物多样性价值损失为 2049 亿元。

二、森林生态系统服务功能损失价值量分布格局

雨雪冰冻灾害各省（自治区、直辖市）损失的森林生态系统服务功能价值占全国总价值的比例见图 4-3。可以看出，位于第一位是湖南省，占全国损失总价值的 24.75%；位于第二位的是江西省，占全国损失总价值的 19.22%；第三位是广西壮族自治区，占全国损失总价值的 11.86%；第四位是云南省，占 7.25%；浙江省和广东省并列第五位，占 6.69%。第七位到第十九位分别是福建省、湖北省、贵州省、四川省、安徽省、重庆市、河南省、甘肃省、新疆维吾尔自治区、陕西省、江苏省、海南省、青海省。

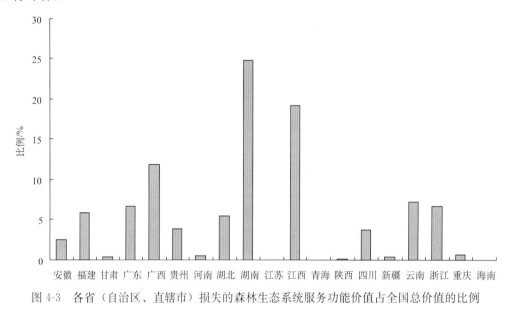

图 4-3　各省（自治区、直辖市）损失的森林生态系统服务功能价值占全国总价值的比例

三、森林生态系统服务功能损失价值量与林分类型关系

从各省（自治区、直辖市）雨雪冰冻灾害不同林分类型损失的生态服务功能来看，马尾松、杉木是重点受灾省的主要乡土树种，数量大、分布广，此次受灾面积最大，损失情况也最为严重。19 省（自治区、直辖市）马尾松受灾面积 632.36 万 hm²，占马尾松林全国总面积 1739.20 万 hm² 的

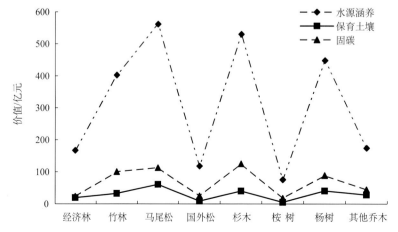

图 4-4　不同森林类型损失的水源涵养功能、保育土壤功能和固碳功能的价值量

36.36%，即 1/3 以上的全国马尾松林受灾；杉木林受灾面积 359.35 万 hm²，占全国杉木林面积 1381.59 万 hm² 的 26%，即 1/4 以上的杉木林受灾。受损马尾松林损失的生态服务功能价值量为 1570.16 亿元，受损杉木林损失的生态服务功能价值量为 1466.23 亿元。此次雨雪冰冻灾害不同林分类型损失的生态服务功能价值排序：马尾松＞杉木＞其他乔木＞竹林＞经济林＞针阔混交林＞国外松＞杨树＞桉树。不同林分类型损失的水源涵养功能、保育土壤功能和固碳功能的价值量见图 4-4。

第五节 南方雨雪冰冻灾害危害的严重性及其建议

此次雨雪冰冻灾害给灾区森林生态系统带来的损失十分巨大，大岗山国家级森林生态站几十年的固定样地几乎毁于一旦。27 年生的杉木密度林 70% 树冠折断，保留了 183 个种源 27 年生的种源试验林严重受损，定位试验观测被迫中断，由此带来的生态效益、经济效益和社会效益损失难以估计。受损严重的林分，采用人工恢复技术至少需要 20～40 年、天然恢复方法至少需要 40 年以上时间才能恢复到灾前水平。

通过以上计算分析，得出了如下结论与建议。

1. 雨雪冰冻灾害给森林资源带来了巨大损失，其影响会十分深远

此次雨雪冰冻灾害波及全国 19 个省（自治区、直辖市），占有林地面积的 18.38%，即近 1/5 的森林资源受害。其中全部损失的近 1/6，重度损失的超过了 1/5。湖南、江西、湖北、浙江、贵州损失最为严重，马尾松林、其他乔木林、杉木林、竹林和经济林受灾面积最大。受灾程度之深、受灾面积之大，为历史罕见。受灾林分恢复至少需要 20 年以上时间，建议根据不同林分类型受灾程度制定合适的植被恢复措施。

2. 雨雪冰冻灾害大大降低了森林生态系统服务功能

此次雨雪冰冻灾害造成的森林生态系统服务功能损失的价值为 6366 亿元·a⁻¹。森林生态系统服务功能五大功能损失的价值量排序为：水源涵养＞生物多样性保护＞固碳释氧＞保育土壤＞净化大气环境。各省（自治区、直辖市）损失的生态服务功能价值量排序为：湖南省＞江西省＞广西壮族自治区＞云南省＞浙江省＞广东省＞福建省＞湖北省＞贵州省＞四川省＞安徽省＞重庆市＞河南省＞甘肃省＞新疆维吾尔自治区＞陕西省＞江苏省＞海南省＞青海省。不同林分类型损失的生态服务功能价值排序为：马尾松＞杉木＞其他乔木＞竹林＞经济林＞针阔混交林＞国外松＞杨树＞桉树。因此，建议各省（自治区、直辖市）对森林生态系统服务功能恢复过程开展长期观测研究。

3. 雨雪冰冻灾害对森林资源的潜在影响尚需深入研究

众所周知，森林生态服务功能的范围极其广泛，但由于受科学技术水平、计量方法和观测手段的限制，目前尚无法对此次雨雪冰冻灾害受损森林生态系统服务每项功能都一一计量，因此本研究只是评估了受损森林生态系统的部分服务功能价值，但这一数值也足以说明了雨雪冰冻灾害对森林生态系统带来的危害及对其服务功能的伤害，建议有关部门加大投资力度，开展此方面的深入研究。

雨雪冰冻灾害对森林资源的潜在影响是一个长期的过程，因此本书评估结果所反映的雨雪冰冻灾害森林生态系统受灾状况以及灾害对森林生态系统服务功能的评估分析仅是初步的结果，尚需在长期连续定位观测基础上开展进一步的深入研究。

主要参考文献

高辉，孙丞虎，陈丽娟等．2008．2008 年 1 月我国大范围低温雨雪冰冻灾害分析Ⅱ．成因分析．气象，34（4）：101～106

郭浩，王兵，马向前等．2008．中国油松林生态服务功能评估．中国科学（C 辑：生命科学），38（6）：565～572

雷加富．2005．中国森林资源．北京：中国林业出版社

欧阳志云，王效科，苗鸿．1999．中国陆地生态系统服务功能及其生态经济价值的初步研究．生态学报，19（5）：607～613

祁承经，汤庚国．2005．树木学（南方本）．第 2 版．北京：中国林业出版社

王兵，杨锋伟，郭浩等．2008．森林生态系统服务功能评估规范（LY/T 1721—2008）．北京：中国标准出版社

王凌，高歌，张强等．2008．2008 年 1 月我国大范围低温雨雪冰冻灾害分析Ⅰ．气候特征与影响评估．气象，34（4）：95～100

许纪泉．2006．森林生态系统服务功能价值的评估．长春师范学院学报（自然科学版），25（3）：77～81

Bolund P，Hunhammar S. 1999. Ecosystem services in urban areas. Ecol Econ，29：293~301

Costanza R，d' Arge R，Rudolf de Groot et al. 1997. The value of the world's ecosystem services and natural capital. Nature，387：253~260

de Groot R S，Wilson M A，Boumans R M J. 2002. A typology for the classification description and valuation of ecosystem functions，goods and services. Ecological Economics，41：393~408

Ferraro P J，Kiss A. 2002. Direct payments to conserve biodiversity. Science，298：1718~1719

Freeman A. 2003. The Measurement of Environmental and Resource Values：Theory and Methods. 2nd ed. RFF，Washington，D C

Kumara M，Kumar P. 2008. Valuation of the ecosystem services：a psycho-cultural perspective. Ecological Economics，64（2）：808~819

Millennium Ecosystem Assessment. 2005. Ecosystems and Human Well-being：Synthesis. Washington，D C：Island Press

Pearce D，Turner K. 1990. Economics of Natural Resources and the Environment. New York：Harvester Wheat sheaf

Pimental D，Wilson C，McCullum C et al. 1997. Economic and environmental benefits of biodiversity. Bio Science，387：253~260

Pimentel D，Harvey C，Resosudarmo P. 1995. Environmental and economic costs of soil erosion and conservation benefits. Science，267：1117~1123

Spash C L，Vatn A. 2006. Transferring environmental value estimates：issues and alternatives. Ecological Economics，60（2）：379~388

第五章 江西省森林生态系统服务功能评估研究

第一节 不同栽植代数杉木林服务功能研究

杉木（*Cunninghamia lanceolata*）是我国中亚热带重要的造林树种，生长快，产量高，用途广，干形通直圆满，木材纹理通直，材质轻韧，强度适用，气味芳香，抗虫耐腐，是我国重要的商业用材。目前，我国杉木林面积达 1239.1 万 hm²，蓄积量为 47 357.33 万 m³，分别占全国人工林面积和蓄积的 26.55% 和 46.89%，杉木人工林是南方集体林区的主要林分类型之一，在缓解我国经济发展对木材需求增长的压力和支持天然林保护等重大生态工程的实施方面起着重要作用。马尾松（*Pinus massoniana* Lamb.）也是我国南方的主要造林树种，分布很广，适应性强，耐干旱瘠薄，被誉为荒山绿化的先锋树种。深入研究杉木人工林和马尾松人工林生态系统服务功能变化与经营措施的关系，对于揭示森林生态服务功能机理具有重要意义。

研究对象为江西省分宜县大岗山国家级森林生态站站区。地位指数为 16、栽植代数分别为 1、2、3 的杉木中龄人工纯林。

一、保育土壤功能

杉木人工林由天然阔叶林砍伐后人工种植形成，由于杉木人工林群落性质与天然阔叶林相比，在组成树种、植物种类以及在生物多样性方面均存在很大差别，加上造林经营人工林时的人为干扰，使林下土壤无论在物理性质、化学性质及生物学特性方面都发生了一系列变化。杉木人工林树种及群落结构单一，生物多样性差，随着杉木栽植代数增加，土壤肥力得不到补充，往往不利于林木生长。从第一代阔叶林砍伐，火烧清林，造林整地开始，直到第二代、第三代，土壤肥力总的发展趋势是不断恶化。

根据大岗山森林生态站 15 块样地土壤物理性质、土壤养分等 23 项指标主分量分析结果，土壤物理性质在第一主分量占有较大的负荷量，表明土壤物理性质在第一代及第二代林之间，以及不同林分发育阶段之间存在较大的变化。第二代杉木林土壤容重普遍提高，毛管持水量及非毛管孔隙度下降。有机质含量二代和三代林是降低的，全氮、全磷、全钾含量也是减少的。

表 5-1 是大岗山不同代数杉木人工林的土壤平均容重、土壤侵蚀模数、养分元素含量等相关指标参数。无林地土壤年侵蚀模数为 17.66 t·hm⁻²·a⁻¹。

表 5-1 不同栽植代数杉木人工林土壤性质指标参数

代数	土壤侵蚀模数/ (t·hm⁻²·a⁻¹)	土壤容重/ (g·cm⁻³)	全氮/%	全磷/%	全钾/%	有机质/%
1	0.13	1.180	0.096	0.045	1.165	2.8
2	0.10	1.332	0.075	0.038	1.131	2.6
3	0.09	1.351	0.068	0.031	1.050	2.5

采用中华人民共和国林业行业标准《森林生态系统服务功能评估规范》（LY/T 1721—2008）的评估方法得到图 5-1 评估结果。可以看出，一、二、三代杉木人工林（中龄林）每年可以保肥量分别为，保氮肥：16.829 kg·hm⁻²·a⁻¹、13.170 kg·hm⁻²·a⁻¹、11.948 kg·hm⁻²·a⁻¹；保磷肥：7.889 kg·hm⁻²·a⁻¹、6.673 t·hm⁻²·a⁻¹、5.447 kg·hm⁻²·a⁻¹；保钾肥：204.225 kg·hm⁻²·a⁻¹、198.604 kg·hm⁻²·a⁻¹、184.485 kg·hm⁻²·a⁻¹；保有机质：490.840 kg·hm⁻²·a⁻¹、456.560 kg·hm⁻²·a⁻¹、439.250 kg·hm⁻²·a⁻¹。一、二、三代固土保肥单位面积总价值分别为：1470.28 元·hm⁻²·a⁻¹、1352.42 元·hm⁻²·a⁻¹、1244.20 元·hm⁻²·a⁻¹；二代比一代减少了 8.02%，三代比二代减少了 8.00%。

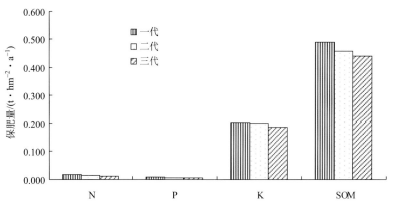

图 5-1 不同栽植代数杉木人工林 4 项功能物质量

二、固碳释氧功能

栽植代数对杉木林分净生产力有较大影响。据范少辉等（2003）研究表明，随栽植代数增加，不同地位指数及不同林龄杉木林分净生产力呈递减趋势。在 16 地位指数条件下，与一代杉木林相比，二代幼龄林、中龄林及成熟林林分净生产力分别下降 5.69％、11.60％和 1.43％，三代杉木林分别下降 49.15％、60.53％和 17.33％；三代杉木林分别比二代下降 46.08％、55.35％和 16.13％，二代不同林龄杉木林分净生产力降幅为 1.43％～11.60％，三代降幅为 17.33％～60.53％。同样，不同代数杉木林叶、枝、干、皮、根的年均净生产力也表现出随栽植代数增加而呈下降的趋势，说明连栽可明显影响杉木林分净生产力。

根据对 16 地位指数的中龄杉木林的测定，一、二、三代杉木人工林年净生产力分别为 10.260 t·hm^{-2}·a^{-1}、9.070 t·hm^{-2}·a^{-1}、4.050 t·hm^{-2}·a^{-1}。

根据中华人民共和国林业行业标准《森林生态系统服务功能评估规范》（LY/T 1721—2008）的评估方法计算得到不同代数杉木人工林年固碳量及其价值量（表 5-2）。结果表明：一、二、三代杉木人工林固碳量分别为：4.564 t·hm^{-2}·a^{-1}、4.034 t·hm^{-2}·a^{-1}和 1.801 t·hm^{-2}·a^{-1}；价值量分别为：5476.38 元·hm^{-2}·a^{-1}、4841.20 元·hm^{-2}·a^{-1}和 2161.73 元·hm^{-2}·a^{-1}。一代的物质量和价值量是二代的 1.13 倍，二代的物质量和价值量都是三代的 2.24 倍。计算得到不同代数杉木人工林释氧量及其价值量（表 5-2）。其动态变化规律与固碳量基本一致。

表 5-2 大岗山不同栽植代数固碳释氧量和价值量

代数	固碳量/ (t·hm^{-2}·a^{-1})	固碳价值量/ (元·hm^{-2}·a^{-1})	释氧量/ (t·hm^{-2}·a^{-1})	释氧价值量/ (元·hm^{-2}·a^{-1})
1	4.564	5 476.38	12.209	12 209.40
2	4.034	4 841.20	10.793	10 793.30
3	1.801	2 161.73	4.820	4 819.50

三、积累营养物质功能

不同栽植代数杉木各器官营养元素的浓度变化较为复杂、幼龄林杉木叶的氮、磷、钾、锰、锌、钙及枝的磷、钾、锌平均养分浓度随栽植代数增加呈递减趋势，而幼龄杉木叶的其他养分及中龄林和成熟林杉木各器官养分浓度随栽植代数的变化规律不明显。

研究表明，随地位指数增加，幼龄林及中龄林杉木叶氮、磷浓度呈增加趋势，说明随地位指数提高，林地土壤氮、磷的供应水平有所改善，但成熟林叶氮、磷浓度变化规律不明显。随林龄的提高，杉木叶和枝氮浓度呈增加趋势，而叶的其他营养元素浓度无明显规律。不同代数、地位指数及各林龄杉木各器官大量元素（氮、磷、钾、钙、镁）的浓度均以叶为最高，说明叶作为杉木的同化器官，在各器官中的生理功能最为活跃，枝和皮的养分浓度次之，干的养分浓度最小，说明杉木不同器官在生长过程中所起的作用不同，对不同养分的需求也不一样。

地位指数为16、不同栽植代数的中龄杉木林各营养元素（氮、磷、钾）含量见表5-3。

表 5-3　不同栽植代数杉木人工林林木营养元素

代数	N/%	P/%	K/%
1	0.330	0.082	0.390
2	0.366	0.079	0.393
3	0.391	0.070	0.374

根据中华人民共和国林业行业标准《森林生态系统服务功能评估规范》（LY/T 1721—2008）的评估方法计算得到一、二、三代杉木林积累营养物质量（表5-4）。可见随着代数的增加杉木林积累营养物质（氮、磷、钾）的呈逐渐减小趋势。一、二、三代杉木林的氮、磷、钾年增加总量分别为8.23 t·hm^{-2}·a^{-1}、7.60 t·hm^{-2}·a^{-1}、3.38 t·hm^{-2}·a^{-1}，二代比一代降低了7.59%，三代比二代降低了55.5%。

表 5-4　不同栽植代数杉木人工林积累林木营养元素量

代数	年增加 N 量/ (t·hm^{-2}·a^{-1})	年增加 P 量/ (t·hm^{-2}·a^{-1})	年增加 K 量/ (t·hm^{-2}·a^{-1})	N、P、K 年增加量/ (t·hm^{-2}·a^{-1})
1	3.39	0.84	4.00	8.23
2	3.32	0.72	3.56	7.60
3	1.58	0.28	1.51	3.38

根据农业部《中国农业信息网》（http：//www.agri.gov.cn）公布的化肥行情，2007年春季磷酸二铵平均价格（2400元·t^{-1}）、氯化钾平均价格（2200元·t^{-1}）。通过评估公式计算得到一、二、三代杉木林林木积累营养价值量分别为891.01元·hm^{-2}·a^{-1}、841.06元·hm^{-2}·a^{-1}和383.31元·hm^{-2}·a^{-1}，其排序为一代>二代>三代。

四、三大服务功能物质量的对比分析

为了比较三大服务功能价值量的大小，特把其价值量作成了柱状图5-2。可以看出，不同栽植代数杉木林人工林3项服务功能排序均为固碳释氧>保育土壤>积累营养物质。不同栽植代数杉木林（一、二、三代）3项功能合计价值量分别为20 047.07元·hm^{-2}·a^{-1}、17 827.99元·hm^{-2}·a^{-1}、8608.74元·hm^{-2}·a^{-1}。价值量从大到小排序为：一代>二代>三代。其中一代3项价值总量是二代的1.12倍，二代3项价值总量是三代的2.07倍。

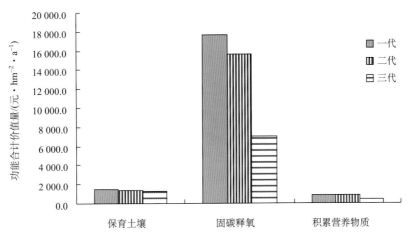

图 5-2　不同栽植代数杉木人工林3项功能价值量对比

第二节　不同密度杉木林固碳释氧功能

由于杉木在我国具有十分重要的经济和社会地位，因而杉木林一直是林业科研部门的主要研究对象，在其经营管理方面的研究成果、论文非常多，但长期对杉木造林密度效应进行定位观测研究的尚不多见。中国林业科学研究院自"六五"开始进行杉木林分密度研究，"七五"、"八五"、"九五"期间均作为国家科技攻关项目的内容之一，目前经过近30年的长期定位研究，获得了大量珍贵试验数据。为此，在这些珍贵资料基础上，开展了杉木密度林固碳释氧功能评估研究，以探讨杉木密度调控试验的固碳释氧功能变化规律。

密度林试验林位于在大岗山森林生态站站区。1981年造林，林龄28年。密度造林株行距为2 m×3 m、2 m×1.5 m、2 m×1 m、1 m×1.5 m、1 m×1 m（造林密度分别为1667 株·hm⁻²、3334 株·hm⁻²、5000 株·hm⁻²、6667 株·hm⁻²、10 000 株·hm⁻²），依次用A、B、C、D、E表示。5种密度组成一个区组，重复3次，共15个小区，每个小区面积为600 m²，采用随机区组排列，并在每个小区四周各设计两行同样密度的保护带。

根据大岗山森林生态站多年试验调查数据，目前已是28年林龄16地位指数的不同密度林年净生产力分别为 A：8.743 t·hm⁻²·a⁻¹、B：6.955 t·hm⁻²·a⁻¹、C：5.147 t·hm⁻²·a⁻¹、D：7.504 t·hm⁻²·a⁻¹、E：2.004 t·hm⁻²·a⁻¹。

因此根据中华人民共和国林业行业标准《森林生态系统服务功能评估规范》（LY/T 1721—2008）的评估方法计算得到不同密度杉木林植被年固碳量（图5-3）。不同密度试验林固碳量分别为A：3.889 t·hm⁻²·a⁻¹、B：3.093 t·hm⁻²·a⁻¹、C：2.289 t·hm⁻²·a⁻¹、D：3.338 t·hm⁻²·a⁻¹和E：0.891 t·hm⁻²·a⁻¹；释氧量分别为A：10.404 t·hm⁻²·a⁻¹、B：8.276 t·hm⁻²·a⁻¹、C：6.125 t·hm⁻²·a⁻¹、D：8.930 t·hm⁻²·a⁻¹和E：2.385 t·hm⁻²·a⁻¹。

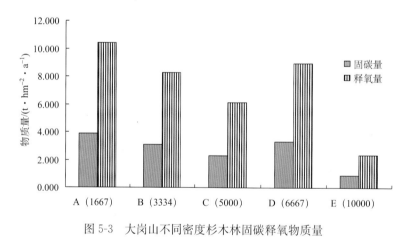

图5-3　大岗山不同密度杉木林固碳释氧物质量

同时计算得到不同密度杉木林年固碳和释氧价值量。其总价值量分别为 A：15 070.83元·hm⁻²·a⁻¹、B：11 988.4元·hm⁻²·a⁻¹、C：8872.346 元·hm⁻²·a⁻¹、D：12 934.85 元·hm⁻²·a⁻¹和E：3454.81元·hm⁻²·a⁻¹。

由此可见，林龄28年的杉木密度林固碳释氧功能存在显著性差异，从大到小排序为：A（1667）>D（6667）>C（5000）>B（3334）>E（10 000）。

第三节　马尾松人工幼林施肥后固土保肥功能

马尾松是我国南方的主要造林树种，分布很广，适应性强，耐干旱瘠薄，被誉为荒山绿化的先锋树种。长期以来，人们一直认为马尾松耐瘠薄，所以对其施肥一直未引起足够重视。但耐瘠薄不等于喜欢瘠薄（周运超等，1997）。荒山绿化的目的是使国土得到绿色保护，而丰产栽培则为提高林木产量。许多研究表明，马尾松也与其他树种一样，为了达到速生丰产，除了重视选用良种，选择适宜立地外，重视施肥等管理措施也非常必要。

实验地点位于江西省分宜县大岗山森林生态站站区林区，样地海拔 320～360 m，坡向西，坡度 20°，1992 年 2 月造林，株行距 2 m×2 m，植穴规格 40 cm×40 cm×30 cm，1993 年 4 月施肥，分别施磷、钾肥和对照（CK）共 3 个处理，磷肥处理每穴施钙镁磷肥 100 g，钾肥处理每穴施氯化钾 25 g。分别在施肥前（1993 年 4 月）与施肥后的 1994 年 5 月、1995 年 5 月和 1997 年 10 月进行了 4 次采样分析，其分析结果见表 5-5。

表 5-5　施肥林地不同年份土壤养分变化状况

测定时间（年-月）	施肥处理	全氮/%	全磷/%	全钾/%	有机质/%
1993-04	施肥之前	0.111	0.066	1.066	1.928
1994-06	P	0.111	0.077	1.083	1.956
	K	0.113	0.074	1.076	1.925
	CK	0.113	0.068	1.036	1.866
1995-06	P	0.111	0.089	1.156	1.880
	K	0.117	0.077	1.174	1.911
	CK	0.123	0.077	1.186	1.903
1997-10	P	0.193	0.202	1.797	3.769
	K	0.197	0.173	1.492	3.807
	CK	0.182	0.087	1.577	3.569

根据中华人民共和国林业行业标准《森林生态系统服务功能评估规范》（LY/T 1721—2008）的评估方法计算可以得出（图 5-4 和图 5-5）。从各年分析结果可见，施肥的第一、二年，森林保持土壤肥力与施肥前本底相比变化不明显。到了施肥后第四年（1997 年），森林保持土壤肥力有了明显的变化。从施磷肥处理来看，其中林地保护有机质数量的变化最大，从 1993 年的 337.59 kg·hm^{-2}·a^{-1} 增长为 1997 年的 661.08 kg·hm^{-2}·a^{-1}，是原来的 1.96 倍。林地保持氮肥从 1993 年的 19.44 kg·hm^{-2}·a^{-1} 增长为 1997 年的 33.85 kg·hm^{-2}·a^{-1}，是原来的 1.74 倍；森林保持磷肥量从 1993 年的 11.56 kg·hm^{-2}·a^{-1} 到 1997 年的 35.43 kg·hm^{-2}·a^{-1}，是原来的 3.07 倍；森林保持钾肥量从 1993 年的 186.66 kg·hm^{-2}·a^{-1} 增长为 1997 年的 315.19 kg·hm^{-2}·a^{-1}，是原来的 1.69 倍。

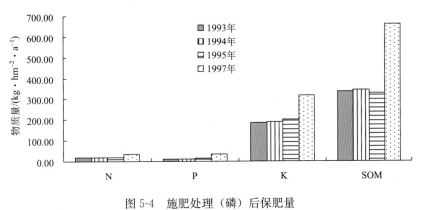

图 5-4　施肥处理（磷）后保肥量

从施钾肥处理来看，其中森林保持有机质量的变化最大，从 1993 年的 337.59 kg·hm^{-2}·a^{-1} 增长为 1997 年的 667.75 kg·hm^{-2}·a^{-1}，是原来的 1.98 倍。森林保氮肥从 1993 年的 19.44 kg·hm^{-2}·a^{-1} 增长为 1997 年的 34.55 kg·hm^{-2}·a^{-1}，是原来的 1.77 倍；森林保磷肥从 1993 年的 11.56 kg·hm^{-2}·a^{-1} 增长为 1997 年的 30.34 kg·hm^{-2}·a^{-1}，是原来的 2.63 倍；森林保钾肥从 1993 年的 186.66 kg·hm^{-2}·a^{-1} 增长为 1997 年的 261.70 kg·hm^{-2}·a^{-1}，是原来的 1.40 倍。

可见，施钾肥处理具有相同的效果趋势（图5-5），但全钾的保持量变化不大，说明林地施磷、钾肥的土壤肥力效应，磷肥比较显著，而钾肥不显著。

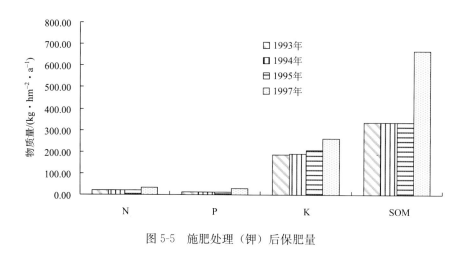

图5-5　施肥处理（钾）后保肥量

第四节　固碳释氧功能与杉木种源的关系

我国林木改良研究水平与国外相比较为落后，在种源试验研究，杂交育种、种子园体系、无性系育种方面一般晚10～20年。在已开展的地理种源试验中，以杉木种源试验最为系统全面，但大多局限于生长量及生物学特性方面的研究。

大岗山林区是全国杉木种源试验基地之一，于1981年开始从全国各地选择了183个地理种源开展优良种源的选择等试验，目前种源之间已表现出明显差异，为此针对其中几个典型杉木种源的固碳释氧功能进行了分析研究。

试验林于1980年育苗，1981年造林。据大岗山森林生态站实测来自不同种源杉木的年净生产力分别为：河南新县4.107 t·hm^{-2}·a^{-1}、安徽黔县4.166 t·hm^{-2}·a^{-1}、四川叙永7.618 t·hm^{-2}·a^{-1}、浙江龙泉7.142 t·hm^{-2}·a^{-1}、福建大田10.058 t·hm^{-2}·a^{-1}、江西乐安8.035 t·hm^{-2}·a^{-1}、湖南江华9.522 t·hm^{-2}·a^{-1}、广西郁南6.011 t·hm^{-2}·a^{-1}、贵州锦屏7.558 t·hm^{-2}·a^{-1}、云南屏边6.190 t·hm^{-2}·a^{-1}。

因此根据森林生态系统评估公式计算得到不同种源杉木林植被年固碳量和释氧量（图5-6）以及年固碳和释氧价值量，其总价值量排序为：福建大田＞湖南江华＞江西乐安＞四川叙永＞贵州锦屏＞浙江龙泉＞云南屏边＞广西郁南＞安徽黔县＞河南新县。

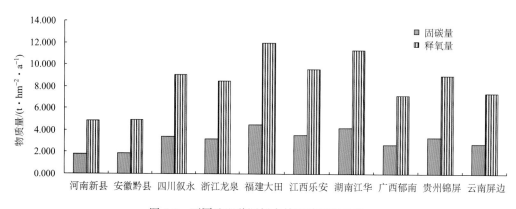

图5-6　不同地理种源杉木林固碳释氧功能

可以看出，不同地理种源杉木木固碳释氧功能存在显著性差异，即杉木中心产区杉木种源功能相对较差，中心产区附近杉木种源功能相对较好，而远离中心产区的杉木种源功能亦较差。

第五节　森林生态系统服务功能与杉木林林龄的关系研究

一、保育土壤功能

杉木人工林地力衰退比较严重，难于长期维持生产和持续经营。采取什么样的途径维护地力，以达到长期生产力保持的目的，目前尚在探索阶段。以往的研究发现，凡林下植被发育较好的杉木人工林，地力维护能力较强，林下植被对土壤肥力有较大的影响。杉木人工林轮伐期较长，一般需要25～35年，在这个过程中，如果能使林下植被有良好发育，杉木人工林地力维护能力将可以提高。

根据在大岗山林区的调查，不同发育阶段杉木人工林对林下植被、林地土壤状况有显著影响。幼林阶段，在林冠尚未郁闭前（6～8年前），通常林下植被发育比较好，虽经多次抚育，但只要光照满足生长需要，植被恢复较快，盖度较大。进入中龄林阶段，林冠高度郁闭，重叠度可达50%左右，林分平均透光率只有1%～14%，生长在幼龄林中的杂草灌木逐渐淘汰，有的林分几乎无林下植被。到近熟林阶段，随着林分自然整枝，自然稀疏，林分透光度又逐渐提高，林下植被开始复苏。到成熟林阶段，林下植被已有良好的发育，从而对林地土壤肥力产生有利影响。可见，不同发育阶段杉木人工林具有不同的保育土壤功能。

表 5-6 是大岗山林区实验地不同代数杉木人工林的土壤平均密度、土壤侵蚀模数、养分元素含量等相关指标参数。

表 5-6　不同发育阶段杉木人工林土壤性质指标参数

林 龄	土壤侵蚀模数/ $(t \cdot hm^{-2} \cdot a^{-1})$	土壤密度/ $(g \cdot cm^{-3})$	全氮/%	全磷/%	全钾/%	有机质/%
幼龄林	0.150	1.232	0.103	0.036	1.224	0.024
中龄林	0.132	1.227	0.086	0.029	1.286	0.023
近熟林	0.120	1.141	0.083	0.031	1.324	0.030
成熟林	0.120	1.230	0.083	0.032	1.226	0.030
过熟林	0.130	1.210	0.096	0.030	1.136	0.031

根据中华人民共和国林业行业标准《森林生态系统服务功能评估规范》（LY/T 1721—2008）的评估方法得到不同发育阶段杉木林保肥量（表 5-7）。

表 5-7　不同发育阶段杉木人工林保肥量 　　　　　（单位：$kg \cdot hm^{-2} \cdot a^{-1}$）

林 龄	保氮量	保磷量	保钾量	保有机质量
幼龄林	18.035	6.304	214.322	420.240
中龄林	15.074	5.083	225.410	411.509
近熟林	14.558	5.437	232.230	526.200
成熟林	14.558	5.613	215.040	526.200
过熟林	16.829	5.259	199.41	543.430

计算表明，不同发育阶段杉木林固土保肥单位面积总价值分别为：幼龄林为 1487.46 元·hm^{-2}·a^{-1}、中龄林为 1463.18 元·hm^{-2}·a^{-1}、近熟林为 1526.70 元·hm^{-2}·a^{-1}；成熟林为 1453.88 元·hm^{-2}·a^{-1}；过熟林为 1422.70 元·hm^{-2}·a^{-1}。按从大到小排序为：近熟林＞幼龄林＞中龄林＞成熟林＞过熟林。

二、固碳释氧功能

根据评估公式可知，固碳释氧功能决定于森林生态系统的年净初级生产力。采用大岗山森林生态站对杉木人工林的实测数据，幼龄林、近熟林、成熟林、过熟林各林分概况和乔木层的净初级生产力见表 5-8 和表 5-9。可以看出，不同发育阶段杉木林生态系统中乔木层的净初级生产力（NPP）介于 $3.310 \sim 11.894\ \mathrm{t \cdot hm^{-2} \cdot a^{-1}}$，表现为近熟林＞过熟林＞中龄林＞成熟林＞幼龄林，但由于各林分的密度不同，这并不能真实反映不同发育阶段林分乔木层净生产量的累计速率。其中，中龄林杉木净初级生产力为 $7.326\ \mathrm{t \cdot hm^{-2} \cdot a^{-1}}$，该数值略低于方精云等研究得出的全国杉木平均净初级生产力（$8.61\ \mathrm{t \cdot hm^{-2} \cdot a^{-1}}$）；冯宗炜等对位于亚热带的湖南会同杉木林研究后得出，20 年生杉木林乔木层的净初级生产力是 $10.34\ \mathrm{t \cdot hm^{-2} \cdot a^{-1}}$，比本研究结果高 39.11%；石玉麟等对江西南昌的杉木林的研究结果则显示，不同地形部位的 24 年生杉木林乔木层净初级生产力为 $8.53 \sim 10.39\ \mathrm{t \cdot hm^{-2} \cdot a^{-1}}$，高于本研究中 20 年生杉木中龄林的净初级生产力，而比杉木近熟林的净初级生产力（$11.894\ \mathrm{t \cdot hm^{-2} \cdot a^{-1}}$）低 12.65%～28.28%。

表 5-8　不同发育阶段杉木林分概况

龄组	组成	平均树高/m	平均胸径/cm	密度/株·hm^{-2}
幼龄林	10 杉	10.88	6.54	3333
中龄林	10 杉	14.89	13.27	1667
近熟林	10 杉	17.56	17.25	1667
成熟林	10 杉	19.32	18.88	833
过熟林	10 杉	20.47	21.47	833

表 5-9　不同发育阶段杉木人工林乔木层净初级生产力　　　（单位：t·hm^{-2}·a^{-1}）

龄　组		干	枝	叶	根	合计
幼龄林	ΔY_t	0.863	0.664	0.795	0.988	3.310
	比例/%	26.07	20.06	24.02	29.85	100.00
中龄林	ΔY_t	4.585	0.810	0.572	1.359	7.326
	比例/%	62.59	11.06	7.80	18.55	100.00
近熟林	ΔY_t	7.958	1.097	0.821	2.018	11.894
	比例/%	66.91	9.22	6.90	16.97	100.00
成熟林	ΔY_t	4.071	0.426	0.247	1.016	5.760
	比例/%	70.68	7.40	4.29	17.64	100.00
过熟林	ΔY_t	6.149	0.670	0.367	1.557	8.743
	比例/%	70.33	7.66	4.20	17.81	100.00

研究表明，不同年龄杉木林土壤 40 cm 以下土层的土壤平均碳密度在 $1.747 \sim 2.089\ \mathrm{kg \cdot m^{-2}}$，变化较小，40 cm 以上土层的土壤碳密度变化较大。不同深度的土壤碳密度随年龄的变化规律也不一致，0～20 cm 土层的碳密度为幼龄林＞中龄林＞近熟林＞过熟林＞成熟林，20～40 cm 土层的碳密度为幼龄林＞中龄林＞近熟林＞成熟林＞过熟林，40 cm 以下土层近熟林的差异最大，其他年龄均相近，结果说明，40 cm 以上土层随着林龄的增加，杉木林土壤储存碳的能力在逐渐地降低，这是林木自身的生长消耗了土壤的养分，而杉木林林地枯落物的分解缓慢，导致养分的补充滞后于自身的消耗所致。土壤的碳密度随着土层深度的增加而降低，除幼龄林外，20 cm 以下土层的碳密度的变化不明显。由此可见，随着杉木的不断生长，林地碳密度总体呈现降低的趋势，但由于杉木乔木层的碳素循环较缓慢，也并不意味着杉木林生态系统储存碳素的能力弱，其土壤碳密度减少的那部分，转移到了植被碳库当中。目前关于在植被作用下土壤碳库的变化机制的研究还很少，以后有待于进行深入的研究。

通过测定和计算，幼龄林、中龄林、近熟林、成熟林、过熟林土壤年固碳速率分别为 0.587 t·hm^{-2}·a^{-1}、0.628 t·hm^{-2}·a^{-1}、0.723 t·hm^{-2}·a^{-1}、0.687 t·hm^{-2}·a^{-1}、0.690 t·hm^{-2}·a^{-1}。

根据中华人民共和国林业行业标准《森林生态系统服务功能评估规范》（LY/T 1721—2008）的评估方法计算得到不同发育阶段杉木林固碳释氧物质量及其价值量（表5-10）。可见，各阶段固碳释氧总价值量为：幼龄林 6410.05 元·hm^{-2}·a^{-1}、中龄林 13 381.87 元·hm^{-2}·a^{-1}、近熟林 21 370.00元·hm^{-2}·a^{-1}、成熟林 10 580.88 元·hm^{-2}·a^{-1}、过熟林 15 898.83 元·hm^{-2}·a^{-1}。从大到小排序为：近熟林＞过熟林＞成熟林＞中龄林＞幼龄林。其中近熟林总价值量是幼龄林的 3.33 倍。

表 5-10　不同发育阶段杉木林固碳释氧物质量和价值量

林龄	固碳量/ (t·hm^{-2}·a^{-1})	固碳价值量/ (元·hm^{-2}·a^{-1})	释氧量/ (t·hm^{-2}·a^{-1})	释氧价值量/ (元·hm^{-2}·a^{-1})	固碳释氧总价值/ (元·hm^{-2}·a^{-1})
幼龄林	2.059	2 471.15	3.94	3 938.90	6 410.05
中龄林	3.887	4 663.93	8.72	8 717.94	13 381.87
近熟林	6.013	7 216.14	14.15	14 153.86	21 370.00
成熟林	3.205	3 845.48	6.74	6 735.40	10 580.88
过熟林	4.579	5 494.66	10.40	10 404.17	15 898.83

三、积累营养物质功能

研究表明，不同发育阶段杉木林各器官元素含量也存在一定差异。随地位指数增加，幼龄林及中龄林杉木叶氮、磷含量呈增加趋势，说明随地位指数提高，林地土壤氮、磷的供应水平有所改善，但成熟林叶氮、磷浓度变化规律不明显。随林龄的提高，杉木叶和枝氮含量呈增加趋势，而叶的其他营养元素含量无明显规律。不同林龄杉木各器官大量元素（氮、磷、钾、钙、镁）的含量均以叶为最高，说明叶作为杉木的同化器官，在各器官中的生理功能最为活跃，枝和皮的养分含量其次，干的养分含量最小，说明杉木不同器官在生长过程中所起的作用不同，对不同养分的需求也不一样。不同年龄阶段杉木各器官元素含量均表现为叶＞枝＞皮＞根＞干。大岗山林区实验地不同发育阶段杉木人工林营养元素（氮、磷、钾）含量详见表5-11。

表 5-11　不同发育阶段杉木人工林营养元素含量　　　　　　（单位:%）

林龄	N	P	K
幼龄林	0.372	0.099	0.502
中龄林	0.352	0.076	0.381
近熟林	0.302	0.068	0.287
成熟林	0.245	0.057	0.199
过熟林	0.233	0.052	0.175

根据中华人民共和国林业行业标准《森林生态系统服务功能评估规范》（LY/T 1721—2008）的评估方法计算得到不同林龄杉木林积累营养物质量（表5-12）。可见随着代数的增加杉木林积累营养物质（氮、磷、钾）的能力逐渐减小。

表 5-12　不同发育阶段杉木人工林营养元素积累量　　　（单位: kg·hm^{-2}·a^{-1}）

林龄	N	P	K	N、P、K 总量
幼龄林	1231.32	327.69	1661.62	3420.63
中龄林	2578.75	556.78	2791.21	5926.73
近熟林	3591.99	808.79	3413.58	7814.36
成熟林	1386.70	322.62	1126.34	2835.66
过熟林	2037.12	454.64	1530.03	4021.78

可以看出，不同发育阶段（幼龄林、中龄林、近熟林、成熟林、过熟林）氮、磷、钾年增加总量为：3220.63 kg·hm^{-2}·a^{-1}、5926.73 kg·hm^{-2}·a^{-1}、7814.36 kg·hm^{-2}·a^{-1}、2835.66 kg·hm^{-2}·a^{-1}、4021.78 kg·hm^{-2}·a^{-1}，其大小排序为：近熟林＞中龄林＞过熟林＞幼龄林＞成熟林。成熟林排在最后是由于其净初级生产力相对较低的缘故。

通过计算得到不同发育阶段（幼、中、近、成、过）杉木林林木积累营养价值量分别为336.59元·hm^{-2}·a^{-1}、653.91元·hm^{-2}·a^{-1}、895.29元·hm^{-2}·a^{-1}、338.86元·hm^{-2}·a^{-1}和489.23元·hm^{-2}·a^{-1}。其排序为：近熟林＞中龄林＞过熟林＞成熟林＞幼龄林。

四、生物多样性保护功能

在相同代数的杉木林中，不同林龄杉木林下植物多样性指数存在明显差异。在幼龄林阶段，林下植物的Shannon-Wiener多样性指数较高；在中龄林阶段，由于杉木林分高度郁闭，林内透光率差，林下植物多样性指数和均匀度指数呈现明显下降趋势；在成熟林阶段，由于林分自然稀疏和前期人工抚育间伐，林分郁闭度降低，林下植物多样性指数又呈明显增加趋势。而生态优势度随林龄的变化则与物种多样性指数相反。说明杉木林下植物物种多样性与杉木林分的生长发育密切相关，掌握这种变化规律有助于杉木林下植物的综合管理和生物多样性的恢复保护。

根据实测分析结果，大岗山林区不同发育阶段（幼、中、近、成、过）Shannon-Wiener多样性指数分别为：1.790、1.360、1.640、2.013、2.125。

根据构建的评估指标体系的评估方法，根据中华人民共和国林业行业标准《森林生态系统服务功能评估规范》（LY/T 1721—2008）的评估方法计算得知，幼龄林、中龄林、近熟林物种保育价值为5000元·hm^{-2}·a^{-1}，成过熟和过熟林物种保育价值为10 000元·hm^{-2}·a^{-1}。

五、四大服务功能价值量比较研究

不同林龄杉木林四大功能价值量比较结果见图5-7。可以看出，不同发育阶段杉木林人工林4项服务功能排序为固碳释氧＞生物多样性保护＞保育土壤＞积累营养物质。各林龄价值量排序为：近熟林＞过熟林＞成熟林＞中龄林＞幼龄林。其中近熟林总价值量是幼龄林总价值量的2.17倍。

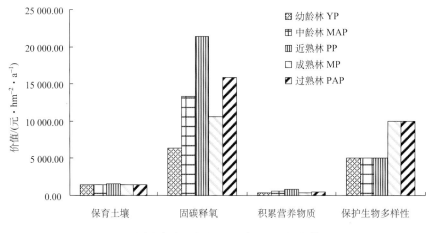

图5-7　不同发育阶段杉木人工林4项功能价值对比

第六节　江西省森林生态系统服务及其价值的动态分析

一、江西省森林资源动态变化及分析

根据"九五"、"十五"期间森林资源连续清查资料，"九五"期间江西省共分为12个林分类型（杉木、马尾松、樟树、楠木、栎类、其他硬阔、檫木、其他软阔、针阔混、阔叶混、经济林、竹林），"十五"期间增加了桐类，为13个林分类型。两期森林资源变动情况见表5-13。

表 5-13　江西省森林资源动态变化

年份	有林地面积/ hm²	森林覆盖率/%	郁闭度	林木生长率/%	活立木蓄积/ 10⁴ m³	单位面积蓄积量/ (m³·hm⁻²)
1998	8 897 800.0	53.37	0.68	9.29	22 308.38	32.30
2003	9 307 500.0	55.86	0.71	11.26	37 435.19	44.66

二、江西省森林生态系统服务及其价值动态分析

采用费用支出法、市场价值法及条件价值法等方法，从涵养水源、保育土壤、固碳释氧、积累营养物质、净化大气环境、生物多样性保护、森林游憩 7 个方面 12 个指标根据中华人民共和国林业行业标准《森林生态系统服务功能评估规范》(LY/T 1721—2008)的评估方法计算对江西省森林生态系统服务功能价值进行估算。

数据来源主要为：江西大岗山森林生态站长期、连续观测研究基础数据；生态站在江西省所设的九连山等监测点开展的相关研究；各大专院校、科研院所等科研人员在江西开展的相关研究成果；江西省第五次（1994—1998 年）和第六次（1999—2003 年）森林资源清查数据；权威部门公布的社会经济公共数据。

1. 森林涵养水源功能及价值动态分析

根据江西各森林生态站长期观测数据和在省内开展的相关研究成果，各主要林分类型蒸散率分别为：马尾松 66.0%、杉木 77.3%、樟树 48.1%、楠木 58.9%、栎类 48.1%、其他硬阔 48.1%、檫木 58.9%、桐类 58.9%、其他软阔 58.9%、针阔混 73.5%、阔叶混 69.6%、竹林 65.0%、经济林为 65.9%，详见表 5-14、表 5-15 和表 5-16。在计算江西省林区森林涵养水源功能时以林分类型面积进行计算。根据 1989—2004 年的《中国统计年鉴》，两次资源清查期间江西省地区平均降水量分别为：1798.90 mm，1744.72 mm。

表 5-14　江西省不同林分类型面积动态变化　　　　　　（单位：hm²）

年份	马尾松	杉木	樟树	楠木	栎类	其他硬阔
1998	2 554 000.0	2 656 800.0	12 800.0	25 600.0	691 300.0	704 100.0
2003	2 554 100.0	2 893 400.0	19 200.0	25 600.0	717 000.0	755 200.0

年份	檫木	其他软阔	针阔混	阔叶混	经济林	竹林
1998	6 400.0	224 000.0	6 400.0	25 600.0	1 363 500.0	627 300.0
2003	12 800.0	262 600.0	6 400.0	25 600.0	1 222 600.0	806 600.0

表 5-15　江西省不同林分类型蒸散率　　　　　　（单位：%）

马尾松	杉木	樟树	楠木	栎类	其他硬阔
66.00	77.30	48.10	58.90	48.10	48.10

檫木	其他软阔	针阔混	阔叶混	经济林	竹林
58.90	58.90	73.50	69.60	65.90	65.00

表 5-16　江西省不同林分类型蒸散量（mm）动态变化

树种	马尾松	杉木	樟树	楠木	栎类	其他硬阔
"九五"期间	1187.3	1390.5	865.3	1059.6	865.3	865.3
"十五"期间	1151.5	1348.7	839.2	1027.6	839.2	839.2

树种	檫木	其他软阔	针阔混	阔叶混	经济林	竹林
"九五"期间	1059.6	1059.6	1322.2	1252.0	1185.5	1169.3
"十五"期间	1027.6	1027.6	1282.4	1214.3	1149.8	1134.1

从表 5-14 可以看出,"九五"期间,江西省林区森林每年涵养水源总量平均为 5.40×10^{10} m³,单位涵养水量 6068.26 m³·hm⁻²·a⁻¹,调节水量总价值为 3.30×10^{11} 元·a⁻¹,净化水质总价值为 1.13×10^{11} 元·a⁻¹,总涵养水源价值为 4.43×10^{11} 元·a⁻¹,单位平均价值 49 764.02 元·hm⁻²·a⁻¹。

"十五"期间,江西省林区森林每年涵养水源总量平均为 5.47×10^{10} m³,单位涵养水量 5875.28 m³·hm⁻²·a⁻¹,调节水量总价值为 3.34×10^{11} 元·a⁻¹,净化水质总价值为 1.14×10^{11} 元·a⁻¹,总涵养水源价值为 4.48×10^{11} 元·a⁻¹,单位平均价值 48 181.45 元·hm⁻²·a⁻¹。

通过计算可知,江西省森林生态系统涵养水源总量 2003 年比 1998 年基本一致,提高了 1.28%。"九五"期间降水量(1798.90 mm)大于"十五"期间降水量(1744.72 mm),但是,由于"十五"期间森林面积有所增加,以及林分类型的变化、面积的变动等原因,所以其涵养水源的总量相差不大。

从提供的涵养水源量来看,"九五"期间江西不同林分类型涵养水源功能总量排序为马尾松>杉木>经济林>其他硬阔>栎类>竹林>其他软阔>楠木>阔叶混>樟树>檫木>针阔混,排在前 3 位的是马尾松、杉木和经济林,排在最后的是针阔混交林(图 5-8)。

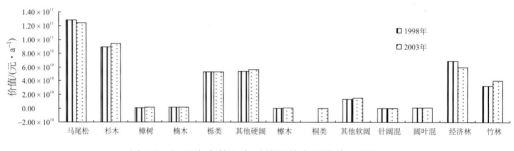

图 5-8　江西省森林生态系统涵养水源价值量对比

"十五"期间江西不同林分类型涵养水源功能总量排序为马尾松>杉木>经济林>其他硬阔>栎类>竹林>其他软阔>楠木>樟树>阔叶混>檫木>桐类>针阔混,排在前 3 位的是马尾松、杉木和经济林,排在最后的是针阔混交林(图 5-8)。其原因主要决定于林分类型面积和林分蒸散率。

"九五"期间单位面积涵养水源功能排序为其他硬阔>栎类>樟树>其他软阔>楠木>檫木>竹林>经济林>马尾松>阔叶混>针阔混>杉木,排在前 4 位的是其他硬阔、栎类、樟树和其他软阔,排在最后的是杉木(表 5-17)。

表 5-17　1998 年江西省不同林分类型涵养水源功能及其价值量

树种	林分面积/hm²	单位面积涵养水源量/(m³·hm⁻²·a⁻¹)	涵养水源量/(m³·a⁻¹)	林分调节水量价值/(元·a⁻¹)	净化水质价值/(元·a⁻¹)	单位面积涵养水源价值/(元·a⁻¹)	涵养水源价值/(元·a⁻¹)
马尾松	2 554 000.00	6 116.26	1.56×10^{10}	9.55×10^{10}	3.26×10^{10}	50 157.61	1.28×10^{11}
杉木	2 656 800.00	4 083.50	1.08×10^{10}	6.63×10^{10}	2.27×10^{10}	33 487.58	8.90×10^{10}
樟树	12 800.00	9 336.29	1.20×10^{8}	7.30×10^{8}	2.50×10^{8}	76 564.12	9.80×10^{8}
楠木	25 600.00	7 393.48	1.89×10^{8}	1.16×10^{9}	3.96×10^{8}	60 631.70	1.55×10^{9}
栎类	691 300.00	9 336.29	6.45×10^{9}	3.94×10^{10}	1.35×10^{10}	76 564.12	5.29×10^{10}
其他硬阔	704 100.00	9 336.29	6.57×10^{9}	4.02×10^{10}	1.37×10^{10}	76 564.12	5.39×10^{10}
檫木	6 400.00	7 393.48	4.73×10^{7}	2.89×10^{8}	9.89×10^{7}	60 631.70	3.88×10^{8}
其他软阔	224 000.00	7 393.48	1.66×10^{9}	1.01×10^{10}	3.46×10^{9}	60 631.70	1.36×10^{10}
针阔混	6 400.00	4 767.09	3.05×10^{7}	1.86×10^{8}	6.38×10^{7}	39 093.43	2.50×10^{8}
阔叶混	25 600.00	5 468.66	1.40×10^{8}	8.55×10^{8}	2.93×10^{8}	44 846.81	1.15×10^{9}
经济林	1 363 500.00	6 134.25	8.36×10^{9}	5.11×10^{10}	1.75×10^{10}	50 305.14	6.86×10^{10}
竹林	627 300.00	6 296.15	3.95×10^{9}	2.41×10^{10}	8.25×10^{9}	51 632.84	3.24×10^{10}
合计	8 897 800.00	6 068.26	5.40×10^{10}	3.30×10^{11}	1.13×10^{11}	49 764.02	4.43×10^{11}

"十五"期间单位面积涵养水源功能排在前 4 位的也是其他硬阔、栎类、樟树和其他软阔，排在最后的是杉木（表 5-18）。其原因主要与林分蒸散率相关。

由于涵养水源价值直接源于涵养水源功能物质量，是物质量的价值表达，所以，不同林分类型各项指标的动态变动规律与物质量动态变化相同。

表 5-18 2003 年江西省不同林分类型涵养水源功能及其价值量

树 种	林分面积/hm²	单位面积涵养水源量/(m³·hm⁻²·a⁻¹)	涵养水源量/(m³·a⁻¹)	调节水量价值/(元·a⁻¹)	净化水质价值/(元·a⁻¹)	单位面积涵养水源价值/(元·a⁻¹)	涵养水源价值/(元·a⁻¹)
马尾松	2 554 100.00	5 932.05	$1.52×10^{10}$	$9.26×10^{10}$	$3.17×10^{10}$	48 646.95	$1.24×10^{11}$
杉木	2 893 400.00	3 960.51	$1.15×10^{10}$	$7.00×10^{10}$	$2.40×10^{10}$	32 478.99	$9.40×10^{10}$
樟树	192 00.00	9 055.10	$1.74×10^{8}$	$1.06×10^{9}$	$3.63×10^{8}$	74 258.13	$1.43×10^{9}$
楠木	256 00.00	7 170.80	$1.84×10^{8}$	$1.12×10^{9}$	$3.84×10^{8}$	58 805.57	$1.51×10^{9}$
栎类	717 000.00	9 055.10	$6.49×10^{9}$	$3.97×10^{10}$	$1.36×10^{10}$	74 258.13	$5.32×10^{10}$
其他硬阔	755 200.00	9 055.10	$6.84×10^{9}$	$4.18×10^{10}$	$1.43×10^{10}$	74 258.13	$5.61×10^{10}$
檫木	12 800.00	7170.80	$9.18×10^{7}$	$5.61×10^{8}$	$1.92×10^{8}$	58 805.57	$7.53×10^{8}$
桐类	6 400.00	7 170.80	$4.59×10^{8}$	$2.80×10^{8}$	$9.59×10^{7}$	58 805.57	$3.76×10^{8}$
其他软阔	262 600.00	7 170.80	$1.88×10^{9}$	$1.15×10^{10}$	$3.94×10^{9}$	58 805.57	$1.54×10^{10}$
针阔混	6 400.00	4 623.51	$2.96×10^{7}$	$1.81×10^{8}$	$6.18×10^{7}$	37 916.00	$2.43×10^{8}$
阔叶混	25 600.00	5 303.95	$1.36×10^{8}$	$8.30×10^{8}$	$2.84×10^{8}$	43 496.09	$1.11×10^{9}$
经济林	1 222 600.00	5 949.50	$7.27×10^{9}$	$4.44×10^{10}$	$1.52×10^{10}$	48 790.03	$5.97×10^{10}$
竹林	806 600.00	6 106.52	$4.93×10^{9}$	$3.01×10^{10}$	$1.03×10^{10}$	50 077.74	$4.04×10^{10}$
合计	9 307 500.00	5 875.28	$5.47×10^{10}$	$3.34×10^{11}$	$1.14×10^{11}$	48 181.45	$4.48×10^{11}$

2. 森林保育土壤功能及价值动态分析

根据江西大岗山、江西九连山、江西千烟洲森林生态站等长期监测数据资料和在江西范围内开展的相关研究文献，确定各林分类型不同时期土壤侵蚀情况见表 5-19、各林分类型土壤密度情况见表 5-20、江西省不同林分类型土壤养分含量见表 5-21。无林地水土流失土壤年侵蚀模数参照中国科学院观测点兴国县侵蚀荒山森林（马尾松林）的泥沙流失量为 1766 t·km⁻²·a⁻¹，即 17.66 t·hm⁻²·a⁻¹。

表 5-19 江西省不同时期各林分类型土壤侵蚀模数　　　　（单位：t·hm⁻²·a⁻¹）

年份	马尾松	杉木	樟树	楠木	栎类	其他硬阔	檫木	桐类	其他软阔	针阔混	阔叶混	经济林	竹林
1998	0.11	0.17	0.12	0.15	0.11	0.12	0.17	—	0.15	0.13	0.14	0.13	0.12
2003	0.10	0.15	0.12	0.16	0.11	0.12	0.17	0.15	0.17	0.15	0.13	0.12	0.10

表 5-20 江西省不同林分类型土壤容重　　　　（单位：t·m⁻³）

年份	马尾松	杉木	樟树	楠木	栎类	其他硬阔	檫木	桐类	其他软阔	针阔混	阔叶混	经济林	竹林
1998	1.385	1.240	1.253	1.210	1.253	1.253	1.210	—	1.210	1.272	1.232	0.797	1.143
2003	1.392	1.232	1.253	1.210	1.253	1.253	1.210	1.210	1.216	1.260	1.235	0.797	1.141

表 5-21 江西省不同林分类型土壤养分含量

养分含量	马尾松	杉木	樟树	楠木	栎类	其他硬阔	檫木	桐类	其他软阔	针阔混	阔叶混	经济林	竹林
N/%	0.070	0.093	0.136	0.142	0.140	0.136	0.140	0.168	0.140	0.091	0.138	0.168	0.130
P/%	0.085	0.072	0.087	0.113	0.090	0.087	0.090	0.117	0.090	0.073	0.089	0.110	0.115
K/%	1.346	1.324	1.256	1.453	1.353	1.256	1.353	1.054	1.353	0.991	1.305	1.054	1.155
SOM/%	1.920	2.350	2.260	2.567	3.360	3.360	2.080	3.671	3.670	3.010	3.515	3.367	3.250

根据中华人民共和国林业行业标准《森林生态系统服务功能评估规范》（LY/T 1721—2008）的评估方法计算可以得出（表 5-22 和表 5-23），"九五"期间江西森林生态系统每年固土量平均为 1.56×10⁸ t，固土总价值为 8.15×10⁸ 元·a⁻¹，保肥总价值为 1.52×10¹⁰ 元·a⁻¹，固土保肥总价值为 1.60×10¹⁰ 元·a⁻¹，单位平均价值 1796.60 元·hm⁻²·a⁻¹。"十五"期间江西森林生态系统每年固土量平均为 1.63×10⁸ t，固土总价值为 8.46×10⁸ 元·a⁻¹，保肥总价值为 1.59×10¹⁰ 元·a⁻¹，固土保肥总价值为 1.67×10¹⁰ 元·a⁻¹，单位平均价值 1797.26 元·hm⁻²·a⁻¹。

表 5-22　江西省不同林分类型保育土壤功能及其价值量汇总表（1998）

林分类型	固土能力/ (t·a⁻¹)	固土价值/ (元·a⁻¹)	保肥价值/ (元·a⁻¹)	固土保肥价值/ (元·a⁻¹)	单位平均价值/ (元·hm⁻²·a⁻¹)
马尾松	4.48×10^{7}	1.98×10^{8}	4.08×10^{9}	4.27×10^{9}	1673.76
杉木	4.65×10^{7}	2.29×10^{8}	4.33×10^{9}	4.56×10^{9}	1716.80
樟树	2.25×10^{5}	1.09×10^{6}	2.24×10^{7}	2.35×10^{7}	1834.65
楠木	4.48×10^{5}	2.26×10^{6}	5.14×10^{7}	5.36×10^{7}	2094.33
栎类	1.21×10^{7}	5.92×10^{7}	1.32×10^{9}	1.38×10^{9}	1992.82
其他硬阔	1.23×10^{7}	6.02×10^{7}	1.28×10^{9}	1.34×10^{9}	1896.39
檫木	1.12×10^{5}	5.65×10^{5}	1.17×10^{7}	1.23×10^{7}	1917.40
其他软阔	3.92×10^{6}	1.98×10^{7}	4.30×10^{8}	4.50×10^{8}	2008.69
针阔混	1.12×10^{5}	5.39×10^{5}	9.03×10^{6}	9.57×10^{6}	1495.52
阔叶混	4.49×10^{5}	2.22×10^{6}	4.78×10^{7}	5.00×10^{7}	1953.75
经济林	2.39×10^{7}	1.83×10^{8}	2.47×10^{9}	2.66×10^{9}	1949.44
竹林	1.10×10^{7}	5.88×10^{7}	1.12×10^{9}	1.18×10^{9}	1880.98
合计	1.56×10^{8}	8.15×10^{8}	1.52×10^{10}	1.60×10^{10}	1796.60

表 5-23　江西省不同林分类型保育土壤功能及其价值量汇总表（2003）

林分类型	固土能力/ (t·a⁻¹)	固土价值/ (元·a⁻¹)	保肥价值/ (元·a⁻¹)	固土保肥价值/ (元·a⁻¹)	单位平均价值/ (元·hm⁻²·a⁻¹)
马尾松	4.48×10^{7}	1.97×10^{8}	4.08×10^{9}	4.28×10^{9}	1674.33
杉木	5.07×10^{7}	2.51×10^{8}	4.72×10^{9}	4.97×10^{9}	1719.33
樟树	3.37×10^{5}	1.64×10^{6}	3.36×10^{7}	3.52×10^{7}	1834.65
楠木	4.48×10^{5}	2.26×10^{6}	5.13×10^{7}	5.36×10^{7}	2093.13
栎类	1.26×10^{7}	6.14×10^{7}	1.37×10^{9}	1.43×10^{9}	1992.82
其他硬阔	1.32×10^{7}	6.46×10^{7}	1.37×10^{9}	1.43×10^{9}	1896.39
檫木	2.24×10^{5}	1.13×10^{6}	2.34×10^{7}	2.45×10^{7}	1917.40
桐类	1.12×10^{5}	5.66×10^{5}	1.18×10^{7}	1.24×10^{7}	1938.02
其他软阔	4.59×10^{6}	2.31×10^{7}	5.04×10^{8}	5.27×10^{8}	2005.96
针阔混	1.12×10^{5}	5.43×10^{5}	9.02×10^{6}	9.57×10^{6}	1494.62
阔叶混	4.49×10^{5}	2.22×10^{6}	4.78×10^{7}	5.00×10^{7}	1954.66
经济林	2.14×10^{7}	1.64×10^{8}	2.22×10^{9}	2.38×10^{9}	1950.55
竹林	1.42×10^{7}	7.59×10^{7}	1.44×10^{9}	1.52×10^{9}	1883.29
合计	1.63×10^{8}	8.46×10^{8}	1.59×10^{10}	1.67×10^{10}	1797.26

通过计算可知，2003 年固土量比 1998 年提高了 4.67%，2003 年固土保肥总价值比 1998 年提高了 4.64%。单位平均价值 2003 年比 1998 年提高了 0.04%。可见，由于面积的增加、侵蚀状况的改善等原因使得价值总量有所增加，而单位平均价值保持稳定。

"九五"、"十五"期间江西省各林分类型固土保肥总价值排序在前 3 位的是杉木、马尾松和经济林，排在最后 2 位的是桐类和针阔混（图 5-9、表 5-22 和表 5-23），其原因主要与土壤侵蚀模数、土壤养分含量和林分面积关系密切。

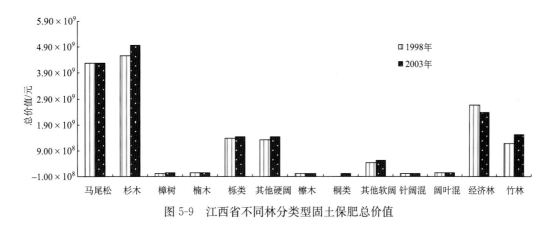

图 5-9　江西省不同林分类型固土保肥总价值

3. 森林固碳释氧功能及价值动态分析

1998 年、2003 年江西省森林生态系统各林分类型净生产力（NPP）和土壤年固碳速率根据森林生态站多年对各林分类型净生产力（NPP）和土壤碳密度的研究整理获得。部分净生产力根据大岗山两期森林资源二类调查林木年平均生长率的变化加以推算，具体结果见表 5-24。江西省森林生态系统年净生产力和土壤年固碳速率的变化与林分生长状况和森林经营措施密切相关，大部分林分两期呈现缓慢增大的趋势。

表 5-24　江西不同林分类型年净生产力和森林土壤固碳速率变化

项 目	年份	马尾松	杉木	樟树	楠木	栎类	其他硬阔	檫木	桐类	其他软阔	针阔混	阔叶混	经济林	竹林
年固碳速率/ (t·hm⁻²·a⁻¹)	1998	0.479	0.698	0.412	0.647	0.412	0.412	0.294	0.497	0.501	0.647	0.412	0.390	0.498
	2003	0.476	0.702	0.420	0.627	0.420	0.420	0.294	0.510	0.510	0.627	0.420	0.400	0.501
年净生产力/ (t·hm⁻²·a⁻¹)	1998	6.474	11.082	9.396	7.851	9.396	5.014	5.340	25.375	8.692	7.851	6.725	5.012	10.739
	2003	6.408	11.413	9.550	7.724	9.550	5.100	5.340	25.375	8.850	7.724	6.975	5.096	10.918

（1）森林和土壤固碳物质量及其价值量

根据中华人民共和国林业行业标准《森林生态系统服务功能评估规范》（LY/T 1721—2008）的评估方法分别计算江西省森林和土壤年固碳量。从表 5-25 可以看出，1998 年、2003 年江西森林生态系统固碳量分别为 3.67×10^7 t·a⁻¹、3.98×10^7 t·a⁻¹，2003 年比 1998 年提高了 8.29%。从不同林分类型固碳量来看（图 5-10），1998 年固碳量各林分类型排序为：杉木＞马尾松＞经济林＞竹林＞栎类＞其他硬阔＞其他软阔＞楠木＞阔叶混＞樟树＞针阔混＞檫木，排在前 4 位的是杉木、马尾松、经济林

表 5-25　江西省不同林分类型森林植被和土壤固碳量和价值量

林分类型	年份	马尾松	杉木	樟树	楠木	栎类	其他硬阔	檫木
年固碳量/（t·a⁻¹）	1998	8.58×10^6	1.50×10^7	5.88×10^4	1.06×10^5	3.17×10^6	1.86×10^6	1.71×10^4
	2003	8.50×10^6	1.67×10^7	8.96×10^4	1.04×10^5	3.35×10^6	2.03×10^6	3.42×10^4
年固碳价值/（元·a⁻¹）	1998	1.03×10^{10}	1.79×10^{10}	7.05×10^7	1.27×10^8	3.81×10^9	2.23×10^9	2.05×10^7
	2003	1.02×10^{10}	2.01×10^{10}	1.08×10^8	1.25×10^8	4.02×10^9	2.44×10^9	4.10×10^7

林分类型	年份	桐类	其他软阔	针阔混	阔叶混	经济林	竹林	合计
年固碳量/（t·a⁻¹）	1998	—	9.78×10^5	2.65×10^4	8.71×10^4	3.57×10^6	3.31×10^6	3.67×10^7
	2003	7.55×10^4	1.17×10^6	2.60×10^4	9.02×10^4	3.26×10^6	4.32×10^6	3.98×10^7
年固碳价值/（元·a⁻¹）	1998	—	1.17×10^9	3.18×10^7	1.05×10^8	4.29×10^9	3.97×10^9	4.41×10^{10}
	2003	9.06×10^7	1.40×10^9	3.12×10^7	1.08×10^8	3.91×10^9	5.19×10^9	4.77×10^{10}

和竹林，排在后 2 位的是针阔混和檫木。2003 年排序为：杉木＞马尾松＞竹林＞栎类＞经济林＞其他硬阔＞其他软阔＞楠木＞阔叶混＞樟树＞檫木＞针阔混，排在前 3 位的是杉木、马尾松、经济林和竹林，排在最后的是檫木和针阔混。

1998 年、2003 年江西省森林和土壤年固碳价值量分别为 4.41×10^{10} 元·a^{-1}、4.77×10^{10} 元·a^{-1}。由于价值量源于物质量的变化，而且固碳价格相同，所以两期间价值量动态变化规律和林分类型排序等规律与固碳物质量吻合。

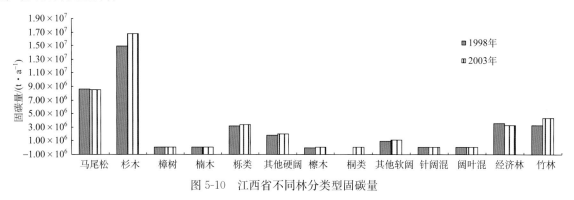

图 5-10　江西省不同林分类型固碳量

（2）森林释放氧气物质量及其价值量

从表 5-26 可以看出，1998 年、2004 年江西省森林生态系统释氧量分别为 8.58×10^7 t·a^{-1}、9.32×10^7 t·a^{-1}。2003 年比 1998 年提高 8.59%。从各林分类型所释氧量来看，1998 年释氧量各林分类型排序排在前 4 位的是杉木、马尾松、经济林和竹林，排在最后 2 位的是针阔混和檫木。2003 年排序排在前 4 位的是杉木、马尾松、竹林和栎类，排在最后 2 位的是檫木和针阔混。

1998 年、2003 年江西省森林生态系统释氧价值量分别为 8.58×10^{10} 元·a^{-1}、9.32×10^{10} 元·a^{-1}（表 5-26 和图 5-11）。由于价值量源于物质量的变化，而且释氧价格相同，所以两期间释氧价值量动态变化规律、林分类型排序等规律与释氧物质量相吻合。其中固碳量包括了森林植被固碳和土壤固碳，释氧量是森林植被的释氧量。

表 5-26　江西省不同林分类型释氧量

项 目	年份	马尾松	杉木	樟树	楠木	栎类	其他硬阔	檫木
年释氧量/	1998	1.97×10^7	3.50×10^7	1.43×10^5	2.39×10^5	7.73×10^6	4.20×10^6	4.07×10^4
(t·a^{-1})	2003	1.95×10^7	3.93×10^7	2.18×10^5	2.35×10^5	8.15×10^6	4.58×10^6	8.13×10^4
年释氧价值/	1998	1.97×10^{10}	3.50×10^{10}	1.43×10^8	2.39×10^8	7.73×10^9	4.20×10^9	4.07×10^7
(元·a^{-1})	2003	1.95×10^{10}	3.93×10^{10}	2.18×10^8	2.35×10^8	8.15×10^9	4.58×10^9	8.13×10^7
项 目	年份	桐类	其他软阔	针阔混	阔叶混	经济林	竹林	合计
年释氧量/	1998	—	2.32×10^6	5.98×10^4	2.05×10^5	8.13×10^6	8.02×10^6	8.58×10^7
(t·a^{-1})	2003	1.93×10^5	2.77×10^6	5.88×10^4	2.12×10^5	7.41×10^6	1.05×10^7	9.32×10^7
年释氧价值/	1998	—	2.32×10^9	5.98×10^7	2.05×10^8	8.13×10^9	8.02×10^9	8.58×10^{10}
(元·a^{-1})	2003	1.93×10^8	2.77×10^9	5.88×10^7	2.12×10^8	7.41×10^9	1.05×10^{10}	9.32×10^{10}

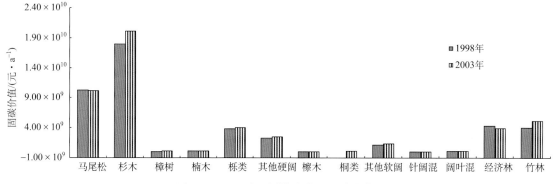

图 5-11　江西省不同林分类型固碳价值

4. 森林积累营养物质功能及价值动态分析

根据森林生态站多年实测数据及江西省相关研究成果，通过研究整理，各林分类型优势树种林木化学成分含量（主要是氮、磷、钾）多年平均值见表5-27，因为林木营养元素含量变化不大，所以两期积累营养物质量和价值量评估均采用此多年平均值。

表5-27　江西省各林分类型优势树种林木化学成分

营养物质含量	马尾松	杉木	樟树	楠木	栎类	其他硬阔	檫木	桐类	其他软阔	针阔混	阔叶混	经济林	竹林
N/%	0.325	0.324	0.493	0.252	0.237	0.237	0.252	0.493	0.237	0.280	0.244	0.180	0.031
P/%	0.160	0.165	0.026	0.085	0.972	0.972	0.086	0.026	0.086	0.566	0.529	0.072	0.012
K/%	0.680	0.700	0.500	0.850	1.390	1.390	0.850	0.500	0.850	1.0325	1.120	0.390	0.562

从图5-12可以看出，1998年、2003年江西省森林生态系统林木积累营养物质量分别为 9.33×10^7 t·a^{-1}、9.75×10^7 t·a^{-1}，2003年比1998年提高 4.43%。

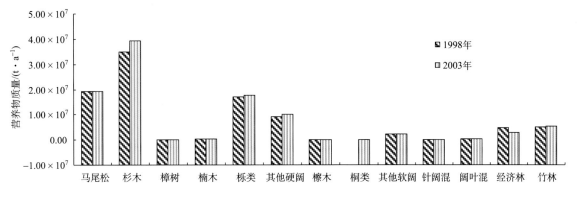

图5-12　江西省不同林分类型积累营养物质量

从各林分类型积累营养物质量来看（图5-13），1998年各林分类型排序为：杉木＞马尾松＞栎类＞其他硬阔＞经济林＞竹林＞其他软阔＞阔叶混＞楠木＞樟树＞针阔混＞檫木，排在前3位的是杉木、马尾松和栎类；排在最后2位的是针阔混和檫木。2003年各林分类型排序为杉木＞马尾松＞栎类＞其他硬阔＞竹林＞经济林＞其他软阔＞阔叶混＞樟树＞楠木＞针阔混＞檫木＞桐类，排在前3位的是杉木、马尾松和栎类；排在最后2位的是檫木和桐类。

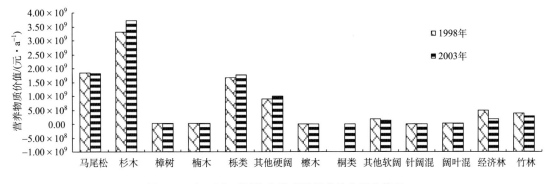

图5-13　江西省不同林分类型积累营养物质价值量

由于两期的相同林分类型优势树种的林木营养物质（氮、磷、钾）含量采用数值相同，所以相同林分类型积累的物质量与两期同一林分类型的年净生产力、林分面积有关，而不同林分类型间则与各林分类型的林木营养物质含量、年净生产力和林分面积有关。

总体来说，影响江西省森林生态系统营养物质积累的首要因子是净生产力，其次是林地面积。江西杉木、竹林和软阔的净生产力大，其他硬阔净生产力相对较小，生长相对缓慢，从而导致单位面积杉木、竹林和软阔林积累营养物质功能比较强。

通过评估公式计算得到江西省森林生态系统 1998 年、2003 年积累营养物质的价值分别为 8.86×10^9 元·a^{-1}、8.95×10^9 元·a^{-1}（表 5-28），2003 年比 1998 年提高了 1.06%。

表 5-28　江西省各林分类型植物体营养元素含量价值

项目	年份	马尾松	杉木	樟树	楠木	栎类	其他硬阔	檫木
物质量/ (t·a^{-1})	1998	1.93×10^7	3.50×10^7	1.23×10^5	2.39×10^5	1.69×10^7	9.18×10^6	4.06×10^4
	2003	1.91×10^7	3.93×10^7	1.87×10^5	2.35×10^5	1.78×10^7	1.00×10^7	8.12×10^4
价值/ (元·a^{-1})	1998	1.84×10^9	3.32×10^9	1.33×10^7	1.89×10^7	1.67×10^9	9.08×10^8	3.22×10^6
	2003	1.82×10^9	3.72×10^9	2.03×10^7	1.86×10^7	1.76×10^9	9.91×10^8	6.45×10^6

项目	年份	桐类	其他软阔	针阔混	阔叶混	经济林	竹林	合计
物质量/ (t·a^{-1})	1998	—	2.28×10^6	9.22×10^4	3.32×10^5	4.82×10^6	5.08×10^6	9.33×10^7
	2003	8.54×10^4	2.18×10^6	7.90×10^4	2.94×10^5	2.88×10^6	5.33×10^6	9.75×10^7
价值/ (元·a^{-1})	1998	—	1.79×10^8	8.87×10^6	3.13×10^7	4.82×10^8	3.87×10^8	8.86×10^9
	2003	4.25×10^6	1.19×10^8	6.72×10^6	2.39×10^7	1.79×10^8	2.81×10^8	8.95×10^9

从江西省各林分类型林木积累营养价值量来看（表 5-28 和图 5-13），1998 年各林分类型排序为：杉木＞马尾松＞栎类＞其他硬阔＞经济林＞竹林＞其他软阔＞阔叶混＞楠木＞樟树＞针阔混＞檫木，排在前 3 位的是杉木、马尾松和栎类；排在最后 2 位的是针阔混和檫木。2003 年各林分类型排序为杉木＞马尾松＞栎类＞其他硬阔＞竹林＞经济林＞其他软阔＞阔叶混＞樟树＞楠木＞针阔混＞檫木＞桐类，排在前 3 位的是杉木、马尾松和栎类；排在最后 2 位的是檫木和桐类。

从图 5-14 可以看出，2003 年不同林分类型营养物质单位面积价值量排序为：栎类＞其他硬阔＞杉木＞樟树＞针阔混＞阔叶混＞楠木＞马尾松＞桐类＞檫木＞其他软阔＞竹林＞经济林，排在前 3 位的是栎类、其他硬阔和杉木；排在最后 2 位的是竹林和经济林。单位面积平均值为 961.99 元·a^{-1}。这主要是由于各林分净生产力和元素含量不同而致。

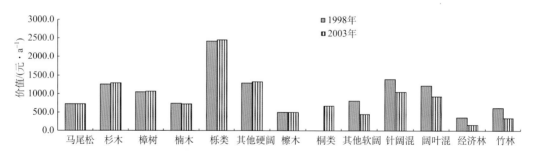

图 5-14　江西省不同林分类型林木积累营养物质单位面积价值量

5. 净化大气环境功能及价值动态分析

净化大气环境功能评估主要对森林提供负离子、吸收污染物（吸收 SO_2、吸收氮氧化物、吸收氟化物）和滞尘 3 种功能指标进行评估。

（1）提供负离子

根据森林生态站实测数据，江西省不同林分类型提供负离子能力见表 5-29。

表 5-29　江西省各林分类型提供负离子能力

林型	马尾松	杉木	樟树	楠木	栎类	其他硬阔	檫木	桐类	其他软阔	针阔混	阔叶混	经济林	竹林
负离子浓度/ (个·cm^{-3})	1366	1108	973	9566	1448	4275	1015	959	4838	1498	1684	877	2951

根据评估公式计算得到江西省森林生态系统 1998 年、2003 年提供负离子量分别为 6.16×10^{25} 个、6.84×10^{25} 个（表 5-30），2003 年比 1998 年增加了 11.05%。

表 5-30　江西省林区各林分类型提供负离子数量

年份	马尾松	杉木	樟树	楠木	栎类	其他硬阔	檫木
1998 年	1.45×10^{25}	7.78×10^{24}	3.87×10^{22}	1.82×10^{24}	4.08×10^{24}	1.7×10^{25}	1.43×10^{22}
2003 年	1.49×10^{25}	8.67×10^{24}	5.84×10^{22}	1.86×10^{24}	4.25×10^{24}	1.86×10^{25}	2.95×10^{22}

年份	桐类	其他软阔	针阔混	阔叶混	经济林	竹林	合计
1998 年	—	5.74×10^{24}	3.31×10^{22}	1.51×10^{23}	1.19×10^{24}	9.22×10^{24}	6.16×10^{25}
2003 年	1.21×10^{22}	6.86×10^{24}	3.37×10^{22}	1.58×10^{23}	1.08×10^{24}	1.19×10^{25}	6.84×10^{25}

从表 5-30 和图 5-15 可以看出，1998 年、2003 年提供负离子量各林分类型排序均为：其他硬阔＞马尾松＞竹林＞杉木＞其他软阔＞栎类＞楠木＞经济林＞阔叶混＞樟树＞针阔混＞檫木＞桐类，排在前 3 位的是其他硬阔、马尾松和竹林，排在最后的是檫木和桐类。

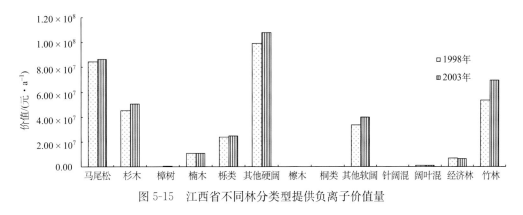

图 5-15　江西省不同林分类型提供负离子价值量

从图 5-16 可以看出，1998 年、2003 年江西省森林生态系统不同林分类型单位面积提供负离子量排序均为楠木＞其他软阔＞其他硬阔＞竹林＞阔叶混＞栎类＞马尾松＞针阔混＞樟树＞杉木＞檫木＞经济林＞桐类，排在前 3 位的是楠木、其他软阔和其他硬阔，排在最后的是经济林和桐类。每生产 10^{18} 个负离子的成本为 5.8185 元。根据评估公式计算得到两期价值量分别为：35 842.11 万元、39 803.59 万元。

从表 5-29、表 5-30、图 5-15 和图 5-16 可以看出，江西省森林生态系统两期提供负离子价值量动态变化趋势与负离子数量动态变化一致。

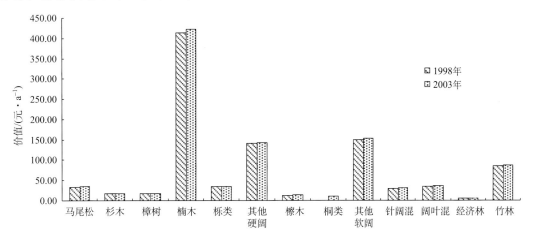

图 5-16　江西省不同森林类型单位面积提供负离子价值量

（2）吸收污染物

根据大岗山森林生态系统服务功能评估原则和方法，江西各林分类型吸收 SO_2 的能力、吸收氟化物能力、吸收氮氧化物、滞尘能力详见表 5-31。

表 5-31　江西省林区各林分类型吸收污染物能力

林分类型	吸收 SO_2 能力/$(kg \cdot hm^{-2} \cdot a^{-1})$	吸收氟化物能力/$(kg \cdot hm^{-2} \cdot a^{-1})$	吸收氮氧化物能力/$(kg \cdot hm^{-2} \cdot a^{-1})$	滞尘能力/$(kg \cdot hm^{-2} \cdot a^{-1})$
马尾松	117.60	4.65	6.00	33 200
杉木	117.60	4.65	6.00	33 200
樟树	88.65	0.50	6.00	10 110
楠木	88.65	0.50	6.00	10 110
栎类	88.65	0.50	6.00	10 110
其他硬阔	88.65	0.50	6.00	10 110
檫木	88.65	0.50	6.00	10 110
桐类	88.65	0.50	6.00	10 110
其他软阔	88.65	0.50	6.00	10 110
针阔混	152.13	2.58	6.00	21 655
阔叶混	88.65	0.50	6.00	10 110
经济林	152.13	2.58	6.00	21 655
竹林	152.13	2.58	6.00	21 655

根据评估公式计算得到（表 5-32）江西省森林生态系统 1998 年、2003 年净化 SO_2 量分别为 1.58×10^9 kg、1.65×10^9 kg；氟化物吸收量分别为 3.02×10^7 kg、3.15×10^7 kg；氮氧化物吸收量分别为 4.74×10^7 kg、4.98×10^7 kg。

表 5-32　江西省森林净化大气环境物质量

年份	林分面积/hm^2	SO_2 吸收量/$(kg \cdot a^{-1})$	氟化物吸收量/$(kg \cdot a^{-1})$	氮氧化物吸收量/$(kg \cdot a^{-1})$
1998	8 897 800.00	1.58×10^9	3.02×10^7	4.74×10^7
2003	9 307 500.00	1.65×10^9	3.15×10^7	4.98×10^7

通过计算可以得出，1998 年净化 SO_2 物质量各林分类型排序为：杉木＞马尾松＞经济林＞竹林＞其他硬阔＞栎类＞其他软阔＞楠木＞阔叶混＞樟树＞针阔混＞檫木，排在前 3 位的是杉木、马尾松和经济林，排在最后的是檫木；2003 年各林分类型排序为：杉木＞马尾松＞经济林＞竹林＞其他硬阔＞栎类＞其他软阔＞楠木＞阔叶混＞樟树＞檫木＞针阔混＞桐类，排在前 3 位的是杉木、马尾松和经济林，排在最后的是桐类。

1998 年、2003 年吸收氟化物物质量排在前 4 位的均是杉木、马尾松、经济林和竹林，排在后 2 位的分别是樟树和檫木、檫木和桐类。1998 年吸收氮氧化物物质量排在前 4 位的是杉木、马尾松、经济林和其他硬阔，排在最后 2 位的分别是檫木和针阔混。2003 年吸收氮氧化物物质量排在前 4 位的是杉木、马尾松、经济林和竹林，排在最后 2 位的分别是桐类和针阔混。

（3）阻滞降尘

根据评估公式及以上数据资料，计算得到江西省森林生态系统 1998 年、2003 年滞尘量分别为：2.33×10^{11} kg、2.43×10^{11} kg。1998 年、2003 年阻滞降尘物质量排在前 3 位的均是杉木、马尾松和经济林，排在最后一位的均是檫木和桐类。滞尘价值量分别为 3.50×10^{10} 元 $\cdot a^{-1}$、3.65×10^{10} 元 $\cdot a^{-1}$。

（4）净化大气环境总价值量

通过计算，并从表 5-33 和图 5-17 可以看出，江西省森林生态系统 1998 年、2003 年净化大气环境总价值量分别为 3.67×10^{10} 元 $\cdot a^{-1}$、3.83×10^{10} 元 $\cdot a^{-1}$。2003 年比 1998 年增加了 4.36%。

表 5-33 江西省森林净化大气环境价值量

年份	提供负离子价值/(元·a⁻¹)	吸收 SO₂ 价值/(元·a⁻¹)	吸收氟化物价值/(元·a⁻¹)	吸收氮氧化物价值/(元·a⁻¹)	滞尘价值/(元·a⁻¹)	净化大气环境总价值/(元·a⁻¹)
1998	3.58×10^8	1.28×10^9	2.09×10^7	3.36×10^7	3.50×10^{10}	3.67×10^{10}
2003	3.98×10^8	1.33×10^9	2.17×10^7	3.52×10^7	3.65×10^{10}	3.83×10^{10}

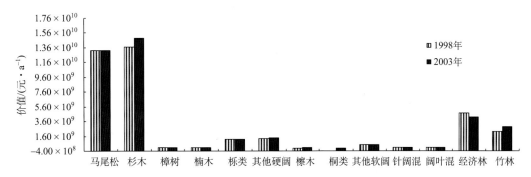

图 5-17 江西省不同林分类型净化大气环境价值量

1998 年各林分类型总价值量排序为：杉木＞马尾松＞经济林＞竹林＞其他硬阔＞栎类＞其他软阔＞楠木＞阔叶混＞针阔混＞檫木＞樟树，排在前 4 位的是杉木、马尾松、经济林和竹林，排在最后是樟树；2003 年各林分类型总价值量排序排在前 4 位的也是杉木、马尾松、经济林和竹林，排在最后的是桐类。

净化大气环境 3 项功能大小排序均为：滞尘＞吸收污染物＞提供负离子，2003 年各项所占比例分别为：95.33％、3.63％、1.04％。所以，本研究中滞尘功能是江西省森林净化大气环境中的主要功能。

在吸收污染物功能中，从大到小排序均为：吸收 SO₂＞吸收氮氧化物＞吸收氟化物，2003 年各项所占比例分别为：95.91％、1.56％、2.53％。所以，本研究中吸收 SO₂ 功能是吸收污染物中的主要功能。

价值量是物质量的货币化（或价值）表现，所以其内在原因源于上述各分项物质量的动态变化。可见，各项功能呈现了逐年缓慢增加的趋势。

6. 生物多样性保护功能及价值动态分析

根据大岗山森林生态站多年研究资料和在江西省林区开展的与生物多样性相关的研究，汇总分析得知各林分类型两期的 Shannon-Wiener 多样性指数（表 5-34）。根据评估公式计算得到两期生物多样性保护价值（表 5-35 和图 5-18）。

表 5-34 江西省林区不同林分类型 Shannon-Wiener 多样性指数

年	马尾松	杉木	樟树	楠木	栎类	其他硬阔	檫木	桐类	其他软阔	针阔混	阔叶混	经济林	竹林
1998	1.192	1.535	1.903	3.669	3.677	3.677	3.845	—	3.669	2.619	3.679	0.952	1.667
2003	1.234	1.568	1.903	3.669	3.677	3.677	3.845	0.856	3.639	2.604	3.665	0.952	1.640

表 5-35 江西省森林生态系统生物多样性保护价值 （单位：元·a⁻¹）

年份	马尾松	杉木	樟树	楠木	栎类	其他硬阔	檫木
1998 年	1.28×10^{10}	1.33×10^{10}	6.40×10^7	5.12×10^8	1.38×10^{10}	1.41×10^{10}	1.28×10^8
2003 年	1.28×10^{10}	1.45×10^{10}	9.60×10^7	5.12×10^8	1.43×10^{10}	1.51×10^{10}	2.56×10^8

年份	桐类	其他软阔	针阔混	阔叶混	经济林	竹林	合计
1998 年	—	4.48×10^9	6.40×10^7	7.68×10^8	4.09×10^9	3.14×10^9	6.72×10^{10}
2003 年	1.92×10^7	5.25×10^9	6.40×10^7	5.12×10^8	3.67×10^9	4.03×10^9	7.11×10^{10}

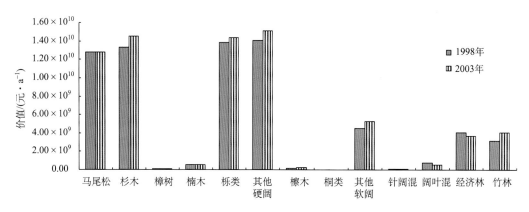

图 5-18 江西省各林分类型生物多样性保护价值量

7. 森林游憩功能及价值动态分析

采用评估期内江西省林业系统管辖的自然保护区和森林公园年度旅游直接收入。据国家林业局统计数据，1998年和2003年江西省此项收入为2109万元和10 189.68万元，接待人数分别为114.42万人、418.33万人，可见江西省的森林游憩功能在不断增加。

8. 江西省森林生态系统服务功能实物量和价值量

（1）江西省森林生态系统服务功能实物量

根据以上评估得出"九五"和"十五"期间江西省5个方面10个指标的森林生态系统生态服务功能实物量见表5-36。

表 5-36 江西省森林生态系统服务功能实物量汇总表

年份	面积/ hm²	涵养水源 调节水量/ (元·a⁻¹)	保育土壤		固碳释氧	
			固土/ (元·a⁻¹)	保肥/ (元·a⁻¹)	固碳/ (元·a⁻¹)	释氧/ (元·a⁻¹)
1998	8 897 800.0	5.40×10^{10}	1.56×10^{8}	1.02×10^{7}	3.67×10^{7}	8.58×10^{7}
2003	9 307 500.0	5.47×10^{10}	1.63×10^{8}	1.07×10^{7}	3.98×10^{7}	9.32×10^{7}

年份	林木营养 N、P、K/ (元·a⁻¹)	净化大气环境				
		提供负离子/ (个·a⁻¹)	吸收 SO₂/ (元·a⁻¹)	吸收氟化物/ (元·a⁻¹)	吸收氮氧化物/ (元·a⁻¹)	滞尘/ (元·a⁻¹)
1998	9.33×10^{7}	6.16×10^{25}	1.07×10^{9}	3.02×10^{7}	5.34×10^{7}	2.33×10^{11}
2003	9.75×10^{7}	6.84×10^{25}	1.11×10^{9}	3.15×10^{7}	5.58×10^{7}	2.45×10^{11}

（2）江西省森林生态系统所提供的服务功能价值量对比

根据以上评估得出："九五"期间江西省森林生态系统7类生态服务功能的总价值平均每年为7.014×10^{11}元，单位面积森林提供的服务功能价值为78 829.81元·hm⁻²·a⁻¹；"十五"期间总价值为7.245×10^{11}元·a⁻¹，单位面积森林提供的服务功能价值为77 840.39元·hm⁻²·a⁻¹。见表5-37。两期之间总价值增长3.292%，单位面积价值减少了1.256%。

表 5-37 江西省森林生态系统服务功能价值量汇总表

年份	面积/ hm²	涵养水源/ (元·a⁻¹)	保育土壤/ (元·a⁻¹)	固碳释氧/ (元·a⁻¹)	林木营 养积累/ (元·a⁻¹)	净化大 气环境/ (元·a⁻¹)	生物多样 性保护/ (元·a⁻¹)	森林游憩/ (元·a⁻¹)	合计/ (元·a⁻¹)
1998	8 897 800.0	4.43×10^{11}	1.60×10^{10}	1.30×10^{11}	8.86×10^{9}	3.67×10^{10}	6.72×10^{10}	2.11×10^{7}	7.01×10^{11}
2003	9 307 500.0	4.48×10^{11}	1.67×10^{10}	1.41×10^{11}	8.95×10^{9}	3.83×10^{10}	7.11×10^{10}	1.02×10^{8}	7.24×10^{11}

（3）江西省森林生态系统各项服务功能所提供的价值量对比分析

在 7 项森林生态系统服务功能价值的贡献之中，其大小顺序依次均为：涵养水源＞固碳释氧＞生物多样性保护＞净化大气环境＞保育土壤＞积累营养物质＞森林游憩。

由表 5-37 和图 5-19 可见，"九五"期间江西省森林的 7 项功能的价值量和所占比例分别是：涵养水源 4427.903 亿元，63.128%；固碳释氧 1298.573 亿元，18.514%；生物多样性保护 672.050 亿元，9.581%；净化大气环境 366.924 亿元，5.231%；保育土壤 159.858 亿元，2.279%；积累营养物质 88.601 亿元，1.263%；森林游憩 0.211 亿元，0.003%。

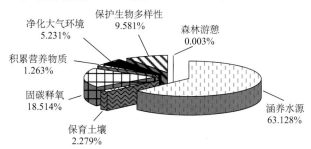

图 5-19　江西省森林生态系统服务功能总价值（"九五"期间）

由表 5-37 和图 5-20 可见，"十五"期间江西省森林的 7 项功能的价值量和所占比例分别是：涵养水源 4484.488 亿元，61.898%；固碳释氧 1408.766 亿元，19.445%；生物多样性保护 710.935 亿元，9.813%；净化大气环境 382.968 亿元，5.286%；保育土壤 167.280 亿元，2.309%；积累营养物质 89.537 亿元，1.236%；森林游憩 1.019 亿元，0.014%。

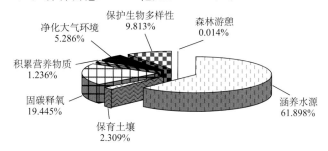

图 5-20　江西省森林生态系统服务功能总价值（"十五"期间）

（4）江西省森林生态系统各林分类型所提供的价值量对比

从图 5-21 和图 5-22 可以看出，在江西省森林生态系统各林分类型提供服务功能总价值的贡献之中，"九五"期间各林分类型服务功能总价值大小顺序为：马尾松＞杉木＞经济林＞栎类＞其他硬阔＞竹林＞其他软阔＞楠木＞阔叶混＞樟树＞檫木＞针阔混，排在前 3 位的是马尾松、杉木和经济林，排在最后一位的是针阔混。林分单位面积服务功能价值大小顺序为：栎类＞其他硬阔＞樟树＞其他软阔＞楠木＞檫木＞阔叶混＞竹林＞马尾松＞针阔混＞经济林＞杉木。

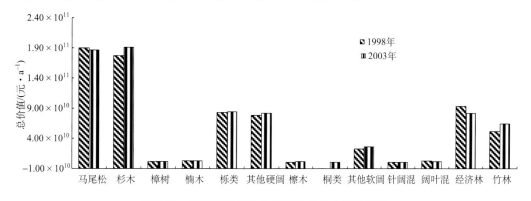

图 5-21　江西省各林分类型提供服务功能总价值

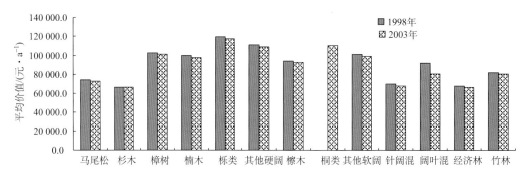

图 5-22　江西省各林分类型提供服务功能单位平均价值

"十五"期间各林分类型服务功能总价值大小顺序为：杉木＞马尾松＞栎类＞其他硬阔＞经济林＞竹林＞其他软阔＞楠木＞阔叶混＞樟树＞檫木＞桐类＞针阔混，排在前3位的是杉木、马尾松、经济林，排在最后的是针阔混。林分单位面积服务功能价值大小顺序为：栎类＞桐类＞其他硬阔＞樟树＞其他软阔＞楠木＞檫木＞阔叶混＞竹林＞马尾松＞针阔混＞经济林＞杉木。

（5）与相关研究对比分析

马定国等（2003）也曾经发表文章，根据1998年江西省国土资源遥感调查资料对江西省森林生态系统服务功能价值进行了评估，着重对森林生态系统4项主导服务功能净化大气环境价值、固定 CO_2 和释放 O_2 功能价值、涵养水源功能价值、土壤保持功能价值进行了货币化评估。

评估结果表明，江西省森林系统服务功能总价值平均每年为1177.53亿元，其中涵养水源价值为585.66亿元，净化大气环境功能价值为458.14亿元，保持土壤减少侵蚀的价值为121.95亿元，固定 CO_2 和制造 O_2 功能价值为11.77亿元，所占比例分别为49.73％、38.91％、10.36％、1.00％。

而本研究主要对7个方面12个指标进行了物质量和价值量评估，其结果是："九五"期间总价值为7014.119亿元・ a^{-1}，"十五"期间总价值为7244.994亿元・ a^{-1}，两期之间总价值增长3.292％（图5-23）。由表5-37和图5-20可见，"十五"期间上述4项江西省森林的服务功能价值量和所占比例分别是：涵养水源4484.488亿元，61.898％；净化大气环境382.968亿元，5.286％；保育土壤167.280亿元，2.309％；固碳释氧1408.766亿元，19.445％。通过计算可知，各项价值及其总价值分别是前面的7.66倍、0.84倍、1.37倍、119.69倍和5.96倍。

造成上述差异其原因主要有以下几点：首先采用的计算方法和参数不同。例如，马定国等是利用了径流深法结合影子工程法对涵养水源功能进行了计算，本研究采用的是水量平衡法结合影子工程法。其次采用的数据源不同。例如，在计算土壤侵蚀一项时，马定国等采取的是全国范围的平均侵蚀模数，本研究采用的是大岗山森林生态站及其江西省范围内开展的长期定位观测研究实测数据。还有选取的评估公共数据不同。例如，本研究中采用的碳税率为150美元・ t^{-1}（折合人民币为1200元・ t^{-1}）。应该看到，虽然方法和参数有差异，其物质量相差不大。江西省总价值相差几倍，是因为本研究评估的项目包括了7项功能，而马定国等只评估了4项功能。

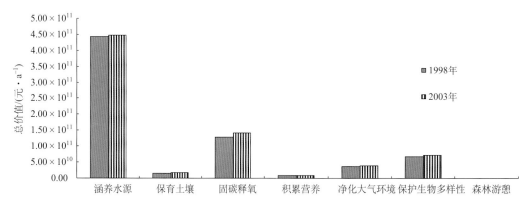

图 5-23　江西省森林生态系统各项服务功能总价值

主要参考文献

常杰，潘晓东，葛滢等.1999.青冈常绿阔叶林内的小气候特征.生态学报，19（1）：68~75

陈昌毓.1994.祁连山北坡水热条件对林木分布的影响.中国农业气象，15（1）：30~33

陈永瑞，林耀明，李家永等.2001.千烟洲试验区人工林养分循环的研究.江西科学，19（3）：147~152

谌小勇，彭元英，张昌建等.1995.亚热带常绿阔叶林涵养水源效能的研究.中南林学院学报，15（1）：128~135

范少辉，盛炜彤，马祥庆等.2003.多代连栽对不同发育阶段杉木人工林生产力的影响.林业科学研究，16（5）：560~567

方精云，刘国华，徐嵩龄.1996.我国森林植被的生物量和净生产量.生态学报，16（5）：497~508

冯宗炜，王效科，吴刚.1999.中国森林生态系统的生物量和生产力.北京：科学出版社

高彦华，汪宏清，周旭.2005.兴国县土壤侵蚀变化的遥感监测与分析.地球信息科学，7（3）：21~24

顾凯平.1988.中国森林资源预测模型的结构与模拟.北京林业大学学报，10（3）：57~65

郭玉文，聂道平，王兵.1998.亚热带常绿阔叶林迹地不同森林经营类型对土壤肥力的影响.植物营养与肥料学报，4（4）：407~413

侯元兆.2002.中国热带森林环境资源.北京：中国科学技术出版社

黄承标.1991.西江坪常绿阔叶林地表径流的研究.广西植物，11（3）：247~253

惠刚盈，盛炜彤，Gadow K V等.1994.杉木人工林收获模型系统的研究.林业科学研究，7（4）：353~358

江西森林编委会.1986.江西森林.南昌：江西科学技术出版社

江西省林业志编委会.1999.江西省林业志.黄山：黄山书社

江西省统计局.2006.江西省林业产权制度改革与农民增收专题统计报告

荆克晶，鞠美庭.2004.对生态系统服务功能价值评估中相关问题的探讨.环境科学与技术（增刊），27：129~132

雷加富.2005.中国森林资源.北京：中国林业出版社

李海静，王兵，李少宁等.2005.江西大岗山森林植物区系研究.江西植保，28（2）：56~62

李世东.2006.中国生态状况报告—生态综合指数与生态状况基本判断.北京：科学出版社

李银霞.2002.祁连山自然保护区森林生物多样性经济价值评估.兰州：甘肃农业大学硕士学位论文

林薇薇.2005.野生植物经济价值研究.北京：北京林业大学硕士学位论文

刘景芳，童书振.1980.编制杉木林分密度管理图研究报告.林业科学，16（4）：241~251

刘信中，王向峰.2005.江西九连山自然保护区常绿阔叶林生态系统效益研究的思考.江西林业科技，（1）：21~24

刘苑秋，杨国平，杜天真等.2005.严重侵蚀红壤重建森林的土壤生态效益研究.江西农业大学学报，27（1）：119~123

卢俊培.1993.海南岛尖峰岭热带森林生态系统的地球化学特征.林业科学研究，4（1）：1~9

马定国，舒晓波，刘影等.2003.江西省森林生态系统服务功能价值评估.江西科学，21（3）：211~216.

马祥庆，刘爱琴，马壮等.2000.不同代数杉木林养分积累和分布的比较研究.应用生态学报，11（4）：501~506

南方14省（区）杉木栽培科研协作组.1982.全国杉木（实生）地位指数表的编制与应用.林业科学，（3）：134~144

秦国峰，荣文琛，洪炜.1999.马尾松人工幼林施肥效应的研究.林业科学，35（1）：113~118

阮瑞文，窦永章.1981.杉木不同密度造林试验研究.林业科学，17（4）：370~377

杉木造林密度试验协作组.1994.杉木造林密度试验阶段报告.林业科学，（5）：419~429

盛炜彤，范少辉.2005.杉木人工林长期生产力保持机制研究.北京：科学出版社

施玉书，徐永成，陈建坤等.2001.常绿阔叶林比较其他林种生态功能优势分析研究.浙江林业科技，21（2）：53~56

石玉麟.1990.长岭杉木人工林生态系统叶面积指数及净生产量的研究.江西农业大学学报，12（4）：40~47

孙时轩.1992.造林学第二版.北京：中国林业出版社

童书振，盛炜彤，张建国.2002.杉木林分密度效应研究.林业科学研究，15（1）：66~75

童书振，张建国，罗红艳.2000.杉木林密度间伐试验.林业科学，36（1）：86~89

王兵，崔向慧，白秀兰等.2002.大岗山人工针阔混交林与常绿阔叶林水文动态变化研究.林业科学研究，15（1）：13~20

王兵，李海静，李少宁等.2005a.大岗山中亚热带常绿阔叶林物种多样性研究.江西农业大学学报，27（5）：678~682

王兵，李少宁，李利学等.2005b.大岗山森林生态系统优化管理模式研究.江西农业大学学报，27（5）：683~688

王兵，赵广东，李少宁等.2005c.江西大岗山常绿阔叶林优势种丝栗栲和苦槠栲光合日动态特征研究.江西农业大学学报，27（4）：576~579

王兵，聂道平，郭泉水等.2003.大岗山森林生态系统研究.北京：中国科学技术出版社

王登峰.2002.广东省森林生态状况监测报告.北京：中国林业出版社

王华绒，邓宗富，卢俊豪等.1999.杉木基因资源收集、保存和利用的研究.林业科学，35（5）：38~45

温光远，刘世荣.1995.我国主要森林生态系统类型降雨截流规律的数量分析.林业科学，31：（4）：289~298

肖文发，聂道平，张家诚.1999.我国杉木林生物量与能量利用率的研究.林业科学研究，12（3）：237~243

张鼎华，范少辉.2002.亚热带常绿阔叶林和杉木林皆伐后林地土壤肥力的变化.应用与环境生物学报，8（2）：115~119

张佳华，姚凤梅.2004.江西兴国土壤侵蚀动态的研究.北京林业大学学报，26（1）：53~56

张家城，陈力.2000.亚热带多优势种森林群落演替现状评判研究.林业科学，36（2）：116~121

张家城，盛炜彤，聂道平等．2001.江西分宜地区杉木人工林不同代数间生产力与生物量构成的比较研究．林业科学研究，14（2）：160～167

张建国，盛炜彤，罗红艳等．2003.杉木营养平衡与苗木干物质的分配关系．林业科学，39（3）：37～44

张金池，康立新，卢义山．1996.苏北海堤主要防护林类型防蚀功能研究．南京林业大学学报，20（3）：11～15

张连举，王兵，刘苑秋等．2007.大岗山四种林型夏秋季土壤呼吸研究．江西农业大学学报，29（1）：72～84

张向辉，王清春，李瀚等．2002.青海东峡林区森林生态系统服务功能及经济价值评估．北京林业大学学报，24（4）：85～87

张颖．2007.绿色财富——森林社会效益评价与核算．北京：中国环境科学出版社

赵广东，王兵，李少宁等．2005.大岗山常绿阔叶林优势种不同叶龄叶片光合特性研究．江西农业大学学报，27（2）：161～165

赵敏，周广胜．2004.中国森林生态系统的植物碳贮量及其影响因子分析．地理科学，24（1）：50～54

钟全林．1999.生态公益林类型及效益评价指标体系研究．江西农业大学学报，21（1）：103～106

周广胜，张新时．1996.全球气候变化的中国自然植被的净第一性生产力的研究．植物生态学报，20（1）：11～19

周梅．2003.大兴安岭森林生态系统水文规律研究．北京：中国科学技术出版社．82～94

第六章　河南省森林生态系统服务功能评估研究

第一节　河南省概况

一、地理位置

河南省位于中国中东部、黄河中下游，地理坐标介于北纬31°23′~36°22′，东经110°21′~116°39′。东接安徽、山东，北接河北、山西，西连陕西，南临湖北。东西长约580 km，南北相距约530 km，总面积16.7万km²，占全国总面积的1.73%，居全国第17位。地处沿海开放地区与中西部地区的结合部，是我国经济由东向西推进梯次发展的中间地带，呈承东启西、连南贯北之势，区位优势明显。

二、地形地貌

河南地形较为复杂，总的趋势是：由西向东逐渐降低，分为山地、丘陵和平原三大类型。灵宝市境内的老鸦岔为河南省最高峰，海拔2413.8 m；最低处在固始县的淮河出省处，仅23.2 m。北、西、南三面太行山、伏牛山、桐柏山、大别山沿省界呈半环形分布；中、东部为黄淮海冲积平原；西北部为南阳盆地。北为太行山；西为秦岭山系的东延部分，河南境内呈指状放射，自北而南分别为崤山、熊耳山、外方山、伏牛山等支脉；南有桐柏山、大别山。山地面积约4.4万km²，占河南省总土地面积的26.6%。山体地貌大体可分为侵蚀石质山地、断块侵蚀山地和黄土覆盖石质山地。太行山和豫西山地山势陡峭，太行山海拔多在1000 m左右，豫西山地多在1000 m以上，老鸦岔、老君山、石人山、玉皇顶等山峰。海拔均在2000 m以上。南部桐柏山、大别山海拔一般为600~800 m，太白顶、黄毛尖、黄柏山、金刚台等山峰。海拔均在1000 m以上。山区是黄河、淮河、长江和海河的干流和众多支流的发源地，是重要的林业生产基地，生态区位十分重要。丘陵面积约2.96万km²，占河南省总土地面积的17.7%。在黄河、伊河、洛河和涧河两岸，主要为沟壑纵横的黄土丘陵，海拔多为200~500 m。伏牛山南麓、桐柏山与大别山北麓，多系洪积而成的岗地，海拔100~200 m。这里人口稠密，垦殖历史悠久，天然林已破坏殆尽，水土流失严重，急需造林绿化。平原和盆地面积9.3万km²，占河南省总土地面积的55.7%。淮河以北，京广线以西多属山前平原，京广线以东为豫东黄淮海冲积平原；伏牛山南麓，桐柏山以西，是著名的南阳盆地。这些地区，地势平坦，海拔介于50~200 m，是河南重要的农业区。通过多年来坚持不懈的平原绿化建设，平原地区已经初步形成了以农田林网为主体，点、片、带、网相结合的综合农田防护林体系，生态环境大为改善。这里已成为河南省商品林生产基地。

三、气候

河南属暖温带-亚热带、湿润-半湿润季风气候。以伏牛山主脊与淮河干流的连线为界，南部属北亚热带湿润区，北部属暖温带半湿润区。一般特点是冬季寒冷雨雪少，春季干旱风沙多，夏季炎热雨丰沛，秋季晴和日照足。河南省年平均气温一般为12~16℃，1月-3~3℃，7月24~29℃，大体东高西低，南高北低，山地与平原间差异比较明显。气温年较差、日较差均较大，极端最低气温-21.7℃（1951年1月12日，安阳）；极端最高气温44.2℃（1966年6月20日，洛阳）。全年无霜期从北往南为180~240 d。年平均降水量为500~900 mm，南部及西部山地较多，大别山区可达1100 mm以上。年蒸发量1300~2100 mm，年均相对湿度65%~77%。全年降水的50%集中在夏季，常有暴雨。由于地处中纬度，冷暖气团交替频繁发生，大陆季风气候显著，主要灾害是旱灾和水灾，其次是霜冻、冰雹、干热风等。

四、水文资源

河南横跨黄河、淮河、海河、长江四大水系，境内1500多条河流纵横交织，流域面积100 km²

以上的河流有 493 条。黄河横贯中部，境内干流 711 km，流域面积 3.62 万 km²，约占河南省面积的 1/5。省境中南部的淮河，支流众多，水量丰沛，干流长 340 km，流域面积 8.83 万 km²，约占河南省面积的 1/2。北部的卫河、漳河流入海河。西南部的丹江、湍河、唐白河注入汉水。河南省水资源总量 413 亿 m³，居全国第 19 位。人均水资源量 440 m³，亩均 341 m³。人均占有量是全国的 1/5，属北方缺水省份。

河南省水库众多，库容 3 亿 m³ 以上的水库 17 座，其中有著名的小浪底水库、三门峡水库和丹江水库等，库容 1~3 亿 m³ 以上的大型水库 8 座，库容 1000 万~1 亿 m³ 的中型水库 101 座，库容 1000 万 m³ 以下的小型水库 2274 座。

五、土壤类型

河南省土壤类型多样，分为 7 个土纲、13 个亚纲、19 个土类、44 个亚类、150 个土属。分布面积较大、与林业发展关系密切的土壤有褐土、黄褐土、潮土、棕壤、黄棕壤、砂姜黑土、风沙土等。土壤分布具有明显区域性、地带性的特点，山地丘陵区土壤以褐土、黄褐土、棕壤、黄棕壤为主，淮北低洼易涝平原区及南阳盆地土壤以砂姜黑土为主，风沙区土壤以风沙土为主，一般平原区土壤以潮土为主。

六、植被状况

河南省地域广阔，地形复杂，南北气候交错，形成了植物和群落的千差万别的生境条件，因而构成了多种多样的植被类型，群落的植物种类、特征和结构多样化，具有南北过渡特点。河南省维管束植物约 4473 余种，分属于 197 科，1191 属。植被大致以伏牛山主脊和淮河干流一线为界，北部为南暖温带落叶阔叶林地带，南部为北亚热带常绿阔叶林地带。根据河南省地带性森林植被类型和植被组成成分的特点，共划分 4 个森林植被区。

1. 豫西、豫西北山地、丘陵、台地落叶阔叶林植被区

该区因海拔高差大，地形极为复杂，森林植被垂直变化明显，具有南北过渡的特征。海拔 600~1200 m 以栓皮栎、麻栎为建群种，海拔 1000~1700 m 以槲栎、锐齿槲栎为建群种。混生树种有侧柏、青檀、槲树、水曲柳、千金榆、鹅耳枥、四照花、椴树、白桦、元宝枫、楸树、樱桃、连香树、黄连木、香椿、臭椿、榆树、榉树、领春木、刺槐等。针叶林以油松、华山松、侧柏为建群种，伏牛山高海拔地带有零星的太白冷杉、铁杉，20 世纪 60 年代引种的日本落叶松生长良好。林下灌木有河南杜鹃、荆条、酸枣、黄栌等。

2. 黄淮海平原栽培植被区

该区是华北平原的重要组成部分，因开垦历史悠久，天然植被已被人工栽培植被所更替。主要森林植被为防风固沙林、农田防护林、护路林、护岸林等。所栽培的树种大多是温带的落叶树种，主要有杨树、泡桐、刺槐、柳树、臭椿、白榆、白蜡树、桑树、苦楝、枣树、柿树、侧柏、桧柏、苹果、楸树等。有少量的常绿树种，如侧柏、桧柏、油松等。

3. 伏南山地、丘陵、盆地常绿、落叶阔叶林植被区

此区虽有南北东西成分交汇的特点，但山麓仍以北亚热带森林植被景观为主。地带性植被多以栓皮栎、麻栎、锐齿槲栎为建群种的落叶阔叶林和以马尾松为建群种的针叶林为主，海拔 900 m 以上有油松林分布，海拔 1500 m 以上多为华山松林。林中除上述乔木树种外，还常混生有椴树、湖北枫杨、五角枫、梓树、辛夷、黄金楸、山茱萸等，经济树种以油桐、猕猴桃、漆树、核桃分布比较广泛。常见的灌木有连翘、盐肤木、黄荆、野山楂等。

4. 桐柏大别山地、丘陵常绿、落叶阔叶林植被区

该区地处北亚热带向暖温带过渡地带的北部，典型森林植被以落叶栎类为主，并有少量常绿针叶树种。乔木层以栓皮栎、麻栎、槲栎、马尾松、黄山松、杉木等为主，伴生有乌桕、枫香、化香、山合欢、椴树、枫杨等落叶树种及少量油茶、三尖杉等常绿树种。灌木主要有山胡椒、胡枝子、三桠乌药、钓樟等。经济树种有茶树、板栗、油茶、油桐。毛竹是本区特有树种。该区引进并大量栽植成功的有火炬松、湿地松。

七、野生动物资源

河南省野生动物资源较为丰富。河南省约有陆生脊椎动物 522 种,其中两栖动物 20 种,爬行动物 38 种,鸟类 385 种,兽类 79 种,鱼类约 100 种。此外,河南省已定名的昆虫有 7600 多种,占全国已定名昆虫种类的 12.7%。已列入国家和省重点保护野生动物名录的物种有 128 种,其中国家一级保护动物 14 种(包括引进放归自然野化的 2 种),国家二级保护动物 78 种,省重点保护动物 36 种,如大鲵、商城肥鲵、金雕、丹顶鹤、大天鹅、白冠长尾雉、红腹锦鸡、秃鹫、金钱豹、猕猴等,隶属于 6 纲 22 目 30 科。猕猴是旧大陆热带及亚热带的典型代表种,分布在太行山区,为我国猕猴分布的北界最集中的地方。

八、社会经济情况

河南省辖郑州、开封、洛阳、平顶山、安阳、鹤壁、新乡、焦作、濮阳、许昌、漯河、三门峡、商丘、周口、驻马店、南阳、信阳、济源共 18 个省辖市、20 个县级市、88 个县、50 个市辖区、1895 个乡镇、460 个街道办事处、3299 个社区居委会、47 603 个村委会。

2007 年末,河南省总人口 9869 万人,是全国人口第一大省。2007 年全年粮食种植面积 946.80 万 hm²,河南省粮食产量 5245.22 万 t,占全国粮食总产量的 1/10 强,已连续八年居全国第一位,是全国重要的商品粮基地。2007 年河南省生产总值 15 058.07 亿元,比上一年增长 14.4%,经济总量继续保持全国第五位,中西部省份首位;人均生产总值 16 060 元,一、二、三产业构成为 15.7:55.0:29.3,二、三产业占主导地位,比重达到 84.3%。从业人员 5759 万人。全年全部工业增加值 7508.27 亿元。规模以上工业增加值 5438.06 亿元。全社会固定资产投资 8010.11 亿元。河南省城镇居民人均可支配收入 11 477.05 元,农村居民人均纯收入 3851.60 元。

第二节　森林资源概况

河南省地域广阔,南北气候交错,形成南北区域兼容并存的森林植被。分布着暖温带落叶阔叶林和北亚热带落叶与常绿阔叶混交林。截至 2006 年年底,河南省有林地面积 289.24 万 hm²,疏林 9.65 万 hm²,灌木林 59.83 万 hm²,四旁树木折算林地 51.33 万 hm²,散生木折算林地 5.89 万 hm²。

根据森林资源连续清查,河南省 2007 年森林各优势树种各龄组面积蓄积见表 6-1。

此外,河南省还有经济林面积 580 160 hm²;竹林面积 20 360 hm²;灌木林面积 612 540 hm²;村镇树木 56 071 万株;四旁树 112 281 万株,折合林地面积 679 700 hm²;散生木折合林地面积 141 660 hm²。

河南省共有自然保护区 35 个,面积 756 900 hm²,其中国家级自然保护区 11 个。森林公园 94 个,其中国家级森林公园 29 个。

第三节　河南省森林生态系统服务功能动态评估

一、河南省 2006 年森林生态系统服务功能评估

根据中华人民共和国林业行业标准《森林生态系统服务功能评估规范》(LY/T 1721—2008),结合河南省森林资源实际情况,对涵养水源、保育土壤、固碳释氧、积累营养物质、净化大气环境、森林防护、生物多样性保护、森林游憩八大功能进行评估。

1. 涵养水源

根据中华人民共和国林业行业标准《森林生态系统服务功能评估规范》(LY/T 1721—2008)中的调节水量和净化水质评估公式、2006 年森林资源数据和水库库容造价及全国城市居民用水平均价格,得到 2006 年河南省森林生态系统调节水量为 88.76 亿 m³·a⁻¹,调节水量价值为 542.40 亿元·a⁻¹;净化水质的价值为 185.51 亿元·a⁻¹。

综合森林调节水量及其净化水质两项价值,得到 2006 年河南省森林生态系统涵养水源价值为 727.91 亿元·a⁻¹(表 6-2)。

表 6-1 2007 年河南省森林各优势树种组各龄组面积蓄积统计表

树种	幼龄林 面积/hm²	幼龄林 蓄积/m³	中龄林 面积/hm²	中龄林 蓄积/m³	近熟林 面积/hm²	近熟林 蓄积/m³	成熟林 面积/hm²	成熟林 蓄积/m³	过熟林 面积/hm²	过熟林 蓄积/m³	合计 面积/hm²	合计 蓄积/m³
柏木	35 900	423 980	18 100	531 860	2 880	262 060	0	0	0	0	56 880	1 217 900
落叶松	960	28 080	5 200	172 960	0	0	0	0	0	0	6 160	201 040
油松	34 040	516 020	30 760	1 484 260	9 380	641 960	2 960	151 120	1 280	90 480	78 420	2 883 840
马尾松	118 391	3 348 920	45 760	1 903 940	17 060	957 140	1 700	207 160	0	0	182 911	6 417 160
杉木	8 200	178 740	8 242	579 800	2 906	295 280	0	0	0	0	19 349	1 053 820
栎类	640 280	16 518 600	184 360	11 648 000	39 640	4 365 940	11 940	1 356 520	9 380	1 380 000	885 600	35 269 060
其他硬阔	134 160	4 043 840	77 240	3 649 060	30 380	1 640 200	33 260	1 441 700	10 240	836 080	285 280	11 610 880
杨树	403 040	16 264 240	330 400	22 356 020	49 660	5 671 960	13 860	1 697 880	3 280	302 060	800 240	46 292 160
桐类	21 460	547 320	17 720	738 340	7 360	370 240	4 500	414 180	0	0	51 040	2 070 080
阔叶混	165 340	5 736 120	68 400	4 928 280	19 920	1 301 820	11 540	877 300	2 960	438 780	268 160	13 282 300
合计	1 561 771	47 605 860	786 182	47 992 520	179 186	15 506 600	79 760	6 145 860	27 140	3 047 400	2 634 040	120 298 240

表 6-2　涵养水源功能综合评价

林分类型	林分面积/ hm²	调节水量		净化水质		价值合计/ (元·a⁻¹)
		功能/ (t·a⁻¹)	价值/ (元·a⁻¹)	功能/ (t·a⁻¹)	价值/ (元·a⁻¹)	
柏木	82 800	298 041 966	1821 245 039	298 041 966	622 907 708	2 444 152 747
落叶松	6 412	23 080 255	141 036 512	23 080 255	48 237 732	189 274 244
油松	111 534	401 471 166	2453 269 857	401 471 166	839 074 738	3 292 344 595
马尾松	262 080	1 129 818 703	6903 983 149	1 129 818 703	236 1321 089	9 265 304 239
杉木	28 158	81 044 514	495 238 714	81 044 514	169 383 035	664 621 749
栎类	1 093 132	1 809 995 610	11 060 340 177	1 809 995 610	3 782 890 826	14 843 231 003
其他硬阔	220 700	824 606 528	5 038 923 113	824 606 528	1 723 427 644	6 762 350 757
杨树	553 900	917 141 360	5 604 375 706	917 141 360	1 916 825 441	7 521 201 147
桐类	73 022	120 909 002	738 838 640	120 909 002	252 699 815	991 538 455
阔叶混	403 522	769 821 736	4 704 149 680	769 821 736	1 608 927 428	6 313 077 108
经济林	708 000	1 738 059 799	10 620 762 011	1 738 059 799	3 632 544 979	14 253 306 990
竹林	17 800	44 850 276	274 066 584	44 850 276	93 737 078	367 803 662
灌木林	598 300	717 410 338	4 383 879 352	717 410 338	1 499 387 606	5 883 266 958
合计	4 159 360	8 876 251 253	54 240 108 534	8 876 251 253	18 551 365 119	72 791 473 654

2. 保育土壤

(1) 年固土价值

本研究采用无林地土壤侵蚀模数与森林林地土壤侵蚀模数的差值乘以修建水库的成本来计算森林固土价值，根据中华人民共和国林业行业标准《森林生态系统服务功能评估规范》(LY/T 1721—2008) 中固土指标评估公式，计算获得 2006 年河南省森林生态系统固土 1.47 亿 t·a⁻¹，水库库容造价采用 6.1107 元·m⁻³计算得到河南省森林生态系统固土价值为 6.71 亿元·a⁻¹。

(2) 年保肥价值

本研究森林保肥价值采用侵蚀土壤中的主要营养元素氮、磷、钾和有机质量折合成磷酸二铵、氯化钾和有机质的价值来体现。经计算，磷酸二铵中含氮量 14.0%，含磷量 15.01%；氯化钾中含钾量为 50.0%。本研究中化肥价格根据最近权威部门公布的全国市场行情确定：根据农业部《中国农业信息网》(http://www.agri.gov.cn/) 公布的化肥行情，磷酸二铵平均价格为 2400 元·t⁻¹；氯化钾平均价格为2200 元·t⁻¹；草炭土春季价格为 200 元·t⁻¹，草炭土中含有机质 62.5%，折合为有机质价格为 320 元·t⁻¹。根据保肥评估公式得到河南省森林生态系统保肥的价值为 93.21 亿元·a⁻¹。

综合森林生态系统固土与保肥两项价值，得到河南省森林生态系统 2006 年保育土壤价值为 99.93 亿元·a⁻¹ (表 6-3)。

表 6-3　保育土壤功能综合评价

林分类型	林分面积/ hm²	森林固土效益		森林保肥功能		价值合计/ (元·a⁻¹)
		功能/ (t·a⁻¹)	价值/ (元·a⁻¹)	功能/ (t·a⁻¹)	价值/ (元·a⁻¹)	
柏木	82 800	13 553 066	151 537	184 255 005	197 808 070	197 959 607
落叶松	6 412	1 049 544	11 735	14 268 636	15 318 181	15 329 916
油松	111 534	18 036 847	201 670	245 212 362	263 249 209	263 450 879
马尾松	262 080	44 008 047	369 411	552 066 059	596 074 107	596 443 518

林分类型	林分面积/hm²	森林固土效益		森林保肥功能		价值合计/(元·a⁻¹)
		功能/(t·a⁻¹)	价值/(元·a⁻¹)	功能/(t·a⁻¹)	价值/(元·a⁻¹)	
杉木	28 158	4 727 601	70 587	69 194 936	73 922 537	73 993 124
栎类	1 093 132	178 928 621	2 448 692	2 575 938 657	2 754 867 278	2 757 315 970
其他硬阔	220 700	36 125 140	494 383	520 074 119	556 199 259	556 693 642
杨树	553 900	90 664 772	1013 722	1 232 594 772	1 323 259 544	1 324 273 266
桐类	73 022	11 952 560	133 641	162 496 002	174 448 562	174 582 203
阔叶混	403 522	66 050 244	836 097	929 187 023	995 237 267	996 073 364
经济林	708 000	114 819 092	1 393 234	1 595 996 563	1 710 815 655	1 712 208 889
竹林	17 800	2 913 582	32 577	39 610 375	42 523 957	42 556 534
灌木林	598 300	88 306 177	987 350	1 200 529 483	1 288 835 660	1 289 823 010
合 计	4 159 360	671 135 293	8 144 636	9 321 423 992	9 992 559 286	10 000 703 922

3. 固碳释氧

（1）固碳

根据固碳评估公式得到河南省森林生态系统固碳量为0.1653亿 t。为了与国际接轨，本研究采用碳税法进行评估，碳税率应用环境经济学家们常使用瑞典的碳税率150美元·t⁻¹（折合人民币为1200元·t⁻¹）。为此，河南省森林生态系统2006年固碳价值为198.41亿元·a⁻¹。

（2）释氧

根据释氧评估公式得到河南省森林生态系统释氧量为0.3768亿 t。制造氧气价格可根据造林成本、氧气的商品价格和人工生产氧气的成本等方法来计算。本研究认为采用国家权威部门公布的氧气商品价格比较适合，因为价值量的评估是经济的范畴，是市场化、货币化的体现，这样才能体现其经济价值的一面。本研究森林制造氧气的价格采用氧气的商品价格，根据中华人民共和国卫生部网站（http://www.moh.gov.cn）中氧气平均价格为1000元·t⁻¹。为此，河南省森林生态系统2006年释氧价值为376.76亿元·a⁻¹。

通过两项计算结果得到2006年河南森林生态系统固碳释氧价值为575.17亿元·a⁻¹（表6-4）。

表 6-4　固碳释氧功能综合评价

林分类型	林分面积/hm²	固碳能力		释放氧气		价值合计/(元·a⁻¹)
		功能/(t·a⁻¹)	价值/(元·a⁻¹)	功能/(t·a⁻¹)	价值/(元·a⁻¹)	
柏木	82 800	196 128	235 354 032	394 128	394 128 000	629 482 032
落叶松	6 412	33 156	39 787 281	78 592	78 591 884	118 379 165
油松	111 534	641 229	769 474 851	1 539 615	1 539 615 336	2 309 090 187
马尾松	262 080	1 280 593	1 536 711 741	3 012 714	3 012 714 432	4 549 426 173
杉木	28 158	83 105	99 726 220	177 928	177 927 586	277 653 806
栎类	1 093 132	4 947 494	5 936 992 283	11 512 320	11 512 319 658	17 449 311 941
其他硬阔	220 700	644 500	773 399 540	1 376 197	1 376 196 920	2 149 596 460
杨树	553 900	4 115 767	4 938 920 692	10 137 589	10 137 588 580	15 076 509 272
桐类	73 022	598 458	718 149 171	1 485 925	1 485 924 678	2 204 073 849
阔叶混	403 522	1 153 258	1 383 909 367	2 448 975	2 448 975 018	3 832 884 385
经济林	708 000	1 425 105	1 710 125 856	2 696 064	2 696 064 000	4 406 189 856
竹林	17 800	96 952	116 341 854	231 307	231 307 440	347 649 294
灌木林	598 300	1 318 727	1 582 472 867	2 584 477	2 584 476 510	4 166 949 377
合 计	4 159 360	16 534 472	19 841 365 755	37 675 831	37 675 830 042	57 517 195 797

4. 积累营养物质

林木每年从土壤或空气中吸收的大量营养物质（氮、磷、钾）折合成磷酸二铵和氯化钾计算，磷酸二铵中含氮量 14.0%，含磷量 15.01%；氯化钾中含钾量为 50.0%。根据公式得到河南省森林生态系统年增加氮量为 864.54 万 $t \cdot a^{-1}$；年增加磷量为 95.17 万 $t \cdot a^{-1}$；年增加钾量为 815.36 万 $t \cdot a^{-1}$。为此，2006 年河南省森林每年积累营养物质的总价值 19.93 亿元·a^{-1}（表 6-5）。

表 6-5 积累营养物质功能综合评价

林分类型	林分面积/ hm²	年增加氮量 功能/ (t·a⁻¹)	年增加氮量 价值/ (元·a⁻¹)	年增加磷量 功能/ (t·a⁻¹)	年增加磷量 价值/ (元·a⁻¹)	年增加钾量 功能/ (t·a⁻¹)	年增加钾量 价值/ (元·a⁻¹)	价值合计/ (元·a⁻¹)
柏木	82 800	83 893	14 381 650	8 711	1 392 761	86 244	3 794 757	19 569 168
落叶松	6 412	16 729	2 867 802	1 737	277 726	17 198	756 701	3 902 229
油松	111 534	632 795	108 479 116	93 089	14 884 238	358 510	15 774 459	139 137 813
马尾松	262 080	962 043	164 921 702	126 585	20 240 049	546 846	24 061 208	209 222 960
杉木	28 158	37 873	6 492 541	3 932	628 757	38 935	1 713 129	8 834 427
栎类	1 093 132	2 450 479	420 082 195	254 432	40 681 989	2 519 166	110 843 322	571 607 506
其他硬阔	220 700	292 933	50 217 145	30 415	4 863 175	301 144	13 250 348	68 330 668
杨树	553 900	2 157 858	369 918 538	224 049	35 823 994	2 218 343	97 607 088	503 349 620
桐类	73 022	316 290	54 221 088	32 840	5 250 929	325 155	14 306 832	73 778 850
阔叶混	403 522	521 282	89 362 599	54 124	8 654 136	535 893	23 579 308	121 596 042
经济林	708 000	573 876	98 378 825	59 585	9 527 293	589 962	25 958 339	133 864 457
竹林	17 800	49 235	8 440 361	5 112	817 389	50 616	2 227 082	11 484 833
灌木林	598 300	550 124	94 307 020	57 119	9 132 968	565 544	24 883 948	128 323 936
合计	4 159 360	8 645 410	1 482 070 582	951 730	152 175 404	8 153 556	358 756 521	1 993 002 509

5. 净化大气环境

对森林净化大气环境价值量的计量价格参数，不同研究参照数值各有不同，本研究认为，价格参数应该采用权威机构或部门公布的制造成本、治理费用、清理费用等数据，这样才有一个市场化、价值化的衡量标准。

（1）提供负离子

国内外研究证明，当空气中负离子达到 600 个·cm^{-3} 以上时才有益于人体健康，根据评估公式得到森林生态系统提供负离子 2.6372×10^{25} 个。根据中国浙江省台州科利达电子有限公司生产的适用范围 30 m^2（房间高 3 m）、功率为 6 W、负离子浓度 1 000 000 个·cm^{-3}、使用寿命为 10 年、价格 65 元/个的 KLD-2000 型负氧离子发生器而推断，最后得到每生产 10^{18} 个负离子的成本为 5.8185 元。为此得到 2006 年河南森林生态系统提供负氧离子的价值为 0.8295 亿元（表 6-6）。

（2）吸收污染物

1）吸收 SO_2。通过测定和计算不同树种对 SO_2 的年吸收量，乘以 SO_2 治理价格即可得到森林每年吸收 SO_2 的总价值。根据评估公式得到森林生态系统年吸收 SO_2 量为 4.14 亿 $kg \cdot a^{-1}$，SO_2 排污费收费标准采用国家发展与改革委员会等四部委 2003 年第 31 号令《排污费征收标准及计算方法》中北京市高硫煤 SO_2 排污费收费标准，为 1.20 元·kg^{-1}。为此，得到 2006 年河南森林生态系统吸收 SO_2 的价值为 4.97 亿元（表 6-6）。

2）吸收氟化物。氟在空气中以氟化物形式存在，通过测定和计算不同树种对氟化物的年吸收量，乘以治理价格即可得到森林年吸收氟化物的总价值，根据评估公式得到森林生态系统吸收氟化物 0.123 8 亿 $kg \cdot a^{-1}$，本研究中氟化物治理费用采用国家发展与改革委员会等四部委 2003 年第 31 号令《排污费征收标准及计算方法》中氟化物排污费收费标准，为 0.69 元·kg^{-1}。为此，得到 2006 年河南森林生态系统吸收氟化物的价值为 0.0854 亿元（表 6-6）。

表 6-6　净化大气环境功能综合评价

林分类型	吸收二氧化硫		吸收氟化物		吸收氮氧化物		滞尘		负离子		价值合计/(元·a⁻¹)
	功能/(t·a⁻¹)	价值/(元·a⁻¹)	功能/(t·a⁻¹)	价值/(元·a⁻¹)	功能/(t·a⁻¹)	价值/(元·a⁻¹)	功能/(t·a⁻¹)	价值/(元·a⁻¹)	10^{23}个	价值	
柏木	17 851 680	21 422 016	41 400	28 566	496 800	312 984	2 748 960 000	412 344 000	4.80	1 167 771	4.35
落叶松	1 382 427	1 658 913	3 206	2 212	38 472	24 237	212 878 400	31 931 760	0.70	218 433	0.34
油松	24 046 730	28 856 076	55 767	38 479	669 204	421 599	3 702 928 800	555 439 320	9.60	2 928 678	5.88
马尾松	56 504 448	67 805 338	131 040	90 418	1 572 480	990 662	8 701 056 000	1 305 158 400	27.25	8 888 353	13.83
杉木	6 070 865	7 285 038	14 079	9 715	168 948	106 437	934 845 600	140 226 840	1.84	490 984	1.48
栎类	96 906 152	116 287 382	5 083 064	3 507 314	6 558 792	4 132 039	11 051 564 520	1 657 734 678	110.75	37 744 403	18.19
其他硬阔	19 565 055	23 478 066	1 026 255	708 116	1 324 200	834 246	2 231 277 000	334 691 550	18.07	5 365 118	3.65
杨树	49 103 235	58 923 882	2 575 635	1 777 188	3 323 400	2 093 742	5 599 929 000	839 989 350	37.18	7 785 159	9.11
桐类	6 473 400	7 768 080	339 552	234 291	438 132	276 023	738 252 420	110 737 863	3.69	803 150	1.20
阔叶混	35 772 225	42 926 670	1 876 377	1 294 700	2 421 132	1 525 313	4 079 607 420	611 941 113	38.74	14 508 446	6.72
经济林	53 850 480	64 620 576	913 320	630 191	2 124 000	1 338 120	7 665 516 000	1 149 827 400	1.99	363 741	12.17
竹林	1 353 868	1 624 642	22 962	15 844	53 400	33 642	192 720 600	28 908 090	3.31	1 533 593	0.32
灌木林	45 506 698	54 608 038	299 150	206 414	1 794 900	1 130 787	6 048 813 000	907 321 950	4.81	1 152 726	9.64
合计	414 387 263	497 264 717	12 381 807	8 543 448	20 983 860	13 219 831	53 908 348 760	8 086 252 314	262.72	82 950 555	86.88

3）吸收氮氧化物。通过测定和计算不同树种对氮氧化物的年吸收量，乘以治理价格即可得到森林每年吸收氮氧化物的总价值，根据评估公式得到森林生态系统吸收氮氧化物 0.209 8 亿 kg·a^{-1}，氮氧化物治理费用采用国家发展与改革委员会等四部委 2003 年第 31 号令《排污费征收标准及计算方法》中氮氧化物排污费收费标准，为 0.63 元·kg^{-1}。为此，得到 2006 年河南森林生态系统吸收氮氧化物的价值为 0.13 亿元·a^{-1}（表 6-6）。

（3）滞尘

通过测定和计算不同树种对氮氧化物的年吸收量，乘以治理价格即可得到森林每年吸收氮氧化物的总价值，根据评估公式得到森林生态系统滞尘量为 539.08 亿 kg·a^{-1}，降尘清理费用采用国家发展与改革委员会等四部委 2003 年第 31 号令《排污费征收标准及计算方法》中一般性粉尘排污费收费标准，为 0.15 元·kg^{-1}。为此，得到 2006 年河南森林生态系统滞尘的价值为 80.86 亿元·a^{-1}（表 6-6）。

综合上述 5 项值，得到 2006 年河南省森林生态系统净化大气环境的价值为 86.88 亿元·a^{-1}（表 6-6）。

6. 生物多样性保护

采用标准中用森林保育物种指标来反映森林生物多样性保护价值量的方法，即计算研究区域不同森林生态系统的物种多样性指数（Shannon-Wiener 指数），每个级别给予一定赋值后，再乘以林分面积，即可得到 2006 年河南省森林生态系统的生物多样性保护年总价值 511.94 亿元·a^{-1}（表 6-7）。

表 6-7　生物多样性保护功能综合评价

林型	林分面积/hm^2	Shannon-Wiener 指数	价值/（元·a^{-1}）
柏木	82 800	1.87	828 000 000
落叶松	6 412	1.87	64 120 000
油松	111 534	2.93	2 230 680 000
马尾松	262 080	2.93	5 241 600 000
杉木	28 158	1.87	281 580 000
栎类	1 093 132	1.87	10 931 320 000
其他硬阔	220 700	3.4	6 621 000 000
杨树	553 900	1.87	5 539 000 000
桐类	73 022	1.87	730 220 000
阔叶混	403 522	3.4	12 105 660 000
经济林	708 000	0.871	3 540 000 000
竹林	17 800	0.871	89 000 000
灌木林	598 300	0.66	2 991 500 000
合计	4 159 360		51 193 680 000

7. 森林防护

以森林植被保护下粮食作物平均增产 10％、油料平均增产 6.5％、棉花平均增产 10.0％、瓜菜类平均增产 10％计算，根据 2006 年河南省的农作物产量和同期农作物市场参考价格计算，在森林植被保护下河南省可增产粮食 505.5 万 t，价值 70.8 亿元；增产油料 31.2 万 t，价值 12.48 亿元；增产棉花 8.3 万 t，价值 4.98 亿元；增产瓜菜类 716.67 万 t，价值 57.3336 亿元。累计增产农作物 1261.67 万 t，价值 145.27 亿元。

8. 森林游憩

森林游憩功能是森林的主要功能之一。为了体现由于森林游憩产生的效益或直接价值，国内相关研究采用了林业系统管辖的自然保护区和森林公园全年旅游收入计算。本研究认为此方法虽然可能低估了森林游憩功能，为此采用当年林业系统管辖的自然保护区和森林公园全年旅游收入除以游览在整个旅游中所占的比重来估算森林游憩价值。根据鲁绍伟（2005）对此方面的研究可知游览在整个旅游中所占的比重为4.3%。2006年河南省森林公园及其自然保护区的门票收入为3.7亿元。为此，2006年河南省森林生态系统提供森林游憩的价值为86.05亿元。

9. 2006年河南省森林生态系统服务功能分析

从表6-8和图6-1不难看出，2006年河南省森林生态系统服务功能为2253.4亿元。其中，涵养水源效益最大为727.91亿元，所占比例为32.31%；其次为固碳释氧价值为575.15亿元，所占比例为25.52%；积累营养物质价值最小为19.93亿元，所占比例为0.88%。各项生态效益价值排序为：涵养水源>固碳释氧>生物多样性保护>森林防护>保育土壤>净化大气环境>森林游憩>积累营养物质。

表6-8　2006年河南省森林生态效益类型构成表

项目	涵养水源	保育土壤	固碳释氧	营养物质积累	净化大气环境	生物多样性保护	农田防护	森林游憩	合计
价值/亿元	727.91	99.93	575.17	19.93	86.88	511.94	145.59	86.05	2253.4

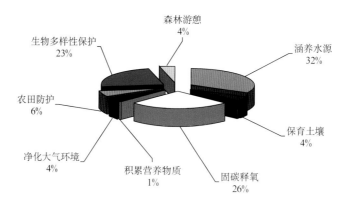

图6-1　2006年河南省森林生态系统服务功能八大功能比例

10. 林分类型与服务功能的关系

从不同植被类型水源涵养、保育土壤、固碳释氧、积累营养物质、净化大气环境、生物多样性保护所提供的生态效益来看，栎类提供的生态效益最大为483.32亿元；其次是杨树，提供的生态效益为308.66亿元；落叶松提供的生态效益价值最小为4.25亿元。2006年河南省不同植被类型在水源涵养、保育土壤、固碳释氧、积累营养物质、净化大气环境、生物多样性保护所提供的生态效益价值排序为：栎类>杨树>经济林>阔叶混>马尾松>其他硬阔>灌木>油松>柏木>桐类>杉木>竹林>落叶松（图6-2）。

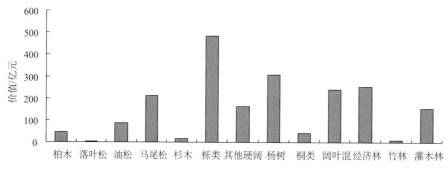

图6-2　主要林分类型服务功能

从不同林分类型涵养水源、保育土壤、固碳释氧、积累营养物质、净化大气环境、生物多样性保护单位面积所提供的服务功能来看，马尾松提供的服务功能最大为 8.10 万元·hm^{-2}；其次是油松，提供的服务功能为 7.90 万元·hm^{-2}；灌木提供的服务功能价值最小为 2.58 万元·hm^{-2}。2006 年河南省主要林分类型在涵养水源、保育土壤、固碳释氧、积累营养物质、净化大气环境、生物多样性保护所提供的服务功能价值排序为：马尾松＞油松＞其他硬阔＞落叶松＞阔叶混＞桐类＞杨树＞柏木＞杉木＞竹林＞栎类＞经济林＞灌木林（图 6-3）。

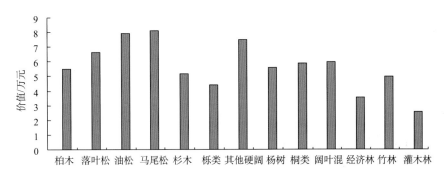

图 6-3　主要林分类型单位面积服务功能价值

二、河南省 2007 年森林生态系统服务功能评估

根据中华人民共和国林业行业标准《森林生态系统服务功能评估规范》（LY/T 1721—2008），结合 2007 年河南省森林资源实际情况，对涵养水源、保育土壤、固碳释氧、积累营养物质、净化大气环境、森林防护、生物多样性保护、森林游憩 8 大功能进行评估。

1. 涵养水源

森林调节水量采用水库工程的蓄水成本来确定森林涵养水源的经济价值。水库库容造价 $C_{库}$ 采用水库蓄洪工程投资费用来代替水库工程单位库容造价为 6.1107 元·m^{-3}，根据中华人民共和国林业行业标准《森林生态系统服务功能评估规范》（LY/T 1721—2008）中的调节水量评估公式计算得到河南省森林生态系统调节水量为 96.34 亿 $m^3·a^{-1}$，调节水量价值为 588.72 亿元·a^{-1}。

森林生态系统净化水质单位费用采用网格法得到的全国城市居民用水平均价格为 2.09 元·t^{-1}，根据评估公式计算出森林生态系统每年净化水质的价值为 201.36 亿元·a^{-1}。

综合森林调节水量及其净化水质两项价值，得到 2007 年河南省森林生态系统涵养水源价值为 790.08 亿元·a^{-1}（表 6-9）。

表 6-9　涵养水源功能综合评价

林型	林分面积/ hm²	调节水量		净化水质		价值合计/ (元·a^{-1})
		功能/ (t·a^{-1})	价值/ (元·a^{-1})	功能/ (t·a^{-1})	价值/ (元·a^{-1})	
柏木	56 880	204 741 872	1 251 116 159	204 741 872	427 910 513	1 679 026 672
落叶松	6 160	22 173 171	135 493 594	22 173 171	46 341 927	181 835 521
油松	78 420	282 275 977	1 724 903 814	282 275 977	589 956 792	2 314 860 606
马尾松	182 911	788 524 476	4 818 436 517	788 524 476	1 648 016 155	6 466 452 672
杉木	19 349	55 689 825	340 303 814	55 689 825	116 391 734	456 695 548
栎类	885 600	1 466 366 470	8 960 525 589	1 466 366 470	3 064 705 923	12 025 231 512
其他硬阔	422 588	1 578 925 344	9 648 339 101	1 578 925 344	3 299 953 969	12 948 293 070
杨树	800 240	1 325 028 348	8 096 850 726	1 325 028 348	2 769 309 247	10 866 159 973
桐类	51 040	84 511 455	516 424 148	84 511 455	176 628 941	693 053 089

| 林型 | 林分面积/ | 调节水量 | | 净化水质 | | 价值合计/ |
| | hm² | 功能/ | 价值/ | 功能/ | 价值/ | (元·a⁻¹) |
		(t·a⁻¹)	(元·a⁻¹)	(t·a⁻¹)	(元·a⁻¹)	
阔叶混	847 080	1 616 022 413	9 875 028 159	1 616 022 413	3 377 486 843	13 252 515 002
经济林	580 160	1 424 227 080	8 703 024 421	1 424 227 080	2 976 634 598	11 679 659 019
竹林	20 360	51 300 653	313 482 899	51 300 653	107 218 364	420 701 263
灌木林	612 540	734 485 256	4 488 219 052	734 485 256	1 535 074 184	6 023 293 236
合计	4 563 328	9 634 272 340	58 872 147 991	9 634 272 340	20 135 629 192	79 007 777 183

2. 保育土壤

1）固土

本研究采用无林地土壤侵蚀模数与森林林地土壤侵蚀模数的差值乘以修建水库的成本来计算森林固土价值，根据固土评估公式得到 2007 年河南省森林生态系统固土量为 7.37 亿 t·a⁻¹，水库库容造价采用 6.1107 元·m⁻³，得到河南省森林生态系统固土价值为 45.03 亿元·a⁻¹。

2）保肥

本研究森林保肥价值采用侵蚀土壤中的主要营养元素氮、磷、钾和有机质量折合成磷酸二铵、氯化钾和有机质的价值来体现。经计算，磷酸二铵中含氮量 14.0%，含磷量 15.01%；氯化钾中含钾量为 50.0%。本研究化肥价格根据最近权威部门公布的全国市场行情确定；根据农业部《中国农业信息网》（http://www.agri.gov.cn/）公布的化肥行情，磷酸二铵平均价格为 2400 元·t⁻¹；氯化钾平均价格为 2200 元·t⁻¹；草炭土春季价格为 200 元·t⁻¹，草炭土中含有机质 62.5%，折合为有机质价格为 320 元·t⁻¹。根据保肥评估公式得到河南省森林生态系统保肥的价值为 109.92 亿元·a⁻¹。

综合森林生态系统固土与保肥两项价值，得到河南省森林生态系统 2007 年保育土壤价值为 154.95 亿元·a⁻¹（表6-10）。

表 6-10 保育土壤功能综合评价

| 林型 | 林分面积/ | 森林固土效益 | | 森林保肥功能 | | 价值合计/ |
| | hm² | 功能/ | 价值/ | 功能/ | 价值/ | (元·a⁻¹) |
		(t·a⁻¹)	(元·a⁻¹)	(t·a⁻¹)	(元·a⁻¹)	
柏木	56 880	9 310 367	56 892 860	126 575 177	135 885 544	192 778 404
落叶松	6 160	1 008 296	6 161 392	13 707 860	14 716 156	20 877 548
油松	78 420	12 681 779	77 494 547	172 409 789	185 091 568	262 586 115
马尾松	182 911	30 714 151	187 684 962	385 298 631	416 012 783	603 697 745
杉木	19 349	3 248 576	19 851 074	47 547 375	50 795 951	70 647 025
栎类	885 600	144 958 877	885 800 208	2 086 894 606	2 231 853 483	3 117 653 690
其他硬阔	422 588	69 171 050	422 683 533	995 818 223	1 064 989 273	1 487 672 806
杨树	800 240	130 986 779	800 420 913	1 780 775 664	1 911 762 444	2 712 183 357
桐类	51 040	8 354 450	51 051 539	113 579 414	121 933 864	172 985 403
阔叶混	847 080	138 653 755	847 271 503	1 950 564 637	2 089 218 392	2 936 489 896
经济林	580 160	94 086 786	574 936 123	1 307 815 489	1 401 902 275	1 976 838 397
竹林	20 360	3 332 614	20 364 604	45 307 148	48 639 762	69 004 367
灌木林	612 540	90 407 932	552 455 750	1 229 103 008	1 319 510 940	1 871 966 689
合计	4 563 328	736 915 412	4 503 069 008	10 255 397 021	10 992 312 434	15 495 381 442

3. 固碳释氧

(1) 固碳

根据固碳评估公式得到河南省森林生态系统固碳量为 0.1822 亿 t。为了与国际接轨，本研究采用碳税法进行评估，碳税率应用环境经济学家们常使用瑞典的碳税率 150 美元·t^{-1}（折合人民币为 1050 元·t^{-1}）。为此，河南省森林生态系统 2007 年固碳价值为 191.36 亿元·a^{-1}。

(2) 释氧

根据释氧公式得到河南省森林生态系统释氧量为 0.4156 亿 t。制造氧气价格可根据造林成本、氧气的商品价格和人工生产氧气的成本等方法来计算。本研究认为采用国家权威部门公布的氧气商品价格比较适合，因为价值量的评估是经济的范畴，是市场化、货币化的体现，这样才能体现其经济价值的一面。本研究森林制造氧气的价格采用氧气的商品价格，根据中华人民共和国卫生部网站（http：//www.moh.gov.cn）中氧气平均价格为 1000 元·t^{-1}。为此，河南省森林生态系统 2007 年释氧价值为 415.61 亿元·a^{-1}。

2007 年河南森林生态系统固碳释氧价值为 606.97 亿元·a^{-1}（表 6-11）。

表 6-11　固碳释氧功能综合评价

森林植被	林分面积/ hm^2	固碳		释氧		价值合计/ (元·a^{-1})
		功能/ (t·a^{-1})	价值/ (元·a^{-1})	功能/ (t·a^{-1})	价值/ (元·a^{-1})	
柏 木	56 880	134 731	141 467 979	270 749	270 748 800	412 216 779
落叶松	6 160	31 853	33 445 572	75 503	75 503 231	108 948 803
油 松	78 420	450 851	473 393 199	1 082 509	1 082 509 444	1 555 902 643
马尾松	182 911	893 753	938 440 715	2 102 637	2 102 637 107	3 041 077 821
杉 木	19 349	57 106	59 960 975	122 263	122 263 417	182 224 391
栎 类	885 600	4 008 208	4 208 618 649	9 326 697	9 326 696 677	13 535 315 326
其他硬阔	422 588	1 234 064	1 295 767 396	2 635 090	2 635 089 886	3 930 857 282
杨 树	800 240	5 946 202	6 243 512 283	14 646 153	14 646 153 135	20 889 665 417
桐 类	51 040	418 303	439 217 786	1 038 613	1 038 613 185	1 477 830 971
阔叶混	847 080	2 420 938	2 541 985 012	5 140 928	5 140 928 482	7 682 913 494
经济林	580 160	1 167 781	1 226 170 004	2 209 249	2 209 249 280	3 435 419 284
竹 林	20 360	110 896	116 440 441	264 574	264 573 625	381 014 066
灌木林	612 540	1 350 114	1 417 619 402	2 645 990	2 645 989 540	4 063 608 942
合 计	4 563 328	18 224 799	19 136 039 412	41 560 956	41 560 955 808	60 696 995 220

4. 积累营养物质

林木每年从土壤或空气中吸收的大量营养物质（氮、磷、钾）折合成磷酸二铵和氯化钾计算，磷酸二铵中含氮量 14.0%，含磷量 15.01%；氯化钾中含钾量为 50.0%。根据公式得到河南省森林生态系统年增加氮量为 928.49 万 t·a^{-1}；年增加磷量为 100.19 万 t·a^{-1}；年增加钾量为 903.13 万 t·a^{-1}。为此，2007 年河南省森林每年积累营养物质的总价值 21.49 亿元·a^{-1}（表 6-12）。

表 6-12　积累营养物质功能综合评价

林型	林分面积/ hm^2	增加氮量		增加磷量		增加钾量		价值合计/ (元·a^{-1})
		功能/ (t·a^{-1})	价值/ (元·a^{-1})	功能/ (t·a^{-1})	价值/ (元·a^{-1})	功能/ (t·a^{-1})	价值/ (元·a^{-1})	
柏 木	56 880	57 631	9 879 568	5 984	956 766	59 246	2 606 833	13 443 168
落叶松	6 160	16 072	2 755 094	1 669	266 811	16 522	726 962	3 748 866
油 松	78 420	444 921	76 272 099	65 451	10 465 167	252 070	11 091 085	97 828 351
马尾松	182 911	671 430	115 102 360	88 346	14 125 960	381 655	16 792 828	146 021 148
杉 木	19 349	26 024	4 461 357	2 702	432 051	26 754	1 177 178	6 070 586
栎 类	885 600	1 985 254	340 329 248	206 128	32 958 480	2 040 900	89 799 627	463 087 356

林型	林分面积/ hm²	增加氮量		增加磷量		增加钾量		价值合计/ (元·a⁻¹)
		功能/ (t·a⁻¹)	价值/ (元·a⁻¹)	功能/ (t·a⁻¹)	价值/ (元·a⁻¹)	功能/ (t·a⁻¹)	价值/ (元·a⁻¹)	
其他硬阔	422 588	560 897	96 153 887	58 237	9 311 823	576 619	25 371 264	130 836 975
杨树	800 240	3 117 538	534 435 116	323 692	51 756 261	3 204 923	141 016 602	727 207 980
桐类	51 040	221 076	37 898 775	22 954	3 670 228	227 273	10 000 010	51 569 013
阔叶混	847 080	1 094 284	187 591 433	113 618	18 166 904	1 124 955	49 498 070	255 256 408
经济林	580 160	470 254	80 615 055	48 826	7 806 998	483 436	21 271 172	109 693 225
竹林	20 360	56 316	9 654 256	5 847	934 946	57 896	2 547 381	13 136 583
灌木林	612 540	563 217	96 551 600	58 478	9 350 340	579 004	25 476 205	131 378 144
合计	4 563 328	9 284 914	1 591 699 847	1 001 933	160 202 736	9 031 253	397 375 219	2 149 277 802

5. 净化大气环境

对森林净化大气环境价值量的计量价格参数，不同研究参照数值各有不同，本研究认为，价格参数应该采用权威机构或部门公布的制造成本、治理费用、清理费用等数据，这样才有一个市场化、价值化的衡量标准。

（1）提供负离子

国内外研究证明，当空气中负离子达到 600 个·cm⁻³ 以上时才有益于人体健康，根据标准中评估公式得到森林生态系统提供负氧离子 $2.627\ 2\times10^{25}$ 个。依据中国浙江省台州科利达电子有限公司生产的适用范围 30 m²（房间高 3 m）、功率为 6 W、负离子浓度 1 000 000 个·cm⁻³、使用寿命为 10 年、价格 65 元/个的 KLD－2000 型负离子发生器而推断，最后得到每生产 10^{18} 个负离子的成本为 5.8185 元。为此得到 2007 年河南森林生态系统提供负氧离子的价值为 9596.11 万元（表 6-13）。

（2）吸收污染物

1）吸收 SO_2。通过测定和计算不同树种对 SO_2 的年吸收量，乘以 SO_2 治理价格即可得到森林每年吸收 SO_2 的总价值。根据公式得到森林生态系统年吸收 SO_2 量为 43.29 万 t·a⁻¹，SO_2 排污费收费标准采用国家发展与改革委员会等四部委 2003 年第 31 号令《排污费征收标准及计算方法》中北京市高硫煤 SO_2 排污费收费标准，为 1.20 元·kg⁻¹。为此，得到 2007 年河南森林生态系统吸收 SO_2 的价值为 5.19 亿元（表 6-13）。

2）吸收氟化物。氟在空气中以氟化物形式存在，通过测定和计算不同树种对氟化物的年吸收量，乘以治理价格即可得到森林年吸收氟化物的总价值，根据评估公式得到森林生态系统吸收氟化物 1.52 万 t·a⁻¹，本研究中氟化物治理费用采用国家发展与改革委员会等四部委 2003 年第 31 号令《排污费征收标准及计算方法》中氟化物排污费收费标准，为 0.69 元·kg⁻¹。为此，得到 2007 年河南森林生态系统吸收氟化物的价值为 0.11 亿元（表 6-13）。

3）吸收氮氧化物。通过测定和计算不同树种对氮氧化物的年吸收量，乘以治理价格即可得到森林每年吸收氮氧化物的总价值，根据评估公式得到森林生态系统吸收氮氧化物 2.37 万 t·a⁻¹，氮氧化物治理费用采用国家发展与改革委员会等四部委 2003 年第 31 号令《排污费征收标准及计算方法》中氮氧化物排污费收费标准，为 0.63 元·kg⁻¹。为此，得到 2007 年河南森林生态系统吸收氮氧化物的价值为 0.15 亿元（表 6-13）。

（3）滞尘

通过测定和计算不同树种对氮氧化物的年吸收量，乘以治理价格即可得到森林每年吸收氮氧化物的总价值，根据评估公式得到森林生态系统滞尘量为 5450.23 万 t·a⁻¹，降尘清理费用采用国家发展与改革委员会等四部委 2003 年第 31 号令《排污费征收标准及计算方法》中一般性粉尘排污费收费标准，为 0.15 元·kg⁻¹。为此，得到 2007 年河南森林生态系统滞尘的价值为 81.75 亿元（表 6-13）。

表 6-13 净化大气环境功能综合评价

林型	吸收二氧化硫 功能/(kg·a⁻¹)	价值/(元·a⁻¹)	吸收氟化物 功能/(kg·a⁻¹)	价值/(元·a⁻¹)	吸收氮氧化物 功能/(kg·a⁻¹)	价值/(元·a⁻¹)	滞尘 功能/(kg·a⁻¹)	价值/(元·a⁻¹)	负离子 10²³个	价值/(元·a⁻¹)	价值合计/(元·a⁻¹)
柏木	12 263 328	14 715 994	28 440	19 624	341 280	215 006	1 888 416 000	283 262 400	3.30	802 208	2.99
落叶松	1 328 096	1 593 715	3 080	2 125	36 960	23 285	204 512 000	30 676 800	0.67	209 848	3.25
油松	16 907 352	20 288 822	39 210	27 055	470 520	296 428	2 603 544 000	390 531 600	6.75	2 059 165	4.13
马尾松	39 435 655	47 322 786	91 456	63 104	1 097 467	691 404	6 072 651 840	910 897 776	19.02	6 203 370	9.65
杉木	4 171 601	5 005 922	9 674	6 675	116 093	73 138	642 380 160	96 357 024	1.26	337 380	1.02
栎类	78 508 440	94 210 128	4 118 040	2841 448	5 313 600	3 347 568	8 953 416 000	1 343 012 400	89.73	30 578 597	14.74
其他硬阔	37 462 426	44 954 911	1 965 034	1 355 874	2 535 528	1 597 383	4 272 364 680	640 854 702	34.61	10 272 925	6.99
杨树	70 941 276	85 129 531	3 721 116	2 567 570	4 801 440	3 024 907	8 090 426 400	1 213 563 960	53.71	11 247 510	13.16
桐类	4 524 696	5 429 635	237 336	163 762	306 240	192 931	516 014 400	77 402 160	2.58	561 376	0.84
阔叶混	75 093 641	90 112 370	3 938 921	2 717 856	5 082 480	3 201 962	8 563 978 800	1 284 596 820	81.33	30 456 368	14.12
经济林	44 126 970	52 952 364	748 406	516 400	1 740 480	1 096 502	6 281 392 320	942 208 848	1.63	298 062	9.97
竹林	1 548 582	1 858 298	26 264	18 122	61 080	38 480	220 437 720	33 065 658	3.78	1 754 155	0.37
灌木林	46 589 792	55 907 751	306 270	211 326	1 837 620	1 157 701	6 192 779 400	928 916 910	4.93	1 180 162	9.87
合计	432 901 855	519 482 226	15 233 248	10 510 941	23 740 788	14 956 696	54 502 313 720	8 175 347 058	303.28	95 961 126	88.16

（4）降低噪声

林木降低噪声的价值主要体现在人们居住的城镇和村庄地区，河南省村镇林木折合林地面积 33.98 万 hm²，按照降低噪声费用 400 000 元·km⁻¹ 计算，根据标准中评估公式得到 2007 年河南森林生态系统降低噪声的价值为 13.59 亿元。

综合上述五项价值，得到 2007 年河南省森林生态系统净化大气环境的价值为 224.08 亿元。

6. 生物多样性保护

采用本研究提出的方法用森林保育物种指标来反映森林生物多样性保护价值量，即计算研究区域不同森林生态系统的物种丰富度指数（Shannon-Wiener 指数），每个级别给予一定赋值后，再乘以林分面积，即可得到 2007 年河南省森林生态系统的生物多样性保护年总价值 675.75 亿元（表 6-14）。

表 6-14　生物多样性保护功能综合评价

林 型	林分面积/hm²	生物多样性指数	价值/（元·a⁻¹）
柏木	59 800	1.87	568 800 000
落叶松	6 500	1.87	61 600 000
油松	77 100	2.93	1 568 400 000
马尾松	179 439	2.93	3 658 224 000
杉木	18 911	1.87	193 488 000
栎类	901 800	1.87	8 856 000 000
其他硬阔	460 760	3.4	12 677 640 000
杨树	926 100	1.87	8 002 400 000
桐类	50 100	1.87	510 400 000
阔叶混	939 100	3.4	25 412 400 000
经济林	548 200	0.871	2 900 800 000
竹林	21 000	0.871	101 800 000
灌木林	616 100	0.66	3 062 700 000
合计	4 804 910		67 574 652 000

7. 森林防护

根据 2007 年河南省国民经济和社会发展统计公报，河南省年粮食产量 5245.22 万 t，棉花产量 65 万 t，油料产量 483.98 万 t，蔬菜产量 6235.5 万 t。以森林植被保护下粮食作物平均增产 10%、油料平均增产 6.5%、棉花平均增产 10.0%、蔬菜平均增产 10% 计算，参考同期农作物市场价格，在森林植被保护下河南省可增产粮食 476.84 万 t，价值 72.53 亿元；增产油料 29.54 万 t，价值 14.73 亿元；增产棉花 5.91 万 t，价值 7.86 亿元；增产蔬菜 566.86 万 t，价值 147.95 亿元。累计增产农作物 1079.15 万 t，价值 243.07 亿元。

8. 森林游憩

森林游憩功能是森林的主要功能之一。为了体现由于森林游憩产生的效益或直接价值，国内相关研究采用了林业系统管辖的自然保护区和森林公园全年旅游收入计算。根据 2007 年河南省国民经济和社会发展统计公报，河南省年接待境内外游客 17 091 万人次，旅游总收入 1352.24 亿元，平均每人次游客带来旅游收入 721.20 元。按照有关部门统计，2007 年河南省林业系统管辖的自然保护区和森林公园接待游客 1820 万人次，以此推算的 2007 年河南省森林生态系统提供森林游憩的价值为 131.26 亿元。

9. 森林生态系统服务功能价值量构成分析

从表 6-15 和图 6-4 不难看出，2007 年河南省森林生态效益为 2847.65 亿元。其中，水源涵养效益最大为 790.08 亿元，所占比例为 27.75%；其次为生物多样性保护，价值为 675.75 亿元，所占比例为 23.73%；积累营养物质价值最小，为 21.49 亿元，所占比例为 0.75%。各项生态效益价值排序为：涵养水源＞生物多样性保护＞固碳释氧＞森林防护＞净化大气环境＞保育土壤＞森林游憩＞积累营养物质。

表 6-15 2007 年河南省森林生态效益类型构成表

功能	涵养水源	保育土壤	固碳释氧	积累营养物质	净化大气环境	生物多样性保护	森林防护	森林游憩	合计
价值/亿元	790.08	154.95	606.97	21.49	224.08	675.75	243.07	131.26	2847.65

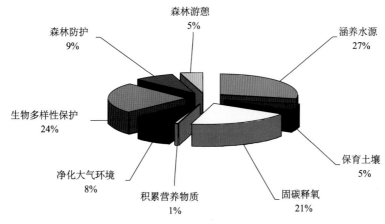

图 6-4 2007 年河南省八大服务功能所占比例

10. 森林生态系统服务功能与林分类型的关系

从不同林分类型涵养水源、保育土壤、固碳释氧、积累营养物质、净化大气环境、生物多样性保护所提供的服务功能来看，阔叶混提供的服务功能最大，为 564.52 亿元；其次是杨树，提供的服务功能为 515.01 亿元；落叶松提供的服务功能价值最小为 4.32 亿元。2007 年河南省不同林分类型在涵养水源、保育土壤、固碳释氧、积累营养物质、净化大气环境、生物多样性保护所提供的生态效益价值排序为：阔叶混＞杨树＞栎类＞其他硬阔＞经济林＞灌木林＞马尾松＞油松＞柏木＞桐类＞竹林＞杉木＞落叶松（图 6-5）。

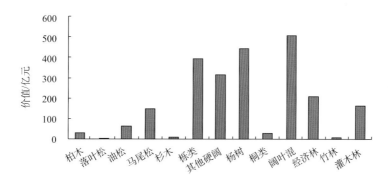

图 6-5 河南省主要林分类型服务功能价值

从主要林分类型涵养水源、保育土壤、固碳释氧、积累营养物质、净化大气环境、生物多样性保护单位面积所提供的服务功能来看，马尾松提供的服务功能最大为 8.13 万元·hm^{-2}；其次是油松，提供的服务功能为 7.92 万元·hm^{-2}；灌木提供的服务功能价值最小为 2.63 万元·hm^{-2}。2007 年河南省不同植被类型在涵养水源、保育土壤、固碳释氧、积累营养物质、净化大气环境、生物多样性保护所提供的服务功能价值排序为：马尾松＞油松＞其他硬阔＞落叶松＞阔叶混＞桐类＞柏木＞杨树＞杉木＞竹林＞栎类＞经济林＞灌木林（图 6-6）。

三、河南省 2008 年森林生态系统服务功能评估

根据中华人民共和国林业行业标准《森林生态系统服务功能评估规范》（LY/T 1721—2008），结合 2008 年河南省森林资源实际情况，对涵养水源、保育土壤、固碳释氧、积累营养物质、净化大气环境、森林防护、生物多样性保护、森林游憩、节能减排 9 大功能进行评估。

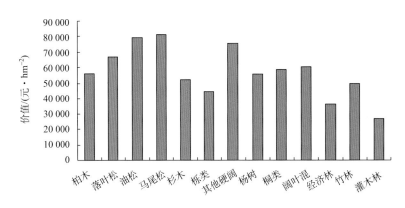

图 6-6 各林分类型单位面积服务功能价值

1. 涵养水源

森林调节水量采用水库工程的蓄水成本来确定森林涵养水源的经济价值。水库库容造价 $C_库$ 采用水库蓄洪工程投资费用来代替水库工程单位库容造价为 6.1107 元·m^{-3}，根据中华人民共和国林业行业标准《森林生态系统服务功能评估规范》（LY/T 1721—2008）中的调节水量评估公式计算得到河南省森林生态系统调节水量为 101.23 亿 m^3·a^{-1}，调节水量价值为 618.60 亿元·a^{-1}。

森林生态系统净化水质单位费用采用网格法得到的全国城市居民用水平均价格为 2.09 元·t^{-1}，根据评估公式计算出森林生态系统每年净化水质的价值为 211.58 亿元·a^{-1}。

综合森林调节水量及其净化水质两项价值，得到 2008 年河南省森林生态系统涵养水源价值为 830.18 亿元·a^{-1}（表 6-16）。

表 6-16 涵养水源功能综合评价

森林植被	林分面积/ hm²	调节水量		净化水质		价值合计/ （元·a^{-1}）
		功能/ （t·a^{-1}）	价值/ （元·a^{-1}）	功能/ （t·a^{-1}）	价值/ （元·a^{-1}）	
柏木	59 800	215 252 531	1 315 343 641	215 252 531	449 877 790	1 765 221 431
落叶松	6 500	23 397 015	142 972 137	23 397 015	48 899 760	191 871 897
油松	77 100	277 524 584	1 695 869 473	277 524 584	580 026 380	2 275 895 852
马尾松	179 439	773 555 930	4 726 968 224	773 555 930	1 616 731 895	6 343 700 119
杉木	16 300	46 914 752	286 681 973	46 914 752	98 051 831	384 733 804
栎类	901 800	1 493 190 247	9 124 437 642	1 493 190 247	3 120 767 616	12 245 205 259
其他硬阔	458 854	1 714 426 841	10 476 348 097	1 714 426 841	3 583 152 098	14 059 500 195
杨树	926 100	1 533 425 914	9 370 305 730	1 533 425 914	3 204 860 159	12 575 165 889
桐类	50 100	82 955 014	506 913 201	82 955 014	173 375 978	680 289 180
阔叶混	957 740	1 827 134 752	11 165 072 330	1 827 134 752	3 818 711 632	14 983 783 962
经济林	548 200	1 345 768 901	8 223 590 023	1 345 768 901	2 812 657 003	11 036 247 025
竹林	21 000	52 913 247	323 336 978	52 913 247	110 588 686	433 925 664
灌木林	614 500	736 835 455	4 502 580 415	736 835 455	1 539 986 101	6 042 566 515
合计	4 817 433	10 123 295 181	61 860 419 864	10 123 295 181	21 157 686 929	83 018 106 792

2. 保育土壤

（1）年固土价值

本研究采用无林地土壤侵蚀模数与森林林地土壤侵蚀模数的差值乘以修建水库的成本来计算森林固土价值，根据中华人民共和国林业行业标准《森林生态系统服务功能评估规范》（LY/T 1721—

2008）中固土指标评估公式，计算获得 2008 年河南省森林生态系统固土 7.79 亿 t·a^{-1}，水库库容造价采用 6.1107 元·m^{-3}，得到河南省森林生态系统固土价值为 47.57 亿元·a^{-1}。

（2）年保肥价值

本研究森林保肥价值采用侵蚀土壤中的主要营养元素氮、磷、钾和有机质量折合成磷酸二铵、氯化钾和有机质的价值来体现。经计算，磷酸二铵中含氮量 14.0%，含磷量 15.01%；氯化钾中含钾量为 50.0%。本研究中化肥价格根据最近权威部门公布的全国市场行情确定：根据农业部《中国农业信息网》（http：//www.agri.gov.cn/）公布的化肥行情，磷酸二铵平均价格为 2400 元·t^{-1}；氯化钾平均价格为 2200 元·t^{-1}，草炭土春季价格为 200 元·t^{-1}，草炭土中含有机质 62.5%，折合为有机质价格为 320 元·t^{-1}。根据保肥评估公式得到河南省森林生态系统保肥的价值为 116.13 亿元·a^{-1}。

综合森林生态系统固土与保肥两项价值，得到河南省森林生态系统 2008 年保育土壤价值为 163.70 亿元·a^{-1}（表 6-17）。

表 6-17 2008 年保育土壤功能综合评价

林型	林分面积/hm^2	森林固土效益		森林保肥功能		价值合计/（元·a^{-1}）
		功能/（t·a^{-1}）	价值/（元·a^{-1}）	功能/（t·a^{-1}）	价值/（元·a^{-1}）	
柏木	59 800	9 788 325	59 813 520	133 073 059	142 861 384	202 674 904
落叶松	6 500	1 063 948	6 501 468	14 464 463	15 528 412	22 029 880
油松	77 100	12 468 314	76 190 125	169 507 712	181 976 025	258 166 150
马尾松	179 439	30 131 105	184 122 142	377 984 515	408 115 620	592 237 762
杉木	16 300	2 736 696	16 723 130	40 055 311	42 792 008	59 515 138
栎类	901 800	147 610 563	902 003 870	2 125 069 508	2 272 680 071	3 174 683 941
其他硬阔	458 854	75 107 227	458 957 732	1 081 278 159	1 156 385 386	1 615 343 118
杨树	926 100	151 588 094	926 309 367	2 060 852 173	2 212 440 267	3 138 749 634
桐类	50 100	8 200 587	50 111 326	111 487 630	119 688 217	169 799 543
阔叶混	957 740	156 767 068	957 956 521	2 205 380 573	2 362 147 640	3 320 104 161
经济林	548 200	88 903 709	543 263 897	1 235 770 220	1 324 673 929	1 867 937 826
竹林	21 000	3 437 372	21 004 749	46 731 341	50 168 713	71 173 463
灌木林	614 500	90 697 218	554 223 492	1 233 035 881	1 323 733 099	1 877 956 591
合计	4 817 433	778 500 227	4 757 181 340	10 834 690 543	11 613 190 771	16 370 372 111

3. 固碳释氧

（1）固碳

根据固碳评估公式得到河南省森林生态系统固碳量为 0.7176 亿 t。为了与国际接轨，本研究采用碳税法进行评估，碳税率应用环境经济学家们常使用瑞典的碳税率 150 美元·t^{-1}（折合人民币为 1050 元·t^{-1}）。为此，河南省森林生态系统 2008 年固碳价值为 205.45 亿元·a^{-1}。

（2）释氧

根据释氧公式得到河南省森林生态系统释氧量为 0.4475 亿 t。制造氧气价格可根据造林成本、氧气的商品价格和人工生产氧气的成本等方法来计算。本研究认为采用国家权威部门公布的氧气商品价格比较适合，因为价值量的评估是经济的范畴，是市场化、货币化的体现，这样才能体现其经济价值的一面。本研究森林制造氧气的价格采用氧气的商品价格，根据中华人民共和国卫生部网站（http：//www.moh.gov.cn）中氧气平均价格为 1000 元·t^{-1}。为此，河南省森林生态系统 2008 年释氧价值为 447.49 亿元·a^{-1}。

2008 年河南森林生态系统固碳释氧价值为 652.94 亿元·a^{-1}（表 6-18）。

表 6-18　固碳释氧功能综合评价

森林植被	林分面积/hm²	固碳能力		释放氧气		价值合计/(元·a⁻¹)
		功能/(t·a⁻¹)	价值/(元·a⁻¹)	功能/(t·a⁻¹)	价值/(元·a⁻¹)	
柏木	59 800	141 648	148 730 400	284 648	284 648 000	433 378 400
落叶松	6 500	33 611	35 291 594	79 671	79 670 618	114 962 211
油松	77 100	443 262	465 424 836	1 064 288	1 064 288 168	1 529 713 004
马尾松	179 439	876 787	920 626 311	2 062 723	2 062 722 785	2 983 349 096
杉木	16 300	48 108	50 512 894	102 998	102 998 310	153 511 204
栎类	901 800	4 081 529	4 285 605 575	9 497 307	9 497 306 982	13 782 912 557
其他硬阔	458 854	1 339 970	1 406 968 614	2 861 230	2 861 230 169	4 268 198 783
杨树	926 100	6 881 408	7 225 478 263	16 949 668	16 949 668 122	24 175 146 385
桐类	50 100	410 599	431 128 743	1 019 485	1 019 485 121	1 450 613 864
阔叶混	957 740	2 737 202	2 874 062 338	5 812 524	5 812 524 017	8 686 586 355
经济林	548 200	1 103 450	1 158 622 442	2 087 546	2 087 545 600	3 246 168 042
竹林	21 000	114 382	120 100 652	272 890	272 890 281	392 990 933
灌木林	614 500	1 354 434	1 422 155 488	2 654 456	2 654 456 153	4 076 611 641
合计	4 817 433	19 566 389	20 544 708 151	44 749 434	44 749 434 325	65 294 142 476

4. 积累营养物质

林木每年从土壤或空气中吸收的大量营养物质（氮、磷、钾）折合成磷酸二铵和氯化钾计算，磷酸二铵中含氮量 14.0%，含磷量 15.01%；氯化钾中含钾量为 50.0%。根据评估公式得到河南省森林生态系统年增加氮量为 995.57 万 t·a⁻¹；年增加磷量为 107.10 万 t·a⁻¹；年增加钾量为 973.02 万 t·a⁻¹。为此，2008 年河南省森林每年积累营养物质的总价值 23.06 亿元·a⁻¹（表 6-19）。

表 6-19　积累营养物质功能综合评价

林型	林分面积/hm²	增加氮量		增加磷量		增加钾量		价值合计/(元·a⁻¹)
		功能/(t·a⁻¹)	价值/(元·a⁻¹)	功能/(t·a⁻¹)	价值/(元·a⁻¹)	功能/(t·a⁻¹)	价值/(元·a⁻¹)	
柏木	59 800	60 589	10 386 747	6 291	1 005 883	62 287	2 740 658	14 133 288
落叶松	6 500	16 959	2 907 160	1 761	281 538	17 434	767 086	3 955 784
油松	77 100	437 432	74 988 253	64 350	10 289 013	247 827	10 904 395	96 181 661
马尾松	179 439	658 685	112 917 374	86 669	13 857 807	374 410	16 474 050	143 249 231
杉木	16 300	21 924	3 758 378	2 276	363 973	22 539	991 690	5 114 041
栎类	901 800	2 021 569	346 554 783	209 899	33 561 379	2 078 234	91 442 303	471 558 466
其他硬阔	458 854	609 033	104 405 699	63 235	10 110 953	626 104	27 548 596	142 065 248
杨树	926 100	3 607 858	618 489 904	374 602	59 896 373	3 708 986	163 195 386	841 581 663
桐类	50 100	217 005	37 200 796	22 531	3 602 634	223 087	9 815 840	50 619 270
阔叶混	957 740	1 237 238	212 097 818	128 461	20 540 174	1 271 916	55 964 350	288 602 342
经济林	548 200	444 349	76 174 113	46 136	7 376 924	456 804	20 099 381	103 650 417
竹林	21 000	58 086	9 957 729	6 031	964 335	59 716	2 627 456	13 549 521
灌木林	614 500	565 020	96 860 545	58 666	9 380 259	580 857	25 557 724	131 798 527
合计	4 817 433	9 955 744	1 706 699 300	1 070 907	171 231 244	9 730 201	428 128 915	2 306 059 459

5. 净化大气环境

对森林净化大气环境价值量的计量价格参数，不同研究参照数值各有不同，本研究认为，价格参数应该采用权威机构或部门公布的制造成本、治理费用、清理费用等数据，这样才有一个市场化、价值化的衡量标准。

表 6-20 净化大气环境功能综合评价

| 林分类型 | 吸收二氧化硫 | | 吸收氟化物 | | 吸收氮氧化物 | | 滞尘 | | 负离子 | | 价值合计/ |
	功能/(kg·a⁻¹)	价值/(元·a⁻¹)	功能/(kg·a⁻¹)	价值/(元·a⁻¹)	功能/(kg·a⁻¹)	价值/(元·a⁻¹)	功能/(kg·a⁻¹)	价值/(元·a⁻¹)	10⁸个	价值/(元·a⁻¹)	(亿元·a⁻¹)
柏　木	12 892 880	15 471 456	29 900	20 631	358 800	226 044	1 985 360 000	297 804 000	34 673 603 890	843 390	313 522 151
落叶松	1 401 400	1 681 680	3 250	2 243	39 000	24 570	215 800 000	32 370 000	7 058 328 863	221 431	34 078 496
油松	16 622 760	19 947 312	38 550	26 600	462 600	291 438	2 559 720 000	383 958 000	66 329 857 701	2 024 504	404 223 388
马尾松	38 687 048	46 424 458	89 720	61 906	1 076 634	678 279	5 957 374 800	893 606 220	186 546 152 414	6 085 612	940 770 972
杉　木	3 514 280	4 217 136	8 150	5 624	97 800	61 614	541 160 000	81 174 000	10 652 238 963	284 219	85 458 380
栎　类	79 944 570	95 933 484	4 193 370	2 893 425	5 410 800	3 408 804	9 117 198 000	1 367 579 700	913 679 741 098	31 137 962	1 469 815 945
其他硬阔	40 677 407	48 812 889	2 133 671	1 472 233	2 753 124	1 734 468	4 639 013 940	695 852 091	375 789 901 463	11 154 535	747 871 899
杨树	82 098 765	98 518 518	4 306 365	2 971 392	5 556 600	3 500 658	9 362 871 000	1 404 430 650	621 560 523 706	13 016 494	1 509 421 580
桐类	4 441 365	5 329 638	232 965	160 746	300 600	189 378	506 511 000	75 976 650	25 309 457 755	551 037	81 656 426
阔叶混	84 903 650	101 884 380	4 453 490	3 072 908	5 746 440	3 620 257	9 682 751 400	1 452 412 710	919 526 537 940	34 435 097	1 560 990 791
经济林	41 696 092	50 035 310	707 178	487 953	1 644 600	1 036 098	5 935 361 400	890 304 210	15 378 480 790	281 642	941 863 580
竹林	1 597 260	1 916 712	27 090	18 692	63 000	39 690	227 367 000	34 105 050	39 032 029 411	1 809 295	36 080 167
灌木林	46 738 870	56 086 644	307 250	212 003	1 843 500	1 161 405	6 212 595 000	931 889 250	49 416 123 600	1 183 938	989 349 330
合　计	455 216 347	546 259 617	16 530 949	11 406 355	25 353 498	15 972 704	56 943 083 540	8 541 462 531	3 264 952 977 592	103 029 156	9 115 103 105

（1）提供负离子

国内外研究证明，当空气中负离子达到 600 个·cm^{-3} 以上时才有益于人体健康，根据标准中评估公式得到森林生态系统提供负离子 2.62719×10^{25} 个。依据中国浙江省台州科利达电子有限公司生产的适用范围 30 m^2（房间高 3 m）、功率为 6 W、负离子浓度 1 000 000 个·cm^{-3}、使用寿命为 10 年、价格 65 元/个的 KLD-2000 型负离子发生器而推断，最后得到每生产 10^{18} 个负离子的成本为 5.8185 元。为此得到 2008 年河南森林生态系统提供负氧离子的价值为 1.03 亿元（表 6-20）。

（2）吸收污染物

1）吸收 SO_2。通过测定和计算不同树种对 SO_2 的年吸收量，乘以 SO_2 治理价格即可得到森林每年吸收 SO_2 的总价值。根据公式得到森林生态系统年吸收 SO_2 量为 43.29 万 t·a^{-1}，SO_2 排污费收费标准采用国家发展和改革委员会等四部委 2003 年第 31 号令《排污费征收标准及计算方法》中北京市高硫煤 SO_2 排污费收费标准，为 1.20 元·kg^{-1}。为此，得到 2008 年河南森林生态系统吸收 SO_2 的价值为 5.46 亿元（表 6-20）。

2）吸收氟化物。氟在空气中以氟化物形式存在，通过测定和计算不同树种对氟化物的年吸收量乘以治理价格即可得到森林年吸收氟化物的总价值，根据评估公式得到森林生态系统吸收氟化物 1.52 万 t·a^{-1}，本研究中氟化物治理费用采用国家发展和改革委员会等四部委 2003 年第 31 号令《排污费征收标准及计算方法》中氟化物排污费收费标准，为 0.69 元·kg^{-1}。为此，得到 2008 年河南森林生态系统吸收氟化物的价值为 0.11 亿元（表 6-20）。

3）吸收氮氧化物。通过测定和计算不同树种对氮氧化物的年吸收量乘以治理价格即可得到森林每年吸收氮氧化物的总价值，根据评估公式得到森林生态系统吸收氮氧化物 2.37 万 t·a^{-1}，氮氧化物治理费用采用国家发展和改革委员会等四部委 2003 年第 31 号令《排污费征收标准及计算方法》中氮氧化物排污费收费标准，为 0.63 元·kg^{-1}。为此，得到 2008 年河南森林生态系统吸收氮氧化物的价值为 0.16 亿元（表 6-20）。

（3）滞尘

通过测定和计算不同树种对氮氧化物的年吸收量乘以治理价格即可得到森林每年吸收氮氧化物的总价值，根据评估公式得到森林生态系统滞尘量为 5450.23 万 t·a^{-1}，降尘清理费用采用国家发展和改革委员会等四部委 2003 年第 31 号令《排污费征收标准及计算方法》中一般性粉尘排污费收费标准，为 0.15 元·kg^{-1}。为此，得到 2008 年河南森林生态系统滞尘的价值为 85.41 亿元（表 6-20）。

（4）降低噪声

林木降低噪声的价值主要体现在人们居住的城镇和村庄地区，河南省村镇林木折合林地面积 35.28 万 hm^2，按照降低噪声费用 400 000 元·km^{-1} 计算，根据标准中评估公式得到 2008 年河南森林生态系统降低噪声的价值为 14.11 亿元。

综合上述 5 项价值，得到 2008 年河南省森林生态系统净化大气环境的价值为 106.28 亿元。

6. 生物多样性保护

采用本研究提出的方法用森林保育物种指标来反映森林生物多样性保护价值量，即计算研究区域不同森林生态系统的物种丰富度指数（Shannon-Wiener 指数），每个级别给予一定赋值后，再乘以林分面积，即可得到 2008 年河南省森林生态系统的生物多样性保护年总价值 731.53 亿元（表 6-21）。

表 6-21　生物多样性保护功能综合评价

林型	林分面积/hm^2	生物多样性指数	价值/（万元·a^{-1}）
柏木	59 800	1.87	59 800
落叶松	6 500	1.87	6 500
油松	77 100	2.93	154 200
马尾松	179 439	2.93	358 878
杉木	16 300	1.87	16 300
栎类	901 800	1.87	901 800

林型	林分面积/hm²	生物多样性指数	价值/(万元·a⁻¹)
其他硬阔	458 854	3.4	1 376 562
杨树	926 100	1.87	926 100
桐类	50 100	1.87	50 100
阔叶混	957 740	3.4	2 873 220
经济林	548 200	0.87	274 100
竹林	21 000	0.87	10 500
灌木林	614 500	0.66	307 250
合计	4 817 433		7 315 310

7. 森林防护

根据 2008 年河南省国民经济和社会发展统计公报,河南省年粮食产量 5365.48 万 t,棉花产量 65.08 万 t,油料产量 505.34 万 t,蔬菜产量 6394.31 万 t。以森林植被保护下粮食作物平均增产 10%、油料平均增产 6.5%、棉花平均增产 10.0%、蔬菜平均增产 10%计算,参考同期农作物市场价格,在森林植被保护下河南省可增产粮食 487.77 万 t,价值 74.19 亿元;增产油料 45.94 万 t,价值 15.38 亿元;增产棉花 3.97 万 t,价值 7.87 亿元;增产蔬菜 591.30 万 t,价值 151.72 亿元。累计增产农作物 1128.98 万 t,价值 249.16 亿元。

8. 森林游憩

森林游憩功能是森林的主要功能之一。为了体现由于森林游憩产生的效益或直接价值,国内相关研究采用了林业系统管辖的自然保护区和森林公园年旅游收入计算。根据 2008 年河南省国民经济和社会发展统计公报,河南省年接待境内外游客 20 025.60 万人次,比上年增长 17.2%,旅游总收入 1591.96 亿元,平均每人次游客带来旅游收入 794.96 元。按照有关部门统计,2008 年河南省林业系统管辖的自然保护区和森林公园接待游客 1820 万人次,旅游门票收入 22.04 亿元,门票收入在整个旅游中所占的比重 13%,由公式得到 2008 年河南省森林生态系统提供森林游憩的价值为 169.57 亿元。

9. 节能减排

(1) 节约能源

美国城市拥有的 1 亿株树木每年可以减少能耗 300 亿 kW·h,结合河南省实际情况,用于夏季降温的能耗每株树木为 75 kW·h,2008 年河南省村镇林木有 58 213 万株,得到河南省村镇林木节能 436.63 亿 kW·h·a⁻¹。河南省 2008 年电价为 0.33 元·kW·h⁻¹。从而得到 2008 年河南省村镇林木节约能源的价值为 144.09 亿元。

(2) 减少 CO_2 排放

根据专家统计:每节约 1 度 (kW·h) 电,就相应节约了 0.4 kg 标准煤,同时减少污染排放 0.272 kg 碳,每年可减少发电厂排放的二氧化碳为 4354.64 万 t。碳税率应用环境经济学家们常使用瑞典的碳税率 150 美元·t⁻¹(折合人民币为 1050 元·t⁻¹)。为此,河南省村镇林木减少碳排放功能价值 124.70 亿元。

(3) 减少 SO_2 排放

根据专家统计:每节约 1 度 (kW·h) 电,就相应节约了 0.4 kg 标准煤,同时减少污染排放 0.03 kg SO_2。河南省城市和村镇林木减少的 SO_2 排放量为 130.99 万 t。SO_2 排污费收费标准采用国家发展和改革委员会等四部委 2003 年第 31 号令《排污费征收标准及计算方法》中北京市高硫煤 SO_2 排污费收费标准,为 1.20 元·kg⁻¹。河南省村镇林木减少 SO_2 排放功能价值 15.72 亿元。

(4) 减少氮氧化物排放

根据专家统计:每节约 1 度 (kW·h) 电,减少污染排放 0.015 kg 氮氧化物 (NO_x)。河南省城市和村镇林木减少的氮氧化物排放量为 65.49 万 t。氮氧化物排污费收费标准采用国家发展和改革委员会等四部委 2003 年第 31 号令《排污费征收标准及计算方法》中氮氧化物排污费收费标准为 0.63 元·kg⁻¹。全省村镇林木减少氮氧化物排放功能价值 4.13 亿元。

（5）减少粉尘排放

根据专家统计：每节约 1 度（kW·h）电，减少污染排放 0.272 kg 粉尘。河南省城市和村镇林木减少的粉尘排放量为 1187.63 万 t。粉尘排污费收费标准采用国家发展和改革委员会等四部委 2003 年第 31 号令《排污费征收标准及计算方法》中粉尘排污费收费标准为 0.15 元·kg⁻¹。河南省村镇林木减少粉尘排放功能价值 17.81 亿元。

综合上述 5 项结果，得到 2008 年河南省村镇林木节能减排的价值 306.45 亿元。

10. 森林生态系统服务功能价值量构成分析

从表 6-22 和图 6-7 不难看出，2008 年河南省森林生态效益为 3232.87 亿元。其中，涵养水源效益最大为 830.18 亿元，所占比例为 25.68%；其次为生物多样性保护，价值为 731.53 亿元，所占比例为 20.20%；营养物质积累价值最小，为 23.06 亿元，所占比例为 0.71%。各项生态效益价值排序为：涵养水源＞生物多样性保护＞固碳释氧＞节能减排＞农田防护＞森林游憩＞净化大气环境＞保育土壤＞营养物质积累。

表 6-22　2008 年河南省森林生态效益类型构成表

项目	涵养水源	保育土壤	固碳释氧	营养物质积累	净化大气环境	生物多样性保护	农田防护	节能减排	森林游憩	合计
价值/亿元	830.18	163.70	652.94	23.06	106.28	731.53	249.16	306.45	169.57	3232.87

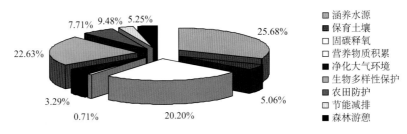

图 6-7　2008 年河南省森林生态效益构成图

11. 森林生态系统服务功能与林分类型的关系

从不同植被类型涵养水源、保育土壤、固碳释氧、营养物质积累、净化大气环境、生物多样性保护所提供的生态效益来看，阔叶混提供的生态效益最大，为 575.72 亿元；其次是杨树，提供的生态效益为 515.01 亿元；落叶松提供的生态效益价值最小为 4.32 亿元。2008 年河南省不同植被类型在涵养水源、保育土壤、固碳释氧、营养物质积累、净化大气环境、生物多样性保护等方面所提供的生态效益总价值排序为：阔叶混＞杨树＞栎类＞其他硬阔＞经济林＞灌木林＞马尾松＞油松＞柏木＞桐类＞竹林＞杉木＞落叶松（图 6-8）。

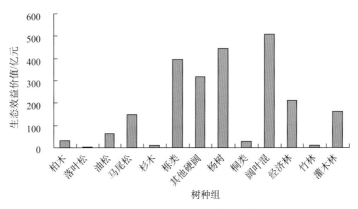

图 6-8　各林分类型生态效益价值

从不同植被类型涵养水源、保育土壤、固碳释氧、营养物质积累、净化大气环境、生物多样性保护单位面积所提供的生态效益来看，马尾松提供的生态效益最大为 8.13 万元·hm^{-2}；其次是油松，提供的生态效益为 7.92 万元·hm^{-2}；灌木提供的生态效益价值最小为 2.63 万元·hm^{-2}。2008 年河南省不同植被类型在涵养水源、保育土壤、固碳释氧、营养物质积累、净化大气环境、生物多样性保护所提供的生态效益总价值排序为：马尾松＞油松＞其他硬阔＞落叶松＞阔叶混＞桐类＞柏木＞杨树＞杉木＞竹林＞栎类＞经济林＞灌木林（图 6-9）。

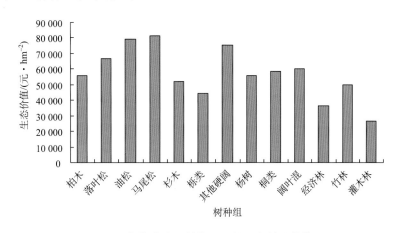

图 6-9　各林分类型单位面积的生态效益价值

主要参考文献

国家林业局森林资源管理司. 2000. 全国森林资源统计（1994—1998）. 北京：国家林业局森林资源司

国家林业局森林资源管理司. 2005. 全国森林资源统计（1999—2003）. 北京：国家林业局森林资源司

郭浩，王兵，马向前等. 2008. 中国油松林生态服务功能评估. 中国科学（C 辑：生命科学），38（6）：565～572

国家林业局. 1994. 中国林业统计年鉴（1993）. 北京：中国林业出版社

国家林业局. 1999. 中国林业统计年鉴（1998）. 北京：中国林业出版社

国家林业局. 2004. 中国林业统计年鉴（2003）. 北京：中国林业出版社

侯学煜. 1982. 中国植被地理及优势植物化学成分. 北京：科学出版社

王兵，杨锋伟，郭浩等. 2008. 森林生态系统服务功能评估规范（LY/T 1721—2008）. 北京：中国标准出版社

第七章　辽宁省森林生态系统服务功能评估研究

第一节　辽宁省概况

一、自然概况

1. 地理位置

辽宁省位于我国东北地区南部，地理坐标处在东经118°53′~125°46′，北纬38°43′~43°26′，东西长约574 km，南北宽约530 km。陆地面积14.59万km²，占中国陆地面积1.5%。陆地面积中，山地面积8.72万km²，占59.8%；平地面积4.87万km²，占33.4%；水域面积1万km²，占6.8%。海域面积15.02万km²。其中渤海部分7.83万km²，北黄海7.19万km²。辽宁省共辖14个地级市，其中计划单列市1个（大连），副省级城市2个（沈阳、大连），57个市辖区、5个开放先导区、17个县级市、27个县（其中8个少数民族自治县）。

辽宁省海岸线东起鸭绿江口，西至山海关老龙头，大陆海岸线全长2178 km，占中国大陆海岸线总长的12%。辽宁省东北与吉林省接壤，西北与内蒙古自治区为邻，西南与河北省毗连，与山东省隔海相望。以鸭绿江为界河，与朝鲜隔江相望，南濒浩瀚的渤海和黄海。

2. 地形地貌

辽宁省地势自北向南，由东西两侧向中部倾斜。山地丘陵大致分列于东西两侧，约占辽宁省总面积的2/3；中部为广阔的辽河平原，约占辽宁省总面积的1/3。辽东山地属吉林龙岗山、哈达岭南延部分，以千山山脉为主体至辽东半岛，组成北东向主山脊，新华夏第二巨型隆起带构成辽东山地主体，成为辽河与鸭绿江的分水岭骨架；本区降水量较大，山地不断接受侵蚀剥蚀，形成地形陡峭，山峦起伏，山峰多为尖顶状或锯齿状，山地海拔高在400~1000 m，最高峰老秃顶子为1367 m；该区域湿润多雨，林木繁茂，是辽宁省重要的水源涵养林基地。辽西丘陵山地，以医巫闾山隆起带，构成了大凌河与绕阳河的分水岭，海拔高一般在200~500 m，最高峰望海山为879 m；以努鲁儿虎山隆起带，形成老哈河与大凌河的分水岭，海拔在700~1000 m，最高峰大青山1153 m。辽北低丘，位于彰武、铁岭一线以北，丘陵盆地相间，坡度平缓，海拔在50~250 m，西南与辽河平原相连，北部与科尔沁沙地毗邻，分布着风沙地貌。辽河平原位于彰武、铁岭一线以南，至辽东湾沿线，地势平坦，海拔不到150 m，海滨降到100 m以下，是辽河、浑河、太子河、大小凌河、绕阳河下游的汇集地，形成地势平坦的三角洲，该区是辽宁省主要的水稻产区和商品粮基地。

根据地形地貌将辽宁省划分为3个大区，辽东山区、辽西北地区和辽中南平原沿海地区。

辽东山区为长白山脉向西南的延伸部分。这一地区以沈丹铁路为界划分为东北部低山地区和辽东半岛丘陵区。东北部低山地区为长白山脉吉林哈达岭和龙岗山的延续部分，由南北两列平行山地组成，海拔500~800 m，最高山峰海拔1300 m以上，为省内最高点。辽东半岛丘陵区以千山山脉为骨干，北起本溪连山关，南至旅顺老铁山，长达340 km，构成辽东半岛的脊梁，山峰大都在海拔500 m以下；区内地形破碎，山丘直通海滨，海岸曲折，港湾很多，岛屿棋布，平原狭小，河流短促，包括鞍山市岫岩满族自治县、海城市、千山风景区、抚顺市抚顺县、清原满族自治县、新宾满族自治县、顺城区、东洲区、望花区、李石寨开发区，本溪市本溪满族自治县、桓仁满族自治县、明山区、平山区、南芬区、溪湖区、经济技术开发区，丹东市宽甸满族自治县、凤城市、元宝区、振兴区、振安区，铁岭市西丰县、开原市、铁岭县、清河区、银州区，辽阳市辽阳县、弓长岭区，营口市盖州市、大石桥市，计7个市31个县（市、区）。

辽西北地区由东北向西南走向的努鲁儿虎山、松岭、黑山、医巫闾山组成。山间形成河谷地带，有大、小凌河发源地并流经于此，山势从北向南由海拔1000 m向300 m丘陵过渡，北部与内蒙古高原连接，南部形成海拔 50 m 的狭长平原与渤海相接，此间为辽西走廊，包括沈阳市的康平县、法库县、新民市，锦州市的北镇市、义县、黑山县、凌海市、太河区、凌河区、天桥、岭南新区、南站新区，阜新市的阜新蒙古族自治县、彰武县、海州区、新邱区、太平区、清河门区、细河区，铁岭市的昌图县、调兵山市、开发区，朝阳市的朝阳县、北票市、凌源市、建平县、喀喇沁左翼蒙古族自治县、龙城区、双塔区、开发区，葫芦岛市的兴城市、绥中县、建昌县、南票区、连山区、龙港区，共计 6 市 36 县（市、区）。

辽中南平原沿海地区由辽河及其 30 条支流冲击而成。本区地势从东北向西南由海拔 250 m 向辽东湾缓慢倾斜，包括沈阳市的于洪区、东陵区、沈北新区、苏家屯区、棋盘山管委会、高新区、辽中县，大连市的大连开发区、沙河口区、旅顺口区、甘井子区、金州区、庄河市、普兰店市、瓦房店市、长海县，鞍山市的台安、高新区、铁东区、玉佛山区、千山区，辽阳市的太子河区、宏伟区、白塔区、文圣区、灯塔市，营口市的老边区、鲅鱼圈区，盘锦市的双台子区、兴隆台区、盘山区、大洼县，丹东市的东港市，共计 7 市 33 县（市、区）。

3. 气候条件

辽宁省位于中纬度，北接内蒙古高原，南临海洋，属于暖温带大陆性季风气候区。主要气候特点是雨热同季、日照丰富、寒冷期长、春秋季短、东湿西干、平原风大，年平均气温为 5～11℃，7 月最高，平均达 22～25℃，极端最高气温可达 40℃ 以上；全年降水量为 400～1150 mm，由东向西递减，7 月、8 月为雨季，降水量占全年的 70％ 左右；年蒸发量 1390～2018 mm；平均干燥度 0.71～1.19；平均相对湿度 49％～70％；无霜期 125～215d；≥10℃ 积温为 2893～3710℃；年日照时数 2300～3000 h。

4. 水文资源

辽宁境内有大小河流 441 条，其中流域面积在 5000 km² 以上的河流有 16 条，流域面积在 1000～5000 km² 的河流有 35 条，流域面积在 100～1000 km² 的河流有 390 条。辽宁省河流总长度 19 745 km，主要江河有辽河、浑河、太子河、大凌河、鸭绿江、绕阳河等。

辽宁省年径流的地区分布极不均匀。东部最大，向中部和西部递减，西北部最小，最大值超过最小值的 26 倍。年径流深的区域分布与年降水量的分布趋势基本相同，但不均匀性比降水量更严重。径流的年际变化也很大，不仅有丰枯交替的情况，还存在严重的连续干旱或连续丰水现象。

5. 生物资源

辽宁省生物资源类型较多。辽宁省有各种植物 161 科 2200 余种，具有经济价值的 1300 种以上。药用类 830 多种，如人参、细辛、五味子、党参、天麻等；野果、淀粉酿造类 70 余种，如山葡萄、猕猴桃、山里红、山梨等；芳香油类 89 种，如月见草、藿香、薄荷、蔷薇等；油脂类 149 种，如松子、苍耳等，还有野菜类、染料类、纤维类等。

有两栖、哺乳、爬行、鸟类动物 7 纲 62 目 210 科 492 属 827 种。其中有国家一类保护动物 6 种，二类保护动物 68 种，三类保护动物 107 种。具有科学价值和经济价值的动物有白鹳、丹顶鹤、蝮蛇、爪鲵、赤狐、黑熊、海豹、海豚等。鸟类 400 余种，占全国鸟类种类的 31％。

水产生物繁多，共 3 大类 520 余种。其中第一类浮游生物 107 种，第二类底栖生物 280 余种，第三类游泳类生物 137 种。可利用的海洋生物有鱼类 117 种、虾类 20 余种、蟹类 10 余种、贝类 20 余种。

6. 旅游资源

辽宁省旅游资源丰富，文物古迹荟萃，自然风景秀丽，独具中国北方特色。沈阳故宫是我国现存仅次于北京故宫的最完整的古建筑群，珍藏大量古代文物。还有福陵和昭陵，已辟为公园。国家重点风景名胜区有 7 处，省重点风景区 7 处，还有特种旅游包括沈阳怪坡、大连蛇岛、盘锦鹤乡苇海等。目前辽宁省共建立国家、省级森林公园 65 处，森林公园总面积 275 304.0 hm²，"十五"期间，森林公园和森林旅游业持续快速发展，累计接待游客 2000 万人次，森林旅游直接收入近 6 亿元，创造社会总产值 30 亿元。

二、森林资源概况

截至 2006 年年底，辽宁省林业用地面积 696.12 万 hm²，占辽宁省总面积的 47.0%。其中有林地面积 541.05 万 hm²。森林覆盖率 35.61%。活立木总蓄积量 25 211.78 万 m³，林分蓄积 24 231.64 万 m³。

1. 林业用地面积

根据国家有关技术分类标准，将林业用地划分为有林地、疏林地、灌木林地、未成林地、苗圃地、无立木林地、宜林地、林业辅助用地（表 7-1）。

表 7-1　2006 年林业用地各地类面积及比例统计表

项目	林地面积合计	有林地			疏林地	灌木林地			未成林地	苗圃地	无立木林地	宜林地	林业辅助用地
		林分	经济林	小计		特规灌木林	其他灌木林	小计					
面积/万 hm²	696.12	442.90	98.15	541.05	4.16	39.23	20.85	60.08	29.73	0.52	9.31	50.47	0.80
比例/%	100.00			77.72	0.60			8.63	5.64	0.07	1.33	7.25	0.12

辽宁省林业用地面积 696.12 万 hm²，占辽宁省总面积 47.0%。辽宁省林分面积 442.90 万 hm²、林分蓄积 24 231.64 万 m³（表 7-2）。

表 7-2　2006 年林分面积和蓄积统计表

项目	林分			合计
	针叶林	阔叶林	针阔混交林	
面积/万 hm²	133.34	301.96	7.60	442.90
蓄积/万 m³	9 076.76	14 711.47	443.41	24 231.64

2. 活立木蓄积量

按照林木类型不同，活立木蓄积包括林分蓄积、疏林蓄积、四旁树蓄积和散生木蓄积。2006 年辽宁省活立木总蓄积 25 211.78 万 m³（表 7-3）。

表 7-3　2006 年活立木蓄积及比例统计表

项目	活立木				合计
	林分	疏林	散生木	四旁树	
蓄积/万 m³	24 231.64	62.89	48.89	868.36	25 211.78
比例/%	96.15	0.20	0.20	3.45	100.00

3. 森林资源结构

森林资源结构通常用林种、树种、龄组和起源等结构，从不同的角度反映森林生态系统功能、质量和经营状况。

（1）林种结构

根据森林主导利用功能，按照《森林法》规定，将有林地划分为防护林、特用林、用材林、薪炭林、经济林五大林种。在辽宁省有林地中，防护林面积 271.20 万 hm²，蓄积 13 130.56 万 m³；特用林面积 13.74 万 hm²，蓄积 942.84 万 m³；用材林面积 139.13 万 hm²，蓄积 9941.86 万 m³；薪炭林面积 18.83 万 hm²，蓄积 216.38 万 m³；经济林面积 98.15 万 hm²。各林种面积、蓄积及所占比例详见表 7-4 和图 7-1。

表 7-4　各林种面积和蓄积及比例统计表

项目	防护林	特用林	用材林	薪炭林	经济林	合计
面积/万 hm²	271.20	13.74	139.13	18.83	98.15	541.05
比例/%	50.13	2.54	25.71	3.48	18.14	100.00
蓄积/万 hm²	13 130.56	942.84	9 941.86	216.38		24 231.64
比例/%	54.19	3.89	41.03	0.89		100.00

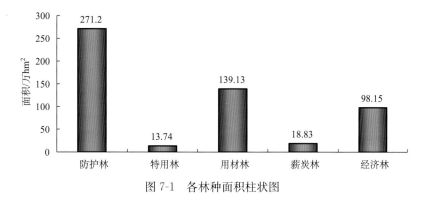

图 7-1　各林种面积柱状图

（2）树种结构

辽宁省主要树种有 408 种，分布 63 科 137 属，其中乔木树种有 250 多种。本次调查根据树木的生态学和生物学特性，将辽宁省组成林分的树种划分为 11 个树种组。其中主要树种组按面积排序前五位依次是柞树组、油松组、落叶松组、杨树组、刺槐组，5 个树种组的面积合计为 398.38 万 hm²，占辽宁省林分面积的 89.95%。其他树种组面积合计为 44.52 万 hm²，占 10.05%。按蓄积排序前五位依次是柞树组、落叶松组、油松组、杨树组、刺槐组，5 个树种组蓄积合计为 21 517.8 万 m³，占辽宁省林分蓄积的 88.80%。其他树种蓄积 2713.84 万 m³，占 11.20%。详见表 7-5、图 7-2 和图 7-3。

表 7-5　林分各树种面积蓄积及比例统计表

项目	林分面积		林分蓄积	
	面积/万 hm²	比例/%	蓄积/万 m³	比例/%
落叶松组	56.10	12.66	5 175.25	21.36
油松组	72.36	16.34	3 521.61	14.53
柞树组	190.12	42.93	9 784.67	40.38
刺槐组	31.63	7.14	631.08	2.60
杨树组	48.17	10.88	2 405.19	9.93
其他组	44.52	10.05	2 713.84	11.20
合计	442.90	100.00	24 231.64	100.00

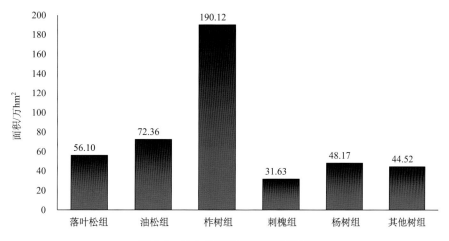

图 7-2　林分各树种组面积柱状图

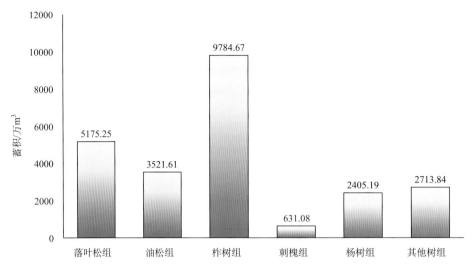

图 7-3　林分各树种组蓄积柱状图

（3）龄组结构

根据树木的生物学特性及经营利用目的不同，将森林生长过程划分为幼龄林、中龄林、近熟林、成熟林和过熟林 5 个龄组。辽宁省中、幼龄林面积占林分面积的 87.52%，蓄积占林分蓄积的 75.50%；近、成过熟林面积占林分面积的 12.48%，蓄积占林分蓄积的 24.5%。各龄组面积、蓄积及比例见表 7-6 和图 7-4。

表 7-6　各龄组面积蓄积及比例统计表

项目	幼龄林	中龄林	近熟林	成熟林	过熟林	合　计
面积/万 hm²	263.54	124.07	27.15	19.50	8.64	442.90
面积比例/%	59.51	28.01	6.13	4.40	1.95	100.00
蓄积/万 m³	7 975.57	10 319.56	2 982.18	2 257.37	696.96	24 231.64
蓄积比例/%	32.91	42.59	12.31	9.30	2.88	100.00

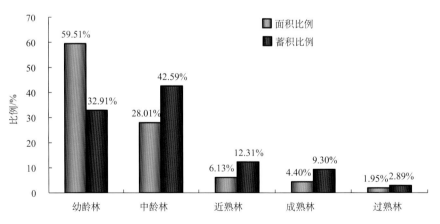

图 7-4　林分各龄组面积蓄积比例柱状图

（4）起源结构

根据森林起源，将森林划分为天然林和人工林。辽宁省天然林面积 305.43 万 hm²、蓄积 11 865.77 万 m³，分别占辽宁省林业用地总面积的 43.88%、活立木总蓄积的 47.08%；辽宁省人工林面积 329.59 万 hm²、蓄积 12 365.86 万 m³，分别占辽宁省林业用地总面积的 47.35%、活立木总蓄积的 49.07%。

4. 森林资源分布

(1) 森林资源按生态区域分布

根据辽宁省林业生态建设总体要求,将辽宁省划分为三大林业生态建设区域,即辽东山区、辽中南平原沿海地区和辽西北地区。三大区域森林资源状况见图 7-5 和表 7-7。

图 7-5 辽宁省三大区域森林资源分布图

表 7-7 辽宁省森林资源按生态区域分布统计表

类别	辽东山区		辽中南平原沿海地区		辽西北地区		合计
	数 量	占辽宁省比例	数 量	占辽宁省比例	数 量	占辽宁省比例	
林地面积/万 hm²	374.14	53.75	70.25	10.09	251.73	36.16	696.12
有林地面积/万 hm²	341.69	63.15	61.61	11.39	137.75	25.46	541.05
林分面积/万 hm²	277.44	62.64	43.33	9.78	122.13	27.58	442.90
无林地面积/万 hm²	11.43	19.12	5.08	8.50	43.27	72.38	59.78
活立木蓄积/万 m³	18 599.07	73.77	1 774.22	7.04	4 838.49	19.19	25 211.78
林分蓄积/万 m³	18 459.76	76.18	1 549.80	6.40	4 222.08	17.42	24 231.64
森林覆盖率/%	61.63		20.97		27.86		35.61

(2) 森林资源按行政区分布

辽宁省辖 14 个地级市,森林资源主要分布在辽东地区的丹东、抚顺和本溪 3 市,林业用地面积合计 252.82 万 hm²,占辽宁省林业用地总面积的 36.32%;活立木蓄积 15 840.71 万 m³,占辽宁省总蓄积的 62.83%。各市森林资源分布情况详见表 7-8。

表 7-8 辽宁省各市森林资源统计表

地区	林业用地面积				活立木总蓄积				覆盖率/%
	林地面积/万 hm²	占辽宁省林地面积比例/%	有林地面积/万 hm²	林分面积/万 hm²	无林地面积/万 hm²	活立木总蓄积/万 m³	占活立木总蓄积比例/%	林分蓄积/万 m³	
辽宁省	696.12	100.00	541.05	442.90	59.78	25 211.78	100.00	24 231.64	35.61
沈阳市	20.89	2.99	15.91	14.98	3.12	1 027.30	4.07	934.72	12.53
大连市	50.79	7.31	45.44	30.46	3.03	936.13	3.71	799.53	33.72

地区	林业用地面积				活立木总蓄积				覆盖率/%
	林地面积/万hm²	占辽宁省林地面积比例/%	有林地面积/万hm²	林分面积/万hm²	无林地面积/万hm²	活立木总蓄积/万m³	占活立木总蓄积比例/%	林分蓄积/万m³	
鞍山市	46.94	6.74	43.56	22.54	1.22	861.09	3.42	781.55	47.12
抚顺市	84.07	12.10	74.00	71.71	3.38	6 452.36	25.59	6 435.50	66.00
本溪市	68.09	9.70	63.17	60.85	0.90	4 797.21	19.03	4 785.32	75.28
丹东市	100.66	14.54	95.61	76.75	1.09	4 591.14	18.21	4 557.11	62.83
锦州市	28.37	4.05	16.05	12.56	6.78	487.84	1.93	436.19	16.37
营口市	26.03	3.75	23.35	12.69	1.31	104.03	0.41	85.06	43.64
阜新市	35.99	5.15	24.61	23.47	5.25	836.48	3.32	788.96	24.04
辽阳市	19.18	2.78	17.47	14.24	1.24	415.86	1.65	401.22	36.97
盘锦市	1.18	0.17	0.86	0.83	0.22	77.04	0.31	63.88	2.14
铁岭市	51.69	7.47	42.08	33.31	5.79	2 484.70	9.86	2 312.75	33.29
朝阳市	107.97	15.47	49.17	45.80	15.58	1 595.39	6.33	1 387.54	36.20
葫芦岛市	54.27	7.78	28.94	21.89	10.83	545.21	2.16	462.31	29.23

5. 森林权属状况

权属包括林地权属和林木权属两个方面。林地权属划分为国有和集体两类；林木权属分为国有（包括林业系统国有和非林业系统国有）、集体、非公有制和未定 4 类。

（1）林地权属

辽宁省林业用地国有权属 94.23 万 hm²，占辽宁省林业用地面积的 13.54%。其中有林地面积 77.55 万 hm²，疏林地面积 0.87 万 hm²，灌木林地面积 6.17 万 hm²，未成林地面积 2.86 万 hm²，苗圃地面积 0.28 万 hm²，无立木林地面积 1.93 万 hm²，宜林地面积 3.79 万 hm²，林业辅助用地面积 0.78 万 hm²；集体权属面积 601.87 万 hm²，占辽宁省林业用地面积的 86.46%。其中有林地面积 463.49 万 hm²，疏林地面积 3.29 万 hm²，灌木林地面积 53.91 万 hm²，未成林地面积 26.86 万 hm²，苗圃地面积 0.23 万 hm²，无立木林地面积 7.38 万 hm²，宜林地面积 46.68 万 hm²，林业辅助用地面积 0.02 万 hm²。

（2）林木权属

在林分中，国有面积 85.75 万 hm²，占辽宁省林分面积的 19.36%；蓄积 6654.30 万 m³，占辽宁省林分蓄积的 27.46%。其中林业系统国有面积 68.37 万 hm²，蓄积 5277.21 万 m³；非林业系统国有面积 17.38 万 hm²，蓄积 1377.09 万 m³。集体林面积 211.77 万 hm²，占辽宁省林分面积的 48.71%；蓄积 11 740.37 万 m³，占辽宁省林分蓄积的 48.45%。非公有制林分面积 144.99 万 hm²，占辽宁省林分面积的 32.74%；蓄积 5816.34 万 m³，占辽宁省林分蓄积的 24.00%。权属未定面积 0.39 万 hm²，蓄积 20.63 万 m³。各权属面积蓄积比例见表 7-9 和图 7-6。

表 7-9　辽宁省林分各权属面积蓄积及比例统计表

类别	国有			集体	非公有制	未定	合计
	数量	林业系统	非林业系统				
面积/万hm²	85.75	68.37	17.38	211.77	144.99	0.39	442.90
面积比例/%	19.36			48.81	32.74	0.09	100.00
蓄积/万m³	6 654.30	5 277.21	1 377.09	11 740.37	5 816.34	20.63	24 231.64
蓄积比例/%	27.46			48.45	24.00	0.09	100.00

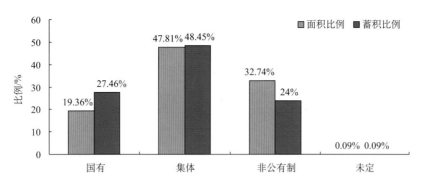

图 7-6 辽宁省林分各权属面积蓄积比例柱状图

6. 经济林资源

辽宁省经济林面积 102.93 万 hm²。其中乔木经济林面积 98.15 万 hm²，灌木经济林面积 4.78 万 hm²。

按亚林种划分为果树林、食用原料林、蚕场和其他经济林，各亚林种面积如图 7-7 所示。

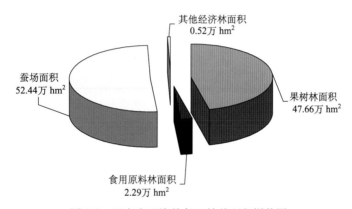

图 7-7 辽宁省经济林各亚林种面积饼状图

在乔木经济林中，蚕场面积 52.44 万 hm²，大枣面积 1.43 万 hm²，大扁杏面积 2.70 万 hm²，其他经济树种面积 46.36 万 hm²。

在灌木经济林中，山杏面积为 1.97 万 hm²，其他灌木经济林面积 2.81 万 hm²。

另外，按照灌木林的主导功能，辽宁省把 14.57 万 hm² 山杏按灌木林划为公益林，目前辽宁省两杏一枣面积 20.56 万 hm²。

7. 森林经营分类

按照森林主导功能利用和国家林业局、财政部颁发的《重点公益林区划界定办法》（林策发〔2004〕94 号）要求，对辽宁省林业用地进行了分类区划，辽宁省除苗圃地和林业辅助用地外区划为公益林和商品林。

（1）公益林

辽宁省公益林总面积为 393.46 万 hm²，占林业用地的 56.52%。其中有林地 284.94 万 hm²，占辽宁省有林地的 52.66%。另外，在公益林面积中疏林地 2.68 万 hm²，灌木林 54.51 万 hm²，未成林地 16.17 万 hm²，无立木林地 3.55 万 hm²，宜林地 31.61 万 hm²。在公益林中，国家公益林 229.43 万 hm²，占辽宁省林业用地的 32.96%；地方公益林 164.03 万 hm²，占辽宁省林业用地的 23.57%，详见表 7-10。

表 7-10　辽宁省公益林各地类面积蓄积一览表

项 目	国家公益林		地方公益林		合 计	
	面积/万 hm²	蓄积/万 m³	面积/万 hm²	蓄积/万 m³	面积/万 hm²	蓄积/万 m³
有林地	180.32	9 617.34	104.62	3 938.07	284.94	13 555.41
疏林地	1.57	17.67	1.11	15.88	2.68	33.55
灌木林地	31.65		22.86		54.51	
未成林地	4.41		11.76		16.17	
无立木林地	1.50		2.05		3.55	
宜林地	9.98		21.63		31.61	
合 计	229.43	9 635.01	164.03	3 953.95	393.46	13 588.96

（2）商品林

辽宁省商品林面积 301.34 万 hm²，占林业用地面积的 43.29%。其中用材林面积 149.55 万 hm²，占辽宁省有林地面积 21.48%；蓄积 9941.86 万 m³，占有林地蓄积的 41.03%。在商品林面积中薪炭林 24.24 万 hm²，经济林 102.93 万 hm²，未划分林种 24.62 万 hm²。详见图 7-8 和图 7-9。

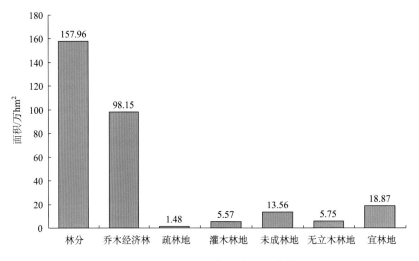

图 7-8　辽宁省商品林各地类面积柱状图

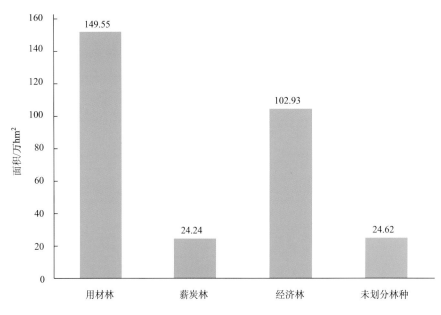

图 7-9　辽宁省商品林各林种面积柱状图

第二节 辽宁省森林生态系统服务功能评估

辽宁省森林生态系统服务功能评估包括物质量和价值量两部分。

一、辽宁省森林生态系统服务功能物质量评估结果

1. 辽宁省森林生态系统服务功能总物质量

根据国家林业行业标准《森林生态系统服务功能评估规范》（LY/T 1721—2008）的评价方法，得到辽宁省涵养水源、保育土壤、固碳释氧、林木营养积累、净化大气环境5个方面16个指标的森林生态系统生态服务功能物质量及单位面积物质量。

辽宁省森林生态系统服务功能物质量评估结果见表7-11。辽宁省森林生态系统每年涵养水源量为114.05亿 m^3；固土17 012.63万 t，减少氮损失43.94万 t，减少磷损失21.74万 t，减少钾损失384.86万 t，减少有机质损失948.41万 t；固碳1196.64万 t，释氧2659.78万 t；林木积累氮、磷、钾养分物质共37.68万 t；提供负离子 4.15×10^{25} 个，吸收二氧化硫6.64亿 kg，吸收氟化物0.19亿 kg，吸收氮氧化物0.33亿 kg，滞尘907.91亿 kg。

表 7-11 辽宁省森林生态系统生态服务功能物质量

涵养水源/	保育土壤/（万 t·a⁻¹）					固碳释氧/（万 t·a⁻¹）	
（亿 m³·a⁻¹）	固土	N	P	K	有机质	固碳	释氧
114.05	17 012.63	43.94	21.74	384.86	948.41	1 196.64	2 659.78

积累营养物质/	净化大气环境				
（万 t·a⁻¹）	提供负离子/	吸收 SO₂/	吸收 HF/	吸收 NOₓ/	滞尘/
	（10²⁵个）	（亿 kg·a⁻¹）	（亿 kg·a⁻¹）	（亿 kg·a⁻¹）	（亿 kg·a⁻¹）
37.68	4.15	6.64	0.19	0.33	907.91

辽宁省森林生态系统服务功能单位面积物质量评估结果见表7-12。辽宁省森林生态系统每年每公顷涵养水源量为1965.48 m^3；固土29.32 t，减少氮损失0.08 t，减少磷损失0.04 t，减少钾损失0.66 t，减少有机质损失1.63 t；固碳2.06 t，释氧4.58 t；林木积累氮、磷、钾营养物质共0.06 t；提供负离子 7.16×10^{18} 个，吸收二氧化硫114.34 kg，吸收氟化物3.36 kg，吸收氮氧化物5.6 kg，滞尘15 645.99 kg。

表 7-12 辽宁省森林生态系统生态服务功能单位面积物质量

涵养水源/	保育土壤/(t·hm⁻¹·a⁻¹)					固碳释氧/(t·hm⁻¹·a⁻¹)	
(m³·hm⁻¹·a⁻¹)	固土	N	P	K	有机质	固碳	释氧
1965.48	29.32	0.08	0.04	0.66	1.63	2.06	4.58

积累营养物质/	净化大气环境				
(t·hm⁻¹·a⁻¹)	提供负离子/	吸收二氧化硫/	吸收氟化物/	吸收氮氧化物/	滞尘/
	(10¹⁸个·hm⁻¹·a⁻¹)	(kg·hm⁻¹·a⁻¹)	(kg·hm⁻¹·a⁻¹)	(kg·hm⁻¹·a⁻¹)	(kg·hm⁻¹·a⁻¹)
0.06	7.16	114.34	3.36	5.6	15 645.99

2. 辽宁省各地市森林生态系统服务功能

（1）各地市物质量

各地市森林生态系统服务功能总物质量的计算结果表明（图7-10～图7-14，表7-13）。

各地市涵养水源功能位于0.15亿～28亿 $m^3 \cdot a^{-1}$，其中丹东市最大，本溪市次之，抚顺市第三。固土功能位于30.18万～2926.91万 $t \cdot a^{-1}$，其中丹东市最大，抚顺市次之，本溪市第三。保肥

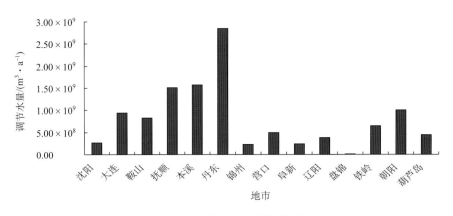

图 7-10　辽宁省各地市森林调节水量

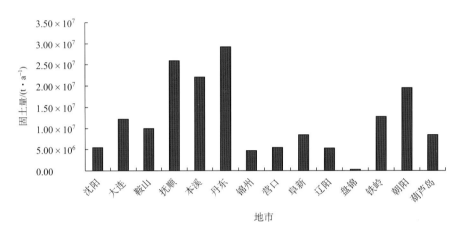

图 7-11　辽宁省各地市森林固土量

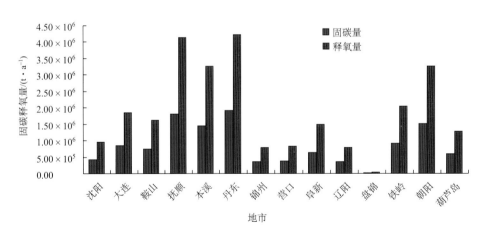

图 7-12　辽宁省各地市森林固碳释氧量

功能中减少氮损失位于 995.32～74 530.28 t·a^{-1}，其中丹东市最大，朝阳市第二，抚顺市第三；减少磷损失位于 420.02～36 886.97 t·a^{-1}，其中丹东市最大，本溪市第二，朝阳市第三；减少钾损失位于 0.52 万～69.8 万 t·a^{-1}，其中丹东市最大，抚顺市第二，本溪市第三；减少有机质损失位于 1.97 万～154.4 万 t·a^{-1}，其中丹东市最大，朝阳市第二，抚顺市第三。固碳功能位于 2.14 万～191.04 万 t·a^{-1}，其中丹东市最大，抚顺市第二，朝阳市第三；释氧功能位于 4.92 万～421.82 万 t·a^{-1}，其中丹东市最大，抚顺市第二，本溪市第三。从林木营养积累指标来看，积累氮、磷、钾营养位于 581.57～62 203.1 t·a^{-1}，其中丹东市最大，抚顺市第二，本溪市第三；提供负离子个数

位于 $6.15 \times 10^{23} \sim 7.19 \times 10^{24}$ 个·a^{-1}，其中丹东市第一，抚顺市第二，本溪市第三；吸收二氧化硫功能位于 77 万～10 199.12 万 kg·a^{-1}，其中丹东市第一，抚顺市第二，朝阳市第三；吸收氟化物功能位于 3.97 万～388.29 万 kg·a^{-1}，其中丹东市第一，本溪市第二，抚顺市第三；吸收氮氧化物功能位于 5.14 万～561.07 万 kg·a^{-1}，其中丹东市第一，抚顺市第二，本溪市第三；滞尘功能位于 0.89 亿～148.21 亿 kg·a^{-1}，其中朝阳市第一，抚顺市第二，丹东市第三。

从以上结果与各地市森林面积比较可以看出，各地市的森林生态系统服务功能总物质量与其森林面积密切相关，单位面积物质量是次要因素，如森林面积排在最前的丹东市、本溪市、抚顺市均处于各指标物质量的前 3 位，而面积最少的辽阳市、锦州市、盘锦市排在最后 3 位。

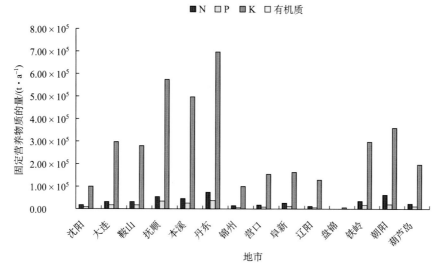

图 7-13　辽宁省各地市森林固定土壤营养物质量

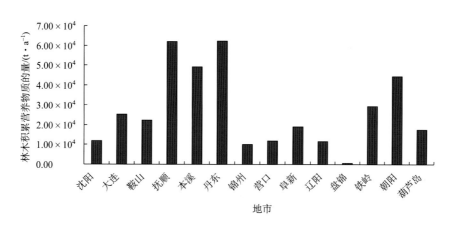

图 7-14　辽宁省各地市森林林木积累营养物质量

表 7-13　辽宁省各地市净化大气环境物质量表

地市	净化大气环境/（t·a^{-1}）				
	生产负离子量/（个·a^{-1}）	吸收二氧化硫量	吸收氟化物量	吸收氮氧化物量	滞尘量
沈阳	1.23×10^{16}	1.79×10^{7}	6.19×10^{5}	9.56×10^{5}	2.31×10^{9}
大连	2.98×10^{16}	5.05×10^{7}	1.78×10^{6}	2.71×10^{6}	6.47×10^{9}
鞍山	2.50×10^{16}	4.37×10^{7}	1.86×10^{6}	2.60×10^{6}	5.33×10^{9}
抚顺	6.78×10^{16}	1.03×10^{8}	2.22×10^{6}	4.44×10^{6}	1.43×10^{10}
本溪	5.55×10^{16}	7.49×10^{7}	2.32×10^{6}	3.79×10^{6}	9.84×10^{9}
丹东	7.19×10^{16}	1.02×10^{8}	3.88×10^{6}	5.61×10^{6}	1.28×10^{10}

地市	净化大气环境/（t·a⁻¹）				
	生产负离子量/ （个·a⁻¹）	吸收二氧化硫量	吸收氟化物量	吸收氮氧化物量	滞尘量
锦州	1.11×10^{16}	1.90×10^{7}	5.93×10^{5}	9.63×10^{5}	2.49×10^{9}
营口	1.35×10^{16}	2.24×10^{7}	1.03×10^{6}	1.40×10^{6}	2.67×10^{9}
阜新	2.01×10^{16}	3.34×10^{7}	7.69×10^{5}	1.48×10^{6}	4.60×10^{9}
辽阳	1.30×10^{16}	1.93×10^{7}	6.88×10^{5}	1.04×10^{6}	2.46×10^{9}
盘锦	6.15×10^{14}	7.70×10^{8}	3.97×10^{4}	5.14×10^{4}	8.91×10^{7}
铁岭	3.24×10^{16}	5.50×10^{7}	1.39×10^{6}	2.53×10^{6}	7.55×10^{9}
朝阳	4.23×10^{16}	8.50×10^{7}	1.30×10^{6}	3.20×10^{6}	1.48×10^{10}
葫芦岛	2.01×10^{16}	3.67×10^{7}	9.97×10^{5}	1.74×10^{6}	5.04×10^{9}

（2）各地市单位面积物质量

辽宁省各地市各地市森林生态系统服务功能单位面积物质量计算结果如下：

单位面积森林涵养水源量位于 953.94~2975.43 m³·hm⁻²·a⁻¹，各地市由大到小的顺序为：丹东＞本溪＞辽阳＞营口＞大连＞抚顺＞鞍山＞盘锦＞沈阳＞铁岭＞葫芦岛＞锦州＞朝阳＞阜新。

单位面积固土量位于 22.73~34.97 t·hm⁻²·a⁻¹，各地市由大到小的顺序为：抚顺＞本溪＞盘锦＞阜新＞沈阳＞辽阳＞丹东＞铁岭＞锦州＞葫芦岛＞大连＞营口＞朝阳＞鞍山。

保肥指标中减少土壤中氮损失量位于 0.068~0.114 t·hm⁻²·a⁻¹，各地市从大到小的顺序为：盘锦＞沈阳＞阜新＞锦州＞丹东＞铁岭＞抚顺＞朝阳＞鞍山＞辽阳＞葫芦岛＞本溪＞大连＞营口。

减少土壤中磷损失量位于 0.024~0.048 t·hm⁻²·a⁻¹，各地市从大到小的顺序为：盘锦＞沈阳＞抚顺＞阜新＞本溪＞铁岭＞锦州＞丹东＞鞍山＞辽阳＞大连＞营口＞葫芦岛＞朝阳。

减少土壤中钾损失量位于 0.42~0.78 t·hm⁻²·a⁻¹，各地市从大到小的顺序为：本溪＞抚顺＞辽阳＞丹东＞铁岭＞营口＞阜新＞大连＞葫芦岛＞鞍山＞锦州＞沈阳＞盘锦＞朝阳。

减少土壤中有机质损失量位于 1.47~2.27 t·hm⁻²·a⁻¹，各地市从大到小的顺序为：盘锦＞沈阳＞阜新＞抚顺＞铁岭＞锦州＞本溪＞丹东＞辽阳＞葫芦岛＞朝阳＞大连＞鞍山＞营口。

单位面积固碳量位于 1.68~2.61 t·hm⁻²·a⁻¹，各地市从大到小的顺序为：阜新＞沈阳＞盘锦＞抚顺＞本溪＞锦州＞铁岭＞辽阳＞丹东＞葫芦岛＞大连＞朝阳＞鞍山＞营口。

单位面积释氧量位于 3.56~6.05 t·hm⁻²·a⁻¹，各地市从大到小的顺序为：阜新＞沈阳＞盘锦＞抚顺＞本溪＞锦州＞铁岭＞辽阳＞丹东＞葫芦岛＞大连＞朝阳＞鞍山＞营口。

林木营养积累指标中单位面积林木积累氮、磷、钾量位于 0.0506~0.0835 t·hm⁻²·a⁻¹，各地市从大到小的顺序为：抚顺＞本溪＞阜新＞沈阳＞铁岭＞盘锦＞辽阳＞丹东＞锦州＞葫芦岛＞大连＞朝阳＞鞍山＞营口。

单位面积提供负离子个数位于 4.97×10^{18}~9.11×10^{18} 个·a⁻¹，各地市从大到小的顺序为：抚顺＞本溪＞阜新＞沈阳＞丹东＞铁岭＞辽阳＞盘锦＞锦州＞葫芦岛＞大连＞营口＞鞍山＞朝阳。

单位面积吸收二氧化硫量位于 88.6~138.48 kg·hm⁻²·a⁻¹，各地市从大到小的顺序为：抚顺＞阜新＞铁岭＞葫芦岛＞本溪＞锦州＞大连＞沈阳＞辽阳＞丹东＞鞍山＞朝阳＞营口＞盘锦。

单位面积吸收氟化物量位于 1.52~4.57 kg·hm⁻²·a⁻¹，各地市从大到小的顺序为：盘锦＞营口＞鞍山＞丹东＞辽阳＞大连＞沈阳＞本溪＞锦州＞葫芦岛＞铁岭＞阜新＞抚顺＞朝阳。

单位面积滞尘量位于 1.02 万~1.92 万 kg·hm⁻²·a⁻¹，各地市从大到小的顺序为：抚顺＞阜新＞铁岭＞朝阳＞葫芦岛＞本溪＞锦州＞沈阳＞大连＞辽阳＞丹东＞鞍山＞营口＞盘锦。

单位面积涵养水源量主要与林外降水量、蒸散量和快速径流量 3 个因素有关，基本上与辽宁省降水量分布趋势一致。总体趋势为：东部＞中南部＞西北部。

单位面积固土量受无林地土壤侵蚀模数和林地土壤侵蚀模数两个因子影响，主要与土壤类型有关，森林的作用则排在第二位。拥有抗蚀能力强土壤的地市都排在前列，反之则在后面。总体趋势为：中北部>东部>西南部。

单位面积保肥量与土壤中的有机质含量，即土壤类型关系密切。土壤肥沃，肥力好的土壤类型，保肥能力强。总体趋势为：中部>西北部>东南部。

从单位面积固碳量上看，影响其大小的指标主要是林分净生产力，主要在于树木的生长速度，树木生长速度快的中南地区固碳量也较高。总体趋势为：中北部>东部>西部。单位面积释氧量的变化趋势与固碳量一致。

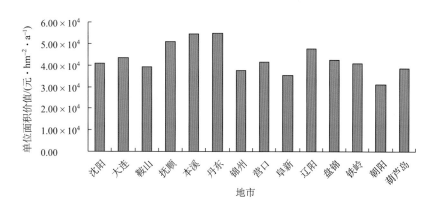

图 7-15 辽宁省分地市森林生态系统六大服务功能单位面积价值

单位面积林木营养积累量与树木中营养元素氮、磷、钾含量相关，但影响最大是净生产力。林木生长速度越快，积累营养物质越多。总体趋势为：中北部>东部>西部>东南部。

单位面积森林提供负离子量与森林类型密切相关，冷杉是提供负离子量最多的森林类型，为2995 个·cm^{-3}；其次为樟子松，为2250 个·cm^{-3}；第三为红松，为2240 个·cm^{-3}。因此，这些森林类型面积大的市提供负离子量也大。单位面积森林提供负离子量总体趋势为：中北部>中东部>西南部。

从以上分析可知，丹东市、抚顺市、本溪市和阜新市4市位于各森林生态系统服务功能单位面积价值的前列；而朝阳市、鞍山市、营口市和盘锦市4市位于森林生态系统服务功能单位面积价值的后4位。

二、辽宁森林生态系统服务功能价值量评估结果

1. 总价值

辽宁省不同分区森林生态系统服务功能价值见表7-14 和图7-16。

表 7-14　辽宁省不同分区森林生态系统服务功能价值量表

分区	面积/hm²	涵养水源/（元·a⁻¹）		保育土壤/（元·a⁻¹）		固碳释氧/（元·a⁻¹）		积累营养物质/（元·a⁻¹）
		调节水量	净化水质	固土	保肥	固碳	释氧	
辽东山区	3 441 745	$4.85×10^{10}$	$1.40×10^{10}$	$6.46×10^{8}$	$1.94×10^{10}$	$8.66×10^{9}$	$1.61×10^{10}$	$3.70×10^{9}$
辽西北	1 734 881	$1.33×10^{10}$	$3.84×10^{9}$	$2.88×10^{8}$	$8.28×10^{9}$	$4.24×10^{9}$	$7.84×10^{9}$	$1.51×10^{9}$
辽中南	626 228	$7.86×10^{9}$	$2.26×10^{9}$	$1.06×10^{8}$	$3.30×10^{9}$	$1.45×10^{9}$	$2.66×10^{9}$	$5.62×10^{8}$
合计	5 802 854	$6.97×10^{10}$	$2.01×10^{10}$	$1.04×10^{9}$	$3.10×10^{10}$	$1.44×10^{10}$	$2.66×10^{10}$	$5.77×10^{9}$

分区	生物多样性保护	净化大气环境/（元·a⁻¹）					合计/元
		生产负离子	吸收SO₂	吸收氟化物	吸收氮氧化物	滞尘量	
辽东山区	$5.05×10^{10}$	$4.82×10^{8}$	$8.78×10^{6}$	$1.29×10^{7}$	$7.89×10^{9}$	$7.98×10^{7}$	$1.70×10^{11}$
辽西北	$1.61×10^{10}$	$2.31×10^{8}$	$2.99×10^{6}$	$5.28×10^{6}$	$4.39×10^{9}$	$3.12×10^{7}$	$6.00×10^{10}$
辽中南	$7.67×10^{9}$	$8.35×10^{7}$	$1.67×10^{6}$	$2.33×10^{6}$	$1.34×10^{9}$	$1.22×10^{7}$	$2.73×10^{10}$
合计	$7.43×10^{10}$	$7.96×10^{8}$	$1.34×10^{7}$	$2.05×10^{7}$	$1.36×10^{10}$	$1.23×10^{8}$	$2.57×10^{11}$

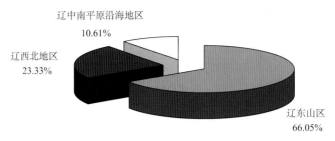

图 7-16　辽宁省不同分区森林生态系统服务功能总价值量

辽宁省不同分区森林生态系统服务功能中的涵养水源功能价值位于101.25亿～624.81亿元·a^{-1}，各分区由大到小的顺序为：辽东山区＞辽西北地区＞辽中南平原沿海地区。

保育土壤功能价值位于34.06亿～200.39亿元·a^{-1}，各分区由大到小的顺序为：辽东山区＞辽西北地区＞辽中南平原沿海地区。

固碳释氧功能价值位于41.1亿～247.61亿元·a^{-1}，各分区由大到小的顺序为：辽东山区＞辽西北地区＞辽中南平原沿海地区。

积累营养物质功能价值位于5.62万～36.97万元·a^{-1}，各分区由大到小的顺序为：辽东山区＞辽西北地区＞辽中南平原沿海地区。

净化大气环境功能价值位于14.4亿～84.74亿元·a^{-1}，各分区由大到小的顺序为：辽东山区＞辽西北地区＞辽中南平原沿海地区。

生物多样性保护功能价值位于766.98亿～505.28亿元·a^{-1}，各分区由大到小的顺序为：辽东山区＞辽西北地区＞辽中南平原沿海地区。

以上六大功能合计价值位于273.12亿～1699.81亿元·a^{-1}，各分区由大到小的顺序为：辽东山区＞辽西北地区＞辽中南平原沿海地区（图7-16）。由此可见，辽东山区森林的各项服务功能价值在辽宁省都占据主导地位。

辽宁省森林生态系统服务功能中的涵养水源功能单位面积价值位于0.99万～1.82万元·hm^{-2}·a^{-1}，各分区由大到小的顺序为：辽东山区＞辽中南平原沿海地区＞辽西北地区。

保育土壤功能单位面积价值位于4941～5822元·hm^{-2}·a^{-1}，各分区由大到小的顺序为：辽东山区＞辽中南平原沿海地区＞辽西北地区。

固碳释氧功能单位面积价值位于6562～7194元·hm^{-2}·a^{-1}，各分区由大到小的顺序为：辽东山区＞辽西北地区＞辽中南平原沿海地区。

积累营养物质功能单位面积价值位于868～1074元·hm^{-2}·a^{-1}，各分区由大到小的顺序为：辽东山区＞辽中南平原沿海地区＞辽西北地区。

净化大气环境功能单位面积价值位于2299～2684元·hm^{-2}·a^{-1}，各分区由大到小的顺序为：辽西北地区＞辽东山区＞辽中南平原沿海地区。

生物多样性保护功能单位面积价值位于9253～14681元·hm^{-2}·a^{-1}，各分区由大到小的顺序为：辽东山区＞辽中南平原沿海地区＞辽西北地区。

以上六大功能合计的单位面积价值位于3.46万～4.94万元·hm^{-2}·a^{-1}，各分区由大到小的顺序为：辽东山区＞辽中南平原沿海地区＞辽西北地区（表7-15）。

表 7-15　辽宁省三大生态区森林生态系统单位面积服务功能价值表　　　（单位：元·hm^{-2}·a^{-1}）

分区	涵养水源功能	保育土壤功能	固碳释氧功能	林木积累营养物质	净化大气环境	生物多样性保护	价值合计
辽东山区	18 154	5 822	7 194	1 074	2 462	14 681	49 388
辽西北地区	9 893	4 941	6 967	868	2 685	9 254	34 608
辽中南平原沿海地区	16 168	5 439	6 563	897	2 300	12 248	436 148

辽东山区森林生态系统单位面积的涵养水源功能、保育土壤功能、固碳释氧功能、林木积累营养物质功能、生物多样性保护功能都比辽中南平原沿海地区和辽西北地区强。

2. 不同林分类型服务功能价值

（1）总价值

辽宁省森林生态系统服务功能中的涵养水源功能价值位于 1024.20 万～469.71 亿元·a^{-1}，各林分类型由大到小的顺序为：柞树组（52.32%）＞经济林（13.75%）＞刺槐组（7.26%）＞灌木林（5.46%）＞杨树组（4.82%）＞落叶松组（4.56%）＞油松组（2.31%）＞杂木组（2.06%）＞速生杨（2.03%）＞胡桃楸组（1.48%）＞色树组（1.00%）＞桦树组＞椴树组＞红松组＞榆树组＞花曲柳组＞柳树组＞樟子松组＞怀槐组＞水曲柳组＞白桦组＞柏树组＞云杉组＞冷杉组＞黄菠萝组。

保育土壤功能价值位于 458.37 万～114.18 亿元·a^{-1}，各林分类型由大到小的顺序为：柞树组（35.66%）＞油松组（13.65%）＞经济林（13.34%）＞落叶松组（11.82%）＞杨树组（6.77%）＞刺槐组（4.47%）＞速生杨（2.90%）＞灌木林（2.29%）＞杂木组（2.16%）＞红松组（1.83%）＞胡桃楸组（1.25%）＞樟子松组＞色树组＞桦树组＞柳树组＞椴树组＞榆树组＞花曲柳组＞柏树组＞怀槐组＞白桦组＞云杉组＞冷杉组＞水曲柳组＞黄菠萝组。

固碳功能价值位于 162.79 万～46.21 亿元·a^{-1}，固碳功能价值各林分类型由大到小的顺序为：柞树组（32.97%）＞落叶松组（15.39%）＞油松组（14.24%）＞经济林（8.60%）＞杨树组（7.20%）＞刺槐组（6.14%）＞速生杨（4.59%）＞灌木林（3.71%）＞胡桃楸组（1.28%）＞杂木组（1.15%）＞红松组＞色树组＞桦树组＞椴树组＞榆树组＞柳树组＞花曲柳组＞樟子松组＞柏树组＞怀槐组＞云杉组＞冷杉组＞白桦组＞水曲柳组＞黄菠萝组。

释氧功能价值位于 295.62 万～87.31 亿元·a^{-1}，释氧功能价值各林分类型由大到小的顺序为：柞树组（32.83%）＞落叶松组（16.70%）＞油松组（14.26%）＞经济林（7.80%）＞杨树组（7.33%）＞刺槐组（6.24%）＞速生杨（4.87%）＞灌木林（2.98%）＞胡桃楸组（1.28%）＞杂木组（1.10%）＞红松组＞色树组＞桦树组＞椴树组＞榆树组＞柳树组＞花曲柳组＞樟子松组＞柏树组＞怀槐组＞云杉组＞冷杉组＞白桦组＞水曲柳组＞黄菠萝组。

积累营养物质功能价值位于 77.37 万～22.98 亿元·a^{-1}，各林分类型由大到小的顺序为：柞树组（39.86%）＞落叶松组（16.43%）＞油松组（12.97%）＞经济林（6.63%）＞杨树组（6.29%）＞刺槐组（5.30%）＞速生杨（4.18%）＞灌木林（2.21%）＞胡桃楸组（1.16%）＞杂木组＞色树组＞红松组＞桦树组＞花曲柳组＞柳树组＞椴树组＞榆树组＞樟子松组＞柏树组＞怀槐组＞云杉组＞冷杉组＞白桦组＞水曲柳组＞黄菠萝组。

森林吸收二氧化硫总价值位于 6.85 万～2.02 亿元·a^{-1}，各林分类型由大到小的顺序为：柞树组（25.40%）＞油松组（23.51%）＞落叶松组（18.23%）＞经济林（13.11%）＞杨树组（4.42%）＞刺槐组（4.23%）＞速生杨（2.01%）＞红松组（1.81%）＞杂木组（1.29%）＞樟子松组（1.15%）＞灌木林（1.09%）＞胡桃楸组＞色树组＞桦树组＞榆树组＞椴树组＞柏树组＞柳树组＞花曲柳组＞云杉组＞怀槐组＞冷杉组＞水曲柳组＞白桦组＞黄菠萝组。

森林吸收氟化物总价值位于 1035.76～610.02 万元·a^{-1}，各林分类型由大到小的顺序为：柞树组（45.37%）＞经济林（23.42%）＞杨树组（7.90%）＞刺槐组（7.55%）＞速生杨（3.60%）＞杂木组（2.30%）＞油松组（1.86%）＞胡桃楸组（1.77%）＞落叶松组（1.44%）＞色树组＞桦树组＞榆树组＞椴树组＞灌木林＞柳树组＞花曲柳组＞怀槐组＞红松组＞樟子松组＞水曲柳组＞白桦组＞柏树组＞黄菠萝组＞云杉组＞冷杉组。

森林吸收氮氧化物总价值位于 2433.19～718.68 万元·a^{-1}，各林分类型由大到小的顺序为：柞树组（35.09%）＞经济林（18.12%）＞油松组（13.36%）＞落叶松组（10.35%）＞杨树组（6.11%）＞刺槐组（5.84%）＞速生杨（2.78%）＞胡桃楸组（1.37%）＞杂木组（1.19%）＞红松组（1.03%）＞灌木林＞色树组＞樟子松组＞桦树组＞榆树组＞椴树组＞柳树组＞花曲柳组＞柏树组＞怀槐组＞云杉组＞水曲柳组＞白桦组＞冷杉组＞黄菠萝组。

森林滞尘能力总价值位于 92.62 万～36.3 亿元·a^{-1}，各林分类型由大到小的顺序为：油松组

（26.46%）＞柞树组（21.17%）＞落叶松组（20.51%）＞经济林（10.93%）＞灌木林（4.37%）＞杨树组（3.69%）＞刺槐组（3.52%）＞红松组（2.04%）＞速生杨（1.68%）＞樟子松组（1.29%）＞杂木组（1.08%）＞胡桃楸组＞色树组＞桦树组＞柏树＞榆树组＞椴树组＞柳树组＞花曲柳组＞云杉组＞冷杉组＞怀槐组＞水曲柳组＞白桦组＞黄波萝组。

　　森林制造负离子总价值位于 1.56 万～4621.88 万元·a^{-1}，各林分类型由大到小的顺序为：柞树组（37.53%）＞落叶松组（15.52%）＞油松组（15.43%）＞刺槐组（7.13%）＞经济林（4.09%）＞杨树组（3.78%）＞红松组（3.40%）＞速生杨（3.40%）＞樟子松组（2.17%）＞杂木组（1.81%）＞胡桃楸组（1.46%）＞色树组＞桦树组＞柳树组＞榆树组＞椴树组＞灌木林＞花曲柳组＞冷杉组＞怀槐组＞云杉组＞柏树组＞白桦组＞水曲柳组＞黄波萝组。

　　综合以上森林净化大气环境能力价值，森林净化大气环境总价值位于 106.48 万～38.13 亿元·a^{-1}，各林分类型由大到小的顺序为：油松组（26.16%）＞柞树组（21.58%）＞落叶松组（20.31%）＞经济林（11.01%）＞灌木林（4.15%）＞杨树组（3.73%）＞刺槐组（3.60%）＞红松组（2.03%）＞速生杨（1.72%）＞樟子松组（1.29%）＞杂木组（1.09%）＞胡桃楸组＞色树组＞桦树组＞柏树组＞榆树组＞椴树组＞柳树组＞花曲柳组＞云杉组＞冷杉组＞怀槐组＞水曲柳组＞白桦组＞黄波萝组。

　　生物多样性保护功能价值位于 1544.88 万～380.25 亿元·a^{-1}，各林分类型由大到小的顺序为：柞树组（51.21%）＞油松组（9.74%）＞刺槐组（8.52%）＞落叶松组（8.31%）＞杨树组（4.46%）＞经济林（3.97%）＞杂木组（2.60%）＞胡桃楸组（2.40%）＞灌木林（1.59%）＞红松组（1.50%）＞色树组＞樟子松组＞速生杨＞榆树组＞柳树组＞花曲柳组＞桦树组＞椴树组＞怀槐组＞柏树组＞水曲柳组＞云杉组＞冷杉组＞白桦组＞黄波萝组。

　　各树组以上六大功能合计价值位于 3666.14 万～1153.01 亿元·a^{-1}，各林分类型由大到小的顺序为：柞树组（44.81%）＞经济林（9.70%）＞落叶松组（9.57%）＞油松组（9.34%）＞刺槐组（6.85%）＞杨树组（5.31%）＞灌木林（3.44%）＞速生杨（2.19%）＞杂木组（2.00%）＞胡桃楸组（1.64%）＞红松组（1.08%）＞色树组＞桦树组＞樟子松组＞榆树组＞柳树组＞椴树组＞花曲柳组＞怀槐组＞柏树组＞云杉组＞水曲柳组＞白桦组＞冷杉组＞黄波萝组（图 7-17）。

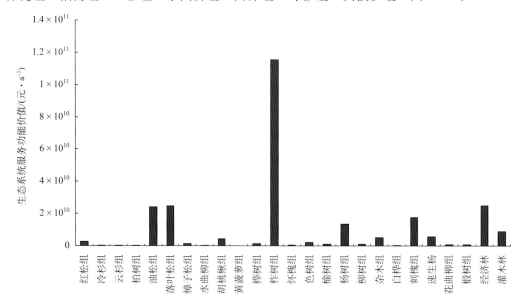

图 7-17　辽宁省不同林分类型生态系统服务功能的价值

　　从以上分析可知，位于各森林生态系统服务功能总价值前 5 名的是柞树组、经济林、落叶松组、油松组、刺槐组；而云杉组、水曲柳组、白桦组、冷杉组、黄波萝组 5 个林分类型位于各森林生态系统服务功能总价值的后位；这主要是由于各林分类型面积及各林分类型功能量的不同所造成。从图 7-18 可以看出，森林服务功能总价值与各林分类型面积有较大的相关性，相关系数达到 0.9064。

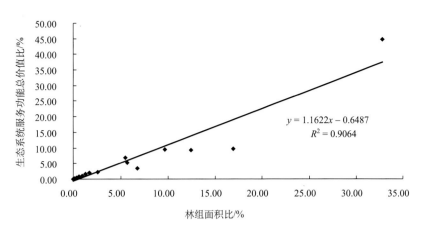

图 7-18　各林分类型总价值比例与其森林面积比例关系

（2）不同林分类型单位面积价值

森林生态系统涵养水源功能、保育土壤功能、固碳释氧功能、林木积累营养物质功能、生物多样性保护功能合计的单位面积价值位于2.26万～6.16万元·hm^{-2}·a^{-1}（图7-19），各林分类型由大到小的顺序为：色树组（6.16万元·hm^{-2}·a^{-1}）＞柞树组（6.06万元·hm^{-2}·a^{-1}）＞冷杉组（5.83万元·hm^{-2}·a^{-1}）＞黄菠萝组（5.70万元·hm^{-2}·a^{-1}）＞胡桃楸组（5.69万元·hm^{-2}·a^{-1}）＞刺槐组（5.58万元·hm^{-2}·a^{-1}）＞水曲柳组（5.43万元·hm^{-2}·a^{-1}）＞白桦组（5.36万元·hm^{-2}·a^{-1}）＞杂木组（5.33万元·hm^{-2}·a^{-1}）＞云杉组（5.25万元·hm^{-2}·a^{-1}）＞柳树组（5.13万元·hm^{-2}·a^{-1}）＞红松组（5.00万元·hm^{-2}·a^{-1}）＞花曲柳组（4.99万元·hm^{-2}·a^{-1}）＞榆树组（4.94万元·hm^{-2}·a^{-1}）＞怀槐组（4.87万元·hm^{-2}·a^{-1}）＞落叶松组（4.39万元·hm^{-2}·a^{-1}）＞桦树组（4.28万元·hm^{-2}·a^{-1}）＞椴树组（4.13万元·hm^{-2}·a^{-1}）＞杨树组（4.13万元·hm^{-2}·a^{-1}）＞柏树组（3.82万元·hm^{-2}·a^{-1}）＞樟子松组（3.79万元·hm^{-2}·a^{-1}）＞速生杨（3.74万元·hm^{-2}·a^{-1}）＞油松组（3.32万元·hm^{-2}·a^{-1}）＞经济林（2.54万元·hm^{-2}·a^{-1}）＞灌木林（2.26万元·hm^{-2}·a^{-1}）。

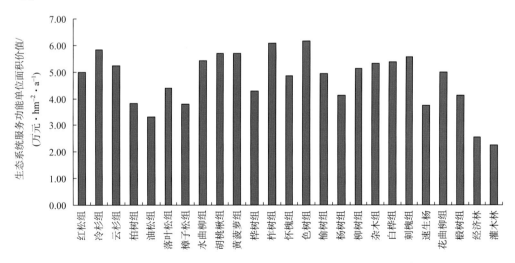

图 7-19　辽宁省不同林分类型生态系统服务功能单位面积价值

从以上分析可知，色树组、柞树组、刺槐组、黄菠萝组、胡桃楸组5个林分类型位于单位面积总价值的前列；而柏树组、樟子松组、油松组、经济林、灌木林5个林分类型位于单位面积总价值的后位；冷杉、水曲柳、黄菠萝与胡桃楸是辽宁省典型地带性植被，具有较高的生物多样性价值，其在单位面积森林生态系统服务功能排序中都位于前列，其价值不容忽视。因此，保护冷杉、水曲柳、黄菠萝与胡桃楸意义重大，也是充分发挥和提高辽宁省整个森林生态系统服务功能的途径之一。

第三节 评估结论和建议

1）辽宁省森林生态系统服务功能总价值为 2591.72 亿元·a^{-1}，相当于当年辽宁省林业总产值（除去森林游憩价值）（303.4497 亿元）的 8.54 倍，相当于当年辽宁省 GDP（9251.15 亿元）的 28.02%。每年每公顷森林提供的价值平均为 4.47 万元。

2）辽宁省 14 个地市六大功能价值位于 3.68 亿～523.44 亿元·a^{-1}，各地市由大到小的顺序为丹东＞抚顺＞本溪＞朝阳＞大连＞铁岭＞鞍山＞葫芦岛＞营口＞阜新＞辽阳＞沈阳＞锦州＞盘锦。辽宁省 3 个分区森林生态系统服务功能总价值辽东山区最大、辽中南平原沿海地区次之、辽西北地区最小。辽西北地区由于气候等因素的影响，其森林面积及森林质量处于较低水平，因此，应加强辽西北地区的林业建设及管理，以充分提高辽宁省森林生态系统服务功能的整体水平。

3）辽宁省不同林分类型森林生态系统服务功能价值中柞树组、经济林、落叶松组、油松组和刺槐组森林生态系统服务功能价值之和占辽宁省森林生态系统服务功能总价值的 80.4%。

4）经济林和灌木林服务功能单位面积价值分别为 2.54 万元·hm^{-2}·a^{-1} 和 2.26 万元·hm^{-2}·a^{-1}，虽然其单位面积价值处于较低水平，但因为在辽宁省中分布面积较大，其服务功能总价值排在辽宁所有森林的第二位和第七位，因此，二者的生态系统服务功能不容忽视，所以应充分认识它们的地位和作用，采取适当措施加强经营与管理。

5）冷杉、水曲柳、黄菠萝与胡桃楸是辽宁省典型地带性植被，属于易危物种，具有较高的生物多样性价值，其单位面积森林生态系统服务功能排序中都位于前列，其价值不容忽视。因此，保护冷杉、水曲柳、黄菠萝与胡桃楸意义重大，也是充分发挥和提高辽宁省整个森林生态系统服务功能的途径之一。

6）森林生态系统服务功能范围十分广泛，由于受科学技术水平、计量方法和监测手段的限制，目前尚无法对森林每项功能都一一计量，其价值体现仍然是不完全的，评估只能在部分层面上进行。即使如此，本项研究中得到的结果依然可以清楚地说明了辽宁省林业生态系统在维系和促进当地社会经济持续发展和环境保护中的巨大作用，说明这种尝试仍是十分必要的，同时也为以后深入研究奠定了基础。

主要参考文献

鲍文，包维楷，何丙辉等.2004.森林生态系统对降水的分配与拦截效应.山地学报，22（4）：483～491

毕晓丽，葛剑平.2004.基于 IGBP 土地覆盖类型的中国陆地生态系统服务功能价值评估.山地学报，22（1）：48～53

曹世雄，陈莉，赵麦换等.2003.黄土丘陵区近自然水土保持复式技术研究.水土保持研究，10（4）：29～34

陈昌毓.1994.祁连山北坡水热条件对林木分布的影响.中国农业气象，15（1）：30～33

陈高，代力民，范竹华等.2002.森林生态系统健康及其评估监测.应用生态学报，13（5）：605～610

陈仲新，张新时.2000.中国生态系统效益的价值.科学通报，45（1）：17，22

成昌军.2002.九华沟流域综合治理开发途径与模式.中国水土保持，（11）：38，39

成克武，崔国发，王建等.2000.北京喇叭沟门林区森林生物多样性经济价值评价.北京林业大学学报，22（4）：66～71

戴小龙，唐守正.1991.大青山实验局森林资源的动态分析及其 SD 方法.林业科学，27（3）：208～218

董全.1999.生态功益：自然生态过程对人类的贡献.应用生态学报，10（2）：233～240

范海兰，洪伟，吴承福.2004.福建省森林生态系统服务价值的变化.福建农林大学学报（自然科学版），33（3）：347～351

福冈胜夫.1990.应用系统动态学进行森林与水的最佳控制和公共效益评价.林业数量经济.徐智，李周等译.北京：中国林业出版社.221～228

傅伯杰，刘世梁，马克明.2001.生态系统综合评价的内容与方法.生态学报，21（11）：1885～1892

顾凯平.1988.中国森林资源预测方法的结构与模拟.北京林业大学学报，10（3）：57～65

关文彬，王自力，陈建成等.2002.贡嘎山地区森林生态系统服务功能价值评估.北京林业大学学报，24（4）：80～84

郭浩，王兵，马向前等.2008.中国油松林生态服务功能评估.中国科学（C 辑：生命科学），38（6）：565～572

郭廷辅，段巧甫，王学东.2001.内蒙古水土保持生态环境建设调研报告.中国水土保持，（2）：8～11

郭中伟，甘雅玲.2003.关于生态系统服务功能的几个科学问题.生物多样性，11（1）：63～69

国家林业局.1994.中国林业统计年鉴（1993）.北京：中国林业出版社.466～467

国家林业局.1999.中国林业统计年鉴（1998）.北京：中国林业出版社.2～5

国家林业局.2004.中国林业统计年鉴（2003）.北京：中国林业出版社.10～13

韩伟，孙辉，唐亚.2005.生态系统服务价值及其评估方法研究进展.四川环境，24（1）：20～23

郝明德.2002.黄土高原沟壑区水土流失治理与生态环境建设.水土保持学报，16（5）：79～81

何池全，崔保山，赵志春.2001.吉林省典型湿地生态评价.应用生态学报，12（5）：754～756

何浩，潘耀忠，朱文泉等.2005.中国陆地生态系统服务价值测量.应用生态学报，16（6）：1122～1127

侯学煜.1982.中国植被地理及优势植物化学成分.北京：科学出版社.245～333

侯元兆，张佩昌，王琦等.1995.中国森林资源核算研究.北京：中国林业出版社.112～139

黄平，侯长谋，张弛等.2002.广东省森林生态系统服务功能.生态科学，21（2）：160～163

姜东涛.2005.森林制氧固碳功能与效益计算的探讨.华东森林经理，19（2）：19～21

蒋延玲，周广胜.1999.中国主要森林生态系统公益的研究.植物生态学报，23（5）：426～432

靳芳，鲁绍伟，余新晓等.2005.中国森林生态系统服务功能及其价值评价.应用生态学报，16（8）：1531～1536

靳芳.2005.中国森林生态系统价值评估研究.北京：北京林业大学博士学位论文

荆克晶，鞠美庭.2004.对生态系统服务功能价值评估中相关问题的探讨.环境科学与技术（增刊），27：129～132

亢新刚.2001.森林资源经营管理.北京：中国林业出版社

雷加富.2005.中国森林资源.北京：中国林业出版社.89～95

李宏.2000.东北过伐林区汪清林业局林业系统仿真研究.北京：中国林业科学研究院博士学位论文.73～85

李会营，武小云，贾爱卿.2002.砖阳河流域下治阶地上治山治理开发模式.中国水土保持，（4）：36～37

李建勇，陈桂珠.2004.生态系统服务功能体系框架整合的探讨.生态科学，23（2）：179～183

李金昌.2002.价值核算是环境核算的关键.中国人口·资源与环境，12（3）：11～17

李金平，王志石.2004.1983—2003年澳门生态系统服务价值的变化.生态环境，13（4）：605～607，611

李维成.1996.沿海防护林体系森林资源现状、效益及对其建设的几点建议.林业资源管理，（5）：40～42

李先争，徐国祯.1986.系统动力学方法在林业生产结构研究中的应用.林业资源管理，（6）：59～62

李宪松.1990.河北省塞罕坝机械林场森林资源动态预测与林分间伐生长方法的研究.北京：北京林业大学硕士学位论文

李银霞.2020.祁连山自然保护区森林生物多样性经济价值评估.兰州：甘肃农业大学硕士学位论文

林业部科技司.1994.中国森林生态系统定位研究.哈尔滨：东北林业大学出版社

刘福才.1987.绿色植物减菌实验研究.园林科技通讯，（2）：39～42

刘光栋，吴文良，靳乐山等.2004.人力资本法评估农业污染地下水环境价值损失.中国环境科学，24（3）：372～375

刘世荣，温光远.1996.中国森林生态系统水文生态功能规律.北京：中国林业出版社.26～197

刘延春.2005.生态效益林业理论及其在吉林省的应用研究.哈尔滨：东北林业大学博士学位论文.116，117

刘玉龙，马俊杰，金学林等.2005.生态系统服务功能价值评估方法综述.中国人口·资源与环境，15（1）：88～92

刘元宝，唐克丽.1990.坡耕地不同地面覆盖的水土流失试验研究.水土保持学报，4（1）：25～29

卢俊培.1993.海南岛尖峰岭热带森林生态系统的地球化学特征.林业科学研究，4（1）：1～9

卢琦，赵体顺，师永全等.1999.农用林业系统仿真的理论与方法.北京：中国环境科学出版社.157～183

鲁春霞，谢高地，成升魁.2001.河流生态系统的休闲娱乐功能及其价值评估.资源科学，23（5）：78～81

鲁绍伟，靳芳，余新晓等.2005.中国森林生态系统保护土壤的价值评价.中国水土保持科学，3（3）：16～21

陆贵巧.2006.基于空间特征大连城市森林生态效益研究及动态计量评价.北京：北京林业大学博士学位论文

马中.2000.环境与资源经济学概论.北京：高等教育出版社

倪成才.1991.大石头林业局资源经济系统动力学方法.北京：北京林业大学硕士学位论文.48～53

欧阳志云，王如松，赵景柱.1999a.生态系统服务功能及其生态经济价值评价.应用生态学报，10（5）：635～640

欧阳志云，王效科，苗鸿.1999b.中国陆地生态系统服务功能及其生态经济价值的初步研究.生态学报，19（5）：607～613

欧阳志云，肖寒，赵景柱等.2002.海南岛生态系统服务功能及其生态价值研究.见：侯元兆.森林环境价值核算.北京：中国科学
技术出版社.187～208

潘耀忠，史培军，朱文全等.2004.中国陆地生态系统生态遥感定量测量.中国科学（D），34（4）：375～384

曲鹏禄，郑念发.2003.吉林市水土流失、土地荒漠化情况的分析.吉林水利，（2）：30，31

中华人民共和国林业部.1994.全国森林资源统计（1989—1993）.北京：中华人民共和国林业部.32～48

国家林业局森林资源司.2000.全国森林资源统计（1994—1998）.北京：国家林业局森林资源司.10～80

国家林业局森林资源司.2005.全国森林资源统计（1999—2003）.北京：国家林业局森林资源司.79～80

饶良懿，朱金兆.2003.重庆四面山森林生态系统服务功能价值的初步评估.水土保持学报，17（5）：5，6，44

任青山，王景升，张博等.2002.藏东南冷杉原始林不同形态水的水质分析.东北林业大学学报，30（2）：52～54

石福孙.2003.帽儿山潜在沟系及土壤侵蚀的研究.哈尔滨：东北林业大学硕士学位论文.30～46

苏春雨.2004.关于我国森林资源经营管理机制的研究.林业资源管理，（4）：5～8

孙刚，盛连喜，周道玮.1999.生态系统服务及其保护策略.应用生态学报，10（3）：365～368

孙刚，盛连喜，周道玮.2000.对人与自然关系的新认识.东北师大学报（自然科学版），32（1）：79～83

唐翔宇，杨浩，曹慧等.2001.37Cs法估算南方红壤地区土壤侵蚀作用的初步研究.水土保持学报，15（3）：4～11

汪松.1998.中国濒危动物红皮书.北京：科学出版社

汪有奎，袁虹.2003.祁连山森林健康保护与恢复策略.华北大学学报（自然科学版），4（2）：159～165

王兵，杨锋伟，郭浩等.2008.森林生态系统服务功能评估规范（LY/T 1721—2008）.北京：中国标准出版社

王洪斌，姚德民.1986.系统动力学在森林工业发展战略研究中的应用.林业科学，22（3）：333～336

王伟，陆健健.2005.生态系统服务与生态系统管理研究.生态经济，（9）：35～37

王效科，冯宗炜.2000.中国森林生态系统中植物固定大气碳的潜力.生态学杂志，19（4）：72～74

王亚娟，马俊杰，刘小鹏.2004.关中周边山地森林生态环境综合价值评估.山地学报，（22）5：545～553

王志新，牟长城，韩燕茹.2002.吉林省森林效益的经济评价.吉林林业科技，31（4）：43～47

温光远，刘世荣.1995.我国主要森林生态系统类型降雨截流规律的数量分析.林业科学，31（4）：289～298

吴钢，肖寒，赵景柱等.2001.长白山森林生态系统服务功能.中国科学（C），31（5）：471～480

吴征镒.1980.中国植被.北京：科学出版社.749～1072

夏江宝，杨吉华，李红云等.2004.山地森林保育土壤的生态功能及其经济价值研究——以山东省济南市南部山区为例.水土保持学报，18（2）：97～100

肖寒，欧阳志云，赵景柱等.2000.海南岛生态系统土壤保持空间分布特征及生态经济价值的经济价值.生态学报，20（2）：552～558

肖兴威.2004.中国森林资源与生态状况综合监测体系建设的战略思考.林业资源管理，（6）：1～5

肖玉，谢高地，安凯.2003.莽措湖流域生态系统服务功能经济价值变化研究.应用生态学报，14（5）：676～680

谢高地，鲁春霞，成升魁.2001a.全球生态系统服务价值评估研究进展.资源科学，23（6）：5～9

谢高地，张钇锂，鲁春霞等.2001b.中国自然草地生态系统服务价值.自然资源学报，16（1）：47～53

谢高地，鲁春霞，冷允法等.2000.青藏高原生态资产的价值评估.自然资源学报，18（2）：189～196

谢慧玲，李树人，阎志平等.1997.植物杀菌作用及其应用研究.河南农业大学学报，31（4）：367～402

辛琨，肖笃宁.2003.生态系统服务功能研究简述.中国人口·资源与环境，10（3）：20～22

辛学兵.2005.西藏色季拉山冷杉林生态系统养分循环的研究.北京：北京林业大学博士学位论文

熊毅，李庆逵.1987.中国土壤.北京：科学出版社.98～145

薛达元.1997.生物多样性的经济价值评估——长白山自然保护区案例研究.北京：中国环境科学出版社.52～80

阎水玉，王祥荣.2002.生态系统服务研究进展.生态学杂志，21（5）：61～68

杨吉华.1993.山丘地区森林保持水土效益的研究.水土保持学报，7（3）：47～52

叶茂，魏军.2005.塔里木河中下游土地利用覆盖变化的生态经济分析.干旱区地理，28（5）：706～711

俞栋，方振东.2004.环境价值浅析.重庆工业高等专科学校学报，19（2）：21～24

袁嘉祖，张汉雄.1991.黄土高原地区森林植被优化方法.北京：科学出版社.11～24

张国盛，王林和，董智等.2002.毛乌素沙地主要固沙灌（乔）木林地水分平衡研究.内蒙古农业大学学报，23（3）：2～9

张纪林.1997.沿海农田防护林有效防护范围划分的探讨.林业科学，33（1）：348～335

张金池，康立新，卢义山等.1996.苏北海堤主要防护林类型防蚀功能研究.南京林业大学学报，20（3）：11～15

张金池，李土生，姜志林等.1994.苏南丘陵区主要森林类型水土保持功能研究.见：周晓峰.中国森林生态系统定位研究.哈尔滨：东北林业大学出版社.320～325

张启昌，其其格，周道玮等.2005.吉林省水蚀模数与下垫面各因素的关系.生态学报，25（8）：1960～1965

张向辉，王清春，李瀚等.2002.青海东峡林区森林生态系统服务功能及经济价值评估.北京林业大学学报，24（4）：85～87

张玉荣.2004.环境价值——价值中不可忽视的部分.理论研究，（12）：33～35

张志强，徐中民，程国栋.2001a.生态系统服务与自然资本价值评估.生态学报，21（11）：1918～1926

张志强，徐中民，王建等.2001b.黑河流域生态系统服务的价值.冰川冻土，23（4）：360～367

张志强，徐中民，程国栋等.2002.黑河流域张掖地区生态系统服务恢复的条件价值评估.生态学报，22（6）：885～893

赵道胜.1988a.图强林业局火烧后森林资源动态分析.林业经济，（4）：20～25

赵道胜.1988b.用系统力学方法研究林业生产发展战略.农业现代化研究，4：31～34、54

赵道胜.1995.森林资源经营管理方法的建立与应用.北京：中国林业出版社.13～121

赵景柱，肖寒，吴刚.2000.生态系统服务的物质量与价值量评价方法的比较分析.应用生态学报，11（2）：290～292

赵景柱，徐亚骏，肖寒等.2003.基于可持续发展综合国力的生态系统服务评价研究——13个国家生态系统服务价值的测算.系统工程理论与实践，（1）：121～127

赵敏，周广胜.2004.中国森林生态系统的植物碳贮量及其影响因子分析.地理科学，24（1）：50～54

赵书田.1998.吉林省森林资源系统动力学仿真方法.云南林业调查规划设计，23（1）：18～24

赵同谦.2004.中国陆地生态系统服务功能及其价值评估研究.北京：中国科学院研究生院博士学位论文.39～64

中国生物多样性国情研究报告编写组.1998.中国生物多样性国情研究报告.北京：中国环境科学出版社.191～201

刘明光.1998.中国自然地理图集.第二版.北京：中国地图出版社

中华人民共和国国家统计局.2008.中国统计年鉴.北京：中国统计出版社

周广胜，张新时.1996.全球气候变化的中国自然植被的净第一性生产力的研究.植物生态学报，20（1）：11～19

周国逸.1995.小良试验站三种生态系统能量平衡的研究.热带亚热带植物学报，7（2）：93～101

周梅.2003.大兴安岭森林生态系统水文规律研究.北京：中国科学技术出版社.82～94

周晓峰.1999.中国森林与生态环境.北京：中国林业出版社.95～99

周亚萍，安树青.2001.生态质量与生态系统服务功能.生态科学，20（1）：85～90

Bernataky A. 1978. Free Ecology and Preservation. Amsterdam，Oxford，New York：Elsevier Scientific Publishing Company

Bjorklund J，Limburg K，Rydberg T. 1999. Impact of production intensity on the ability of the agricultural land scape to generate ecosystem services：an example from Sweden. Ecological Economics，29：269～291

Bolund P，Hunhammar S. 1999. Ecosystem services in urban areas. Ecological Economics，29：293～301

Callicott J B. 1995. The value of ecosystem health. Environmental Value，4：345～361

Carson J. 1997. Protecting the delivery of ecosystem service. Ecosys Health，3（3）：185～194

Carson R. 1962. Silent Spring . Boston：Houghton Mifflin. 1～9

Costanza R，d' Arge R，de Groot R et al. 1997. The value of the world's ecosystem services and natural capita. Nature，387：253～260

Costanza R. 1992. Toward an operational definition of health. *In*：Costanza R，Norton B，Haskell B. Ecosystem Health—New Goals for Environmental Management . Washington，D C：Island Press

Costanza R. 1995. Ecological and economic system health and social decision making. *In*：Rapport D J，Calow P，Gauder C. Evaluating and Monitoring the Health of Large-scale Ecosystems . New York：Springer-Verlag

de Groot R S，Wilson M A，Boumans R M J. 2002. A typology for the classification，description and valuation of ecosystem functions，goods and services. Ecol Econ，41：393～408

Dixon J A，Sucra F L，Van 't H T. 1993. Meeting ecological and economic goals：marine parks in the Caribbean. Ambio，22（2-3）：117～125

Dixon R K，Brown S，Houghton R A et al. 1994. Carbon pool and flux of global forest ecosystems. Science，263：185

Ehrlich P R，Ehrlich A H. 1972. Population，Resource Environment：Issues in Human Ecology . San Francisco：W. H. Freeman. 1～20

Gordon Irene M. 1992. Nature Function . New York：Springer-verlag

Holmund C，Hammer M. 1999. Ecosystem services generate by fish population. Ecological Economics，29：253～268

Hostetand J E，Lonnstedt L. 1985. 系统动态学——林业政策分析的工具. 徐智译. 北林译丛，（2）：28～31

Kerr S R，Dickie L M. 1984. Measuring the health of aquatic ecosystem. *In*：Levin S A，Harwell M A，Kelly J R et al . Ecotoxicology：Problems and Approaches . New York：Springer-verlag

Kramer P J. 1981. Carbon dioxide concentration，photosynthesis，and dry matter production. Bioscience，31：29～33

Leopold A. 1949. A Sandy County Almanac and Sketches from Here and There. New York：Cambridge University Press

Munasinghe M. 1992. Biodiversity protection policy. Environmental valuation and distribution issues. Ambio，21（3）：227～236

Perrings C，Folke C，Maeler K G. 1992. The ecology and economics of biodiversity loss. The research agenda. Ambio，21（3）：201～211

Pimental D，Wilson C，McCullum C et al. 1997. Economic and environmental benefits of biodiversity. BioScience，387：253～260

Rapport D J. 1992. Defining the practice of clinical ecology. *In*：Costanza R，Norton B，Haskell B. Ecosystem Health—New Goals for Environmental Management. Washington，D C：Island Press

Schimel D S，House J I，Hibbard K A et al. 2001. Recent patterns and mechanisms of carbon exchange by terrestrial ecosystems. Nature，414：169

Serafy S. 1998. Pricing the invaluable：the value of the world；ecosystem services and natural capital. Ecological Economics，25：25～27

Tobias D，Mendelsohn R. 1991. Valuing ecotourism in a tropical rainforest reserve. Ambio，20：91～93

Vogt W. 1948. Road to Survival. New York：Eilliam Sloan

Woodley S，Kay J，Francis G. 1993. Ecological Integrity and the Management of Ecosystems . Delray Beach，Florida：St. Lucie Press

第八章　基于 Shannon-Wiener 指数的中国森林物种多样性保育价值评估方法研究

生物多样性是人类赖以生存和发展的基础，包含三个不同的层次：生态系统多样性、物种多样性和遗传（基因）多样性。在所有层次的生物多样性中，物种多样性是基础。森林物种多样性保育功能是指森林生态系统为生物物种提供生存与繁衍的场所，从而对其起到保育作用的功能。我国森林物种多样性极其丰富，对其价值进行评估具有重要的现实意义。

物种多样性保育价值属于生物多样性的非使用价值范畴。由于对非使用价值量化具有一定的难度，目前只是提出了一些探索性的核算方法，评估方法主要包括物种保护基准价法、支付意愿调查法、收益资本化法、费用效益分析法等，国内外相关研究中采用支付意愿法比较普遍，如薛达元、赵同谦、靳芳、鲁绍伟以及《中国生物多样性国情研究报告》等在评估全国森林生态系统维持生物多样性价值中均采用了此方法。上述方法的缺点是：评估结果受人为主观因素影响大，结果存在很大的偏差，因此结果之间缺乏可比性。

目前，对森林物种多样性非使用价值的评估尚缺乏逻辑推理的客观方法。Shannon-Wiener 指数是衡量生态系统物种多样性的一个经典指标，计算公式为

$$H' = -\sum_{i=1}^{S} p_i \log p_i \tag{8-1}$$

式中：p_i 为种 i 的个体数在总体中所占的比例。它既能够反映森林中物种的丰富度，也能够表达物种分布的均匀度。本研究基于 Shannon-Wiener 指数，评估中国森林物种多样性保育价值，将全国的森林生态系统放在客观统一的标尺下对比分析，从而为物种多样性的保护提供更为科学的依据。

第一节　研　究　方　法

本研究采用分布式方法计算中国森林物种多样性保育价值，首先把中国森林生态系统按省级行政区（省、自治区、直辖市）划分为 32 个单元（台湾省、香港特别行政区和澳门特别行政区为 1 个单元，暂不计算），其他 31 个单元按主要优势种类型又分成 462 个亚单元。通过统计每个亚单元的 Shannon-Wiener 多样性指数和林分面积，计算其物种多样性保育价值。

其中，各行政单元植被类型和每种植被的面积数据通过 1999－2003 年的第六次全国森林资源连续清查数据获得。Shannon-Wiener 指数来自中国森林生态系统定位研究网络（CFERN）所属 24 个森林生态站及其 100 多个辅助观测点和 500 多个补充观测点长期积累的数万个观测数据，全国范围的大量实测数据的采用，是以往森林生态系统服务功能评估工作中前所未有的。

按优势树种，全国共统计出 39 种林分类型。在计算中，对于处于同一单元的同一种林分类型，Shannon-Wiener 指数采用其区域平均值。对于处于不同单元的同一种林分类型，Shannon-Wiener 指数可以不同，区域间各自独立核算。

接下来确定 Shannon-Wiener 指数与物种多样性保育价值之间的关系。从大尺度空间格局来讲，生物多样性存在着纬度梯度，随着纬度的降低，通常生物多样性会增加，根据黄建辉等人的研究，我国森林乔木层的 Shannon-Wiener 指数呈现这种变化规律尤为明显。总体上，人工林的多样性指数普遍偏低，混交林比纯林多样性要高。Shannon-Wiener 指数的变化趋势在很多研究中与森林生态系统物种丰富度变化趋势一致。一般来讲，Shannon-Wiener 指数越高，生态系统的物种越丰富，生态系统越稳定，其维持、繁衍和保护物种多样性的能力越强，因此，其物种保育价值也越高。

支付意愿法在生物多样性价值评估中由于受被访问者居住地、对访问区域的了解程度、受教育水

平等条件的限制，评估结果偏差很大，结果之间不可比，参考价值比较差。张颖在总结国外研究经验的基础上，将机会成本法与支付意愿法相结合，对全国不同区域的森林生物多样性价值进行了核算，核算结果为：热带区＞亚热带区＞温带区＞高寒带，且在西北地区的多样性价值偏低，这与我国森林物种多样性指数的空间变化趋势基本一致，且与国外的一些研究结果比较相近（图8-1）。

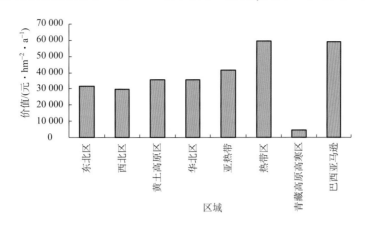

图8-1 森林物种多样性价值评估重要成果

本研究的目的除了要给出森林物种多样性一个合理的价值标准外，更重要的是为了对物种多样性价值进行客观的评估和比较，故以图8-1中的结果为参考，将森林物种多样性按照Shannon-Wiener指数定价。在物种资源最丰富的巴西亚马逊热带雨林，其Shannon-Wiener指数为6.21，海南尖峰岭热带原始林为5.78～6.28，霸王岭沟谷雨林为5.82，而一些高寒区生态系统及人工林纯林只有1.0左右。本研究将Shannon-Wiener指数及单位面积物种多样性保育价值划分为7个等级（表8-1）。

表8-1 Shannon-Wiener指数等级划分及其价值量

等级	Shannon-Wiener指数	单价/(元·hm^{-2}·a^{-1})
I	指数≥6	50 000 a
II	5≤指数＜6	40 000 a
III	4≤指数＜5	30 000 a
IV	3≤指数＜4	20 000 a
V	2≤指数＜3	10 000 a
VI	1≤指数＜2	5 000 a
VII	指数≤1	3 000 a

注：a为物价指数。

通过计算不同林分的Shannon-Wiener指数，根据表8-1即可确定单位面积的价值量，再乘以林分面积，即可得到森林物种多样性保育功能年总价值。计算公式为

$$U_{生物} = S_{生} A \tag{8-2}$$

式中：$U_{生物}$为林分物种多样性保育价值年总量，单位：元·a^{-1}；$S_{生}$为单位面积物种多样性保育价值量（见表8-1），单位：元·hm^{-2}·a^{-1}；A为林分面积，单位hm^2。

第二节 Shannon-Wiener指数与物种保护价值

一、中国林分类型及其Shannon-Wiener多样性指数分布

各省（自治区、直辖市）现有林地状况见图8-2。所统计的39种林分的面积、Shannon-Wiener多样性指数等级及其分布见表8-2。从森林资源总体布局来看，我国的东北和南方地区森林资源比较

丰富，林地覆盖率较高，而华北和广大西北地区林地覆盖率较低，4个直辖市的森林资源普遍匮乏。

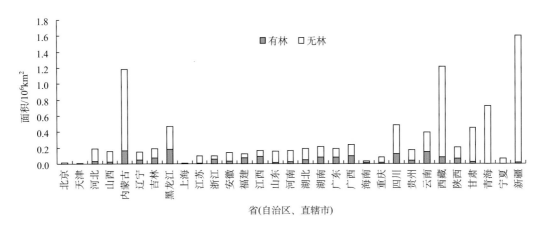

图 8-2 各省（自治区、直辖市）有林面积和无林面积

表 8-2 39 种林分类型面积及其 Shannon-Wiener 多样性指数等级分布

林型	总面积/km²	Shannon-Wiener 指数等级及其分布
红松	4 028	Ⅱ：吉；Ⅲ：辽、黑；Ⅴ：新
冷杉	32 671	Ⅲ：辽、吉、黑；Ⅳ：滇、藏、青；Ⅴ：川、陕、甘、新；Ⅵ：鄂
云杉	45 007	Ⅲ：辽、吉；Ⅳ：黑、滇、藏、青；Ⅴ：冀、晋、蒙、川、宁、新；Ⅵ：甘
铁杉	2 346	Ⅲ：藏；Ⅳ：川、滇；Ⅴ：陕、甘；Ⅵ：鄂、湘
柏木	31 979	Ⅲ：苏；Ⅳ：辽、浙、皖、藏、青；Ⅴ：京、津、冀、晋、蒙、沪、鲁、豫、粤、渝、川、黔、滇、陕、宁；Ⅵ：鄂、湘、甘、新
落叶松	104 939	Ⅳ：辽、川、滇；Ⅴ：京、冀、蒙、吉、黑、鲁、豫、渝、藏、陕、甘、青、宁、新；Ⅵ：晋、鄂
樟子松	6 940	Ⅲ：辽；Ⅳ：蒙、吉；Ⅴ：冀、晋、黑
赤松	1 614	Ⅳ：辽；Ⅴ：黑、鲁
黑松	1 948	Ⅳ：辽、浙、皖；Ⅴ：鲁；Ⅵ：沪、苏、鄂
油松	22 810	Ⅳ：蒙、辽、豫；Ⅴ：京、津、冀、晋、鲁、渝、川、陕、甘、青、宁；Ⅵ：鄂
华山松	7 838	Ⅳ：鄂、滇、藏；Ⅴ：晋、湘、渝、川、黔、陕、甘、宁
油杉	2 692	Ⅳ：滇；Ⅵ：川
马尾松	173 920	Ⅳ：浙、皖、豫、鄂、粤、桂、琼、川、黔；Ⅴ：闽、赣、湘、渝、陕；Ⅵ：苏
云南松	47 794	Ⅳ：桂、黔、滇、藏；Ⅴ：渝；Ⅵ：川
思茅松	5 614	Ⅳ：滇
高山松	18 047	Ⅲ：滇；Ⅳ：浙、川、藏
杉木	138 159	Ⅱ：琼；Ⅲ：苏、滇；Ⅳ：浙、皖、闽、粤、桂、川、黔；Ⅴ：赣、豫、鄂、湘、渝、陕
柳杉	2 332	Ⅳ：浙、湘；Ⅴ：鄂、渝、滇；Ⅵ：川
水杉	797	Ⅳ：沪、苏、皖、鄂、湘；Ⅵ：川
水、胡、黄	6 537	Ⅲ：辽、吉；Ⅴ：京、黑；
樟树	887	Ⅲ：湘、桂、滇；Ⅳ：川、黔；Ⅴ：沪、赣、渝
楠木	1 053	Ⅲ：闽、赣、湘、桂；Ⅳ：渝、川
栎类	182 177	Ⅱ：皖；Ⅲ：辽、浙、闽、赣、鄂、湘、桂；Ⅳ：晋、吉、鲁、渝、滇、藏、青；Ⅴ：京、津、冀、蒙、黑、苏、豫、川、黔、陕、甘、宁
桦木	113 883	Ⅲ：滇；Ⅳ：晋、辽、吉、黑、鄂、湘、渝、川、黔、藏、青、宁；Ⅴ：京、冀、蒙、陕、甘、新
其他硬阔类	97 404	Ⅱ：皖、琼、滇；Ⅲ：辽、黑、浙、闽、赣、豫、鄂、湘、粤、桂、渝；Ⅳ：晋、吉、鲁、川、黔、藏；Ⅴ：京、津、冀、蒙、沪、苏、陕、甘、宁、新
椴树类	7 474	Ⅳ：辽、吉、黑、鄂、渝；Ⅴ：京、津、冀、川、陕、甘、宁
檫木	423	Ⅲ：湘；Ⅳ：浙、皖、川；Ⅴ：赣
桉树	8 219	Ⅳ：粤；Ⅴ：闽、桂、琼、滇；Ⅵ：川
木麻黄	1 285	Ⅴ：粤、琼；Ⅵ：闽

林型	总面积/km²	Shannon-Wiener 指数等级及其分布
杨树	70 444	Ⅳ：晋、辽、吉、黑、皖、渝、滇、藏、青；Ⅴ：京、津、冀、蒙、沪、苏、鲁、豫、湘、川、黔、陕、甘、宁；Ⅵ：鄂、新
桐类	1 837	Ⅳ：皖、渝；Ⅴ：冀、苏、赣、鲁、豫、湘、甘；Ⅵ：川、黔
其他软阔类	61 969	Ⅱ：皖、湘、滇；Ⅲ：辽、浙、赣、鄂、粤、桂；Ⅳ：晋、闽、琼、渝、川、黔、藏、青；Ⅴ：京、津、冀、蒙、黑、沪、苏、陕、甘、宁、新
杂木	38 367	Ⅲ：鄂、湘、滇；Ⅳ：吉、苏、鲁、藏；Ⅴ：冀、桂、黔
针叶混	16 918	Ⅲ：辽；Ⅳ：吉、皖、鄂、湘、粤、黔、滇、藏；Ⅴ：黑、甘
针阔混	58 363	Ⅱ：皖、湘、粤、滇；Ⅲ：辽、藏；Ⅳ：吉、黑、鄂、渝、黔；Ⅴ：赣、甘
阔叶混	91 372	Ⅰ：桂、琼；Ⅱ：鄂、湘、粤；Ⅲ：皖、赣、豫、渝、滇；Ⅳ：辽、吉、黔、藏；Ⅴ：冀、黑、甘
经济林	213 900	Ⅲ：闽；Ⅳ：沪、苏；Ⅴ：吉、黑、浙、皖、赣、粤、桂、琼、渝、滇；Ⅵ：京、津、冀、晋、蒙、辽、鲁、豫、鄂、湘、川、黔、藏、陕、甘、青、宁、新
竹林	48 426	Ⅰ：苏；Ⅳ：皖、粤、桂、琼、滇；Ⅴ：晋、沪、浙、闽、赣、鄂、湘、渝、黔；Ⅵ：豫、川、陕
乔松	719	Ⅳ：藏

注：红松 Pinus koraiensis Sieb. et Zucc.、冷杉 Abies spp.、云杉 Picea spp.、铁杉 Tsuga chinensis (Franch.) Pritz.、柏木 Cupressus spp.、落叶松 Larix spp.、樟子松 Pinus sylvestris var. mongolica Litvin.、赤松 Pinus densiflora Sieb. et Zucc.、黑松 Pinus thunbergii Parl.、油松 Pinus tabulaeformis Carr.、华山松 Pinus armandii Franch.、油杉 Keteleeria fortunei (Murr.) Carr.、马尾松 Pinus massoniana Lamb.、云南松 Pinus yunnanensis Franch.、思茅松 Pinus kesiya var. langbianensis (A. Chev.) Gaussen、高山松 Pinus densata Mast.、杉木 Cunninghamia lanceolata (Lamb.) Hook.、柳杉 Cryptomeria fortunei Hooibrenk、水杉 Metasequoia glyptostroboides Hu et Cheng、水、胡、黄（水曲柳＋胡桃楸＋黄檗）Fraxinus mandshurica Rupr.＋Juglans mandshurica Maxim.＋Phellodendron amurense Rupr.、樟树 Cinnamomum spp.、楠木 Phoebe zhenman S. Lee et F. N. Wei、桦木 Betula spp.、栎类 Quercus spp.、椴树类 Tilia spp.、檫木 Sassafras tsumu (Hemsl.) Hemsl.、桉树 Eucalyptus spp.、木麻黄 Casuarina equisetifolia L.、杨树 Populus spp.、乔松 Pinus griffithii McClelland.

对于栎类、其他硬阔类、其他软阔类、阔叶混、杂木等，在全国大范围分布，总体上，Shannon-Wiener 指数在南方比北方地区高，东北地区要比华北和西北地区高。阔叶混的生物物种极其丰富，其 Shannon-Wiener 指数在南方地区大多在Ⅲ级以上。而柏木、落叶松、杨树、桦木、经济林也属于全国大范围分布的广布林分类型，它们的 Shannon-Wiener 指数普遍不高，大多在Ⅳ级以下。

马尾松、杉木、竹林等在华东、中南、西南均有较大分布，属于南方广布种，各省马尾松林的 Shannon-Wiener 指数均在Ⅳ级以下，杉木的 Shannon-Wiener 指数在海南、江苏、云南 3 省要高于其他省份，竹林的 Shannon-Wiener 指数在江苏省最大。柳杉、水杉、樟树、楠木、檫木、桐类等虽然在南方多个省均有零星分布，但总面积小，其中樟树和楠木的 Shannon-Wiener 指数比其他几类要高。

其余林分属于局地分布型。其中，红松、水、胡、黄和椴树类集中分布在东北地区，以红松的 Shannon-Wiener 指数最高，大多在Ⅲ级以上。油松、樟子松分布以华北、东北为主，Shannon-Wiener 指数均不高。赤松88%以上分布在山东省，乔松集中分布在西藏，思茅松集中在云南，黑松93%分布在华东地区，云南松、油杉和华山松主要分布在西南，桉树主要分布在中南，木麻黄分布在华东和中南，它们的 Shannon-Wiener 指数都不高。冷杉和云杉都在西南地区分布面积最大，但它们在东北地区的 Shannon-Wiener 指数最高。铁杉的分布面积和 Shannon-Wiener 指数都以西南地区为大。高山松99%以上分布在西南，在云南省的 Shannon-Wiener 指数较高。针叶混分布在东北、中南、西南，区域间 Shannon-Wiener 指数差别不大。

总体上，我国从北到南，生物多样性越来越丰富，Shannon-Wiener 指数越来越高。一般来讲，天然林比人工林多样性指数要高。

二、全国各省森林物种多样性保育价值

基于 Shannon-Wiener 指数的 31 个省级单元森林物种多样性保育单价和总价见表8-3和图8-3。海南省森林平均单位面积价值量最大，东北的辽宁和吉林两省森林生物物种保育单价要高于北方其他省份。黑龙江和云南两省因拥有较大的森林面积和较高的森林物种多样性水平,生物物种保育总价值名列前茅,海南省尽管单价最高,但森林面积较小,其总价值较低。广大西北以及华北地区森林平均单位面积价值和总价值普遍较低。

表 8-3　31 个省级单元森林单位面积物种多样性保育价值和总价值

省份	单价/ (元·hm^{-2}·a^{-1})	总价/ (亿元·a^{-1})	单价排名	总价排名	省份	单价/ (元·hm^{-2}·a^{-1})	总价/ (亿元·a^{-1})	单价排名	总价排名
北京	8 100.5	30.6	30	28	湖北	20 463.7	1 017.5	5	12
天津	7 443.9	7.0	31	30	湖南	12 158.9	1 045.8	21	11
河北	8 312.0	259.2	27	21	广东	23 436.7	1 937.1	3	3
山西	13 082.4	269.9	18	20	广西	19 050.8	1 870.6	10	4
内蒙古	10 244.8	1 655.7	23	6	海南	28 078.1	468.0	1	18
辽宁	18 461.2	856.8	11	14	重庆	12 741.6	233.4	20	22
吉林	19 638.9	1 413.0	8	9	四川	12 053.7	1 487.7	22	8
黑龙江	14 189.5	2 550.6	16	2	贵州	15 449.4	649.1	15	16
上海	16 825.4	3.2	14	31	云南	24 234.6	3 638.8	2	1
江苏	17 538.4	135.8	13	26	西藏	20 089.9	1 712.3	6	5
浙江	17 673.1	979.0	12	13	陕西	8 993.0	572.7	24	17
安徽	23 140.4	768.0	4	15	甘肃	8 751.9	192.7	25	23
福建	19 987.6	1 528.9	7	7	青海	19 567.8	67.9	9	27
江西	13 837.8	1 288.0	17	10	宁夏	8 498.3	12.5	26	29
山东	8 240.8	168.6	29	24	新疆	8 308.8	150.2	28	25
河南	13 048.5	352.7	19	19					

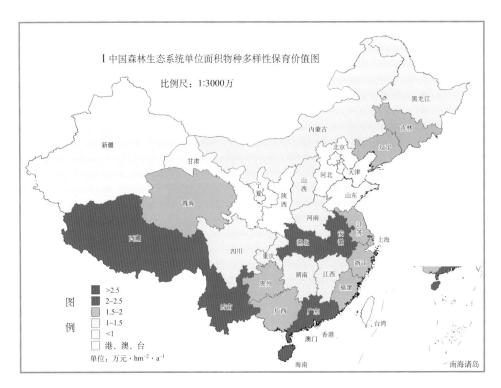

图 8-3　31 个省级单元森林单位面积物种多样性保育价值(Ⅰ)及总价值(Ⅱ)

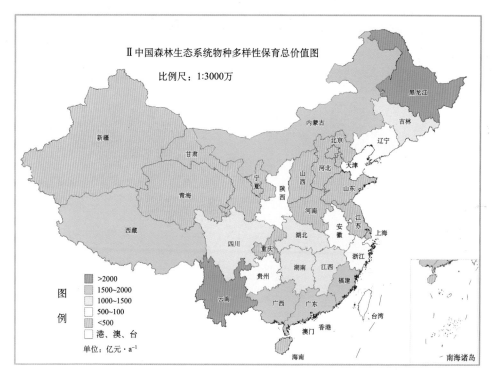

图 8-3　31个省级单元森林单位面积物种多样性保育价值（Ⅰ）及总价值（Ⅱ）(续)

三、各林分类型物种多样性保育价值

表 8-4 中给出了 39 种林分类型在全国范围内的单位面积价值量、总价值量及它们的排序情况。我国森林生态系统物种保育总价值为 27 323.1 亿元·a^{-1}。

表 8-4　各林分在全国范围内的平均单价、总价及排名情况

林分类型	单价/(元·hm^{-2}·a^{-1})	总价/(亿元·a^{-1})	单价排名	总价排名	林分类型	单价/(元·hm^{-2}·a^{-1})	总价/(亿元·a^{-1})	单价排名	总价排名
红松	32 509.9	131.0	1	22	楠木	25 090.2	26.4	4	31
冷杉	14 220.6	464.6	28	16	栎类	16 494.8	3 005.0	21	1
云杉	15 438.4	694.8	24	14	桦木	14 743.4	1 679.0	26	7
铁杉	18 883.2	44.3	14	29	其他硬阔类	25 446.4	2 478.6	3	4
柏木	12 345.3	394.8	32	17	椴树类	19 341.7	144.6	13	21
落叶松	10 471.4	1 098.9	36	10	檫木	20 000.0	8.5	10	39
樟子松	16 743.5	116.2	20	25	桉树	14 812.6	121.7	25	24
赤松	10 780.7	17.4	35	35	木麻黄	7 381.3	9.5	39	38
黑松	14 358.3	28.0	27	30	杨树	12 831.6	903.9	31	11
油松	13 247.3	302.2	30	19	桐类	11 744.7	21.6	34	32
华山松	14 020.2	109.9	29	27	其他软阔类	22 731.2	1 408.6	5	8
油杉	18 105.5	48.7	17	28	杂木	21 440.8	822.6	7	12
马尾松	15 805.5	2 748.9	22	3	针叶混	16 979.5	287.3	19	20
云南松	17 140.9	819.2	18	13	针阔混	22 465.4	1 311.1	6	9
思茅松	20 000.0	112.3	10	26	阔叶混	30 678.6	2 803.2	2	2
高山松	21 143.1	381.6	9	18	经济林	8 573.8	1 833.9	37	6
杉木	15 729.0	2 173.1	23	5	竹林	12 041.1	583.1	33	15
柳杉	8 173.2	19.1	38	33	乔松	20 000.0	14.4	10	37
水杉	18 174.4	14.5	16	36					
水、胡、黄	18 652.3	121.9	15	23					
樟树	21 217.6	18.8	8	34					

从表 8-4 可以看出，可将全国 39 种林分类型归为如下几类。①单价高总量少型，包括红松、高山松、樟树、楠木、思茅松、檫木、乔松、铁杉、油杉、水杉等，这些林型的平均单位面积价值量都很高，但是由于总面积小，它们的总价值量并不高。②单价高总量大型，包括其他硬阔类、其他软阔类、杂木、阔叶混、针阔混、针叶混、椴树类、云南松和水、胡、黄，这些林分中大多是全国广布种，在大多数省（自治区）都有分布，或者是在局部区域内大量分布（表 8-2）。它们单价高，面积大，总价值名列前茅。③单价低总量大型，包括落叶松、马尾松、杉木、栎类、桦木、杨树、经济林、竹林、冷杉、云杉、柏木等。它们属于全国或某些区域内的广泛栽植树种，结构比较单一，Shannon-Wiener 指数低，但是由于面积大，总价值量较高。④单价低总量少型，包括赤松、黑松、柳杉、木麻黄、桐类。它们的 Shannon-Wiener 多样性指数低，面积也小，表明植被结构单一，且分布零散或对生存条件要求苛刻。⑤此外，从全国总体状况看，樟子松、油松、华山松、桉树等林型的 Shannon-Wiener 多样性指数居中，总价值量也居中，处于中间型。

在几组类型中，单价高总量大型和单价低总量大型林分在我国陆地生态系统中发挥着重要的作用，其价值量大，是主要贡献者。单价高的林分总体上天然性水平较高，总量少显示了稀有性，而单价低则代表生态系统成分单一，不稳定。一般来讲，单价高的生态系统抗干扰能力比单价低的要强些。在生态系统保护工作中，应当尤其注意对总量少型林分的保护，单价高总量少型大多属于珍稀植被类型，属于重点保育对象。针对不同的类群采取不同的保护政策，有利于推动生物多样性保护工作。

能够将评估结果进行统一分类比较，是 Shannon-Wiener 指数法的优越性之一。多数情况下此方法的评价结果比支付意愿法的调查结果要大。例如，高云峰采用支付意愿法对北京山区森林物种多样性保育价值的研究结果为 1978.5 元·hm^{-2}·a^{-1}，而薛春泉等对广东省森林的评估结果仅为 1000.0 元·hm^{-2}，这样的例子还有很多，在此不再一一列举。显然这些研究结果与人类关于"生物多样性价值是非常巨大的"这一共识还相差甚远，Shannon-Wiener 指数法在一定程度上扭转了这种理论与评估结果之间互相矛盾的局面，进一步强调了物种多样性的保育价值。

此外，此方法对稀缺物种存在的价值估算可能偏低。例如，邱兴春和屠玉麟（2005）采用支付意愿法对贵州赤水桫椤自然保护区生物多样性存在单位面积价值的评估结果为 39.5 万元·hm^{-2}·a^{-1}，这个结果远远大于采用 Shannon-Wiener 指数法的评估结果。

第三节　Shannon-Wiener 指数法的优势和存在问题

1）Shannon-Wiener 指数法以生态系统的自然属性为基础，是一种基于逻辑推理的客观方法，因此在评价结果间具有可比性。它的每个指标都有明确的意义，单价的大小显示了生态系统多样性指数的高低及其复杂程度，总价的大小表征了对我国森林总体的贡献水平。

2）基于 Shannon-Wiener 指数法，计算我国森林生态系统物种保育总价值为 27 323.1 亿元·a^{-1}。全国 39 种林分类型归为如下几类：单价高总量少型、单价高总量大型、单价低总量少型、单价低总量大型和中间类型。针对不同的类群采取不同的保护政策，有利于推动生物多样性保护工作。

3）与支付意愿法相比，Shannon-Wiener 指数法突出了森林环境下物种多样性的特点，避免了人类主观性对评估结果的影响，得出的评估结果更加客观，更接近实际情况，但对稀缺物种存在的价值估算可能仍然偏低。

4）本研究的 Shannon-Wiener 指数法尚未考虑物种濒危和稀缺程度及物价波动对物种保育价值的影响，目前研究人员正着手对此方法进行改进。

主要参考文献

常进雄，鲁明中．2001．生物多样性保护的生态经济学研究．生态经济，（7）：60～63

高云峰，曾贤刚，江文涛．2005．北京市山区森林资源非使用价值评价及其影响因素分析．农业技术经济，（3）：6～11

高云峰．2005．北京山区森林资源价值评价及政策运用．中国农业经济论坛，3（2）：193～210

贺金生，陈伟烈.1997.陆地植物群落物种多样性的梯度变化特征.生态学报，17（1）：91～99

黄建辉，高贤明，马克平等.1997.地带性森林群落物种多样性的比较研究.生态学报，17（6）：611～618

贾小容，苏志尧，陈北光等.2006.帽峰山森林生态系统服务非使用价值核算.广东林业科技，22（1）：14～17，21.

靳芳.2005.中国森林生态系统价值评估研究.北京：北京林业大学博士学位论文

李少宁.2007.江西森林生态系统服务功能研究.北京：中国林业科学研究院博士学位论文

李意德，陈步峰，周光益.2002.中国海南岛热带森林及其生物多样性保护研究.北京：中国林业出版社

廖显春.2001.目前我国森林环境价值评价的难点及对策.中南林学院学报，21（2）：96～99

鲁绍伟，靳芳，余新晓等.2005.中国森林生态系统保护土壤的价值评价.中国水土保持科学，3（3）：16～21

罗长维，李昆.2006.人工林物种多样性与害虫的控制.林业科学，42（8）：109～115

马克平.1993.试论生物多样性的概念.生物多样性，1（1）：20～22

邱兴春，屠玉麟.2005.赤水桫椤保护区生物多样性的经济价值评估.贵州师范大学学报（自然科学版），23（1）：23～27

阮君.2006.福建省森林生物多样性及其价值估算.山东林业科技，（1）：93，94

薛春泉，叶金盛，林俊钦等.2005.广东省森林生态效益价值评估.广东林业科技，21（3）：67～70

薛达元.2000.长白山自然保护区生物多样性非使用价值评估.中国环境科学，20（2）：141～145

阎海平，谭笑，孙向阳等.2001.北京西山人工林群落物种多样性的研究.北京林业大学学报，23（2）：16～19

袁建立，王刚.2003.生物多样性与生态系统功能：内涵与外延.兰州大学学报（自然科学版），39（2）：85～89

张颖.2001.中国森林生物多样性价值核算研究.林业经济，（3）：37～42

赵同谦.2004.中国陆地生态系统服务功能及其价值评估研究.北京：中国科学院研究生院博士学位论文

中国生物多样性国情研究报告编写组.1998.中国生物多样性国情研究报告.北京：中国环境科学出版社

Charles M P，Alwyn G H.1989.Valuation of an Amazonian rainforest.Nature，339（29）：655，656

第九章　中国森林生态系统碳汇研究

第一节　BEF、NPP、NEE 3 种森林生态系统碳汇测算方法研究

当前，人类面临着环境、人口、资源三大难题，尤其是环境问题，已引起世界各国的普遍关注，森林破坏，植被减少，资源的过度消耗、环境质量的恶化，水土流失、荒漠化、沙尘暴、干旱等灾害日趋严重，我们正面临着生态环境危机的严峻挑战。尤其是引起全球变暖、影响范围最广最大的"温室效应"问题备受人们关注。大气 CO_2 含量从 18 世纪中叶前约 280×10^{-6} 增加到现在的 360×10^{-6} 以上，平均每年增加 1.5×10^{-6}，以这样的速度继续增长，到 21 世纪中后期，大气 CO_2 浓度将增至 720×10^{-6}，温室气体浓度升高已导致全球气温明显上升，并带来其他一系列的环境变化。1992 年，166 个国家和地区共同签署了《联合国气候变化框架公约》（United Nations Framework Convention Climate Change，UNFCCC），它要求缔约国必须提供《年度清单报告》和《国家信息通报》，这就促使各国应具备丰富的相关知识储备库。《京都议定书》的签署与生效，标志着人们已经开始为保护气候资源走出了重要的一步，是人类社会发展史上的一个重要的里程碑。《京都议定书》规定，到 2010 年，所有发达国家排放的 CO_2 等 6 种温室气体的数量要比 1990 年减少 5.2%，而发展中国家没有减排义务。对各发达国家来说，从 2008 年到 2012 年必须完成的削减目标是：与 1990 年相比，欧盟削减 8%、美国削减 7%、日本削减 6%、加拿大削减 6%、东欧各国削减 5%～8%。

森林是陆地生态系统的主体，对维持陆地生态平衡、保护生态安全、防止生态危机起着决定性的作用。森林生态系统年生产量平均为 $13 \ t \cdot hm^{-2} \cdot a^{-1}$，是陆地碳的主要储存库，储存了陆地生态系统地上部分有机碳的 80%，地下部分的 40%。作为全球气候系统的组成部分之一，完整的和破坏较少的森林是 CO_2 的汇。因此一些发达国家加紧量化自己的 CO_2 源/汇值，甚至提出在发展中国家造林以"抵消排放"和"换取排放"，通过扩大陆地森林面积，发挥其巨大碳汇功能作用，以达到全球碳平衡的目的。

我国作为全世界 CO_2 的第二大排放国，虽然还没有被赋予减排义务，但是随着我国经济的蓬勃发展，发达国家要求我国参与温室气体减排或限排承诺的压力与日俱增。因此，选择合理的碳汇测算方法，精确测算森林生态系统的固碳能力及其发展潜力，能够为我国政府在参加"后京都议定书"的国际谈判中提供有力的科学依据。

一、森林生态系统碳汇测算方法介绍

评价和测算森林生态系统的碳汇能力主要通过评价森林生态系统的碳储量及固碳能力体现出来。目前，国际上测算森林生态系统碳汇有多种方法，主要有生物量法、蓄积量法、模型法、涡度相关法、箱式法等。总体上可划分为 3 类，即 BEF 模型法、NPP 实测法和 NEE 通量观测法。各方法详细情况如下。

1. BEF 模型法

BEF 模型法即建立蓄积量与生物量的函数关系测算生物量，再计算碳汇。模型法是在实测生物量数据不足的情况下不得不采用的方法。又可划分为蓄积量法和平均生物量推算法。

（1）蓄积量法

蓄积量法是以森林蓄积量数据为基础的碳测算方法。其原理是根据对森林主要树种抽样实测，计算出森林中主要树种的平均容重（$t \cdot m^{-3}$），根据森林的总蓄积量求出生物量，再根据生物量与碳量的转换系数求森林的碳汇量。公式为

$$B = V_{total}/E_F \tag{9-1}$$

式中：V_{total} 为该地区木材蓄积量；E_F 为木材转换为生物量的系数，一般取 0.52（Marland，1988）。

欧盟统计局采用过此法测算了森林的碳汇量，以森林清查中立木材积数据为基础，再乘以换算因子计算得出碳汇。国内李意德（1993）采用蓄积量法对我国热带天然林植被碳储存量进行了测算；康惠宁等（1996）采用蓄积量法计算了中国森林生态系统的碳汇量。王效科等（2001）测算了中国森林生态系统的实际碳储量和潜在碳储量及两者差异。赵海珍等（2001）利用此方法对雾灵山自然保护区森林碳汇功能进行了测算和评价。

蓄积量法比较直接、明确、技术简单，但问题是每个树种的木材转换为生物量的系数有很大差异，所以此公式只能粗略测算某个地区的生物量。如果测算碳汇采用这种方法，则存在较大误差。

（2）平均生物量推算法

A. 假定生物量扩展因子为常数

利用森林资源清查资料中的蓄积量数据，转换成生物量

$$B_i = V_i \times W_{D_i} \times \text{BEF}_i \tag{9-2}$$

式中：V_i、W_{D_i}、BEF_i 分别为该地区的平均蓄积量、木材比重和生物量扩展因子。生物量扩展因子 BEF 为总生物量/树干生物量的比值。Johnson 和 Sharpe（1983）根据美国生物量研究数据，直接分析了 BEF。在美国东部，BEF 介于 2.1～5.0，平均值为 2.7。

该方法存在以下问题为：

1）实际的森林情况十分复杂，如热带雨林中 BEF 可能相差几倍（1.75～7.5）；

2）根据树木在不同林龄阶段的生长规律为 logistic 曲线方程特点，决定了 BEF 不可能是一个常数。

因此把 BEF 作为一个固定值进行碳汇测算会有较大误差。

B. 假定蓄积量与生物量呈线性相关

方精云等（1996）提出了蓄积量与生物量是直线回归关系

$$B = aV + b \tag{9-3}$$

式中：B 为生物量，单位：$t \cdot hm^{-2} \cdot a^{-1}$；$V$ 为蓄积量，单位：$m^3 \cdot hm^{-2} \cdot a^{-1}$；$a$ 和 b 为系数。

此方法与以上方法相比稍有进步。但实际上生物量与蓄积量并不是线性关系。例如，树木生长过程中，首先是树高旺盛生长，然后才是树干粗度生长，与生物量的关系是曲线关系。从 1935 年 Tansley 创立生态系统理论以来，就已明确立生态系统内各因子之间不存在线性关系。因此，此方法只是粗略测算生物量的方法，用以测算碳汇误差较大。

C. 假定蓄积量与生物量呈双曲线关系

周广胜（1999）认为，蓄积量与生物量呈双曲线关系

$$B = \frac{V}{a + bV} \tag{9-4}$$

式中：B 为某一林分类型的生物量，单位：$t \cdot hm^{-2} \cdot a^{-1}$；$V$ 为某一林分类型的蓄积量，单位：$m^3 \cdot hm^{-2} \cdot a^{-1}$；$a$、$b$ 为常数。

此方法符合树木生长规律，在足够样本（至少 25 个以上）获得的参数情况下，对于单个树种碳汇测算比较准确，但全国有 39 个优势树种分布在 31 个省（自治区、直辖市），同时得到这些参数目前尚不具备条件。如果不采用各个树种都符合数理统计要求的模型，而只用一个模型计算所有林分类型碳汇则误差将会难以估计。

总体而言，BEF 模型法的优点是直接、明确、技术简单。因此，能够用于长时期、大面积的森林碳储量测算。其缺点主要表现为：①只能间歇地记录碳储量，而不能反映出季节和年变化的动态效应。②由于各地区研究的层次、时间尺度、空间范围和精细程度不同，样地的设置、估测的方法等各异，使研究结果的可靠性和可比性较差。③以外业调查数据资料为基础建立的各种测算模型中，有的估测精度较小，需要大量样方数据支持，因而需要不断改进、完善。④数据的不完整性不能反映各个过程。在森林生物量测算中，往往只注重地上部分，而地下部分的生物量常被忽略。并且，由于调查的困难，即使考虑地下部分，所估测的值也存在很大的不确定性。

2. NPP 实测法

NPP 实测法即利用森林生态站及有关科研单位的长期连续观测的生物量实测数据计算碳汇。NPP 实测法是最原始、国际上公认误差最小的碳汇测算方法。免去了其他碳汇测算方法繁琐的中间推算环节，不需要任何参数转换，直接测算出碳汇，避免了不必要的系统误差和人为误差，可以实现了森林碳汇的精确测算，而不是简单粗放的测算。过去由于全国森林生态站十分有限，生物量数据缺乏，采用此方法没有条件，只能在小区域应用，在全国尺度上难以实施。目前全国已有 50 多个森林生态站及其 1000 多个辅助观测点在从事生物量的长期连续观测研究工作，为此方法的应用奠定了基础。

生物量是包括在单位面积上全部植物、动物和微生物现存的有机质总量，由于微生物所占的比重极小，动物生物量也不足植物生物量的 10%，所以通常以植物生物量为代表。最早测定森林碳汇量所采用的生物量法，是采用传统的森林资源清查方法，即森林的生物量估测。通过大规模的实地调查取得实测数据建立一套标准的测量参数和生物量数据库，用样地数据得到植被的平均碳密度，然后用每一种植被的碳密度与面积相乘，测算生态系统的碳量。NPP 实测法把植被和土壤分开计算，以保证碳汇测算结果的精度。

植被固碳的公式为

$$G_{植被固碳} = 0.4445AB_{年} \qquad (9\text{-}5)$$

土壤固碳的公式为

$$G_{土壤固碳} = AF_{土壤} \qquad (9\text{-}6)$$

式中：$B_{年}$ 为各林分类型的净生产力，单位：$t \cdot hm^{-2} \cdot a^{-1}$；$A$ 为面积，单位：hm^2；0.4445 为 1.63 与 27.27% 的乘积。根据植物光合作用公式，森林植被每积累 1 g 干物质可以固定 1.63 g CO_2，CO_2 中 C 的比例为 27.27%；$G_{土壤固碳}$ 为土壤年固碳量，单位：$t \cdot a^{-1}$；$F_{土壤}$ 为单位面积林分土壤年固碳量，单位：$t \cdot hm^{-2} \cdot a^{-1}$。

NPP 实测法比较直接、明确、技术简单。但由于一般倾向于选取生长较好的林分作为样地进行测定，因此以此测算的碳汇结果可能高估森林植物的固碳量。为避免此类问题出现，中国森林生态系统定位研究网络（CFERN）管理中心正在制订国家林业行业标准规范生物量测定方法。本书第二章第二节全国碳汇计算结果即是在扣除这种影响后的碳汇测算结果。

3. NEE 通量观测法

NEE 通量观测法即涡度相关法（eddy correlation 或 eddy covariance method），是通过测量近地面层的湍流状况和被测气体的尝试变化来计算被测气体的通量，是最为直接的可连续测定的方法，是目前测算碳汇最为准确的方法。

涡度相关指的是某种物质的垂直通量，即这种物质的浓度与其速度的协方差。NEE 通量观测法建立在微气象学基础上，主要是在林冠上方直接测定 CO_2 的涡流传递速率，直接长期对森林与大气之间的通量进行观测，可准确地计算出森林生态系统碳汇，同时又能为其他模型的建立和校准提供基础数据。这一方法需要较为精密的仪器，如三维声速风速仪、闭路红外线 CO_2/H_2O 分析仪、数据采集系统、导管系统及一套分析软件。涡旋相关法能够直接长期对森林生态系统进行 CO_2 通量测定，尽管还存在着一些不足之处，该方法仍然是现今碳通量研究的最准确的一种方法，已被广泛地用于陆地碳平衡的研究。

NEE 通量观测法研究的范围相对于其他研究方法要大得多，一般控制在几个平方千米以内。而且这种方法是一种即时监测手段，因此它同时具备提供当地基本气象资料的功能。仪器的精密度非常高，一般每隔 10~30 s 记录一次数据，从每小时到日变化，到月到年内的通量变化都会存储在数据卡上，可以为研究者从不同时间尺度上提供大量数据。通过测量单位时间内林分与外界（大气）的净交换量，可以计算出该系统的净生物量即 NEE。这种方法优点是：①该方法是一种直接测量 CO_2 交换量的方法，不会干扰环境；②研究尺度比较适合；③样地可纵向空间扩展性；④样地可连续观测性。

这一方法最早应用于测量水汽通量，20 世纪 80 年代已经拓展到 CO_2 通量研究中。Euroflux 实验室的科学家应用涡度相关法集中研究了不同纬度欧洲森林的 CO_2 通量的变化。Malhi 等应用涡度相关技术对热带森林、温带森林和北方森林的季节变化模式进行的研究表明，热带森林全年都表现出净碳汇，而高纬度地区的森林则在生长季节为汇，在冬季则为源。刘允芬等用该方法对千烟洲人工针叶林生态系统的碳通量进行分析，得出该生态系统全年各个月都为碳汇，但碳存储量各月之间变化明显。王文杰等应用涡度相关法对帽儿山实验林场老山实验站的落叶松林的 CO_2 通量进行了测定，并将测定的结果与应用生理生态法测定的结果进行比较结果表明，在考虑林下植被的时候，涡度相关法的测定结果比较准确。

该方法优点是在测算森林生态系统碳汇过程中不考虑其内部的变化，把观测的系统看作为一个黑箱，只观测系统碳汇的净产出，避免了许多不必要的环节。存在问题其一是要求观测点足够多，才能代表全国森林生态系统的总体状况。目前，我国森林生态系统采用此方法的森林生态站已近 30 多个，但已有一年以上观测数据的不足 10 个。因此，目前以此方法获得的观测数据测算我国森林生态系统碳汇还有较大误差。存在的主要问题是：①当地形有一定的坡度时，容易使空气中的 CO_2 发生漏流；②将小范围的研究结果推广到区域或全球时仍会产生较大的误差；③忽略空气的水平流和溶解于水体中碳容易造成 CO_2 交换量被低估；④低层大气对 CO_2 的储存效应容易造成 CO_2 交换量被低估；⑤容易受环境条件的影响。其二是仪器昂贵，且系统稳定性差，经常会出现问题，这也限制了此方法在全国森林生态站的应用。其三是目前全世界测定 CO_2 通量的网点相对较少，计算大尺度的碳汇还有较大误差。

二、3 种方法测算中国森林生态系统碳汇量的结果比较研究

1. BEF 模型法测算结果分析

方精云等（1996）采用森林蓄积量推算生物量的方法和我国第三次森林资源清查资料（1984－1988 年），得出当时我国森林生态系统年净生产力为 16.3547 亿 $t \cdot a^{-1}$，折合碳汇为 7.27 亿 $t \cdot a^{-1}$。

方精云等（2007）利用森林资源清查资料，并参考国外的研究结果，对 1981－2000 年间中国森林、灌草丛等陆地植被的碳汇进行了测算，主要结论如下：①中国森林面积（郁闭度为 20%）由 1980 年初的 $116.5 \times 10^6 hm^2$，增加到 2000 年初的 $142.8 \times 10^6 hm^2$；森林总碳库由 43 亿 tC 增加到 59 亿 tC；平均碳密度由 36.9 $tC \cdot hm^{-2}$ 增加到 41.0 $tC \cdot hm^{-2}$，年均碳汇为 0.75 亿 tC。中国灌草丛的面积为 $178 \times 10^6 hm^2$；年均碳汇为 0.14 亿~0.24 亿 $tC \cdot a^{-1}$。②在 1981－2000 年，中国森林植被年均总碳汇为 0.96 亿~1.06 亿 $tC \cdot a^{-1}$，相当于同期中国工业 CO_2 排放量的 14.6%~16.1%。利用国外结果对中国土壤碳汇进行了概算，为 0.4 亿~0.7 亿 $tC \cdot a^{-1}$。

基于 1999－2003 年和 1994－1998 年两期森林资源清查数据，本研究采用 BEF 模型法计算了我国森林生态系统碳汇。结果表明，我国森林年固碳量为 1.9444 亿 $t \cdot a^{-1}$（7.13 亿 $t \cdot a^{-1} CO_2$），其中林木地上部分吸收 1.4099 亿 $t \cdot a^{-1}$（5.17 亿 $t \cdot a^{-1} CO_2$），地下部分吸收 0.3518 亿 $t \cdot a^{-1}$（1.29 亿 $t \cdot a^{-1} CO_2$），木质林产品净增加碳汇 0.1827 亿 $t \cdot a^{-1}$（0.67 亿 $t \cdot a^{-1} CO_2$），分别占 72.5%、18.1% 和 9.4%。

2. NPP 实测法测算结果分析

本研究根据公式（8-5）和公式（8-6）及分布式计算技术路线，采用 1994－1998 年和 1999－2003 年两期森林资源清查数据计算两期森林生态系统碳汇。研究结果表明：我国森林生态系统 1994－1998 年和 1999－2003 年期间年碳汇量分别为 3.3360 亿 tC 和 3.789 亿 tC。

3. NEE 通量观测法结果分析

根据于贵瑞（2004）对亚洲区域部分生态系统 NEE 的研究（表 9-1），结合我国 1999－2003 年森林资源清查数据，得到我国森林生态系统年碳汇量为 5.2804 亿 $tC \cdot a^{-1}$（表 9-2）。

表 9-1　亚洲区域部分生态系统 NEE

站点	生态系统类型	NEE/$(t \cdot hm^{-2} \cdot a^{-1})$
高山	寒温带阔叶林	-1.14
		-0.65
		-1.36
		-2.14
札幌	寒温带阔叶落叶林	-2.60
	寒温带阔叶落叶林	-3.57
越川	暖温带阔叶落叶林	-3.00
苫小牧	温带落叶松林	-2.20
		-2.93
富士吉田	温带常绿针叶林	-3.30
熊本	温带常绿针叶林	-5.70
长白山	温带针叶阔叶混交林	-1.84
千烟洲	亚热带混交人工林	-5.53 至 -6.45
Sakaerat	热带季雨林	-6.00
Bukit Soeharto	次生热带雨林	-3.40 至 -4.60
拉萨	高寒草甸	-0.71

资料来源：于贵瑞，2004。

表 9-2　中国主要森林生态系统碳汇　　　　　　　　　　（单位：亿 t C·a^{-1}）

寒温带	热带	亚热带	暖温带	温带	合计
0.2957	1.7123	2.7107	0.3714	0.1903	5.2804

4. 3 种测算方法的比较分析

从以上研究结果可以看到，采用 BEF 模型法计算得到的我国森林植被 1994—1998 年到 1999—2003 年期间年碳汇量为 1.94 亿 t C；采用 NPP 实测方法，1994—1998 年和 1999—2003 年期间我国森林植被年碳汇量分别为 2.6387 亿 t C 和 3.1930 亿 t C。采用 NEE 通量观测法得到我国森林生态系统 1999—2003 年期间年碳汇量为 5.2804 亿 t C·a^{-1}。计算结果之间差异较大，总体排序为：BEF 模型法＜NPP 实测方法＜NEE 通量观测法。

可以看出，BEF 模型法中间环节复杂，误差较大；NPP 方法由于采用直接实测数据，从而有效地回避了 BEF 模型法中间的环节，减少了不必要的误差，从而能够有效地提高数据的准确性和研究的科学性；NEE 通量观测法准确度高，应是未来碳汇测算较为准确的方法。

总之，从上述 3 种不同方法评估的结果来看，采用 NPP 与 NEE 方法具有一定的相近性，然而采用 BEF 模型法显然低估了我国森林生态系统的固碳能力。

第二节　中国杉木林生态系统碳储量研究

近年来，CO_2 排放量升高而影响全球气候变化引起了许多科学家对陆地生态系统中碳平衡以及碳存储和分布的关注。森林作为最主要的植被类型，在全球碳平衡及潜在的碳储存中扮演着重要的角色，已成为与全球气候变化密切相关的重要有机体，它维持的碳库占全球总碳库的 46.3%，占全球植被碳库的 77.1%，土壤碳储量约占世界陆地土壤总碳库的 73%。森林通过生长从大气中吸收储存大量的 CO_2，其存储能力取决于林分类型、种类组成、林龄及其与人类活动的关系。因此，对森林碳储量的科学探究，有助于正确认识它的碳汇功能和贡献。在《京都议定书》认可通过增加森林碳汇来履行温室气体减排义务之后，世界各国政府更加关注和重视森林碳汇的研究，对人工林这类特殊、新增的森林生态系统碳储量进行细致研究的重要性、必要性和紧迫性愈益彰显。它将有助于了解现有人工林的碳储状况，为人工造林增加碳蓄积提供科学的依据，同时为我国经济迅速增长的前提下，迫于压力未来承担和履行《京都议定书》减排义务时提供充足有力的证据。杉木（*Cunninghamia lanceolata*）是亚热带特有优良速生乡土用材树种，杉木林在我国南方集体林区是主要林分类型之一，虽然已有人对湖南、福建和广西等地的 11～25 年生杉木人工林和混交林生态系统的碳密度进行过报道，但在我国杉木林生态系统的总体碳汇功能方面尚未见有人研究，为此，本研究对我国 1977－2003 年 4 个时期杉木林生态系统碳储量的年龄结构、垂直分配结构特征、时空动态格局和碳储潜力进行了分析和对比。

一、研究方法

乔木层碳储量最早采用森林生物量的野外样地调查资料和森林统计面积测算，近年来以建立生物量与蓄积量关系为基础的测算方法已得到广泛应用。本文充分利用了中国 4 次（1977－1981 年，1984－1988 年，1994－1998 年，1999－2003 年）森林资源清查资料中的不同年龄［幼龄林（1～10）、中龄林（11～20）、近熟林（21～25）、成熟林（26～35）和过熟林（>36）］杉木林的蓄积量和分布面积等数据，采用方精云等建立的生物量与蓄积量回归模型（即材积源生物量法）结合 CFERN 森林生态站杉木林的野外调查资料计算杉木的生物量。植被资料包括年净生产力（NPP）、杉木与林下灌木和草本的生物量和器官有机碳含量；枯落物资料包括枯落物储量和有机碳含量；土壤资料包括容重、有机碳含量、厚度、大于 2 mm 石砾体积含量和土壤年净固碳量等。

在自然条件下，森林生态系统积累的以碳为单位的最大生物量，即为潜在的植物碳储量，这种生物量的测定比较困难，采用成、过熟林的植物碳储存密度代替潜在的碳密度来测算潜在的植物碳储量。由于森林碳密度与年龄密切相关，利用现存的森林可以测算经过一个龄级期（杉木相邻两个年龄阶段的间隔时间）后的潜在碳储量。植被和土壤是森林生态系统主要的碳库组成部分，准确地测算其潜在碳储量的关键是要同时考虑二者的固碳能力。假设处在一定年龄阶段的森林林地年净固碳量是个常量，则经过一个龄级期后的土壤净固碳量可以用土壤年净固碳量累加计算。基于以上分析，杉木林生态系统的碳储潜力可以采用公式（9-7）来进行测算。

$$C_p = C_n + T \times (NPP \times C_i + C_s) \times A \qquad (9-7)$$

式中：C_p 为杉木林生态系统一个龄级期后的碳储潜力，单位：t；C_n 为杉木林生态系统碳素现存量，单位：t；T 为龄级期，单位：a；NPP 为杉木林年净生产力，单位：$t \cdot hm^{-2} \cdot a^{-1}$；$C_i$ 为杉木有机碳含量，单位：%；C_s 为杉木林林地土壤年净固碳量，单位：$t \cdot hm^{-2} \cdot a^{-1}$；$A$ 为面积，单位：hm^2。

在森林生态系统中，土壤碳库是植被碳库的 3～4 倍，而林下植被仅占植被层碳储量的 0.6%～9.5%，林下植被碳储量较小的原因极小，因此在测算时忽略了这一部分碳库，年净生产力包括每年自然凋落的枝和叶等，可见，测算结果可近似视为整个生态系统潜在碳储量。

二、中国不同时期杉木林生态系统碳储量年龄结构

森林的碳动态在很大程度上取决于其年龄级的变化。由表 9-3 可见，中国自 1977－2003 年，幼、中龄林碳储量在杉木林生态系统中占较大比例。1977－1981 年期间各省市幼、中龄杉木林碳储量处于 46.52%～94.78%，总碳储量占全国杉木林生态系统总碳储量的 83.90%；1984－1988 年期间幼、中龄林处于 74.31%～94.75%，总碳储量占 83.17%；1994－1998 年期间幼、中龄林处于 60.1%～89.03%，总碳储量占 82.87%；1999－2003 年期间幼、中龄林处于 32.3%～89.12%，总碳储量占 79%。1989－1993 年我国幼、中、近熟林占森林总碳储量的 80% 以上。1973－1993 年，我国森林的中、幼龄林面积和碳储量都呈上升趋势。

三、中国杉木林生态系统碳储量时空格局

1. 水平分布格局

森林的碳储量动态与其面积的变化、演替阶段、年龄组成以及人类干扰等因素密切相关。探讨森林的碳储量的时空动态变化不仅对评估区域和国家尺度上森林在全球碳循环中的作用具有重要意义，对森林的恢复重建以及管理保护也有较大的指导意义。4个时期杉木林生态系统碳储量的时间和空间动态格局见表9-4。1977—2003年，中国各省市杉木林生态系统碳储量呈现增加的趋势，增长超过50%的省（自治区）为云南（②①133%③①262%）、四川（②186%）、广西（②113%③94%）、贵州（③109%）、陕西（②98%③75%）、福建（②87%③75%）、江西（②78%）、安徽（③76%）、湖南（③53%）。四川（④①—33%）和河南（②—26%）两省的碳储量在降低，且减少较快。杉木林总碳储量先增加后降低（②37%③63%④17%），杉木人工林的营造逐年在进行，林分面积逐年增加，杉木林在区域森林生态系统内的作用愈益重要，随着杉木林演替成熟，生态系统的碳蓄积量越来越多。在此期间，各省（自治区）杉木林生态系统总碳储量的贡献，江西（①①19%②19%③21%④19%）、湖南（①24%②17%③16%④16%）、浙江（①13%②13%③10%④10%）、福建（①10%②14%③17%④19%）、云南（①13%②13%③10%④10%）、广西（①9%②14%③17%④19%）、广东（①9%②8%③7%④6%）7省（自治区）杉木林的碳储量占据优势地位，26年间7省（自治区）占84%~86%。

1984—1998年杉木林生态系统共增加了0.406 Gt C，平均固碳量为81.21 Mt C·a⁻¹，1994—1998年增加0.95 Gt C，平均固碳量为190.05 Mt C·a⁻¹，1999—2003年增加0.42 Gt C，平均固碳量为83.92 Mt C·a⁻¹，在1977—2003年的26年当中，我国的杉木林生态系统一直是一个碳汇，其中1994—1998年积累的碳量最多，增长的速率也最快。根据中国森林资源历次清查和全国历年造林面积统计公布数据，1977—1981年、1982—1988年、1994—1998年和1999—2003年的造林贡献率为19.3%、47.1%、53.9%和46.9%，1994—1998年我国加大了森林保护和植树造林力度，促使杉木林的固碳效益得到了大幅度的提高。在1977—1981年的5年中，中国森林共积累0.37 Gt C，每年增加74 Mt C，在这一时期是一个较强的汇，1982—1988年的7年间，森林共损失0.06 Gt C，每年减少8.6 Mt C，在该时期内表现为一个弱的碳源。而杉木林则一直是碳汇，杉木林在我国森林生态系统中的碳汇贡献不可忽视。

2. 垂直分布格局

4个时期中国杉木林生态系统碳储量乔木层占9.38%~10.63%，林下植被占0.6%~0.7%，土壤占87.99%~89.02%，枯落物占0.68%~0.78%（表9-5）。不同时期杉木林生态系统碳储量的垂直分配结构基本相似。1989—1993年中国森林植被碳储量杉木林的植被碳储量63.69 Mt C，与之相比，4期研究结果似乎都大，分别为123.52 Mt C、150.5 Mt C、249.59 Mt C和305.67 Mt C，因为前者的森林植被碳储量缺少林下植被部分，主要原因在于所采用的杉木生物量资料来源不同。与周玉荣测算的中国森林生态系统碳储量相比，杉木林植被碳储量占全国森林植被碳储量的4.03%，土壤碳储量占10.36%，枯落物碳储量占2.13%。对于森林植被碳储量而言，与刘国华对1973—1993年我国森林植被碳储量相比，1977—1981年杉木林植被碳储量占2.81%，1984—1988年占3.45%，可见杉木林植被层的固碳功能在我国森林植被中发挥的作用是增强的。

四、中国杉木林碳素现存量与碳储潜力测算

1999—2003年中国杉木林生态系统碳素现存量为2.866 Gt C，经过一个龄级期（10年）后碳储量将达到3.772 Gt C，其中植被为1.127 Gt C，其现存量为0.288 Gt C，土壤为2.606 Gt C，其现存量为2.538 Gt C。以平均每年90.63 Mt C·a⁻¹的积累速率递增，其中植被为83.86 Mt C·a⁻¹，土壤为6.78 Mt C·a⁻¹（表9-6）。而1977—1993年中国森林植被碳库则以26.5 Mt C·a⁻¹的速率递增，1999—2003年的杉木林植被碳积累速率高于前者。1989—1993年我国森林植物固定大气碳的潜力为

---

① 此处说明如下：①1977—1981年；②1984—1988年；③1994—1998年；④1999—2003年。

表9-3 中国不同时期杉木林生态系统碳储量年龄结构

区域	1977—1981年/10⁻¹Gt					1984—1988年/10⁻¹Gt					1994—1998年/10⁻¹Gt					1999—2003年/10⁻¹Gt				
	幼龄林	中龄林	近熟林	成熟林	过熟林	幼龄林	中龄林	近熟林	成熟林	过熟林	幼龄林	中龄林	近熟林	成熟林	过熟林	幼龄林	中龄林	近熟林	成熟林	过熟林
陕西	0.011	—	—	—	—	0.008	0.013	—	—	—	0.004	0.028	0.005	—	—	0.008	0.018	0.012	0.002	—
四川	0.043	0.069	—	0.067	—	0.213	0.198	0.066	0.035	—	0.16	0.369	0.077	0.087	0.014	0.082	0.301	0.058	0.016	0.021
云南	0.007	0.015	—	0.025	—	0.08	0.014	0.008	0.008	0.014	0.194	0.148	0.028	0.014	0.016	0.225	0.227	0.017	0.008	0.031
浙江	0.586	0.644	—	0.182	—	0.92	0.662	0.185	0.168	0.037	1.012	1.092	0.186	0.179	0.065	0.853	1.35	0.359	0.157	0.049
贵州	0.101	0.187	—	0.203	—	0.122	0.209	0.04	0.048	0.027	0.429	0.392	0.075	0.016	0.019	0.421	0.631	0.136	0.056	0.025
广西	0.048	0.744	—	0.195	—	1.116	0.574	0.225	0.174	0.018	2.481	0.86	0.415	0.28	0.054	3.038	1.415	0.741	0.353	0.017
广东	0.631	0.329	—	0.009	—	0.475	0.605	0.051	0	0.009	0.647	0.768	0.17	0.059	0.009	0.586	0.704	0.233	0.135	—
福建	0.574	0.414	—	0.146	—	0.998	0.856	0.2	0.054	0.006	1.001	2.11	0.422	0.143	0.016	0.727	2.312	0.725	0.354	0.029
安徽	0.205	0.154	—	0.031	—	0.226	0.157	0.029	0.033	0.008	0.407	0.299	0.055	0.03	0.002	0.332	0.445	0.088	0.048	0.002
湖北	0.208	0.257	—	0.034	—	0.209	0.26	0.041	0.019	0.004	0.186	0.239	0.053	0.012	—	0.274	0.255	0.038	0.033	—
湖南	0.848	1.066	—	0.653	—	0.91	1.128	0.243	0.292	0.036	1.335	1.749	0.52	0.343	0.034	1.09	2.226	0.621	0.52	0.074
江苏	0.022	0.002	—	0.001	—	0.005	0.03	0.002	0.002	0.0004	0.005	0.017	0.013	0.001	0.0004	0.002	0.009	0.01	0.014	—
河南	0.072	0.005	—	—	—	0.012	0.045	0.002	0.005	—	0.014	0.028	0.005	0.005	—	0.024	0.038	0.038	—	—
江西	0.722	1.182	—	0.208	—	0.998	1.396	0.235	0.159	0.055	1.615	2.674	0.571	0.128	0.068	1.215	3.345	0.541	0.285	0.054
海南	—	—	—	—	—	—	0.001	—	—	—	0.003	0.001	—	—	—	0.198	0.279	0.075	0.051	0.033
重庆	—	—	—	—	—	—	—	—	—	—	—	—	—	—	—	0.002	0.004	—	—	—
合计	4.076	5.067	—	1.755	—	6.293	6.148	1.324	0.993	0.2	9.495	10.776	2.596	1.296	0.298	9.078	13.559	3.654	2.03	0.334

注:1977—1981年森林资源清查资料中划分为幼龄林,中龄林和成熟林;"—"为其间资源清查时该省份还没有该年龄阶段的杉木林。

表9-4 中国杉木林生态系统碳储量时空格局

时期	陕西	四川	云南	浙江	重庆	海南	贵州	广西	广东	福建	安徽	湖北	湖南	江苏	河南	江西	合计
1977—1981/10⁻¹Gt	0.011	0.179	0.047	1.412	—	—	0.491	0.987	0.969	1.133	0.39	0.499	2.567	0.025	0.077	2.111	10.897
1984—1988/10⁻¹Gt	0.021	0.512	0.11	1.972	—	—	0.446	2.108	1.14	2.115	0.452	0.532	2.609	0.039	0.056	2.844	14.958
1994—1998/10⁻¹Gt	0.037	0.708	0.4	2.533	—	0.004	0.932	4.091	1.653	3.692	0.793	0.49	3.982	0.037	0.052	5.056	24.46
1999—2003/10⁻¹Gt	0.041	0.477	0.507	2.768	0.636	0.006	1.269	5.564	1.658	4.147	0.914	0.601	4.531	0.035	0.062	5.441	28.657

注:"—"系1997年重庆正式成为我国直辖市之一之前,森林资源清查时一直在四川省内。

表 9-5 中国不同时期杉木林生态系统碳储量垂直分配格局

时期	1977—1981年/Mt				1984—1988年/Mt				1994—1998年/Mt				1999—2003年/Mt			
	乔木层	林下植被	土壤	枯落物	乔木层	林下植被	土壤	枯落物	乔木层	林下植被	土壤	枯落物	乔木层	林下植被	土壤	枯落物
陕西	0.22	0.04	0.81	0.01	0.45	0.03	1.61	0.04	0.87	0.04	2.74	0.09	0.97	0.08	2.90	0.10
四川	3.11	0.29	14.35	0.16	6.87	0.65	43.11	0.57	10.56	0.82	58.54	0.84	7.87	0.45	38.81	0.61
云南	1.03	0.07	3.59	0.03	1.56	0.16	9.22	0.08	5.71	0.48	33.43	0.37	8.18	0.57	41.50	0.47
浙江	11.06	0.94	128.67	0.51	13.74	1.52	181.02	0.94	17.92	1.76	232.49	1.14	20.87	1.70	252.86	1.32
重庆	—	—	—	—	—	—	—	—	4.55	0.35	58.41	0.32	4.55	0.35	58.41	0.32
海南	—	—	—	—	—	—	—	—	0.10	0.01	0.29	0.00	0.17	0.01	0.43	0.01
贵州	7.01	0.64	41.11	0.35	5.75	0.48	37.99	0.42	11.03	0.89	80.48	0.79	17.08	1.10	107.57	1.14
广西	11.73	0.27	86.35	0.37	11.50	0.68	197.81	0.78	22.94	1.32	383.36	1.46	36.23	1.70	516.38	2.07
广东	8.60	1.30	86.37	0.62	10.67	1.54	100.92	0.89	16.97	2.26	144.68	1.34	20.42	2.27	141.80	1.36
福建	11.88	0.92	99.89	0.61	21.14	1.49	187.64	1.26	42.47	2.04	322.29	2.42	53.52	2.43	355.90	2.86
安徽	4.75	0.39	33.56	0.28	5.23	0.50	39.08	0.36	8.89	0.79	69.03	0.63	11.76	0.78	78.08	0.79
湖北	5.37	0.42	43.74	0.37	5.82	0.45	46.54	0.44	5.14	0.40	43.06	0.43	6.46	0.55	52.57	0.47
湖南	28.74	1.27	224.87	1.82	29.44	1.22	228.10	2.19	44.72	1.87	348.11	3.50	56.08	2.23	390.67	4.13
江苏	0.21	0.04	2.24	0.01	0.43	0.02	3.39	0.04	0.44	0.03	3.20	0.04	0.44	0.05	2.95	0.04
河南	0.32	0.06	7.26	0.02	0.34	0.01	5.27	0.03	0.33	0.02	4.83	0.03	0.40	0.02	5.76	0.03
江西	21.83	1.01	186.03	2.23	27.34	1.50	252.39	3.18	46.28	2.49	450.94	5.91	43.45	2.93	491.10	6.60
合计	115.86	7.66	958.84	7.39	140.28	10.25	1334.09	11.22	234.37	15.22	2177.47	18.99	288.45	17.22	2537.69	22.32

表 9-6 1999—2003年中国杉木林现存量与潜在碳储量

1999—2003年		陕西	四川	云南	浙江	重庆	贵州	海南	广西	广东	福建	安徽	湖北	湖南	江苏	河南	江西	总计
碳素现存量/Gt	植被	0.0012	0.0089	0.0092	0.0239	0.0052	0.0193	0.0002	0.0400	0.0240	0.0588	0.0133	0.0075	0.0624	0.0005	0.0004	0.0530	0.3280
	土壤	0.0029	0.0388	0.0415	0.2529	0.0584	0.1076	0.0004	0.5164	0.1418	0.3559	0.0781	0.0526	0.3907	0.0030	0.0058	0.4911	2.5377
	总量	0.0041	0.0477	0.0507	0.2768	0.0636	0.1269	0.0006	0.5564	0.1658	0.4147	0.0914	0.0601	0.4531	0.0035	0.0062	0.5441	2.8657
潜在碳储量/Gt	植被	0.0031	0.0317	0.0303	0.0769	0.0179	0.0675	0.0004	0.1600	0.1067	0.1675	0.0358	0.0287	0.2183	0.0021	0.0016	0.2181	1.1665
	土壤	0.0031	0.0405	0.0431	0.2582	0.0595	0.1138	0.0005	0.5183	0.1451	0.3685	0.0814	0.0544	0.3987	0.0031	0.0059	0.5114	2.6055
	总量	0.0061	0.0722	0.0734	0.3351	0.0774	0.1813	0.0009	0.6783	0.2518	0.5360	0.1172	0.0831	0.6170	0.0052	0.0075	0.7295	3.7720

注：植被碳量包含乔木、林下植被和枯落物 3 部分。

8.4 Gt C，当时森林生态系统中碳素的现存量为 3.7 Gt C，潜在固碳量为现存量的 2.26 倍，其中杉木林的固碳潜力为 240.71 Mt C，现存量为 63.96 Mt C，潜在固碳量为现存量的 3.76 倍，文中一个龄级期后的杉木林植被潜在固碳量为现存量的 3.91 倍与之接近。我国目前森林净固碳量为 86.3 Mt C·a^{-1}，杉木林的净固碳量为 90.63 Mt C·a^{-1}，杉木林的固碳能力接近全国森林的平均水平。由此看来，杉木林生态系统的碳储潜力较大，且增长速率也较快。

1999−2003 年中国杉木林生态系统碳素现存量为 2.866 Gt C，经过一个龄级期（10 年）后碳储量将达到 3.772 Gt C，其中植被为 1.127 Gt C，其现存量为 0.288 Gt C，土壤为 2.606 Gt C，其现存量为 2.538 Gt C。以平均每年 90.63 Mt C·a^{-1} 的积累速率递增，其中植被为 83.86 Mt C·a^{-1}，土壤为 6.78 Mt C·a^{-1}。而 1977−1993 年中国森林植被碳库则以 26.5 Mt C·a^{-1} 的速率递增，1999−2003 年的杉木林植被碳积累速率高于前者。1989−1993 年我国森林植物固定大气碳的潜力为 8.4 Gt C，当时森林生态系统中碳素的现存量为 3.7 Gt C，潜在固碳量为现存量的 2.26 倍，其中杉木林的固碳潜力为 240.71 Mt C，现存量为 63.96 Mt C，潜在固碳量为现存量的 3.76 倍，一个龄级期后的杉木林植被潜在固碳量为现存量的 3.91 倍与之接近。我国目前森林净固碳量为 86.3 Mt C·a^{-1}，杉木林的净固碳量为 90.63 Mt C·a^{-1}，杉木林的固碳能力接近全国森林的平均水平。由此看来，杉木林生态系统的碳储潜力较大，且增长速率也较快。

五、小结

1）1977−1981 年我国杉木林生态系统总碳储量为 1.09 Gt C，1984−1988 年为 1.496 Gt C，1994−1998 年为 2.446 Gt C，1999−2003 年为 2.866 Gt C，碳储量在逐年增加。江西、湖南、浙江、福建、云南、广西和广东 7 省（自治区）杉木林的碳储量达到了 84%～86%，在我国杉木林总碳储量中占有重要的地位。

2）1977−2003 年幼、中龄杉木林碳储量为 79%～83.90%，随着杉木林的演替成熟，是一个潜在的巨大碳库。

3）1977−2003 年我国杉木林生态系统碳储量乔木层占 9.38%～10.63%，林下植被占 0.6%～0.7%，土壤占 87.99%～89.02%，枯落物占 0.68%～0.78%。不同时期杉木林生态系统碳储量的垂直分配结构基本相似。

4）1999−2003 年我国杉木林生态系统碳素现存量为 2.866 Gt C，一个龄级期后碳储量将达到 3.772 Gt C，以平均每年 90.63 Mt C·a^{-1} 的积累速率递增，是一个碳储潜力大，增长速率快的碳库。

第三节　中国竹林生态系统碳储量研究

近年来，大气中 CO_2 浓度的不断上升，由此带来的温室效应等后果严重地威胁着人类的生存。全球碳源、碳汇的分布、动态及机制已成为各国科学家研究的重点，也是重要的政治和经济问题。2005 年 2 月 16 日旨在遏制大气 CO_2 排放增加的《京都议定书》正式生效，温室气体减排成为每个国家发展必须面对的问题。目前，许多科学家都在致力于碳汇、碳源的研究以期最大限度地减轻本国履行《京都协议书》的压力。1992 年和 1996 年中国因化石燃料产生的 CO_2 排放量分别为 0.655 Gt 和 0.805 Gt，仅次于美国，位居世界第二。1950−1996 年，中国碳排放总量增加了 37 倍。随着中国经济的增长，CO_2 总排放量还会大幅度增加，减排压力会越来越大，因此在《京都议定书》认可通过增加森林碳汇来履行温室气体减排义务之后，中国更加重视对森林碳汇的研究。森林生态系统在陆地生态系统碳循环过程中扮演着重要的角色，在全球森林面积急剧下降的今天，竹林面积却以 3% 的速度在递增，竹林将会在碳汇增加方面发挥重要作用。中国是世界上竹种资源最丰富的国家，竹林面积、蓄积和竹材产量均居全球之冠，对竹林生态系统碳储量进行细致研究的重要性、必要性和紧迫性愈益彰显，是增加森林碳汇的途径。因此对中国竹林生态系统碳素蓄积特征，如竹林碳储能力、时空格局以及碳储潜力等进行系统和细致的研究十分必要。

一、研究方法

本文采用了 1977—2003 年中国 4 次（1977—1981 年，1984—1988 年，1994—1998 年，1999—2003 年）森林资源清查资料中竹林的分布面积，CFERN（中国森林生态定位研究网络）森林生态站对竹林生态系统演替过程的长期定位观测研究等资料。竹林植被调查资料包括 NPP（竹类植物的年净生产力）、竹类植物与其林下植被的生物量和器官有机碳含量；枯落物调查资料包括枯落物储量和有机碳含量；土壤调查资料包括容重、有机碳含量、厚度、大于 2 mm 石砾体积含量和土壤年净固碳量等。由于森林资源清查时未对竹类植物种类进行区分，而是统一归为一种林分类型——竹林，在没有详细竹种分布面积资料的前提下，无法用面积加权计算竹类植物的生物量等指标。基于此，本书依据中国竹类植物的区域分布特征，以区域内主要的竹类植物作为研究对象进行测算。

森林生态系统潜在的植物碳储量测定采用成、过熟林的植物碳储存密度代替潜在的碳密度来测算森林生态系统潜在的植物碳储量。本研究以现有的森林为基础测算经过一个或者几个龄级期（林木相邻两个年龄阶段的间隔时间）的发育后森林的潜在储碳量。植被和土壤是生态系统中两个主要的碳库，为了更准确地预测森林生态系统的潜在碳储量，必须同时考虑植被和土壤的固碳能力。假设处在一定年龄阶段的森林林地年净固碳量是个常量，则土壤净固碳量可以用土壤年净固碳量来计算。基于以上分析，竹林生态系统的碳储潜力可以采用以下公式来进行测算。

$$C_p = C_n + T \times (NPP \times C_i + C_s) \times A \tag{9-8}$$

式中：C_p 为竹林生态系统一个或者几个龄级期后的碳储潜力，单位：t；C_n 为竹林生态系统碳素现存量，单位：t；T 为龄级期，单位：a；NPP 为竹类植物年净生产力，单位：$t \cdot hm^{-2} \cdot a^{-1}$；$C_i$ 为竹类植物有机碳含量，单位：%；C_s 为竹林林地土壤年净固碳量，单位：$t \cdot hm^{-2} \cdot a^{-1}$；$A$ 为竹林面积，单位：hm^2。由于林下植被碳储量普遍较低，占植被层碳储量的 0.6%～9.5%，而与土壤碳库相比，植被碳库也较小，因此林下植被碳储量在生态系统中微乎其微，可以忽略不计。竹类植物的年净生产力中包含了凋落的枝和叶，测算结果可近似被认为是生态系统潜在碳储量。

二、中国竹林生态系统碳储量时空格局

中国是世界上竹种资源最丰富的国家，种类约占世界的 1/3，天然竹林广泛分布于全国 19 个省份，集中分布在亚热带山区。中国的竹林在世界上占有重要地位。森林的碳储量动态与其面积的变化、演替阶段、年龄组成以及人类干扰等因素密切相关。因此，探讨森林的碳储量在时间尺度上的动态变化不仅对评估国家或地区尺度上森林在全球碳循环中的作用具有重要意义，而且对于森林的恢复重建以及保护和管理也有较大的指导意义。1977—2003 年，浙江竹林总碳储量占全国竹林总碳储量的 24.81%～27.62%，江西占 13.92%～15.79%，福建占 10.43%～11.84%，湖南占 9.94%～14.64%，广东占 6.45%～9.16%，四川占 5.75%～11.52%，除湖南外，其他 5 省份在此期间内竹林总碳储量均呈现增长得趋势。以上 6 省占 80.04%～83.13%，是中国的六大产竹大省，同时也是中国竹林碳库的主要组成部分。

从表 9-7 中可以看出，1977—2003 年，四川、浙江、福建、安徽、湖北和江西 6 省竹林生态系统总碳储量在逐渐增加，云南和山东在此期间总碳储量一直降低，陕西、海南和河南先增加后降低，上海和湖南则先增加后降低再增加；贵州、广西和江苏先降低后增加；广东则先降低后增加再降低。结果表明：以天然竹林为主的省份，在 1977—2003 年竹林的总碳储量呈增加的趋势。而对于竹林分布面积小的省份，若以人工竹林为主，竹子的繁育不能弥补破坏、利用的部分，也会导致竹林碳储能力也在下降。另外，从不同时期竹林总碳储量的增加来看，1981—1984 年有 8 个省份在增加，1994—1998 年有 13 个，1999—2003 年有 11 个，近年对中国对森林实施保护措施，竹林也因此得到了保护，碳储量增长明显。

表 9-7　中国竹林生态系统碳储量时空分布

地区	1977－1981 年/Mt	1984－1988 年/Mt	1984－1998 年/Mt	1999－2003 年/Mt
山西	0	0	0.26	0.24
陕西	5.16	5.16	6.03	5.59
上海	0.47	0.47	0.4	0.47
四川	30.93	68.93	79.04	81.98
云南	25.28	23.09	16.95	13.86
浙江	148.49	148.49	190.72	228.3
重庆	0	0	0	32.7
海南	0.43	1.05	3.13	2.62
贵州	9.54	9.28	10.17	17.97
广西	17.76	16.78	25.68	31.6
广东	49.27	45.75	55.47	54.08
福建	59.5	62.45	84.09	90.75
安徽	17.91	22.04	31.32	33.7
湖北	12.93	19.31	20.46	21.47
湖南	78.71	83.3	78.19	83.3
江苏	5.33	2.98	2.98	4.83
河南	0.9	1.91	2.39	2.19
江西	74.82	87.57	102.86	132.27
山东	0.17	0.05	0	0
合计	537.6	598.61	710.14	837.92

中国竹林总碳储量评估结果为：1977－1981 年 537.6 Mt C，1984－1988 年 598.61 Mt C，1994－1998 年 710.14 Mt C，1999－2003 年 837.92 Mt C，增长率分别为 11%、19% 和 18%，保持较稳定的增长水平。1984－1988 年共增加了 61.01 Mt C，积累速率为 7.63 Mt·a^{-1}，1994－1998 年增加了 111.53 Mt C，积累速率为 10.14 Mt·a^{-1}，1999－2003 年 127.78 Mt C，积累速率为 21.3 Mt·a^{-1}，其碳储量增加的同时，碳素积累速率也在增加。在 1977－1981 年的 5 年中，中国森林共积累 0.37 Gt C，每年增加 74 Mt C，在这一时期是一个较强的汇，1982－1988 年的 7 年间，森林共损失 0.06 Gt C，每年减少 8.6 Mt C，在该时期内表现为一个弱的碳源。相比而言，竹林能持续不断增加蓄积碳素，在中国森林碳储效益方面发挥着积极的作用。

三、中国不同时期竹林生态系统碳储量垂直分配格局

1977－2003 年中国竹林生态系统植被层碳储量为 131.63～199.81 Mt C，占总碳储量的 23.85%～24.48%，枯落物层为 5.16～7.77 Mt C，占 0.92%～0.96%，土壤层为 400.82～630.36 Mt C，占 74.56%～75.23%（见表 9-8）。在垂直分布上，分配结构基本相似。与周玉荣测算的中国森林生态系统碳储量相比，竹林植被碳储量占全国森林植被碳储量的 2.77%，土壤碳储量占全国森林土壤碳储量的 2.53%，枯落物碳储量占全国森林枯落物碳储量的 0.76%。对于森林植被碳储量而言，与刘国华对 1973－1993 年中国森林植被碳储量相比，1977－1981 年竹林植被碳储量占 2.99%，1984－1988 年占 3.31%，可见竹林生态系统在中国森林植被固碳功能上发挥的作用越来越大。

四、中国竹林碳素现存量与一个龄级期后碳储潜力测算

1999－2003 年中国竹林生态系统碳素现存量为 837.92 Mt C，一个龄级期后碳储量将达到 947.54 Mt C，其中植被为 312.3 Mt C，现存量为 207.56 Mt C，土壤为 635.25 Mt C，现存量为 630.36 Mt C（表 9-9）。以 54.81 Mt C·a^{-1} 的平均年积累速率递增，其中植被为 56.25 Mt C·a^{-1}，土壤为 2.44 Mt C·a^{-1}。而 1977－1993 年中国森林植被碳库则以 26.5 Mt C·a^{-1} 的速率递增，1999－2003 年的竹林植被碳积累速率高于前者。1989－1993 年中国森林植物固定大气碳的潜力为 8.4 Gt C，当时森林生态系统中碳素的现存量为 3.7 Gt C，潜在固碳量为现存量的 2.26 倍，竹林生态系

表 9-8 中国不同时期竹林生态系统碳储量垂直分配格局

区域	1977—1981 年/Mt				1984—1988 年/Mt				1994—1998 年/Mt				1999—2003 年/Mt			
	植被	枯落物	土壤	合计	植被	枯落物	土壤	合计	植被	枯落物	土壤	合计	植被	枯落物	土壤	合计
山西	0	0	0	0	0	0	0	0	0.05	0.01	0.2	0.26	0.05	0.01	0.18	0.24
陕西	1.27	0.19	3.7	5.16	1.27	0.19	3.7	5.16	1.49	0.23	4.31	6.03	1.38	0.21	4	5.59
上海	0.18	0	0.29	0.47	0.18	0	0.29	0.47	0.15	0	0.25	0.4	0.18	0	0.29	0.47
四川	6.66	0.22	24.05	30.93	14.83	0.49	53.61	68.93	17.01	0.56	61.47	79.04	17.64	0.58	63.76	81.98
云南	8.69	0.25	16.34	25.28	7.94	0.22	14.93	23.09	5.83	0.16	10.96	16.95	4.77	0.13	8.96	13.86
浙江	27.78	0.76	119.95	148.49	27.78	0.76	119.95	148.49	35.68	0.97	154.07	190.72	42.71	1.17	184.42	228.3
重庆	0	0	0	0	0	0	0	0	0	0	0	0	6.46	0.18	26.06	32.7
海南	0.09	0	0.34	0.43	0.21	0.01	0.83	1.05	0.62	0.03	2.48	3.13	0.52	0.03	2.07	2.62
贵州	3.27	0.08	6.19	9.54	3.18	0.08	6.02	9.28	3.49	0.08	6.6	10.17	6.16	0.15	11.66	17.97
广西	8.22	0.27	9.27	17.76	7.77	0.25	8.76	16.78	11.89	0.39	13.4	25.68	14.63	0.48	16.49	31.6
广东	16.22	0.53	32.52	49.27	15.06	0.49	30.2	45.75	18.26	0.6	36.61	55.47	17.8	0.58	35.7	54.08
福建	17.1	0.91	41.49	59.5	17.95	0.95	43.55	62.45	24.17	1.28	58.64	84.09	26.09	1.38	63.28	90.75
安徽	4.48	0.22	13.21	17.91	5.51	0.28	16.25	22.04	7.83	0.39	23.1	31.32	8.43	0.42	24.85	33.7
湖北	2.76	0.13	10.04	12.93	4.13	0.19	14.99	19.31	4.37	0.2	15.89	20.46	4.59	0.21	16.67	21.47
湖南	17.62	0.77	60.32	78.71	18.65	0.81	63.84	83.3	17.5	0.76	59.93	78.19	18.65	0.81	63.84	83.3
江苏	1.05	0.06	4.22	5.33	0.59	0.04	2.35	2.98	0.59	0.04	2.35	2.98	0.95	0.06	3.82	4.83
河南	0.22	0.04	0.64	0.9	0.47	0.08	1.36	1.91	0.59	0.1	1.7	2.39	0.54	0.09	1.56	2.19
江西	15.98	0.71	58.13	74.82	18.71	0.83	68.03	87.57	21.97	0.98	79.91	102.86	28.26	1.26	102.75	132.27
山东	0.04	0.01	0.12	0.17	0.01	0	0.04	0.05	0	0	0	0	0	0	0	0
合计	131.63	5.15	400.82	537.6	144.24	5.67	448.7	598.61	171.49	6.78	531.87	710.14	199.81	7.75	630.36	837.92

统中一个龄级期后植被潜在固碳量为现存量的 1.56 倍。竹林植被潜在碳储能力比其他林分类型小，原因是与其他乔木植物相比，竹类植物幼龄时生长最快，随着年龄的增长生长量反而会降低。康惠宁等得到中国目前森林净固碳量为 86.3 Mt C·a^{-1}，竹林的净固碳量为 54.81 Mt C·a^{-1}，竹林固碳能力低于全国森林的平均水平。本书仅仅在现有资源基础水平上对竹林的碳储能力的预测，在自然界中竹类植物的营养生长和无性繁殖能力较强，更新的竹林生态系统的实际碳储能力要远大于这个预测的潜在碳储量，由此可见中国竹林生态系统的碳储能力不容忽视。

表 9-9　1999－2003 年中国竹林碳素现存量与一个龄级期后潜在碳储量

区域	碳素现存量/Mt			潜在碳储量/Mt		
	植被	土壤	合计	植被	土壤	合计
山西	0.06	0.18	0.24	0.06	0.18	0.24
陕西	1.59	4.00	5.59	2.17	4.03	6.2
上海	0.18	0.29	0.47	0.21	0.3	0.51
四川	18.22	63.76	81.98	26.39	64.08	90.47
云南	4.9	8.96	13.86	6.79	9.04	15.83
浙江	43.88	184.42	228.3	60.14	185.09	245.23
重庆	6.64	26.06	32.7	9.2	26.19	35.39
海南	0.55	2.07	2.62	0.96	2.08	3.04
贵州	6.31	11.66	17.97	8.41	11.81	20.22
广西	15.11	16.49	31.6	21.82	16.58	38.4
广东	18.38	35.7	54.08	26.56	35.96	62.52
福建	27.47	63.28	90.75	46.73	64.45	111.18
安徽	8.85	24.85	33.7	14.66	25.17	39.83
湖北	4.8	16.67	21.47	7.81	16.8	24.61
湖南	19.46	63.84	83.3	30.86	64.15	95.01
江苏	1.01	3.82	4.83	1.4	3.86	5.26
河南	0.63	1.56	2.19	1.02	1.58	2.6
江西	29.52	102.75	132.27	47.13	103.88	151.01
合计	207.56	630.36	837.92	312.3	635.23	947.54

注：植被包括乔木、林下植被、枯落物三部分。

五、小结

1）1977－1981 年中国竹林生态系统总碳储量为 537.6 Mt C，1984－1988 年598.61 Mt C，1994－1998 年 710.14 Mt C，1999－2003 年837.92 Mt C，碳储量在逐年的增加。浙江、江西、福建、湖南、广东和四川 6 省是中国竹林碳库的主要组成部分，占 80.04％～83.13％，对于中国竹林总碳储量而言，占有较为重要的地位。

2）1977－2003 年中国竹林生态系统碳储量植被层占总碳储量的 23.85％～24.48％，枯落物层占 0.92％～0.96％，土壤层占 74.56％～75.23％。不同时期竹林生态系统碳储量在垂直分布上结构特征基本相似。

3）1999－2003 年中国竹林生态系统碳素现存量为 837.92 Mt C，10 年后碳储量将达到 947.54 Mt C，以 54.81 Mt C·a^{-1}的平均积累速率递增，在未来中国的竹林将是一个非常大的碳素蓄积库。

主要参考文献

陈遐林.2003.华北主要林分类型的碳汇功能研究.北京：北京林业大学博士学位论文

方精云，郭兆迪，朴世龙等.2007.1981－2000 年中国陆地植被碳汇的估算.中国科学，D辑：地球科学，37（6）：804～812

方精云，刘国华，徐嵩龄.1996.我国森林植被的生物量与净生产力.生态学报，16（05）：497～508

方晰，田大伦，项文化等.2004.杉木人工林土壤有机碳的垂直分布特征.浙江林学院学报，21（4）：418～423

方晰，田大伦，项文化．2002．速生阶段杉木人工林碳素密度、贮量和分布．林业科学，38（3）：14～19

高志强，刘纪远．2008．中国植被净生产力的比较研究．中国科学通报，53（3）：317～326

郭起荣，杨光耀，杜天真等．2005．中国竹林的碳素特征．世界竹藤通讯，3（3）：25～28

何英，张小全，刘云仙．2007．中国森林碳汇交易市场现状与潜力．林业科学，43（07）：106～111

何英．2005．森林固碳估算方法综述．世界林业研究，18（1）：22～27

何志斌，赵文智，刘鹄等．2006．祁连山青海云杉林斑表层土壤有机碳特征及其影响因素．生态学报，26（8）：2572～2577

胡会峰，刘国华．2006．中国天然林保护工程的固碳能力估算．生态学报，26（1）：291～296

康冰，刘世荣，张广军等．2006．广西大青山南亚热带马尾松、杉木混交林生态系统碳素积累和分配特征．生态学报，26（5）：1320～1329

康惠宁，马钦彦，袁嘉祖．1996．中国森林C汇功能基本估计．应用生态学报，7（3）：230～234

李海涛，王姗娜，高鲁鹏等．2007．赣中亚热带森林植被碳储量．生态学报，27（2）：693～703

李晓曼，康文星．2008．广州市城市森林生态系统碳汇功能研究．中南林业科技大学学报，28（1）：8～13

李轩然，刘琪璟，陈永瑞等．2006．千烟洲人工林主要树种地上生物量的估算．应用生态学报，17（8）：1382～1388

李意德．1993．海南岛热带山地雨林林分生物量估测方法比较分析．生态学报，13（4）：314～320

刘国华，傅伯杰，方精云．2000．中国森林碳动态及其对全球碳平衡的贡献．生态学报，20（5）：733～740

刘华，雷瑞德．2005．我国森林生态系统碳储量和碳平衡的研究方法及进展．西北植物学报，25（04）：835～843

陆贵巧，尹兆芳，谷建才等．2006．大连市主要行道绿化树种固碳释氧功能研究．河北农业大学学报，29（6）：49～51

马钦彦，陈遐林，王娟等．2002．华北主要森林类型建群种的含碳率分析．北京林业大学学报，24（5/6）：96～100

孙玉军，张俊，韩爱惠等．2007．兴安落叶松（*Larix gmelini*）幼中龄林的生物量与碳汇功能．生态学报，27（5）：1756～1762

孙媛媛，季宏兵，罗建美等．2006．气候驱动的中国陆地生态系统碳循环研究进展．首都师范大学学报（自然科学版），27（5）：90～95

田大伦，方晰，项文化．2004．湖南会同杉木人工林生态系统碳素密度．生态学报，4（11）：2382～2386

王兵，魏文俊．2007．江西省森林碳贮量与碳密度研究．江西科学，25（6）：681～686

王丽勉，胡永红，秦俊等．2007．上海地区151种绿化植物固碳释氧能力的研究．华中农业大学学报，26（3）：399～401

王效科，冯宗炜，欧阳志云．2001．中国森林生态系统植物碳储量和碳密度研究．应用生态学报，12（1）：13～16

王效科，冯宗炜．2000．中国森林生态系统中植物固定大气的潜力．生态学杂志，19（4）：72～74

王兴昌，王传宽，于贵瑞．2008．基于全球涡度相关的森林碳交换的时空格局．中国科学（D辑：地球科学），38（9）：1092～1102

王妍，张旭东，彭镇华等．2006．森林生态系统碳通量研究进展．世界林业研究，19（3）：12～17

肖兴威．2005．中国森林生物量与生产力的研究．哈尔滨：东北林业大学博士学位论文

徐萍，徐天蜀．2008．云南高黎贡山自然保护区森林碳贮量估算方法的研究．林业资源管理，（01）：69～73

徐玮玮，李晓储，汪成忠等．2007．扬州古运河风光带绿地树种固碳释氧效应初步研究．浙江林学院学报，24（5）：575～580

杨海军，邵全琴，陈卓奇等．2007．森林碳蓄积量估算方法及其应用分析．地球信息科学，9（4）：5～12

杨洪晓，吴波，张金屯等．2005．森林生态系统的固碳功能和碳贮量研究进展．北京师范大学学报（自然科学版），41（2）：172～177

杨书运，蒋跃林，张庆国等．2006．未来中国森林碳蓄积预估初步研究．福建林业科技，33（1）：118～120，159

于贵瑞，张雷明，孙晓敏等．2004．亚洲区域陆地生态系统碳通量观测研究进展．中国科学（D辑），34（增刊Ⅱ）：15～29

遇蕾，任国玉．2007．过去陆地生态系统碳储量估算研究．地理科学进展，26（3）：68～79

曾伟生．2005．云南省森林生物量与生产力研究．中南林业调查规划，24（04）：1～3

张德全，桑卫国，李曰峰等．2002．山东省森林有机碳贮量及其动态的研究．植物生态学报，26（增刊）：93～97

张坤．2007．森林碳汇计量和核查方法研究．北京：北京林业大学

张雷明，于贵瑞，孙晓敏等．2006．中国东部森林样带典型生态系统碳收支的季节变化．中国科学（D辑：地球科学），36（增刊Ⅰ）：45～59

张维成，田佳，王冬梅等．2007．基于全球气候变化谈判的森林碳汇研究．林业调查规划，32（5）：18～22

张煜星．2007．人工造林对森林覆盖率的贡献分析．东北林业大学学报，35（3）：76～78

赵海珍，王德艺，张景兰等．2001．雾灵山自然保护区森林的碳汇功能评价．河北农业大学学报，（04）：44～47

赵林，殷鸣放，陈晓非等．2008．森林碳汇研究的计量方法及研究现状综述．西北林学院学报，23（1）：59～63

赵敏，周广胜．2004．中国森林生态系统的植物碳贮量及其影响因子分析．地理科学，24（1）：50～54

支玲，许文强．2008．森林碳汇价值评价——三北防护林体系工程人工林案例．林业经济，（03）：41～44

周国模，刘恩斌，佘光辉．2006．森林土壤碳库研究方法进展．浙江林学院学报，23（2）：207～216

周玉荣，于振良，赵士洞．2000．中国主要森林生态系统的碳贮量与碳平衡．植物生态学报，24（5）：518～522

Birdsey R A, Plantinga A J, Health L S. 1993. Past and prospective carbon storage in united states forests. Forest Ecology and Management, 59：33～40

Birdsey R A. 1992. Carbon storage and accumulation in united states forest ecosystems. United States Department of Agriculture Forest Service, General Technical Report WO-59. Washington, DC：U.S. Department of Agriculture, Forest Service

Brown S. 1996. Present and potential roles of forests in the global climate change debate. Unasylva, 47: 3～10

Brown S. 2002. Measuring carbon in forests: current status and future challenges. Environment Pollution, 116: 363～372

Dixon R K, Solomon A M, Brown S et al. 1994. Carbon pools and flux of global forest ecosystems. Science, 263: 185～190

Dixon R K, Winjum J K, Schroeder P E. 1993. Conservation and sequestration of carbon. Global Environment Change, 3 (2): 159～173

Houghton R A, Skole D L, Nobre C A et al. 2000. Annual fluxes of carbon from deforestation and regrowth in the Brazilian Amazon. Nature, 4 (3): 301～304

Johnson W C, Sharpe D M. 1983. The ratio of total to merchantable forest biomass and its application to the global carbon budget. Can J For Res, 13 (3): 372～383

Kurt S P, Eugenie S E. 2004. Carbon cycling and storage in world forests: biome patterns related to forest age. Global Change Biology, 10: 2052～2077

Law B E, Sun O J, Campbell J et al. 2003. Changes in carbon storage and fluxes in a chronosequence of ponderosa pine. Global Change Biology, 9: 510～524

Malhi Y, Baldocchi D D, Jarvis P G. 1999. The carbon balance of tropical, temperature and boreal forests plant. Cell and Environment, 22: 715～740

Oliver L P, Yadvinder M, Niro H et al. 1998. Changes in the carbon balance of tropical forests: evidence from long-term plots. Science, 282: 439～442

Post W M, Emanuel W R et al. 1982. Soil carbon pools and world life zones. Nature, 298: 156～159

Schulze E D, Wirth C, Helmann M. 2000. Climate change: managing forests after kyoto. Science, 289: 204～205

Turner D P, Koepper G J, Harmon M E et al. 1995. A carbon budget for forests of the conterminous united states. Ecological Application, 5: 421～436

Wbgu. 1998. WBGU Special Report: The Accounting of Biological Sinks and Sources Under the Kyoto Protocol Bremerhaven

Woodwell G M, Hobbie J E, Houghton R A et al. 1978. The biota and the world carbon budget. Science, 199: 141～146

附件1
ICS 65.020
B 65

中华人民共和国林业行业标准

LY/T 1721—2008

森林生态系统服务功能评估规范

Specifications for assessment of forest ecosystem services in China

2008-03-31 发布

2008-05-01 实施

国 家 林 业 局 发 布

前　言

本标准由国家林业局提出并归口。

本标准负责起草单位：中国林业科学研究院森林生态环境与保护研究所。

本标准参加起草单位：北京林业大学、北京中林资产评估有限公司。

本标准主要起草人：王兵、杨锋伟、郭浩、李少宁、王燕、马向前、余新晓、鲁绍伟、王宏伟、魏文俊。

本标准为首次发布。

森林生态系统服务功能评估规范

1 范围

本规范界定了森林生态系统服务功能评估的数据来源、评估指标体系、评估公式等。

本规范适用于中华人民共和国范围内森林生态系统主要生态服务功能评估工作，但不涉及林木资源价值、林副产品和林地自身价值。

2 术语和定义

以下术语和定义适用于本标准。

2.1 森林生态系统服务功能：forest ecosystem services

森林生态系统与生态过程所形成及维持的人类赖以生存的自然环境条件与效用。主要包括森林在涵养水源、保育土壤、固碳释氧、积累营养物质、净化大气环境、森林防护、生物多样性保护和森林游憩等方面提供的生态服务功能。

2.2 森林生态系统服务功能评估：assessment of forest ecosystem services

采用森林生态系统长期连续定位观测数据、森林资源清查数据及社会公共数据对森林生态系统服务功能开展的实物量与价值量评估。

2.3 涵养水源：water conservation

森林对降水的截留、吸收和贮存，将地表水转为地表径流或地下水的作用。主要功能表现在增加可利用水资源、净化水质和调节径流三个方面。

2.4 保育土壤：soil conservation

森林中活地被物和凋落物层层截留降水，降低水滴对表土的冲击和地表径流的侵蚀作用；同时林木根系固持土壤，防止土壤崩塌泻溜，减少土壤肥力损失以及改善土壤结构的功能。

2.5 固碳释氧：carbon fixation，oxygen released

森林生态系统通过森林植被、土壤动物和微生物固定碳素、释放氧气的功能。

2.6 积累营养物质：nutrient accumulation

森林植物通过生化反应，在大气、土壤和降水中吸收 N、P、K 等营养物质并贮存在体内各器官的功能。森林植被的积累营养物质功能对降低下游面源污染及水体富营养化有重要作用。

2.7 净化大气环境：atmosphere environmental purification

森林生态系统对大气污染物（如二氧化硫、氟化物、氮氧化物、粉尘、重金属等）的吸收、过滤、阻隔和分解，以及降低噪声、提供负离子和萜烯类（如芬多精）物质等功能。

2.8 森林防护：action of forest against natural calamities

防风固沙林、农田牧场防护林、护岸林、护路林等防护林降低风沙、干旱、洪水、台风、盐碱、霜冻、沙压等自然灾害危害的功能。

2.9 物种保育：species conservation

森林生态系统为生物物种提供生存与繁衍的场所，从而对其起到保育作用的功能。

2.10 森林游憩：forest recreation

森林生态系统为人类提供休闲和娱乐的场所，使人消除疲劳、愉悦身心、有益健康的功能。

2.11 净初级生产力：net primary production（NPP）

为绿色植物光合作用固定的有机物总量与植物自养呼吸的有机物质之差。

2.12 提供负离子：negative-ion supply

空气负离子就是大气中的中性分子或原子，在自然界电离源的作用下，其外层电子脱离原子核的束缚而成为自由电子，自由电子很快会附着在气体分子或原子上，特别容易附着在氧分子和水分子上，而成为空气负离子。

森林的树冠、枝叶的尖端放电以及光合作用过程的光电效应均会促使空气电解，产生大量的空气负离子。植物释放的挥发性物质，如植物精气（又叫芬多精）等也能促进空气电离，从而增加空气负离子浓度。

3 数据来源

根据我国森林生态系统研究现状，本规范推荐在森林生态系统服务功能评估中最大限度地使用森林生态站长期连续观测的实测数据，以保证评估结果的准确性。

本规范所用数据主要有三个来源：

1. 中国森林生态系统定位研究网络（CFERN）所属森林生态站依据森林生态系统定位观测指标体系（LY/T 1606—2003）开展的长期定位连续观测研究数据集；

2. 国家林业局森林资源清查数据；

3. 权威机构公布的社会公共资源数据。

4 评估指标体系

其评估指标体系见图1，共包括8个类别14个评估指标。

5 评估公式

森林生态系统服务功能实物量评估公式见表1，森林生态系统服务功能价值量评估公式见表2，数据汇总表详见表3～表11，森林生态系统服务功能评估社会公共数据表（推荐使用价格）见表12。

图1　中国森林生态系统服务功能评估指标体系

表 1　森林生态系统服务功能实物量评估公式及参数设置

功能类别	指标	计算公式和参数说明
涵养水源	调节水量	$G_{调}=10A(P-E-C)$　　$G_调$ 为林分调节水量功能,单位:m³·a⁻¹;　　P 为降水量,单位:mm·a⁻¹; E 为林分蒸散量,单位:mm·a⁻¹;　　C 为地表径流量,单位:mm·a⁻¹;　　A 为林分面积,单位:hm²
保育土壤	固土	$G_{固土}=A(X_2-X_1)$　　$G_{固土}$ 为林分年固土量,单位:t·a⁻¹;　　X_1 为林地土壤侵蚀模数,单位:t·hm⁻²·a⁻¹;　　X_2 为无林地土壤侵蚀模数,单位:t·hm⁻²·a⁻¹;　　A 为林分面积,单位:hm²
	保肥	$G_N=AN(X_2-X_1)$　　$G_P=AP(X_2-X_1)$　　$G_K=AK(X_2-X_1)$ G_N 为减少的氮流失量,单位:t·a⁻¹;　　G_P 为减少的磷流失量,单位:t·a⁻¹;　　G_K 为减少的钾流失量,单位:%; P 为土壤含磷量,单位:%;　　K 为土壤含钾量,单位:%;　　N 为土壤含氮量,单位:%;　　A 为林分面积,单位:hm²
固碳释氧	固碳	植被固碳 $G_{植被固碳}=1.63R_碳 AB_年$ $G_{植被固碳}$ 为植被年固碳量,单位:t·a⁻¹;　　$B_年$ 为林分净生产力,单位:t·hm⁻²·a⁻¹;　　A 为林分面积,单位:hm² $R_碳$ 为 CO₂ 中碳的含量,为 27.27%; 土壤固碳 $G_{土壤固碳}=AF_{土壤}$ $G_{土壤固碳}$ 为土壤年固碳量,单位:t·a⁻¹;　　$G_{土壤固碳}$ 为单位面积林分土壤年固碳量,单位:t·hm⁻²·a⁻¹; $F_{土壤}$ 为单位面积林分土壤年固碳量,单位:t·hm⁻²·a⁻¹;　　A 为林分面积,单位:hm²
	释氧	$G_{氧气}=1.19AB_年$ $G_{氧气}$ 为林分年释氧量,单位:t·a⁻¹;　　$B_年$ 为林分净生产力,单位:t·hm⁻²·a⁻¹;　　A 为林分面积,单位:hm²
积累营养物质	林木营养积累	固氮量 $G_氮=AN_{营养}B_年$ $G_氮$ 为林分固氮量,单位:t·a⁻¹;　　$B_年$ 为林分净生产力,单位:t·hm⁻²·a⁻¹; $N_{营养}$ 为林木氮元素含量,单位:%; 固磷量 $G_磷=AP_{营养}B_年$ $G_磷$ 为林分固磷量,单位:t·a⁻¹;　　$B_年$ 为林分净生产力,单位:t·hm⁻²·a⁻¹; $P_{营养}$ 为林木磷元素含量,单位:%; 固钾量 $G_钾=AK_{营养}B_年$ $G_钾$ 为林分固钾量,单位:t·a⁻¹;　　$B_年$ 为林分净生产力,单位:t·hm⁻²·a⁻¹; $K_{营养}$ 为林木钾元素含量,单位:%;　　A 为林分面积,单位:hm²

功能类别	指标		计算公式和参数说明
净化大气环境	生产负离子量		$G_{负离子} = 5.256 \times 10^{15} \times Q_{负离子} AH/L$ $Q_{负离子}$为林分负离子浓度，单位：个·cm^{-3}； L为负离子寿命，单位：min； $G_{负离子}$为林分年提供负离子个数，单位：个·a^{-1}； H为林分高度，单位：m； A为林分面积，单位：hm^2
	吸收污染物	吸收二氧化硫量	$G_{二氧化硫} = Q_{二氧化硫} A$ $Q_{二氧化硫}$为单位面积林分吸收二氧化硫量，单位：kg·hm^{-2}·a^{-1}； $G_{二氧化硫}$为林分年吸收二氧化硫量，单位：t·a^{-1}； A为林分面积，单位：hm^2
		吸收氟化物量	$G_{氟化物} = Q_{氟化物} A$ $Q_{氟化物}$为单位面积林分吸收氟化物量，单位：kg·hm^{-2}·a^{-1}； $G_{氟化物}$为林分年吸收氟化物量，单位：t·a^{-1}； A为林分面积，单位：hm^2
		吸收氮氧化物量	$G_{氮氧化物} = Q_{氮氧化物} A$ $Q_{氮氧化物}$为单位面积林分吸收氮氧化物量，单位：kg·hm^{-2}·a^{-1}； $G_{氮氧化物}$为林分年吸收氮氧化物量，单位：t·a^{-1}； A为林分面积，单位：hm^2
		吸收重金属量	$G_{重金属} = Q_{重金属} A$ $Q_{重金属}$为单位面积林分年吸收重金属量，单位：kg·hm^{-2}·a^{-1}； $G_{重金属}$为林分年吸收重金属量，单位：t·a^{-1}； A为林分面积，单位：hm^2
	降低噪声		林分降低噪声量由森林生态站直接测定，单位：dB
	滞尘		$G_{滞尘} = Q_{滞尘} A$ $Q_{滞尘}$为单位面积林分年滞尘量，单位：kg·hm^{-2}·a^{-1}； $G_{滞尘}$为林分年滞尘量，单位：t·a^{-1}； A为林分面积，单位：hm^2
森林防护	森林防护		农田防护林森林防护的实物量的实物量可折算为农作物产量，单位：t·a^{-1}；防风固沙林可折算为牧草产量，单位：t·a^{-1}；海岸防护林可折算为其他实物量

表 2　森林生态系统服务功能价值量评估公式及参数设置

功能类别	指标	计算公式和参数说明
涵养水源	调节水量	$U_调 = 10C_库 A(P-E-C)$　　　　$U_{水质} = 10KA(P-E-C)$ $U_调$为林分年调节水量价值，单位：元·a⁻¹；　　$U_{水质}$为林分年净化水质价值，单位：元·a⁻¹；　　P为降水量，单位：mm·a⁻¹； E为林分蒸散量，单位：mm·a⁻¹；　　C为地表径流量，单位：mm·a⁻¹； $C_库$为水库建设单位库容投资（占地拆迁补偿、工程造价、维护费用等），单位：元·m⁻³； K为水的净化费用，单位：元·t⁻¹；　　A为林分面积，单位：hm²
涵养水源	净化水质	
保育土壤	固土	$U_固土 = AC_土(X_2 - X_1)/\rho$　　　　$U_肥 = AC_土(X_2 - X_1)(NC_1/R_1 + PC_1/R_2 + KC_2/R_3 + MC_3)$ $U_固土$为林分年固土价值，单位：元·a⁻¹；　　$U_肥$为林分年保肥价值，单位：元·a⁻¹；　　X_1为林分地土壤侵蚀模数，单位：t·hm⁻²·a⁻¹；　　A为林分面积，单位：hm²； X_2为无林地土壤侵蚀模数，单位：t·hm⁻²·a⁻¹；　　$C_土$为挖取和运输单位体积土方所需费用，单位：元·m⁻³； ρ为林地土壤容重，单位：t·m⁻³；　　N为林分土壤平均含氮量，单位：%；　　P为磷分土壤平均含磷量，单位：%； K为林分土壤含钾量，单位：%；　　M为林分土壤有机质含量，单位：%；　　R_1为磷酸二铵化肥含氮量，单位：%； R_2为磷酸二铵化肥含磷量，单位：%；　　R_3为有机质含量，单位：%；　　C_1为磷酸二铵化肥价格，单位：元·t⁻¹； C_2为氯化钾化肥价格，单位：元·t⁻¹；　　C_3为有机质价格，单位：元·t⁻¹
保育土壤	保肥	
固碳释氧	固碳	$U_碳 = AC_碳(1.63R_碳 B_年 + F_{土壤碳})$ $U_碳$为林分年固碳价值，单位：元·a⁻¹；　　$B_年$为林分年净生产力，单位：t·hm⁻²·a⁻¹；　　$C_碳$为固碳价格，单位：元·t⁻¹； $R_碳$为CO₂中碳的含量，为27.27%；　　$F_{土壤碳}$为单位面积林分土壤年固碳量，单位：t·hm⁻²·a⁻¹；　　A为林分面积，单位：hm²； $U_氧 = 1.19C_氧 AB_年$ $U_氧$为林分年释氧价值，单位：元·a⁻¹；　　$U_氧$为林分年释氧价值，单位：元·a⁻¹；　　$B_年$为林分净生产力，单位：t·hm⁻²·a⁻¹； $C_氧$为氧气价格，单位：元·t⁻¹；　　A为林分面积，单位：hm²
固碳释氧	释氧	
积累营养物质	林木营养积累	$U_营养 = AB_年(N营养C_1/R_1 + P营养C_1/R_2 + K营养C_2/R_3)$ $U_营养$为林分年营养物质积累价值，单位：元·a⁻¹；　　$N营养$为林木含氮量，单位：%；　　$P营养$为林木含磷量，单位：%； $K营养$为林木含钾量，单位：%；　　R_1为磷酸二铵化肥含氮量，单位：%；　　R_2为磷酸二铵化肥含磷量，单位：%； R_3为氯化钾化肥含钾量，单位：%；　　C_1为磷酸二铵化肥价格，单位：元·t⁻¹；　　C_2为氯化钾化肥价格，单位：元·t⁻¹； $B_年$为林分净生产力，单位：t·hm⁻²·a⁻¹；　　A为林分面积，单位：hm²

功能类别	指标	计算公式和参数说明
净化大气环境	提供负离子	$U_{负离子}=5.256\times10^{15}\times AHK_{负离子}(Q_{负离子}-600)/L$; $U_{二氧化硫}=K_{二氧化硫}Q_{二氧化硫}$; $U_{氟化物}=K_{氟化物}Q_{氟化物}A$; $U_{氮氧化物}=K_{氮氧化物}Q_{氮氧化物}A$; $U_{噪声}=K_{噪声}A_{噪声}$; $U_{滞尘}=K_{滞尘}Q_{滞尘}A$ $K_{负离子}$ 为负离子生产费用,单位:元·个$^{-1}$; L 为负离子寿命,单位:min; $U_{负离子}$ 为林分年提供负离子价值,单位:元; $Q_{负离子}$ 为林分负离子浓度,单位:个·cm^{-3}; H 为林分高度,单位:m;
	吸收污染物	$K_{二氧化硫}$ 为二氧化硫治理费用,单位:元·kg^{-1}; $U_{氟}$ 为林分年吸收氟化物价值,单位:元·kg^{-1}; $K_{氟化物}$ 为氟化物治理费用,单位:元·kg^{-1}; $K_{氮氧化物}$ 为氮氧化物治理费用,单位:元·kg^{-1}; $U_{重金属}$ 为林分年吸收重金属价值,单位:元·kg^{-1}; $Q_{重金属}$ 为单位面积林分年吸收重金属量,单位:kg·km^{-1};
	降低噪声	$K_{噪声}$ 为降低噪声费用,单位:元·km^{-1}; $U_{滞尘}$ 为林分年滞尘价值,单位:元·kg^{-1};
	滞尘	$Q_{滞尘}$ 为单位面积林分年滞尘生量,单位:kg·hm^{-2}·a^{-1};
森林防护		$U_{防护}=AQ_{防护}C_{防护}$ $Q_{防护}$ 为由于农田防护林、防风固沙林等森林存在所增加的单位面积农作物、牧草等年产量,单位:kg·hm^{-2}·a^{-1}; $C_{防护}$ 为农作物、牧草等价格,单位:元·kg^{-1}; A 为林分面积,单位:hm^2;
生物多样性保护	物种保育	$U_{生物}=S_{生}A$ $S_{生}$ 为单位面积年物种损失的机会成本,单位:元·hm^{-2}·a^{-1}; $U_{生物}$ 为林分年物种保育值,单位:元·hm^{-2}·a^{-1}; A 为林分面积,单位:hm^2
森林游憩		森林生态系统为人类提供休闲和娱乐所产生的价值,包括直接价值和间接价值

注:本规范根据 Shannon_Wiener 指数计算物种保育价值,共划分为 7 级:当指数 1 时,$S_{生}$ 为 3000 元·hm^{-2}·a^{-1};当 1<指数≤2 时,$S_{生}$ 为 5000 元·hm^{-2}·a^{-1};当 2<指数<3 时,$S_{生}$ 为 10 000 元·hm^{-2}·a^{-1};当 3≤指数<4 时,$S_{生}$ 为 20 000 元·hm^{-2}·a^{-1};当 4≤指数<5 时,$S_{生}$ 为 30 000 元·hm^{-2}·a^{-1};当 5≤指数<6 时,$S_{生}$ 为 40 000 元·hm^{-2}·a^{-1};当指数≥6 时,$S_{生}$ 为 50 000 元·hm^{-2}·a^{-1}。

表 3 涵养水源功能评估数据汇总表

项目	单位	林分类型 1					......	林分类型 2					林分类型 n					汇总
		幼龄林	中龄林	近熟林	成熟林	过熟林		幼龄林	中龄林	近熟林	成熟林	过熟林	幼龄林	中龄林	近熟林	成熟林	过熟林	
林分面积	hm^2																	
年降水量	$mm \cdot a^{-1}$																	
林分年蒸散量	$mm \cdot a^{-1}$																	
年涵养水源量	$m^3 \cdot a^{-1}$																	
林分调节水量价值	$元 \cdot a^{-1}$																	
林分净化水质价值	$元 \cdot a^{-1}$																	
涵养水源总价值	$元 \cdot a^{-1}$																	
单位面积涵养水源价值	$元 \cdot a^{-1}$																	

注：龄级划分根据国家林业局 2003 年发布的《国家森林资源连续清查主要技术规定》。

表 4 保育土壤功能评估数据汇总表

项目	单位	林分类型 1					......	林分类型 2					林分类型 n					汇总
		幼龄林	中龄林	近熟林	成熟林	过熟林		幼龄林	中龄林	近熟林	成熟林	过熟林	幼龄林	中龄林	近熟林	成熟林	过熟林	
林分面积	hm^2																	
林地土壤侵蚀模数	$t \cdot hm^{-2} \cdot a^{-1}$																	
无林地土壤侵蚀模数	$t \cdot hm^{-2} \cdot a^{-1}$																	
林地土壤容重	$t \cdot m^{-3}$																	
林地土壤含氮量	%																	
林地土壤含磷量	%																	
林地土壤含钾量	%																	
林地土壤有机质含量	%																	
林分年固土量	$t \cdot a^{-1}$																	

续表

项目	单位	林分类型 1					……	林分类型 2					林分类型 n					汇总
		幼龄林	中龄林	近熟林	成熟林	过熟林		幼龄林	中龄林	近熟林	成熟林	过熟林	幼龄林	中龄林	近熟林	成熟林	过熟林	
林分年固土价值	元·a⁻¹																	
林分年保持氮量	t·a⁻¹																	
林分年保持磷量	t·a⁻¹																	
林分年保持钾量	t·a⁻¹																	
林分年保持有机质量	t·a⁻¹																	
林分年保肥价值	元·a⁻¹																	
林分年保育土壤总价值	元·a⁻¹																	

表 5　固碳释氧功能评估数据汇总表

项目	单位	林分类型 1					……	林分类型 2					林分类型 n					汇总
		幼龄林	中龄林	近熟林	成熟林	过熟林		幼龄林	中龄林	近熟林	成熟林	过熟林	幼龄林	中龄林	近熟林	成熟林	过熟林	
林分面积	hm²																	
林分净生产力	t·hm⁻²·a⁻¹																	
单位面积林分土壤年固碳量	t·hm⁻²·a⁻¹																	
植被和土壤年固碳量	t·a⁻¹																	
植被和土壤年固碳价值	元·a⁻¹																	
单位面积林分年释氧量	t·hm⁻²·a⁻¹																	
林分年释氧量	t·a⁻¹																	
林分年释氧价值	元·a⁻¹																	
林分年固碳释氧总价值	元·a⁻¹																	

表 6 积累营养物质功能评估数据汇总表

项目	单位	林分类型 1					……	林分类型 2					林分类型 n					汇总
		幼龄林	中龄林	近熟林	成熟林	过熟林		幼龄林	中龄林	近熟林	成熟林	过熟林	幼龄林	中龄林	近熟林	成熟林	过熟林	
林分面积	hm^2																	
林分净生产力	$t \cdot hm^{-2} \cdot a^{-1}$																	
林木含氮量	%																	
林木含磷量	%																	
林木含钾量	%																	
林分年增加氮量	$t \cdot a^{-1}$																	
林分年增加磷量	$t \cdot a^{-1}$																	
林分年增加钾量	$t \cdot a^{-1}$																	
积累营养物质总价值	$元 \cdot a^{-1}$																	

表 7 净化大气环境功能评估数据汇总表

项目	单位	林分类型 1					……	林分类型 2					林分类型 n					汇总
		幼龄林	中龄林	近熟林	成熟林	过熟林		幼龄林	中龄林	近熟林	成熟林	过熟林	幼龄林	中龄林	近熟林	成熟林	过熟林	
林分面积	hm^2																	
林分负离子量浓度	$个 \cdot cm^{-3}$																	
单位面积林分年吸收二氧化硫量	$kg \cdot hm^{-2} \cdot a^{-1}$																	
单位面积林分年吸收氟化物量	$kg \cdot hm^{-2} \cdot a^{-1}$																	
单位面积林分年吸收氮氧化物量	$kg \cdot hm^{-2} \cdot a^{-1}$																	
单位面积林分年吸收重金属量	$kg \cdot hm^{-2} \cdot a^{-1}$																	
单位面积林分滞尘量	$kg \cdot hm^{-2} \cdot a^{-1}$																	

续表

项目	单位	林分类型 1					......	林分类型 2					林分类型 n					汇总
		幼龄林	中龄林	近熟林	成熟林	过熟林		幼龄林	中龄林	近熟林	成熟林	过熟林	幼龄林	中龄林	近熟林	成熟林	过熟林	
林分降低噪声量	dB																	
林分年提供负离子数	个·a⁻¹																	
林分年提供负离子价值	元·a⁻¹																	
林分年吸收二氧化硫量	kg·a⁻¹																	
林分年吸收二氧化硫总价值	元·a⁻¹																	
林分年吸收氟化物量	kg·a⁻¹																	
林分年吸收氟化物价值	元·a⁻¹																	
林分年吸收氮氧化物量	kg·a⁻¹																	
林分年吸收氮氧化物价值	元·a⁻¹																	
林分年吸收重金属量	kg·a⁻¹																	
林分年吸收重金属价值	元·a⁻¹																	
林分年降低噪声价值	元·a⁻¹																	
林分年滞尘量	kg·a⁻¹																	
林分年滞尘价值	元·a⁻¹																	
林分净化大气环境总价值	元·a⁻¹																	

表 8 森林防护功能评估数据汇总表

项目	单位	林分类型 1					林分类型 2					……	林分类型 n					汇总
		幼龄林	中龄林	近熟林	成熟林	过熟林	幼龄林	中龄林	近熟林	成熟林	过熟林		幼龄林	中龄林	近熟林	成熟林	过熟林	
林分面积	hm²																	
年增加的农作物,牧草等单位面积产量	kg·hm⁻²·a⁻¹																	
农作物,牧草等价格	元·kg⁻¹等																	
森林防护功能	t·a⁻¹等																	
森林防护价值	元·a⁻¹																	

表 9 生物多样性保护功能评估数据汇总表

项目	单位	林分类型 1					林分类型 2					……	林分类型 n					汇总
		幼龄林	中龄林	近熟林	成熟林	过熟林	幼龄林	中龄林	近熟林	成熟林	过熟林		幼龄林	中龄林	近熟林	成熟林	过熟林	
面积	hm²																	
Shannon-Wiener多样性指数																		
单位面积物种年保育价值	元·hm⁻²·a⁻¹																	
物种保育年总价值	元·a⁻¹																	

表 10 森林游憩功能评估数据汇总表

项 目	单 位	1	2	……	n	汇 总
森林公园和自然保护区名称						
年旅游总收入	元·a⁻¹					
森林游憩总价值	元·a⁻¹					

表11 森林生态系统服务功能评估汇总表

项目			林分类型 1	林分类型 2	……	林分类型 n	汇总
涵养水源	调节水量	功能（m³·a⁻¹）					
		价值（元·a⁻¹）					
	净化水质	功能（m³·a⁻¹）					
		价值（元·a⁻¹）					
	价值合计/（元·a⁻¹）						
保育土壤	固土	功能（t·a⁻¹）					
		价值（元·a⁻¹）					
	保肥	保持氮量（t·a⁻¹）					
		保持磷量（t·a⁻¹）					
		保持钾量（t·a⁻¹）					
		保持有机质量（t·a⁻¹）					
		价值（元·a⁻¹）					
	价值合计/（元·a⁻¹）						
固碳释氧	固碳	功能（t·a⁻¹）					
		价值（元·a⁻¹）					
	释氧	功能（t·a⁻¹）					
		价值（元·a⁻¹）					
	价值合计/（元·a⁻¹）						

续表

项目			林分类型 1	林分类型 2	……	林分类型 n	汇总
积累营养物质	林木营养积累	积累氮量/(t·a^{-1})					
		积累磷量/(t·a^{-1})					
		积累钾量/(t·a^{-1})					
	价值合计/(元·a^{-1})						
净化大气环境	提供负氧离子	功能/(个·a^{-1})					
		价值/(元·a^{-1})					
	吸收污染物	功能/(t·a^{-1})					
		价值/(元·a^{-1})					
	降低噪声	功能/dB					
		价值/(元·a^{-1})					
	滞尘	功能/(t·a^{-1})					
		价值/(元·a^{-1})					
	价值合计/(元·a^{-1})						
森林防护	功能						
	价值/(元·a^{-1})						
生物多样性保护	价值/(元·a^{-1})						
森林游憩	价值/(元·a^{-1})						
总价值/(元·a^{-1})							
单位面积价值/(元·hm^{-2}·a^{-1})							

表 12　森林生态系统服务功能评估社会公共数据表（推荐使用价格）

编号	名称	数值	单位	来源及依据
1	水库建设单位库容投资	6.1107	元·t⁻¹	根据1993—1999年《中国水利年鉴》平均水库容造价为2.17元·t⁻¹，2005年价格指数为2.816，即得到单位库容造价为6.1107元·t⁻¹
2	水的净化费用	2.09	元·t⁻¹	采用网格法得到2007年全国各大中城市的居民用水价格的平均值，为2.09元·t⁻¹
3	挖取单位面积土方费用	12.6	元·m⁻³	根据2002年黄河水利出版社出版的《中华人民共和国水利部水利建筑工程预算定额》（上册）中人工挖土方Ⅰ和Ⅱ土类每100 m³需42个工时，每个人工每天30元计算获得
4	磷酸二铵含氮量	14.0	%	化肥产品说明
5	磷酸二铵含磷量	15.01	%	化肥产品说明
6	氯化钾含钾量	50.0	%	化肥产品说明
7	磷酸二铵化肥价格	2 400	元·t⁻¹	采用中华人民共和国农业部中国农业信息网(http://www.agri.gov.cn)2007年春季平均价格
8	氯化钾化肥价格	2 200	元·t⁻¹	
9	有机质肥价格	320	元·t⁻¹	
10	固碳价格	1 200	元·t⁻¹	采用瑞典的碳税率每吨150美元（折合人民币每吨1200元）
11	制造氧气价格	1 000	元·t⁻¹	采用中华人民共和国卫生部网站(http://www.moh.gov.cn)中2007年春季氧气平均价格
12	负离子生产费用	5.8185	元·10⁻¹⁸·个⁻¹	根据台州科利达电子有限公司生产的，适用范围为30 m²（房间高3 m），功率为6 W，负离子浓度为1 000 000个·m⁻³，使用寿命为10年，价格为65元的KLD-2000型负离子发生器推断获得，其中负离子寿命为10 min，电费为每度0.4元
13	二氧化硫的治理费用	1.20	元·kg⁻¹	采用国家发展与改革委员会等四部委2003年第31号《排污费征收标准及计算方法》中北京市高硫煤二氧化硫排污费收费标准每千克1.20元；氟化物排污费收费标准为每千克0.69元；氮氧化物排污费收费标准为每千克0.63元；一般性粉尘排污费收费标准为每千克0.15元；铅及其化合物排污费收费标准为每千克30.00元；镉及其化合物排污费收费标准为每千克20.00元；镍及化合物排污费收费标准为每千克4.62元；锡及化合物排污费收费标准为每千克2.22元
14	氟化物治理费用	0.69	元·kg⁻¹	
15	氮氧化物污染治理费用	0.63	元·kg⁻¹	
16	铅及化合物污染治理费用	30.00	元·kg⁻¹	
17	镉及其化合物污染治理费用	20.00	元·kg⁻¹	
18	镍及化合物污染治理费用	4.62	元·kg⁻¹	
19	锡及化合物污染治理费用	2.22	元·kg⁻¹	
20	降尘清理费用	0.15	元·kg⁻¹	
21	降低噪音费用	400 000	元·km⁻¹	按100元·m⁻²隔音墙（高4 m）成本计算

附件2

ICS 65.020.01

B 60

中华人民共和国林业行业标准

LY/T 1606－2003

森林生态系统定位观测指标体系

Indicators system for long-term observation of forest ecosystem

2003-08-14 发布　　　　　　　　　　　　　　　　　2003-12-01 实施

国 家 林 业 局　发 布

前　　言

本标准由国家林业局提出并归口。

本标准负责起草单位：中国林业科学研究院森林生态环境与保护研究所。

本标准主要起草人：王兵、郭泉水、杨锋伟、蒋有绪、刘世荣、崔向慧。

本标准为首次发布。

森林生态系统定位观测指标体系

1 范围

本标准规定了森林生态系统定位观测指标，即气象常规指标、森林土壤的理化指标、森林生态系统的健康与可持续发展指标、森林水文指标和森林的群落学特征指标。

本标准适用于全国范围内森林生态系统定位观测。

2 术语和定义

下列术语和定义适用于本标准。

2.1 森林生态系统 forest ecosystem

以乔木树种为主体的生物群落（包括动物、植物、微生物等），具有随时间和空间不断进行能量交换、物质循环和能量传递的有生命及再生能力的功能单位。

2.2 地表温度 surface temperature

直接与土壤表面接触的温度表所示的温度，包括地表定时温度，地表最低温度，地表最高温度。

2.3 土壤温度 soil temperature

直接与地表以下土壤接触的温度表所示的温度，包括 10 cm、20 cm、30 cm、40 cm等不同深度的土壤温度。

2.4 降水量 precipitation

从天空降落到地面上的液态或固态（经融化后）降水，未经蒸发、渗透、流失而在地面上积聚的水层深度。

2.5 降水强度 precipitation intensity

单位时间内的降水量。

2.6 蒸发量 evaporation

由于蒸发而损失的水量。

2.7 总辐射量 solar radiation

距地面一定高度水平面上的短波辐射总量。

2.8 净辐射量 net radiation

距地面一定高度的水平面上，太阳与大气向下发射的全辐射和地面向上发射的全辐射之差。

2.9 分光辐射 spectroradiometry radiation

人为地将太阳发出的短波辐射波长范围分成若干波段，其中的一个波段或几个波段的辐射分量称为分光辐射。

2.10 UVA，UVB ultraviolet A，ultraviolet B

紫外光谱的两种波段。其中 UVA：400～320 nm，UVB：320～290 nm。

2.11　日照时数 duration of sunshine

太阳在一地实际照射地面的时数。

2.12　冻土 permafrost

含有水分的土壤，因温度下降到0℃或0℃以下时而呈冻结的状态。

2.13　土壤容重 soil bulk density

单位容积烘干土的质量。

2.14　土壤孔隙度 soil porosity

单位容积土壤中空隙所占的百分率。孔径小于0.1 mm的称为毛管孔隙，孔径大于0.1 mm的称为非毛管孔隙。

2.15　土壤阳离子交换量 cation exchange capacity of soil

土壤胶体所能吸附的各种阳离子的总量。

2.16　土壤交换性盐基总量 ion exchange capacity of soil

土壤吸收复合体吸附的碱金属和碱金属离子（K^+，Na^+，Ca^+，Mg^+）的总和。

2.17　穿透水 throughfall

林外雨量（又称林地总降水量）扣除树冠截留量和树干径流量两者之后的雨量。

2.18　树干径流量 amount of stemflow

降落到森林中的雨滴，其中一部分从叶转移到枝，从枝转移到树干而流到林地地面，这部分雨量称为树干径流量。

2.19　地表径流量 surface runoff

降落于地面的雨水或融雪水，经填洼、下渗、蒸发等损失后，在坡面上和河槽中流动的水量。

2.20　森林蒸散量 evapotranspiration of forest

森林植被蒸腾和林冠下土壤蒸发之和。

2.21　群落的天然更新 natural regeneration of community

通过天然下种或伐根萌芽、根系萌蘖、地下茎萌芽（如竹林）等形成新林的过程。

2.22　森林枯枝落叶层 forest floor

森林植被下矿质土壤表面形成的有机物质层，又称死地被物层。

2.23　森林生物量 forest biomass

森林单位面积上长期积累的全部活有机体的总量。

2.24　叶面积指数 leaf area index（LAI）

一定土地面积上植物叶面积总和与土地面积之比。

3 指标体系

3.1 气象常规指标

各类观测指标见表1。

表1 气象常规指标

指标类别	观测指标	单位	观测频度
天气现象	云量、风、雨、雪、雷电、沙尘		每日1次
	气压	Pa	每日1次
风[a]	作用在森林表面的风速	m·s^{-1}	连续观测或每日3次
	作用在森林表面的风向（E，S，W，N，SE，NE，SW，NW）		连续观测或每日3次
空气温度[b]	最低温度	℃	每日1次
	最高温度	℃	每日1次
	定时温度	℃	每日1次
地表面和不同深度土壤的温度	地表定时温度	℃	连续观测或每日3次
	地表最低温度	℃	连续观测或每日3次
	地表最高温度	℃	连续观测或每日3次
	10 cm深度地温	℃	连续观测或每日3次
	20 cm深度地温	℃	连续观测或每日3次
	30 cm深度地温	℃	连续观测或每日3次
	40 cm深度地温	℃	连续观测或每日3次
空气湿度[b]	相对湿度	%	连续观测或每日3次
辐射[b]	总辐射量	J·m^{-2}	每小时1次
	净辐射量	J·m^{-2}	每小时1次
	分光辐射	J·m^{-2}	每小时1次
	日照时数	h	连续观测或每日1次
	UVA/UVB辐射量	J·m^{-2}	每小时1次
冻土	深度	cm	每日1次
大气降水[c]	降水总量	mm	连续观测或每日3次
	降水强度	mm·h^{-1}	连续观测或每日3次
水面蒸发	蒸发量	mm	每日1次

a. 风速和风向测定，应在冠层上方3 m处进行。

b. 湿度、温度、辐射等测定，应在冠层上方3 m处、冠层中部、冠层下方1.5 m处、地被物层等4个空间层次上进行。

c. 雨量器口和蒸发器口应距离地面高度70 cm。

3.2 森林土壤的理化指标

各类观测指标见表2。

表2 森林土壤的理化指标

指标类别	观测指标	单位	观测频度
森林枯落物	厚度	mm	每年1次
土壤物理性质	土壤颗粒组成	%	每5年1次
	土壤容重	g·cm^{-3}	每5年1次
	土壤总孔隙度毛管孔隙及非毛管孔隙	%	每5年1次
土壤化学性质	土壤pH		每年1次
	土壤阳离子交换量	cmol·kg^{-1}	每5年1次
	土壤交换性钙和镁（盐碱土）	cmol·kg^{-1}	每5年1次
	土壤交换性钾和钠	cmol·kg^{-1}	每5年1次
	土壤交换性酸量（酸性土）	cmol·kg^{-1}	每5年1次
	土壤交换性盐基总量	cmol·kg^{-1}	每5年1次
	土壤碳酸盐量（盐碱土）	cmol·kg^{-1}	每5年1次
	土壤有机质	%	每5年1次
土壤化学性质	土壤水溶性盐分（盐碱土中的全盐量，碳酸根和重碳酸根，硫酸根，氯根，钙离子，镁离子，钾离子，钠离子）	%，mg·kg^{-1}	每5年1次
	土壤全氮	%	每5年1次
	水解氮	mg·kg^{-1}	
	亚硝态氮	mg·kg^{-1}	
	土壤全磷	%	每5年1次
	有效磷	mg·kg^{-1}	
	土壤全钾	%	每5年1次
	速效钾	mg·kg^{-1}	
	缓效钾	mg·kg^{-1}	
	土壤全镁	%	每5年1次
	有效态镁	mg·kg^{-1}	
	土壤全钙	%	每5年1次
	有效钙	mg·kg^{-1}	
	土壤全硫	%	每5年1次
	有效硫	mg·kg^{-1}	
	土壤全硼	%	每5年1次
	有效硼	mg·kg^{-1}	
	土壤全锌	%	每5年1次
	有效锌	mg·kg^{-1}	
	土壤全锰	%	每5年1次
	有效锰	mg·kg^{-1}	
	土壤全钼	%	
	有效钼	mg·kg^{-1}	每5年1次
	土壤全铜	%	每5年1次
	有效铜	mg·kg^{-1}	

3.3 森林生态系统的健康与可持续发展指标

各类观测指标见表3。

表3 森林生态系统的健康与可持续发展指标

指标类别	观测指标	单位	观测频度
病虫害的发生与危害	有害昆虫与天敌的种类		每年1次
	受到有害昆虫危害的植株占总植株的百分率	%	每年1次
	有害昆虫的植株虫口密度和森林受害面积	个·hm^{-2}，hm^2	每年1次
	植物受感染的菌类种类		每年1次
	受到菌类感染的植株占总植株的百分率	%	每年1次
病虫害的发生与危害	受到菌类感染的森林面积	hm^2	每年1次
水土资源的保持	林地土壤的侵蚀强度	级	每年1次
	林地土壤侵蚀模数	$t·km^{-2}·a^{-1}$	每年1次
污染对森林的影响	对森林造成危害的干、湿沉降组成成分		每年1次
	大气降水的酸度，即pH		每年1次
	林木受污染物危害的程度		每年1次
与森林有关的灾害的发生情况	森林流域每年发生洪水、泥石流的次数和危害程度以及森林发生其他灾害的时间和程度，包括冻害、风害、干旱、火灾等		每年1次
生物多样性	国家或地方保护动植物的种类、数量		每5年1次
	地方特有物种的种类、数量		每5年1次
	动植物编目、数量		每5年1次
	多样性指数		每5年1次

3.4 森林水文指标

各类观测指标见表4。

表4 森林水文指标

指标类别	观测指标	单位	观测频度
水量	林内降水量	mm	连续观测
	林内降水强度	$mm·h^{-1}$	连续观测
	穿透水	mm	每次降水时观测
	树干径流量	mm	每次降水时观测
	地表径流量	mm	连续观测
	地下水位	m	每月1次
	枯枝落叶层含水量	mm	每月1次
	森林蒸散量[a]	mm	每月1次或每个生长季1次
水质[b]	pH，钙离子，镁离子，钾离子，钠离子，碳酸根，碳酸氢根，Cl，硫酸根，总磷，硝酸根，总氮	除pH以外，其他均为$mg·dm^{-3}$或$\mu g·dm^{-3}$	每月1次
	微量元素（B、Mn、Mo、Zn、Fe、Cu），重金属元素（Cd、Pb、Ni、Cr、Se、As、Ti）	$mg·m^{-3}$或$mg·dm^{-3}$	有本底值以后，每5年1次，特殊情况需增加观测频度

a. 测定森林蒸散量，应采用水量平衡法和能量平衡-波文比法。

b. 水质样品应从大气降水、穿透水、树干径流、土壤渗透水、地表径流和地下水中获取。

3.5 森林的群落学特征指标

各类观测指标见表5。

表5 森林的群落学特征指标

指标类别	观测指标	单位	观测频度
森林群落结构	森林群落的年龄	a	每5年1次
	森林群落的起源		每5年1次
	森林群落的平均树高	m	每5年1次
	森林群落的平均胸径	cm	每5年1次
	森林群落的密度	株·hm^{-2}	每5年1次
	森林群落的树种组成		每5年1次
	森林群落的动植物种类数量		每5年1次
	森林群落的郁闭度		每5年1次
	森林群落主林层的叶面积指数		每5年1次
	林下植被（亚乔木、灌木、草本）平均高	m	每5年1次
	林下植被总盖度	%	每5年1次
森林群落乔木层生物量和林木生长量	树高年生长量	m	每5年1次
	胸径年生长量	cm	每5年1次
	乔木层各器官（干、枝、叶、果、花、根）的生物量	kg·hm^{-2}	每5年1次
	灌木层、草本层地上和地下部分生物量	kg·hm^{-2}	每5年1次
森林凋落物量	林地当年凋落物量	kg·hm^{-2}	每5年1次
森林群落的养分	C，N，P，K，Fe，Mn，Cu，Ca，Mg，Cd，Pb	kg·hm^{-2}	每5年1次
群落的天然更新	包括树种、密度、数量和苗高等	株·hm^{-2}，株，cm	每5年1次

附件 3

国家林业局陆地生态系统定位研究网络(CTERN)现有生态站分布图

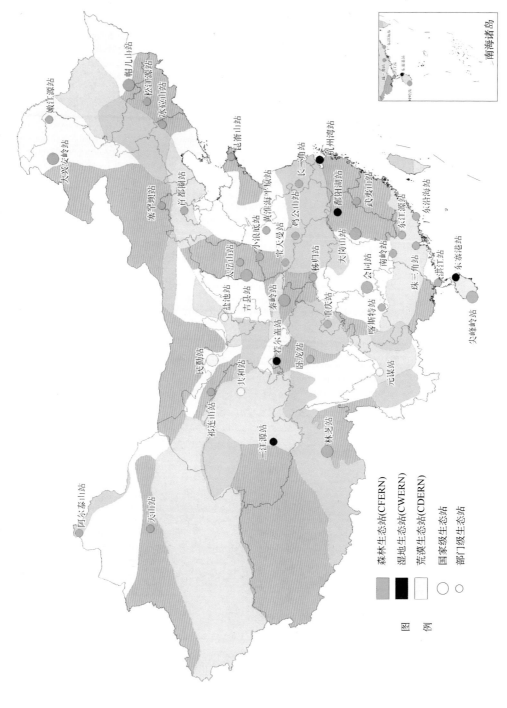

图例

森林生态站(CFERN)
湿地生态站(CWERN)
荒漠生态站(CDERN)
国家级生态站
部门级生态站

注: 国家林业局科技司制(2008)。图例中的不同颜色指代不同的生态站类型。地图背景色指代不同类型的生态区，未用图例一一说明。

后　记

当前，森林生态服务功能观测研究已经成为生态学领域的一个热点和难点，生态站是开展这一研究的重要平台，完善建设这一网络体系，是科学、准确地评估森林服务功能的重要保障，国家林业局对此高度重视。近年来，在贾治邦局长的亲切关怀和大力支持下，我国建立了初具规模的森林、湿地和荒漠生态系统定位研究网络，特别是森林生态站网（CFERN）发展迅速，建设加快，已逐步形成拥有45个主站、近300个观测点的全国性观测研究网络，为开展长期观测研究，评估森林生态系统服务功能，科学回答森林在应对气候变化和维护生态平衡中的作用提供了重要支撑。根据贾局长的指示精神，我们利用这些观测研究平台，运用现代科技手段，对全国的森林生态服务功能进行了科学、量化的研究。

在贾局长的推动和指导下，我们积极消化吸收国内外研究成果，特别是参考联合国千年生态系统评估（MA）、政府间气候变化委员会（IPCC）等权威机构评估报告以及日本等国家开展森林服务功能评估的方法与经验，初步研究形成了适合我国国情、林情的森林生态服务功能评估方法和指标体系，在这一标准规范指导下，利用生态站网几十年来的观测研究成果和森林资源清查数据，对"九五"、"十五"期间全国森林生态系统涵养水源、保育土壤、固碳释氧、积累营养物质、净化大气环境5项主要生态服务功能的物质量进行了较为系统、全面的测算，为进一步科学评估森林生态系统的价值量奠定了数据基础。

下一步，我们将以满足林业发展需求为目标，及时总结现有成果，以本次研究为基础，全面推进重点生态区域以及全国尺度更加全面的生态服务功能评估工作。同时，加强科技创新，研究探索价值量评估方法和技术体系，在实物量测算的基础上，进一步测算出森林生态系统服务功能的价值量，为宣传和说明林业在经济社会发展中的地位与作用，反映林业建设成就，服务宏观决策提供量化科学依据。

著　者

2009 年 3 月